Ralf Kramp
Manfred Lang

Abendgrauen

Ralf Kramp
Manfred Lang

Abendgrauen

KBV

Die Deutsche Bibliothek - CIP-Einheitsaufnahme

Abendgrauen:
Horror- und Schauergeschichten aus der Eifel / Ralf Kramp und Manfred Lang (Hg.). [Mit Fotos von Theo Broere].-
Elsdorf : KBV, 1999
ISBN 3-89711-034-2

Originalausgabe 1999
KBV
Mittelstr. 65
50189 Elsdorf
Telefon 0 22 74 / 93 02 19
Telefax 0 22 74 / 8 11 08
Umschlaggestaltung: Astrid Gettmann, München
Projektleitung und Koordination: Markus Dahl, Köln
Satz und Ausstattung: Satzstudio Bernd Kreuer, Bornheim
Druck: Fuldaer Verlagsanstalt
Printed in Germany
ISBN 3-89711-034-2

Danksagung

des Verlegers an das Verlagsteam, insbesondere an:
Andrea Kettling, Markus Dahl und Dr. Klaus Nolting,
die durch ganz besonderen Einsatz
zur Verwirklichung dieses Buches beigetragen haben.

Inhalt

Vorab

Woran sich festhalten, wenn die Not am größten ist? Womit den Geist wach halten, wenn der Körper tagein, tagaus mit dem Verrichten schwerer körperlicher Arbeit beschäftigt ist? Wie Dinge erklären, die eigentlich nicht erklärbar sind? Das Zauberwort heißt Phantasie.

Nachtmahre, Werwölfe und Vampire entstanden in den Köpfen, inspiriert von Ängsten, Lichtphänomenen, nächtlichen Erlebnissen und verdichtet beim gegenseitigen Erzählen im Halbdunkel abendlicher Eifelstuben. Mit dem Handeln der Geistwesen, Hexen und des Leibhaftigen erklärte man Geschehnisse, für die es scheinbar keinerlei ›vernünftige‹ Ursache gab.

Diese gespenstischen Erzählungen um Geister, Untote und Hexenspuk wurden, auf mündlichem Wege überliefert, zu Sagen und Legenden. Sie inspirieren bis heute die Autoren und entwickelten sich durch die Jahrhunderte zum Genre der Gruselliteratur. Eine weite Reise von der im Flüsterton vorgetragenen schauerlichen Begebenheit aus längst vergangenen Tagen bis hin zur geschliffen formulierten, säuberlich gedruckten Horrorstory der Gegenwart.

Die in Legenden und Erzählungen verarbeiteten Phantasien sind auch in Zeiten nicht überholt, in denen Wissenschaft und Technik scheinbar ungeheuerliche Phänomene akribisch durchleuchtet haben. Das Sagenhafte und Unheimliche behält seine Faszination, gleichsam als metaphysischer Aggregatzustand des menschlichen Geistes. Egal, ob man es, wie früher, nicht besser wußte, oder, wie heute, schon wieder zu gut weiß.

Es gibt Orte und Landschaften, die den idealen Nährboden für solcherlei Phantasien bieten und deren Wirkung noch steigern. Das gilt nicht nur für spätgotische britische Herrenhäuser und die finsteren Gewölbe karpatischer Schlösser. Wie sich in diesem Buch zeigt, begegnet man auch in jenem Land, unter dessen Kruste immer noch die Hölle der Vulkane kocht und auf dessen Hügeln eine Vielzahl verfallener Burganlagen von Sagen umwittert sind und über dessen sprichwörtlich kargen Höhen der Wind gleichsam den Jammer und das Seufzen der Jahrhunderte flüstert, haarsträubend schrecklichen Erzählungen.

Und ebendiese alten Schauergeschichten und abgedrehten Horrorstories haben wir gesammelt, besser noch ›aufgelesen‹, und zu einer regionalen Lesereise in das (Eifel-) Land des Grauens gebündelt.

Von den Gebrüdern Grimm spannt sich der Bogen über Klassiker der Schauerliteratur wie M. R. James und berühmte AutorInnen der Eifelliteratur wie Nanny Lambrecht oder Clara Viebig, in deren romantischem Gesamtwerk sich auch schauerliche Szenen finden, bis hin zu zahlreichen Autoren der Gegenwart wie Tilman Röhrig oder Jacques Berndorf, die sich allesamt nicht der Faszination des Grauens entziehen konnten. Sie alle jagen uns mit ihren Werken den Schrecken in vielen Variationen ein, ob sanftes Schaudern oder nacktes Entsetzen.

Folgt man der Einladung zu dieser phantastischen Lesereise auf die Schattenseite der Eifel, dann stellen sich vor dem geistigen Auge die dazugehörenden Bilder von ganz alleine ein. Schwieriger ist es da schon, sich mit der Kamera auf die Suche nach Hexen, Trollen, Vampiren oder unerklärlichen Lichtphänomenen zu machen. Der Fotograf Theo Broere, vom ›Abendgrauen‹ gepackt, hat es gewagt, und es ist ihm gelungen. Seine Schwarz-Weiß-Fotografien bilden den optisch gegenständlichen Rahmen für die phantastisch-literarischen Hirngespinste und Tatsachenberichte um Begrabene, Verfluchte und Gebannte, bei deren Lektüre uns manches Mal der Atem stockte.

Wir danken an dieser Stelle den Autoren und dem Fotografen sowie dem Eifelexperten Erich Stoffels, der uns bei der Suche nach den historischen Spuren des Unerklärlichen behilflich war. Wir wünschen allen Lesern denselben wohligen Schauer, der uns beschieden war, als wir uns auf diese Nachtwanderung durch die Eifelliteratur begeben haben.

Ralf Kramp und Manfred Lang

Der Schatz des Abtes Thomas

Montague R. James

Verum usque in praesentem diem multa garriunt inter se Canonici de abscondito quodam istius Abbatis Thomae thesauro, quem saepe, quanquam adhuc incassum, quaesiverunt Steinfeldenses. Ipsum enim Thomam adhuc florida in aetate existentem ingentem auri massam circa monasterium defodisse perhibent; de quo multoties interrogatus ubi esset, cum risu respondere solitus erat: ›Job, Johannes et Zacharias vel vobis vel posteris indicabunt‹; idemque aliquando adiicere se inventuris minime invisurum. Inter alia huius Abbatis opera, hoc memoria praecipue dignum iudico quod fenestram magnam in orientali parte alae australis in ecclesia sua imaginibus optime in vitro depictis impleverit: id quod et ipsius effigies et insignia ibidem posita demonstrant. Domum quoque Abbatialem fere totam restauravit: puteo in atrio ipsius effosso et lapidibus marmoreis pulchre caelatis exornato. Decessit autem, morte aliquantulum subitanea perculsus, aetatis suae anno lxxii^{do}, incarnationis vero Dominicae mdxxix^{0}.«

»Das werd ich wohl übersetzen müssen«, brummte der Altertumsforscher vor sich hin, sobald er mit dem Herausschreiben dieser Passage zu Rande war, die er in einem recht seltenen, unübersichtlichen Werk, dem ›*Sertum Steinfeldense Norbertinum*‹* gefunden hatte.

»Nun, dann machen wir uns lieber gleich daran!« Gesagt, getan: es währte nicht lange, und die Übersetzung lag fertig vor:

»Bis auf den heutigen Tag geht unter den Domherren ein großes Gerede von etwelchem verborgenen Schatz jenes Abtes Thomas, und man hat zu Steinfeld schon oftmals danach geforscht, wenngleich bislang vergeblich. Es heißt, eine große Menge Goldes sei von jenem Thomas, da er noch in der Blüte seines Lebens gestanden, in dem Kloster versteckt, und alles Fragen nach jenem Verstecke bloß mit einem Lachen und der stets gleichbleibenden Antwort beschieden worden: ›Hiob, Johannes und Zacharias werden es euch oder euren Nachfahren entdecken.‹; bisweilen habe der Befragte hinzugefügt, er werde diejenigen, so den Schatz etwa auffänden, nicht beneiden. Von den Werken besagten Abtes will ich als rühmenswert hervorheben das große, von ihm gestiftete Fenster mit den bewundernswerten biblischen Gestalten im Chorschluß des rechten Seitenschiffes der Klosterkirche, darauf er selbst sowohl als Stifterfigur als auch durch sein Wappen vertreten ist. Auch hat er den Wohntrakt der Äbte fast zur Gänze erneuern, im Hofe einen Brunnen graben, denselben mit schönen Marmorbildwerken verzieren lassen, und

* Eine Chronik der Prämonstratenser-Abtei Steinfeld in der Eifel, mit den Viten ihrer Äbte, gedruckt 1712 zu Köln, bei dem dort ansässigen Christian Albert Erhard. Das Attribut N o r b e r t i n u m verweist auf den Gründer des Prämonstratenser-Ordens, den Hl. Norbert.

ist im zweiundsiebzigsten Lebensjahre eines plötzlichen Todes verstorben, A. D. 1529.«

Unser Forscher war zur Zeit damit befaßt, dem Verbleib jenes Chorfensters der Abteikirche von Steinfeld nachzuspüren. Bald nach der Revolution war ja eine Unmenge solcher Glasmalereien aus dem Besitz der in Deutschland und Belgien aufgelassenen Klöster nach England gelangt, wo sie heutzutage die Fenster diverser Pfarrkirchen, Kathedralen und Privatkapellen zieren. Die Abtei von Steinfeld aber gehörte zu den bedeutendsten Klöstern, die auf solch unfreiwillige Weise zur Mehrung des englischen Kunstbesitzes beigetragen haben. (Ich entnehme dies der ein wenig langatmigen Einleitung, welche unser Antiquar dem von ihm verfaßten Werk vorangestellt hat.) Die von dort stammenden Glasmalereien können zumeist ohne größere Schwierigkeit identifiziert werden, und zwar anhand der zahlreichen Inschriften, darin immer wieder der Ortsname genannt ist, oder aber auf Grund der Bildvorwürfe selbst, die mehrere festumrissene Programme oder die Abschilderung biblischer Begebenheiten umfassen.

Die Passage, mit der ich meine Erzählung eingeleitet habe, wies jedoch unserm Forscher unversehens einen dritten Weg, die noch verschollenen Steinfelder Stücke eindeutig zu bestimmen: in einer Privatkapelle nämlich - das Wo tut hier nichts zur Sache - hatte er ein Fenster mit drei überlebensgroßen Figuren entdeckt, deren jede die volle Höhe ihrer Scheibe einnahm. Alle drei waren offensichtlich das Werk desselben Meisters. Ihr Stil wies auf einen deutschen Künstler des sechzehnten Jahrhunderts hin, doch war eine exaktere Zuschreibung bislang nicht möglich gewesen. Die drei Figuren aber verkörperten - wie der Leser vielleicht schon vermuten wird - HIOB PATRIARCHA, JOHANNES EVANGELISTA, ZACHARIAS PROPHETA, und jede der drei hatte ein Buch oder eine Pergamentrolle in Händen, darauf ein Vers aus den Schriften des Betreffenden verzeichnet stand. Es versteht sich wohl von selbst, daß unser Forscher diese Inschriften notiert hatte. Dabei aber waren ihm sonderbare Abweichungen vom Text der lateinischen Bibelausgabe aufgefallen. So stand zum Beispiel auf der Rolle, die Hiob in Händen hielt, »Auro est locus in quo absconditur« (statt des korrekten »conflatur«)*. Auf dem Buch des Johannes stand: »Habent in vestimentis suis scripturam quam nemo novit« (statt des korrekten »in vestimento scriptum«)**, wobei das »quam nemo novit« einem anderen Vers entnommen war. Und bei Zacharias stand: »Super lapidem unum septem oculi sunt« (dies war der einzig unveränderte Wortlaut)***.

* ES hat das Gold seinen Ort, da mans verstecket (korrekt: … da mans schmeltzet. Hiob 28./1).

** Und haben ein jeder Namen geschrieben auf ihren Kleidern, die niemand wußte (korrekt: Und hat einen Namen geschrieben auff seinem Kleide, und auff seiner Hüfften (Offenb. 19./16) ... den niemand wuste denn er selbst. (Offenb. 19./12)).

*** Denn sihe, auff dem einigen Stein, (den ich für Josua gelegt habe,) sollen sieben Augen seyn. (SacharJa 3./9).

Weshalb gerade diese drei biblischen Gestalten in einem einzigen Fenster zusammengefaßt waren, hatte unserm Forscher viel Kopfzerbrechen bereitet. Es bestand ja keinerlei plausibler Zusammenhang zwischen ihnen, weder in historischer noch in symbolischer, noch auch in dogmatischer Hinsicht, und so blieb lediglich die Erklärung, dies Dreigespann stamme aus einer langen Reihe von Propheten- und Aposteldarstellungen, wie sie etwa die Lichtgadenfenster irgendeines großen Gotteshauses geziert haben mochten. Unsere Passage aus dem ›Sertum‹ aber gab der Sache eine völlig neue Wendung, denn es ging ja aus der Textstelle hervor, daß die Namen der auf dem Kirchenfenster Dargestellten - es befindet sich heute in Lord D.s Privatkapelle - immer wieder von dem Steinfelder Abt Thomas von Eschenhausen genannt worden waren und daß eben jener Abt um etwa 1520 ein Kirchenfenster für das südliche Seitenschiff seiner Abteikirche gestiftet hatte. Somit drängte sich die Vermutung auf, daß die drei Figuren einen Teil jener Stiftung des Abtes gebildet haben könnten. Im übrigen ließ diese Schlußfolgerung sich ja durch eine zweite, genaue Untersuchung der Scheiben entweder erhärten oder aber verwerfen, und da Mr. Somerton über genug Muße verfügte, machte er sich alsbald auf die Wallfahrt zu der erwähnten Kapelle. Dort fand er seine Annahme in allen Punkten bestätigt: nicht nur, daß Stil und Verarbeitungstechnik vollkommen mit der mutmaßlichen Entstehungszeit und -örtlichkeit übereinstimmten, nein, in einem weiteren Kapellenfenster fanden sich überdies Teile einer alten Glasmalerei, von der man wußte, daß sie gleichzeitig mit den drei Figurenscheiben erworben worden war. Diese Teile aber trugen das Wappen des Abtes Thomas von Eschenhausen.

Im Zuge seiner Untersuchungen hatte Mr. Somerton immer wieder an das Gerede von dem verborgenen Schatz denken müssen und war, nachdem er sich die Sache gründlich durch den Kopf hatte gehen lassen, mehr und mehr zu der Überzeugung gelangt, daß, falls der Abt mit seiner rätselhaften Antwort tatsächlich auf einen bestimmten Sachverhalt anspielen gewollt, er doch wohl nur gemeint haben konnte, die Lösung sei in dem von ihm gestifteten Fenster der Abteikirche zu finden. Auch war nicht von der Hand zu weisen, daß die erste der drei so merkwürdig ausgewählten Textstellen durchaus als Anspielung auf verborgene Schätze verstanden werden konnte.

So notierte Mr. Somerton aufs Gewissenhafteste jegliches Detail, ja jede Spur eines Details, die etwa dazu beitragen konnte, jenes Rätsel aufzuhellen, das, wie er mit Sicherheit annahm, der Nachwelt von dem Abt aufgegeben worden war, und verbrachte, wieder auf seinen Landsitz in Berkshire zurückgekehrt, im engen Lichtkreis seiner Petroleumlampe so manche Stunde der Nacht über seinen Skizzen und Mutmaßungen. Und nach etwa drei Wochen war er soweit, daß er seinen Diener anweisen konnte, dieser möge die eigenen sowie seines Herrn Sachen packen, da man für einige Tage ins Ausland verreisen müsse, wohin wir indes den beiden - zumindest fürs erste - nicht folgen wollen.

2

Mr. Gregory, der Pfarrer von Parsbury, hatte noch vor dem Frühstück einen kleinen Spaziergang unternommen, denn der Herbstmorgen war schön. Bis zum Tor seiner Auffahrt hinuntergeschlendert in der Absicht, dort den Briefträger abzuwarten und dabei ein wenig der kühlen Morgenluft zu genießen, fand unser Spaziergänger sich in jeder Hinsicht zufriedengestellt, denn noch ehe er die Zeit gefunden, die ihn im Dutzend umschwirrenden Fragen seiner ihn begleitenden, unbeschwerten und ausgelassenen Nachkommenschaft zu beantworten, kam der Erwartete auch schon in Sicht. Bei der üblichen Morgenpost befand sich diesmal ein Umschlag mit fremd anmutendem Stempel und ausländischer Briefmarke (die sogleich zum Gegenstand eines recht stürmischen Wettstreits unter den jüngeren Gregorys ward), ein Umschlag, der von zwar ungelenker, doch eindeutig englischer Hand beschriftet war.

Sobald der Pfarrer das Schreiben geöffnet hatte, brauchte er nur einen Blick auf die Unterschrift zu werfen, um zu wissen, daß es von dem vertrauten Faktotum seines Freundes und Nachbarn Mr. Somerton stammte. Es hatte den folgenden Wortlaut:

Geerter Herr Pfarer!
Indem Ich mich in Großer sorge um meinen Herrn Befinde schreibe Ich inen auf Seinem wunsch um inen zu Biten Her pfarer das sie so gut sin und Gleich komen. Mein Her hat einen Scheisligen schrek Erlebt und mus das bet Hütten. Er ist Gar nich wider zu erkenen und kan Kein wunder und Kein garnix helfen wie sie her Pfarer. Er sagt das Ich inen Schreiben sol der Schnelste weg ist nach Coblentz faren und Einen wagen Nemen. In der hofnung das jetz Ales Klar ist verbleibe Ich in Gröster angst und zitern wegen jeder nacht. Mit verlaub Her pfarer wird es mir ein fergnügen sein wider ein Erliches gesicht von Zu hause unter Lauter fremde sehen und ferbleibe ich

Mit Vorzügl. hochachtg.
ir William Brown

P.S. - das Kaf den statt will Ich Nich dazu sagen heist Steinfeld.

Ich muß es dem Leser anheimstellen, sich die Bestürzung und Konfusion sowie die Hast der Reisevorbereitungen auszumalen, wie sie durch das Eintreffen solcher Nachricht auf einem in Berkshire friedlich vor sich hinträumenden Pfarrhofe im Jahre des Heils 1859 ausgelöst worden sein mögen, und beschränke mich auf die Mitteilung, daß man noch im Laufe des nämlichen Tages den Stadtzug erwischte und daß Mr. Gregory es eben noch schaffte, eine Kabine auf dem Raddampfer nach Antwerpen und einen Schlafwagenplatz im Eilzuge nach Koblenz zu belegen. Von jenem Knotenpunkt nach Steinfeld zu gelangen, war dann nicht weiter schwierig.

Der Erzähler dieser Begebenheit hat mit einem großen Nachteil zu kämpfen, da er Steinfeld niemals von Angesicht kennengelernt hat und keiner der Hauptakteure unsres Geschehens (auf deren Aussagen er sich einzig und allein stützen kann) imstande war, ihm mehr als ein vages, wenig ansprechendes Bild jenes Ortes zu vermitteln. Ich vermute aber, daß es sich nur um einen kleinen Marktflecken mit einer viel zu großen, ihrer einstigen Voraussetzungen beraubten Kirche handelt. Eine Anzahl recht desolater, jedoch massiver Baulichkeiten, die meist aus dem siebzehnten Jahrhundert stammen, mögen diese Kirche umstehen. Die Abtei aber, nicht anders als die meisten Klöster auf dem Kontinent, ist in jenen Jahren durch ihre Insassen aufs Prächtigste erneuert und ausgebaut worden. Mir selbst schien es nicht der Mühe wert, meine Barschaft für die Besichtigung einer Örtlichkeit hinauszuwerfen, die, wiewohl sie vielleicht mehr zu bieten hat, als Mr. Somerton und Mr. Gregory glauben, doch offenbar recht wenig wirklich Bedeutsames enthält - mit Ausnahme vielleicht eines einzigen Dinges, das ich aber lieber nicht sehen möchte.

Der Gasthof, darin der englische Herr und sein Diener Logis genommen, ist - oder war - der einzig ›mögliche‹ in dem Marktflecken, und so fand sich Mr. Gregory denn auch ohne viel Aufhebens von dem Kutscher dorthin gefahren. Mr. Brown stand schon wartend in der Tür. Er, der daheim in seiner Berkshire-Haushaltung als ein Idealbild jenes backenbärtigen, durch nichts aus der Ruhe zu bringenden Menschen gelten konnte, als den wir uns nun einmal den getreuen Hausdiener vorstellen, schien nun von allen guten Geistern verlassen und aus sämtlicher Ordnung geraten zu sein: gekleidet in leichten Tweed, aufgeregt, ja nahezu gereizt, stand er da und war alles andere denn Herr der Situation. Seine Erleichterung beim Anblick jenes ›ehrlichen Gesichts von zu Hause‹ überstieg alle Begriffe, doch fehlten dem guten Mann die Worte, seinen Gefühlen den rechten Ausdruck zu verleihen. So brachte er lediglich hervor: »Na also, bin froh, Sie zu sehen, Sir! Und drinnen, Mr. Somerton wird nicht weniger froh sein, das weiß ich gewiß!«

»Was ist denn eigentlich los mit ihm, Brown?« forschte Mr. Gregory besorgt.

»Ich glaub, es geht ihm schon besser, danke schön, Sir. Aber er hat was Entsetzliches mitgemacht. Ich hoffe, daß er jetzt ein bißchen Schlaf finden wird, aber ...«

»Was ist denn eigentlich geschehen? Aus Ihrem Brief war ja nichts weiter zu entnehmen! Ist's ein Unfall gewesen.«

»Na ja, Sir, ich weiß nicht recht, was ich sagen soll. Mr. Somerton besteht nämlich schon die ganze Zeit darauf, er selber will Ihnen das Ganze erzählen. Aber unsre Knochen sind noch heil, und schon dafür müssen wir dem Schicksal dankbar sein.«

»Und was sagt der Doktor?« fragte jetzt Mr. Gregory. Die leise geführte Unterhaltung spielte sich vor Mr. Somertons Schlafzimmer ab. Mr. Gregory, der vorangegangen war, tastete nach der Klinke, streifte dabei aber zufällig über die Tür, und noch bevor Brown hätte antworten können, erscholl von drinnen ein markerschütternder Entsetzensschrei.

»Alle guten Geister, wer ist draußen?« waren die ersten verständlichen Worte. »Brown, sind Sie's ?«

»Jawohl Sir, meine Wenigkeit und Mr. Gregory«, versetzte Brown hastig, worauf ein Seufzer der Erleichterung vernehmbar ward.

Die beiden betraten das Zimmer, das gegen die Nachmittagssonne abgedunkelt war, und Mr. Gregory ward von plötzlichem Mitleid ergriffen, als er sah, wie mitgenommen und feucht von Angstschweiß das sonst so ruhige Antlitz des Freundes war, welcher in der mit Vorhängen versehenen Bettstatt aufrecht saß und ihm zur Begrüßung eine zitternde Hand entgegenstreckte.

»Das tut gut, dich zu sehen, Gregory!« war die Antwort auf des Pfarrers erste Frage, und man konnte sehen, wie sehr solcher Ausruf der Wahrheit entsprach.

Schon nach den ersten fünf Minuten des Gesprächs hatte Mr. Somerton wieder mehr zu sich selbst gefunden, als dies seit Tagen der Fall gewesen. So zumindest versicherte nachher Mr. Brown es unserm Pfarrer. Ja, er war sogar fähig, ein mehr als respektables Abendessen zu sich zu nehmen, und äußerte voll Selbstvertrauen, er hoffe binnen vierundzwanzig Stunden so weit auf den Beinen zu sein, um die Fahrt nach Koblenz auf sich nehmen zu können. »*Eine* Sache freilich«, so sagte er, wobei jene Erregung, die Mr. Gregory so ungern sah, ihn aufs neue überfiel, »*eine* Sache muß ich dich bitten, für mich in Ordnung zu bringen, bester Gregory! Nein, frag jetzt nicht«, fuhr er hastig fort und faßte den Gast am Handgelenk, um ihn von jeder Einrede abzuhalten, »bitte, frag nicht, um was es sich dabei handelt und warum du's für mich tun sollst! Ich bin einfach noch nicht imstande, dir's schon jetzt zu erklären - das würde alles wieder genauso schlimm machen, wie es war, und auch dein Kommen wär dann vergeblich gewesen! Was ich fürs erste sagen kann, ist nur, daß für dich überhaupt keine Gefahr damit verbunden ist und daß Brown dir morgen früh alles Nähere zeigen wird. Du brauchst lediglich etwas an seinen Platz zurückzuschaffen - es wieder verwahren sozusagen. Nein, ich *kann* jetzt nicht darüber reden! Würdest du Brown hereinrufen, bitte?«

»Gut, Somerton«, versetzte Mr. Gregory, während er zur Tür schritt. »Ich will keinerlei Erklärungen von dir fordern, solange du dich nicht dazu imstande fühlst. Und wenn die paar Handgriffe wirklich so leicht zu bewerkstelligen sind, wie du sagst, so will ich sie mit Freuden gleich morgen früh für dich besorgen!«

»Ich hab's ja gewußt, mein guter Gregory, ich war ganz sicher, daß auf dich Verlaß ist! Und ich bin dir mehr Dank schuldig, als ich sagen kann. Aber da ist ja Brown - nur auf ein Wort, Brown!«

»Soll ich lieber gehen?« fragte Mr. Gregory.

»Aber nein, du meine Güte, auf keinen Fall! Also hören Sie zu, Brown, gleich morgen früh - dir macht es ja ohnedies nichts aus, früh aufzustehen, Gregory - gleich in aller Herrgottsfrühe werden Sie den Herrn Pfarrer ... also, an den bewußten Ort führen, Sie wissen schon!« (Der tiefernste und ein wenig verschreckt wirkende Brown nickte nur.) »Ihr beide werdet alles wieder an seinen gehörigen Ort stellen. Sie brauchen überhaupt keine Angst zu haben, denn bei Tage ist alles vollkommen sicher, das wissen Sie ja! Es liegt auf der Stufe, nicht wahr, wo ... na, wo wir's eben gelassen haben.« (Brown schluckte ein paarmal, brachte aber keine Silbe hervor und verneigte sich stumm.) »Ja, und ... das wäre alles. Nur noch eins, bester Gregory: wenn du's über dich bringen könntest, ich betone, *könntest*, Brown keine diesbezüglichen Fragen mehr zu stellen, dann wär ich dir zu noch tieferem Dank verpflichtet. Spätestens morgen abend, wenn alles geklappt haben sollte, werde ich in der Lage sein, dir die ganze Geschichte vom Anfang bis zum Ende zu erzählen. Und jetzt: Gute Nacht! Brown wird bei mir bleiben - er schläft ja in diesem Zimmer - ja, und ich an deiner Stelle würde meine Tür versperren. Jawohl, tu das nur, und vergiß nicht darauf! Weißt du, sie ... also, die Leute halten es hier so, und es ist ja auch besser. Gute Nacht denn, gute Nacht!«

Damit schied man voneinander, und falls Mr. Gregory nach Mitternacht ein-, zweimal aufgewacht sein und sich eingebildet haben sollte, am unteren Teil seiner versperrten Tür ein Geräusch vernommen zu haben, so war das für einen geruhsamen Menschen, der sich so unverhofft in einem fremden Bett und überdies in ein tiefes Geheimnis verstrickt findet, nur zu natürlich. Ganz gewiß aber hat er bis ans Ende seiner Tage geglaubt, solch schleifenden Laut mehrmals gehört zu haben, und zwar zwischen Mitternacht und dem ersten Morgengrauen.

Er war mit der Sonne aus den Federn, und bald danach in Browns Begleitung unterwegs. Wie unerklärlich auch immer der Gefallen sein mochte, den Mr. Somerton zu erweisen er gebeten worden, so war solcher Dienst doch weder schwierig noch besorgniserregend, und somit eine halbe Stunde nach Verlassen des Gasthofes getan. Welcher Art er gewesen, soll zum gegebenen Zeitpunkt enthüllt werden.

Am frühen Vormittag war Mr. Somerton fast wieder der alte, und man konnte von Steinfeld abreisen. Und am Abend des nämlichen Tages - ich weiß nicht, ob in Koblenz oder auf einer am Wege gelegenen Poststation - setzte er sich hin, um die versprochene Erklärung zu geben. Auch Brown war gegenwärtig. Indes, wieviel der letztere davon wirklich begriffen, hat er niemals verraten, und ich selbst bekenne mich außerstande, es zu beurteilen.

3

Hier Mr. Somertons Bericht:
»Ihr wißt ja beide - zumindest der Hauptsache nach, daß ich diese Reise einzig zu dem Zweck unternommen habe, einer Sache nachzuspüren, die zusammenhängt mit ein paar alten Glasmalereien in der Privatkapelle von Lord D. Nun gut, das auslösende Moment der ganzen Affäre war die folgende Passage aus einem alten Druckwerk, die ich euch nun anzuhören bitte.«

Damit begann Mr. Somerton mit eindringlicher Stimme etwas vorzulesen, das uns schon vertraut ist. »Bei meinem zweiten Besuch in jener Kapelle«, so fuhr er dann fort, »war ich von der Absicht geleitet, jede, aber auch jede erdenkliche Spur, die sich an den Figuren und Inschriften feststellen ließe - und wären es selbst Diamantkratzer in den Glasscheiben, ja rein zufällige Beschädigungen, aufs Peinlichste zu vermerken. Das, worauf ich zunächst meine Hoffnungen setzte, waren ja die mit Inschriften versehenen Pergamentrollen. Es stand für mich außer Zweifel, daß die erste - die des Hiob mit dem Wortlaut ›Es hat das Gold seinen Ort, da mans verstecket‹ - schon auf Grund ihrer vorsätzlichen Abänderung auf den Schatz hinweise. So nahm ich mir mit einiger Hoffnung die nächste Inschrift vor, die des hl. Johannes, ›Und haben ein jeder Namen geschrieben auf ihren Kleidern, die niemand wußte‹. Daraus ergab sich wohl für jedermann die logische Frage, ob nicht auf den Gewändern der Figuren eine Inschrift zu finden sei. Sichtbar war keine. Doch hatte jede der drei Gestalten einen breiten, schwarzen Mantelsaum, der höchst auffällig, ja häßlich, aus den Scheiben hervorstach. Ich gebe zu, daß ich mir im Moment keinen Rat wußte und daß ich, wäre mir nicht ein merkwürdiger Zufall zu Hilfe gekommen, meine Suche dort abgebrochen hätte, wo schon vor mir die Domherren von Steinfeld sie abgebrochen hatten. Nun waren aber die Scheiben sehr stark verschmutzt, so daß der eben hereinkommende Lord D., sobald er meine staubgeschwärzten Hände bemerkt hatte, in seiner reizenden Art durchaus darauf bestand, es müsse zunächst ein Kehrbesen her, damit man das Fenster wenigstens vom ärgsten Staub befreie. In dem Besen aber muß sich irgendein scharfer Gegenstand befunden haben, denn beim Herunterkehren des Staubes zeigte sich plötzlich in einer der schwarzen Mantelbordüren eine lange Kratzspur, durch die etwas Gelbes hervorblitzte. Ich bat den Helfer, ein wenig innezuhalten, und hastete die Leiter wieder hinauf, um jene Stelle näher in Augenschein zu nehmen. Tatsächlich, das Gelb erwies sich als fest, und was da weggekratzt worden, war eine dicke, schwarze, offensichtlich erst nach dem Brennen der Scheiben mit einem Pinsel aufgetragene Pigmentschicht, die sich ganz leicht und ohne weiteren Schaden entfernen ließ. So kratzte ich denn weiter an dem Schwarz herum und entdeckte - ihr werdet's kaum glauben, doch nein, ich tu euch unrecht: ihr habt ja schon die ganze Zeit vermutet, daß ich darunter eine Inschrift entdecken würde, und so war es auch: ich fand unter der schwarzen Pigmentschicht einige klar und deutlich in Silberlot ausgeführte Unzialbuchstaben auf hellem Grund, und es versteht sich wohl, daß ich meinem Entzücken ob solchen Fundes nach Gebühr Luft machte.

So wandte ich mich denn an Lord D. und berichtete ihm, ich hätte da eine Inschrift entdeckt, die von großem Interesse sein könnte, weshalb ich ihn bitten wolle, mir deren Bloßlegung zu gestatten. Seine Lordschaft hatte nichts dagegen einzuwenden und versicherte mir überdies, ich dürfe ganz nach Gutdünken verfahren. Kurz darauf, und, wie ich gestehen muß, zu meiner großen Erleichterung, ließ er mich allein, da er verabredet war. Ich aber machte mich sogleich an meine Arbeit, die sich als überraschend leicht erwies. Das Pigment hatte sich im Laufe der Jahrhunderte weitgehend zersetzt und gab schon unter der leisesten Berührung nach. So bedurfte es kaum zweier Stunden, um die schwarzen Bordüren an allen drei Scheiben vollständig abzutragen. Und jede der drei Figuren hatte, wie das aufgeschlagene Buch des Johannes sagte, ›Namen geschrieben auf ihren Kleidern, die niemand wußte‹.

Diese Entdeckung bestärkte mich nur in meiner Überzeugung, auf der richtigen Spur zu sein. Was aber hatte es mit den Inschriften auf sich? Während des Abtragens der schwarzen Farbe hatte ich mich ja bemüht, sie gar nicht erst zu lesen. Ich wollte dies dann in einem Zug tun. Als ich aber soweit war, hätte ich, das kannst du mir glauben, mein bester Gregory, vor Enttäuschung am liebsten weinen mögen: was ich da nämlich vor mir hatte, war das hoffnungsloseste Buchstabendurcheinander, das jemals in einem Hut aufgeschüttelt worden ist. Hier ... ich hab es aufgeschrieben:«

Hiob - DREVICIOPEDMOOMSMVIVLISLCAVIBASBATAOVT
Johannes - RDIIEAMRLESIPVSPODSEEIRSETTAAESGIAVNNR
Zacharias - FTEEAILNQDPVAIVMTLEEATTOHIOONVMCAAT
H. Q. E.

»Minutenlang stand ich völlig verblüfft, doch alsbald wich das Gefühl der Enttäuschung von mir, denn ich hatte ja nahezu sofort erkannt, daß ich es hier mit einem chiffrierten Text, mit einer Geheimschrift, zu tun hatte, und ich sagte mir, daß sie in Anbetracht ihrer frühen Entstehungszeit wohl auf recht einfache Weise verschlüsselt sein müsse. Also notierte ich mir zunächst die Buchstabenfolge aufs Gewissenhafteste. Aber auch noch ein weiterer Punkt scheint mir erwähnenswert, denn er bestärkte mich in der Ansicht, einen chiffrierten Text vor mir zu haben: Nachdem ich nämlich die Buchstaben von Hiobs Mantel notiert hatte, zählte ich sie zur Kontrolle nach. Es waren achtunddreißig. Doch hinter dem achtunddreißigsten fiel mein Blick zufällig auf einige Kratzer in dem Glas, die von etwas Scharfkantigem herzurühren schienen. Nun, es war einfach die Zahl xxxviii in römischen Ziffern. Um es kurz zu machen, auf jeder der drei Scheiben fand sich die nämliche ... nun ja, Notiz, würd ich es nennen. Das aber bewies mir, daß der Glasmaler bezüglich der Inschriften sehr strikte Anweisungen von jenem Abt Thomas erhalten und sich größte Mühe gegeben hatte, den Auftrag korrekt auszuführen.

Na, ihr könnt euch ja vorstellen, mit welcher Gründlichkeit ich nach dieser Entdeckung das gesamte Glasfenster auf weitere Hinweise überprüfte. Natürlich ließ ich auch die Inschrift auf der Pergamentrolle des Zacharias nicht außer acht - ›Denn siehe, auf dem einigen Stein sollen sieben Augen sein‹, doch kam ich alsbald zu der Überzeugung, daß dieser Satz sich auf die Markierung eines Steines bezog, der in situ zu finden sein mußte, also dort, wo der Schatz verborgen war. Mit einem Wort, ich machte alle nur möglichen Notizen und Zeichnungen, schrieb auch meine Vermutungen nieder und fuhr dann heim nach Parsbury, um mich dort in aller Ruhe dem Entziffern der Geheimschrift zu widmen. Indes, was hab ich dabei nicht alles ausgestanden! Zunächst hielt ich mich ja für sehr schlau, denn ich war der Meinung, der Schlüssel müsse in einem der alten Wälzer über Geheimschriften zu finden sein. Die ›Steganographia‹ von Joachim Trithemius, der ein älterer Zeitgenosse des Abtes Thomas gewesen war, schien zunächst Erfolg zu versprechen. So verschaffte ich mir dieses Werk und dazu auch noch die ›Cryptographia‹ von Selenius sowie Bacons ›de Augmentis Scientiarum‹ und noch einige weitere. Aber alles war vergeblich - wie ich auch blättern mochte, ich stieß auf nichts Brauchbares. Danach versuchte ich's nach der Methode der ›häufigsten Buchstaben‹, und zwar zunächst auf der Basis des Latein, dann auf der des Deutschen. Auch dies führte zu nichts. Weshalb ich eigentlich darauf verfallen bin, auf diese beiden Arten zum Ziel zu gelangen, weiß ich nicht. Schließlich kam ich doch wieder auf das Fenster als solches zurück und durchsuchte nochmals all meine Notizen, da ich gegen mein besseres Wissen noch immer hoffte, der Abt könnte den Schlüssel zur Lösung des Rätsels in die bildliche Darstellung eingebaut haben. Indes, ich wußte weder mit der Farbe noch mit der Ornamentierung der Gewänder etwas anzufangen. Einen Landschaftshintergrund, der weitere Hilfen hätte bieten können, gab es nicht. Auch in der Baldachin-Ornamentik fand sich nichts Brauchbares. So blieb nur noch die Körperhaltung der drei Gestalten übrig. Zum Hiob hatte ich notiert: ›Pergamentrolle in linker Hand, Zeigefinger der rechten erhoben.‹ Zum Johannes: ›hält aufgeschlagenes, mit Inschrift versehenes Buch in linker Hand, erteilt mit der rechten den Segen, wobei zwei Finger gestreckt sind.‹ Zum Zacharias: ›Pergamentrolle in linker Hand, rechte Hand erhoben wie Hiob, aber mit drei gestreckten Fingern.‹ Mit anderen Worten, ich begann zu überlegen: Hiob hält *einen* Finger gestreckt, Johannes *zwei* und Zacharias *drei:* mochte damit nicht ein Zahlenschlüssel gemeint sein? Mein lieber Gregory«, und Mr. Somerton legte die Hand auf des Freundes Knie, »so *war* es! Zunächst bin ich ja damit nicht ins reine gekommen, aber nach ein paar Versuchen wurde mir klar, wie das Ganze gemeint war. Du mußt nämlich nach dem ersten Buchstaben der Inschrift *einen* eliminieren, nach dem nächsten - also dritten - *zwei*, und dann, also nach dem sechsten, *drei*. Und jetzt sieh dir das Resultat an: ich hab die Lettern, welche einen Sinn ergeben, unterstrichen.«

DREVICIOPEDMOOMSMVIVLISLCAVIBASBATAOVT
RDIIEAMRLESIPVSPODSEEIRSETTAAESGIAVNNR
FTEEAILNQDPVAIVMTLEEATTOHIOONVMCAAT. H. Q. E.

»Kannst du's lesen? ›*Decem millia auro reposita sunt in puteo in at* ...‹ (Zehntausend Gold (stücke) sind aufbewahrt im Brunnen des Ho ...) Das letzte Wort ist unvollständig. So weit, so gut. Nun versuchte ich es auf die gleiche Weise mit den verbleibenden Buchstaben, doch das führte zu nichts, und so verfiel ich darauf, ob nicht etwa die Punkte hinter den letzten drei Lettern einen Rhythmuswechsel angäben? Sodann fragte ich mich: ›War da im Zusammenhang mit dem Abt nicht irgendein Brunnen erwähnt in der Passage aus dem ›Sertum‹?‹ Natürlich, er hatte einen *puteus in atrio* graben lassen, einen Brunnen im Hofe! Somit hatte ich das vollständige Wort *atrio*, und mir verblieb nur mehr, die übrigen Lettern der Inschrift herauszuschreiben, und zwar unter Weglassung der schon verwendeten. Damit erhielt ich, was auf diesem Zettel steht:«

RVIIOPDOOSMVVISCAVBSBTAOT
DIEAMLSIVSPTEERSETAEGIANR
FEEALQDVAIMLEATTHOOVMC A. H. Q. E.

»Außerdem kannte ich ja nunmehr die ersten drei Buchstaben, nämlich die drei noch auf *atrio* fehlenden. Wie du siehst, sind alle drei in der ersten Fünfergruppe enthalten. Zunächst verwirrte mich das Vorkommen von zwei *I*, doch kam ich bald darauf, daß nur die wechselnden, nicht aber gleiche Lettern in den Rest aufgenommen werden durften. Du kannst es ja ausprobieren. Das Ergebnis, wenn man ans Ende des ersten ›Satzes‹ anknüpft, sieht so aus:

›*rio domus abbatialis de Steinfeld a me, Thoma, qui posui custodem super ea. Gare à qui la touche.*‹

Damit war das Rätsel gelöst:

›Zehntausend Gold (stücke) sind aufbewahrt im Brunnen des Hofes der Abtgemächer von Steinfeld durch mich, Thomas, der einen Wächter darüber gesetzt hat. *Gare à qui la touche.*‹

Die abschließende, französische Wendung, das muß ich noch erwähnen, ist die Devise, welche der Abt sich gewählt hat. Ich fand sie zusammen mit seinem Wappen auf dem Fragment einer weiteren Glasmalerei in Lord D.s Kapelle. Der Abt hat sie wortwörtlich in seine Geheimschrift übernommen, wiewohl sie schon von der Grammatik her nichts darin zu suchen hat.

Nun gut, zu welchem Schritt wäre jeder andere an meiner Stelle wohl versucht gewesen, bester Gregory? Hätte er widerstehen können? Wär er nicht, wie ich es getan habe, vom Fleck weg nach Steinfeld aufgebrochen, um dem Geheimnis ›auf den Grund‹ im eigentlichen Wortsinn zu gehen? Ich glaube nicht. Gleichviel, *ich* jedenfalls konnte nicht widerstehen und - wozu sag ich das überhaupt - war an Ort und Stelle, so rasch mir dies die Wunderwerke unsres technischen Zeitalters erlaubten. Nach meiner Ankunft quartierte ich mich in dem dir bekannten Gasthof ein. Nun muß ich bekennen, daß ich durchaus nicht frei von allerlei unguten Vorgefühlen war, sowohl im Hinblick auf eine mögliche Enttäuschung als auch auf etwa vorhandene Gefahren. Und dann bestand ja noch die dritte Möglichkeit, daß man den Brunnen des Abtes zugeschüttet und eingeebnet hatte oder daß irgendein ahnungsloser, vom Glück begünstigter Mensch schon vor mir an diesen Schatz geraten - sozusagen mit der Nase darauf gestoßen war. Und schließlich,« hier begann die Stimme des Erzählers merklich zu schwanken, »ich schäme mich nicht, es zu sagen, schließlich fühlte ich mich nicht ganz behaglich bei dem Gedanken an den erwähnten Wächter, den der Abt über den Schatz gesetzt haben wollte. Doch wenn's dir nichts ausmacht, so will ich auf diesen Punkt erst zu sprechen kommen, sobald ... nun, sobald sich's nicht mehr vermeiden läßt.

Brown und ich benutzten die nächste Gelegenheit, uns in dem Kloster ein wenig umzusehen. Natürlich berief ich mich dabei auf mein kunstgeschichtliches Interesse an den Überresten der Abtei, und so kamen wir nicht um eine Besichtigung der Klosterkirche herum, wie erpicht ich auch immer darauf war, ganz anderswo Umschau zu halten. Immerhin, es interessierte mich, die Fenster zu sehen, darin sich einstmals jene Glasmalereien befunden hatten, und besonders jenes eine im Chorschluß des rechten Seitenschiffs. Zu meiner Überraschung waren in dem zugehörigen Maßwerk noch Teile der Originalverglasung sowie Wappenschilde erhalten, unter denen sich auch das Wappen des Abtes Thomas befand, sowie eine kleine Figur mit Pergamentrolle, deren Inschrift lautete: ›*Oculos habent, et non videbunt*‹ (Sie haben Augen und werden nicht sehen.), was nach meinem Dafürhalten als ein Seitenhieb des Abtes auf die Klosterinsassen zu verstehen ist.

Natürlich kam es in erster Linie darauf an, die ehemaligen Abtgemächer ausfindig zu machen. Soviel ich weiß, ist aber auf Klosterplänen kein Platz für derlei Räumlichkeiten vorgesehen, und man kann daher nicht von vornherein einen bestimmten Teil ins Auge fassen, wie etwa beim Kapitelsaal, der immer ostseitig liegt, oder beim Dormitorium, das stets mit dem Querschiff der Kirche in Verbindung steht. Allzu detailliertes Fragen aber, so fürchtete ich, hätte irgendwelche noch schlummernde Erinnerungen an jenen Schatz wieder aufrühren können, und so hielt ich's für das beste, mich erst einmal auf eigene Faust umzusehen. Nun, die Suche war nicht weiter zeitraubend oder schwierig. Der an drei Seiten von unbewohnten Baulichkeiten umschlossene und grasüberwucherte Hof an der Südostecke der Kirche war der gesuchte Ort - du hast ihn ja heute morgen mit eigenen Augen gesehen, und ich war nur zu froh darüber, diesen Teil des Klosters so verlassen vorzufinden, ja vor allem so nahe an unserem Gasthof und von keinem bewohnten Gebäude her einzusehen. Nur Obstgärten und Viehweiden erstrecken sich am Osthang unterhalb der Kirche, deren schönes Steinwerk übrigens aufs Wunderbarste erglühte in dem dunstverhangenen, bernsteingelben Sonnenuntergang jenes Dienstagabends.

Als nächstes galt es, den Brunnen zu untersuchen.

Nun, da gab's nicht viele Zweifel, wie du ja selbst bezeugen kannst. Er ist wirklich bemerkenswert. Die Einfassung dürfte aus italienischem Marmor bestehen, wie ja auch die Reliefs von italienischer Hand stammen mögen. Da gibt es, du erinnerst dich vielleicht, eine Darstellung von Eliezar und Rebekka, dann eine Szene, darin Jakob für Rachel den Brunnen aufdeckt, und ähnliche Bildvorwürfe. Unerachtet allen berechtigten Argwohns neige ich aber zu der Ansicht, daß der Abt sich in diesem Fall seiner zynisch verschleiernden Hinweise enthalten hat.

Natürlich untersuchte ich die gesamte Anlage aufs Genaueste. Es war eine quadratische Brunneneinfassung, jedoch an der einen Seite offen. Darüber spannte sich ein Bogen mit der Rolle für das augenscheinlich noch in recht gutem Zustand befindliche Seil, das höchstwahrscheinlich bis gegen das Ende des letzten Jahrhunderts, wenn nicht sogar noch zu Anfang des unseren, keinesfalls aber später, in Gebrauch gewesen ist. Jetzt blieb noch die Frage der Brunnentiefe und der Art des Abstiegs zu klären. Ich schätze, daß der Schacht sechzig bis siebzig Fuß tief ist, und was den zweiten Punkt betrifft, so konnte man wirklich glauben, der Abt habe es darauf angelegt gehabt, etwaige Schatzsucher bis an die Schwelle seines Versteckes zu führen, denn es sind, wie du ja selbst gesehen hast, in Schrittabständen große, vorspringende Quader in die Schachtmauer eingelassen, die eine veritable Wendeltreppe bis hinunter zum Brunnengrund bilden.

Es war beinah zu schön, um wahr zu sein, und so vermutete ich allen Ernstes eine Falle dahinter, etwa, daß die Steine kippen würden, sobald man den Fuß darauf setzte. Indes, ich probierte eine ganze Reihe von ihnen mit meinem eigenen Körpergewicht und auch mit Hilfe meines Stockes, aber alle schienen fest zu sein, ja waren es dann auch. Also ward ausgemacht, daß Brown und ich schon in dieser Nacht einen Versuch riskieren würden.

Ich hatte mich mit allem Nötigen versehen. In Kenntnis der Örtlichkeit, die es zu untersuchen galt, hatte ich für ein festes Seil sowie für allerhand Gurte gesorgt, um mich gegen jedes Abstürzen zu sichern, ferner für eine Eisenstange als Aufhängevorrichtung sowie für Laternen, Kerzen und Brechstangen. Das alles ließ sich in einer einzigen Reisetasche verstauen und würde keinerlei Verdacht erregen. Ich vergewisserte mich noch, daß mein Seil lang genug war und daß das Rad für den Eimer sich geräuschlos drehen ließ. Dann begaben wir uns in den Gasthof zurück, um unser Abendbrot einzunehmen.

Beim Essen fühlte ich unserm Wirt ein wenig auf den Zahn und stellte fest, daß er nicht weiter erstaunt sein würde, falls ich mit meinem Helfer um neun Uhr abends nochmals loszöge, um (Der Himmel verzeih mir diese Lüge!) eine Skizze der mondbeschienenen Abtei anzufertigen. Bezüglich des Brunnens stellte ich keinerlei Fragen und werde nach allem auch keine mehr stellen. Ich glaube, mindestens soviel darüber zu wissen wie jeder Einheimische, und eigentlich ...« - hier überlief ein Schauder den Erzähler - »... ist mir auch das schon zuviel.

Wir kommen nun zum Kulminationspunkt meines Unternehmens, und, obwohl ich am liebsten nicht mehr daran denken würde, hab ich doch das Gefühl, Gregory, daß es auf jeden Fall besser für mich ist, alles der Reihe nach zu erzählen. Gegen neun Uhr abends sind also Brown und ich mit unserer Tasche losgezogen, ohne irgendwelches Aufsehen zu erregen, denn wir machten uns durch die Hintertür des Gasthofs davon und benutzten eine Gasse, die uns alsbald ans Dorfende führte. Fünf Minuten später standen wir am Brunnen und blieben eine Weile auf seiner Einfassung sitzen, um sicherzugehen, daß niemand uns nachspioniere oder stören werde. Nichts war zu hören als das Rupfen der unterhalb des Hofes weidenden Pferde, die auch über Nacht im Freien bleiben. Wir waren gänzlich ungestört, und der strahlende Vollmond tauchte den Hof in solch eine Fülle von Licht, daß wir unser Seil auch ohne die Hilfe einer Laterne sachgerecht über die Rolle legen konnten. Dann schnallte ich mir den Sicherungsgurt um die Brust, und wir knüpften das Ende des Halteseils mit einem verläßlichen Knoten an den in das Quaderwerk eingelassenen Ring. Brown, die brennende Laterne in der Hand, hielt sich hinter mir. Ich selbst trug die Brechstange. So begannen wir behutsam unsern Abstieg, indem wir jeden der Steintritte vorsichtig prüften, ehe wir unsern Fuß darauf setzten. Dabei suchten wir das Mauerwerk aufs Genaueste nach einem besonderen Kennzeichen ab.

Während wir uns so vorantasteten, zählte ich mit halblauter Stimme die Stufen. Wir waren schon bei der achtunddreißigsten angekommen, ohne irgendeine Unregelmäßigkeit im Mauerwerk bemerkt zu haben. Und auch hier unten war keinerlei Zeichen feststellbar, so daß ich mich voll Bestürzung zu fragen begann, ob etwa der Abt mit seiner vertrackten Geheimschrift uns nur einen ausgeklügelten Streich gespielt habe. Mit der neunundvierzigsten Stufe endete die Treppe, und ich machte mich entmutigten Herzens wieder an den Aufstieg. Als ich aber aufs neue die achtunddreißigste Stufe erreicht hatte - Brown mit der Laterne immer ein bis zwei Stufen über mir, betastete ich die fast unmerkliche Abweichung im Quaderwerk unter Anspannung all meiner Sinne. Aber nicht die Spur einer Markierung ließ sich entdecken.

Dann aber fiel mir auf, daß die Oberflächenstruktur eines bestimmten Mauersteins um ein geringes glatter zu sein schien als die der andern, glatter oder doch irgendwie verschieden! War's etwa Mörtel, mit dem ich es hier zu tun hatte, und nicht Stein? So stieß ich denn mit meiner Brechstange recht kräftig zu und vermeinte, einen eindeutig hohlen Klang zu vernehmen, obwohl dies auch von der Akustik des tiefen Brunnenschachts herrühren mochte. Doch nein, es war mehr! Ein großer Mörtelbrocken löste sich und fiel mir vor die Füße, und schon erblickte ich eine Gravierung auf dem freigelegten Stein! So war ich diesem Abt doch noch auf die Schliche gekommen, mein lieber Gregory, und das erfüllt mich noch jetzt mit einem gewissen Stolz! Es bedurfte nur mehr weniger Stöße, um den restlichen Mörtel wegzuschlagen, und ich erblickte eine etwa zwei Fuß im Quadrat messende Steinplatte, darein ein Kreuz gemeißelt war. Sekundenlang wollte mich aufs neue die Enttäuschung übermannen, aber dann waren Sie es, Brown, der mir weiterhalf. Sie hatten es ja zuerst bemerkt, und Sie sagten, wenn ich mich recht entsinne: ›Das is aber ein komisches Kreuz ... sieht aus wie lauter Augen!‹

Ich riß Ihnen die Laterne aus der Hand und sah mit unaussprechlicher Freude, daß jenes Kreuz tatsächlich aus sieben Augen zusammengesetzt war: fünf waren übereinander angeordnet, je eines war rechts und links angesetzt. Also hatte sich meine Vermutung bezüglich der dritten Schriftrolle als richtig erwiesen: auf dem ›einigen Stein‹ waren ›sieben Augen‹! Bisher entsprachen alle Angaben des Abtes der Wahrheit. Bei diesem Gedanken überkam mich aufs neue und in verstärktem Maße die Furcht vor dem ›Wächter‹ des Schatzes, den der Abt ›darüber gesetzt‹ haben wollte. Dennoch, ich dachte nicht daran, jetzt noch von meinem Vorhaben abzustehen!

Ohne erst lange zu überlegen, schlug ich allen Mörtel rings um die markierte Platte weg und setzte dann an der rechten Mauerfuge mein Brecheisen an. Die Platte wich dem Hebeldruck sofort und erwies sich überdies als ziemlich dünn, so daß ich sie ohne große Mühe aus der nun aufklaffenden Höhlung heben konnte.

Es gelang mir, sie unbeschädigt auf meiner Stufe abzustellen, was sehr wichtig war, denn wir mußten die Öffnung hinterher ja wieder verschließen. Dann wartete ich ein paar Minuten lang, und zwar auf der nächsthöheren Stufe. Weshalb ich das tat, weiß ich eigentlich nicht - vielleicht erwartete ich, irgendein schauderhaftes Ding aus der Höhle hervorschießen zu sehen. Aber nichts geschah. So zündete ich eine der Kerzen an und führte sie behutsam in die Höhlung ein, da ich mit etlicher Stickluft rechnete und außerdem feststellen wollte, wie's dort drinnen aussah. Nun, es *gab* einige Stickluft, und sie hätte mir die Flamme beinahe ausgelöscht. Indes, schon nach ganz kurzer Zeit brannte mein Licht wieder so hell und stetig wie zuvor. Die Höhlung schien nicht sonderlich tief zu sein, jedoch nach beiden Seiten breiter zu werden, und ich vermochte ein paar bauchige Formen von heller Farbe zu erkennen, welche an gefüllte Säcke gemahnten. Wozu also noch länger Zeit verlieren? So schob ich den Kopf in die Höhlung und spähte hinein. Nichts zeigte sich, das den Eingang verlegt hätte, und ich streckte den Arm vor und tastete, wiewohl noch recht zaghaft, zunächst nach rechts ...

Brown, einen Kognak, bitte. Ich erzähl gleich weiter, Gregory!

... nun gut, ich tastete also nach rechts hinüber, und meine Finger stießen dabei auf etwas Pralles, das sich anfühlte wie ... ja, mehr oder minder wie Leder. Das Ding war feucht und dumpfig, gehörte offenbar zu etwas Schwerem und Vollem. Kein Grund zu irgendwelcher Besorgnis also! So ward ich vorwitziger, streckte beide Arme, so weit ich's vermochte, und begann, das Ding aus seinem Versteck zu zerren. Es kam alsbald zum Vorschein. Zwar war's recht gewichtig, ließ sich aber leichter bewegen, als zu erwarten gewesen. Doch während ich es näher an die Maueröffnung heranzog, rutschte ich mit dem linken Ellbogen ab und löschte dadurch die Kerzenflamme. Da ich das Ding aber schon ganz vorn an der Öffnung hatte, hielt ich mich nicht auf und begann, es vollends herauszuziehen. In diesem Moment stieß Brown einen Schrei aus und hastete die Stufen hinauf, wobei er die Laterne mit sich nahm. Weshalb er das tat, wird er dir sofort mit eigenen Worten sagen. Zu Tode erschrocken, wie ich war, fuhr ich herum, um zu sehen, was los sei, und erblickte ihn ganz oben am Brunnenrand, wo er minutenlang verharrte, ja, sogar ins Freie stieg und sich ein paar Schritte von dem Schacht entfernte. Dann vernahm ich seinen halblauten Ruf: ›Es ist nichts, Sir!‹ und machte mich wieder daran, den gewichtigen Sack vollends aus seiner Höhle zu zerren, diesmal freilich inmitten einer pechschwarzen Finsternis. Einen Atemzug lang hing er noch an der Mauerkante, dann aber rutschte er mir mit einem Ruck gegen die Brust - und *schlug seine Arme um meinen Hals!*

Mein guter Gregory, es ist die reine Wahrheit, die ich dir berichte! Und ich glaube, nunmehr am eigenen Leibe das äußerste Maß an Entsetzen und Ekel erfahren zu haben, dessen ein Mensch noch fähig ist, ohne darüber von Sinnen zu kommen. Alles Weitere freilich kann ich dir nur mehr in groben Umrissen schildern: was ich wahrnahm, war ein grauenhafter Modergeruch sowie die Berührung von etwas, das sich als eine Art eiskaltes Gesicht gegen das meine preßte und dann langsam darüber hinstrich. Ja, und dann noch den Druck mehrerer - ich weiß nicht, wie viele es waren, also mehrerer Beine oder Arme oder sonstiger, fühlhörnerartiger Greiforgane, welche sich mir um den Leib schlangen. Brown behauptet, ich hätte gebrüllt wie am Spieß und sei von meinem Trittstein rücklings in die Tiefe gestürzt. Jenes Unding, so vermute ich, ist dann abwärts gerutscht, auf meinen bisherigen Platz. Zum großen Glück ist mein Haltegurt nicht gerissen! Brown hat nicht eine Sekunde den Kopf verloren und genug Kraft gehabt, mich bis zum Brunnenrand hinaufzuziehen und über dessen Brüstung alsbald in Sicherheit zu bringen. Wie er das im einzelnen geschafft hat, weiß ich nicht, und auch er wird's dir schwerlich erklären können. Ich glaube, er hat es auch noch zuwege gebracht, unsere Werkzeuge und Requisiten in dem angrenzenden, unbewohnten Gebäude zu verstecken, bevor er mich mit vieler Mühe zurück zu dem Gasthof schleppte. Ich war nicht fähig, auch nur ein einziges Wort der Erklärung hervorzubringen, und Brown ist des Deutschen nicht mächtig. Anderntags jedoch hab ich den Leuten irgendwas von einem schweren Sturz weisgemacht, der mir in den Klosterruinen widerfahren sei, und hatte den Eindruck, daß sie mir Glauben schenkten. Aber ehe ich in meinem Bericht fortfahre, möchte ich, daß du aus Browns Munde vernimmst, was *er* während jener Schreckensminuten erlebt hat. Brown, erzählen Sie jetzt dem Herrn Pfarrer, was Sie auch mir schon erzählt haben.«

»Tja, Sir«, begann Brown mit leiser, unsicher klingender Stimme, »das is *so* gewesen: Der Master hat sich dort unten an dem Loch zu schaffen gemacht, und ich hab ihm mit der Laterne geleuchtet und hab zugesehen, und auf einmal kommt's mir vor, wie wenn ich was von oben ins Wasser fallen hör. Ich schau hinauf und seh, wie dort oben ein Kopf zu uns herunterschaut. Ich glaub, ich hab irgendwas gerufen, und dann nichts wie hinauf, die Laterne immer voran! Hab dem Kerl direkt in die Fresse geleuchtet - Mann, das war vielleicht eine Visage! Steinalter Kerl, ganz eingefallenes Maul und nichts als ein einziges Grinsen, so zumindest is es mir vorgekommen. Na, wie gesagt, ich nichts wie hinauf und drauf auf den Kerl, aber wie ich draußen bin, ist keine Spur mehr von ihm da! Dabei bin ich so schnell oben gewesen, daß er gar nicht verschwinden hätt können, überhaupt, so ein alter Knacker, und ich bin auch um den Brunnen herum, ob er sich nicht dahinter versteckt, aber da war nichts! Und auf einmal hör ich, wie unten der Master ganz fürchterlich zu brüllen anfängt, und seh ihn auch schon in den Gurten hängen! Aber sonst war da nichts, und wie ich ihn überhaupt heraufgekriegt hab, das weiß ich selber nicht.«

»Jetzt hast du's gehört, Gregory«, sagte Mr. Somerton. »Weißt vielleicht *du* eine Erklärung dafür?« »Nun ja, die Geschichte ist so grausig und ausgefallen, daß sie mich zugegebenermaßen ganz durcheinanderbringt. Aber mir ist vorhin durch den Kopf gegangen, ob nicht der ... nun gut, ob nicht die Person, welche diese Falle gestellt hat, gekommen sein könnte, um sich vom Gelingen ihres Planes zu überzeugen?«

»Das ist's, Gregory, das ist es! Ich kann mir nichts anderes denken, das so ... das so *wahrscheinlich* wäre, falls dieses Wort überhaupt am Platz ist in meiner Geschichte. Aber ich glaube, es kann nur der Abt gewesen sein ... Na schön, weiter gibt's ja nicht viel zu erzählen. Ich verbrachte eine elende Nacht, und Brown ist mit mir wach geblieben. Anderntags ist's mir nicht besser ergangen, ich konnte einfach nicht aufstehen. Arzt war keiner zu erreichen, und selbst wenn einer gekommen wäre, so ist es doch sehr fraglich, ob er auch nur das Geringste für mich hätte tun können. Dann hab ich Brown an dich schreiben lassen und eine zweite, gräßliche Nacht verbracht. Denn, weißt du, Gregory, *einer* Sache bin ich vollkommen sicher, und sie hat mir stärker zugesetzt als der erste Schock, denn sie war von viel längerer Dauer: irgend etwas oder irgend jemand hat nämlich während der ganzen Nacht vor meiner Zimmertür gelauert. Fast möchte ich glauben, es seien *zwei* gewesen! Und es waren nicht nur die schleichenden und ziehenden Laute, die ich von Zeit zu Zeit in der Finsternis vernahm, nein, es war der Geruch: dieser entsetzliche Modergeruch! Dabei hatte ich mir jeden Fetzen Gewand, den ich an jenem Abend getragen, vom Leibe gerissen und durch Brown fortschaffen lassen. Ich glaube, er hat das Zeug bei sich drüben in den Ofen gesteckt. Und trotz allem hing der Geruch weiterhin in der Luft und war ebenso dick und atembenehmend wie unten im Brunnen! Was aber noch schlimmer war: er kam von draußen, durch die Tür! Erst mit dem Heraufdämmern des Morgens verzog er sich, und auch die Geräusche hörten auf. Das brachte mich zu der Ansicht, daß wir's wohl mit Geschöpfen der Finsternis zu tun gehabt haben, die das Tageslicht nicht ertragen können, und das gab mir auch die Gewißheit, daß der Spuk aufhören müsse, sobald der Stein im Brunnen erst wieder an seinen Platz gesetzt wäre: daß jenes Unwesen - oder auch jene zwei - durch das Einsetzen der Verschlußplatte ihrer schwarzen Macht beraubt würden bis zu dem Tage, da irgendein anderer ihn wieder von seiner Stelle rückte. Und so mußte ich eben warten, bis du gekommen warst und das für mich getan hattest. Brown allein konnte ich ja nicht hinunterschicken, und jemand von den Einheimischen ins Vertrauen zu ziehen - nimmermehr!

So, das wär meine Geschichte, und wenn du sie nicht glauben magst, so kann ich's nicht ändern. Aber ich denke, du glaubst sie.«

»In der Tat«, versetzte Mr. Gregory. »Was bleibt mir denn auch anderes übrig? Ich *muß* sie wohl glauben! Hab ja den Brunnen und auch den Stein mit eigenen Augen gesehen, hab auch die Säcke, oder was immer es war, in der Höhle bemerkt, und, um ehrlich zu sein, Somerton, ich glaube, auch vor *meiner* Tür hat in der vergangenen Nacht etwas gelauert.«

»Sicherlich, Gregory, so war es! Doch gottlob, das ist nun vorbei! Übrigens, ist dir was Besonderes aufgefallen bei deinem Geschäft in dem gräßlichen Brunnen?«

»Kaum. Mit Browns Hilfe war es ganz leicht, die Verschlußplatte wieder einzusetzen, und er hat sie dann mit all den Eisen und Keilen, die du ihm mitzunehmen geraten hast, sehr fest verklemmt. Und mit Hilfe von etlichem Schlamm aus dem Brunnen ist's uns gelungen, die Stelle vollkommen ihrer Umgebung anzugleichen. *Eine* Sache allerdings hab ich an der Brunneneinfassung bemerkt, die dir entgangen sein dürfte: Es ist da auf einem der Reliefs eine grausige, groteske Kreatur zu sehen, am ehesten trifft wohl noch der Vergleich mit einer Kröte zu. Und daneben befindet sich ein Schild, das nur zwei Worte trägt: ›Depositum Custodi‹.«

»Also etwa: ›Wache darüber‹.«

»Ja. So könnte man sagen.«

Die Nacht auf dem Galgen

Theodor Seidenfaden

Als vor Jahren ein Zülpicher Bürger, der sich auf dem Heimweg von Euskirchen aus verspätet hatte, durch das Gehölz des Schievelsberges kam, dem der Novembermond nur spärliches Licht gab, trat ihm plötzlich ein Kerl entgegen und fragte, wieviel Uhr es sei. Das war an dem Ort und zu der Stunde verfänglich, und so faßte er den Knotenstock fester, schritt aus und meinte: Die Uhr liege daheim in der Stube, und dorthin könne er jetzt nicht sehen; außerdem künde der Mond ja die Stunde!

Der andere aber ging mit und reihte dieser Antwort gleich eine neue Frage an: Ob er nicht Feuer für die Pfeife habe! Das war nun wieder eine Diebsfrage, weshalb der Zülpicher, ehe er noch die Bitte abschlug, seinen Begleiter schnellen Schrittes auf die Seite nahm und ihn, soweit es das fahle Licht erlaubte, scharf im Auge behielt. Und daran tat er gut, denn wie sie die nächsten Bäume hinter sich hatten, blitzte dem Kerl ein langes Messer in der Hand, welches er auf ihn zustieß, indem er rief: »Dein Geld!» Das war, nach der langen Vorbereitung, ein dummer Überfall, dem ein Schlag des Knotenstockes, der den Dieb und sein Messer an den Boden warf, das schnelle Ende bereitete. Der Zülpicher wollte eben zu neuem Schwung ausholen, da tauchten vor ihm zwei Kerle aus dem Dunkel, von denen der längste eine Flinte hielt, jedoch keine Zeit fand, den Hahn zu rühren, weil ihn der Knotenstock über den Kopf traf, derart, daß er zusammenbrach, wobei der Schuß krachte und seinem Genossen das Bein zerriß. So mußte auch der sich hinlegen, und der Bürger hätte ruhig seines Weges ziehen können, wenn ihm nicht mit dem Geschrei des Verwundeten eine seltsame Angst in die Seele gefallen wäre, die noch geschürt wurde, als einer der Kerle zu pfeifen begann, wie wenn irgendwo eine Hölle von Räubern des Hilferufes warte.

Da sprang er durch das Gebüsch, hastete seitwärts und stand nach einigem Gestolper über Wurzeln und Stümpfe am Rande einer Lichtung vor dem Galgen seiner Stadt, daran drei Gehenkte baumelten, war also bei seiner Flucht wieder unter Räuber geraten. Aber die ließen die Köpfe hängen, kümmerten sich weder um das Eulenvolk, das der schnelle Schritt von ihren Schultern scheuchte, noch um den Mann, der bei ihnen Zuflucht suchte. Weil der im gleichen Augenblick hinter sich Hundegebell und freches Stimmengewirr hörte, packte er, kurz entschlossen, den Knotenstock zwischen die Zähne, kletterte den Galgen hinauf, nahm oben den Stock wieder zur Hand und legte sich dann der Länge nach auf den Querbalken. Zwar stieg von den unheimlichen Gesellen, denen zerfetzte Kleider am Leibe flatterten, der Moderduft stark genug hoch, und das Nachtgevögel, dem der Lärm die Raubflüge störte, krächzte schauerlicher als sonst. Doch zwang er sich, still zu liegen, obschon ihm jeder Augenblick das Blut heißer durch die Adern trieb. Trotzdem

kicherte einem Winkel seiner Seele der Schalk, der ihm oft über schwere Stunden geholfen und ihn auch diese Nacht zunächst noch den rechten Weg geführt hatte.

Das Gekicher schwieg, wie schließlich aus dem Dickicht ein Hund schoß, dem einige Kerle folgten, deren erster ihm der zu sein schien, der unter seinen Hieben zusammengebrochen war. Als der Hund, ein zottiges Vieh, den Galgen hinaufbellte und der Kerl ihm folgen wollte, riefen seine Kameraden, die sich nicht an die baumelnden Brüder wagten: Zu solchem Pack klettere nur der Teufel, und der sei wohl kaum vor ihnen geflohen und habe sich dieses Versteck gesucht; der Flüchtling müsse entkommen oder versunken sein!

Aber der andere, den die Rache peitschte, wollte die Warnung nicht hören und kletterte den einen der stehenden Balken hinauf, indes der ungewisse Mond Schatten über die Lichtung warf und der Hund immer toller bellte. Wie er schon halben Weges war, gelang es dem Zülpicher, dem die neue Not den alten Schalk wieder weckte, den Strick zu fassen, der neben dem Kletternden hing. So gewandt und schnell bewegte er ihn hin und her, daß der Gehenkte sich drehte und mit kalter Hand den Spitzbuben ins heiße Gesicht traf. Und der Schlag packte ihn schlimmer als der erste dieser Nacht, denn er glaubte, der Tote verbitte sich die Störung der Ruhe und wolle ihn zu sich nehmen in sein dunkles Reich. Dazu fehlte ihm natürlich die Lust, und so stürzte er denn mit heiserem Schrei hinunter, dem Hunde auf den Schwanz, sprang jedoch gleich wieder hoch und rannte hinter dem kläffenden Vieh ins Gebüsch, bevor seine Genossen, die der Schreck lähmte, wußten, was geschah. Erst als der Zülpicher, dem der Tote noch immer bedrohlich aus der Hand hing, tief und feierlich von seiner Höhe rief, verflucht sei, wer Verstorbene störe, jagten auch sie gesträubten Haares davon.

Wie dann der letzte Lärm im Walde verstummte, ließ er ihn, heimlich lachend, los, blieb aber, weil er fürchtete, das Gesindel käme zurück, bis zum Morgen liegen. Beim ersten Frührot stieg er ab und ging, nebelnaß und müde, aber froh des gelungenen Streiches, heim, wo er noch manchmal von der Nacht erzählte, in der es ihm gelang, Galgenvögel mit gerichteten Brüdern zu vertreiben und sich selbst durch einen Toten das Leben zu retten.

Stromabwärts

Frank Festa

Das Wasser tränte schwach unter einem Felsen hervor, tropfte den Hügel hinab, sammelte sich zwischen dem kalkhaltigen Kies und stieg langsam an. Rot lag das Sonnenlicht auf den Pfützen, die inmitten des weißen Gesteins wie feuchter Samt schimmerten. Die Luft stand unbeweglich und schwül, wie unter einer riesigen Glasglocke, in der die Luftfeuchtigkeit zu Perlen gerinnt. Nirgendwo ein kühler Schatten.

Alexander hockte sich ins Gras und kniff die Augen zusammen, weil das Sonnenlicht ihn blendete. Die roten Wasserlachen setzten sich in ihrem flachen Bett weiter fort, blähten sich auf und flossen durch die Felder, bis er das magere Bächlein aus den Augen verlor. Er griff ins trockene Gras und riß ein paar Halme heraus, den längsten steckte er zwischen seine Lippen und kaute auf ihm herum. Der Anblick der Eifellandschaft – die Wiesen, das rote Band des Flusses, das weiße Kiesgestein und in der Ferne die Bäume, an denen sich kein Blatt bewegte - dieses Bild hatte etwas Schwermütiges an sich, fand Alexander. Vielleicht war es nur sein Empfinden, das die Natur einfing und auf ihn übertrug.

Er war müde. Während der langen Zugfahrt von Portugal aus quer durch Europa hatte er wenig geschlafen. Warum, wußte er nicht. Ein nervöses Gefühl hatte ihn erfüllt, eine sensible Ahnung, die ihn unruhig durch die Waggons hatte streifen lassen. Dabei kehrte er ohne feste Absicht nach Deutschland zurück, nur so, um zu sehen, wie das Land sich verändert hatte seit damals, als er mit fünfzehn davongelaufen war. Oder um vielleicht seine Mutter und die anderen wiederzusehen. Und sollte sein Vater ihn schlagen wollen, würde er zuerst schlagen, denn er war längst kein hilfloser Junge mehr. Alexander wünschte, daß sein Vater inzwischen an seiner Sauferei krepiert sei.

Als der Zug irgendwo in Frankreich über eine Brücke polterte, fand er im Abteil ein deutsches Prospekt. Darin wurde die Quelle des Flusses erwähnt, an dessen Ufer er als Kind gespielt hatte. Er hatte schon immer den Ursprung des Flusses sehen wollen.

Als der Zug das Dorf erreichte, in dessen Nähe die Quelle zu finden war, stieg er, ohne darüber nachzudenken, aus, wie unter einem sanften Zwang, und sah sich auf dem verschlafenen Bahnhof um. Er hatte Zeit soviel er wollte, niemand erwartete ihn, und außerdem war er sich nicht mehr sicher, ob er wirklich zur Siedlung gehen sollte. Er wußte nicht, ob seine Familie nach so vielen Jahren noch dort wohnte. Seine Geschwister Andrea und Ludwig waren inzwischen sicher verheiratet und hatten Kinder. Und Christian, der war auch schon zwanzig oder einundzwanzig, sicher längst aus der Wohnung verschwunden, um vom Vater wegzukommen. Und was war mit Mutter? Hatte sie sich scheiden lassen? War sie Vater ausgeliefert? Schlug er sie weiterhin? Mußte sie auch jetzt noch vor ihm knien und seine widerlichen Füße eincremen?

Er sah auf das Rinnsal hinab: irgendwie hatte er sich die Quelle spektakulärer vorgestellt und war jetzt enttäuscht: Dieses feuchte Gerinne konnte einen Fluß nähren? Und doch war es so, die Realität ist oft unglaublich! Hier begann tatsächlich der Fluß, der für ihn das große Abenteuer gewesen war, damals in seinen Kindertagen, als er in einer der Armensiedlungen der großen Stadt heranwuchs, in jener Gegend, wo der Fluß in enge Betonbahnen gelenkt worden war und Ratten anzog, die sich um den auf dem Wasser treibenden Müll stritten.

Alexander stand auf, ergriff den kleinen Rucksack, über den ein aufgerollter Schlafsack geschnallt war, und marschierte los. Er folgte dem Lauf des Wassers durch die sanften Hügel der Eifel. Seine Stiefel knickten das Gras und ließen Insekten auffliegen. Seine Augen tasteten die Landschaft ab. Vage spürte er die sich im Sonnenlicht auflösende Zeit, die sich still um die Umgebung schlang.

Bald flossen die Pfützen ineinander und bildeten ein großes Wasserband, das träge in eine Richtung strömte, hin zu den hellen Gesteinswänden, die sich weiter vorne erhoben. Es war ein Kalkbruch. Schilder mit Warnungen waren aufgestellt. *UNBEFUGTES BETRETEN VERBOTEN*. Ein stachliger Draht schirmte das Areal ab, das vom Wasser unterlaufen wurde. Es war jetzt knietief und trieb dahin – das Gerinne hatte sich tatsächlich in einen kleinen Bach verwandelt. Alexander blieb stehen und schaute zurück, suchte den Übergang von der Pfütze zum Fluß, fand ihn aber nicht wieder. Er kletterte über den Zaun und näherte sich dem Kalkwerk. Zwischen den weißfelsigen Wänden des Kalksteinbruchs legten sich Schatten auf ihn. Sie gaben keine Kühle.

Parallel zum Fluß führte ein Weg vom Kalkbruch fort. Reifen hatten die Erde aufgewühlt und tiefe Schlammspuren hineingefräst, die auf ihrer Oberfläche von der Sonne hartgebacken wurden und an die Kruste eines überdimensionalen Brotes erinnern konnten. Alexanders Stiefel sanken ein und hinterließen eine Fährte, in der sich eine schlickige Brühe sammelte.

Nach einer Weile hörte er dumpfes Lärmen, das sich unregelmäßig wiederholte: Eine Autobahnbrücke führte auf Betonbeinen hoch erhoben über den Fluß. Wie bunte Kugelblitze schossen die Wagen darüber hinweg, so daß die ganze Brücke erzitterte.

Als die Sonne wie ein Lampion den Horizont berührte und das Land erglühte, blieb Alexander stehen und rieb sich das unrasierte Kinn. Die Nacht kam. Er war müde. Drüben in den Getreidefeldern ließ es sich gewiß gut schlafen. Er kehrte um, lief in die Felder. Am Rande des Flusses packte er seinen Rucksack aus. Das Zelt brauchte er nicht aufzubauen, die Nacht würde mild und trocken sein. Er setzte sich auf seinen Rucksack, sah hinüber zum Wasser, über das die ersten Schatten der Dämmerung strichen. Zufrieden streckte er die Beine aus, machte sich lang, gähnte und rieb sich die Augen. Aus dem Rucksack zog er eine Plastiktüte mit Ziegenkäse und ein Stück Brot. Dazu trank er roten Wein, den sein marokkanischer Freund Abdelkrim Mektel selbst gekeltert und ihm im Hafen von Gibraltar beim Abschied mitgegeben hatte.

Nach dem Essen rülpste Alexander zufrieden und drehte sich eine Zigarette aus dem Tabak, den er in einem kleinen Lederbeutel mit sich herumtrug. Der Tabak war mit schwarzem Haschisch durchsetzt und beruhigte Alexander vor dem Schlafen, schützte ihn vor bösen Träumen und regte seine Phantasie an. Er legte sich auf den ausgerollten Schlafsack und paffte eine dicke Rauchkordel in die Luft. Den Stummel schnippte er in Richtung Fluß. Müde sah Alexander zum Abendhimmel auf und sinnierte: »Die Dunkelheit quillt aus dem Himmel wie graue Tropfen Tinte, die einem Schwamm entwrungen werden. So bekleckern sie den Himmel, bis er ganz dunkel ist.«

Er schlief ein. Nach und nach glitt er in seinen Traum, der ihn in die Finsternis seines Hirns trug. Erinnerungen lösten sich, und er verlor jegliches Wissen.

Irgendwann schreckte Alexander schreiend auf. Der Nachthimmel hatte kleine zerfetzte Einschußlöcher, aus denen leuchtete das gelbe, giftige Licht des dahinterliegenden Kosmos, so daß sich eine andere, bösere Welt zu erkennen gab. Und als er begriff, daß die Löcher die Sterne waren, nur die strahlenden Sterne, schloß er den Mund und verstummte. Verstört blickte er um sich. Der Fluß dort unten war ein schwarzes, gluckerndes, beruhigendes Fließen. Ein kalter Hauch wehte herauf zu ihm. Alexander schlüpfte in seinen Schlafsack, zog den Reißverschluß zu und versuchte, die Beklemmung des Traumes zu verdrängen. Der Schlaf wehte ihm langsam in den Kopf zurück, und dann war nichts mehr.

In der Nacht war es immer mehr abgekühlt. Als Alexander im Morgengrauen aufwachte, war es kalt, und dunstige Schwaden stiegen aus dem Wasser. Der Himmel schimmerte lila verfärbt in der Ferne, düster versprach er Regen und Traurigkeit.

Alexander schnürte seinen Schlafsack zusammen. Danach suchte er sich eine seichte Stelle, wo er barfuß ins Wasser trat und sich das Gesicht und die Achseln wusch. Er befeuchtete seine langen Haare und kämmte sie.

Um die Mittagszeit, als es doch nicht regnete, sondern wieder heiß wurde und die Sonne am Himmel zu einem Eidotter zerrann, führte ihn der Fluß in eine Wildnis aus Dickicht, Bäumen und mannshohen Gräsern, über der eine ungesunde Stille lag, wie sie an verfluchten Orten herrschen soll. Blüten flimmerten zwischen dem Gras am Flußufer und verbreiteten einen zarten Geruch. Kein Luftzug ließ sie erzittern.

Um dem Lauf des Flusses folgen zu können, mußte Alexander sich durch das Gestrüpp quälen. Er schlug Äste und Laub zur Seite, riß sich Kletterge-

wächse vom Leib. Die Dornen eines Strauchwerks schlitzten ihm die Jeans und das T-Shirt auf. Einmal trat er mit einem Bein in ein Schlammloch und strauchelte. Eine schlitzäugige Eidechse flitzte davon. Er schimpfte und zog vorsichtig das Bein aus dem Sumpf. Es war völlig verdreckt. Verstimmt stapfte er in den Fluß und ging durch das seichte Wasser, um die Jeans zu reinigen, trocknen würde sie bei dieser Hitze schnell.

Da er jetzt durchs steinige Flußbett watete, kam er schneller vorwärts. Das Dickicht war inzwischen knorrigen Baumstämmen gewichen, deren Äste sich über ihm zusammenfanden wie Finger gespreizter Hände, die das Licht abwehrten. Er ging konsequent weiter und dachte nicht an Pause. Um die Mittagszeit tropfte die Luftfeuchtigkeit aus dem Laubwerk, das sich endlos über den Fluß ausbreitete. Alexander wunderte sich darüber – das war ja wie Dschungel in der Eifel. Der Schweiß tropfte ihm von der Nase ins Wasser, das ihm manchmal bis zur Hüfte reichte und doch keine Kühlung verschaffen konnte. Insekten, vom Geruch seines Schweißes angelockt, stachen ihn und hinterließen juckende Pusteln auf seiner Haut. Alexander stapfte weiter. Dann stürzte er in den Fluß, weil eine Unterwasserpflanze seinen Fuß festhielt. Er fiel auf die Knie, das Wasser klatschte über seinem Kopf zusammen. Erschrocken kämpfte er sich hoch, ging stur weiter.

Am späten Nachmittag, inmitten dunkler Schatten unter den Baumkronen, war Alexander kurz vor dem Zusammenbruch. Er setzte sich auf einen Felsen, der aus dem Gewirr knorriger Luftwurzeln herauswuchs, und streifte sich das T-Shirt über den Kopf. Er wrang es aus und öffnete seinen völlig durchnäßten Rucksack. Er trank den letzten Rest Wein und legte die Flasche in die Arme der riesigen Wurzel, die wie ein monströser Fächer aus dem Boden wuchs. Als er ins Laubwerk hochblickte, glaubte er, im Aufblitzen eines Sonnenlichtreflexes ein affenartiges Tier zu sehen, das sich im Geäst festhielt und mit Glotzaugen auf ihn herabsah. Als er sich erstaunt aufrichtete, um Genaueres zu erkennen, war da nichts außer einem abgeknickten Zweig, dessen Belaubung braun und welk im Grün hing. Er setzte sich zurück auf den Felsen und zog das T-Shirt wieder an.

Wieso lief er wie ein Irrer durch den Fluß? Er war ungefähr zehn Stunden stramm marschiert, völlig sinnlos. Warum vergeudete er seine Kräfte so, fragte er sich, doch schon stand er wieder auf und setzte seinen Kurs fort. Für einen kurzen Moment glaubte er, einen merkwürdigen Ruf zu hören, doch das war Einbildung. Aber dieses Gefühl, unbedingt weitergehen zu müssen, das war da, und es trieb ihn voran wie ein Fieber.

Es dauerte nicht lange, da wurde es im Dickicht der Bäume undurchschaubar düster. Der Streifen zwischen Wasser und Ufer verschwand, und alles überzog sich mit einer dunklen, unergründlichen Tönung. Alexander schleppte sich aus dem Wasser, warf sich irgendwo zu Boden und schlief sofort ein. Die Wurzeln unter seinen Rippen und das kitzelnde Gras in seinem Gesicht nahm er nicht mehr wahr.

Sein Schlaf schien nicht lange gedauert zu haben, denn als Alexander erwachte, ließ die Sonne das Laub gerade wieder erglühen. Seine Kleidung war immerhin schon trocken. Steif scheuerte sie auf seiner Haut. Er stand benommen auf und quälte sich weiter durch das Dickicht.

Wenig später öffnete sich das Gestrüpp und wich einer großen Wiese, durch die sich der Fluß schlängelte. Weiter hinten sah Alexander Industrieschornsteine und Hochhäuser, die sich grau vorm Horizont abzeichneten. Er seufzte erleichtert auf. Dort konnte er Nahrung kaufen, obwohl er, was ihn wunderte, noch keinen Hunger empfand.

Von der Stadt wehte eine große Stille herüber, die erschreckte. Auch als Alexander sich den Betonbauten näherte, war kein Laut zu hören. Der Fluß führte ihn an einer menschenleeren Reihenhaussiedlung vorbei. Dort verkroch sich das Wasser in den Schatten einer Brücke und verschwand unter dem Asphalt einer breiten, leeren Straße. Alexander suchte mit seinem Blick und fand den Fluß wieder, der durch eine schmale, gemauerte Rinne geführt wurde, unter Häusern verschwand, irgendwo wieder auftauchte, immer wieder, schnurgerade geleitet durch die gestorbene Stadt. Alexander sah keine Autos, keine Menschen, keine geöffneten Fenster, keine Bewegung. Der Ort war erstarrt zu einem monströsen Standbild.

Etwas später fand er sich in der Gegend wieder, in der er aufgewachsen war. Der Fluß hatte ihn hergeführt. Alles hier war wie in seiner Erinnerung: Da waren die Häuser der Siedlung. Die blinden Fenster sahen traurig auf ihn herab, nichts atmete, keine verwahrlosten Kinder turnten auf den Klettergerüsten des Spielplatzes. Sogar das Licht fiel herab wie eine bloße Erinnerung an das Licht.

Er suchte das Haus mit der Nummer 186, das genauso tot wie die anderen Häuser dastand. Alexander schaute hoch zu den Fenstern im ersten Stock: Dieselben billigen Gardinen, die schon vor fünfzehn Jahren dort gehangen hatten, zeichneten sich grau hinter dem Glas ab. Alles hier war seine Vergangenheit, gewesenes Leben.

Er betrat das Treppenhaus durch die offene Haustüre, stieg die Stufen hoch, die er als Kind oft hinauf- und heruntergehüpft war, und klopfte an die Wohnungstür. Niemand ließ sich sehen. Er öffnete selbst und trat in den Flur. An der Garderobe hingen die Mäntel von Andrea und Ludwig. Auch der gelbe Kindermantel des kleinen Christian hing dort wie immer, und auf der Hutablage lag die blaue Schirmmütze seines Vaters.

Er betrat die Wohnung. Stille lauerte in den Räumen. Es roch muffig und vertraut. Die Küche sah aus wie allemal. Auf dem Tisch stand das rote Feuerwehrauto von Christian, das man aufziehen konnte und das mit Sirenengeheul immer im Kreis gefahren war, bis Vater es zertrat, weil es ihn aufregte, dieses nutzlose Kreisen, immer um sich selbst. Aber das war lange her, und jetzt stand es völlig intakt auf dem Tisch und wartete darauf, daß Christian es in seine kleinen Hände nahm.

In dieser Küche hatte Vater den kleinen Christian mit dem Kopf gegen die Fliesen geschlagen, ohne Grund, weil Vater nervös gewesen war. Christian hatte stumm und ohne Luft zu holen geschrien. Dort am Fenster hatte Mutter einmal einen Hieb ins Gesicht bekommen. Blut war ihr aus der Nase und aus dem Mund gequollen, und sie hatte es in dieses Waschbecken gespuckt. Alexander sah nach: Eine rote Spur aus Rotz und Blut rann in den Abfluß und trocknete nie.

Im Wohnzimmer stand das schäbige gelbe Sofa, vor dem Fernseher Papas Polstersessel, der nach verschüttetem Bier und alten Fürzen roch. Er saß in seinem Sessel, wie immer, eine Flasche Bitburger-Pils in der Hand. Mutter kniete auf dem Boden und verrieb Creme, die sie mit einem Finger aus einer Dose fischte und zwischen die übelriechenden Zehen ihres Mannes schmierte. Sie sah nicht auf, verrichtete selbstversunken ihren Dienst.

Vater sah ihn an: »Wo kommst du so spät her?«

Er schubste Mutter mit einem Tritt beiseite, stand auf und näherte sich drohend. Alexander spürte die Erkrankung in Vaters Kopf, die ihn aufwühlte, wenn es zu lange zu ruhig blieb – sie würde gleich wie die Tollwut ausbrechen, um Tränen und Blut aus einer fremden Seele zu trinken.

Aber nein! In Vaters Augen steckten jetzt rostige Messer, die ihn blind und tot machten. Alexander hatte sie sich da hineingewünscht. Er kam nicht gegen seinen Haß an: Er sah seinen Vater an der Wand gekreuzigt, durch Hände und Knöchel waren starke Bohlennägel geschlagen, sein Blut war auf das Muster der Tapete gespritzt und bildete chinesische Schriftzeichen. Der Bierbauch glänzte zwischen dem hochgerutschten Unterhemd und dem Bund der abgetragenen Hose. Die Augen waren aus dem wahnsinnigen Gesicht herausgerissen, Alexander hielt die warmen Kugeln in seinen Händen und zerdrückte sie, er spürte Zorn und Ekel. Vater sollte blind sein und leiden! Er wollte Vaters Augen niemals zurückgeben, er zerquetschte sie, bis sie wie Mayonnaise zwischen seinen Fingern herausquollen. Wie sein Vater dort hing, blind, jammernd, die Beine gespreizt, die Arme auseinandergestreckt, war er nur noch ein lächerlicher Hampelmann.

Alexander stieß seinen Vater ohne Mitleid aus dem Fenster und sah zu, wie der Körper auf den Hinterhof klatschte und auseinanderbrach wie der Panzer eines Käfers. Kein Blut, sondern farbiges Gewürm quoll aus dem Leib, das sich in den Ritzen zwischen dem Kopfsteinpflaster verkroch.

Alexander verließ die Siedlung: Der Fluß rief nach ihm, lockte ihn weiter durch die Stadt und hinaus, am letzten Haus vorbei, hinein in einen dichten Wald, wo Kälte und Finsternis die Arme um ihn legten. Kein Licht drang hier durch das Dach der Tannen. Er stolperte hilflos durchs Zwielicht, doch das Plätschern des Wassers steuerte und lotste ihn. Die Nadeln der Tannen streichelten sein Gesicht, was eine Zeitlang angenehm war, bis er spürte, daß sie vereist waren und sein Gesicht langsam erfrieren ließen.

Dann blieben die Bäume zurück, das Wasser steuerte durch eine felsige Landschaft. Graue Felsen erhoben sich gigantisch in den Himmel, wo sich schwarze Wolken zusammenballten. Die Felsen waren so glatt, daß Alexander nicht an ihnen emporklettern konnte. Um vorwärts zu kommen, mußte er ins Wasser steigen. Es reichte ihm bis zur Brust und war so kalt, daß er geradezu erstarrte. Das Wasser schäumte wild. Er verlor den Halt und wurde stromabwärts getragen.

Jetzt sah er den dunklen Schlund am Ende der Schlucht, das torbogenförmige Mundloch einer Höhle, in die das Wasser haltlos hineinstürzte. Alexander versuchte, sich an den Felswänden festzuhalten, es gelang ihm jedoch nicht. An einer Steinkante riß er sich die Handballen auf. Blut und Wasser wirbelten vor seinen Augen. Die Kälte, die eisigen Fluten und die Geschwindigkeit, mit der ihn das Wasser ins Dunkel mitriß, machten ihn benommen. Er sah kaum noch etwas, tauchte unter, schluckte Wasser und drohte, im Strudel zu ersticken. Alexander wurde in die schwarze Höhle gespült ... Dann schoß der Styx über den Rand der Welt und fiel ins Licht. Alexander wurde einen Wasserfall hinuntergestürzt. Tief unten glitzerte ein farbiges Meer. Das Wasser schillerte blau und rosa, gelb und rot. Die Farben verschmolzen in wirbelnden Farbspiralen, drehten sich und erzeugten Regenbogenkreise. Alles leuchtete sanft. Alexander schlug einen Salto in der Leere, er schwebte hinab in das große Anderswo, nutzte den Schwung, um wieder aufzufliegen, schraubte sich lustvoll stöhnend in tollen Pirouetten, breitete seine Arme aus und geriet dann ins Trudeln.

Als er in das Meer stürzte, versprühte seine verglühende Seele bunte Farbtönungen und färbte das Wasser eines fremden Daseins.

Für einen Moment war Stille. Dann begannen einige Gardinen, die aus den Zugfenstern hingen, nervös im Wind zu flattern und klatschende Geräusche von sich zu geben. Einige Steine lösten sich noch vom Hang und polterten in den Fluß. Die zerstörte Brücke wirkte wie ein gigantisches, zerschmettertes Fischskelett.

Jetzt erhob sich das Wimmern eines jungen Mädchens aus den Trümmern der Zugwagen.

Alexander lag zwischen den Felsen eines Flußufers, irgendwo in Frankreich. Seine zerrissenen Hände hingen an den grotesk gespreizten Armen. Sein Kopf lag im Wasser einer Pfütze. Eine Menge Blut war aus seiner zerschlagenen Nase gelaufen und färbte das Wasser rot.

Er starb in der fingertiefen Pfütze, phantasierte von seiner Kindheit in der Eifel, und die Schreie der Verwundeten waren sein grausiges Requiem.

Die geöffneten Gräber zu Himmerod

Josef B. Schiffels

Der Laienbruder Liffard, der von hoher Herkunft war, hatte lange in Demut und Selbstentsagung die Schweine des Klosters gehütet. Da gab ihm der Teufel ein, das Schweinehüten sei für ihn doch ein zu geringer Posten, er werde deshalb von seinen Freunden und Bekannten verachtet. Liffard hing diesen Gedanken nach und faßte den Vorsatz, in aller Stille das Kloster zu verlassen. Als er nachts wachend in seinem Bette saß und über sein Vorhaben nachdachte, sah er plötzlich eine hohe Gestalt vor sich. Sie forderte ihn durch einen Wink auf, ihr zu folgen. Ohne Widerrede stand er auf, kleidete sich an und folgte der Erscheinung durch die geöffneten Türen des Schlafsaales, durch das Kloster und die Kirche hinaus zum Kirchhof. Er wußte nicht, wie ihm geschah, wagte aber aus Furcht auch nicht, seinen Führer zu fragen, wer er sei und was er mit ihm vorhabe. Als sie auf dem Kirchhof waren, öffneten sich auf ein Zeichen der Erscheinung alle Gräber. Eine eisige Luft umwehte ihn; vor Schrecken waren seine Glieder wie gelähmt. Er sah vor sich die Leichen in allen Stadien der Verwesung, und der gräßliche Totengeruch drohte ihn zu ersticken. Dann hörte er die Stimme seines Führers, die gar schauerlich klang und sich also vernehmen ließ: »Siehst du diese Menschen dort? Bald wirst du ihnen gleich sein. Was gedenkst du also zu tun?» Und Liffard sprach: »Habe Erbarmen, oh Herr, und schone meiner! Ich will bis an mein Ende in Demut dein treuer Diener sein.» Nach diesen Worten wurde er wieder in den Schlafsaal zurückgebracht. Das unter so seltsamen Umständen gegebene Versprechen aber hat er getreulich gehalten bis an sein seliges Ende.

Puckel

Ralf Kramp

Es lag eine herzzerreißende Traurigkeit in dem Blick seiner großen blauen Augen. Es war ein stummes Fragen nach dem Sinn des Unerklärlichen. Die geweiteten Augen hefteten sich forschend an das verkniffene Gesicht der Mutter, die daneben stand und gleichfalls schweigend betrachtete, wie der Körper des ehemals stolzen Hahns mit panisch flatternden Schwingen in unregelmäßigen Kreisen über den schlammigen Hof schoß, wieder und wieder gegen die Bretter der Stalltüre, gegen das Mauerwerk des Wohnhauses rannte, torkelte und schlingerte, während der dazugehörige Kopf mit blutverschmiertem Halsgefieder schlaff und leblos auf dem Holzklotz lag.

Mit einem Büschel Stroh rieb der Vater die Klinge der Axt sauber und hustete trocken und unbeteiligt. Seine Rechte fegte mit einem kraftvollen Wisch den verbliebenen Kopf in die Nähe des Misthaufens. Wenig später machte er sich daran, den Körper aufzusammeln, dessen hektische Bewegungen weniger und weniger geworden waren, bis er schließlich zuckend, dreck- und blutbesudelt in einer Ecke des Hofes liegengeblieben war. Die prachtvollen Federn hatten ihren Glanz verloren, die stolzgeschwellte Brust war in sich zusammengefallen.

Stumm verfolgte der Junge die Szene. Speichel tropfte aus seinem rechten Mundwinkel, der unnatürlich schief nach unten stand. Seine Mutter strich sanft mit der Hand über seinen mißgestalteten Körper und hielt seine kleine Hand. »Der Hahn kütt jetz en de Himmel«, murmelte sie. »Do hätt der et vell besser. Dämm deet jetz nüüs mie wieh.«

Er war gewachsen. Größer und schneller, als man es hätte erwarten können. An den niedrigen Zimmertüren mußte er sich bücken, um nicht anzustoßen, was die häßliche Erscheinung seines unförmigen Rückens noch verstärkte. »Puckel«, riefen sie im Dorf und lachten, wenn er versuchte, ihren Steinwürfen auszuweichen.

Nur seine Mutter hatte Trost für ihn, strich mit ihrer rauhen Hand über seine stoppeligen Wangen und blickte gütig in seine Augen, die die gleichen tiefblauen Seen geblieben waren wie vor Jahren.

Der Vater schlug ihn. Er tat es gerne und oft. Der Puckel war zu nichts nütze. Die einfachsten Handgriffe waren ihm nicht beizubringen, und mit seiner unbändigen Kraft hätte er doch sicherlich zwei Lohnarbeiter ersetzen können. An ihm war nichts zu verdienen, und das einzige, was er verdiente, war eine Tracht Prügel dann und wann.

Das Blut vom Ochsen hatte er in die Küche tragen sollen. Wieder einmal hatte er fassungslos mit angesehen, wie ein Tier getötet worden war, wie das Leben einfach aus dem Körper wich und einen seelenlosen Kadaver zurückließ. »Der kütt jetz in de Himmel«, hatte die Mutter wieder gemurmelt, so, als müsse sie es ihm wieder und wieder erklären, so, als sei er immer noch das kleine, verständnislose Kind. Jetzt war er der große Junge, aber verständnislos war er geblieben.

Aus dem Blut sollte Wurst gemacht werden und kräftige Blutsuppe. Aber seine eigenen Beine hatten ihm wieder einmal im Weg gestanden, und die große Schüssel stürzte mitsamt dem schweren, ungehobelten Körper zu Boden, schepperte und tönte blechern, und das kostbare Blut saugte der trockene, sonnengewärmte Staub des Hofes rasch und durstig auf. Mit fahrigen, ungelenken Bewegungen versuchte der Junge rasch, den schwarzroten Schlamm in die metallene Schüssel zurückzuschöpfen, aber die Flüssigkeit war schon versickert. Weinend blickte er auf seine blutschlammigen Hände, und seine hünenhafte Gestalt kniete gebeugt, bucklig und zitternd inmitten des Hofes.

Der erste Tritt seines Vaters traf ihn in den Magen, der zweite in den Rücken. Sie kamen mit solcher Wucht und jagten eine solche Springflut des Schmerzes durch seinen deformierten Körper, daß er die weiteren, rasch nacheinander folgenden Hiebe und Tritte kaum noch wahrnahm. Gegen das gleißende Licht der unbarmherzigen Sonne beobachtete er, daß seine Mutter versuchte einzugreifen und Anstalten machte, ihren mageren Körper zwischen den ihres Sohnes und den ihres Mannes zu werfen.

Der Vater schob sie wütend zur Seite, packte das Hemd des Jungen in der Höhe des Buckels und zerrte ihn auf die Beine. Dann stieß er ihn brutal und rücksichtslos zu dem kleinen Schuppen, der halbverdeckt hinter der Scheune im Schatten stand, und schleuderte ihn hinein. Es war finster und stickig, und durch den Schleier seiner Tränen versuchte er, mit seinen tiefblauen Augen das ihn umgebende Dunkel zu durchdringen.

Von draußen drang erneuter Lärm in sein Gefängnis. Er hörte seine Mutter, die dafür bezahlen mußte, daß sie versucht hatte, ihr Kind zu schützen. Wie schon so oft zuvor.

Er hörte dumpfe Schläge, lautes Klatschen und das Scharren der Füße im Staub. Aber er hörte keinen einzigen Ton des Schmerzes. Kein Jammern, kein Weinen. Sie ertrug es still.

Der alte Tünn war gestorben. Mit eingefallenen Wangen und tief in die Höhlen zurückgesunkenen Augäpfeln, über die sich blaß und ledern die Augenlider spannten, hatte sein Leichnam nun schon einen Tag und eine Nacht in der Stube gelegen. Viel hatte er nicht mehr tun können in den letzten Monaten. Seine Kräfte hatten ihn verlassen, und eine unerbittliche böse Krankheit hatte ihm Qualen und Schmerzen bereitet, hatte ihn von innen heraus zerfressen, so, wie der Holzwurm kräftiges Holz mürbe macht und bricht.

In sicherem Abstand, schützend umrahmt vom blaßbraunen Rechteck des Türrahmens, hatte er dagestanden und den Leichnam im Kerzenschein betrachtet, hatte versucht, das heitere Bild der Erinnerung an das rotwangige

Gesicht des freundlichen alten Knechts mit dem Labyrinth aus toten Schatten und gelblich-wächsernen Wölbungen in Einklang zu bringen, das dort über dem viel zu großen Hemdkragen im Halbdunkel ruhte. Es gelang ihm nicht, und als die Mutter ihm von hinten zurief, er solle die Türe schließen, bevor die Fliegen in das Zimmer hinein konnten, da sah er sie ängstlich an und fragte schwerfällig und unartikuliert: »Himmel?« Und seine Mutter nickte. Dankbar versuchte er ein schiefes Lächeln und schloß die Türe. Am Tag der Beerdigung, an einem Herbstmorgen unter schiefergrauem Eifelhimmel, da stand er, halbverdeckt von seinen Eltern, am Grab und lächelte immer noch.

Der kleine polnische Kriegsgefangene lag wimmernd hinter der Scheune, und drei der Jungen aus dem Dorf lachten ihn aus und bewarfen ihn mit Schneebällen. Sie trafen ihn an manchen Stellen, an denen der Bauer ihm erst vor wenigen Minuten im Suff zahlreiche schmerzhafte Wunden beigebracht hatte. Er rieb sich das rechte Bein, hob gleichzeitig schützend den Arm, um das Schneebombardement abzuwehren, und heulte und fluchte auf polnisch und hatte Hände und Arme zuwenig.

»Puckel! Puckel!« schrien sie begeistert, als er um die Ecke gestapft kam und im gleichen Moment, in dem seine trägen Gedanken die Situation erfaßten, stehenblieb, als sei er in Sekundenschnelle angefroren.

Augenblicklich änderten die kleinen Gestalten ihre Taktik und nahmen sich nunmehr seinen Buckel als neue Zielscheibe für ihre festgepreßten Schneegeschosse. Im Nu prasselte ein unbarmherziger Schneeballhagel auf seinen deformierten Rücken nieder. Doch so sehr sie sich auch anstrengten, je näher sie auch kamen und je erbarmungsloser sie zu ihren Würfen ausholten, er blieb unberührt stehen und starrte durch den leicht herniederrieselnden Schnee zu dem gekrümmt am Boden liegenden Fremden hin, der nur noch leise wimmerte, da ihm eine Atempause gegönnt war. Er schenkte dem Mann mit den dichten Augenbrauen und dem wilden schwarzen Schnauzbart einen Blick, wie dieser ihn noch nie zuvor in dem feindseligen Dorf gesehen hatte. Seine blauen Augen schienen vor Trauer, Mitgefühl und Schmerz beinahe so etwas wie Wärme durch den frostigen Wintertag zu ihm zu schicken.

Verwundete waren ins Dorf zurückgekehrt. Blutend und ausgemergelt. Wassens Pitter hatte einen Arm verloren. Drieburgs Nöll war blind. Aus der Familie Keutgen waren drei Mann gefallen. Und Meusers Hubert hatte einen Splitter im Schädel, der ihn in den Wahnsinn zu treiben schien. Kurz nach seiner Heimkehr verschwand er im dichten Eifelschnee, ohne eine Spur. Auch der Pole verschwand in diesem Winter.

Die Welt war aus den Fugen geraten. Tod und Verdammnis hingen über dem kargen Landstrich, in dem am Westwall der bestialische Krieg kalt und hungrig seine Opfer verschlang.

Sie erwachte in den frühen Morgenstunden von einem Geräusch, das nicht in die schwarze Stille der dörflichen Nacht paßte. Es hatte sie geweckt, aber sie konnte nicht sagen, was es gewesen sein mochte.

Im Bett neben ihr lag der Bauer und ließ grunzende Laute vernehmen. Nichts schien ihn zu stören.

Unruhe keimte in ihr auf, ohne daß sie hätte sagen können, was sie umtrieb. Sie glitt sachte aus dem Bett und warf sich ihr großes Tuch um. Es war beißend kalt.

Ihr erster Blick galt dem Jungen.

In seiner kleinen Stube fand sie ein leeres Bett. Ihre Unruhe schwoll zu einem Gefühl des Entsetzens an. Etwas ging vor sich, und sie hatte nicht Phantasie genug zu sagen, was es sein mochte. All die Jahre hatte sie schützend ihre Hand über ihren Jungen gehalten und hatte, zumeist ohne wirklichen Erfolg, versucht, die Anfeindungen seines ungnädigen Vaters von ihm fernzuhalten. Meist hatte sie es selber mit Schmerzen und Demütigungen bezahlen müssen, vor den Augen des Jungen, des armen, zurückgebliebenen, verständnislos dreinblickenden Jungen.

Die Haustüre war angelehnt, das dünne Licht der Neumondnacht ließ den Schnee behutsam in mattem Grau erstrahlen. Sie fand die Fußspuren im gleichen Moment, in dem sie die schwere Türe vollends öffnete und ihren panischen, suchenden Blick in die Nacht hinausschickte. In aller Hast warf sie sich ihren Mantel über und stieg in die Stiefel. Dann folgte sie der Spur, die schnörkellos und zielstrebig den Hof über die dahinterliegenden Felder verließ und dem schwarzen Horizont entgegenstrebte. Der linke Fußabdruck war jeweils scharfkantig und mit festem Schritt in den Schnee geprägt, der rechte hatte eine ungenaue, zerfurchte Spur hinterlassen.

In ihrem Kopf fegten die Gedanken wirr umeinander. Was hatte ihr Kind vor? Wo ging es hin? Was würde geschehen, wenn der Vater dahinterkäme, daß es sich nachts aus dem Haus stahl?

Wollte ihr Junge am Ende weg? Hatte er sich in seinem wirren Geist einen Weg ausgemalt, der Tyrannei des Alten zu entfliehen?

Sie mußte sich beeilen, um ihn einzuholen!

Dann führte die Spur ins Peschfelder Loch. In die Ödnis eines von der Dorfbevölkerung gemiedenen kleinen Tals, das, wild und verwachsen, seit jeher Kulisse für Schauergeschichten und düstere Ammenmärchen gewesen war.

Die Spur führte geradewegs hinein, leitete sie hindurch unter verkrüppelten schwarzen Ästen, krumm gebeugt unter der schweren Last des Schnees, und durch die gierigen Fänge des dürren, mannshohen Strauchwerks. Sie stolperte und rutschte. Sie stieß sich die Handknöchel auf und raffte wieder und wieder ihren triefend nassen Nachtrock, um nicht fortwährend von widerborstigem Gestrüpp festgekrallt zu werden. Sie hatte fast schon beschlossen, wieder umzukehren, ihren Mann zu wecken und Hilfe aus dem Dorf zu holen, da nahm sie den flackernden Lichtschein wenige Schritte vor sich wahr.

Ihre Schritte verlangsamten sich. Sie setzte die schmerzenden Füße zaghaft und ängstlich. Als sie an der kleinen Lichtung angelangt war, hielt sie für einen Moment den Atem an. Die blaßweiße Wolke, die ihr seit ihren ersten Schritten in die Winternacht aus dem Mund entwichen war, verschwand für Sekunden. Nichts vernebelte den Blick auf die Szenerie, die sich ihr bot.

Sie sah Kreuze.

Viele, vielleicht zwei Dutzend. Jemand hatte sie gerade erst sorgfältig vom Schnee befreit. Sie waren ungelenk zusammengeschustert.

Es gab kleine, zwei Handbreit hoch, aus dürren Zweigen gebunden. An dem einen oder anderen steckte eine Feder. Naß, struppig. An manchen baumelten Überreste von lange verfaulten Blumen.

Es gab größere, kniehoch. Mit einem Stück Geweih geschmückt das eine, mit einer Hundekette das andere, manche mit frischem Tannengrün herausgeputzt.

Und es gab große. Einen Meter hoch vielleicht. Aus Brettern, die naß und schwarz einen flackernden, langgestreckten Schatten in das Kerzenlicht auf dem schneebedeckten Boden der Waldlichtung warfen. An einem hing klamm und schlaff ein Verband, dessen Blutflecken tiefschwarz aussahen. An einem anderen erkannte sie die speckige Mütze des Polen.

Sie schlug die Hände vor den Mund und stürzte auf ihre Knie. Schnee stob auf. Ein Würgen quälte sich aus ihrer Kehle hervor, und sie preßte ihre eiskalten Finger ganz fest auf den Mund, um nicht einen gellenden, gepeinigten Schrei in die knisternde Stille der Nacht hinauszustoßen.

»Himmel«, flüsterte ihr Junge, als er behutsam an ihre Seite trat. Der Schnee knirschte unter seinen schweren Schritten. »Himmel.«

Und sie verstand.

Sie hatten es besser jetzt. So glaubte er. Ihre Schmerzen hatten endlich ein Ende. Sie hatten ihr irdisches Jammertal durchschritten und ihre geschundenen Körper hinter sich gelassen. Hähne, Katzen, Hunde ... Menschen. Panisch zählte sie die größeren Kreuze. Sechs Stück.

Wer?

Wann?

In diesem gottlosen Krieg verschwanden Menschen. Waren einfach weg. Wer würde sie jemals unterm schwarzen Waldboden suchen?

»Himmel«, sagte ihr Kind und legte sacht die Hand auf ihre zitternde Schulter. Etwas blitzte durch die Nacht. Der Schein der Kerze wurde funkelnd von der blankgeschliffenen Schneide reflektiert, als er die alte Axt hob.

Als sie ihn ansah, hielt er die Fäuste hoch über dem Kopf erhoben. Die Axt war kaum zu sehen, verschwand im Dunkel hinter ihm. Er hielt sich beinahe gerade, so, als habe er nie einen Buckel gehabt. Und er lächelte sie an. Das Lächeln hing ihm schief im Gesicht, und langsam bahnten sich die Tränen ihren Weg über sein entstelltes Gesicht.

»Himmel«, flüsterte er und schlug zu.

Die Zeiten ändern sich.
Oder: Fahren Sie nicht allein durch die Schnee-Eifel!

Ulrich Mehler

Gespenster können ein echtes Problem werden. Das kommt darauf an, wie man zu ihnen steht. Wie man mit ihnen umgeht. Welches Verhältnis man zu ihnen hat – und welches sie zu einem selbst natürlich. Es gibt viele irrige Ansichten über Gespenster. So meinen zum Beispiel viele Leute, daß Gespenster und Spuke immer böse sind und nur auf alten Schlössern oder Burgen vorkommen. Aber das stimmt so nicht. Sie sind nicht immer bösartig, und sie kommen überall vor, in jeder Wohnung, auf jedem Feld, im Auto, auf dem Motorrad. Überall. Die Geschichte, die ich heute erzählen will, spielt auch in einem Auto, und sie spielt in der Hohen Eifel, zu der Zeit, als die Bundesstraße 51 noch keine Autobahn war und als es im Winter noch mehr und öfter schneite als heute. 1962 oder '63 muß das gewesen sein. Irgendwann im Winter.

Meine damalige Freundin machte in Trier die Meisterprüfung im Damenschneiderinnen-Handwerk. Ich besuchte sie, sooft ich konnte. Das war von Handorf bei Münster, wo ich damals Soldat war, ja nun ganz schön weit. Aber man konnte immer auf der Bundesstraße 51 bleiben, wenn man wollte. Die Autobahn nach Münster gab's damals noch nicht. Und auch die 51 ging damals noch mit Kopfsteinpflaster und glitschigem Blaubasalt über die Eifel.

Ich fuhr mein erstes Auto, einen Citroen 2 CV, französisch *Dö-Schewoh*, also das, was man ein *häßliches Entlein* nannte. Eine *Ente* eben. Die Ente war damals noch nicht das Alternativ-Auto von später. Sie war Anfang der 60er weit mehr als das: eine schlichte Provokation, ein Schlag ins Gesicht aller Volkswagen-Fahrer, also ungefähr der Hälfte aller Westdeutschen.

Meine Ente war eines der ersten Modelle, die man so auf dem freien deutschen Markt bekommen konnte. Ich meine: außerhalb des Saarlandes. Stockschaltung, 12 PS (ehrlich!), vier Türen (man glaubt es nicht!), vierkommafünf Liter Normalbenzin auf 100 Kilometer, und der Liter kostete bei Rewe in Münster 44 Pfennig. Hellgrau, mit roten Sitzen: Gris-rosé hatte im Prospekt gestanden. Das war meine Farbe! Ich verstand kein Wort Französisch. Na ja. Sie war jedenfalls grau, diese Ente. Die Scheinwerfer konnte man rauf und runter drehen und die Scheibenwischer mit einem Rädchen per Hand betätigen. Außerdem gab's eine Kurbel zum Anwerfen. Wenn der Motor stehen blieb, mußte man kurbeln. Anschleppen ging nicht. Die Gründe dafür laß ich jetzt mal weg. Es war jedenfalls so. Soviel zu den technischen Details. Langweilig. Aber sie sind wichtig. Eins spielt nämlich gleich noch eine Rolle.

Ruth hatte sich also in Trier bei Nonnen einquartiert, zusammen mit einer Kollegin, die auch die Meisterprüfung machen wollte. Nun konnte ich schlecht bei den Nonnen übernachten, wenn ich da war. Und schlau, wie die nun mal sind, hatten sie natürlich schnell heraus, daß Ruth einen Freund hatte. Schwester Agnes traf uns *rein zufällig*. Schwester Agnes war sehr nett, und es kam, wie es kommen mußte: »Sie sind also der junge Mann, den unsere Ruth heiraten will!« Unsere Ruth! »Ich will Ihnen mal was sagen«, fuhr sie fort, »Sie sollten ein bißchen vorsichtiger sein mit Ihrer Fahrerei durch die Eifel.« Herrgott, woher wußte sie denn das? Aber Schwester Agnes konnte augenscheinlich Gedanken lesen: »Sie haben ein Nummernschild aus Münster an Ihrem komischen Auto, also müssen Sie nach Münster, und also fahren Sie über die 51 durch die Schnee-Eifel, habe ich recht?« Sie hatte. Sie konnte nicht nur Gedanken lesen, sie konnte auch schnell und sicher kombinieren. Ich versuchte, wenigstens etwas dazu zu sagen: »Vorsichtiger beim Fahren?« fragte ich. »Auf der 51, in der Schnee-Eifel?« »Richtig, junger Mann«, kam es trocken zurück, »und ich will Ihnen auch sagen, warum. Ich komme nämlich aus der Gegend da oben. Da spukt es.«

Es folgte eine wilde Geschichte: Von Autounfällen im Winter auf der B 51 im Bereich der Schnee-Eifel. Von unerklärlichen Ereignissen. Von fremden Mitfahrern, die einstiegen, wann sie wollten. Wie Fahrer vom Wege abgekommen und im Graben gelandet waren. Von erfrorenen Fahrern, dito Händen und Füßen. Und so weiter und so weiter.

Nun bin ich von Natur aus eigentlich kein abergläubischer Mensch. Und von Schwester Agnes konnte man das vermutlich auch nicht sagen. Immerhin war sie katholische Ordensfrau, und damit – sagen wir mal – hätte sie eigentlich gegen solche Sachen gefeit sein müssen. Zumindest nahm ich das an. Aber sie bestand auf ihrer Geschichte: »Und das Seltsamste ist, junger Mann, daß sich diese Unfälle – oder wie Sie das auch nennen wollen – immer nur in einer Richtung auf der 51 ereignen und daß nie ein anderes Fahrzeug dabei ist. Immer allein: Und die Leute, die drin sitzen, sind auch immer allein. Nie passiert was, wenn zwei in einem Auto sind.« Na klar, dachte ich mir, das muß so sein. Sonst funktioniert die ganze Geisterstory ja nicht. Geistergeschichten gehen nur ohne Zeugen. »Und was heißt: in einer Richtung?« fragte ich. »Das heißt«, sagte Schwester Agnes, »daß diese armen Leute alle auf dem Weg von Trier nach Norden waren, nie umgekehrt. Immer nur in dieser Richtung. Nie passiert was an der gleichen Stelle. Es geht immer weiter nach Norden. Angefangen hat das hinter Prüm. Der letzte *Unfall* war in der Gegend von Reuth. Das wandert. Aber immer nur vorwärts, nie zurück. Man kann sich glatt ausrechnen, wo der nächste *Unfall* sein wird. Immer nur im Winter und immer allein. Deswegen, junger Mann, sollten Sie ein bißchen besser auf sich aufpassen. Schließlich wollen Sie ja unsere Ruth noch heiraten«, schloß sie sehr bestimmt und verschwand, nein: entschwand durch die Pforte. Jetzt müßte eine Tür knarren oder ein Rabe auftauchen. Zumindest aber müßte sich Schwester Agnes in eine schwarz-weiße Elster verwandeln, dachte ich. Aber nichts von alledem geschah. Die Pforte schloß sich, und Ruth und ich standen da. Es fing an, leicht zu schneien. »Na denn«, sagte meine Freundin. Sie war schon damals in solchen Sachen immer sehr präzise.

Das Schneetreiben wurde immer dichter, je weiter ich in die Eifel kam. Es war keiner von diesen schönen Winterabenden, an denen über den verschneiten Höhen eine glasklare Luft steht und der Himmel sich langsam von Grau ins Hellblaue und Rostrote verfärbt. Nächte, in denen es praktisch nicht dunkel wird. Ganz und gar nicht. Es war dunkel, und es wurde immer dunkler. Damals war noch nicht jedes Eifeldorf so beleuchtet wie heute. Die Eifeler fanden seit eh und je auch im Dunkeln ihren Weg.

Nun hatte diese Ente große Räder, Vorderradantrieb, Motor vorn. Und wenn es auch eigentlich nur ein Motörchen war mit seinen 425 Kubikzentimetern und den 12 PS: es lag jedenfalls vorne, da, wo ein Motor hingehört, und damit hatte dieses kleine Auto eine Straßenlage bei Schnee und Glatteis, die manchen Mercedesfahrer vor Neid erblassen ließ. Also, das Fahren war eigentlich kein Problem. Ich hatte da schon andere Sachen erlebt. Das Problem war eigentlich mehr, daß ich natürlich wieder mal zu spät abgefahren war und daß ich jetzt zu langsam vorankam. Ich hatte nämlich am nächsten Morgen sofort Dienst, OvD, Offizier vom Dienst, und mußte gestiefelt und gespornt um 7 in der Frühe meinen Dienst antreten. Eins war klar: Je mehr Schnee fiel, desto knapper wurde es. Ich hatte zwar die Uniform schon ins Auto gepackt, aber die paar Minuten zum Umziehen, die brachten es jetzt auch nicht mehr. Unangenehm.

Der Verkehr war eher mäßig. Immerhin konnte man die Straße noch irgendwie erkennen. Aber es war schon eine feste Schneedecke auf der 51, und Räumdienste gab es damals eher selten. So langsam kam ich in die Gegend, von der Schwester Agnes erzählt hatte. Wenn das alles stimmte, dann konnte mir ja hier noch nichts passieren. Das kam erst hinter Prüm. Dummes Zeug, sagte ich mir, nun fang du auch noch an.

Aber solche Schneenächte haben es in sich. Vor den Scheinwerfern tanzten die Schneeflocken. Schneeflöckchen, Weißröckchen, wann kommst du geschneit ... Immer, du verdammter Weißmist, aber nicht jetzt. Ich hasse Schnee. Damals noch viel mehr als heute. Die Hälfte meines Lebens habe ich irgendwo in frostigen, schneereichen Gegenden gefroren. Immer nachts.

Nun ist die Eifel an sich kein besonders wirtliches Gebiet. Und im Winter die Schnee-Eifel schon mal gar nicht. Das war damals kaum anders als heute. Insofern haben sich die Zeiten nicht viel geändert. Irgendwann kam ich durch Prüm. Eine trübe Lampe, die ich vor Schnee kaum sehen konnte, beleuchtete den Schnee auf der Straße und auf dem Bürgersteig, und dann tauchte ich wieder ein in das Dunkel der Nacht und der Kälte. Die Straße wurde immer ungemütlicher. Das Fahren nahm meine ganze Aufmerksamkeit gefangen. Ich dachte nicht mehr an Spuk und Geister, ich sah nur noch zu, daß ich durchkam.

Der nächste Ort: Olzheim. Hier war ich nun schon dick im Geistergebiet. Spärliches Licht. Unter dem Nieren-Dach einer natürlich geschlossenen Tankstelle steht einer. Er winkt, springt fast auf die Straße. Ich bremse. Ein junger Mann, etwa so alt wie ich. »Können Sie mich mitnehmen bis Stadtkyll?« Ich dachte: Warum nicht? Zu zweit ist man in diesem verdammten Schnee nicht so alleine, und er wird dir schon nichts tun. Außerdem ist ja zweien noch nie was passiert, wie Schwester Agnes gesagt hat.

Ich nickte. »Kommen Sie rein, Sie können mitfahren. Wohin wollen Sie? Nach Stadtkyll? Schön.« Das waren ungefähr 10 Kilometer, und da hätte ich dann auch das Gröbste hinter mir, vermutlich. Er setzte sich neben mich. Bei Verwandten wäre er gewesen, und der Bus führe nicht, wegen des Schnees. Er wäre jedenfalls seit zwei Stunden nicht gekommen. Weiß der Himmel, wo der steckte, aber das wäre ganz normal. Jetzt hätte er es mal versucht, ob er wegkäme, er müßte nämlich morgen arbeiten, und deswegen hätte er nicht bei den Verwandten bleiben können. Wohin ich wollte. Aha. Münster. Ziemlich weit.

Es ging noch etwas höher in die Berge hinauf, Verkehr gab's so gut wie keinen mehr. Das Schneetreiben wurde immer dichter. Mich plagten Zweifel: Und wenn das jetzt einer von den Schwester-Agnes-Typen ist, der die Leute ... auf der Straße ... im Winter? Ach was! Aber er könnte es doch sein! Warum hast du den bloß mitgenommen? Ich hätte mich vor Wut in den Hintern beißen können. Aber hatte Schwester Agnes nicht etwas davon gesagt, daß diese Geister immer erst auf offener Straße, hm ja, *zugestiegen* seien, beruhigte ich mich. Und zu allem Überfluß fing der Knabe nun auch noch damit an: »Hier spukt's«, stellte er trocken fest, »besonders im Winter. Sie können froh sein, daß Sie nicht alleine fahren.« »Bin ich ja auch«, sagte ich, und verkniff mir alle weiteren Fragen nach Art und Herkunft der angesprochenen Eifelgeister. Das machte meinem Beifahrer aber gar nichts. Er plauderte munter von geisterhaften Mitfahrern, die plötzlich neben einem sitzen, dann ein Stück des Weges mitfahren, um irgendwann dem Fahrer zu bedeuten, daß sie hier gerne aussteigen möchten, und so weiter. »Vermutlich Trolle«, sagte mein Beifahrer, »diese Sorte, die nicht das Tageslicht sehen darf, sonst werden sie zu Steinbrocken.«

Die verschiedenen Geistersorten und der Zeitpunkt ihrer Um- und Verwandlung haben mich nie interessiert. Ich war damals auch eher selten mit Geistern, Gespenstern, Spuken oder Trollen oder was auch immer zusammengetroffen. Es war mir ein bißchen unheimlich, aber es geschah nichts, und so erzählten wir uns eins. Der junge Mann war Schreiner. Er sollte bei seinem Onkel eine Gesellenstelle bekommen, und deswegen hatte er den Besuch gemacht. Eigentlich ein ganz umgänglicher Typ, dachte ich so.

Da fiel der Motor aus.

Erst stotterte er noch was, dann war's vorbei. Nichts. Starten. Der Anlasser rührte sich nicht. Licht abschalten. Strom sparen. Es wurde stockfinster. Man konnte die Hand nicht vor den Augen sehen. Irgendwer mußte raus und kurbeln. »Ich schiebe den Wagen an«, bot sich mein Mitfahrer an. »Das geht nicht, das ist eine Ente. Wir müssen kurbeln.« »Okay«, sagte der junge Mann, »geben Sie die Kurbel her, ich drehe die Maschine an.« Das war mir auch entschieden lieber. Ich wagte nicht daran zu denken, was alles hätte geschehen können, wenn ich draußen gekurbelt hätte und dieser Typ hätte am Steuer gesessen. Ich hatte die Kurbel immer im Wagen liegen. Normalerweise klemmte sie irgendwo unter der Motorhaube. Er stieg mit der Kurbel aus, seine Tür klappte zu, er kurbelte. Nichts. Eine Tür klappte hinter mir. Ich drehte mich um. Nichts. Dunkel. Ruhe. Er kurbelte, und langsam setzte sich das Motörchen stotternd in Bewegung. Etwas Gas geben, Licht an, so war alles schon besser. Er stieg ein, die Kurbel in der Hand. »Kann weitergehen.« Wir fuhren los. Anfahren im Schnee – Sie kennen das: Erst ein Stückchen zurück, dann in der gleichen Spur vor. Deutlich konnte ich meine Reifenspuren im Schnee sehen. Auch die Fußspuren meines Beifahrers, als er gekurbelt hatte. Sonst nichts. Eine weiße Decke. Unberührt.

Da ertönte hinter mir eine Stimme: »Saren Se mal, Herr Kamerad, könn Se diese unmögliche Uniform nich mal wat weglejen? Is ja schön, dat Se dienen, aber ik hab keen Platz für meine Krücken. Un wat is dat überhaupt für'n Dienstjrad, den Se hab'n?« Eindeutiges Preußengeschnarre. Es hörte sich an, als säße der Oberst von Zitzewitz Anno 14/18 auf meinem Rücksitz. »Un Sie, junger Mann«, wandte sich die Stimme an meinen Beifahrer, »kenn wer uns nich? Ik hab Se doch schon mal jesehn. Kann bloß nich erinnern.« Mein Beifahrer zitterte. Ich merkte es deutlich. Zu dem Zeitpunkt dachte ich noch, er hätte Angst. Was sollte ich machen? *Das* war ja nun eindeutig einer von den Geistern der Schwester Agnes. Keine Fußspuren, nichts. Und dann dieser Ton! Ich entschloß mich, eine militärische Meldung zu machen. Das konnte bei diesen preußischen Kommißköpfen bestimmt nicht schaden, auch wenn sie Gespenster waren: »Leutnant Mehler, Erste Einhundertvierundneunzig, auf der Fahrt von Trier zum Standort.« »Danke!« kam es trocken von hinten. »Stehn Se bequem!« Davon konnte ja nun keine Rede sein. »Wat heeßt *Erste Einhundertvierenneunzig*?« kam es wieder von hinten. »Erste Kompanie, Panzerbataillon 194, Handorf bei Münster!« meldete ich etwas betreten. «So, Panzer«, meinte mein ungebetener Gast. Er konnte damit augenscheinlich nichts anfangen. »Erste Kompanie. Sie meinen wohl: Eskadron.« »Jawoll«, bellte ich, »erste Eskadron, Kürassierregiment von Driesen, Münster«, um diesen Spuk zu beruhigen. »So, der olle Driesen«, kam es von hinten, »war'n aufrechter Mann.« Die Zeiten ändern sich, aber das war dem hier augenscheinlich, hm ja: ohrenhörlich, nicht mehr beizubringen. »Und wat machen die Franzosen?« wollte mein preußisches Gespenst wissen. »Das sind jetzt unsere Freunde, Kameraden«. Kaum hatte ich es draußen, da wußte ich, daß das ein Fehler gewesen war – oder ein Glück, wie man's nimmt: »Was«, schrie der preußische Troll hinter mir, »Freunde, Kameraden? An die Waffen! Geben Sie mir meinen Säbel, satteln Sie mein Pferd, Alarm, Alarm!« Die Ente wackelte. Schnee lag in der Luft, langsam stäubten ganz kleine Schneekristalle in den Wagen. »Halten Sie Ihr neumodisches Gefährt an«, kam der Befehl von hinten, »ich muß gegen den Feind! Was ist das überhaupt für eine Kutsche?« »Ein Auto«, sagte ich und fügte boshaft hinzu – ich konnte es einfach nicht lassen: »ein französisches!« »Verrat, Verrat!« schrie der militaristische Spuk hinter mir, »Sie Hochverräter, Sie Überläufer! Ich lasse Sie füsilieren! Wache! Nehmen Sie den Mann fest!«

Also, das war nun genug. Selbst für ein preußisches Gespenst war das etwas zuviel. Mir reichte es. Ich hielt an, und ohne ein Wort des Grußes klappte die Türe. Spurenlos und spurlos verschwand der Preuße im Wald. »Das war knapp«, meinte mein Beifahrer. Er zitterte nicht mehr. »Das hätte leicht danebengehen können, wenn wir nicht zu zweit gewesen wären.« Ich stimmte ihm zu und erzählte nun erleichtert, wie mich Schwester Agnes vor den Gespenstern und den Spuken gewarnt hatte. »Wer ist das?« fragte mein Beifahrer. »Eine Nonne, eine Ordensfrau in Trier«, sagte ich. »Und wie heißt die?« «Schwester Agnes, und sie kommt hier aus dieser Gegend.« »Kann man wohl sagen«, meinte mein Beifahrer, »das ist meine Schwester. Schwester Agnes ist meine richtige Schwester«, fügte er hinzu. Und um alle Mißverständnisse auszuräumen: »Ich bin also ihr Bruder.« Nun hatte auch ich es verstanden. So ein Zufall.

An der nächsten Kreuzung stieg er aus. Wir wären zwar noch ganz nicht da, wo er eigentlich hin wollte, aber hier käme er auch gut weg, meinte er. »Ich kann Sie doch nicht hier so allein lassen.« »Das geht schon, keine Sorge«, und verschwand in der Dunkelheit. »Und grüßen Sie meine Schwester, wenn Sie mal wieder in Trier sind.«

Seltsam. Wie vom Schnee verschluckt, dachte ich. Ob Schwester Agnes da die Finger im Spiel hat? Hat ihren Bruder alarmiert, damit er mit mir die kritische Strecke fährt. Könnte ja gut sein. Mein Auto war leicht zu erkennen, und Schwester Agnes wäre das zuzutrauen.

Der Rest ist schnell erzählt. Ich kam doch noch gerade rechtzeitig zu meinem Dienst, und als ich in meine Uniform stieg, genauer: meine Stiefel anzog, fand ich in jedem einen preußischen Taler mit dem Bild Friedrichs des Zweiten darauf, die mir relativ viel Geld bei einem Münzensammler in Münster einbrachten. Am nächsten freien Wochenende fuhr ich wieder nach Trier. Schwester Agnes begrüßte mich und fragte: »Na, wie war's?« Und ich erzählte meine Geschichte, froh, die Grüße von ihrem Bruder endlich übermitteln zu können, und auch, um Schwester Agnes etwas auf den Zahn zu fühlen. Hatte sie nun, oder hatte sie nicht?

Schwester Agnes hörte sich das alles aufmerksam an und sagte dann: »Herzlichen Dank für die Grüße von meinem Bruder. Schreinergeselle, mein Onkel, die Gegend. Alles stimmt. Das muß er sein. Die Sache hat nur einen Haken, junger Mann«, meinte Schwester Agnes, »mein Bruder ist tot. Er ist vor genau zwei Jahren an der Stelle, an der Sie ihn raus gelassen haben, mit dem Auto verunglückt. Soviel man weiß, war er allein.«

Am Totenmaar

Clara Viebig

Hoch oben in den Eifelbergen liegt ein See, dunkel, tief, kreisrund, unheimlich wie ein Kraterschlund. Einst tobten unterirdische Gewalten da unten, Feuer und Lavamassen wurden emporgeschleudert; jetzt füllt eine glatte Flut das Becken wie Tränen eine Schale. Es geht hinunter in bodenlose Tiefe. Keine Bäume, keine Blumen. Nackte vulkanische Höhen gleich riesigen Maulwurfshügeln stehen im Kranz, zu nichts gut als zu armseliger Viehweide. Mageres Strandgras weht, blasses Heidekorn duckt sich unter Brombeergestrüpp. Kein Vogel singt, kein Schmetterling gaukelt. Einsam ist's, zum Sterben öde! Das ist das Weinfelder Maar, das Totenmaar, wie's die Leute heißen. Es hat keinen Abfluß, keinen Zufluß, anders als die Tränen, die der Himmel drein weint. Es liegt und träumt und ist todestraurig wie alles ringsumher. Wenn Herbstwinde über die Eifel gehen und kalte Nebel in den Tälern hocken, ist's hier oben noch kälter. Hui, pfeift das! Wind, wilder Gesell, stöhne nicht so laut! Zerre nicht die letzten braunen Blätter von den dornigen Ranken, stürze nicht die morschen Holzkreuze um, die dort um das Kirchlein stehen, das grau und düster am Seeufer trauert! Es ist das einzige Werk der Menschenhand hier oben, viel Hundert Jahre alt, nicht schön, nicht häßlich, doch voll schwermütiger Poesie. Einst lag hier das Dorf Weinfelden, seine Hütten scharten sich um das Gotteshaus wie Küchlein unter die Flügel der Glucke. Es ist lange her, das Dorf ist verschwunden – zerstört, versunken? Wer weiß! Am sichersten verhungert. Einzig das Kirchlein ist übriggeblieben und reckt seinen schwärzlichen Turm gen Himmel. Gottesdienst wird nicht viel drin gehalten, die Lebenden kommen nur herauf, ihre Toten zu begraben. Auf dem schmalen Rain hinter der bröckligen Mauer reiht sich Kreuz an Kreuz; hier hängt ein Perlenkranz, dort eine verwitterte Schleife, der Wind zaust daran, der Regen verwäscht die Farben – es ist der Friedhof von Schalkenmehren.

Glibber
Jacques Berndorf

Die Angelegenheit war nach den Ereignissen nur sehr schwer zu rekonstruieren, denn es gab keine eindeutigen Zeugenaussagen, es gab nur die Leiche und einen allerdings eindeutigen Hinweis auf Würmer oder wurmähnlich sich bewegende Tiere. Zuweilen waren sie klein und weiß und fett, zuweilen waren sie so groß wie eine Badewanne und konnten sich blitzschnell und sehr besitzergreifend über einen erwachsenen Menschen stülpen, von dem nichts mehr blieb, als sein letzter Seufzer.

Wie berichtet man von einem Alptraum?

Sie hieß Gitta, und als sie in der alten Dorfschule zwei kleine Zimmer bezog, war sie etwa 44 Jahre alt und berichtete munter, sie sei aus Dortmund weggezogen, weil sie die Stadt hasse. Sie war eine mollige Frau mit einem runden, freundlichen Gesicht, weit auseinander stehenden Augen, einer flachen Nase und einem sehr vollen hungrigen Mund. Klaes' Therese bemerkte nach einer Sonntagsmesse bissig, die Frau sei eindeutig nuttig und außerdem beziehe sie ihr Gehalt vom Sozialamt, und es sei klar, daß die Eifel immer die Gestrandeten geliefert bekomme, niemals anständige und solide Typen, die Steuern in die Gemeindekasse bringen.

Gitta kam mit Sack und Pack, das in zwei VW-Bussen angekarrt wurde. Die Fahrer waren zwei Typen die nach Meinung von Schorsch Hermes schlicht wie Zuhälter aussahen und die Gitta unablässig in den Arsch zwickten, aus einer Flasche Schnaps tranken und zuweilen mit Gitta in der Wohnung verschwanden, eine halbe Stunde blieben und dann weiter alte, billige Möbel schleppten. Irgendwann fuhren sie ab, und niemand hat sie jemals wiedergesehen. »Wie Aliens«, sagte Schorsch.

Bei Gitta war eigentlich nichts Auffälliges festzustellen. Sie war freundlich, lebte offensichtlich bescheiden, hatte allerdings einen auffällig hohen Verbrauch an ganz normalen weißen Haushaltskerzen. Sie drehte ihre Zigaretten selbst, qualmte wie ein Schlot und trank französischen Tafelwein literweise. Sie tat nichts, unternahm jedoch auch nichts, das zu ändern. Sie sagte zuweilen nachdenklich: »Ich bin arbeitslos, ich war eigentlich schon immer arbeitslos. Ich bin von Beruf arbeitslos.« »Aber du mußt doch irgend etwas können!« insistierte Marga im Tante -Emma-Laden. »Du mußt doch was gelernt haben, oder so. Was kannst du denn besonders gut?« »Ich kann besonders gut ficken«, antwortete Gitta mit uralten dunklen Augen und ohne jeden Hauch von Ironie. »Das kann ich wirklich gut.«

Marga ist nun wirklich keine Schweigsame, der Spruch machte sehr schnell die Runde. Und so kam er zu Manni, der damals im Wald das Holz rückte und der irgend etwas unternehmen mußte, um seine Phantasie zu zügeln. Er war dreißig, ein Bulle von Kerl mit stets halboffenem Mund und unersättli-

war dreißig, ein Bulle von Kerl mit stets halboffenem Mund und unersättlichen Träumen, die sich allesamt um die weibliche Scham drehten.

Manni, so sagte der Pfarrer düster, onaniere demnächst auch noch in der Frühmesse. Aber das sollte man nicht so ernst nehmen, denn der Pfarrer zeigte in den siebzig Jahren seines Wandelns auf Erden noch niemals Humor und niemals Verständnis für Menschliches.

Manni jedenfalls näherte sich Gitta, und hätte sie eines Nachts nicht gesagt: »Nun komm schon!«, wäre vielleicht alles nicht geschehen, oder jedenfalls anders geschehen. Zumindest die Würmer wären nicht in das Dorf gekommen.

Da gab es rechts vom Eingang in die kleine Wohnung Gittas einen Holzstoß. Hinter dem stand Manni und versuchte jede Nacht, einen Blick durch ein völlig untaugliches Fenster auf Gitta zu werfen. Es war ein Fenster, das in dem kleinen Vorraum angebracht war, und Gitta tauchte dort so gut wie niemals auf. Manni wechselte den Standplatz und kletterte auf einen Pflaumenbaum, von dem aus er in Gittas Wohnzimmer hineinsehen konnte. Sie saß da an einem Tisch, schaute Fernsehen und trank dazu. Zuweilen machte sie den Fernseher aus und trank nur noch. Und sie zog sich dabei langsam aus, bis sie nackt war und schwankte. Und dann löschte sie das Licht. Ehe der gelbe Schein erlosch, sah Manni noch, daß ihr Gesicht tränenüberströmt war. Manni war ein Mensch mit sehr tiefen Gefühlen, und er weinte mit und versuchte, sich vorzustellen, wie Gitta litt. Irgendwann gegen Morgen kletterte er von dem Pflaumenbaum herunter und ging in seine Bude. Er hatte ein Zimmer bei einem Bauern, und eigentlich wußte niemand, woher Manni kam und wessen Kind er war. Manni war immer schon im Dorf, und es gab nicht einmal brauchbare Zeugen, die eindeutig sagen konnten: Manni ist der Sohn von Mathilde oder Ruth oder Beate. Diese namenlose Mutter war wohl eine Frau, die bei einem Bauern gedient hatte und geschwängert worden war. Vermutlich war sie nach der Geburt still gegangen. Vielleicht in den Fluß, vielleicht in eine Stadt, um irgendwie weiterzuleben. Wer weiß das schon, wer will das wissen?

Gitta jedenfalls kam eines Nachts um die Hausecke, starrte in den Pflaumenbaum und sagte rauh: »Nun komm schon!« Ganz wortlos ging Manni mit ihr, ganz ohne Worte ließ er zu, daß sie ihn auszog, daß sie ihn sogar wusch und murmelte: »Gottchen, du stinkst wie ein Stier!« Sie nahm ihn mit in ihr Bett, teilte ihre Beine, bewegte sich so, wie er das niemals hätte im Traum ersinnen können. Sie lobte ihn: »Du bist wirklich ein Stier, du bist stark, du stellst alles in den Schatten.« Sie schliefen bis zum hohen Mittag, zum erstenmal in seinem Leben ging Manni zu spät zur Arbeit, zum erstenmal in seinem Leben grüßte er den Pfarrer mit einem vollständigen Satz: »Guten Tag, Herr Pfarrer. Ich hoffe, es geht Ihnen gut.« Er lachte, als er sah, daß der Pfarrer ihm mit offenem Mund nachstarrte. Mannis Mund stand nicht mehr halb offen. Und die kleine Petra von Klausens, die auf Himbeersuche ging, berichtete, Manni habe richtig gesungen. »Großer Gott, wir loben Dich, Herr, wir preisen Deine Stärke ...«

Manni ging jede Nacht zu Gitta, und sie blühte auf, zog sich nicht mehr so schlampig an, hielt die Wohnung sauber, trank weniger, rauchte weniger, ging in den Wald, um Manni zu suchen. Und wenn sie ihn fand, konnte es geschehen, daß sie übereinander herfielen und gänzlich rücksichtslos Liebe machten, wobei sie zuweilen schrien, als gehe es um ihr Leben. Später sagte jemand im Dorf, es sei wohl auch tatsächlich um ihr Leben gegangen. Aber diese Stimme verhallte, und niemand hörte sie.

Manni ging zur Bank, löste irgendeines seiner zwanzig Sparbücher auf und kaufte sich ein kleines Auto. Er hatte keinen Führerschein, aber das scherte niemanden, weil er jeden Trecker im Dorf fahren durfte und äußerst geschickt mit allen Maschinen umging, selbst mit der computergesteuerten Schälmaschine für die ganz großen Fichtenstämme. Manni hatte ein Händchen für das alles und auch für Gitta. Jetzt fuhren sie gelegentlich nach Monschau auf ein Stück Torte und einen Kaffee oder zum Kloster Maria Laach, wo Manni seinem Gott auf den Knien für die herrliche Gitta dankte. Das ging so bis zum 12. August, und eigentlich niemand hörte auf den Pfarrer, der von der Kanzel donnerte, die Sünde sei in das Dorf eingezogen, habe sich auf eine widerlich schleimige Art eingenistet, wie das nur der geile Teufel fertigbringe. Beim Frühschoppen sagte Gerd Richter: »Der alte Pfaffe ist nur von Neid zerfressen, daß er niemals im Leben seinen Rüssel für so etwas hergeben konnte.« Und sie lachten alle und murmelten nachdenklich: »Sieh einer an, der Manni!« Ein alter Mann, auf den niemand mehr achtete, setzte hinzu: »Mannis Auferstehung.«

Am 12. August geschah folgendes, und glücklicherweise gibt es zumindest dafür viele Zeugen. Manni kam sehr spät aus dem Wald und hatte sich die Hand mit einem öligen Lappen verbunden. Die Kettensäge war ihm auf den Handrücken gerutscht, die Wunde sah böse aus. Gitta verband ihm die Hand und schimpfte wegen des öligen Lappens. Dann hockten sie sich vor das Haus auf die Bank. Sie blieben nicht allein, bald waren fünf Männer bei ihnen. Sie tranken hastig und viel und waren guter Dinge, und sie bemühten sich, schmutzige Witze zu erzählen, und einige davon erzählten sie zehnmal und mehr. Irgendwann, es war weit nach Mitternacht, wollte Manni ins Bett, aber Gitta sagte: »Kommt nicht infrage! Es wird weitergefeiert. Vielleicht kann ich euch einen Nachtisch schenken.« Sie gluckste vor Heiterkeit, und sie war sehr betrunken. Sie sagte: »Gerald, mein Schatz, du bist der erste!« Dann nahm sie Gerald bei der Hand und zog ihn in das Haus. So machte sie es mit allen fünf, bis es längst Tag war. Manni ging schweigend davon. Sie fanden ihn mittags. Er hatte sich in den Ästen seiner Lieblingskiefer aufgehängt.

Gitta tauchte erst nach vier Tagen wieder auf, sie war bei der Beerdigung nicht erschienen. Ihr Gesicht war verquollen, ihre Haare strähnig. Sie stand im Tante-Emma-Laden und kaufte Wein und Tabak. Unvermittelt bemerkte sie: »Sie sind aus der Badewanne gekommen!«

»Wie bitte?« fragte Marga.

»Sie sind aus der Badewanne gekommen, sie sind eigentlich sehr nett. Also dafür, daß sie aus dem fernen Reich kommen, sind sie wirklich nett. Sie kriechen nachts in mein Bett, sie wärmen sich.«

»Aha«, bemerkte Marga. »Und welche Farbe haben sie?«

»Meistens sind sie weiß. Die, die mehr zu sagen haben, sind rosig. Und sie haben ganz winzige Augen und keinen Mund. Aber sie sprechen. Es ist so, daß ihre Sprache sehr deutlich ist, wie ein ... wie ein Singen. Und sie mögen mich. Sie sagen, ich bin auserwählt.«

»Na sicher«, sagte Marga. »Und woher kommen sie?«

»Ein Stern am Rand unserer Galaxie, der Wurmstern.«

»Und tagsüber? Wo sind sie tagsüber?«

»In der Kanalisation«, murmelte Gitta. »Da ist es warm, jedenfalls warm genug. Und sie legen sich auf meinen Bauch, und manchmal kriecht eines in mich hinein und fühlt sich wohl. Das ist ein irres Gefühl. So wie ein langer Orgasmus, verstehst du?«

»Na, sicher verstehe ich das«, nickte Marga. »Und ... und wovon leben sie?«

»Oh, das ist einfach erklärt. Ihre Körper sondern einen Glibber ab. Davon leben sie.«

»Glibber?« fragte Marga. »Sie fressen sich ... also, sie essen sich selbst oder so?«

»Ja, irgendwie ist das friedlich und genug für sie. Sie sind sehr genügsam, sie wollen nur Liebe. Weißt du, wo Manni heute arbeitet. Oben bei den Eichen? Oder vielleicht unten am Greisenbach?«

»Ich weiß das nicht«, antwortete Marga. »Und sie kommen aus ... also, sie kommen aus dem Abfluß der Badewanne, wenn ich das richtig verstehe?«

»Genau.«

»Und wie groß sind sie?«

»Manche sind klein, manchmal kommen welche, die passen nicht in die Badewanne, sie quellen über den Rand. Und dann haben sie Hunger, und dann kommt der Glibber geflossen, und sie essen davon.«

»Aber wie kann das sein, wenn sie keinen Mund haben?«

»Sie nehmen den Glibber auf. Durch die Haut, verstehst du?«

»Das verstehe ich«, nickte Marga. »Wieviele ... wieviele Würmer sind es denn?«

»Ungefähr zwanzigtausend. Und sie haben einen König, und der ist blutrot. Der kommt mich demnächst besuchen. Zur Zeit kann er aber nicht, er ist ziemlich krank, und sie wollen, daß ich ihn pflege.«

»Dann mußt du ja in die Kanalisation runter.«

»Na sicher«, nickte Gitta ernsthaft. »Aber das ist schließlich das wenigste.«
»Stimmt«, bestätigte Marga. »Sagst du mir mal Bescheid, wenn der Glibber kommt?«

»Das geht nicht!« Gitta war geradezu entsetzt. »Das ist alles sehr geheim.« Dann ging sie fort.

Sie fanden sie drei Nächte später. Sie hatte einen schweren Kanaldeckel hochgewuchtet, war in den Schacht gestiegen und hatte dann versucht, sich in das enge Ei-Profil zu schieben. Weil die Wände so schmierig waren, hatte sie sich nicht mehr befreien können. Auf ihrem Küchentisch lag ein Zettel: »Bin beim König.«

Das Leichenhemd
Tilman Röhrig

Es war Juni damals in Beinhausen, im Pfarrdorf von Hilgerath. Begonnen hatte alles in dieser lauen Nacht, in der weiße Wolkenfetzen am Himmel trieben, kurz den Vollmond verdeckten und dann weiterzogen.

Wie jeden Samstag hatten sich die sechs Bauern aus der Umgebung in der Wohnstube des Nikolas Weber eingefunden, um Karten zu spielen. Die junge Magd Gertraud brachte klaren Schnaps, Brot und Bier, die Karten wurden gemischt, verteilt, und jeder Mann starrte mit zusammengekniffenen Augen oder gespannten Lippen auf das Blatt in seiner Hand.

Die ersten Geldstücke wurden dem Gewinner zugeschoben, und Gertraud füllte die leeren Becher nach.

Zwei Stunden vor Mitternacht waren die Gesichter vom Alkohol gerötet, die Karten lagen offen zwischen den Brotresten auf dem dunklen Eichentisch, und Geschichten wurden erzählt, Geschichten von Werwölfen, Hexen und Geistern.

Gertraud stand an der Tür, sie lauschte mit leicht geöffneten Lippen, und manchmal kroch ihr eine Gänsehaut über die Arme. Ihre Hände strichen unruhig über die blaue Schürze.

Plötzlich rief Friedrich, der Bauer mit dem schwarzen Backenbart: »Komm her! Gertraud, komm her zu mir!«

Es wurde still in der Wohnstube. Erwartungsvoll starrten die Männer auf die junge Magd. Sie ging zögernd bis zum Tisch, und Friedrich faßte Gertraud um die Hüfte. »Na, willst du dir einen Taler verdienen?«

Gertraud sah das verräterische Zucken in den Mundwinkeln der Umsitzenden. Fest blickte sie in das bärtige Gesicht und nickte.

»Also gut!« rief der Bauer. »Wenn ich mich um Mitternacht auf den Hilgerather Kirchhof stelle, mit einem Leichenhemd über meinen Kleidern, hast du den Mut, mir das Hemd auszuziehen?«

Kaum hatte er ausgesprochen, da schlugen die Männer begeistert mit den Fäusten auf den Tisch. Das war ein Spaß! Niemand würde es wagen, um Mitternacht auf diesen einsamen Friedhof zu gehen, niemand!

Das Lachen ertrank in den großen Schlucken, mit denen die Bauern ihre Krüge leerten, und Gertraud füllte mit ernstem Gesicht nach.

Als sie wieder zum Platz des bärtigen Friedrich kam, sagte sie: »Friedrich. Die Wette gilt.«

Wieder wieherten die Männer vor Vergnügen und wischten sich die Tränen aus den Augenwinkeln. Noch atemlos, sich den Bauch haltend, schickte Nikolas Weber seine Magd hinaus. »Geh, geh jetzt schlafen, Gertraud. Vergiß den Spaß!«

Mit gesenktem Kopf verließ die Magd die Wohnstube.

Die Bauern nahmen ihre Karten wieder auf und spielten weiter.

Die Zeit verging, und so gegen ein Uhr hatte der bärtige Friedrich schon zwei Türme aus Münzen vor sich stehen. Plötzlich ging die Stubentür knarrend auf, und Gertraud kam herein. Ihr hochgebundenes blondes Haar war leicht zerzaust, einige Strähnen hingen ihr ins gerötete Gesicht. Über dem rechten Arm trug sie ein Leinenhemd. Stumm ging sie bis zum Platz des bärtigen Friedrich. »Da, hier hast du dein Hemd. Gib mir den Taler!«

Entsetzt sprang der Bauer auf. Abwehrend streckte er die Hände aus. »Bleib da stehen! Rühr dich nicht!« Dann bekreuzigte er sich.

Gertraud schüttelte verwundert den Kopf. Sie blickte in die aufgerissenen Augen der anderen Männer, fast fröhlich rief sie: »Hier ist das Leichenhemd!«

Friedrich klammerte beide Hände in seinen Bart. »Wo, wo hast du das her?« keuchte er. Der weiße Speichel stand in seinen Mundwinkeln.

Das Mädchen strich mit der linken Hand die blonde Strähne aus dem Gesicht.

»Na, vom Kirchhof, vom Hilgerather Kirchhof.«

Friedrich stürzte zum Tisch und riß den Branntweinkrug an die Lippen. Gertraud zuckte mit den Schultern. »Was habt ihr denn? Wir haben doch gewettet, der Friedrich und ich. Ja, und ich bin um Mitternacht nach Hilgerath rüber. Und auf dem Kirchhof stand der Friedrich mit dem Leichenhemd über. Na ja, da bin ich schnell hin, hab ihm das Hemd ausgezogen und bin schnell weggelaufen.« Die Magd streckte die Hand aus. »Und jetzt will ich meinen Taler!«

Der Schwarzbärtige ließ sich auf den Stuhl fallen. Mit dumpfer Stimme sagte er: »Ich war nicht auf dem Friedhof.« Mit dem Zeigefinger stieß er immer wieder auf die Tischplatte. »Ich hab hier Karten gespielt. Ich war nicht in Hilgerath.«

»Was? Aber ich ... ich ...«, stotterte Gertraud verstört. »Aber ich hab doch das Leichenhemd. Hier!« Sie streckte das gelbliche Tuch dem Bauern hin.

Der zuckte zurück. »Bleib weg damit! Mir gehört es nicht! Bleib weg!«

Der Schreck kroch der Magd jetzt aschgrau übers Gesicht. Stöhnend sank sie auf einen Stuhl.

Nikolas Weber schob ihr den Branntweinkrug hin. »Komm, trink einen Schluck!«

Doch Gertraud schüttelte stumm den Kopf. Mit tonloser Stimme hauchte sie: »Aber wer war dann auf dem Kirchhof? Oh, heilige Jungfrau!« Sie schlug das Kreuz, und alle Bauern bekreuzigten sich mit ihr.

»Wer stand denn da auf dem Grab?« Furchtsam blickte sie sich um.

Friedrich sprang auf, warf einen Taler auf den Tisch und rief: »Da, Gertraud, den kannst du brauchen! Ich geh, ich bet für dich.« Dann nahm er seinen Stock und verließ grußlos die Stube.

Stühle scharrten, und nach zwei Minuten saßen Nikolas Weber und seine Magd allein an dem großen Eichentisch.

Immer noch flüsterte Gertraud: »Wer war das? Wer war das denn?« Langsam erhob sie sich und verließ den Raum. Das Leichenhemd trug sie immer noch über dem rechten Arm.

Nikolas Weber sah ihr nach und bekreuzigte sich wieder.

Mit dunkelgeränderten Augen versah Gertraud am nächsten Tag ihre Arbeit im Stall, und schon in der ersten Dämmerung stieg sie in ihre Kammer. Bevor sie sich ins Bett legte, strich sie einmal über die Bibel und das kleine Holzkreuz. Beides hatte sie auf das fremde Leichenhemd gelegt und die Jungfrau Maria um Schutz angefleht.

Kurz nach Mitternacht schreckte Gertraud aus dem Schlaf. Etwas schlug an ihr Fenster. Sie richtete sich auf. Wieder klirrte etwas an die Scheibe. Vorsichtig erhob sie sich, schlich zum hölzernen Kruzifix und preßte es an ihre Brust. Dann tapste sie vorsichtig zum Fenster hinüber und spähte in den Hof.

Unten, im bleichen Mondlicht, erkannte sie ein Gerippe. Der Schädel wackelte hin und her, beide knöchernen Arme streckte das Gespenst zu ihrem Fenster hinauf. Schnell preßte Gertraud das Holzkreuz an ihre Stirn, der Atem stockte.

Da hörte sie den dumpfen Ruf.

»Gib mir mein Hemd! Bring mir mein Hemd zurück!« Damit wandte sich das Gerippe um und wankte mit schlackernden Gliedern in die Nacht davon.

Am nächsten Morgen wachte Gertraud auf den Holzdielen vor dem Fenster auf, das kleine Kreuz umklammerte sie mit beiden Händen.

In der folgenden Nacht war es das gleiche. Wieder wurde die junge Magd durch die kleinen Steine geweckt, die an ihr Fenster schlugen, und wieder reckte das Gerippe die bleichen Arme zu ihr empor.

»Gib mir mein Hemd! Bring mir mein Hemd zurück!«

Und am Morgen wachte Gertraud wieder auf den Holzdielen auf, in ihren Händen hielt sie das Kruzifix.

Nach der Stallarbeit ging sie zum Pfarrer von Beinhausen. Stockend erzählte sie ihm ihre Geschichte.

Der fromme Mann drohte mit dem Finger. »Das macht man nicht. So was tut man nicht!« Und Gertraud brach in Tränen aus.

Da nahm der Pfarrer ihren Kopf in beide Hände. »Hör zu, mein Kind. Du mußt das Hemd auf den Friedhof zurückbringen.«

Entsetzt schloß die junge Magd ihre Augen. »Nein, ich hab solche Angst. Nein!«

»Doch, du mußt!« fuhr der Pfarrer fort. »Aber hab keine Furcht! Nimm einen Sack. Da hinein steckst du eine schwarze Katze, einen Laib Brot und einen Klumpen Salz. Wenn du das auf den Friedhof mitnimmst, dann geschieht dir nichts.«

Der fromme Mann segnete sie, und Gertraud ging, besorgte die Katze, das Brot und den Klumpen Salz, stopfte alles in den Sack und wartete betend in ihrer Kammer, bis die Uhr elfmal schlug. Eine Stunde vor Mitternacht.

Die Nacht war lau, die Wolkenfetzen trieben ihr Spiel mit dem Mond, und Gertraud schlich zum Hilgerather Kirchhof.

Am Tor kauerte sie sich nieder. In der rechten Hand trug sie das gelbliche Leichenhemd, mit der linken umklammerte sie den zugebundenen Sack. Sie wartete fast eine Stunde.

Dann plötzlich stand das Gerippe mitten auf dem Friedhof, die bleichen Knochen schimmerten im Mondlicht. »Komm her, bring mir mein Hemd!« Mit knöchrigen Fingern winkte das Gespenst.

Zitternd erhob sich die junge Magd und wankte in die Mitte des Kirchhofs. Kein Vogel, kein Tier rührte sich, alles schwieg in diesem Augenblick.

Endlich stand Gertraud vor dem Skelett. Sie hielt den Atem an, klemmte den Sack zwischen ihre Beine und stülpte dem Gerippe das Hemd über.

Schon wollte sie weglaufen, da packte sie eine knöcherne Hand.

»Heilige Jungfrau, hilf!«

Aus dem Schädel drang eine dumpfe Stimme. »Du!« Und nach kurzer Pause drohte sie wieder. »Du!« Dann lachte das Gespenst hohl.

»Hättest du nicht die Katz,
Dann wärst du mein Schatz.
Hättest du nicht das Brot,
Dann wär's jetzt dein Tod.
Hättest du nicht das Salz,
Dann zerbräch ich deinen Hals.«

Gertraud riß sich los, nahm den Sack und floh von dem Hilgerather Friedhof. Erst als sie die Häuser von Beinhausen erreichte, blieb sie keuchend stehen und blickte zurück. Ganz in der Ferne hörte sie noch einmal ein hohles Lachen. Dann blieb die Nacht still.

Und gehst du heute nacht von Beinhausen hinüber zum Hilgerather Kirchhof, und treiben Wolkenfetzen am Himmel, dann hüte dich davor, einer weißen Gestalt das Leichenhemd auszuziehen.

Elf Morgen
Manfred Lang

Kalter Schweiß, Herzrasen, das Gefühl, da ist einer hinter dir her. Ich habe Angst, Ricki hat Angst, Ali und Hölscher haben Angst, die ganze Gruppe hat die Hosen gestrichen voll. Aber keiner will es zugeben. Dabei sind wir faktisch auf der Flucht. Rückzug auf breiter Front: Wir rennen in Richtung Kaserne.

Minuten vorher hat uns etwas angefallen. In schwarzer Nacht, im Dickicht des Waldes. Und zwar ohne Gewalt und ohne Geräusch. Lautlos, mit Macht.

Wir waren zu Fuß durch den Wald unterwegs gewesen, im Gänsemarsch, einer hinter dem anderen. Es war Neumond, stockfinstere Nacht. Plötzlich merkte ich, der ich als zweiter ging, daß der vor mir keiner von uns war.

Ich hatte ihn für Ali gehalten und zunächst nichts gesagt, als ich merkte, daß wir vom normalen Weg abkamen. Als wir uns kurz darauf jedoch im unwegsamen Gestrüpp befanden, wurde mir die Sache unheimlich.

»Mensch, Ali, was soll der Quatsch?« Mein Vordermann drehte sich nicht um, und Alis Antwort kam von hinten: »Was für'n Quatsch mach ich denn?«

Ich rief die Namen der anderen hastig hintereinander, doch alle meldeten sich aus dem Dunkel hinter meinem Rücken. Ich wollte meinen Arm nach vorne stoßen, um den Vordermann anzuschubsen und ihn gleichzeitig scharf anzusprechen. Doch meine ruckartig vorgeschobene Hand stieß ins Leere. Wo war er? War es überhaupt ein *er,* oder was war *es* überhaupt, das vor mir her gegangen war? Urplötzlich sprang mir aus dem Finstern die Angst in den Nacken.

Dabei hatte der Abend ganz vielversprechend angefangen. Und zwar mit einigen Runden Bier nach Dienstschluß. Zunächst zu siebt im Grünzeug in der Kantine, dann zogen wir in Bluejeans, geschlossen als Schützenrudel gewissermaßen, ins Garnisonsstädtchen. Erst wollten wir noch einige Biere zu uns nehmen, dann ins Kino. Die *Eifellichtspiele* zeigten einen, wie sich herausstellen sollte, unsäglichen Streifen mit dem Titel *Die Nacht der reitenden Leichen.*

Bemerkenswert war vor allem eine Liebesszene auf dem Friedhof: Das Pärchen treibt´s gerade auf einer Grabplatte, als sich eine knochige Hand aus der Gruft reckt und die Platte mitsamt den Kopulierenden zur Seite schiebt. Bei der lebendigen Leiche handelt es sich um einen im Mittelalter verblichenen Tempelritter, der aus der Grabkammer will, um gemeinsam mit seinen ebenfalls stark abgemagerten Kumpanen, zu Lebzeiten selbstredend Anhänger schwarzer Messen und schwarzer Magie, einen blutigen Feldzug gegen die Lebenden in Szene zu setzen.

»Scheiß Film«, schimpfte Ricki nachher beim Bier im Ratskeller. »Der Titel hätte uns warnen müssen«, meinte Manthey. »So einen Quatsch zieht man sich nicht ungestraft rein.« Womit Manthey in erster Linie das Geld meinte, das er für den Eintritt verschwendet hatte und das er besser in Bitburger-Pils-Stubbis investiert hätte. Doch Manthey sollte noch in anderer Hinsicht recht behalten, als er sagte, daß man sich so einen Quatsch nicht ungestraft angucke.

Wir waren auf dem Nachhauseweg, als Süß, ein Wehrpflichtiger aus Düren, uns einen ungeheuerlichen Bericht erstattete. Die Sache sei wirklich passiert, beteuerte Süß, und er könne notfalls einen Zeitungsbericht als Beweis vorlegen, obwohl diese Geschichte, die das Leben schrieb, selbst den Horrorschmarren im Kino an Grauen übertreffe. »Kunststück«, raunte Jason, »mit dem Leichenzauber könntste nicht mal meine Oma schocken.«

Am Josefskapellchen kam Süß zur Sache. Dieses Heiligenhäuschen steht heute in einem Neubaugebiet, befand sich damals aber noch an der Stelle, wo das freie Feld in den großen Wald überging, etwa auf halbem Weg zwischen Stadt und Kaserne. Im Schein der am Josefskapellchen ständig brennenden Kerzen und Friedhofslichter begann Süß seinen Bericht mit einer Frage: »Ihr kennt doch unser Dürener Landeskrankenhaus?«

»Klar, kennen wir alle«, antwortete Ricki.

»Et Jeckes«, ergänzte Hölscher.

Ali bemerkte: »Das Irrenhaus von Nordrhein-Westfalen ist ja eigentlich der Landtag. Euer *Jeckes* heißt bei uns *Die elf Morgen*.« Manthey stimmte Ali zu: »Bei uns auch, weil elf im Rheinland die Jeckenzahl ist, und ziemlich groß ist das Klinikgelände ja auch, vielleicht sind es wirklich elf Morgen.«

Süß fuhr fort: »Jedenfalls gibt es im Dürener Landeskrankenhaus eine Spezialabteilung, das ist so eine Art Hochsicherheitstrakt für Gemeingefährliche. Dieser Teil der Klinik ist mit Stacheldraht und Wassergräben drum rum abgeriegelt. Bis zu dem gewissen Tag war da noch nie einer rausgekommen.

Die Geschichte, die ich euch erzählen will, spielt von hier aus gesehen etwa 15 Kilometer vor Düren. Das gehört zur Rureifel, und da gibt es ein Waldgebiet, den sogenannten Rufusknipp, ein beliebtes Naherholungsgebiet mit Wanderparkplätzen, Grillhütte und so weiter.

Nun, bei der Anfahrt zum Rufusknipp hat an dem betreffenden Tag ein frisch verheiratetes Pärchen trocken gefahren. Der Mann sagt zu der Frau: ›Bleib du im Auto, ich geh mit dem Reservekanister ins Dorf unten und hol Benzin.‹ «

Wir hatten uns, während Süß weitererzählte, wieder auf die Socken gemacht. Das ging zunächst trotz völliger Dunkelheit ganz gut, weil der Weg vom Josefskapellchen in den Wald hinein anfangs sehr breit war und sich in gutem Zustand befand.

»Jedenfalls marschiert der Mann los«, erzählt Süß weiter, »und die Frau bleibt im Auto. Sie ahnt: Es kann über eine halbe Stunde dauern, bis der Mann mit Sprit zurück ist. Und es dämmert bereits, bald ist es völlig dunkel. Wahrscheinlich denkt sie schon: Warum bin ich nicht mitgegangen, warum bin ich allein geblieben?

Da hört die Frau plötzlich ein Geräusch im Gebüsch. Angst springt sie an,

instinktiv kauert sie sich vor dem Beifahrersitz zusammen, die Arme über das Gesicht und die Schädeldecke nach hinten abgewinkelt. Die Sicherungsknöpfe an der Fahrer- und Beifahrertüre hatte sie schon heruntergedrückt, als der Mann sich mit dem Benzinkanister entfernt hatte.«

Süß machte eine dramaturgisch geschickte Pause. Wir blieben stehen. Um uns herum herrschte inzwischen völlige Dunkelheit. Der Weg war schlechter geworden.

»Die arme Frau merkt«, so fuhr Süß schließlich fort, »wie sich Schritte nähern, etwas um das Auto herum huscht und schließlich den Wagen zum Wackeln bringt. Vielleicht ist es ein Tier, denkt sie, das da auf das Dach des Autos klettert und dann damit beginnt, sich hin und her zu wiegen.

Plötzlich schlägt er oder es, dieses Wesen jedenfalls, auf das Autodach ein. Erst einmal, dann, nach einer Minute vielleicht, noch ein zweites Mal. Schließlich tönen die dumpfen Schläge auf das Blechdach regelmäßig, mit langen Pausen dazwischen: Bom!...Bom!...Bom!...Bom!«

Süß ahmte das Geräusch in langatmigen Intervallen nach: »Die Frau stirbt fast vor Angst, und wieder klopft es von oben: Bom!...Bom!...Bom!...Bom!

Wie lange das so gegangen ist, weiß kein Mensch genau. Jedenfalls bemerkt die Frau nach einer halben Ewigkeit, wie sich einige Autos vom Dorf her nähern. Sie fahren zunächst an ihr vorbei, wenden aber nach wenigen Hundert Metern auf dem Parkplatz am Rufusknipp und kehren mit aufgeblendeten Scheinwerfern zurück.

In einiger Entfernung von ihrem Auto bleibt der Konvoi stehen. Anscheinend werden weitere Scheinwerfer montiert und aufgeblendet. Blaulicht flackert durch die Nacht.

Die Schläge auf das Autodach haben derweil aufgehört«, berichtete Süß, »das Hin-und-Her-Schaukeln des Autos setzt sich aber, wenn auch mit verminderter Intensität, fort.

Als man die Lautsprecher einschaltet, geht ein schrilles Pfeifen durch die Nacht, dann ist eine Stimme zu hören: ›Hier spricht die Polizei. Wenn sich noch jemand in dem Auto befindet, dann jetzt bitte sofort herauskommen, nicht umdrehen und in Richtung des Blaulichts kommen. Es kann Ihnen nichts passieren. Hier spricht die Polizei. Ich wiederhole ...‹«

Süß wiederholte die gesamte Durchsage noch einmal und schilderte uns, wie die Frau sich erst langsam aus ihrer Verkrampfung löste, schließlich die Autotür tatsächlich entriegelte, öffnete und den Wagen verließ.

Süß: »Die Stimme aus dem Lautsprecher redet jetzt ununterbrochen auf die Frau ein: ›Kommen Sie ganz langsam auf uns zu, drehen Sie sich nicht um! Sie sind in völliger Sicherheit, wenn Sie zu uns kommen. Hier spricht die Polizei. Kommen Sie langsam auf uns zu, schauen Sie sich nicht um!‹

Als die Frau ganz nahe bei den Scheinwerfern ist und tatsächlich die ersten uniformierten Polizeibeamten schemenhaft erkennen kann, dreht sie sich um. Allen Verboten zum Trotz.

Sofort springen zwei Rettungssanitäter aus dem Dunkel herbei, um die zusammenbrechende Frau aufzufangen. Eine Ohnmacht erlöst sie von dem grauenvollen Anblick.

Auf dem Autodach kauert, vom grellen Licht der Polizei- und Feuerwehrscheinwerfer geblendet, ein Wahnsinniger, wiegt seinen in der Hocke befindlichen Körper hin und her und schlägt dabei ab und zu mit etwas auf das Autodach ein, das die Frau augenblicklich erkennt: Es ist der Kopf ihres Mannes.«

Wenngleich keiner Ohnmacht nahe, so hatte Süß uns mit dem Schluß seiner Story doch einen ausgemachten Schrecken eingejagt. Ich meine mich zu erinnern, daß sich bei der schaurigen Schlußsequenz meine Kopfhaut wie elektrisiert gekräuselt hatte. Meine Haare müssen buchstäblich zu Berge gestanden haben.

Wie es den anderen ging, konnte ich nicht erkennen. Jedenfalls schwiegen sie. Bis Ali sich als erster wieder fing und lospolterte: »Mensch, Süß, was bist du für ein Arsch?! Ich hab ´ne Gänsehaut am ganzen Leib.«

Auch die anderen reagierten gereizt. Süß' Story am offenen Kamin bei einem Gläschen Rotwein mag ja angehen, aber hier im Wald bei Neumond war uns überhaupt nicht nach dieser Art Schauer zumute. Wir hatten mit einem Mal Schiß!

Und Schiß überspielt der Landser mit blankem Aktionismus. »Schützenkette, alle hintereinander, Marsch, Marsch, in Richtung Heimat!« befahl Ali wie auf dem Gefechtsfeld, und es sollte vermutlich nach einem Scherz klingen. Tat es aber nicht.

Wir setzten uns tatsächlich in Bewegung, einer hinter dem anderen, ich als zweiter hinter Ali, wie ich zu vermeinen glaubte. Wir stolperten durch die Dunkelheit weiter über den Weg, der zur Kaserne führte. Wir waren jetzt deutlich schneller als zuvor zwischen Josefskapellchen und dem unbekannten Ort, an dem wir stehend Süß und dem schrecklichen Ende der Elf-Morgen-Story zugehört hatten. Die Nacht der reitenden Leichen wurde allmählich die Nacht der galoppierenden Bluejeans-Infanterie.

Wieviel Zeit verging, kann ich nicht mehr sagen. Jedenfalls wurde der vermeintliche Ali vor mir immer schneller, und mir schlugen vermehrt Äste gegen den Körper und ins Gesicht. Schließlich kämpfte ich mich nur mehr durchs Dickicht, vor mir den keuchenden Atem Alis, wie ich dachte, und hinter mir den keuchenden Rest der Truppe.

Dann der Schock. Der von mir angesprochene Ali antwortete, wie eingangs erwähnt, hinter meinem Rücken. Und meine Hand fuhr ins Leere, als sie nach dem Wesen vor mir greifen wollte. Dessen Keuchen entfernte sich. Äste knackten. *Es* huschte davon. Das Grauen der Nacht sprang mich mit einem Male an.

»Scheiße!« rief ich und drehte mich ruckartig um.

»Was is'n los?« rief Jason.

»Frag mich nicht, ich weiß nicht. Da ist einer. Da war einer. Vor uns. Einer, der nicht dazu gehört.«

Dann schrie ich regelrecht in Richtung der anderen: »Menschenskinder, dreht euch jetzt, dreht euch um und dann einer hinter dem anderen zurück zum Weg. Das ist nicht der Weg hier. Zurück!«

»Was?« rief einer.

»Weg hier, zurück zum Weg!« antwortete Hölscher hastig.

»So eine Kacke«, wetterte ein anderer, ich glaube, es war Manthey.

Es entstand ein Geraune und Gestolpere unter den Kameraden. Mit Angst im Nacken kämpften wir uns durch das Dickicht zurück zum Hauptweg. Da ich jetzt der letzte sein mußte, schrie ich den vor mir her fliehenden Kameraden hinterher, und meine Stimme überschlug sich dabei: »Und fragt die vor und hinter euch, wer sie sind.«

Am liebsten wäre mir gewesen, wir hätten uns jetzt gegenseitig an die Hand genommen. Aber das wäre unter 19-, 20jährigen Landsern zu weit gegangen. Außerdem: Was wäre gewesen, wenn man im Dunkeln die Hand eines Skeletts ertastet oder in etwas Glibberiges oder Behaartes gepackt hätte? Auszuschließen war in dieser Nacht jedenfalls nichts.

Wir sind jetzt auf dem Hauptweg und rennen mehr, als wir gehen. Kalter Schweiß, Herzrasen, das Gefühl, da ist einer hinter dir her. Ich habe Angst, Ricki hat Angst, Ali und Hölscher haben Angst, die ganze Gruppe hat die Hosen gestrichen voll. Aber keiner wird es nachher zugeben. Dabei sind wir faktisch auf der Flucht. Rückzug auf breiter Front: Wir rennen in Richtung Kaserne.

»Wie seht ihr denn aus?« raunzt uns der Torposten an.

Er blickt auf eine siebenköpfige, dampfende Meute, die mit blutigen Kratzern an Gesicht und Händen, wirrem Haar und verschmutzten Klamotten ein jammervolles Bild abgeben muß. Der Soldat, ein Mann von unserer Stube, reicht seine Packung Marlboro in die Runde. Wir erzählen ihm von reitenden Leichen, enthaupteten Ehemännern und unserer Begegnung mit dem Phantom des Garnisonswaldes.

Der Mann versteht nur *Bahnhof*, bis plötzlich eine Gestalt aus dem Wald geschossen kommt, wild mit den Armen um sich rudernd und laut schimpfend. Sie kommt nicht auf dem Hauptweg, sie kommt geradewegs aus dem dichtesten Unterholz und überschlägt sich regelrecht die Böschung herab zur Kasernen-Hauptzufahrt. Dort bleibt sie liegen.

Es ist Hauptfeldwebel Hase, auch Steiner, der Mann mit dem eisernen Kreuz, genannt, weil er für einen Reifenwechsel einmal seine Schultern unter den Kotflügel eines Unimogs geschoben und diesen angehoben hatte.

Jetzt liegt der eiserne Hase völlig verschüchtert im Straßengraben und fa-

selt etwas von *Begegnung der dritten oder wievielten Art* und einer *wilden Verfolgungsjagd.*

»Ich war in der Stadt im Kino und dann noch einen trinken. Grauslicher Film übrigens. Horror, echt Horror. Und dann, auf dem Nachhauseweg, alles ist voll-kom-men duster, sind plötzlich welche hinter mir her. Ich werd schneller, die auch. Ich mach mich vom Hauptweg und schlag mich in die Büsche. Die hinterher. Mein Gott, ich kann euch sagen.«

»Wohl die Hosen voll gehabt, was?« Rickis Frage kommt unbarmherzig.

»Und mit so was soll man nun einen Krieg gewinnen«, schickt Süß hinterher.

»Jetzt aber Schnauze, ja?« empört sich Jason. »Sonst werd ich hier mal en Heldenepos erzählen.«

Und wir trotten in Richtung der Mannschaftsunterkünfte davon.

Die Nebelfrau von der Schneeifel

Carola von Eynatten

Nicht weit von Prüm entfernt, am Fuße der Schneeifel, wohnte der Ritter von Milbourg, der in dem rauhen Waldgebirge so genau Bescheid wußte, daß er sich nicht einmal scheute, es zur Nachtzeit zu begehen, um heimlich mit seiner jenseits desselben wohnenden Herzensdame zusammenzutreffen, deren Vater ihm abhold war. Bei gutem Sommerwetter gingen diese nächtlichen Bergwanderungen wohl an und entbehrten selbst eines gewissen Reizes nicht. Aber im Winter, wenn Eis und Schnee die Pfade unwegsam machten, die Hänge mit einer trügerischen Decke belegten und der Nebel oftmals den Ausblick auf die nächsten drei Schritte hemmte, kam der Ritter nicht selten in die Lage, einen harten Kampf um sein Leben zu bestehen. Der Gedanke an die sehnsüchtig harrende Geliebte ließ ihn jedoch alle ihm drohenden Gefahren übersehen, und sobald die Stunde des Aufbruchs schlug, trieb es ihn mit unwiderstehlicher Macht hinaus, das Wetter mochte noch so ungünstig sein.

So strebte der junge Ritter auch an einem naßkalten Spätoktoberabend auf mitunter halsbrecherischen Pfaden seinem Ziele zu, konnte jedoch nur ganz langsam vorwärtsdringen, da der seit länger denn vierundzwanzig Stunden fallende Sprühregen sie so schlüpfrig gemacht hatte, daß er oft nur mit Aufbietung aller Kraft und Gewandtheit einem Sturze in die Tiefe entging. Es sollte jedoch noch schlimmer kommen. Nach etwa zweistündiger Wanderung gelangte er nämlich an eine Stelle, wo vom Sturm gebrochene Baumstämme und herabgestürztes Erdreich ihm ein unüberwindliches Hindernis bereiteten. Überspringen konnte er es nicht, dazu war es zu hoch, überklettern ebensowenig, dazu lagen die Massen zu lose. Auch nicht an der Seite konnte er vorbeikommen, da nicht ein Fußbreit vom Wege frei geblieben war. Er hatte denn keine Wahl, als den sich jäh herniedersenkenden Abhang hinabzuklettern, und dies schien bei der Glätte des Bodens und den weiten Abständen zwischen den einzelnen Bäumen ein sehr gewagtes Unternehmen. Dennoch ging der Ritter von Milbourg rüstig ans Werk, bemerkte aber bald, daß er unter den obwaltenden Umständen und bei dem herrschenden tiefen Dunkel zur Not wohl in die Höhe, doch nicht wieder zu dem verlassenen Wege hinabklettern könne. Er ging denn immer höher, hoffend, er werde auf diese Weise endlich zu einem anderen, gleichfalls nach seinem Ziele führenden Pfad gelangen. Wie er indessen auch suchte, er fand sich nicht zurecht, und als er eine ziemlich ebene und durch einen vorspringenden Felsen stellenweise geschützte Höhe erreicht hatte, warf er sich auf den Boden nieder, um ein wenig zu ruhen, ehe er seine mühselige Wanderung fortsetzte.

Als er so dalag, kamen ihm jedoch allerlei trübe Gedanken, und eine zornige Wallung gegen die schöne Adelgunde bemächtigte sich seiner, deren Weigerung, mit ihm zu fliehen, ihn zu diesen nächtlichen Irrfahrten verurteilte.

Da knisterten die rings über den Boden verstreuten Baumäste, die der letzte Sturm vom Stamme gerissen, und als der Ritter sich umschaute, in der Meinung, irgendein auf Beute lauerndes Tier schliche sich heran, erblickte er eine in weiße faltige Gewänder gehüllte Frauengestalt, die zwischen den Bäumen hervortrat. Er stand mit einem Satze auf den Füßen, und das Dolchmesser aus dem Gürtel reißend rief er: »Wer bist du?«

»Was kümmert es Euch, wie ich genannt werde, Herr Friederich von Milbourg. Denkt, ich sei eine wohltätige Fee, die Euch hier aufsucht, um Euch wieder auf den rechten Weg zu helfen!« erwiderte sie mit neckender Stimme und trat näher.

Der junge Ritter stand wie gebannt und verwandte keinen Blick von dem Weibe, dessen Antlitz ein Strahl des flüchtig zwischen Wolken hervorbrechenden Mondes traf. Etwas so wunderbar Schönes wie dieses aus einem Rahmen schimmernden Lockenhaares hervorschauende Frauengesicht mit den rätselhaften, halb verschleierten Augen hatte er im Leben nicht gesehen.

»Folgt mir nach meiner Wohnung, und seid mein lieber Gast!« sagte sie einschmeichelnden Tones, ihm die Hand entgegenstreckend.

Friedrich folgte ihr wie von einem Traume befangen, ohne selbst recht zu wissen, was er tat. Er war mit einem Male ein anderer geworden. Alle Willenskraft hatte ihn verlassen. Er empfand nichts als das unklare und doch sehnsüchtige Verlangen, die gebotene Hand zu ergreifen, sich führen zu lassen, jeder freien Bestimmung über sich selbst enthoben zu werden und fortwährend das prächtige Weib an seiner Seite zu betrachten, welches sich ihm genähert und mit kalten Fingern über seine Augen gestrichen hatte. Es kostete ihn eine gewaltige Anstrengung, ehe er sich nur zu der Frage aufraffte: »Wo ist Eure Wohnung?«

»Nicht so weit von hier, Ihr seid mehr als einmal dicht an meinem Schlosse vorübergekommen. Ich kenne Euch gut und weiß, was es ist, das Euch nächtlicher Weile in dieses Gebirge führt.«

Als der Ritter von Milbourg diese Worte vernahm, blieb er zögernd stehen. Der Zauber hatte noch nicht kräftig genug gewirkt, und Adelgundens Bild stieg in matten, verschwommenen Umrissen vor seiner Seele auf. Ein reue- und schamähnliches Gefühl erfaßte ihn. Wie hatte er so gänzlich der Geliebten vergessen können, der er ewige Treue gelobt, die auf ihn so fest vertraute?

Da bohrten sich zwei glühende Augen in die seinigen, ein brennender Hauch strich über seine Stirne hin, während ein weicher Arm seinen Nacken umschlang, ein Arm so leicht, daß er seinen Druck kaum fühlte und der dennoch die Wirkung einer unzerreißbaren Eisenkette auf ihn ausübte.

»Seid ohne Furcht, sobald es Euch bei mir nimmer gefällt, mögt Ihr gehen, wohin Euer Herz Euch zieht. Ihr dürft jederzeit frei über Euch verfügen. Doch jetzt kommt! Ihr seid müde, der Morgen naht, und die, zu der Ihr wollt, ist längst des vergeblichen Wartens müde geworden. Lohnt mir die Freundschaft nicht so schlecht, die mich hierher geführt, Euch aus aller Not und Gefahr zu befreien.«

Adelgundens Bild versank von neuem. Warum sollte er der Fee nicht folgen, da nichts ihn zwang, bei ihr zu bleiben und sie sich so großmütig und edel gegen ihn erwies? Und sie hatte recht, die Geliebte mochte sich längst zurückgezogen haben. Sie hatte bei diesem bösen Wetter seiner wohl überhaupt nicht geharrt. Und trug nicht auch sie die Schuld daran, wenn er jetzt an eines anderen Weibes Seite wandelte? Warum hatte sie nicht auf ihn gehört, als er sie so flehentlich beschwor, mit ihm zu entfliehen?

Und Friedrich, sein eigenes Gewissen mit nichtigen Gründen beschwichtigend, ließ sich von der Zauberin fortziehen wie ein Kind, welches voller Erwartung und Begierde den Lockungen des Unbekannten, Geheimnisvollen folgt.

Immer weiter ging es unter Lachen und Scherzen. Schon war der schmale Rücken des Berges überstiegen, und wieder dehnten sich jähe Hänge vor ihnen zur Tiefe nieder. Doch die Wanderung bot keinerlei Beschwerden mehr, und dem Ritter war zu Mut, wie wenn unsichtbare Arme ihn durch die Luft trügen, so leicht und frei fühlte er sich.

Endlich schimmerte ihm durch das Waldesdunkel ein Licht entgegen, auf welches seine Begleiterin zuging, und als sie näher kamen, bemerkte der Ritter in der Mitte eines felsigen Hanges ein grottenartiges Gewölbe, in dessen Innern alles wie von Silber strahlte und das in einem blendenden Lichtmeere schwamm.

»Das ist deine Wohnung?» fragte er leise.

»Nur der Eingang zu ihr. Mein Palast ist ungleich schöner und glänzender, Tausende von Gnomen dienen mir, all die edlen Metalle und Schätze, die im Innern dieses Berges ruhen, sind mein, und ... sie sollen auch dein sein, so du ihrer begehrst!» flüsterte sie.

Der Ritter hatte zu einer Erwiderung keine Zeit. Glühende Lippen preßten sich auf die seinigen, und der weiche Arm drückte fester auf seinen Nacken.

»Sage jetzt kein Wort, warte, bis du alles gesehen und kennengelernt hast, was ich dir zu bieten habe!« strich es wie ein Hauch an seinem Ohre vorbei.

Da durchfuhr ein Feuerstrom des Ritters Adern, und seine bebenden Arme umfaßten die Gestalt des geheimnisvollen Weibes, sie fest an sich pressend, als wollte er sie nimmer wieder loslassen.

»Wozu warten, ich weiß, daß ich dich, dich allein nur ewig ...«

Was kam da den Ritter an? Warum erstarb das entscheidende Wort auf seinen Lippen? Warum lösten sich seine Arme, schlaff an seinem Körper herunterzusinken? Warum bog er den Kopf lauschend zur Seite?

Glockentöne, wohl nur schwach, dennoch aber ernst und feierlich mahnend wie seines guten Engels Stimme, waren an sein Ohr gedrungen, den Zauber

brechend, der ihn gefangenhielt, ihn zurückreißend von der Schwelle des Verderbens, die sein Fuß beinahe schon betreten hatte.

»Komm! Kostbar sind die Minuten, wir dürfen nicht länger zögern«, flüsterte es neuerdings.

Diesmal jedoch klang ihm die Stimme der Verführerin nicht mehr süß. Sie hatte ihre betörende Macht über ihn verloren, und er erkannte in ihr den Ruf des Bösen, der ihn zu Sünde und Tod verlocken wollte. Hastig zurückweichend machte er dreimal das Zeichen des Kreuzes über sich und das Weib, ohne sich durch den Aufschrei beirren zu lassen, der sich ihrer Brust entrang, als sie sich ihrer Beute noch im letzten Augenblicke entrissen sah.

»Willst du nicht mir angehören, so sollst du auch diesen Berg nicht lebend verlassen!« kreischte sie wild.

Im selben Augenblick erlosch der Lichtglanz in der Grotte, und dicke, graue Wolken quollen aus ihr hervor und hüllten im weiten Umkreise alles in nasse, undurchdringliche Schleier. Der Ritter konnte den Boden unter den Füßen nicht mehr sehen. Er wußte nicht, ob er nicht den nächsten Schritt schon ins Leere hinaus tun würde, und noch immer folgten, ihn umhüllend, neue Nebelballen. Schaudernd blieb er stehen. Wie ein Blitz schoß ihm die Wahrheit durch den Kopf: er war der Nebelfrau in die Hände gefallen, die hier oben ihr Wesen trieb und schon manchen Wanderer in den Abgrund gestürzt hatte, der ihren Lockungen widerstand. Ja, er war verloren!

Diese Mutlosigkeit währte übrigens nicht lange. Friedrich war ein guter Christ und vertraute auf Gottes Beistand, der ihn schon mehr als einmal aus arger Not errettet hatte. Ein Stoßgebet, und er setzte seinen Weg entschlossen fort, sich keinen Schritt vorwärts wagend, ehe sein Fuß nicht einen festen Stützpunkt gefunden hatte. Er war jedoch noch nicht weit gekommen, als plötzlich der silberklare Ton eines Glöckleins hörbar ward, welches vor ihm herzuwandern schien.

»Gerettet!« jubelte er laut, keine Minute zweifelnd, daß der Himmel ihm zu Hülfe gekommen sei und dies wundersame Glöcklein ertönen ließ, das ihm als Wegweiser dienen sollte.

Ohne die geringste Sorge schritt er jetzt rascher voran, immer dem helltönenden Glöcklein folgend, welches ihn wohlbehalten bis an den Fuß des Berges brachte, um dann, als alle Gefahr verschwunden war und der scharf wehende Morgenwind die Nebel verscheuchte, plötzlich zu verstummen.

Bald danach langte der aus so großer Gefahr glücklich errettete Ritter von Milbourg auf seiner Burg an, wo ein von Adelgunden gesandter Bote seiner harrte, um ihm zu melden, daß der alte Ritter am vorhergehenden Tage auf der Jagd verunglückt sei und seine Erbin nach dem Verlobten begehre, ihr während dieser traurigen Tage beizustehen.

Bleich und verstört hörte Friedrich diesen Bericht, und als er in sein Gemach kam, um sich umzukleiden, ehe er zu Pferde stieg, brach er in Tränen aus. An dem gleichen Tage, an welchem Adelgunde durch einen Unglücksfall ihren Vater verloren hatte, war auch er im Begriffe gewesen, sie um einer schönen Unholdin willen zu verlassen, die ihm für alle Zeit den Seelenfrieden geraubt hätte. Auf den Knien liegend, dankte er dem Himmel, der ihn vor einer so schändlichen Tat bewahrt hatte, und gelobte aus Dankbarkeit, einen seiner schönsten Höfe an das Kloster nach Prüm vergeben zu wollen.

Adelgunde, der er ein offenes Bekenntnis seiner Verirrung ablegte, verzieh ihm freudig, und da durch ihres Vaters Tod jedes ihrer Verbindung entgegenstehende Hindernis geschwunden war, folgte sie dem Ritter von Milbourg schon acht Wochen später als seine Hausfrau, nachdem er ihr zuvor am Altare feierlich gelobt hatte, die gefahrenreiche Schneeifel zu nächtlicher Stunde zu meiden.

Das Geheimnis der weißen Mönche

Rainer M. Schröder

Zitternd vor Kälte und Erschöpfung stand Jakob in der stürmischen Februarnacht und rang nach Atem, während der Himmel in wildem Zorn Blitze wie Speere aus gleißendem Licht nach ihm schleuderte. Ein böiger Wind schlug ihm den Regen, der halb Schnee und halb Hagel war, wie eine Peitsche aus messerscharfen Eisschnüren schmerzhaft ins Gesicht.

Sie würden beide elendig in dieser eisigen Sturmnacht zugrunde gehen, wenn das Kloster nicht bald auftauchte! Jakob war am Ende seiner Kraft und konnte den einachsigen Eselskarren mit der Last des alten Mönches nicht länger ziehen! Er hatte in den Händen, die wie festgefroren um die Deichsel des Karrens und den ledernen Zuggurt lagen, kaum noch Gefühl.

Wieder erhellte ein Blitz für kurze Momente die Finsternis der Nacht, die ihm wie der schwarze, gierige Schlund des Verderbens vorkam. Jakob konnte erkennen, daß der schlammige Pfad vor ihm auf die Kuppe eines sanft ansteigenden Hügels führte. Ein mächtiger Eichenbaum mit ausladender Krone erhob sich auf der kleinen Anhöhe, die wie der Rest des Eifellandes unter einer knöcheltiefen Decke alten, harschen Schnees lag. Dahinter zeichnete sich ein Waldstück ab, schwarz wie ein Henkerstuch und abweisend wie eine Wand aus Festungspalisaden.

An jedem anderen Tag wäre es für Jakob ein leichtes gewesen, den Eselskarren mit dem eingefallenen, alten Mönch den Hügel hochzuziehen. In dieser Nachtstunde jedoch bewirkte der Anblick der Steigung, daß ihn ein Gefühl der Verzweiflung und des zornigen Aufbegehrens gegen ein allzu ungnädiges Schicksal überkam.

»Ich kann nicht mehr!« schrie er in die Nacht hinaus, als dem Blitz nun ein scharfer Donner folgte, der wie das Krachen von Kanonen über das bergige Eifelland rollte. Er hatte Tränen der Erschöpfung in den Augen. »Ich will nicht mehr! Ich habe mich genug geplagt!« Und in Gedanken stieß er eine lästerliche Verwünschung aus. Verflucht sei der Morgen vor drei Tagen am Laacher See, als er sich hatte beschwatzen lassen, dem alten Kuttenträger seine Dienste zu verkaufen!

Jakob wandte sich um und warf einen gehetzten Blick auf das gekrümmte Bündel, das unter zwei räudigen Pferdedecken auf den Brettern seines Wagens lag. Deichsel und Zuggurt entglitten seinen kraftlosen Händen und fielen in den Schlamm des aufgeweichten Weges.

Mit tauben Fingern zog er die nassen Decken über dem Kopf des alten Mannes zurück. Er konnte dessen ausgezehrtes Gesicht in der Öffnung der Kapuze nicht sehen, doch er spürte, daß die Augen des Klosterbruders ihn anblickten, und er hörte ihn etwas murmeln.

Jakob beugte sich zu ihm hinunter. »Ich kann nicht weiter. Es tut mir leid, ich bin am Ende meiner Kräfte, Bruder Anselm«, sagte er keuchend und dachte an den versprochenen Lohn. Der Mönch hatte einen kleinen Beutel um den Hals hängen, in dem Jakob vor drei Tagen den verlockenden Klang von Münzen vernommen hatte.

»... heilige Jungfrau ... an dem Busen der Gottesmutter ...« Bruder Anselm stieß die Worte abgehackt hervor und war offensichtlich nicht mehr fähig, einen ganzen Satz zu formulieren. »... auch die gräßlichste Schuld ... barmherzige Aufnahme ... Hort der Gnade und Sicherheit ... mich ihr anvertrauen ... ihr Angesicht ... dein Erbarmen ... deine Huld ...« Er versuchte, sich aufzurichten, fiel jedoch mit einem schwachen Stöhnen sofort wieder auf die harten Bretter zurück.

»Schon gut, schon gut, der Herr wird sich Eurer gewiß erbarmen«, antwortete Jakob und berührte die Stirn des alten Mönches. Er zuckte zurück, als hätte er eine feuerrote Herdplatte berührt. Der Mann glühte vor Fieber!

Dem Mönch war nicht mehr zu helfen! Er war schon so gut wie tot. Es machte also keinen Sinn mehr, sich weiter mit ihm abzuplagen. Bruder Anselm würde ihn bloß noch mit sich ins Grab ziehen, wenn er sich seiner Last nicht endlich entledigte. Der kranke Mönch war für ihn zu einem lebensbedrohlichen Ballast geworden, denn wer weiß, wie weit es noch bis zu dieser Abtei Himmerod war. Wenn er sich verirrt hatte, konnte das Kloster im Salmtal noch viele Meilen entfernt sein.

Ich werde ihn dort oben unter der Eiche zurücklassen, beschloß Jakob. Bis dahin bringe ich ihn noch. Dann möge ihm der Herr gnädig sein!

Er zog den Ledergurt aus dem Schlamm, legte ihn sich wieder über die linke Schulter, packte mit der Rechten die Deichsel und setzte sich mühsam in Bewegung.

Das Gewitter tobte mit unverminderter Gewalt. Immer wieder rissen grelle Blitze die Nacht auf und tauchten das Land in ihren gespenstisch hellen Schein. Das Krachen des Donners, der nun fast gleichzeitig mit jedem Blitz erfolgte, war so ohrenbetäubend, als wollte das Himmelsgewölbe in tausend Stücke zerbersten und auf ihn niederstürzen.

Jakob quälte sich den Hügel hinauf. Bei jedem Schritt verfluchte er den maulfaulen Fuhrmann, der ihm am Nachmittag beim Hunnenkopf den Weg gewiesen hatte. Es hatte so geklungen, als läge das Kloster dieser Zisterziensermönche gleich hinter der nächsten Hügelkette. Die Landstraße war trocken und der Himmel sonnig gewesen, und so hatte er die letzte, scheinbar kurze Wegstrecke guten Mutes in Angriff genommen. Und dann, noch vor Einbruch der Dunkelheit, hatte sich das Unwetter zusammengebraut und war über ihn hergefallen, kaum daß er den Manderscheider Wald hinter sich gebracht hatte. Die Pest und Krätze über den Fuhrmann, der ihn über die wahre Entfernung zur Abtei so getäuscht hatte!

Wenn er den falschen Weg eingeschlagen hatte, konnte er noch die ganze Nacht herumirren, ohne auf das Kloster oder sonst eine Behausung zu stoßen, wo man ihm ein Dach über dem Kopf und ein trockenes Lager gewähren konnte. Dann blieb ihm nichts anderes übrig, als irgendwo im Wald Schutz zu suchen und unter seinen Karren zu kriechen.

Voller Bitterkeit dachte er daran, daß er gestern noch einen Esel besessen hatte. Das Tier war zwar mager, äußerst übellaunig und bissig gewesen, aber es hatte doch den Karren mit ihm und dem Mönch gezogen. Aber dann, beim Abstieg ins Tal von Manderscheid, hatte das störrische Biest auf dem verschneiten Berghang den Tritt verloren, war gestürzt und hatte sie mit sich gerissen. Daß der Mönch und er den Sturz überlebt hatten, ohne sich auch nur einen Knochen gebrochen zu haben, war ein kleines Wunder gewesen. Der Esel hatte weniger Glück gehabt. Er hatte sich das Genick gebrochen. Und so hatte dann er, Jakob Tillmann, der vom Pech verfolgte Bastard einer Bauernmagd und eines durchziehenden Landsknechtes, sich den Zuggurt über die Schulter legen müssen.

Jakob blieb stehen, als er sah, daß der Weg nicht direkt zu der Eiche auf dem Hügel führte, sondern ein gutes Stück unterhalb davon links abbog und Richtung Wald lief. Im Licht eines Blitzes entdeckte er rechts vom Weg eine Mulde, die von einem Dickicht halb überwachsen war. Er zögerte kurz und zuckte dann die Achseln.

»Dies ist ein ebenso guter Platz zum Sterben wie die Eiche. Besser liegt er da oben auch nicht«, murmelte er grimmig vor sich hin. Was nützte es dem alten Mönch, wenn er ihn noch bis unter den Baum schleppte, sich dabei völlig verausgabte und dadurch selbst dem Tod zum Opfer fiel? Gott oder Teufel, wer auch immer Anspruch auf seine Seele hatte, er sollte die des alten Mönches nun endlich haben!

Sein Gewissen, das sich dennoch zu regen begann, beruhigte Jakob damit, daß er wahrhaftig alles getan hatte, was in seiner Macht stand, um den alten Mann nach Himmerod zu bringen. Er hatte seinen Esel dabei verloren und sich selbst nicht geschont. Mehr konnte keiner von ihm verlangen. Was die großzügige Belohnung anging, die ihm Bruder Anselm versprochen hatte, so mußte er sich diese wohl selbst nehmen. Der fiebernde Mönch hatte gewiß nicht mehr die Kraft dazu, ihm seinen Lohn zu geben.

Jakob fragte sich, wieviel Geld wohl in dem kleinen Lederbeutel sein mochte. Wenn er es recht überlegte, hatte er eigentlich Anspruch darauf, auch für seinen Esel entschädigt zu werden.

Ich werde mir an Münzen nehmen, was er im Brustbeutel mit sich trägt! Wenn es nur ein paar lausige Heller sind, will ich mich damit zufriedengeben. Wenn es jedoch ein hübscher Batzen Geld ist, soll er mir als Belohnung ebenso recht sein, beschloß er und vergaß vor Aufregung einen Augenblick sogar die Kälte, die ihn quälte, und das Wüten des Unwetters. Gerechter kann ich es gar nicht machen als mein Glück dem Zufall zu überlassen.

Jakob hatte seine Hand um den Lederbeutel gelegt, fühlte unter seinen Fingern den harten Widerstand von mindestens einem halben Dutzend Münzen

und versuchte, ihren Wert schon anhand ihres Gewichtes zu schätzen, als erneut ein Blitz aus dem Himmel zuckte.

Dieser gleißende Blitz übertraf mit seiner blendenden Helligkeit alle anderen um ein Mehrfaches, zumindest kam es Jakob so vor. Begleitet von einem unbeschreiblich lauten Donner und Bersten, das Jakob durch Mark und Bein ging, fuhr der Blitz in die Eiche und spaltete den Baum wie ein Henker mit seinem Richtschwert sein Opfer.

Jakob schrie, zu Tode erschrocken, auf, ließ den Lederbeutel mit den Münzen los und stürzte rücklings in den Schlamm. Mit entsetztem Blick starrte er zur Eiche hinüber, deren mächtigen Stamm der Blitz wie ein Bündel Stroh auseinander gerissen hatte. Ein Schauer, der diesmal von innen kam, durchfuhr ihn und ließ ihn erzittern. Hätte er den Mönch unter die Eiche geschleppt und dort von seinem Karren gezogen, hätte der Blitz sie beide erschlagen!

Waren der Blitz und die gespaltene Eiche direkt vor seinen Augen ein Zeichen? Eine letzte Warnung? Und wenn ja, galt sie dann nur dem irdischen Besitz des todkranken Mönches, den er gerade an sich hatte nehmen wollen? Oder wollte ihm dieses zeichenhafte Geschehen etwas anderes sagen?

Am ganzen Leib wie Espenlaub zitternd und von beklemmenden Ängsten bedrängt, rappelte er sich auf, zog die Decken hastig wieder über den Fieberkranken und beeilte sich, von diesem schauerlichen Ort fortzukommen. Die Furcht vor den dunklen Mächten, denen er weder einen Namen geben konnte noch wollte, weil sie ihm auch namenlos Angst genug machten, weckte Kräfte in ihm, die er nie in sich vermutet hätte.

Fast im Laufschritt hielt er mit seinem Karren auf den Wald zu. Vergessen war der Entschluß, sich des Mönches zu entledigen. Er würde ihn in dieses vermaledeite Kloster Himmerod bringen, tot oder lebendig!

Das versunkene Schloß

Karl Simrock

Bei Andernach am Rheine liegt eine tiefe See,
Stiller wie die ist keine unter des Himmels Höh.
Einst lag auf einer Insel mitten darin ein Schloß,
Bis krachend mit Gewinsel es tief hinunter schoß.

Da sind nicht Grund und Boden der Schiffer noch zur Stund,
Was Leben hat und Odem ziehet hinab der Schlund,
So schritten zween Wandrer zu Abend da heran,
Zu ihnen trat ein andrer, bot ihnen Gruß fortan.

»Könnt, wie vor grauen Tagen das Schloß im See versank,
Ihr mir die Kunde sagen, so habet dessen Dank.
Ich wandre schon seit Jahren die Lande aus und ein,
Manch Wunder zu bewahren ist meines Herzens Schrein.«

Der Jüngste von den zween bereit der Frage war.
Er sprach: »Das soll geschehen, so wie ich's hörte zwar.
Als noch die Burgen stunden, lebt da ein Ritter gut,
In Trauer fest gebunden, grämt er den stolzen Mut.

Warum er das muß dulden, hat keiner noch gesagt;
Ob alter Väter Schulden ihm das Gericht gebracht,
Ob eigne Missetaten ihn rissen in den Schlund,
Wo keiner ihm mag raten im offnen Grabes Mund.«

So sprach von jenen beiden der jüngste an dem Ort.
Der Fremdling dankt den beiden als traut er wohl dem Wort.
Der Alte sprach: »Mitnichten, wie sprachst du falsch, mein Sohn,
Es soll der Mensch nicht richten, find jeder seinen Lohn.

Wahr ist's, es hausen Geister da unten wundervoll,
Doch nimmer sind die Meister, wer wandelt fromm und wohl.
Der Ritter, gut und bieder, war ehrentreu und recht,
Noch rühmen alte Lieder das edele Geschlecht.

Nur daß so schwere Trauer das Herz ihm hält umspannt,
Drum sucht er öde Schauer, all Freude weit verbannt.
Und des Gesanges Klagen sind seine einzge Lust,
Nur diese Wellen schlagen einsam an seine Brust.

Wohl jene Wasser drunten sind voller Klag und Schmerz;
Stets einsam wohnt dort unten, wem sie gerührt das Herz.
Denn alles, was vergangen, steht lockend vor dem Blick,
Es steigt aus dem Gesange klagend die Welt zurück.

Die Gegenwart verschwindet, die Zukunft wird uns hell,
Und was den Menschen bindet, geht unter in dem Quell.
Wer in den Schwermutswogen das Licht im Auge hält,
Hat hier schon überflogen die Bande dieser Welt.

So dünkt mich, daß die Geister durch Neid zu ihrem Grab
Ihn des Gesanges Meister zogen den Schlund hinab.
Wir sehn, wie jedes Schöne des Todes Wurm verdirbt,
Schnell fliehen so die Töne, und der Gesang erstirbt.

Wem alle Zukunft offen, klar die Vergangenheit,
Setzt obenhin sein Hoffen, flieht aus der starren Zeit;
Und wenn er nicht so dächte, so haßt das Irdsche ihn,
Wo es den Tod ihm brächte, zieht es ihn schmeichelnd hin.«

So treten nun die Dreie tief in den dunkeln Wald.
Wie er des Danks sie zeihe, ersinnt der Fremd alsbald:
»Und liebt Ihr denn Gesänge, ich bin Gesanges reich,
So sollen Wunderklänge erfreun euch also gleich.«

Es hebt von allen Seiten Gesang zu klingen an,
Bald klagend wie von weitem, bald schwellend himmelan.
Wie Meereswellen brausen, bricht's überall hervor,
Mit Lust und doch mit Grausen hört es ihr staunend Ohr.

Der Fremd ist nicht zu sehen, doch scheint ein Riesenbild
Fern übern See zu gehen wie Abendwolken mild,
Und wie hinaufgezogen sehn sie, die ihm nachschaun,
Rauschen empor die Wogen, sehn es mit Lust und Graun.

Sphinx ligustri

Eddie M. Angerhuber

Schon als ich von weitem die Menschenmenge vor dem Haus Kyllburgstraße Nr. 21b stehen und gaffen sah, war mir klar, daß hier etwas Entsetzliches passiert sein mußte. Ich war nur durch einen Zufall diese Straße heraufgekommen, die ich sonst eher mied, weil sie steil anstieg und ich leicht außer Atem kam. Das verdammte Bein und der Stock taten das ihrige dazu, daß mir die Passage durch die Kyllburgstraße im allgemeinen verleidet war. Aber an diesem Tag hatte ich sie von der anderen Seite her betreten – bergabwärts ging es sich leichter. Zudem verknüpfte ich einige sehr liebe Erinnerungen mit der schmalen, abschüssigen Gasse, die ich auf diese Weise wieder aufzufrischen gehofft hatte.

»Ach, da ist ja der Herr Doktor Caninus!« Jemand hatte mich erkannt, grüßte mich mit freundlichem Lächeln. Es war die dicke Frau des Metzgers, die sich die Hand an ihrer geblümten Schürze wischte, bevor sie sie mir reichte. »Was ist denn passiert?« Irgendwie erfüllte mich diese spezielle Atmosphäre zwischen den angespannt auf den Hauseingang starrenden Menschen mit Nervosität. »Jemand ist gestorben«, antwortete die Metzgersfrau. Dann fuhr sie mit verschwörerischem Flüstern fort: »Sie kennen ihn, es ist der alte Mertes. Stellen Sie sich vor, er hat wochenlang tot in seiner Wohnung auf dem Boden gelegen, bevor sie ihn fanden.« »Tot? Der Mertes ...?« Ich muß vor Ungläubigkeit blöde gemurmelt haben. Sie nickte bekräftigend und machte eine Bewegung, als wolle sie mich mit ihrer rötlichen Waschfrauenhand am Ärmel fassen, überlegte es sich aber im letzten Moment anders. »Selbstmord, sagt die Polizei. Er war schon in Auflösung begriffen. Schließlich ist es schon recht warm, auch die Lebensmittel verderben schnell. Das Fleisch in unserem Laden«. Als sich unsere Blicke begegneten, lächelte sie verlegen. »Na, dem armen Kerl kann´s gleich sein, nicht wahr? Der hat´s hinter sich. Mein Mann sagt ...« »Wie bitte?« »Schon gut, Herr Doktor. Bitte, ich muß jetzt heimgehen. Wünsche Ihnen noch einen schönen Tag. Lassen Sie sich die Laune nicht verderben, das Leben geht weiter.«

Ich hatte Mertes früher gut gekannt. Ob die Metzgersfrau das wußte? Sie verschwand mit trippelnden Schritten zwischen den Gaffenden. Ich wartete noch einen Augenblick, auf den Stock gestützt, bis meine Knie willig waren, den Weg fortzusetzen. Dann ging ich langsam auf der anderen Straßenseite an dem klaffenden Hauseingang vorbei. Der Flur dahinter war dunkel, er offenbarte seine Geheimnisse nicht. Dort hatten sie Mertes hinausgetragen. Es war ein Jammer. Ich wünschte in diesem Augenblick, ich hätte mehr für ihn empfinden können. Schließlich waren wir einmal so gut wie befreundet gewesen, aber das lag schon mehr als fünfzehn Jahre zurück.

Der Brief des Anwalts kam mit der Montagspost. Mertes hatte mir etwas hinterlassen. Was konnte das sein? Ich wunderte mich, während ich mich zum Ausgehen bereitmachte. Draußen schien die Aprilsonne im schönsten Glanz des Frühlings, als habe es nie einen Winter gegeben. Der vergangene Winter war hart und lang gewesen, hatte vielen der Obdachlosen unter den Brücken und Toreinfahrten das Leben gekostet. Es fiel mir schwer, die Erinnerung an den Winter zurückzurufen, als ich in den strahlenden Sonnenschein des Montagvormittags hinaustrat. Und doch war der Ostwind an manchen Tagen von so schneidender Kälte gewesen, daß sich das einfache Küchenfenster von oben bis unten mit zentimeterdickem Eis bedeckt hatte. Die Läufe des Lebens, dachte ich, und mein Gesicht überzog sich bei diesen Gedanken mit einem unwillkürlichen Lächeln, das ich fühlte, als gehöre es einem Fremden und nicht mir. Ich erinnerte mich an Mertes, an seine sonderbaren Spleens, mit denen er mich unterhielt und über die ich mich heimlich amüsierte, aber nicht böswillig, sondern immer mit Sympathie. Denn er war ein sehr liebenswerter Mann gewesen: klein, dünn, krummgliedrig, ein Original. Aufgrund seiner schwachen Gesundheit hatte er seinen Posten als Beamter in einer Staatsbehörde – Patentamt oder so etwas Ähnliches – frühzeitig aufgeben müssen, hatte fortan seinen exzentrischen Hobbies gefrönt.

Mertes´ Wohnung in der Kyllburgstraße Nr. 21b war klein gewesen, auf den Hof hinaus, mit Fenstern, die von dem wuchernden Efeu an der Brandmauer halb bedeckt gewesen waren. Ihn hatte der Efeu nicht gestört, auch die Insekten nicht, die im Sommer durch die offenen Fenster hereinkommen mußten, worauf ich ihn öfter hingewiesen hatte. »Efeu macht so ein schönes grünliches Unter-Wasser-Licht, daß man denkt, man sei bei der reizenden Melusine zu Besuch, deshalb mag ich ihn«, hatte Mertes gesagt. Das alles war mehr als fünfzehn Jahre her. Und doch war es mir, als hörte ich seine leise, knarrende Stimme wieder, die sich gern in altmodisch verschnörkelten Sätzen ausdrückte.

Der Anwalt war förmlich, uninteressiert und hatte es eilig. Ich kannte ihn nicht, nahm aus seiner Hand die Gegenstände entgegen, die mein Freund mir hinterlassen hatte. Sie befanden sich in einem Pappkarton, der mit einer gestreiften Paketschnur verschnürt war. Ich löste diese Schnur erst, als ich wieder zu Hause war, nachdem ich den sperrigen Karton umständlich von der Bushaltestelle heimgetragen hatte.

Bei einer Tasse Tee betrachtete ich Mertes´ Hinterlassenschaften: Zwei Bücher über Entomologie, eines seiner Hobbies. Schmetterlingskunde, vor allem die seltenen Nachtfalter hatten es ihm angetan. Zwei, drei flache gläserne Glocken, unter denen die schillernden Gefangenen mit Nadeln auf verblichene Samtkissen gespießt waren: Mertes´ ganzer Stolz, seine selbstgefangenen Ligusterschwärmer. Es rührte mich, daß er mir die Schmetterlinge zugedacht hatte, sowieso hätte niemand sonst etwas damit anfangen können. Zum Schluß kam noch ein in brüchiges Leder gebundenes, altmodisches Tagebuch mit metallener Schließe, wie man es zu Anfang des Jahrhunderts benutzt haben mochte, zum Vorschein. Der dazu passende Schlüssel fiel mir erst aus dem Karton entgegen, als ich ihn schüttelte. Das war sein Tagebuch, dachte ich beim Anblick des verdorrten Leders. Was für altjüngferliche, verworrene Geheimnisse mochte dieses Buch enthalten? Ich beschloß, es niemals vor Einbruch der Dunkelheit zu öffnen und darin zu lesen. Diese eifersüchtig gehüteten Geheimnisse des einsamen alten Mannes waren nicht für die Lektüre beim hellen Tageslicht bestimmt. Ich stellte die drei Glasglocken mit den darunter schlafenden Faltern auf das breite Kaminsims meines Wohnzimmers und legte das Buch dazwischen, den Schlüssel zuoberst. So mußte mein Blick unweigerlich jeden Abend darauf fallen, wenn ich die Kerze auf dem Sims anzündete und meine Pfeife herunternahm.

»Die Schmetterlinge, besonders die Nachtfalter«, hatte Mertes einmal gesagt, als handele es sich um die Aufdeckung eines unerhörten Geheimnisses, »verständigen sich durch Telepathie, über weite Strecken hinweg. Haben Sie sich nie gewundert, wie das Männchen weiß, wo das Weibchen ist? Sie sprechen von Duftdrüsen und so etwas, die Herren Wissenschaftler. Aber ich glaube, daß sich die Nachtfalter durch Telepathie verständigen ...«

Draußen, vor meinem Wohnzimmerfenster, zogen Schwärme von Insekten, die erst kürzlich aus ihrem Winterschlaf erwacht sein konnten, ihre Kreise um die gelblichen Globen der Straßenlaternen. Ich hatte mich in meinen grünsamtenen Ohrensessel zurückgezogen, wollte den Tag in ruhigem Schweigen dort ausklingen lassen. Das Tagebuch lag nahe bei mir auf dem Teetischchen, aber noch wollten meine Hände nicht danach greifen. Würde es nicht eine Entweihung darstellen, die innersten Gedanken des verschrobenen Einsiedlers zu lesen? Aber, hätte er mir das Buch hinterlassen, wenn er nicht gewollt hätte, daß ich es las? Es war mir peinlich, darin zu lesen, weil man im allgemeinen das Geheimnis eines Tagebuches nicht verletzt. Es gehört sich nicht, die unsichtbare Aura der Intimsphäre zu durchbrechen, welche solch ein Buch umgibt, sei es auch noch so billig oder jämmerlich, auf kariertem Schulpapier geschrieben oder auf feinstem Pergament. Würden Sie wollen, daß man heimlich in Ihren Aufzeichnungen blättert? Nein – sehen Sie ...

Schließlich gab ich mir einen Ruck, drehte den kleinen Schlüssel in dem rostigen Verschluß und schlug das Buch auf. Ein paar steife Fotografien flatterten mir entgegen, die ich so schnell nicht zu greifen vermochte, und breiteten sich wie ein frühherbstlicher Blätterregen auf meinen Knien und auf dem Teppich um meine Füße herum aus. Dankbar für die Ablenkung, sammelte ich die Bilder auf, betrachtete sie nacheinander. Ich starrte lang auf die einzelnen Fotografien, sie waren ungewöhnlich, um nicht zu sagen morbid. Alle in schwarzweiß, offensichtlich selbst geschossen und selbst entwickelt. Fotografie war ein weiteres Steckenpferd des Junggesellen gewesen. Ich wußte, daß er oft herumgestreift war, um Gerolstein zu fotografieren, vorzugsweise an Ecken, die niemand sonst sehen wollte. Häuser, die dem Verfall überlassen worden waren, faszinierten ihn. Friedhöfe, alte bröckelnde Gruften, die schwindende Pracht früherer Zeiten. Ich weiß nicht, was ihn mehr anzog: die vergangene Pracht oder das Gefühl der Einsamkeit, die spirituelle Öde, die solche Orte umgab. Mertes war ein Einzelgänger aus Leidenschaft gewesen, nicht aus Not, weil ihn etwa niemand mochte. Er hätte heiraten können, eine Frau ernähren. Er war liebenswürdig, von sanfter Wesensart, bezog auch zum Schluß noch eine gute Staatspension. Ich hatte ihn niemals auf seinen Streifzügen begleitet, teils wegen meines Beines, teils weil er es nicht gewollt hätte. Das Alleinsein war ihm wichtig gewesen wie anderen Leuten die Luft zum Atmen. Er hatte mir einmal erklärt, daß er allein sein mußte, um seine Gedanken hören zu können. Das feine Flüstern der Gedanken würde in den Stimmen anderer Menschen untergehen, und dann wäre er orientierungslos, ohne eigenen Willen, wie eine Marionette nur noch, mit der die anderen beliebig umspringen konnten. Ich hatte gedacht, er dramatisiere nur, hatte sein erregtes Flüstern mit einem Lächeln und einer Handbewegung abgetan. Ich glaube, er hat nie gemerkt, daß ich ihn nicht ernst nahm. Gut, daß er das nie merkte! Wie peinlich wäre es für mich gewesen, nun, da ich im Begriff war, sein Tagebuch zu lesen, das seine intimsten Aufzeichnungen enthalten mußte: Gedanken, die er niemals mit einem anderen Menschen geteilt hatte.

Die Fotografien waren unscharf und dämmrig, wahrscheinlich bei schlechten Lichtverhältnissen geschossen worden. Sie zeigten ein Abrißhaus, eine jämmerliche, verfallene Ruine irgendwo am Stadtrand. Ich kannte sie nicht, wußte aber von der Gegend, die man als Schandfleck der Stadt bezeichnen konnte. Der Krieg hatte dort Schäden angerichtet wie überall, aber die Häuser waren aus irgendeinem Grund nicht wieder aufgebaut worden. Man hatte sie einfach verlassen, und sie waren verfallen. Ich erinnerte mich jetzt, daß dort eine alte Molkerei gestanden hatte, vielleicht auch eine Mühle. Ja, eine Mühle, das wäre möglich, ein Bach floß schließlich dort vorbei ... Das Haus auf den Fotografien hatte vom Feuer geschwärzte Wände und war umgeben von mannshohem Gestrüpp, dichtem Brennesselgebüsch und einem Haufen Unrat, den die Leute dort hingeworfen haben mußten, froh, einen bequemen Abladeplatz für ihren Müll gefunden zu haben. Die gesplitterten Krater alter Einschüsse zierten den abblätternden Putz der Fassade wie eine perforierte Lochstickerei. Über einer Tür konnte man noch die Reste von Buchstaben erkennen: M, O, EI ... Das mußte die alte Molkerei gewesen sein. Die leeren Fensterhöhlen, aus denen hier und dort Gräser und junge Bäume wuchsen, gähnten vor einem gleichmäßig dunkelgrau gefärbten Himmel.

Eins der Bilder zeigte eine andere Ansicht von einem Haus, dessen Rückwand weggebombt worden war. Reste einer brandschwarzen Treppe ragten aus dem hohlen Zylinder, der das ehemalige Treppenhaus gebildet hatte. Die ausgefranst ins Nichts hineinragenden Zwischendecken der oberen Stockwerke erzeugten ein Gefühl von Schwindel und unfaßbarer, tiefbegrabener Furcht in mir, so daß ich die Bilder nach kurzem Hinschauen weglegte. Erinnerungen wurden wachgerufen, die ich nicht unbedingt wollte. Im Gegenteil, ich

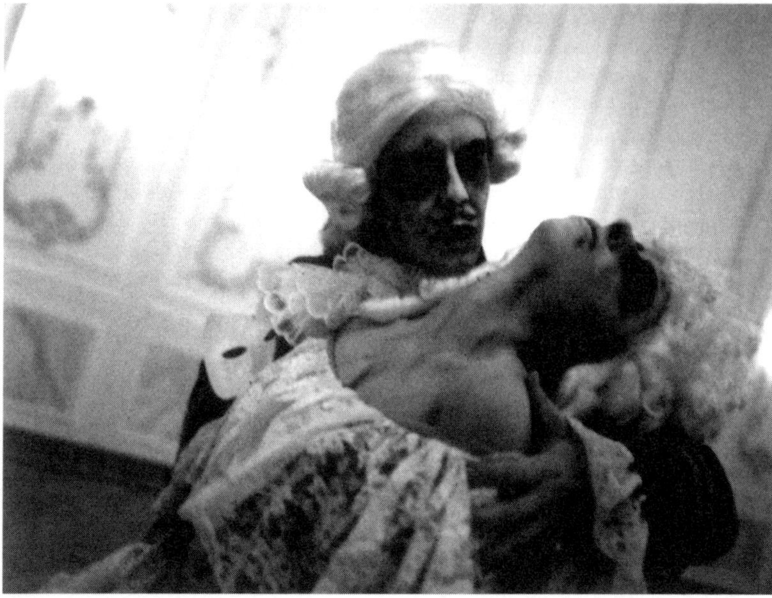

hatte jahrelang versucht, sie zu vergraben und sogar zu vergessen, obwohl ich wußte, daß das nicht möglich sein würde. Die Vorstellung von dem engen, luftlosen Raum im verschütteten Keller des Gebäudes schnürte mir die Kehle zu, so daß ich rasch einen Schluck Tee trank.

Ich nahm die Bilder nicht mehr zur Hand, sondern begann nach einigem Zögern, in dem Tagebuch zu lesen, wobei mir das Entziffern der krähenfüßigen Handschrift zunächst einige Schwierigkeiten bereitete. Mertes hatte eine kleine, zarte Handschrift gehabt, fast wie die einer Frau, aber penibel und gestochen scharf. Die in schwarze Tinte getauchte Feder seines Schreibwerkzeugs mußte widerwärtig kratzende Geräusche auf dem steifen Papier erzeugt haben. Hier und dort waren die Ränder des Buches zerfleddert, wie angefressen, als habe ein übermütiges Haustier daran genagt. Aber soviel ich wußte, hatte Mertes außer seinen Schmetterlingen niemals ein Tier in seiner Wohnung gehabt. Die Eintragungen begannen in einem Winter vor mehr als fünfzig Jahren und beschrieben die Kälte, die Entbehrungen, das Leid kurz nach der Bombardierung. Mertes´ Wohnung war zerstört worden, und er hatte zusammen mit anderen Heimatlosen in einem Unterschlupf am Stadtrand Zuflucht gesucht. Die Molkerei, schoß es mir durch den Kopf. Er hat in der Molkerei gewohnt, von der ein Rest des Hintergebäudes stehengeblieben sein mußte, nachdem das Vorderhaus über den im Keller eingeschlossenen Bewohnern zusammengebrochen war.

Ich erkenne mein altes Gerolstein nicht wieder. Leichen überall, beschrieb der Autor mit zittrigen Schriftzügen seine Eindrücke von dem alltäglichen Armageddon, dem er nicht hatte entrinnen können, genausowenig wie alle anderen. Auch über der Eifel waren viele Bomben niedergegangen, wir waren nicht vom Krieg verschont geblieben. *Sie liegen in den Straßen, die Bäuche nach oben gekehrt wie tote Fische. Warum läßt man sie nicht lieber in den Kellern liegen? Der Gestank ist allgegenwärtig, aber es ist nicht so sehr der Gestank der Verwesung, sondern vielmehr derAusdünstungen der Insekten, die sich von ihnen ernähren, der jedes Haus durchzieht und sich in unseren Kleidern festsetzt. Man kann ihm nicht entrinnen. Der Gestank der Insekten gleicht dem Gestank des Blutes und vermischt sich mit dem der geronnenen Milch, die langsam Schimmel ansetzt und die in den großen Blechkannen in der Molkerei stehengeblieben ist.*

Ich blätterte weiter. Die Erinnerung griff nach mir, ich fühlte ihr sanftes Kratzen an der Peripherie meiner Gedanken, aber ich wollte und konnte ihr keinen Raum lassen. Er hatte sowieso nur wenige Eintragungen gemacht in all den Jahren, in manchem Jahr gar keine, in anderen vielleicht zwei, drei Seiten vollgeschrieben. Seine Handschrift hatte sich in all der Zeit kaum verändert. Sie war, wenn überhaupt, nur ein wenig kleiner und spitzer geworden, hatte die Rundungen der Jugend verloren. Die schwarzen Buchstaben der mit Tusche gekritzelten Worte stachen wie kleine, giftige Wunden aus der Oberfläche des Papiers.

1957, las ich. *Sie haben sie nicht gefunden. Ich weiß, daß sie sie nicht gefunden haben: Der Keller ist noch immer unangetastet. Niemand hat jene Grube geöffnet, nur der Gips über dem Holz des Bretterverschlags bröckelt langsam ab, da der Regen immer und immer darauf fällt. Es regnet seit Wochen.* Es hat viel geregnet in den alten Zeiten, sagte ich mit zusammengebissenen Zähnen vor mich hin. Ich erinnere mich, ich erinnere mich ... ja, ja. Auf den Straßen der Innenstadt hat der Regen den Sand zwischen den Pflastersteinen herausgewaschen, so daß das Kopfsteinpflaster aussah wie der Schuppenpanzer einer riesigen Echse.

Die feingekörnte Oberfläche des hochempfindlichen Spezialpapiers, auf dem die Fotografien entwickelt worden waren, glänzte mit einem milden, fast nicht wahrnehmbaren Widerschein im Licht meiner einzelnen Kerze. Ich habe immer das Kerzenlicht dem elektrischen vorgezogen, wenn es ums Lesen ging. Das elektrische Licht hat keinerlei Atmosphäre, es ist einfach nur grell und aufdringlich und viel zu weiß, läßt das Papier der Bücher nackt aussehen, die hübsch gedruckten Buchstaben wie kleine, gemeine Brandzeichen wirken. Wenn nur Mertes nicht so eine anstrengende, in den Augen schmerzende Krähenfußschrift gehabt hätte, dachte ich. Sie reizt den Sehnerv unnötig mit ihren Häkchen und Windungen wie Wetterfahnen, unnützes Beiwerk, nichts als Ballast für die Augen.

1978, stand in der obersten Zeile der nächsten Seite. *Der November hat sich dieses Jahr sehr mild angelassen, mit bunten Blättern die Spaziergänger verwöhnt. Beinah hätte man vergessen können, aber nur beinah. Es ist lange her, aber ich werde die Tage wachhalten, das Gedenken. Dort hat es schon immer viele Nachtfalter gegeben, das ist mir schon damals, kurz nach dem Krieg, aufgefallen. Damals waren es natürlich mehr, sie sterben allmählich aus. Der Große Ligusterschwärmer ist ein empfindlicher und sonderbarer Vogel, seine gefiederten Fühler gleichen feinen PSI-Antennen, mit denen er die Gedankenströme des Weibchens über Kilometer hinweg hört. Deshalb sind auch die Innenseiten seiner Schwungflügel schwarz und weiß gepunktet, die zarten Schwirrflügel perlmuttrosa wie ein durchsichtiges Négligé. Es ist der seidene Stoff der Träume, den er seiner Braut als Hochzeitsschleier anbietet.* Ich rieb mir die Augen, in denen sich durch die Anstrengung, die winzigen Buchstaben zu entziffern, allmählich Tränen bildeten. Aber ich konnte das Buch noch nicht zur Seite legen, denn es war eine gleichermaßen faszinierende wie abstoßende Lektüre. Wieder schlug ich die vergilbten Seiten auf, die sich vor mir öffneten wie ein Strudel.

1981, las ich, in meinem Ohrensessel weit nach vorn gebeugt, die Ellenbogen auf die Knie gestützt. *Die Planchette hat heute nacht zu mir gesprochen, es ist das erste Mal seit Jahren. Ich hatte schon so ein Gefühl, als ich nach dem Gewitter zu Bett ging. Ich wußte, es mußte etwas ausgemacht haben, daß ich während des Gewitters das Fenster offenließ und die Schwärmer unter der Decke herumtorkelten, den Ausweg suchend und sich doch nicht in den Regen hinaus wagend. Die Schwärmer müssen mit ihrer Energie die Übertragung für die Planchette verstärkt haben. Ich habe versucht, die Flammenlinien zu fotografieren, die das Glas auf dem Tisch hinterließ, aber der Film ist mir beim Entwickeln verdorben. Ich bin jedoch sicher, daß es endlich eine Botschaft von meiner armen Eruca war.* Was sollte dies nervenzermürbende Gefasel bedeuten? Planchette, Eruca – Leute dieses Namens hatte ich nie gekannt, und doch hatte ich wahrscheinlich mehr Jahre seines Lebens in Mertes´ Nähe verbracht als irgendein anderer Mensch. Oh, Mertes, wiederholte ich in meinen Gedanken. Oh du armer, armer, einsamer, alter Narr. Mußtest du dich mit Tischrücken beschäftigen, weil kein lebender Mensch mit dir sprach? Aber warum, warum? Du hättest doch nur all die Hände zu ergreifen brauchen, die sich dir entgegenstreckten.

Die Eintragungen über die nächsten vier oder fünf Jahre – kurzgefaßte, für seinen verschrobenen Stil relativ wortkarge Notizen – beschäftigten sich zunehmend mit der telekinetischen Kraft der Ligusterschwärmer, die er für seine Experimente zu nutzen gehofft hatte. Ich entnahm dem Tagebuch, daß es ihm gelungen war, die PSI-Energie der Falter mit einem Spezialverfahren zu fotografieren, indem er sie in flüssiges Wachs tauchte und die Gipsabdrücke ihrer Körper bei ultraviolettem Licht ablichtete. Die Euphorie einer Eintragung aus dem Jahre 1986 schreckte mich fast aus meiner dämmerigen Lethargie, in die ich über der anstrengenden Lektüre gesunken war: *Die Planchette hat es ganz deutlich gesagt! Es liegt an den Punkten, nicht an dem Perlmuttrosa ihrer Flügel. Die Punkte sind wie ein Morsezeichenmuster, das ich nur entziffern muß. Auch wenn Eruca nicht mit mir spricht, werde ich in Kürze Kontakt mit ihr aufnehmen, sobald ich die Zeichen dechiffriert habe. Eruca, Süße, Liebste! Bald, bald. Ich verspreche, ich hole dich dort heraus. Du warst lange genug eingeschlossen.* Die folgenden Seiten waren bedeckt mit den Dechiffrierungsversuchen, die Mertes über den Flügeln der Ligusterschwärmer verbracht hatte. Was ihm anfangs einfach vorgekommen war – das Morsemuster, in dem die *Botschaften* abgefaßt sein sollten – hatte sich bei jedem neuen Versuch als unüberwindliche Hürde herausgestellt. *Sie schreiben nicht in einer menschlichen Sprache,* hatte er bemerkt. *Natürlich, warum sollten sie? Aber wie lerne ich die Sprache der Ligusterschwärmer?*

Mit vertrocknetem Tesafilm, dessen Klebebeschichtung sich beim Umblättern auflöste, war auf die nächste Seite ein kurzer Ausriß über die Schwänzelsprache der Bienen geklebt, der aus einem Biologiebuch zu stammen schien. Ich erinnerte mich an die sonderbaren Zeichnungen, die den Schwänzelbewegungen der Bienen nachempfunden sein sollten und den Eindruck farbiger, in der Hälfte aufgeschnittener Äpfel erweckten, an deren Rändern entlang die kleinen, haarigen Körper der Bienen patrouillierten. Ich blätterte zerstreut weiter, nur um mit einem Seitenblick zu bemerken, daß meine Lesekerze auf dem kleinen Teetischchen weiter als zur Hälfte herabgebrannt war. Ich mußte bereits Stunden mit dem Tagebuch verbracht haben, ohne den Flug der Zeit zu bemerken. Draußen vor den Wohnzimmerfenstern herrschte die tiefste, friedlichste Nacht; sogar die Insekten hatten aufgehört, um die Straßenlampen zu schwärmen. Aber es war sehr kühl im Zimmer geworden, da die Nächte so früh im April noch schneidenden Nachtfrost mit sich bringen konnten und auch ohne Frost kalt waren. Ich stand also auf, um das Fenster zu schließen, wobei ich mir während der paar Schritte durch das Zimmer die Hände rieb. Sie waren trocken und steif vor Kälte, und ein Blick in den Spiegel über dem Kaminsims zeigte mir ein blasses, eingefallenes Altmännergesicht. Mit einem Lächeln ging ich gegen die Blässe an, setzte mich wieder bequem zurecht, das lederne Buch auf den Schoß nehmend, dessen Umschlagdeckel so schuppig und rauh war wie der Rücken einer Echse, das arme, verwitwete Buch, das der einzige Vertraute des verrückten Mertes gewesen war. Nach den paar Minuten Lesepause war mir einiges klar geworden: Mertes mußte nach den Vorfällen des Krieges, die er in der alten Molkerei miterlebt hatte, auf eine sanfte und schleichende Art verrückt geworden sein. Er hatte seinen Verstand auf eine zurückhaltende Weise verloren, die niemand Verdacht schöpfen ließ. Zumindest keinen Verdacht über die allgemein herrschende Ansicht hinaus, der alte Mann sei etwas sonderbar und ziemlich verschroben. Viele alte Männer sind so. Besonders die, an denen jene Vorfälle nicht spurlos vorübergezogen sind. Und an wem – das möchte ich Sie fragen – könnten solche Ereignisse schon völlig spurlos vorüberziehen? Es bräuchte einen unmenschlich starken und abgebrühten Geist, um sich davon nicht beeinflussen zu lassen.

1988. Ich streckte meine Beine, tiefer in den grünsamtenen Sessel hineinrutschend. *Die Planchette ist zerbrochen. Ganz plötzlich, mitten in einer Befragung. Ich habe sie noch in der Hand gehalten, da fing das Brett wie toll an zu zittern, ich konnte sie nicht mehr auffangen. Sie zersplitterte auf den nackten Dielen. Auch das Glas hinterließ eine letzte Flammenspur auf dem Tisch, dort wird für immer und alle Zeit ein sichelförmiger Kratzer zu sehen sein. Ich habe geweint, als ich die Scherben zu Grabe trug. Sie war mir all die Jahre eine gute Gefährtin ... Wenn ich den Kratzer mit roter Farbe auffülle, sieht es aus, als hätte sie mit ihrem rotlackierten Fingernagel darübergestrichen ... Sie hatte lange, rotlackierte Fingernägel, daran erinnere ich mich genau. Die Farbe sei eine französische, hat sie behauptet. Coquenille-Rot.*

An manchen Stellen war das Papier des Tagebuches wellig und leicht verfärbt, wie von den Tränen des alten Mannes, die ihre Spuren dort hinterlassen hatten. Armer Narr! Er mußte wirklich geweint haben, als er die Eintragung schrieb. Langsam dämmerte mir auch, was all diese Dinge zu bedeuten hatten. Ich konnte diesen Gedanken noch nicht in klare Worte fassen, ihn nicht als einen gültigen Begriff vor mein Auge hinstellen. Das Urteil, das ich über Mertes fällen mußte, würde noch eine Weile warten müssen. Erst mußte ich mir Klarheit verschaffen. Aber die Ahnung, die mich bei jedem Wort, das ich entzifferte, mehr und mehr erfüllte, war für sich genommen bereits schrecklich genug. Ich ging zu meinem Bücherschrank und nahm mir die Enzyklopädie, Buchstabe O – R.

Planchette, las ich da. *Auf drei Füßen, von denen einer einen Stift hält, gleitendes Brettchen der okkultistischen Praxis. Die vom Medium mit der P. gezeichnete Geisterschrift ergibt Geistermitteilungen.*

Mertes hatte also Séancen abgehalten, soviel war mir inzwischen klar geworden. Aber wer oder was war Eruca? Meine Finger kräuselten den Rand der Seite, als ich sie wendete, vorsichtig, um das brüchige Papier nicht zu zerstören. Es war sonderbar ausgetrocknet, als habe es in der Wüste gelegen oder nahe einem Feuersbrand. Vielleicht, dachte ich, hat er es bei den Bombardierungen dabei gehabt, vielleicht hat er es aus den Flammen gerettet, denen sein Haus zum Opfer gefallen ist. Ich weiß, daß sein Haus in der Brunnenstraße, wo man das Mineralwasser abfüllt, abgebrannt ist. Er hat es mir einmal erzählt. All seine Kleider sind damals verbrannt, so daß er den Platz, den seine Hemdbrust einmal eingenommen hatte, mit alten Zeitungen ausstopfen mußte.

1990, begann die nächste Eintragung. *Ich war draußen bei der Molkerei, nachdem es mir endlich gelungen ist, sie zu entziffern. Dabei war es gar nicht so schwer! Man muß nur deduktiv vorgehen. Eine Sherlock-Holmes-Geschichte, die von den tanzenden Männchen, gab mir die Idee. Ihre Sprache funktioniert genauso wie die unsere. Zwar sind die Buchstaben anders, aber ich konnte sie schließlich doch lesen. Sie haben mir genau den Platz gesagt, an dem ich graben muß. Aber zuerst mußte ich die Fotografien anfertigen, teils zur Erinnerung – schließlich werde ich diesen verfluchten Ort nie wieder aufsuchen – und teils, um sicherzugehen, daß ich die Wegzeichen richtig lese. Es steht alles genau auf ihren Flügeln geschrieben; die Botschaft beginnt bei Nummer 1 und endet bei der 3.* Mein verwirrter Blick traf die drei numerierten Glasglocken mit den aufgespießten Faltern, deren zerbröselnde Schwingen ihren ursprünglichen schillernden Glanz längst eingebüßt hatten. Aber auch unter der Staubschicht, die sie bedeckte, erkannte ich deutlich die schwarzweiße Punktierung der äußeren Flügeldecken. Sollte er ...? Es war kaum auszudenken. Aber die Gläser waren numeriert: 1, 2, 3. Keine Frage, daß in der Eintragung von ihnen die Rede war.

Ich bin hinausgefahren, im Taxi, verkündete seine krakelige Schrift in munterem Tonfall. *Das Wetter und die Lichtverhältnisse waren nicht besonders gut, aber ich konnte mir das nicht nehmen lassen, zudem war es wichtig. Ich fotografierte erst die Fassade, auf der ich die Chiffren von Nummer 1 erkannte.* Ich erinnerte mich an das Foto der mit Einschußlöchern übersäten Hausfassade. Hatte er wirklich zwischen den Löchern im Verputz und dem Muster auf dem Schmetterlingsflügel eine Ähnlichkeit festgestellt? Zu aufgeregt, um das näher nachzuprüfen, las ich weiter.

Das Treppenhaus sah nicht viel anders als früher aus. Warum auch? Niemand kommt hierher, hier hat niemand etwas verloren. Sie haben alle keine Bindung zu diesem Ort, sie verstehen seine Zeichen nicht. Aber ich kann die Bohrlöcher der Holzwürmer in den Treppenstufen lesen, ich weiß, was sie bedeuten. Mir graute, als ich weiterlas. Das zweite Foto zeigte das zerbombte Treppenhaus, die feuergeschwärzten Reste der Stufen, die aus der Wand herausragten, ein gräßlicher und erschreckender Anblick – wie Knochen, die man unerwartet in einer offenen Gruft liegen sieht.

Planchette, ich brauche dich nicht mehr, du hast mir treue Dienste geleistet. Ich konnte zwar in deinen Bögen ihre Stimme nicht hören, aber ich hatte sie schließlich in meinem Kopf gespeichert, all die Jahre hindurch, diese zarte und schöne Stimme, mit der sie zu singen pflegte, sogar am Abend vor der Bombardierung noch ... ein französisches Lied, glaube ich, Amour fou. Und dann sah ich die dritte Zeichenfolge, die Löcher der bloßliegenden Ziegelsteine, die Löcher in dem Gipsbelag der Kellerdecke, die Löcher, wo der Gips zwischen den Lattenverschlägen herausgefallen war. Da also bist du! Nur noch ein paar Tage, ich werde dich retten. Der Tee war längst kalt geworden, das Stövchen ausgegangen, aber ich mußte einen Schluck trinken, um meine Kehle zu befeuchten, die mir ein kaltes, kriechendes Grausen zuschnürte. Ich ahnte, was kommen würde. Es konnte nichts Gutes sein. Er war völlig wahnsinnig, flüsterte ich mit bebenden Lippen in die Stille der Nacht hinein. Er hat wirklich die Flügel der Falter gelesen, und dann hat er in dem eingestürzten Keller gegraben und gebuddelt und ...

1991 ... Es hat länger gedauert, als ich dachte. Diese lästige Nierenbeckenentzündung ist mir dazwischengekommen, mit der niemand rechnen konnte. Aber noch ist es nicht zu spät, wie könnte es zu spät sein, nachdem wir so viele Jahre haben warten müssen? Eruca, Eruca, wirst du wieder für mich singen, Amour fou? Ein Narr bin ich wirklich gewesen, dich so lange warten zu lassen. Mühsam wendete ich die Seite, nicht ohne Widerwillen. Ich war gleichzeitig gespannt darauf und wollte andererseits nicht wissen, was kommen würde. Der Vorgeschmack der Ahnungen war schlimm genug, vielleicht sogar schlimmer als die Wahrheit selbst.

Ich habe sie gefunden. Ich habe sie wirklich gefunden! Schönes, unfertiges, zartes Ding! Die Haut ihres Körpers ist bedeckt mit bunten Chiffren, mit hornigen Höckern, mit Ausbuchtungen nicht ohne Anmut, zugegeben, aber fremdartig, zumindest gewöhnungsbedürftig. Ich hätte nicht gedacht ... Aber als ich mit der Spitzhacke die Bretter des Kellerverschlages auseinanderzwang, habe ich ein hauchfeines Vibrieren in meinem Gehirn gespürt, ihre Stimme, wie ein Zirpen, so dünn nur. Nach all den vielen Jahren, wie hätte sie klingen sollen? Ich nahm sie in die Arme, erstaunt über ihren nachgiebigen und schlaffen Körper: Wie ein Sack, aber ein schöner, seidener, bunter Sack in Hellgrün, Weiß und Violett. Sie war so klein und fragil wie ein Schulkind. Ich habe sie in meine große Wolldecke gewickelt, sie heimlich ins Taxi geschafft, bin mit ihr nach Hause gefahren, wo ich sie in Sicherheit brachte. Eruca, du gehörst mir, endlich, endlich sind wir vereint. Ich habe es dir in jener Nacht versprochen, vor fünfzig Jahren, als das Feuer vom Himmel fiel und das Haus über dir zusammenstürzte. So lang hast du in dem Keller auf mich gewartet, und ich brauchte doch ewig, aber ich habe so fieberhaft gearbeitet, um die Puzzlestücke zusammenzufügen und die Chiffren zu entwirren. Meine Hand war ganz kalt und gefühllos, als ich die letzte beschriebene Seite wendete. Dahinter kam nichts mehr, nur noch leere Blätter, nicht mehr viele, aber immerhin unbeschriebene.

1992. Ich habe dich gefüttert, wie immer, und du wirst doch nie satt. Ich koche Tag und Nacht für dich, hörst du, ungezogenes Ding? Ist das damenhaft, so viel zu fressen, mich alten Mann derart auf Trab zu halten, daß mir die Finger bluten? Ich

sage dir, ich habe die Nase voll davon. Deine Launen, liebe Eruca, sind schlimmer geworden in den fünfzig Jahren. Wenn ich das gewußt hätte! Und diese Gewohnheit, dich nachts auf mein Bett zu schleichen und dich auf mich zu legen, auf meine Brust wie ein Stein, und mir den Atem abzuschnüren, daß ich im Schlaf keine Luft mehr bekomme. Wenn ich morgens aufwache, ist mein Hals ganz rot und geschwollen von den Brandzeichen, die deine tausend Krallenfüßchen dort hinterlassen. Das tut weh, das brennt, es ist schon entzündet. Du wirst mich eines Nachts umbringen, und dann ...?

Hier endeten die Aufzeichnungen des verrückten Alten. Ich kann nur ahnen und vermuten, was ihn ruhelos umgetrieben hat all die vielen Jahre lang, daß er immer wieder hinausging zu der alten Molkerei, um seine im Keller verschüttete Jugendliebe zu besuchen. Die letzten Eintragungen ließen mich zunächst vermuten, daß er die Leiche ausgegraben hätte. Vor dieser Enthüllung fürchtete ich mich. Aber am Schluß erscheint es mir fast so, als hätte er etwas anderes, ganz und gar Fremdartiges, mit nach Hause gebracht. Was es war, werde ich wohl nie erfahren, denn das Haus Kyllburgstraße Nr. 21b wird demnächst abgerissen. Man hat den Verwesungsgestank nicht mehr aus den alten Dielen herausbekommen, in die wochenlang die Säfte des unbemerkt dort liegenden Leichnams eingesickert waren. Aber wenn ich die Metzgersfrau das nächste Mal auf der Straße sehe, werde ich ihr eine Frage stellen, die für mich die Auflösung all dieser Rätsel bedeuten kann: Es würde mich nicht wundern, wenn man an Mertes´ Überresten Spuren, was sage ich, Abdrücke, vielleicht auch Brandzeichen wie von vielen kleinen Insektenfüßen gefunden hätte; in der Art etwa, wie sie ein Tausendfüßler oder eine riesige Schmetterlingsraupe hinterlassen müßte.

Wilde Jagd
nach Gottfried Henßen

Leute, die zu ihren Lebzeiten den Feiertag nicht gehalten oder sonstwie Verbrechen begangen haben, müssen nach ihrem Tode zur Strafe ruhelos umherirren. So ist ihr finsteres Schattendasein den Lebenden ein immerwährendes Mahnmal. Sie reiten die wilde Jagd. Viele Geschichten werden im waldreichen Gebiet der Nordeifel von diesen Erscheinungen erzählt.

Jedermann fürchtete sich davor, des Nachts unter freiem Himmel von ihr überrascht zu werden. Beim ersten Beschlag brannte man den Pferden und anderen Zugtieren seinerzeit ein Kreuz unter die Hufe, so daß die bösen Dämonen von ihnen ferngehalten wurden. Weil die Tiere beim Fahren die Mitte des Weges einhielten, galten die mittleren Streifen der Straßen und Feldwege als sicheres Gebiet, wenn es darum ging, der wilden Jagd zu entkommen.

Metzen em Wäg
jeht et dir net schläech.
Wo Köh un Päed dir bejähnt,
do ös et jesähnt.

In Wollseifen lebte ein Mann, den es vor nichts fürchtete. Ein wilder, rauher Kerl, der keinem Streit aus dem Weg ging und sich zu gern mit jedermann anlegte.

»Die wilde Jagd?« lachte er. »Die soll nur mal kommen. Die will ich sehen. Wäre doch gelacht, wenn ich mich der nicht entgegenstellen würde!« Spät am Abend, so, als habe er es herausgefordert, vernahm er merkwürdige Geräusche vor seinem Haus. Zuerst erscholl ein starkes Rauschen und Sausen, das schließlich zu einem Tosen heranwuchs, das an den Dachpfannen und Läden rüttelte und zerrte. Dann mischte sich unter das Sturmgeheul entferntes Bellen, Hörnerklang und im Tal verhallende Schüsse, die beständig näher kamen. Dann schließlich wütete Hufgetrappel den Berg hinauf, und die wilden Schreie der Jäger kamen näher und näher. So lange aber hatte es den Wollseifener nicht in seinem Haus gehalten. Er war mutig durch die Türe ins Freie gestürmt, stellte sich mit wildzerzaustem Haar und kampfeslustigem Blick in die Mitte des Weges und erwartete die gespenstische Jagdgesellschaft mit erhobenen Fäusten. Laut grölend versuchte er, den heranstürmenden Gestalten Furcht einzujagen, um jedermann zu beweisen, daß er es mit der wilden Jagd aufgenommen hatte und wie bei allen Streitigkeiten Sieger geblieben war.

Mit einem Mal aber war er mitten unter ihnen. Peitschenschläge knallten rechts und links an seinen Ohren vorbei. Mit bösartigem Gekläffe ging es ihm zwischen den Hosenbeinen durch. Hufgetrappel, Schüsse und höhnisches Teufelsgelächter waren rings um ihn herum. Es packte ihn und zerrte an ihm, er spürte keinen festen Boden mehr unter seinen Stiefeln, und als die wilde Jagd weiterging, da riß sie ihn mit sich.

Den Berg ging es hinunter, durch Hecken und dorniges Gestrüpp wurde er gestoßen, über holprige Wege gezerrt, und schließlich ließ sie von ihm ab und ließ ihn am Wegesrand liegen, mit zerfetzten Kleidern und zerschundenen Knochen. Dann wurde es still, und nur der bleiche Mond sah zu, wie sich der Wollseifener langsam aufrappelte und vor Schmerzen stöhnend nach Hause kroch.

Danach wurde es ruhiger um ihn. Er hat zwar später noch so manchen Streit angezettelt, aber der wilden Jagd hat er sich niemals mehr entgegengestellt.

Die drei Nonnen

Johann B. Collen

Zu Münster in der Eifel
Ein Frauenkloster stand,
Wo jeder Arme Nahrung
Und Trost in Kummer fand.

Barmherzigkeit zu üben
War dieses Ordens Schwur,
Drum lebten hier die Nonnen
Der Armenpflege nur.

Da trieben Kriegeshorden
Alldort ihr grausam Spiel,
Viel Schandtat sie verübten
Nach ihrem Lustgefühl.

Auch in des Klosters Räume
Drang ein die blut'ge Schar,
Und was sich nicht geflüchtet,
Der Rohen Opfer war.

Das Kloster brannte nieder
Durch der Verruchten Hand,
Die Nonnen hingemordet
Man in den Trümmern fand.

Nur drei der frommen Schwestern,
Die knieten am Altar
Der Hochgebenedeiten,
Entkamen wunderbar.

Als drob nun von dem Kriege
Das arme Städtchen frei,
Da gab man Pfleg und Wohnung
Den Nonnen fromm und treu.

Vor Mangel nur zu schützen
Die Jungfraun, rein wie Gold,
Die Bürger eifrig strebten
Und brachten reichen Sold.

Doch nicht gewohnt des Lebens
In Üppigkeit sich freun,
So dankten die drei Nonnen
Der reichen Gaben fein.

Die Bürger glaubten töricht,
Daß dies nur Hochmut wär,
Und keiner dachte ferner
Der frommen Nonnen mehr.

Tagtäglich zu der Kirche
Konnt man sie wandeln sehn,
Doch plötzlich in drei Tagen
War dieses nicht geschehn.

Man eilte zu der Zelle
Beim nächsten Morgenrot,
Und fand mit stummem Schmerze
Sie liegen bleich und tot.

Zwei Messen, die noch jährlich
Ein frommer Priester liest,
Beweisen, daß es Wahrheit
Und keine Dichtung ist.

Auch steht's in den Archiven
Der alten Eifelstadt,
Wo es ein Arzt vor Jahren
Sich aufgezeichnet hat.

Das Haus im Moor

Nanny Lambrecht

I.

Über dem verfilzten Vennboden schwimmt die Glut der niedergehenden Sonne.

Ein Moorhuhn klagt im Weidengebüsch am Tümpel, und ein schwerer, feuchtwarmer Dunst sickert in das blaßgrüne Torfmoos. Die Unendlichkeit des Himmels liegt auf der unendlichen Weite des Moors.

Von dem Schienenstrang der Eifelbahn her ein ferner Schall. Der verliert sich wie ein wirrer, stumpfer Laut im Venn. Todeinsamkeit! Und darüber ein heiterer Himmel – und hier und dort eine Gruppe schweigsamer Menschen mit gekrümmten Rücken und straffem Haar, herbe Linien in den strengen, freudlosen Gesichtern, eine triste Heidestimmung versteinert in den scharfen Zügen! Das sind die paar Frauen in dem Sourbrodter Torfwerk. Die Sumpfluft hat ihnen das heiße Wallonenblut ausgetrocknet. Das Venn verschlang ihre Stimmen; im Moor lacht keiner. Leichendunst steigt aus den Sümpfen. Wer kann denn zwischen Gräbern lachen?

Feuchtwarme Luftströme flattern in ihre langen, sackleinenen Hemdkittel und stöbern sie auf. Die schwarzen Hutbänder flattern um die steife Strohhaube und den weißen gemusterten Nackenschleier. Zu zweien und dreien stehen sie in der langen Furche, die den schwammigen Boden spaltet, stechen mit dem Spaten die Torfstücke aus und werfen sie zum Trocknen in Haufen. Tiefer graben sie die Mulden; bis über die Hüften stehen sie schon darin. Unter ihnen sickert und planscht das Sumpfwasser. Da schnallen sie die Bretter an die Holzschuhe und graben weiter in dem schwanken Boden.

In das Gerüst, das die Torfkuchen zum Trocknen aufnimmt, rinnt die Sonnenglut in roten Tinten, und auch um die schmale Gestalt, die an den Trockengerüsten hantiert. Ein Luftzug bläst ihr die Flut in den Nacken. Da greift eine braune Hand danach, keine Bauernhand, und auch kein Moorgesicht ist's.

Die Sonne leuchtet hinein und vergoldet die Haarsträhne, die ihr um die leichtgeröteten Wangen streicht. Mit ärgerlichem Aufzucken knotet sie die Strähne in die Haarflechte ein, und dann ein schneller, lauernder Blick nach den aufgeworfenen Torfhaufen hinüber. Dort steht einer in blauer kurzer Leinenjoppe, den breiten schwarzen Filzhut in den schmalen Kopf gedrückt, unbeweglich, scharf ausblickend, stiere graugrüne Augen in dem gelben verloderten, bartlosen Gesichte.

So ragen sie wie zwei einsame Schatten in dem Moor empor, J'han Marnotte, der Aufseher, und Getrau, die Krebsenmattestochter.

Und um sie herum dunstet und dampft das versonnte Venn.

II.

In den milchweißen Dünsten schwankt der Umriß einer Mädchengestalt. Sie hat die Holzschuhe in wilder Eile zusammengerafft und läuft irr und wirr über die graugrünen Moorfelder hin. Ihre Füße streifen zwischen den harten Stengeln des Heidekrauts durch; es schurft und raschelt, und unter ihren eilenden Tritten wappt der schwammige Rasen. Hier ein klaffender Spalt – da springt sie drüber weg! Dort eine Wildnis von hohen Binsen und Sumpfschachtelhalmen – die umgeht sie in weitem Bogen. Ein Geruch von faulendem Wasser und Morast stößt ihr entgegen. Unversehens flacht der Vennboden jäh ab. Ein weiter, kreisrunder Ausschnitt im Moorgrund, mitten darin ein Tümpel! Das Wasser ist schwarz und grundlos und unbeweglich wie ein Totenauge. Eine schleimige weißgraue Haut liegt in langen Fetzen darauf. An den Rändern sickert das rote, humussaure Wasser ein und saugt sich in die braune Moorschicht fest.

Müd vom Laufen setzt sich Getrau auf den Rand und läßt die Füße den Abhang hinabbaumeln. Die lehmkörnige Erde bröckelt ab und rieselt in den Tümpel hinunter. In das stille Wasser schießen ein paar Kreise hinein, dann erstarrt's wieder zur Unbeweglichkeit. Die junge Wallonin schaut hinunter, krause Gedanken frösteln ihr durch die Seele.

Wie ein ungeheuer großes schwarzes Brillenglas sieht's da unten aus. Ein Fußtritt darauf – ob's klirrt? Unsinn! Das Wasser wird aufplanschen, das stille, dunkle, unbewegliche Wasser! Aber vielleicht konnte man hinuntersehen, wo es zu Ende ging, tief drunten im Schlamm. Sie schüttelt sich. Was dort für ekles Getier hausen mochte! Aber gewiß war's drunten stiller noch als hier oben im Moor ...

Mußte das eine fürchterliche Stille sein!

Sie zieht die Knie ein, legt die Arme darüber und darauf das Kinn und sieht hinunter, neugierig – es ist zu dumm, aber es zieht sie wie Heimweh hinunter. Ein inneres Quälen und Unbefriedigtsein drängt sie. Sie weiß keinen Grund und kommt doch nicht aus der Unruhe. Sie ist müde, fast zu müde, um die Augen von dem großen, schwarzen Brillenglase loszureißen.

Der Abendhimmel leuchtet darin in violetten Farben, eine rote Spreu dazwischen, ein wirres, zitterndes Farbengeblinzel! Das bohrte sich in ihren stieren Blick fest. Und nun schießt eine dicke Wasserspinne über den Tümpel – kreuz und quer darüber hin! Und wo sie mit fadendünnen Beinen in das schwarze Wasser hineintippte, lief ein kaum merkliches Zittern über die dunkle, sumpfige Fläche, und die schlammgraue Haut fältet sich zu vielstrahligem Geäder – ein Ruck, und sie spannt sich wieder, straff, schlammglatt!

Zögernd schiebt sie die Füße weiter, stemmt die Arme ein und rutscht nach. Die Erde löst sich rechts und links von ihr und rinnt zwischen dem niederen Ginstergestrüpp hindurch in das Wasser. Es klunkst und quirlt und zieht einen Wirrwarr von Kreisen, ineinander, übereinander wie lange Wasserarme, die sich weiten und dehnen und sie in offener Umarmung umfangen. Mit gewölbtem Rücken beugt sie sich hinab, der Kopf biegt in leisem Schaudern zurück; ein übelriechender Dunst legt sich ihr auf die Augen, giftige Gasbläschen gurgeln aus dem Sumpfwasser heraus und betäuben sie. Mit schreckhaftem Blick reißt sie die Augen auf. Ein Gesumme von unzähligen Mücken umtost sie. Sie wirbeln wie eine dichte Staubwolke in dem mattroten Schein, den der Abendhimmel wirft. Ihr scheint fast, als sei sie schon tief drunten und über ihr wölbe sich das große, ungeheure schwarze Brillenglas – und ganz still ist's – und kein Unbefriedigtsein mehr – und nur fern, weltfern die Rohrdommel mit melancholischem Seufzen – aah! Und wenn dann einer käm ...

Aus dem Venn herauf steigen die Abendschatten und decken sich über die Dorfhäuser. Die Fackeln am Schienenstrang sind bis zu einem kleinen Stumpf niedergebrannt und verlöschen. Eine züngelnde Flamme noch leckt über den abgegrasten Boden und verzischt knirschend in einer Pfütze. Dann eine Säule von Qualm und Funken, ein scharfer Teergeruch und – nichts mehr!

An dem Tümpel hockt düster und vergrämt die Moornacht.

III.

Im Nebel ein irrendes Gesicht, ein schaukelnder Schatten im Mondschein – husch! Gespensterhaft! Wirre Stimmen da und dort und überall! Gelächter und Drohen! Durch den Nebel rieselt das Grauen, und das Moorhuhn jammert, und in den Binsen am Tümpel rispeln und kichern die Moorgeister, und über den Köpfen der Männer ein Flügelrauschen, Guttern und Gurksen! Nachtvögel durchsteuern die Moornacht. Die Nebelklumpen stoßen zu dicken Quellen aufeinander. Milchweiß tropft und rieselt es in der Nachtluft – mitten darin eines Mannes reckenhafte Gestalt. Da huscht ein Schatten zu ihm her, sprunghaft tückisch.

»Hüjoh!«

Lautlos verschwinden beide über dem Rand der Mulde. Drunten ein Bröckeln und Knistern in den Ginsterbüschen, im Grundwasser ein klatschender Fall, ein Aufschnappen wie ein ungeheurer Rachen, der seine Beute hinabklunkst.

Am andern Rande taucht einer herauf und tastet den Weg weiter. Das ist der Giètbauer, dem der Atem stoßweise herauspfeift. Den Fuß schiebt er vor und prüft den Boden. Wo der schwappt oder schwammig wird, prallt er zurück und rutscht auf Händen und Füßen weiter, hastend weiter die Anhöhe hinunter in einen mit stinkendem Wasser und Schlamm angefüllten Wegrain und dann auf den Feldweg hinauf. Dort rafft er sich auf und fort. Die derben Bauerntritte klatschen auf den verfilzten Boden auf.

Hinter ihm her schallt es stumpf und hölzern wieder, und er hört's hinter sich: tapp! tapp! und neben sich: tapp! tapp! und ganz aus der Ferne: tapp! tapp! Und an seiner Seite taucht's schattenhaft auf, geisterhaft leise in seine

Fußspuren. Den heißen Atem faucht's ihm in den Nacken und flackert gespensterhaft um ihn. Der Schreck klappert ihm bis in die Zähne hinauf. Er fürchtet sich umzublicken, er fürchtet, in ein fahles, bleiches Gesicht zu sehen.

War's das Moorgespenst, das zwischen den Sümpfen herging, wie der Tod so schnell, wie der Tod so leise? Hinter ihm liegt am Rande des Himmels weit und weltfern und wie ein Grab so still und schaurig das Venn.

Und im Tümpel lag einer, ein Rachsüchtiger, ein Mörder, aber – ein Mensch!

Der neue Tag bricht an.

Blitzblanker Sonnenschein auf den Wiesen und den verkümmerten Äckern der Robertviller Flur! Durch die hohe Hainbuchenhecke rinnt die lichtgoldene Sonnenhitze und sprenkelt mit Lichtpunkten und leuchtenden Arabesken den steilen Hofgiebel und das Scheunendach. Ein angenehmer Heugeruch schwillt in die weiße Luft. Im Wiesengrund klirren die Sensen. Aus der angelehnten Stalltüre heraus das schläfrige Brummen der Kühe. Auf der Wagendeichsel eine Hühnerfamilie. Im Schatten der Hundehütte ein grauer Spitz, der nach den Fliegen schnappt, und weiter kein Laut.

Morgenstille. Das Dorf liegt im Schatten der Heckenwände.

Der Marmorkopf
Bernardo

Sein Blick wanderte zurück in seine Heimat, als er, müde von der Feldarbeit, in der dunklen Scheune saß. Vor gut einem halben Jahr war er als sogenannter Ost-Arbeiter auf Vaters Hof in der Eifel gekommen. Obwohl er Kriegsgefangener war, fühlte er sich offenbar recht wohl bei uns. Aber nach Einbruch der Dunkelheit befiel ihn eine seltsame Melancholie. Und an diesem späten Abend, als die Front von Belgien her schon näherrückte, begann er plötzlich,wie in Trance zu erzählen ...

Ängstlich taumelte er durch diese große, mittelalterliche Stadt. Enge, gepflasterte Gassen. Fachwerk. Irgend etwas sagte ihm, er renne durch Paris. Das schmutzige Pflaster stank nach Scheiße. Dann erreichte er laufend und abgehetzt das Wasser. Falls er sich in Paris befand, mußte es sich um die Seine handeln. Seine Furcht wuchs. Er fühlte, er würde etwas Schreckliches sehen.

Er erinnerte sich noch daran, daß er auf der kleinen Mauer stand und in diesen Fluß starrte. Dann tauchte er ein in diese Brühe. Gelb glänzendes Grün, dessen schwarze Wellenschatten vollkommen unwirklich erschienen. Auf einer Frühlingswiese hätte ihm dieser Farbton gefallen.

Er konnte unter Wasser atmen. Und dann sah er es. Leicht zusammengekrümmt. Wie ein Embryo. Die Leiche eines kleinen Jungen. Die seichte Bewegung des Wassers saugte den Kopf, der eben noch oben trieb, in die Tiefe.

Er schreckte hoch. Nur ein Traum!

Müde schleppte er sich vom Fußboden zurück auf die Couch, aus deren durchgesessener Mitte das Stroh hervorstach. Auf diesem alten Möbelstück seiner Eltern hatte der Alp angegriffen. Der Junge langte nach dem Zettel auf dem zersplitterten Holzboden. Er las: »Freiheit! Gleichheit! Brüderlichkeit!« Er erinnerte sich vage. Das hatte er irgendwann heute nachmittag aufgekritzelt. Das hatten sie in Paris gesagt, als alles besser werden sollte.

Diese schreckliche Angst ließ ihn einfach nicht mehr los. Böse Blicke. Getuschel. Das ganze Dorf schien sich gegen ihn zu verschwören.

Er schwankte zum Küchenschrank. Links oben bewahrte Papa eine besondere Flasche auf. Die Wodka-Flasche mit dem Grashalm. Ein Wodka für Feiertage, gewürzt mit einem langen Halm des Steppengrases, gelb glänzend und grün. Da stand diese ehrwürdige Flasche. Aber der Grashalm war verschwunden. Nur mit Mühe konnte er einen Schrei unterdrücken.

Seine zitternde Hand ergriff die Flasche. Alles nur Trugbild. Das Widerspiel des Lichtes im Glas hatte ihm einen Streich gespielt. Der Grashalm wog sich im Schnaps, wie vom Steppenwind angehaucht.

Er kauerte vor dem Küchenschrank. Unbewußt steckte er den silbernen Verschluß der Flasche in den Mund. Ihm wurde warm. Er wanderte zurück in eine vergangene Zeit. Vom ersten Hahnenschrei bis spät in die Nacht arbeiteten alle Hand in Hand. Es wurde zusammen angepackt, es wurde zusammen gegessen. Und wenn die Ernte eingefahren war, wurde gefeiert. Oma wiegte ihn dann in der blauen Leinenschürze, während die Männer die Wodka-Flaschen mit dem Grashalm öffneten. »Mein kleiner Junge«, wiederholte Oma, während sie seinen Kopf liebevoll streichelte.

Er rappelte sich auf, nahm seine Flasche. Wind und Regen peitschten ihm ins Gesicht, als er die Haustür öffnete. Er kämpfte sich durch die Straßen, bis er endlich vor der Schule stand. Mit der Flasche schlug er ein Fenster ein. Die Scherben zerschnitten seine Hand. Er merkte es kaum. Durch die zerbrochene Scheibe konnte er das Fenster von innen öffnen und mühsam einsteigen. Er näherte sich dem endlosen Flur.

Sein langer Schatten eilte ihm weit voraus. Wie oft mußte er diesen Weg nehmen? Schon damals wurde er von dieser Angst heimgesucht. Immer war er der Schwache gewesen. Immer hatten sie ihn gehänselt. Immer hatten sie ihn geschlagen. Nicht nur die Schüler, sondern auch die Lehrer. Aber er hatte es allen gezeigt.

Seine schweren schwarzen Stiefel klackten im Flur. Tief atmete er durch. Stolz wölbte sich seine Brust. Da stand sie vor ihm. Das schöne gelockte Haar reckte sich ihm entgegen. Dieser dünne kleine Hals. Wie aus Marmor gemeißelt. Seine Hand liebkoste diesen kleinen Kinderkopf. Er küßte den kalten Nacken. »Da bist du ja noch, Gott sei Dank«, flüsterte er.

Weiß klatschte das Licht in seine Augen. Er spürte die Pistolen in seinen Rippen. Die Handschellen schlossen sich kalt um seine Gelenke.

Sie verhörten ihn gleich in der Schule. Er hatte doch nichts allzu Schlimmes verbrochen. Er hatte nur die Scheibe eingeschlagen. Und er hatte den Marmorkopf von hinten geküßt.

Es war nicht viel Verständliches aus ihm herauszubringen.

Wie ein Hammer schlug immer wieder die gleiche Frage auf ihn ein: »Was hast du hier zu suchen?«

»Nachsehen, ob dem Jungen nichts passiert ist.«

»Welchem Jungen? Da war kein Junge.«

»Dem Marmorjungen.«

»Und? Ist dem Jungen etwas geschehen?«

»Er ist in Ordnung«, grinste er verlegen.

Der alte Beamte erhob sich schweigend. Von draußen vernahm er aufgeregtes Stimmengewirr. Immer mehr Leute sammelten sich zu einem gefährlichen Hornissenschwarm. Nicht nur das benachbarte Ehepaar, das die Polizei gerufen hatte.

Als der alte Beamte den Marmorkopf, diesen schönen Knabenkopf, betrachtete, schneuzte er sich. Seine runzligen Hände rieben über die feinen Konturen des Gesichtes.

»Armer kleiner Vatermörder«, flüsterte er. Er blickte hilflos auf den Boden, fingerte eine Zigarette aus seiner Manteltasche und zündete sie an. Dann setzte er sich in ein Schulbänkchen, das wie verlassen im Flur stand. Lange war es her, daß er in einem solchen Bänkchen gesessen hatte. Er paßte kaum noch hinein.

Aber die Gesichter paßten!

Er erinnerte sich: Der sibirische Bauernsohn Wladimir hatte seinen Vater wegen Diebstahls angezeigt. Dafür verlieh man ihm 1933 den Titel *Heldenpionier*. Die Familie wurde umgebracht. Nur der Held, Wladimir, überlebte. Seitdem galt Wladimir als Vorbild für alle sowjetischen Kinder. Seine Büste schmückte den Schulflur.

»Geh heim, Wladimir!« Der Polizist schloß die Handschellen auf. Der Marmorjunge schien zunächst nicht zu verstehen. Dann erhob er sich und verließ das Gebäude durch diesen endlosen Flur. Seine Schritte klangen hohl.

Die Eingangstür war inzwischen geöffnet worden. Als er sie aufdrückte, schlug ihm eisig kalter Regen entgegen. Der Hornissenschwarm wurde wild. Wladimir hörte sie nicht. Er las von ihren geifernden Lippen, sah die blutunterlaufenen Augen.

Er tauchte ein in diese Masse. Als schwarze Schemen nahm er die Knüppel wahr, die auf ihn eindroschen. Die Hornissen stachen zu. Die Wodkafasche zerbarst. Sein Kopf schlug endlich blutend in das Gras.

Der alte Polizist stürzte aus der Tür. Und dann sah er es. Da lag er. Wladimir. Leicht zusammengekrümmt wie ein Embryo. Die Leiche eines kleinen Jungen.

Grün spiegelte sich der Rasen in der feuchten Hirnmasse ...

»Ich war dieser Junge«, endete der Mann aus dem Osten seine Geschichte. Schweigend erhob er sich und zog sich in seine Unterkunft zurück. Ich habe Wladimir nie wieder gesehen.

Ein nächtliches Gespenst

A. J. Flecken

Es ging in früheren Zeiten auf dem Walle der Stadt Aachen, der zwischen dem Marschier- und St. Jakobs-Tore liegt, lange nicht mit rechten Dingen zu, so daß nicht nur kein Bewohner der Marschierstraße, der Rose, der Jakobstraße, der Mühlengasse, sondern auch niemand aus der ganzen Stadt sich zur Dämmerung, geschweige in der finsteren Nacht, dort hinwagte, selbst wenn er Reichtümer dort zu finden gewußt hätte. Wie es gewöhnlich geschieht, daß die Einbildungskraft, wo sie etwas Geister- oder Gespensterartiges vermutet, manches Schreckliche und Schaudervolle noch hinzubildet und daß die geschwätzige Sage die Sachen immer wieder anders nacherzählt, als sie sind, so geschah es auch hier. Einige wollten wissen, daß der lebendige Höllenhund, mit Ketten rasselnd und feuerspeiend, dort einherzöge; andere behaupteten, es schliche ein vor Jahren Ermordeter wehklagend und jammernd dort herum, weil er es verschmäht habe, die Heilige Kommunion anzunehmen, als der Priester sie ihm zur Zeit des letzten Stündchens gebracht; und noch andere erzählten, daß sie dort einen flammenspeienden Drachen gesehen hätten, der in dem Roseturm hause. Viele wollten einen Teufels- oder Werwolf dort erblickt haben, und die meisten wollten das alte Bahkauf oder Bachkalb dorthin versetzt wissen: Kurz, es sollte dort spuken, wie jedermann glaubte, und das war genug, um diese Stelle abends nie zu betreten.

Einst war Kirmes in St. Jakob, und dabei geht es, wie bekannt, recht lustig zu, und vorzüglich vor dem Tore. Man pflegt die Leute in der obern Jakobstraße so wie die, welche vor dem dortigen Tore wohnen, Vorbauern oder Kabbesbauern zu nennen; letzteres, weil sie ihre Felder, meist vor dem Jakobs- und Baelser-Tor gelegen, mit Kohl (Kabbes) bepflanzen. Diese Leute sind größtenteils sehr kräftig, und die Chronik meldet, daß sie in patriotischen Kämpfen nie hintenan standen. Nun geschah es, daß zwei dieser Bewohner der Jakobstraße halb berauscht vom Kriegerhäuschen vor dem St. Jakobs-Tor heimkehrten. Sie waren todmüde und zogen vor, weil es eine sehr schöne Augustnacht war, eher auf dem Wall zu übernachten, als die vielleicht schon verschlossene Türe ihres Hauses aufzusuchen und die Schlafenden in der Ruhe zu stören. Arm in Arm wankten sie also um halb Zwölfe bis in die Nähe des Roseturms und streckten sich hier auf dem weichen Mose und Grase nieder, wo sie bald herrlich schnarchten und die Welt mit allen Lebenden und Gespenstern vergaßen.

Sie mochten ungefähr eine Stunde um die Wette geschnarcht haben, als sich ein furchtbares Gebrüll auf dem Walle erhob, das schon von Ferne her einen der Seligen weckte, der im halben Erwachen ängstlich nach seinem Nachbarn herumtappte und zu ihm hinkriechend ihm zurief: »Kamerad! Kamerad! Herr Jesus, das Gespenst, der lebendige Teufel ist da!« Es näherte sich unterdessen der Spuk brüllend, heulend und mit Ketten rasselnd, bis er in seiner völligen Gestalt als Ochse vor den beiden Betrunkenen stand, denen der Schrecken den Rest des Rausches vertrieb.

Nun war guter Rat teuer. Der eine erhob ein jämmerliches Geschrei, doch der andere zeigte, noch halb schlaftrunken, mehr Mut. Neben beiden lagen ihre schweren Schläger oder Keulen, deren jeder mit Blei in der Picke versehen war. Der noch nicht ganz Nüchterne ergriff seinen Schläger und rief dem Schreienden zu: »Drauf Kamerad!» und drang auf das Gespenst ein. Mut steckt an wie die Furcht, und so hagelte es bald Schläge von zwei Keulen auf den Ochsen, so daß sein zuerst verdoppeltes Brüllen nachließ und er bescheiden den tapferen Fäusten auswich. Nichtsdestoweniger drangen die Kämpfer nach, weil sie, einmal angefangen, nun auch nicht nachlassen wollten. Endlich fing der Ochse an zu bitten wie ein Mensch, warf zuletzt seine Haut ab mit dem Schrei: »Um Gottes Willen! Habt Mitleid und Erbarmen!« Nun erkannten die Angreifenden einen ihrer Freunde, der ihnen vor Schmerzen wimmernd erzählte, wie er sich in eine Ochsenhaut eingehüllt hatte, um in diesem Incognito den teuren Kaffee über die Wallmauer einzuschwärzen. Später wurde diese Entdeckung in der Stadt bekannt, und man fürchtete von nun an das Ochsengespenst nicht mehr. Doch da man vorher auch andere Ungeheuer wollte gesehen haben, so fürchtete man noch lange Zeit die nächtliche Reise über den besagten Wallabschnitt, bis die Furcht endlich, wie manches andere, in der Lächerlichkeit erstarb.

Der Kartstein

J. H. Schmitz

Schau dort den Felsberg in des Tales Enge,
Wie schroff er hängt. Unendliches Gestein!
Es ragt empor in grausigem Gedränge
Klipp' über Klippe, zackig, groß und klein.
Der graue Schutt ringsher auf weiter Strecke
Dient dem Kaninchen und dem Fuchs zur Hecke.

Am Abgang links, durch tiefe, dunkle Spalte,
Dort öffnet sich des Felsens Herz zur Kluft,
Weit, weit hinein dehnt sich das ungestalte
Geklippe aus zur nächtlich schwarzen Gruft.
Nie drang der Sonne Blick in diese Höhle,
Und Schauder faßt drin jede Menschenseele.

Da drinnen saßen einstmals vor viel' Jahren
Am heil'gen Ostertag beim Kartenspiel
Der lockeren Gesellen drei. Sie waren
Voll Spieleslust und spielten hoch und viel.
Wohl hörten sie die Glock' zur Vesper läuten,
Doch dieses mochte nichts für sie bedeuten.

Sie tauschten drob viel ungezog'ne Reden
Und trieben frech mit Kirchengehen Spott.
»Wenn wir einst alt sind, gibt es Zeit zum Beten«,
So scherzten sie und dachten nicht an Gott.

Da rasselt's leise an der Höhle Pforte;
Es schleicht herein ein unbekannter Mann.
»Viel Glück zum Spiel allhier am stillen Orte!«
Spricht er und sieht die Spieler grinsend an.
»Ist's mir vergönnt, ein Spielchen mitzumachen?
Ich trag im Sack viel Geld und teure Sachen.«

»Topp, Landsmann, topp, Ihr kommt uns wie gerufen.
Seid uns gegrüßt! Und wenn Ihr spielen wollt,
So setzt euch nur auf die bemoosten Stufen
Und lasset blicken Silber oder Gold;
Denn wahre Spieler müssen Gold erst sehen,
Eh' zum gewagten Spiel sie sich verstehen.«

Drauf zog der Alte schmunzelnd und behende
Die volle Hand mit blankem Geld hervor,
Nahm recht gewandt die Karten, und das Ende
Des langen Blocks er sich zum Sitz erkor.
»Nun, Burschen, flott! Ich will Euch spielen lehren,
An Spielens End' sollt Ihr als Gott mich ehren!«

Und siehe da! Er spielte, spielte, spielte;
Doch seinem Spiele ward das Glück nie hold.
Ob wenig nur, ob vieles er auch hielte,
Es schwand dahin sein Silber und sein Gold.
Das paßte recht zum Krame der Gesellen,
Das mochte wohl die gier'gen Herzen schwellen.

Drauf fiel dem einen Spieler auf die Erde
Ein Kartenblatt. Er bückte sich danach
Und sah, o Graus!, den Huf von einem Pferde,
Der bei dem einen Fuß des Fremden lag.
Und durfte er auch seinen Augen trauen:
Bückt' er sich tiefer doch, um recht zu schauen.

Es war und blieb – dahin schwand aller Zweifel –
Ein Menschenfuß bei einem Pferdehuf.
»Hilf, Jesu Christ! Gott sei bei uns! Der Teufel!«
War jetzt des armen Tropfes ängst'ger Ruf,
Und bei dem Schrei war flugs die Höhl' voll Feuer.
Entfloh'n war mit Gestank das Ungeheuer.

Als wie von einem Blitzstrahl jäh getroffen,
So stierten stumm sich die Gesellen an,
Und über sich sah'n sie die Höhle offen,
Wo fest verschlossen sonst sie alles sah'n.
Viel Kohlen lagen an des Geldes Stelle,
Die sprühten Funken blutigrot und helle.

Da flohen sie in Grausen, Angst und Schrecken
Zum Gotteshaus, das sie vorhin verschmäht,
Um tiefe Reue dort in sich zu wecken
Und sich mit Gott zu sühnen durch Gebet.
Die Höhle doch wird sich nicht umgestalten;
Stets wird den Namen Kartstein sie behalten.

Der Tag des Anthrax

Malte S. Sembten

Im Herzen der Eifel, in der Vulkaneifel, liegt zwischen den Städten Gerolstein und Daun, im Tal der Kleinen Kyll, das alte Dorf Neroth. Die Wappenfiguren von Neroth sind die Waage und die ›Mousfall‹; seine besondere Attraktion ist sein Mausefallenmuseum. Es befindet sich im ehemaligen Schulhaus gegenüber der Dorfkirche und ist zwischen dem 1. April und dem 31. Oktober mittwochs von 14.00 bis 16.00 Uhr und freitags von 15.00 bis 17.00 Uhr geöffnet, in der Winterzeit, zwischen dem 1. November und dem 31. März, jeden Freitag von 15.00 bis 17.00 Uhr. Ein Besuch des Nerother Museums ist jedem Durchreisenden unbedingt zu empfehlen. Nur am Tag des Anthrax sollte ein Fremder nicht einmal in seine Nähe kommen.

Der Erzähler sah in die Runde, als erwarte er eine Ermutigung, mit seiner Geschichte zu beginnen.

»Was ist damit, *Der Tag des Anthrax?*« fragte schließlich einer von uns, um ihn anzuspornen.

»Für mich klingt das reichlich fremdartig«, zweifelte ein anderer, dessen Pfeife während der vorangegangenen Erzählung, die er selbst beigetragen hatte, erkaltet war. Er klopfte sie mißbilligend auf einem Bierdeckel aus.

»Mag sein«, erwiderte der Erzähler, »aber die Begebenheit, von der ich berichten werde, trug sich nicht weit von hier zu, im Dörfchen Neroth, das der eine oder andere von euch wohl kennt.« Einige in unserer Runde nickten einverständig, während sie Tabakwolken in die Luft bliesen und unser Freund nach einer weiteren Flasche Ahrwein rief, um sich die Zunge zu befeuchten, wie er sagte. Ich zählte im Geiste die Flaschen, die hinter uns lagen und die mich eher befürchten ließen, der Spätburgunder werde ihm die Zunge schon bald schwer werden lassen. Doch als der Wirt unsere Gläser nachfüllte, da ölte der dunkle Rote die Zunge unseres Freundes und entlockte ihr einen Erzählstrom, dem wir mit Spannung lauschten.

»Höhenunterschiede machen hungrig. Von dessen Schicksal ich euch erzählen werde, ein gewöhnlicher Eifeltourist, war vormittags endlose schmale Stufen hinab in die Unterwelt des verlassenen Basaltbergwerks gestiegen, dessen in einen erkalteten Magmastrom getriebene zyklopische Stollen und Hallen die alte Steinbrecherstadt Niedermendig unterminieren. Und eine halbe Autostunde später hatte er rüstig die Höhe des *Nerother Kopfs* erklommen, den sein Reiseführer ihm als ›eine der schaurig-schönsten Landschaftsszenerien der Eifel‹ angepriesen hatte, um die Überreste der Burg und den gähnenden Schlund des verfallenen Mühlsteinbruchs zu besichtigen. Seinen bei diesen

Unternehmungen erworbenen Hunger stillte er nun bei einer rustikalen Mahlzeit und mehreren Bitburgern in der Gaststätte *Zur Neroburg* in Neroth.

Im Gastraum saßen mehr Männer, als es in einem einfachen Dorfgasthof um diese Nachmittagsstunde zu erwarten war. Trotz des Werktags trugen alle Gäste und sogar der Wirt schwarze Sonntagskleidung von altmodischem Zuschnitt. Doch nicht das allein irritierte den Fremden. Wäre nicht sein Hunger derart stark und sein Gericht überaus schmackhaft gewesen, so hätte sein Appetit zweifellos unter der Empfindung gelitten, während der ganzen Mahlzeit heimlicher Beobachtung zu unterliegen. Wie das Krabbeln zudringlicher Fliegen, das in hektisches Flügelsummen übergeht, sobald man des lästigen Insekts habhaft zu werden versucht, spürte Friedrich Brachmann – denn dies war der Name des Touristen – das Stechen zahlreicher Blicke, die sich jedoch nie einfangen ließen, wenn er seinerseits die Augen hob, um ihren Ursprung auszumachen. Dafür brachen der Wirt und seine schweigend beisammen sitzenden Gäste sofort in summende Unterhaltung aus, als hätte nie etwas anderes ihre Aufmerksamkeit beansprucht, bis er den Blick wieder auf seinen Teller senkte. Sogleich erfüllte erneutes Schweigen die Gaststube, und Brachmann, der sich in seiner Meinung über Hinterwäldlertum gefestigt fand, fühlte sich abermals von versteckten Blicken durchdrungen.

Dieses Phänomen wiederholte sich, als er seine Mahlzeit beendet hatte und aufsah, um den Wirt zu rufen. Es kostete Brachmann einige Mühe, diesem Mann die Kenntnisnahme seiner Anwesenheit abzutrotzen. Als der Wirt schließlich an seinen Tisch trat und die Rechnung vorlegte, schlug Brachmann seinen Eifelführer auf: ›Hier wird ein Mausefallenmuseum erwähnt, das in Ihrem Ort zu besichtigen sei, aber es steht weiter nichts darüber geschrieben. Können Sie mir zu einem Besuch raten?‹

Wieder fühlte Brachmann die Blicke zahlreicher Augenpaare, doch diesmal starrten sie ihn ganz unverhohlen an. Statt ihm zu antworten, blickte sich der Wirt über die Schulter zu den übrigen Tischen um. In dem Schweigen der anderen Gäste lag eine Art einmütiger Zustimmung, wonach der Wirt sich wieder Brachmann zuwandte. Er setzte gerade zu seiner Antwort an, als eine nahe Kirchenglocke zu läuten begann. Genaugenommen war es eher ein Glockenschlagen als ein Glockenläuten: Tiefe, schwere Töne, die in träger Folge erklangen und durch die Luft schwangen wie Wellen, die von einem riesenhaften, dahinziehenden Tiefseewesen ausgehen.

›Unser Museum ist klein, aber einzigartig‹, sagte der Wirt nach den ersten Glockenschlägen etwas lauter, um sich verständlich zu machen, ›aber leider ist es heute nicht geöffnet.‹

Brachmann fiel auf, daß sich der Gastraum unter dem Klappern von Stühlen und Scharren von Sohlen allmählich leerte; einzeln oder in Gruppen zogen die Gäste zur Eingangstür hinaus. Er warf einen Blick auf seine Armbanduhr und wunderte sich über den Tag und die Stunde, zu der in diesem Dorf die Kirchenglocken läuteten. Ehe Brachmann sich für die Auskunft bedanken, seine Rechnung bezahlen und seinen Hut nehmen konnte, setzte der Wirt hinzu: ›Sie könnten vielleicht eine private Führung bekommen. Der alte Mercennier gehört zu dem Heimatverein, der das Museum gegründet hat, und es bereitet ihm immer Freude, es Besuchern gegen ein kleines Trinkgeld zu zeigen.‹

Brachmann zögerte. Er hatte, als er nach dem Museum fragte, vorgehabt, im Vorbeigehen eine Kuriosität abzuhaken, jetzt aber schien ihm die Angelegenheit zu umständlich zu werden. Der Wirt bemerkte diese Unentschlossenheit und ermunterte ihn: ›Das Museum ist nur drei Minuten Fußweg von hier entfernt, direkt gegenüber der Kirche, deren Spitze Sie sehen können, sobald Sie vor die Tür treten. Sie brauchen nur an der Tür unter dem Museumsschild zu klingeln. Mercennier wohnt im Stockwerk über den Museumsräumen und ist fast immer zu Hause.‹

Auf Brachmanns Weg durchs Dorf begleitete ihn das unablässige Dröhnen der Glocken. Unterwegs begegnete ihm kein einziger Mensch. Erst als er das Museum getreu der Auskunft des Wirts innerhalb weniger Minuten erreicht hatte, sah er auf der gegenüberliegenden Straßenseite eine letzte Gruppe Schwarzgekleideter durch das offenstehende Portal der Dorfkirche ziehen. Er staunte über den Beteifer der hiesigen Bevölkerung.

Solche Frömmigkeit schien sich allerdings nicht auf alle Dörfler zu erstrecken, wie sich zeigte, als Brachmann den Klingelknopf neben der Museumstür drückte. Die Tür wurde so unmittelbar geöffnet, daß Brachmann der Gedanke durchfuhr, längst erwartet worden zu sein. Der ihn hereinbat, erwies sich als niemand geringerer denn jener Mercennier, an den der Wirt der *Neroburg* ihn empfohlen hatte. Er war ein kleiner, kräftiger Mann, sicherlich schon in den Siebzigern, mit einer krausen Mähne eisgrauen Haares. Weiße Bartstoppeln übersäten sein rotes, gefurchtes Gesicht, aus den Nüstern seiner vorspringenden Nase sprossen dünne silbrige Haare. Unter den Schatten dichter Brauen leuchteten zwei kleine, lebhafte Augen, die den Besucher intensiv abmaßen. Die unangenehme Empfindung, die Brachmann bei dieser Musterung beschlich, war ihm seit kurzem vertraut: als krabbelten die Beine eines hungrigen Insekts über ihn hinweg. Ein undeutbares Lächeln grub zusätzliche Runzeln in das Gesicht des Alten und entblößte braune Schneidezähne. Brachmann blickte auf eine Hand, die ihm unerwartet hingestreckt wurde. Verglichen mit dem untersetzten Körper ihres Besitzers schien sie im falschen Maßstab geschaffen. Eine große, schwielige, narbenbewachsene Hand, der man die Kraft der Sehnen und Muskeln ansah. Als Brachmann, um nicht abweisend zu erscheinen, zögernd einschlug, fühlte er den harten, wenn auch gebändigten Druck ihrer langen Finger und die pergamentene Trockenheit der alten Haut.

›Ich hab mein Leben lang als Drahtflechter geschafft‹, erklärte Mercennier, als er Brachmann einige Stufen emporleitete und rechter Hand die Tür zu den Ausstellungsräumen aufschloß. ›Dazu brauchte man früher geschickte, kraftvolle und spröde Hände. Feuchte Finger verdarben den Draht, weil er noch unverzinnt war und leicht rostete. Sie sehen, Sie haben sich einen Führer vom Fach ausgesucht, um sich unser Museum zeigen zu lassen.‹

Brachmann mußte sich unter dem Türsturz hindurchbücken, als er seinem Führer in die Museumsräume folgte. Im selben Moment, in dem Mercennier die Tür zurück ins Schloß drückte, geschah eine Veränderung, die Brachmann geradezu erschreckte: auf den Lidschlag genau war mit dem Einrasten des Türriegels auch das hallende Schlagen der Glocken verstummt. Man hätte vermuten können, sich in einem schalldichten Raum zu befinden, wenn nicht wenige Augenblicke später das gedämpfte Tosen Hunderter vereinter Stimmen an Brachmanns Ohren gedrungen wäre. Das Geräusch schwoll an und ab wie das Rauschen der See, verschmolz mit seinem eigenen brausenden Widerhall, der von einem mächtigen Gewölbe zurückgeworfen schien, und Brachmann begriff, daß er Gesang hörte: In der Kirche wurde gesungen, wenn diese Stimmenmusik auch mehr an einen gregorianischen Choral in der Abtei von Westminster erinnerte als an die singende Gemeinde einer Eifelkirche. Brachmann bemerkte ein leise unheimliches Gefühl, das ihn beschlich, ein angstvolles Unbehagen, als sei er durch einen winzigen Fehltritt aus der Sicherheit der ihm vertrauten Welt in eine Grenzwelt geraten, deren Gegebenheiten für einen verirrten Fremdkörper wie ihn hinterhältig und unberechenbar waren.

Die Stimme von Mercennier riß Brachmann aus seiner Verstörung. ›Unser Museum zeigt die verschiedenen Produktionsphasen des Drahtwarengewerbes in Neroth von seinen Anfängen anno 1830 bis in die 1970er Jahre. Der Schwerpunkt der Produktion lag von Anfang an in der Herstellung von Fallen für Mäuse und Ratten‹, erläuterte er. Die Exponate des Vorraums belegten seine Worte augenfällig. Eine Nische links vom Eingang zeigte die Einrichtung einer Wohn- und Arbeitsstube der frühen Jahre mit dem Mobiliar und den Werkzeugen, die zur Fertigung von Mausefallen in Heimarbeit nötig waren. In einer Tischvitrine lagen Urkunden, Fotos und andere Dokumente über die Herstellung und den Vertrieb der Nerother Fallen. In einem langen Glasschrank erblickte Brachmann eine vielfältige Sammlung von Mause- und Rattenfanginstrumenten aller Art. Korbfallen mit einem und zwei Fängen, Klappfallen, Lochmause- und Lochrattenfallen mit drei, vier und mehr Öffnungen, eine Feldmausefalle, den Prototyp einer Kranzfalle, Bügelfallen ... Brachmann konstatierte, daß die weitaus meisten ausgestellten Fallen Lebendfallen waren, die ihre Opfer weder verletzten noch töteten. ›Das bedeutet nicht, daß die Nager davonkamen‹, sagte Mercennier grimmig. ›Der Haß der Menschen auf die Schädlinge war in früheren Jahren zu groß, als daß sie die Tiere nicht mit tiefer Befriedigung vernichtet hätten. Die Fallen mit den eingeschlossenen Tieren wurden unter Wasser gedrückt, um die Opfer zu ersäufen. Das ersparte die Reinigung und Desinfektion, die bei den blutigen Bügel- und Lochfallen anfiel, da vor allem die Ratten als Krankheitsträger gefürchtet waren.‹ Mit diesen Worten wies der ehemalige Fallenbauer auf eine der Korbfallen, in der anschaulich zwei winzige Mäuseskelette gruppiert waren. ›Das hier‹, sagte

Es scheidet wieder Raum und Zeit
Wohl Herz von Herz im Erdenland

er dann und deutete auf eine Konstruktion, die schon zuvor Brachmanns Neugier erregt hatte, ›ist eine automatische Wasserfalle nach dem Patent der Firma Bender, Wiesbaden, aus dem Jahr 1886. Der Köder lockt die Tiere in einen Kletterschacht, aus dem sie durch eine Falltür in ein Wasserreservoir fallen, in dem sie ertrinken, wonach sich die Falle automatisch auf erneuten Fang einstellt. Apropos Köder: Wer auf Mäuse- oder Rattenfang geht, sollte die Neigung der Nager zu abwechslungsreicher Kost ausnutzen. Ein Bäcker wird die Biester mit Speck, ein Metzger mit Butterbroten in die Falle locken.‹ Mercennier lachte Brachmann ins Gesicht.

›Es gibt Fallen in den unterschiedlichsten Größen‹, unterstrich der Mausefallenmacher und schob den Besucher in den angrenzenden Raum des Zweizimmer-Museums. Zwischen dem schiefen Dielenboden und der niedrigen Decke drängten sich auf engem Platz selbstgebaute Schränke und Hängeregale mit weiteren ausgefallenen Werkzeugen und Hilfsmitteln zur Mausefallenproduktion. Eine Arbeitsbank, ein Elektromotor, eine große Transmissionswelle zum Antrieb diverser ungewöhnlicher Maschinen zum Sägen, Bohren, Hobeln und Fräsen ließen nur wenig Bewegungsfreiheit. Mercennier deutete in einer tiefen Fensternische auf eine Ansammlung länglicher Käfige, teils ganz aus Draht, zum Teil aus Draht mit Holzteilen, die dort nebeneinander-, übereinander- und ineinandergeschachtelt standen und mit verschiedenen einfallsreichen Fangmechanismen ausgestattet waren. ›Große Kastenfallen für Mäuse und für Ratten‹, erläuterte der Fallenfachmann. ›Letztere bringt es in der Ausführung mit zwei Klappen auf eine Länge von 40 cm. Aber vergleichen Sie das mit den Massenfängern für Mäuse oder gar für Ratten: Diese hier mißt 60 cm … und hier sehen Sie eine, die ein Fassungsvermögen von 30 Ratten hat und eine Länge von einem Meter!‹

Während Brachmann sich staunend in der Werkstatt umsah, erzählte Mercennier: ›Alles begann vor fast 170 Jahren. Damals herrschte Hungersnot in den Eifeldörfern und am schlimmsten in Neroth. Um 1830 verließ einer aus Neroth das Dorf und begab sich auf Reisen bis nach Ungarn, wo er von slowakischen Rastelbindern das Drahtflechthandwerk erlernte. Diese Kenntnisse brachte er zurück nach Hause und gab sie weiter. So fanden die Nerother einen Ausweg aus der Not, indem sie Mause- und Rattenfallen herstellten und damit Hausieren gingen. Auf ihren monatelangen Wanderungen kamen die Nerother Mausefallenkrämer weit herum in vielen Jahren. Und sie sahen viel und erfuhren viel und brachten vieles mit von ihren Handelsreisen bis in die entlegenen Winkel des Balkan ... Geld und Geschichten, manchen Segen und manchen Fluch.‹

Mercennier schwieg vielsagend und sah Brachmann von unten herauf aus engen Augen an. Mit diesem lauernden Blick, der mehr zu wissen schien, als man der Intelligenz seines Besitzers zutraute, erinnerte er selbst an eine alte graue Ratte.

Im selben Moment scholl Brachmann wieder der seltsame Choral in den

Ohren, der in der Kirche gesungen wurde. Das feierliche Singen hatte zwischendurch aufgehört und wenig später von neuem eingesetzt. Genaugenommen, so fiel Brachmann jetzt auf, war es schwer erklärlich, daß die Stimmen, trotz ihrer Zahl und der Kraft ihres Gesanges, über die Straße hinweg und gedämpft von den Mauern der Kirche wie des Schulgebäudes so laut waren. Je aufmerksamer er lauschte, desto stärker wurde sein widersinniger Eindruck, daß sie nicht von der Kirche herüber-, sondern vielmehr aus unterirdischer Tiefe heraufdrangen.

Brachmanns horchende Haltung war Mercennier nicht entgangen. Zur Ablenkung zwängte er sich an Brachmann vorbei und zog die unterste Schublade eines der Werktische auf. Er entnahm ihr einen Stapel alter verglaster Bilderrahmen verschiedener Größe. ›Nicht sämtliche Arten von Fallen sind hier im Museum zu besichtigen‹, sagte er. ›Nerother Fallenbaukunst fand über all die Generationen Anwendung bei einzigartigen Unikaten für schwer beschreibbare Zwecke.‹ Er gab Brachmann den obersten Bilderrahmen in die Hand: ›Was, glauben Sie, wurde in *diesen* Fallen gefangen?‹

Brachmann drehte den Rahmen in der Hand, um die Spiegelungen auf dem Glas wegzubekommen. Unter der staubigen Scheibe steckte ein vergilbtes Foto. Es zeigte ein Drahtgebilde in Form einer Pyramide, dessen Größe vor dem neutralen Hintergrund schwer abzuschätzen war. In seinem Inneren ließ sich eine überaus komplizierte Anordnung von Metallfedern, Drähten und Blechen erkennen. Sie glich noch nicht einmal entfernt einer der Fangvorrichtungen jener Fallen, die im Museum ausgestellt waren. Brachmann konnte weder die vertrackte Konstruktion der Fangvorrichtung nachvollziehen noch ihre Funktionsweise durchschauen. Ohne Brachmanns Ratlosigkeit abzuhelfen, nahm Mercennier ihm die Abbildung aus der Hand und reichte ihm einen neuen Rahmen. Auch er barg die alte, verblaßte Fotografie einer Falle. Sie glich den gewöhnlichen Korbfallen, die Brachmann gesehen hatte, übertraf diese jedoch in ihren Ausmaßen um ein Vielfaches. Auch sah sie nicht wie ein Geflecht aus Draht aus, sondern wie ein Gitterwerk aus Eisenstreben. In Form und Größe glich ihr Eisengerippe dem Skelett eines Eskimoiglus. Eingesperrt in der Falle saß eine monsterhafte Ratte, die größer war als jede wohlgenährte Hauskatze, mit einem nackten, peitschenden Schwanz, der fast doppelt so lang war wie ihr Körper. Ihr aufgerissenes, speichelsprühendes Maul und die glühenden Augenpunkte verrieten rasende Todespanik.

›Ist diese Falle nicht ein bißchen zu groß für die Ratte?‹ wunderte sich Brachmann.

Mercenniers Grinsen hätte jedem Frettchen zur Ehre gereicht. ›Diese Ratte ist nicht das gefangene Opfer. Sie ist der Köder!‹

Brachmann zögerte, das nächste Bild entgegenzunehmen, das Mercennier ihm hinhielt. Als er es schließlich in der Hand hatte und betrachtete, wußte er nicht, was er von der Fotografie halten sollte. Sie war älter als die anderen und stammte offensichtlich aus den Pioniertagen der Lichtbildkunst. Sie war tiefbraun und übersät von mitentwickelten Fusseln und Staubkrümeln.

›Ist das auch eine Falle?‹ fragte Brachmann.

›Die Königin der Fallen!‹ flüsterte Mercennier.

Das Gebilde hatte die Form einer Kugel und hing an einer starken Kette von oben ins Bild hinein. Es ließ am ehesten an einen sehr großen Faradaykäfig denken. Allerdings tobten die elektrischen Entladungen nicht außerhalb des Drahtkäfigs, das statische Gewitter schien in seinem Inneren zu wüten. Auch stammten die Zuckungen in der seltsamen Falle nicht von Blitzen. Sie hatten nicht die gezackte Form überspringender elektrischer Impulse, sondern folgten eher den Bahnen tanzender Peitschenschnüre oder sich windender Schlangenleiber. Und sie waren nicht weiß, sondern schwarz, statt zu leuchten, schienen sie das Licht zu verschlucken, so daß das ganze Foto unterbelichtet wirkte. Obzwar die verschlungenen Bewegungen im Magnesiumblitz des Fotografen gefroren waren, irritierten sie das Auge des Betrachters; die lange Belichtungszeit der primitiven Aufnahme beließ alles zu sehr im Verschwommenen, um eine Form oder Kontur zu erkennen.

Am unteren Rand der Fotografie fand Brachmann eine Inschrift. Die Tinte war verblaßt, und die Buchstaben waren undeutlich, als seien sie mit zitternder Hand geschrieben worden.

›Der Anthrax‹, las Brachmann laut und fügte, da er nicht ungebildet war, hinzu: ›Ist das nicht das englische Synonym für eine Krankheit, den Milzbrand?‹

›Schon‹, kam es von Mercennier, ›aber in alten deutschen Schriftquellen aus der Pestzeit hat es eine etwas andere Bedeutung. Anthrax nannte man die von schwarzem, brandigem Gewebszerfall begleiteten Geschwüre der Beulenpest, die nekrotischen Läsionen auf der Haut der Pestkranken, die sich um die Einstichstellen der Rattenflöhe bildeten, die den Schwarzen Tod übertrugen.‹

›Nur an einem einzigen Tag im Jahr wird dieses Foto im Museum gezeigt‹, offenbarte Mercennier, wobei er die Schwelle der Tür zum Vorraum überschritt. Einen Augenblick später zog er die Tür hinter sich zu. Brachmann hörte einen Schlüssel knirschen.

Der Zurückgebliebene begriff nur allmählich. Doch dann stürzte Brachmann zur Tür und rüttelte wild am Türknauf. Das Schloß gab keinen Millimeter nach. Er trommelte gegen die Türfüllung und schrie nach Mercennier, doch vergeblich. Mehrere heftige Kollisionen seiner Schulter mit dem Türblatt brachten ihm nur eine schmerzhafte Prellung und die Einsicht, daß das Holz härter war als seine Knochen.

Mit hämmerndem Herzen horchte er auf den düsteren Choral, der, scheinbar verstärkt von den hallenden Wänden eines unterirdischen Gewölbes, seine Ohren erreichte. Was wurde hier mit ihm gespielt? Ihm fielen Mercenniers Worte ein, und nun erinnerte er sich an den Unterton einer versteckten Bedeutung in der Stimme des Museumsführers: *Es gibt Fallen in den unter-*

schiedlichsten Größen. Die größte Falle war das Museum selbst! Und er war wie ein hilfloses Tier darin gefangen.

Noch während diese Überlegungen durch sein Gehirn schossen, mischte sich ein neues, deutlicheres Geräusch in das unentwegte, an- und abschwellende Brausen des unterirdischen Chorals. Ein Schaben und Scharren, das von allen Seiten kam, ein heimliches Tappen und Huschen wie von Aberdutzenden winziger Füße, zu dem sich bald ein hundertfaches Fiepen und Quieken gesellte, als tummelte sich hinter dem Verputz der Wände eine unaufhaltsame Population von emsigen Nagern, die schnell zur Flut anschwoll und jeden Augenblick aus versteckten Ritzen und Spalten in die verwinkelte Werkstatt einbrechen konnte.

In seiner Panik besann sich Brachmann auf den einzigen ihm verbliebenen Fluchtweg. Er suchte sich eine schwere Zange aus dem Werkzeugarsenal, das ihn umgab, um die Fensterscheibe einzuschlagen. Doch kaum war er mit zwei Schritten vor das schmale Fenster getreten, da verloren seine Füße den Boden. Eine heimtückische Falltür schleuderte ihn in schwarze Tiefe.

Sein Sturz währte weniger lange als sein Schock, aus dem ihn eine Wasserwoge riß, die nach dem schmerzhaften Aufprall eisig über ihm zusammenschlug. Der Sog seines Sturzes zog ihn hinab, Wasser strömte in seine Luftwege. Er hustete Luftblasen und schluckte dabei weiteres Wasser. Unter panischem Strampeln tauchte er an die Wasseroberfläche zurück. Sobald sein Gesicht den Wasserspiegel durchstieß, hustete und spie er krampfhaft Wasserschwall um Wasserschwall. Als er nach einer scheinbaren Ewigkeit halbwegs zu Atem gekommen war und dem Tod durch Ertrinken entronnen zu sein glaubte, zwang er seine Arme und Beine, ruhiger zu paddeln, um über Wasser zu bleiben. Er schüttelte sich die Tropfen aus den Haaren und schlug die Augen auf.

Sein Verstand wehrte sich zu begreifen, was er sah. Über ihm wölbte sich eine riesige Höhle – oder eher eine gigantische Basaltkuppel, ein unterirdischer Dom aus Vulkangestein, dessen Ausmaße alles in den Schatten stellte, was er in den Bergwerksstollen von Mendig gesehen hatte. Er selbst schwamm in einer Art unterirdischem Maar, von dessen Rändern breite Basaltsimse wie die Treppen eines Amphitheaters Stufe um Stufe emporwuchsen.

Dicht gedrängt auf diesen Terrassen erblickte Brachmann Hunderte schweigender schwarzer Gestalten. An dem altväterlichen Sonntagsstaat, den alle trugen, erkannte er die Dorfbewohnerschaft. Er begriff, wer den unheimlichen Choral intoniert hatte, den er im Museum scheinbar aus dem Untergrund vernommen hatte. Jetzt verharrten die Versammelten reglos in unheilvollem Schweigen. Nur die riesigen braunen, grauen und schwarzen Ratten, die unruhig zwischen ihnen umherhuschten, verursachten mit ihren Krallen ein Konzert scharrender Geräusche.

Alle Augen waren auf Brachmann gerichtet – die Rattenaugen, glühende

Stecknadelköpfe in schimmerndem Fell, die der Menschen, leuchtende Punkte hinter grotesken Masken. Diese Masken, die ihre Gesichter bedeckten, waren bleich und beklemmend ausdruckslos, mit langen schnabelartigen Auswüchsen, aus deren Öffnungen dünne Rauchfäden stiegen. Brachmann erkannte sie als Nachbildungen der Pestmasken, deren Dämpfe verbrannter Kräuter und Gewürze die mittelalterlichen Ärzte vor dem Anhauch des Schwarzen Todes schützen sollten.

Dann flammten unzählige Fackeln inmitten der schwarzen Masse von Menschen und Ratten auf. In der dunklen Höhe über Brachmanns Kopf erwachten die Schatten zum Leben. Die Maskierten erhoben von neuem ihre Stimmen. Dumpfe Worte drangen hinter ihren mundlosen Masken hervor und formten eine furchtbare Anrufung. Während die Beschwörung an Lautstärke und Fiebrigkeit gewann, begann die Finsternis, die Brachmann für ein Knäuel aus Schatten gehalten hatte, sich in dicke Schwaden schwarzen Dunstes aufzulösen, aus denen sich schlangenartige Gebilde formten, peitschende Ruten aus Rauch, die wie Tentakelblitze schlugen und zuckten. Ein atemberaubender Gestank senkte sich auf Brachmann herab.

Brachmann sah, wie die braunen, grauen und schwarzen Ratten ins Wasser sprangen und von allen Seiten auf ihn zuschwammen ...«

Niemand sprach ein Wort, als unser Erzähler verstummte. Wir sahen erst ihn, dann einander unbehaglich an.

»Und das Ende?« fragte schließlich einer von uns.

»Das Ende der Geschichte überlasse ich euren Träumen in dieser Nacht«, erklärte der Erzähler mit einem mahnenden Blick auf seine Taschenuhr. Wir bemerkten, wie sehr wir die Zeit vergessen hatten. Wir leerten unsere Gläser, zahlten unsere Zeche und trennten uns bald darauf.

Was mich betrifft, ich fürchtete keinen Alptraum. Denn ich wußte wohl, daß der Ahrwein eine vortreffliche Bettschwere schenkt und im übrigen dafür bekannt ist, auf recht wundersame Weise die Fabulierkunst zu fördern.

Wind über Lava

Angelika Koch

Tobias wußte nicht, was ihn in dieser Nacht geweckt hatte. Die Schwüle des Sommers, das Schreien einer Katze auf der Dorfstraße, das Lärmen eines Betrunkenen, der aus der Kneipe ins eheliche Bett getorkelt war? Oder im Gegenteil: diese totale, diese überirdische Stille, die Tobias erst jetzt wahrnahm? Alles schwieg, und es ließ ihn frösteln, obwohl es noch immer weit über zwanzig Grad sein mußte.

Tobias wickelte die Decke eng um seinen Körper und starrte ins Dunkel. Ein leiser Schmerz drückte hinter seinen Augen. Ich habe einfach zuviel geraucht, dachte er, wieviel Uhr ist es eigentlich? Er wandte den Kopf, um eine Antwort von den Leuchtziffern seines Digitalweckers zu bekommen. Vier Nullen blinkten ihm hämisch entgegen. »Verdammt«, fluchte er vor sich hin, »es muß einen Stromausfall gegeben haben.« Vielleicht ein Gewitter hinter dem nächsten Eifelhügel. Es hat sich schon Richtung Nürburgring verzogen, dachte er, es verzieht sich immer Richtung Nürburgring, ich muß sehr tief geschlafen haben.

Dann fiel ihm sein Auto ein. Der neue Wagen mit dem Schiebedach, sein 7er BMW, sein ganzer Stolz. Seine kleine Macke, denn eigentlich konnte er ihn sich nicht leisten, und der Banker hatte ihn kopfschüttelnd betrachtet wie ein widerliches Insekt, als er kundtat, sich hoffnungslos verschulden zu wollen. Aber er war Beamter, ein ganz kleiner im Ordnungsamt, aber immerhin, und so wurde ihm die Schwäche gewährt.

Ich habe das Dach offengelassen, fiel ihm panisch ein. Wahrscheinlich troffen die edlen Lederpolster jetzt vom Regen.

Tobias warf die Decke zurück und stürzte mit einem Satz ans Fenster. Die Straßenlaterne warf einen matten, rötlichen Schein auf den gepflasterten Hof und auf die wie tot daliegende Dorfgasse. Alles war staubtrocken. Tobias seufzte erleichtert. Doch kein Gewitter. Vielleicht einfach nur ein kaputter Wecker. So etwas gibt es.

Er wollte sich gerade umdrehen und wieder alle Viere auf dem Bett ausstrecken, als sein Blick von einem Lichtflackern angezogen wurde. Es war hoch über dem Dorf, ungefähr dort, wo der Lavabruch war, wo dem uralten erloschenen Vulkan die Schätze gestohlen wurden. Tobias glaubte, die Scheinwerfer eines Autos zu erkennen. Es wurden immer mehr Lichter, eine Kette greller Punkte, die sich langsam schleichend über den Horizont bewegte.

Das gibt es doch nicht, dachte Tobias empört. Jetzt fangen die in einer Nacht- und Nebelaktion an, die neue Autobahn zu bauen. Denn genau dort, wo die Lichter flimmerten, sollte sie verlaufen – wenn sie denn eines Tages genehmigt würde. Und bezahlbar wäre. Wenn, wenn, wenn. Sie würde am Lavabruch vorbeiführen, sie würde eine weitere Wunde in die Flanke des einst heiligen, feuerspeienden Berges reißen. Trotz BMW mochte Tobias diese Autobahn nicht. Es gibt eben Widersprüche im menschlichen Leben. Sollen sie die Schneise doch woanders schlagen, dachte er wütend, aber doch nicht quasi direkt vor seiner Haustür! Das muß ich mir genauer anschauen, nahm er sich vor.

Er angelte nach seiner Jeans und dem schon leicht muffigen T-Shirt, das den Schweiß eines ganzen Augusttages aufgesogen hatte, und zog sich an, ohne Licht zu machen. Wegen der Mücken. Sie würden ihn sonst den Rest der Nacht verrückt machen. Er hatte eben *süßes* Blut, trotz Marlboro. Sie stachen ihn immer, von Kindheit an. In jedem Sommer war seine Haut ein rotgesprenkeltes, juckendes Schlachtfeld.

Als er vor die Haustür trat, war die Luft wie Blei, süßlich, tonnenschwer, ohne einen Hauch von Bewegung. Noch immer war nicht das geringste Geräusch zu vernehmen. Nur das Klacken seiner eigenen Schritte auf dem Hof verriet ihm, daß er nicht taub war.

Der Motor sprang sofort an. Eine gute Maschine, natürlich, bei dem Preis. Allerdings schien selbst der Wagen wie gelähmt von der drückenden Schwüle. Die Pferdestärken stürmten nicht wie sonst temperamentvoll gegen die Steigung der Dorfstraße an, sondern zockelten widerwillig einher. Die Erstinspektion, dachte Tobias, ich muß unbedingt die Erstinspektion machen lassen ... kein Wunder, daß die Kiste bockt, ich habe das zu lange hinausgeschoben.

Er näherte sich dem Lavabruch. Es war keine Lichterkette zu sehen. Nichts, absolute Dunkelheit, Neumond. Nur die Laternen der Dorfstraßen unten im Tal halfen ihm, sich zu orientieren. Und noch etwas irritierte ihn. Es dauerte ein paar Sekunden, bis er verstand, was es war.

Ein Heulen lag in der Luft, auf- und abschwellend. Als er das Fenster heruntersurren ließ, spürte er, was es war. Nicht das Heulen eines Hofhundes im Dorf. Es war Wind, heißer, trockener, unerbittlicher Wind, der in seine ungekämmte Lockenpracht fuhr und sie hochwirbelte. Das Wort Inversionswetterlage spukte durch seinen Kopf. Dann ist es in Tallagen windstill und auf den Bergen stürmisch – oder war es umgekehrt? Egal, hier war nichts, und er wollte zurück in die Gemütlichkeit der Kissen. Und die Lichterkette? Wahrscheinlich nur ein paar Kids aus dem Dorf, die klammheimlich und ohne Führerschein die Autos ihrer Eltern durch die Nacht schaukelten.

Er wendete den Wagen, und in der Rundung des Wendekreises fiel das Licht der Scheinwerfer auf die Ruine des verlassenen, dreistöckigen Fabrikgebäudes, das hier irgendwann einmal zu irgend etwas nutze gewesen war. Man munkelte, sogar Terroristen hätten sich hier vor Jahren versteckt. Jemand hatte sich hier erhängt, erzählte man. Die Fensterhöhlen waren leer, Glassplitter glitzerten im Schotter vor den Mauern, und wenn man sich auskannte wie Tobias, erahnte man die leblose, zerklüftete Mondlandschaft des Lavabruchs hinter der Ruine.

Etwas Weißes wurde für Sekundenbruchteile von den Scheinwerfern erwischt, etwas Weißes in einem der Fenster. Als Tobias begriff, daß es die weißen Kleider einer Frau waren, setzte er zurück und beleuchtete die Szenerie erneut.

Sie hatte lange blonde Haare, sie hielt die Augen geschlossen und wankte leicht, sie strich wie in Trance mit einem Finger ganz sacht über die im Fensterrahmen steckenden Glassplitter, und dieser Finger war rot vom Blut. Sie stand im zweiten Stockwerk, unter ihr und über ihr war alles völlig dunkel. Es mußten Kerzen sein, deren schwacher Schein hinter ihr wirre Schatten warfen.

Bekifft, dachte Tobias, die ist total bekifft, ich muß die da herausholen. Warum passiert das mir? Ich bin doch schon im Ordnungsamt, und das ist verrückt genug. Seufzend stellte er den Motor ab und stieg aus. Der Wüstenwind brachte sein T-Shirt zum Flattern, und er dachte an Klimaveränderungen. Ich habe einen 3-Wege-Kat, ich tue, was ich kann, sagte er sich.

Er ging zum Tor der ehemaligen Fabrik, seine Schritte knirschten hart auf dem Lavaschotter und dann auf dem undefinierbaren Zeug, das innerhalb der Mauern herumlag. Vielleicht Rattenkot. »Hallo?» rief er und glaubte, ein leises, schmachtendes Stöhnen von oben zu hören.

Diese dußlige Kuh, fluchte er innerlich, aber hübsch ist sie. Er sah sich um, da war ein Treppenhaus aus trostlosem Beton. Er stapfte die Stufen hoch, stolperte und griff in etwas Weiches, Schwammiges an der Wand, wischte die Hand angeekelt an der Jeans ab. Ich muß morgen sowieso waschen, tröstete er sich, da lagen gleich stapelweise schmutzige Hemden, Socken, Slips ...

Der Kerzenschein wurde deutlicher. Die Frau am Fenster summte leise, blutete immer noch und streichelte immer noch diese scharfen Glassplitter. Sie hatte ihm den Rücken zugewandt.

Als Tobias auf ihrer Höhe war, sah er, daß es fast fünfzig Teelichter waren, die über den Raum verteilt glimmten.

»Hallo?« fragte er noch einmal.

Ganz langsam drehte sich die Frau zu ihm herum. Und er sah, daß sie keine Augen hatte. Nichts, nur schwarze Höhlen. Sie lächelte ihn an, halb mitleidig, halb triumphierend.

Er wußte Bescheid und fügte sich.

Zwei Tage später fuhren tatsächlich Kids ohne Führerschein auf dem Gelände die Autos ihrer Eltern spazieren. Sie fanden einen verlassenen BMW, neunundvierzig kleine Aluschälchen von Teelichtern und ein rußgeschwärztes, einst weißes Seidentuch.

Das Skelett eines Mannes, der sich erhängt hatte, fand man dann ein halbes Jahr später. Im dritten Stock des Fabrikgebäudes, als Sprengmeister das Gebäude beseitigen wollten, um Platz zu machen für die Autobahn.

Weissagung

Peter Kremer

Zu Waldkönigen droben im Herzen der Eifel lebte vor Zeiten ein Bauer, der war ungläubig, und selbst die Heilige Nacht war für ihn eine Nacht wie jede andere auch. Er lachte über den Glauben seiner Nachbarn, daß in dieser Nacht das Göttliche, aber auch das Teuflische, sich besonders lebendig zeige, und wenn ihn einer warnte, die jenseitigen Mächte herauszufordern, so hatte er nur Spott und Hohn für den Mahner übrig.

Einmal am Weihnachtsabend nahm er sich vor, den Dingen auf den Grund zu gehen. Man erzählte und glaubte in seinem Dorfe, in der Heiligen Nacht bekäme das Vieh im Stall die Gabe der menschlichen Sprache. Zur Mitternachtsstunde würden die Haustiere sprechen, prophetisch mit dem zukünftigen göttlichen Willen und Wissen vertraut.

Als die Kinder zu Bett gebracht waren, ging der Bauer hinunter in den Stall, um die Heilige Nacht bei den Tieren zu verbringen. Er glaubte nicht an die Wunder dieser Nacht, sollte aber doch etwas daran sein, so war dies ja eine billige Gelegenheit, die Schicksale des kommenden Jahres zu erfahren.

Er setzte sich im Dunkel des Stalles auf einen Bund Stroh und war nun ganz allein mit seinem verstockten Herzen. Die Ochsen und Kühe schnauften, und der Bauer glaubte sie schlafend. Als es aber Mitternacht war, da hörte er, wie der Anderhandsochse zu reden anfing und mit leiser Stimme zum Vanderhandsochsen sprach: »Wenn die Bäume wieder Blätter bekommen, wird man uns an den Wagen spannen, und wir werden unsern Bauern hinausfahren, dahin, wo die vielen Kreuze stehen.« »Ja, ja«, antwortete der Vanderhandsochse, »dann wird er begraben.«

Der Bauer erschrak, fiebernd schlich er hinauf ins Bett, und nun dachte er die ganze Nacht darüber nach, was er tun müsse, um dem angekündigten Schicksal zu entgehen. Er wollte die Ochsen noch vor dem Frühjahr verkaufen; dann war ja ein anderer ihr Bauer, und so mußte das Schicksal diesen treffen und nicht ihn.

Er suchte im Kalender den ersten Markt nach Neujahr, an diesem Tage zog er mit den Ochsen hinunter nach Wittlich und verkaufte sie an diesem entfernten Ort. Als aber der Winter wich, die Sonne stieg und die Erdkräfte sich regten, wurde der Bauer krank, so daß er im Bett liegen mußte. In diesen Tagen hatte sein Nachbar auf dem Dauner Viehmarkt ein paar Ochsen eingehandelt und heimgebracht. Es waren die Ochsen, die unser Bauer beim Sprechen belauscht hatte. Die Krankheit nahm ein schlimmes Ende. Er starb. Der Gottesacker aber war weit von seinem Hofe entfernt, so daß man die Toten immer auf einem Wagen hinausfahren mußte. Weil nun des Nachbarn neue Ochsen gut gewöhnte Zugtiere waren, so spannte man sie vor den Leichenwagen. Und sie führten ihren Bauern hinaus, dahin, wo die vielen Kreuze standen.

Lieschen kehrt zurück

Gisela Blümmert

Anneliese fluchte. Ihr Wagen wollte nicht anspringen. Sie startete erneut und betätigte wie wild das Gaspedal. Der Anlasser rotierte, krächzte, wurde leiser. Ein letzter Versuch. Nichts mehr.

Verdammt, es war bereits zehn vor sieben. In spätestens einer Stunde müßte sie Stolberg erreichen, um dort noch einen der wenigen kostenfreien Parkplätze ergattern zu können. Anneliese begann zu schwitzen. Sie überlegte angestrengt, ob sich in ihrem Haushalt wohl ein Überbrückungskabel befand. Nein, es war zwecklos. Mit grimmigem Blick starrte sie in den dichten Nebel, der die noch düstere Straße in ein milchiges Licht einhüllte. Die kleine Dorfkirche, hundert Meter entfernt, war nicht auszumachen. Heute hatte sich wohl alles gegen sie verschworen.

Anneliese öffnete die Fahrertür, sprang aus dem Auto und eilte zu dem gegenüberliegenden Haus. Bestimmt besaß der ordentliche Walter das geeignete Werkzeug, um ihr Gefährt zum Rollen zu bewegen. Sie schellte. Schon bald hörte sie Schritte.

»Juten Morjen, Lieschen«, begrüßte sie der rotgesichtige Nachbar. »Wor dat dinge Luxuslimousine, wat esu ne Lärm jemaht hätt?« In der rechten Hand schwenkte er seinen Autoschlüssel, und schon wenige Augenblicke später hatte er das Problem geregelt. Der Motor von Annelieses Klapperkiste lief.

Anneliese fuhr den Berg hinunter und bog links auf die Hauptstraße ab. Als sie Ginnick verließ und den Serpentinen des Sandberges folgte, begannen die Sieben-Uhr-Nachrichten, und während sie schimpfend vor der roten Ampel am Ortsausgang von Froitzheim wartete, wurden die Verkehrsnachrichten gesendet.

Anneliese horchte auf. Auch das noch! Ein fünf Kilometer langer Stau nach einem Unfall auf der A4 zwischen Düren und Eschweiler-Weißweiler. Und Anneliese hatte immer die Autobahnstrecke genommen, sie kannte keinen anderen Weg.

Sie kutschierte ein Stück weiter, setzte dann den Blinker und lenkte ihr Gefährt dicht an den rechten Rand der Piste. Glücklicherweise dachte sie an die Warnung des fürsorglichen Walter, den Wagen keinesfalls auszuschalten. Hektisch kramte sie aus dem Handschuhfach eine Straßenkarte heraus und betätigte gleichzeitig immer wieder kräftig das Gaspedal, um die Maschine des Pkw in Gang zu halten. Ihre Finger zitterten, und plötzlich registrierte sie, daß sie durch das Motorheulen hindurch wie aus weiter Ferne tiefe Männerstimmen vernahm, die ein altes sakrales Lied zu singen schienen. Sie schloß die Augen und atmete tief durch. Sie verschloß die Ohren mit ihren Zeigefingern, um die unheimliche Melodie zu verscheuchen. Jener dumpfe Choral verfolgte und erschreckte sie immer wieder, seitdem sie vor gut zwei Jahren in die Voreifel gezogen war.

Sie blinzelte in die Dunkelheit hinein. Näherten sich dort draußen auf dem Feld nicht geisterhafte Reiter mit wehenden Fahnen? Blitzschnell verriegelte Anneliese beide Autotüren. Doch als sie danach die Umgebung noch einmal angestrengt mit ihren Blicken absuchte, konnte sie außer wabernden Nebelschwaden nichts mehr entdecken. Der Gespensterchor war ebenfalls verstummt. Allerdings war weit und breit kein anderes Fahrzeug zu entdecken. Das war ungewöhnlich, denn zu dieser Stunde eilten normalerweise ganze Heerscharen von Menschen in ihren Karossen zu den Arbeitsstätten in der Umgebung. Anneliese war es mulmig zumute, und sie merkte, daß sie vor lauter Furcht nicht mehr in der Lage war, eine Ersatzroute zu erkunden. Um ihrer Einsamkeit in der Unheil verkündenden Dunkelheit zu entfliehen, brauste sie mit durchdrehenden Reifen davon, um im nahe gelegenen Frangenheim Zuflucht zu suchen.

Sie atmete auf, als sie an der Haltestelle des Dorfes das gewohnte Bild vorfand. Dort standen wie an jedem Morgen die Schüler, die auf den Bus warteten. Sie schubsten und knufften sich, warfen Turnbeutel in die Luft und lachten. Anneliese grinste in sich hinein. Die bösen Hirngespinste lösten sich in Luft auf, und sie spürte, wie sich ihre Verspannungen lockerten.

Wieder legte sie einen Zwischenstopp ein, um dieses Mal erfolgreich den Weg nach Stolberg über Landstraßen zu ermitteln.

Hinter Soller bog sie links ab und schlich an den Panzerkreuzungen vorschriftsmäßig mit Tempo fünfzig vorbei. Das Zentrum von Kreuzau passierte sie auf der Umgehungsstraße, um hinter der zweiten Tankstelle wiederum links in den schmalen Fahrdamm abzubiegen, der über die Rur führte. Sie war froh, daß kein Fahrzeug aus der anderen Richtung aufkreuzte, denn auf der engen Brücke paßten keine zwei Autos nebeneinander durch, und sie hätte, nicht vorfahrtsberechtigt, den Gegenverkehr zuerst passieren lassen müssen. Jetzt zählte jede Minute, denn die Uhr zeigte bereits sieben Uhr zwanzig an. Dennoch mußte sie sich im Schneckengang fortbewegen, denn auf der kurvenreichen Strecke, die an malerischen, alten Fabrikgebäuden vorbeiführte, durfte und konnte man nur mit dreißig Stundenkilometern schleichen.

Trotzdem wurde sie von guter Laune ergriffen. Sie benutzte eine ihrer Lieblingspisten, und außerdem war sie, ohne daß sie es so recht bemerkt hätte, in einer Gegend mit klaren Sichtverhältnissen gelandet. Weiter ging es nach rechts, Richtung Düren, vorbei an Birgel, bis nach Gürzenich. Bis hierher kannte sich Anneliese noch aus, denn auf der Hauptstraße jenes Vorortes war sie mehrfach im Ristorante d'Angelo eingekehrt. Und mit Erleichterung erblickte sie ein Hinweisschild mit der Aufschrift *Stolberg*, das sie früher niemals wahrgenommen hatte.

Doch kaum hatte sie die letzten Häuser hinter sich gelassen, schob sich ihr alter BMW erneut in eine Nebelwand, die sich in Sekundenschnelle so sehr verdichtete, daß die umliegende Landschaft kaum noch auszumachen war. Anneliese trat abrupt auf die Bremse. Die Reifen quietschten, und ihr Gefährt schlingerte. Sie kam zum Stillstand. Ihr Herz klopfte. Doch genauso blitzartig wurde ihr sodann bewußt, wie gefährlich es war, in einer derartig undurchsichtigen Lage anzuhalten, und so fuhr sie voller Furcht und unendlich langsam weiter. Nach wenigen Hundert Metern erreichte sie einen Wald, und als sie mit ihrem Klapperkasten in ihn eintauchte, ertönte urplötzlich und ohne jede Vorwarnung wieder jener Schreck einflößende Gesang, dieses Mal so laut, daß er das gesamte Wageninnere einzunehmen schien. Völlig verwirrt folgte Anneliese der Route, die in extrem engen Kurven steil bergan stieg. Sie fühlte Panik in sich aufsteigen, wollte schneller fahren oder anhalten und wußte doch, daß sie beides nicht konnte. Nein, sie mußte einfach weiter, weiter, weiter, ganz allmählich und gleichzeitig getrieben von unendlichem Grauen. Die Musik wurde durchdringender, ohrenbetäubend, ging ihr schließlich durch Mark und Bein. Sie krallte sich am Lenkrad fest und stierte auf den an vielen Stellen aufgesprungenen Teerbelag, um ja nicht vom Weg abzugeraten. Da brach etwas großes Dunkles aus dem Dickicht am Straßenrain heraus und sprang auf den Asphalt. Anneliese schrie gellend auf. Im letzten Moment konnte sie ihre altersschwache Karre stoppen. Und als sie völlig verschreckt durch die Windschutzscheibe starrte, bemerkte sie voller Entsetzen ein böses Höllenwesen, das sie mit teuflischer Dreistigkeit anglotzte. Doch noch während sie so unbeweglich dasaß, unfähig, auch nur irgendeinen klaren Gedanken zu fassen, drehte sich die schwarze Erscheinung um und verschwand dort, wo sie hergekommen war.

Anneliese rekonstruierte noch einmal das Bild des Ungetüms, das sich ihr in die Quere gestellt hatte, und allmählich begriff sie: ein Wildschwein hatte sie so zu Tode erschreckt. Und eine weitere Erkenntnis durchzuckte ihr gemartertes Gehirn. Sie stellte das Autoradio aus, und augenblicklich schwieg der männliche Horrorchor. Eine absolute Stille umgab sie. Da waren nur die Bäume und Büsche in weißen Wattebäuschen, die unbeleuchtete Piste, ihre unzuverlässige Kutsche und sie. Ja, richtig, es fehlte sogar das Motorgeräusch, denn in ihrer Bestürzung hatte sie beim Bremsen vergessen, die Kupplung zu betätigen.

Nervös versuchte sie, die Maschine erneut zu zünden. Allein ihr Bemühen war vergeblich. Zunächst hatte die Batterie offensichtlich noch ein wenig Power, doch schon nach zwei erfolglosen Startansätzen verrieten die röchelnden Geräusche, daß sie ihr Leben, das soeben noch an einem seidenen Faden gehangen hatte, wieder aushauchte.

Anneliese mußte sich schwer am Riemen reißen, um nicht laut aufzuheulen. Dennoch bahnten sich einzelne Tränen ihren Weg nach draußen, und schließlich zog sie ihre Beine seitlich am Lenkrad vorbei hoch auf den Sitz, kauerte sich ganz klein zusammen und schluchzte. So viel Mißgeschick und Verwirrnis an einem Morgen war einfach zu viel für sie.

Doch dann setzte ihr rationelles Denken wieder ein. Sie mußte ihr Fahrzeug unbedingt von der Straße wegbugsieren, um zu verhindern, daß jemand mit dem Auto in ihr geliebtes Vehikel hineinbretterte. Sie trat gleichzeitig auf Kupplungs- und Bremspedal und schlug das Lenkrad mit großer Anstrengung ganz nach rechts ein. Dann lockerte sie vorsichtig die Bremse und ließ den Wagen behutsam rückwärts rollen. Die Äste der seitlich stehenden Sträucher streiften die Karosse und verursachten dabei häßliche Kratzgeräusche. Fast hätte Anneliese glauben können, daß unzählige kleine Bestien an der Wagentür schrappten, um Einlaß zu begehren. Obwohl das Rangieren sicherlich nur Sekunden dauerte, hatte sie den Eindruck, daß sie unendlich lange mit den unbekannten Gefahren kämpfen müßte, die dort draußen auf sie warteten.

Schließlich hatte sie es geschafft. Der BMW stand in äußerster Schräglage mit drei Reifen auf dem matschigen Waldboden, während das linke Vorderrad hoch oben auf dem brüchigen Asphalt thronte. Ein weiteres Manövrieren war nicht möglich, denn die Stoßstange klebte bereits fest an einem dicken Stamm inmitten des Gestrüpps.

Und jetzt? Anneliese atmete keuchend. Sie merkte, daß das Kleid schweißnaß an ihrem Oberkörper klebte, ihr Lieblingskleid aus unglaublich weißem Leinen, das sie erst gestern, am Sonntag, gewaschen und dessen aufwendigen Spitzenbesatz sie mit Hingabe gebügelt hatte. *Warum mußt du nur immer am Sonntag waschen, Lieschen?* erscholl völlig unerwartet die Stimme ihres Mannes dumpf und hohl in ihren Ohren. Anneliese erschrak bis in ihr Innerstes. Wie von der Tarantel gestochen drehte sie ruckartig den Kopf, ja, sie beugte sich sogar über die Rückenlehne, um nachzusehen, ob sich ihr Gatte dort irgendwo auf den hinteren Sitzen versteckt hatte. Die Worte waren so unglaublich nah und laut erklungen, daß sie es kaum ertragen konnte, im Wageninneren nichts vorzufinden außer dem Karton mit den Schulungsunterlagen, die sie für die Teilnehmer ihres heutigen EDV-Seminars bei der Firma Grünenthal brauchen würde. In diesem Moment wurde ihr siedendheiß bewußt, daß jene ehelichen Streitereien um die sonntägliche Wäsche erst nach ihrem Umzug begonnen hatten. Wie durch einen heimtückischen Zauber verhext hatte sie in den vergangenen zwei Jahren immer wieder genau am heiligen Ruhetag eine nervöse Rastlosigkeit ergriffen, derer sie sich nur entledigen konnte, indem sie bereits frühmorgens übereifrig Pullover in Seifenlauge tunkte und Jeans, T-Shirts und Unterwäsche in die Waschmaschine stopfte, um sie bald darauf mit widernatürlichen Erfolgsgefühlen auf die Leine zu hängen. Und genauso irrational waren ihr die stets wiederkehrenden Vorwürfe ihres Ehemannes ob ihres emsigen Tuns erschienen. Der Kampf um die Sonntagswäsche war zu einem Sinnbild des ihre Beziehung beherrschenden Ehegefechts geworden. Und wenn Anneliese die lautstarken Auseinandersetzungen nicht mehr ertragen konnte, so hatte sich jener ferne Männerchoral Zugang zu ihren Ohren verschafft. Auch jetzt vernahm sie wieder den alten Gesang, und er erfüllte sie wie jedes Mal mit seltsamer Furcht und Erregung, die nicht zu ihr zu gehören schienen. Blitzschnell überprüfte sie das Autoradio, drehte mit Verzweiflung an dessen Ausschalter. Doch da gab es kein Vertun, jetzt war das Gerät bereits außer Betrieb. Die Stimmen drohten ihr und lockten sie gleichzeitig zu einem geheimen Platz irgendwo dort draußen im dichten Nebel.

Wie von fremden Mächten gesteuert öffnete sie den Wagenschlag und verließ den letzten kleinen Schutzraum. Sie nahm weder den Autoschlüssel noch ihre Handtasche mit. Matt schob sie die Tür hinter sich derartig kraftlos zu, daß jene halb geöffnet blieb. Anneliese entschwand in den dichten Schwaden, die sie wie gierige Ungeheuer sekundenschnell verschlangen.

Komm, Lieschen, komm! säuselte ein tiefes Organ, der Klang war bald sehr dicht bei ihr und dann doch wieder Kilometer entfernt. Kurzfristig erschien er ihr derart vertraut, daß sie erleichtert aufatmete, doch unmittelbar darauf wandelte sich seine Intonation wie zum Hohn in eiskalte Fremdheit. Es war ihr Mann, und er war es doch wieder nicht. Während sie, wie durch einen bösen Bann angezogen, dem Klang jener unheilvollen Stimme und dem Schall des grauenerregenden Chores folgte, bemerkte sie plötzlich ihren Begleiter. Er war genauso groß wie sie und stapfte mit nebelumrankten Beinen lautlos an ihrer Seite. Jetzt reichte er ihr seine Hand, und für den Bruchteil einer Sekunde nahm Anneliese den grünblau funkelnden Stein wahr, der einen güldenen Ring an seinem Mittelfinger zierte. Und nun war jene Stimme auch neben ihr, flüsterte die altbekannten Worte: *Warum mußt du nur immer am Sonntag waschen, Lieschen?*

Völlig willenlos überließ sich Lieschen der Führung der nebulösen Gestalt. Er war ihr Mann! Und das nicht erst seit sechs Jahren, dessen war sie sich sicher. Einmal gaben die dichten Schleier sein Antlitz für wenige Momente ihren Blicken frei, und sie erkannte ihn untrüglich wieder, obgleich sein Haupt durch einen blitzenden Helm verdeckt war, hinter dem sich auch der größte Teil seines Gesichtes verbarg.

Furchtlos schritt sie jetzt hinter ihm her, und sie spürte dabei, daß sie nicht mehr Anneliese war. Schon immer hatte ihr Mann recht gehabt, als er sie Lieschen gerufen hatte, der Name, gegen den sie sich ihm gegenüber stets so gewehrt hatte. Und dennoch hatte sie es zugelassen, daß alle Menschen in ihrem neuen Wohnort Ginnick sie so genannt hatten.

Als sie neben dem kleinen Bachlauf in das Tal hinunterstiegen, beflügelte sie eine ungeheure Leichtigkeit. Sie schaute an sich hinunter und nahm wie im Traum wahr, daß sie sich langsam aufzulösen schien. Ihre Beine und ihr Unterkörper hatten sich bereits in seichte Schwaden verwandelt, die allmählich auch vom Rest ihres Körpers Besitz ergriffen. Da erkannte sie, daß sie schon bald nie mehr zurückkehren könnte, und sie begann, sich zu wehren. Verzweifelt versuchte sie, ihrem verschwommenen und doch so starken Führer die Hand zu entziehen, und sie schlug nach seinem schleierhaften Körper, in der Hoffnung, ihn auflösen zu können. Doch die nebelhafte Gestalt dehnte ihre Grenzen aus und flößte ihr eine Eiseskälte ein, die sie in sich aufsog. Sie wußte nicht mehr, wo ihr eigener Arm aufhörte und wo der ihres geisterhaften Gemahls anfing. Gebannt überließ sie sich ihrem Schicksal, zu schwach, um noch einmal aufzubegehren.

Wie eine einzige große Geschwaderwolke durchquerten sie Schevenhütte, unbemerkt von den Kindern, die mit ihren Ranzen auf dem Rücken zur Dorfschule flitzten. Lieschen spürte nichts mehr von ihren Beinen und Füßen. Sie hatte sich vollständig in ein gasförmiges Wesen verwandelt, das nun über den Gipfel des Luggebrochs hinweg auf Gression zusteuerte. Irgend etwas in ihren übermüdeten Gehirnwindungen erinnerte sich noch daran, daß der Ort doch eigentlich Gressenich heißen müßte. Ihr Mann schien ihre Geanken zu erraten, und sie hörte ihn flüstern: *Zu Gression, am Omerstrom, ward eine blutige Schlacht geschlagen. Und es ward so grässelich, da nannte man die Ruinen Gressenich.*

In Windeseile schwebten sie durch den Ort und hielten nur kurz bei einem alten Stein am Ausgang des Schmidtsgäßchens an, um niederzuknien und dicht am Boden zu lauschen. In schauriger Andacht hörten sie auf den Klang der Glocken aus der untergegangenen Stadt Gression.

Doch schon mahnte sie der mächtige Männerchor zu erneutem Aufbruch, und Tausende barbarischer Stimmen verkündeten ihnen den Weg. Während sie auf Hamich zuflogen, wurden sie immer weniger und immer durchsichtiger, und vor Lieschens Augen, die zunehmend weniger zu erkennen vermochten, verwandelte sich die Landschaft. Der Omerbach schwoll zu einem riesigen Strom an, und auf den weiten Feldern bewegten sich unzählige Reiter mit schwerem Kriegsgerüst.

*Nach Hause, komm nach Hause, Lieschen!*wisperte leise ihr Geistergefährte, und sie flohen so schnell sie konnten, verfolgt von den Kampfchorälen der wackeren Mannen hoch zu Roß. Sie ließen Heistern hinter sich, und auch Eschweiler durchschwebten sie atemlos und ohne auch nur einmal den Kopf zu wenden. Alle Häuser standen in Flammen, und es gab da ein großes Weinen und Wehklagen. Und ach, sie kamen zu spät in Röhe an, alles war schon zerstört. Nein, nie wieder würde Lieschen die Heimat erreichen, die windgeschützte Mulde, die dort draußen vor St. Jöris auf sie wartete schon so lange.

Ein rotes Auto kam auf sie zu. Gewiß würde es einfach durch sie hindurchfahren. Es würde sie gar nicht bemerken. Der Aufprall war dumpf, der Schmerz abgrundtief.

Die Hexe von Uelmen

Carola von Eynatten

Gertrud Thiele war das schönste Mädchen in Uelmen, und die angesehensten Burschen hatten schon um sie geworben, trotzdem man sich allerlei unheimliche Geschichten über sie und ihre Mutter zuraunte. Die Frauen waren nämlich arm, besaßen nichts weiter als ein Häuschen mit einem Gärtchen davor und eine Wiese, die gerade ihre einzige Kuh zu ernähren vermochte. Dennoch litten sie niemals Not, gingen gut gekleidet, hatten stets bar Geld in der Truhe, und die Gertrud tat überdies noch recht hochmütig. Keiner von allen ihren Freiern war ihr gut genug gewesen. Sie hatte mehr Körbe ausgeteilt als die reichste Maid im Ort. Dies konnte nun nicht mit rechten Dingen zugehen. Sie mußten im geheimen Hexerei treiben und dieser ihren unerklärbaren Wohlstand danken. Dafür sprach übrigens auch der Umstand, daß die Alte sich gegen jedermann sehr zurückhaltend zeigte, ihr Tun und Treiben nach Möglichkeit geheim und ihre Türe an manchen Abenden fest verschlossen hielt.

»Wenn die Gertrud jeden Freier verschmäht«, hieß es endlich, »so geschieht es nur, weil sie sich dem Bösen mit Leib und Seele zu eigen gegeben hat und nicht heiraten darf.«

Ob nun das Mädchen den Leuten das Gegenteil beweisen wollte, ob ein anderer Grund sie bestimmte, wußte niemand zu sagen, aber eines Tages gab sie einem zugereisten Schmiedegesellen, einem schönen, aber blutarmen Burschen, ihr Jawort.

Im Dorfe wußte man sich vor Erstaunen kaum zu fassen, als dieses Bündnis bekannt ward, und wo man der Gertrud Thiele ansichtig wurde, bestürmte man sie mit Fragen, weshalb sie diesen armen Schlucker den reichsten Burschen von Ulmen vorgezogen habe.

»Weil er mir besser gefällt und ich tun kann, was mir beliebt, ohne jemandes Erlaubnis dazu einholen zu müssen«, beschied sie schnippisch die Frager.

Suchten mitleidige Seelen hingegen den jungen Schmied auf, um ihn vor der Hexe zu warnen, so kamen sie noch weit übler an. Denn er drohte, jeden zum Schweigen bringen zu wollen, der sich in Zukunft nur ein einziges ungehöriges Wort über seine Braut erlauben würde. Und ließ er dabei seine Fäuste sehen, die den schwersten Schmiedehammer so leicht schwangen, wie wenn er ein Strohhalm gewesen wäre, so verging ihnen die Lust, bei ihren Rettungsversuchen zu beharren.

Obgleich nun Conrad nicht ein Sterbenswörtchen von all dem Gerede glaubte, erwachte doch ein leises Mißtrauen in ihm, als er in der ersten Mainacht, nachdem die Lustbarkeiten beendet waren, mit seinem Mädchen noch ein wenig plaudern wollte, aber keinen Einlaß fand, obwohl ein Lichtschimmer durch eine Türritze fiel und er im Innern des Häuschens ein Geflüster zu vernehmen meinte. Sollte an den Gerüchten, die über Gertrud und ihre Mutter umliefen, doch etwas Wahres sein? Es wurde ihm ganz sonderbar bei diesem Gedanken, und ohne langes Besinnen legte er ein Auge an einen breiten Spalt im Holzwerke der Türe, um sich so einen Einblick in die Stube zu verschaffen.

Richtig, die Frauen waren beide daheim und hatten sich wie zu dem größten Feste geschmückt. Ein Weilchen flüsterten sie noch miteinander, scheue Blicke nach der Türe werfend, von welcher sich der ungelegene Besucher bereits entfernt zu haben schien, und als alles still blieb, trat die Alte an den Kamin, zog ein Töpfchen hervor, mit dessen Inhalt erst sie und hierauf Gertrud sich das Gesicht bestrich, worauf jede einen Besen ergriff, sich rittlings darauf setzte, dabei laut rufend: »Halloh, über Hecken und Stauden!« Da war es, wie wenn ein Windstoß durch das Häuschen sauste, und mit Blitzesschnelle schossen Mutter und Tochter zum Schornstein hinaus.

Dem Conrad lief es bei diesem Anblicke erst eiskalt über den Rücken. Dann aber packte ihn ein gewaltiger Zorn, und er beschloß, die Heuchlerin ihres lasterhaften Treibens zu überführen und an ihr Rache zu nehmen. Wie aber sollte er dies anfangen, wenn er sie nicht auf der Tat ertappte? Er wußte nur zu gut, wie schwer es hält, einer Hexe zu beweisen, daß sie eine Hexe ist. Da fiel ihm ein, ob er nicht einen ähnlichen Ritt versuchen könnte. Er hatte ja gesehen und gehört, wie man es anzustellen hatte, um einen alten Besenstiel in ein Flügelroß zu verwandeln, und das seinige würde sicherlich den gleichen Weg nehmen, den seine Vorgänger eingeschlagen hatten, und ihn nach dem Hexentanzplatze bringen, auf welchem sich Gertrud befand. Das gesamte Hexenpack, welches die Geliebte auf Abwege gebracht hatte, sollte seine Fäuste kennenlernen, sollte sehen, daß ein rechter Schmiedebursche nichts in der Welt fürchtet, nicht einmal den Teufel und seine Klerisei. Und ein Hitzkopf, wie er war, stieß er mit einigen wohlgezielten Fußtritten die Türe ein, holte sich das Töpfchen und einen Besenstiel, worauf er so verfuhr, wie er es von den Frauen gesehen.

»Jetzt kann's losgehen, hollah, durch Hecken und Stauden!« rief er, seinem hölzernen Rosse einen Klaps gebend.

Hui, da ging es in die Höhe durch den Schornstein hinauf, daß dem Burschen ganz schwindlig wurde. Dann aber trieb es ihn wieder nieder, und so, wie er es angeordnet hatte, geschah es: der gehorsame Besenstiel führte ihn mitten durch Hecken, Stauden und Gestrüppe hindurch, daß seine Kleider in Fetzen hingen und das Blut in zahllosen Bächlein an ihm niederrieselte. In diesem Zustande langte er endlich an dem Versammlungsorte der umwohnenden Hexen an, und sein Rößlein legte ihn der schönen Gertrud zu Füßen, die im Kreise ihrer Genossen zechte und muntere Lieder sang.

»Du? Was willst du hier?« kreischte sie dem wie vom Himmel herabgefallenen Conrad wütend entgegen, und ihre Augen glühten wie die eines gereizten Raubtieres.

Dieser unfreundliche Empfang gab dem während seiner Reise etwas kleinlaut gewordenen Conrad die volle Entschlossenheit wieder, der Zorn flammte noch heftiger in ihm, und im Nu stand er auf den Füßen, die geballten Fäuste drohend gegen Gertrud erhebend.

»Elende!«

Mit der schönen Hexe war jedoch eine ebenso jähe wie gründliche Veränderung vorgegangen. Ihre kleinen Händchen legten sich sanft um die erhobenen Arme des riesigen Schmiedes, ihr Blick hing in flehender Bitte an seinem Gesicht, und leise schluchzend stammelte sie:

»Oh Conrad, wie hast du mich erschreckt, wie unglücklich bin ich! Du hassest und verachtest mich nun, und doch bin ich heute nur hierhergekommen, um für immer von meinen alten Genossen zu scheiden, mich frei zu machen von den Fesseln, die mich an sie banden und die nur in dieser Nacht gelöst werden können.«

Conrad stand, ohne zu wissen, was er glauben sollte.

»Wenn das wahr ist ...«

»Es kann alles noch gut werden, wenn du mir vertrauen und tun willst, wie ich dir sage«, unterbrach ihn Gertrud heftig, »setze dich dort hinten ruhig hin, und was immer geschehen mag, sprich kein Wort, ehe ich wieder zu dir komme. Ich bin dann frei, wieder zu einem ehrlichen Mädchen geworden, und nichts soll uns mehr trennen!«

Der Bursche ließ sich fortziehen und setzte sich wirklich am Rande der Höhe auf einen Stein, den Gertrud ihm anwies, als sie, ein baldiges Wiederkommen versprechend, mit einem zärtlichen Blick von ihm Abschied nahm.

Conrad verfiel beinahe augenblicklich in einen tiefen Schlaf, und als er, nach wie langer Zeit, wußte er nicht, die Augen wieder öffnete, stand die Sonne schon ziemlich hoch am Himmel. Von der Hexengesellschaft aber war keine Spur mehr zu erblicken. Nur ein Becher von gutem Golde, der in der Eile des Aufbruchs wohl vergessen worden war, gab Zeugnis von dem nächtlichen Gelage. Zorn und Schmerz wühlten in des Burschen Brust, als er sich abermals so schändlich hintergangen und verraten sah. Doch es sollte das letzte Mal gewesen sein, daß er sich von Gertruds schönen Augen hatte betören lassen, sie sollte der verdienten Strafe nicht entrinnen.

Fest entschlossen, ohne Säumen über die Schuldige Gericht zu halten, schob er den kostbaren Fund in die Tasche und stieg den Berg hinab in der Absicht, sogleich nach Ulmen zurückzukehren, von wo er nicht weit entfernt sein konnte, da sein mühseliger Ritt am Besen kaum eine Viertelstunde gedauert hatte. Als er aber einmal auf einem freien Punkte stehenblieb, um sich in der Gegend umzusehen, fiel ihm auf, daß ihm dieselbe so fremdartig erschien, ja, daß er sich nicht erinnern konnte, sie jemals zuvor gesehen zu haben, trotzdem er doch auf seiner Wanderschaft durch die ganze Eifel und über sie hinaus gekommen war. Indessen setzte er seinen Weg fort, bis er endlich im Tale drunten zwei seltsam gekleideten Landleuten begegnete, die er anhielt, um von ihnen zu erfragen, wo er sich eigentlich befände. Welch ein Schrecken durchfuhr ihn jedoch, als die Männer in einer Sprache zu ihm redeten, die ihm ganz unverständlich war, geradeso wie ihnen die seinige!

Befand er sich in einem fremden Lande? Darüber schwand bald der letzte Zweifel, denn als er nach etwa zwei Stunden ein Städtchen erreichte, entdeckte er, daß auch hier alle Leute so sprachen wie die Männer, von denen er Auskunft verlangt hatte. Wie viele er ansprach, niemand verstand ihn, und er verfiel schier in Verzweiflung, die Gertrud verwünschend, die an all diesem Elend die Schuld trug, aber ebenfalls seine Unüberlegtheit, in der er den grausigen Ritt am Besenstiel gewagt hatte. Was nun beginnen, wie die Heimat wieder erreichen, da er nicht einmal wußte, in welcher Richtung seine geliebten Eifeler Berge lagen?

Er dachte lange darüber nach, und als er sich gar keinen Rat wußte und wohl einsah, daß er zwecklos in der Welt umherirrte, ohne seinem Ziele näher zu kommen, gelobte er, den Rest seines Daseins als Klausner verbringen zu wollen, falls der liebe Gott ihn den Weg nach seinem Heimatdorfe finden ließe. Es verging allerdings noch mehr als ein Jahr, ehe er den Kirchturm des gesuchten Dörfchens am Horizonte aufsteigen sah. Da er aber nach den mit Gertrud Thiele gemachten Erfahrungen ohnehin mit keinem Weibe mehr etwas zu schaffen haben mochte, so wurde es ihm leicht, sein Versprechen zu halten, und er erwarb sich mit der Zeit einen Ruf so hoher Frömmigkeit, daß seine Einsiedelei stets von Andächtigen und Ratsuchenden belagert wurde.

Ob Gertrud und ihre Mutter schließlich noch am Scheiterhaufen über die Launen des Glücks nachzudenken Gelegenheit fanden oder ob der Höllenfürst sie eines Tages in aller Stille in seinen schwefelduftenden Palast hinabholen ließ, darüber weiß die Sage leider nichts zu berichten.

Vom zugeworfenen Brunnen

Josef B. Schiffels

Das Gericht der Burgherren von Gerolstein durfte über Leben und Tod erkennen. Einst wurde ein Mann eines schweren Verbrechens angeklagt und zum Tode mit dem Beil verurteilt. Von einer großen Volksmenge begleitet, wurde er zur Richtstätte geführt. Dort angekommen, sagte er zu den Richtern: »Ich bin unschuldig an dem Verbrechen, dessen ich angeklagt wurde. Das beweise ich damit, daß mein Haupt, wenn es vom Rumpfe getrennt sein wird, sich nach dem Stadtbrunnen hin bewegen, in denselben springen und sein Wasser röten wird.« Man achtete nicht weiter auf diese Rede und vollzog sofort das Todesurteil. Kaum war das Haupt des Verurteilten gefallen, da hüpfte es dem Brunnen zu und sprang über die Umfassungsmauer in denselben hinein. Voll Schrecken und Entsetzen erkannte man, daß der Getötete die Wahrheit gesprochen hatte und mithin unschuldig war. Da man das Wasser von nun an nicht mehr benutzen wollte, wurde der Brunnen zugeworfen und ein hölzernes Kreuz darauf gesetzt.

Hannes auf ernstem Grund

Achim von Langwege

Kühe im Foxtrott
Schwalben verstecken sich
Kälber auf Zehenspitzen
Bachmücken sirren ein Requiem

Erster Sturz

Wenig betroffene Weißdornbüsche
Saurer Roggenbrei am Scheunentor
Leicht zitternder Bluterguß

Zweiter Sturz

Myrrhe an der Rampe
Der Küster schließt den Tabernakel
Ernstes Haus
Zwingendes Schweigen

Dritter Sturz

Kot beschmiert die weißen Schürzen
Weihrauch aus dem Pansen
Aug' und Huf zum Abfall

Das Kühlhaus
ein Friedhof
ohne Kreuze

Der Teufel und die Abtei Steinfeld

Alfred Reumont

Unter der Regierung König Heinrichs des Voglers lebte im Kölner Erzstift ein vornehmer und reicher Graf mit Namen Sigebodo von Hochstaden, Herr von Altenahr. Sein Stamm wurde von keinem an edler Herkunft übertroffen. Er selbst tat sich schon in seiner Jugend hervor durch christliche und ritterliche Tugenden und erwarb sich viele Kenntnisse in gelehrten Dingen.

Es traf sich einmal, daß Sigebodo bei der Taufe eines Kindes zugegen war und dieses mit dem Zeichen des Kreuzes segnen sah. Das fiel ihm auf, und er forschte nach der Ursache und fragte seinen Hofmeister:

»Bin ich gleichfalls mit dem heiligen Kreuz bezeichnet worden, als man mich taufte?« »Freilich«, erwiderte ihm dieser, »bist du ebenso gesegnet worden.« »Wenn das ist«, versetzte drauf der Jüngling, »so sehe ich gar nicht ein, weshalb ich mich selbst noch immerfort segnen soll.«

Und von dieser Stunde an unterließ er den christlichen Gebrauch. Das merkte alsobald der Teufel und dachte bei sich: »Ei, ei, der ist mir der rechte Geselle; bei einem solchen Herrn mag ich gerne Diener sein.«

Nicht lange währte es, so trat er vor den jungen Grafen hin in der Gestalt und Kleidung eines Dieners. »Wer bist du?« fragte dieser ihn. »Mein Name ist Bonschariant«, erwiderte der Arge. »Ich habe viele Länder kennengelernt und wünsche jetzt, in Euren Dienst zu treten.« Dem Grafen war das ganz recht, denn er suchte eben einen Knappen, und der Fremde dünkte ihn gewandt und tätig. Er nahm ihn also zu sich auf sein Schloß zu Ahr und bereute es nicht, denn niemals hatte er einen unermüdlicheren und rascheren Knecht gehabt. Dieser sah ihm jeden Wunsch an den Augen ab und opferte ihm Tag und Nacht, wenn es darauf ankam, wußte ihn auch durch allerhand Kurzweil und gottlose Streiche zu belustigen.

Des Grafen Ruhm nahm zu mit seinen Jahren. Keiner übertraf ihn in ritterlicher Gewandtheit, und er blieb Sieger auf allen Turnieren. Einstmals unternahmen fromme Ritter und Pilger einen Zug gegen die Ungläubigen. Sigebodo schloß sich ihnen an, und überall blieb den Christen das Schlachtfeld, wo er sich bei ihnen befand. Der Diener begleitete ihn überall und wurde ihm so lieb, daß er sich nicht von ihm trennen konnte. So geschah es auch einmal, daß am Rheine ein Krieg ausbrach und die Feinde in die Eifel einfielen. Der Graf griff alsbald zu den Waffen; die Gegner wurden mit blutigen Köpfen heimgesandt, und der Sieger zog mit den Seinen auf das jenseitige Ufer des Rheinstromes. Gegen Abend entfernte er sich lustwandelnd von seiner Schar und setzte sich, vom raschen Ritt ermüdet, unter einen Baum, wo er einschlief. Dies war aber von den Feinden erspäht worden, und sie beschlossen, ihn gefangenzunehmen oder zu töten. Schon waren sie dem Schlummernden ganze nahe, als Bonschariant, die Gefahr bemerkend, herbeieilte, den Grafen weckte und ihn im Nu auf den Rücken lud. Dies kam Herrn Sigebodo ganz sonderbar vor, und er rief, halb verwundert, halb erschrocken: »Was willst du, Fant?« Aber in demselben Augenblick traf der Waffenlärm der Herbeieilenden sein Ohr, und er fühlte, wie Bonschariant sich in die Luft erhob, höher und immer höher, bis er endlich im Mondlicht den Rhein wie ein breites Band unter sich erglänzen sah. »Gott, sei mir gnädig!« bebte auf Sigebodos Lippen, aber in demselben Moment vernahm er seines Dieners fast unkenntlich gewordene Stimme, die ihn rauh anfuhr: »Schweige mit deinem Geplärr, und halte dich ruhig, oder ich werde dir eine Taufe geben, daß du für dein Leben lang genug davon haben sollst!« Da wurde dem Grafen klar, mit wem er angebunden hatte. Er sagte kein Wort mehr und vollendete, an die Schultern seines vermeintlichen Dieners geklammert, den luftigen Ritt.

Auch nach dieser Begebenheit fuhr Bonschariant fort, im Schloß zu Ahr zu verweilen. Sigebodo hatte zwar nachgerade eine gewisse Scheu vor ihm bekommen, und die alte Herzlichkeit war verschwunden, aber da durch den langen Umgang mit dem Bösen seine Zweifelsucht und Ungläubigkeit immer zugenommen hatten und er an ihm stets einen treuen und gehorsamen Diener fand, so suchte er seine Gewissensbisse dadurch zu unterdrücken, daß er sich selber sagte, er habe doch mit dem Schwarzen nie einen Pakt abgeschlossen und dieser besitze keine Gewalt über ihn. Damit beruhigte er sich, und das Verhältnis blieb dasselbe. Auch tat Bonschariant alles Mögliche, um die Gunst seines Herrn zu bewahren.

Es traf sich, daß beide einmal nach Köln ritten und dort in einer Herberge einkehrten. Sigebodo hatte sich schon längst zur Ruhe begeben, als sein Begleiter in seine Kammer stürzte und ihn mit den Worten: »Steht auf, Herr, oder Ihr seid verloren!« weckte. In großer Angst sprang der Graf vom Lager und hatte kaum Zeit, seinen Mantel umzuwerfen und ins Freie zu laufen, als schon das ganze Haus zusammenstürzte und alle, die es bewohnten, unter seinen Trümmern begrub.

Jahre waren unterdessen vergangen, und Sigebodo war in allen weltlichen Dingen glücklich gewesen, als seine Gattin schwer erkrankte. Die herbeigerufenen Ärzte machten düstere Gesichter und sagten dem Grafen, er möge die Hoffnung aufgeben, sie genesen zu sehen. Da kam noch ein anderer dazu und sprach: »Eine Arznei weiß ich, die die Kranke retten kann, aber es wird unmöglich sein, sie zu erhalten. Es ist Milch von Löwinnen, mit Drachenblut vermischt.« Als Sigebodo das vernahm, wurde er gar sehr betrübt, denn er hielt nun seine edle Hausfrau für verloren. Bonschariant aber tröstete den Grafen mit den Worten: »Wenn das die Gräfin retten kann, so verlaßt Euch auf mich, und sie soll genesen.« Damit war er verschwunden; die anderen Diener hatten ihn wegreiten gesehen. Nach zwei Stunden trat er wieder ins Zimmer mit der verlangten Arznei, die die Gräfin nahm, worauf sie sich bald, völlig hergestellt, vom Lager erhob. Wo Bonschariant gewesen war, erfuhr niemand als sein Herr; unfehlbar war er nach der heißen Zone Äthiopiens ge-

flogen, hatte dort eine säugende Löwin niedergeworfen und gemelkt, dann einen Drachen in seiner Höhle aufgespürt, mit seinem Schwert verwundet und dessen Herzblut aufgefangen. So war das vom Arzt verordnete Tränklein herbeigeschafft worden.

Der edlen Gräfin war aber doch die Sache etwas verdächtig geworden, und sie lag ihrem Gemahl so lange an, bis er ihr entdeckte, was es mit dem angeblichen Diener für eine Bewandtnis habe. Da erschrak die gottesfürchtige Frau sehr und drängte ihn, den gefährlichen Gast zu entfernen. Das aber wollte Sigebodo durchaus nicht und stellte ihr vor, wie pflichtvoll und dienstfertig Bonschariant sich immerfort gegen ihn benommen und wie er ihr und ihm das Leben gerettet habe. Alles, was sie von ihm erlangen konnte, war, daß er versprach, dem Herrn eine Kirche und ein Kloster zu weihen. Der größte Teil des Landes war damals von dichter Waldung bedeckt, die eine Fortsetzung der Ardennen war und auch so benannt wurde. In dieser Waldung lag eine öde Anhöhe, die man das Steinfeld nannte, weil der Boden felsig war und nur wenig Gras und Gestrüpp fortkam. Diesen Ort wählte die Gräfin, um den Plan auszuführen, zu dem sie ihren Gemahl vermocht hatte und wodurch sie dessen Seele zu retten hoffte.

Der Ardenner Wald war ganz mit Wild gefüllt, und Sigebodo pflegte dort oft zu jagen, denn er war ein großer Freund des edlen Waidwerkes. Als er nun einmal auf einem solchen Streifzug sich befand, von Bonschariant begleitet, lenkte er sein Roß nach der Gegend des Steinfeldes hin. Als sie des Ortes ansichtig wurden, begann er folgendermaßen: »Dieser Wald ist so weit entlegen von unserm Schloß, daß die Jagd in demselben immer mit großer Beschwerde verbunden ist, weil es an Wohnungen fehlt, wo wir einkehren könnten. Ich habe also beschlossen, auf diesem Hügel, den wir vor uns sehen, ein Haus zu erbauen, das uns als Jagdschloß dienen soll und in dem wir fröhliche Gelage halten mögen. So beweise mir denn auch wieder deinen guten Willen, und helfe mir bei dem Werk.«

Als der Teufel hörte, zu welchem Zweck das Gebäude dienen sollte, war er sehr froh und also gleich bereit, dabei tätig zu sein. Kalk und Steine waren bald herbeigeschafft und ein felsenfestes Fundament gelegt. Obgleich Bonschariant der einzige Baumeister war, erhob sich die Mauer schnell zu einer großen Höhe. In kurzer Zeit stand ein stattliches Gebäude mit geräumigen Hallen und Gängen. Als nun nur wenig noch zur Vollendung fehlte, dachte der Graf: Nun kann ich meinen Vorsatz ausführen und das ohne Mühe und Kosten erbaute Haus seiner wahren Bestimmung übergeben. Hiermit ging er hinauf zur höchsten Spitze und pflanzte dort ein Kreuz auf, das er zu diesem Zweck vorbereitet und verborgen gehalten hatte. Kaum war dies geschehen, so erschien der Teufel in der Luft, einen gewaltigen Stein tragend, den er in den Turm einmauern wollte. Sogleich erblickte er das Kreuz, stieß laute Verwünschungen aus und schleuderte den Felsblock mit aller Macht von sich, damit er auf das Gebäude fiele. Aber dem war nicht so: Der Stein nahm, von einer unsichtbaren Hand getragen, eine andere Richtung, rollte über den Boden weg und blieb erst bei dem jetzigen Örtchen Diefenbach liegen, wo man ihn noch unter dem Namen ›Teufelsstein‹ dem Fremden zeigt.

Der Huckauf
nach Matthias Zender

Der alte Ness aus Darscheid hatte sich als junger Bursche im benachbarten Sarmersbach sein Brot verdient. Eines Tages schickte ihn der Bauer, bei dem er im Stall arbeitete, nach Kelberg, um dort einzukaufen.

Auf dem Heimweg kam Ness mitten im Kelberger Wald an dem alten Kreuz vorbei. Wie jeder in der ganzen Umgegend wußte, spukte es an diesem Fleck.

Und als Ness zaghaft auf das Kreuz zuging, die Waren, die er in Kelberg besorgt hatte, fest unter den linken Arm geklemmt, da fuhr ihm der Schreck durch die Glieder, als sich am Kreuz im Halbdunkel etwas bewegte. Dort stand jemand!

Ness blieb wie angewurzelt stehen. Dann erkannte er langsam, daß dort keine Geistergestalt, kein Knochenmann oder Wolfsmensch im Dunkel auf ihn lauerte, sondern ein ganz normaler Mensch, dessen Gesichtszüge er in dem Zwielicht nicht so recht erkennen konnte.

»Joden Owend!« rief Ness dann also und schickte sich an, weiterzugehen. Aber der Fremde schwieg und rührte sich nicht. Kein Gruß, kein Kopfnicken ... Ness, der sich vorhin so mächtig vor dem Fremden erschrocken hatte, wurde ärgerlich. »He!« rief er. »Has du Schof kän Moul?«

Da flatterte es im Blätterdach. Der Ness blickte nach oben und dann wieder zum Kreuz, doch der Fremde war weg. Aber Rumms! Mit einem Satz flog ihm etwas von oben auf den Rücken und stieß ihn mit seinem Gewicht beinahe zu Boden. Seine Einkäufe polterten auf den Waldboden. Ness versuchte, das Ding, das sich da in seinen Nacken klammerte, abzuwerfen, aber vergeblich. Er lief voller Furcht und lief und lief. Bis nach Sarmersbach trug er das Ding, das er nicht loswerden konnte, und erst als Ness, schweißnaß und entkräftet, mit heiserer Stimme schrie: »Moß ich dich de janzen Owend tron?«, da ließ es von ihm ab, und er konnte sich mit letzter Kraft zum Bauernhof schleppen.

Ondra

Bruni Mahlberg-Gräper

Ondra hatte eine Magenverstimmung, die ihm schlechte Träume bereitete. Zwei Bienen, groß wie Meerschweinchen, prallten immer und immer wieder gegen die Fensterscheiben in seinem Schlafzimmer an, nicht etwa von außen, nein, von innen. Das Licht des frühen Morgen zog sie nach draußen. Unverständig, wie Insekten sind, nahmen sie nur den unwiderstehlichen Reiz der Tageshelligkeit wahr, fanden sich aber nicht mit der Scheibe ab, die sie davon trennte.

Das Brummen wurde laut wie ein Rasenmäher, verschärfte sich bösartig nach jedem gescheiterten Anflug. Die Panzer der Kerbtiere glänzten, ihre Flügel sirrten schnell wie Rotorblätter. Wie von einer Schleuder abgefeuert, rammten sie sich gegen das Glas. Würde es zerplatzen? Und noch schlimmer: Was, wenn es hielte? Wie sollte Ondra die Bestien los werden?

Im Halbschlaf wälzte er sich auf dem schweißfeuchten Bett. Immer waren es animalische Halluzinationen, die ihn quälten. Da ging er zum Beispiel der Gartenarbeit nach, die er auch im wachen Zustand liebte, und was geschah? Er fand im Schutznetz über dem Salat ein Stück Vogelbein, zart und zerbrechlich, mit einer winzigen Kralle am einen Ende und ein paar Flaumfedern am anderen. Ein kleiner Vogel hatte sich in den Maschen verfangen, und das war alles, was Katze oder Raubvogel von ihm übriggelassen hatte. Oder er malte sich im Traumland ein behagliches Bad aus. Die Wanne plätscherte voll Wasser, Schaum türmte sich auf. Sein Wellensittich flatterte herbei und machte Anstalten, sich auf dem weißen Berg niederzulassen. Ondra wollte ihn verscheuchen, aber der Traum lähmte ihn, und so mußte er mit ansehen, wie der kleine Vogel auf dem Schaum landete, unverzüglich unterging und tonlos ertrank, ohne daß ihn die wasserschweren Schwingen noch einmal an die Oberfläche hätten tragen können.

Manchmal verfolgten ihn die schlimmen Vorstellungen bis in den Tag hinein, wenn er zum Beispiel in der Zeitung las, daß die französische Marine im Ärmelkanal den Kadaver eines zehn Meter langen Finnwals gesprengt hatte, weil dieser den Schiffsverkehr behinderte: »Den Angaben zufolge sank die explodierte Walleiche augenblicklich. Nur der Schwanz ragte zunächst noch aus dem Wasser, stellte aber kein Hindernis mehr dar.« Solche Nachrichten regten seine Phantasie zu peinigenden Horrortrips an, von denen er sich durch Arbeit abzulenken versuchte. Nachts aber war er den Wahnvorstellungen wehrlos ausgeliefert.

Oft spielten sich die Visionen in Schlachthäusern ab. Einmal träumte er, Knochen zu sägen. Erst waren die Gebeine große, stattliche Röhren aus Bullenkeulen mit klassisch ausladend geformten, kugeligen Endstücken. So wie Pluto sie liebt, fuhr es ihm durch den Sinn; Idefix hätte sie wohl kaum von der Stelle bewegen können. Kurzfristig amüsierte ihn der Gedanke an Heile-Welt-Comics, dann nahmen ihn seine Obsessionen wieder gefangen.

Gellend fraß sich die Bandsäge durch tote Körper, zielstrebig und unaufhaltsam. Die Hälften wurden geteilt, die Viertel noch einmal. Ohne Erbarmen verloren die Knochen ihre makellose Form, nahmen Suppentopfformat an. Ganze Herden wanderten in die Fleischfabriken und wurden zu Bergen von Knochen und kühltruhengerechten Portionen, ohne daß Ondra sich in ein erbarmungsvolles Erwachen hätte retten können.

Die Spirale der Alpträume schraubte sich schicksalhaft unabwendbar darauf zu, daß er mit dem Finger in die Bandsäge geriet. Zipp, ohne Aufsehen, zog das rasende Metall mitten durch das zweite Glied des Daumens der rechten Hand. Der Knochen war ein Winzling im Vergleich zu den schweren Tiergebeinen. Es ging so schnell, daß er es fast selbst nicht bemerkt hätte. Aber dann war da das Blut. Der Anblick löste im selben Moment den Schrecken aus. Adrenalin schoß in die Adern und dämpfte den Schmerz. Wie in Trance griff Ondra nach dem abgetrennten Fingerglied, wickelte es wie abwesend in ein Handtuch und schob es in die Tasche seiner Jacke. Dann setzte er sich ins Auto und fuhr los, zum Krankenhaus.

In seiner Traumwelt spürte er keinen Schmerz, aber Entsetzen: Im Hospital sah es ähnlich aus wie zuvor im Schlachthaus. Der Operationssaal war rundum weiß gekachelt, die Geräte glänzten in Chrom. Es roch nach Blut, Schweiß und Desinfektionsmittel. Ondra hatte sich in seiner angstvollen Träumerei an der Tür zum Krankenhaus eine Ohnmacht gegönnt, sah sich aber im OP wieder aufwachen. Man hatte ihm ein Mittel gegeben, das die Schmerzen dämpfte, aber auch die Wahrnehmung verfälschte.

Ondra kam sich vor wie der Inspizient auf dem Schnürboden eines Theaters: Er betrachtete sich von außen, wußte, daß er träumte, konnte sich aber nicht aus den Fesseln des ruhelosen Schlafes befreien. Die Akteure seiner Halbwelt trugen Kittel, Schürzen und Kopfbedeckungen. Es gab Container für Fleischabfälle und überflüssige Knochen. Ein Chirurg – oder war es nur ein Schlachterassistent? – im blauweiß gestreiften Arbeitshemd mit umgeschnalltem Fahrtenmesser nahm sein abgetrenntes Fingerglied zwischen Daumen und Zeigefinger der linken Hand und blickte es geringschätzig an. »Damit können wir nichts anfangen«, urteilte er unnachgiebig sachlich mit heller Stimme. Ondra sah sich dabei auf dem OP-Tisch festgeschnürt liegen, so als blickte seine Seele von der Decke herab auf seinen Körper. »Das Skalpell bitte«, sagte der Messerträger so, als würde er Widerstand ohnehin nicht dulden. Der Mann auf dem Tisch – Ondra machte sich noch einmal klar, daß er selbst das war – wand sich, soweit es die Lederriemen an seinen Armen und Beinen zuließen. Dann schloß sich ein ebenmäßiger Kreis von Weißgekleideten um ihn. Ondra konnte sich unter ihren gebeugten Oberkörpern nicht mehr erkennen. Er nahm nur noch wahr, wie eine Hand dem Blauweißgestreiften eine Handkreissäge reichte. An dieser Stelle wachte er auf von einem Schrei, seinem Schrei. Endlich.

Angefangen hatte alles vor Jahren, als er mit seinen Eltern aus dem Ruhrgebiet, aus Oberhausen, in die Eifel nach Mechernich gezogen war. Sein Vater meinte, ein Junge vom Land müsse mit allen kreatürlichen Dingen des Lebens vertraut sein, auch mit dem Tod. Und so hatte er ihm beigebracht, wie man Kaninchen schlachtet. Damals hieß Ondra noch Arno, Arno Schmitt, und er hatte sich nicht gegen die begeisterte Assimilation seiner Familie an das vermeintliche Landleben gewehrt. Natürlich hatte er die Kaninchen gern, die so putzig beim Fressen mümmelten und deren Fell so weich und warm durch die Finger glitt. Er hatte es auch nicht abgelehnt, ihr Fleisch zu essen, das seine Mutter mit Rosmarin zubereitete. Aber manchmal, schon damals, hatte er den Eindruck, als starrten ihm die kleinen Wesen von irgendwoher auf den Teller, während er das Messer durch ihren zart gebratenen Leib zog.

Ein paar Jahre später, als Jugendlicher, wurde er Vegetarier, um jenen Blicken zu entgehen, obwohl er den Geschmack eines knusprigen Bratens und eines krossen Hähnchens durchaus mochte. Er wollte sich auch vor dem Schlachten drücken, doch das trug ihm den Spott der Seinen ein, und so machte er weiter damit, auch wenn sich seine Abscheu von Mal zu Mal steigerte. Er war eben anders als die anderen, dachte er, und so buchstabierte er von da an seinen Namen andersherum: Aus Arno wurde Onra, und weil es sich leichter spricht, nannte er sich Ondra. Nur er selbst kannte Ondra.

Als er erwachsen wurde, schuf Ondra sich zwar als Angestellter bei der Sparkasse seine eigene unspektakuläre Welt, doch die Schattenwesen seiner Jugend setzten sich darin fest wie Gespenster. Am Tag waren sie unsichtbar, in der Nacht lebten sie auf und ergriffen Besitz von ihm. Damit niemand etwas davon merkte, wurde er zum Einsiedler in einem kleinen Haus am Ortsrand. In seiner Klause stand nur den tierischen Monstern die Tür offen.

Und sie kamen immer öfter auf nächtliche Visite. Einmal zerlegte Ondra im Traum ein Stück Wild auf einem Holzklotz vor dem Scheunentor. Eine Katze kam vorsichtig näher. Sie konnte dem blutigen Duft nicht widerstehen und verlangte ihren Anteil an der Beute. Ondra wollte sie verscheuchen und machte eine schlagende Bewegung mit dem langen Messer in ihre Richtung. Genau in diesem Augenblick hatte die Katze ihre linke Vordertatze mit ausgefahrenen Krallen nach dem Fleischstück ausgestreckt. Die scharfe Klinge trennte ihr Bein mit einem sauberen Schnitt nahe am Körper ab. Auch im wachen Zustand konnte Ondra den entsetzten, wissenden Blick der Katze nicht abschütteln.

Ähnlich erging es ihm mit den drei Meerschweinchen, von denen er träumte, daß sie kastriert werden sollten. Ein Routineeingriff, hatte man ihm versichert. Dann verschied eines der Tierchen. Es hatte seine Gedärme hinterrücks herausgewürgt. Bald darauf erging es dem zweiten Nager genauso. Ein Rou-

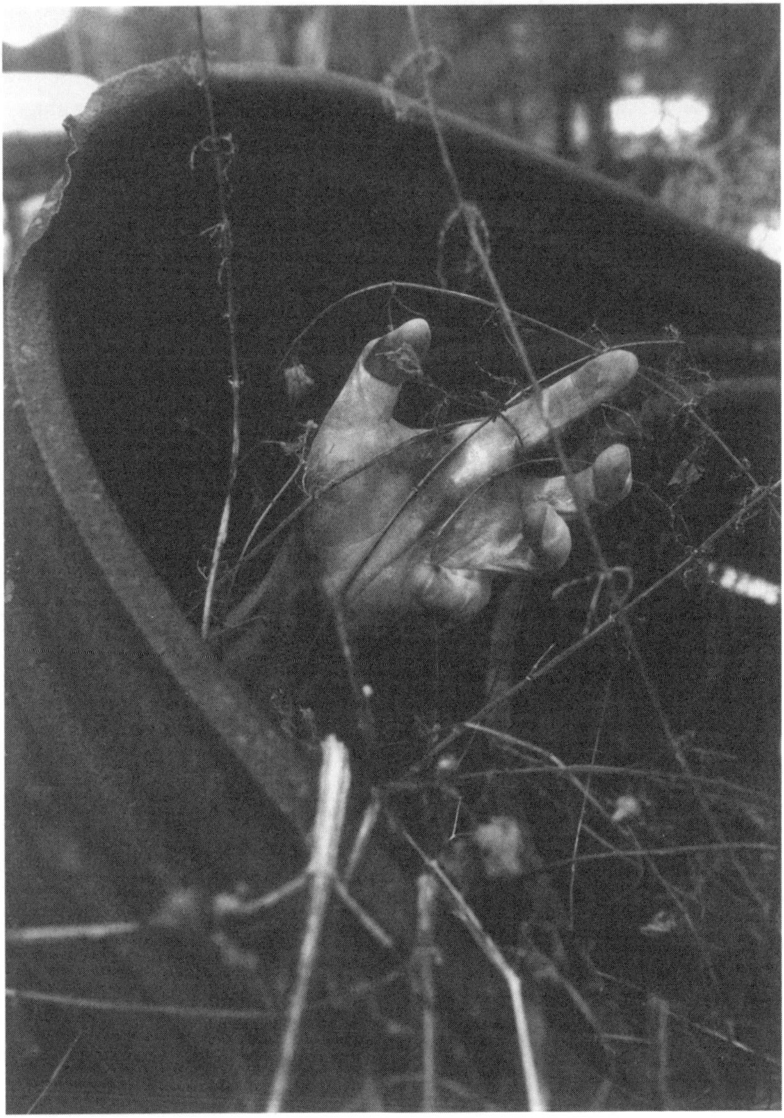

tineeingriff? In Panik brachte Ondra das dritte Tier zum Veterinär, der ein Kopfband mit Hühnerfedern trug. Der entschuldigte sich heftig. Ondra sah, wie sein Assistent vielsagend die Brauen hochzog. Kamen solche Kunstfehler öfter vor?

Das dritte Meerschweinchen wurde vorsichtshalber noch einmal operiert. Das rettete ihm vermutlich das Leben, aber es wurde nie mehr so fröhlich wie zuvor. Mit der Virilität hatte es ein Stück seiner Ausgelassenheit eingebüßt. Der Tierarzt stellte keine Rechnung aus und drängte Ondra auch noch das Geld für die ersten Eingriffe auf. Blutgeld, dachte Ondra, aber er war nicht fähig, es abzuweisen. Wieder ließ der Schlaf sich nicht abschütteln und hielt ihn hartnäckig in seinen Klauen, so sehr er sich auch bemühte, den Alp zu verdrängen.

Am Morgen nach der Schreckensnacht mit den meerschweinchengroßen Panzer-Bienen entwickelte Ondra Tatendrang, obwohl er todmüde war und sich kraftlos fühlte. Er riß eine Tüte mit Lakritz-Vampiren auf und studierte die Anzeigen der Tageszeitung. Er wollte fort aus Mechernich, fliehen vor den Spukgestalten, die immer stärker von seinem Kopf Besitz ergriffen. *Last minute. Zur Weinlese in Burgund* lautete eine Anzeige im Reiseteil. Sie versprach Kontakt zur Natur sowie Erlebnis und Spaß unter Freunden. Drei Tage später, am 2. September, war er in Frankreich, in einem Nest namens La Croix Blanche.

Der Ausbruch schien zu gelingen. Drei Wochen lang genoß Ondra bei einer Winzerfamilie unbeschwerte Tage. Er arbeitete hart im Weinfeld. Der Winzer gehörte nicht zu jenen Großunternehmern, die riesige Plantagen bewirtschaften, er verdiente sich mit Touristen, die willig bei der Ernte halfen und auch noch dafür bezahlten, etwas dazu. Ondra arbeitete sich in die Pflanzenwelt der Rebstöcke hinein, bis er vor Müdigkeit fast umfiel, und nachts, ja nachts, da schlief er erschöpft und traumlos. Er war glücklich.

Am 25. September fand die Polizei im Wald bei Vussem einen Toten – Ondra. Er hatte sich mit einem Kälberstrick erhängt, nur wenige Kilometer von seinem Elternhaus entfernt. Als man ihn fand, war sein Körper über und über mit Federn bedeckt. Er hatte sie auf die nackte Haut geklebt und ein Kaninchenfell um seine Hüften geschlungen. »Ein komischer Vogel», murmelte ein Kriminalbeamter, als man Ondras Körper in einen Zinksarg legte und ihm das Fahrtenmesser abnahm, das er ans Bein gebunden hatte.

Ondras Koffer stand noch komplett gepackt in seinem Haus. Der französischen Tageszeitung, die zwischen seinen Kleidern lag, schenkte niemand Beachtung. Auf der Seite *Vermischtes* meldete die Nachrichtenagentur Agence France Presse: *23. September, La Croix Blanche. Eine französische Winzerfamilie hat in einem Baguette einen Daumen gefunden. Bevor die Familie ihr Fundstück der Polizei präsentieren wollte, marschierte sie in den Bäckerladen des Ortes, um sich zu beschweren. Dort erfuhr sie, daß der Bäcker am Vortag einen Unfall gehabt hatte. Bei der Teigzubereitung hatte eine Maschine seine linke Hand erwischt und drei Finger zermalmt. Der Verletzte wurde ins Krankenhaus gebracht, aber offenbar bemerkte niemand, daß ihm ein Finger fehlte. Der wurde erst am Abend von der Familie entdeckt, als sie das Baguette in Scheiben schnitt. Der Daumen wurde ins Polizeilabor geschickt.*

Der Teufel von Ach

Gebrüder Grimm

Zu Aachen steht ein großer Turm in der Stadtmauer, genannt *Ponellenturm*, darin sich der Teufel mit viel Wundersgeschrei, Glockenklingen und anderm Unfug oftmals sehen und hören läßt, und ist die Sage, er sei hineinverbannt, und da muß er bleiben bis an den jüngsten Tag. Darum, wenn man daselbst von ungewöhnlichen Dingen redet, so sagt man: »Ja, es wird geschehen, wenn der Teufel von Ach kommt«. Das ist nimmermehr.

Der Mahr
nach Gottfried Henßen

Man hört es des Nachts um das Bett herum rauschen, als wenn man im Wasser wäre. Man will sich rühren, und man kann es nicht. Man will sprechen oder schreien, und man ist dazu nicht imstande. Es liegt etwas bleiern und zentnerschwer auf der Brust. Was es aber ist, weiß man nicht.

Die alten Leute sagten dazu: »De Mahr hät mich jeregge.« Der Mahr, das unheimliche, rätselhafte Wesen, das im Schlaf über einen kommt und einen bedrängt.

Manch einer will ihn gesehen haben. So auch einer der beiden Knechte der Kinzweiler Burg, die im Pferdestall zu schlafen pflegten. Eines Abends hatte der jüngere von beiden die obere Hälfte der Stalltüre offengelassen. Da es aber ohnehin recht warm war, bekümmerte das den älteren nicht, der es mit halbgeschlossenen Augen von seiner Bettstatt aus beobachtet hatte. Als er gerade fest eingeschlafen war, fuhr ihm mit einem Mal der Schreck durch die Glieder. Ein Geräusch von der Türe her hatte ihn geweckt, und als er sich reckte, um Genaueres zu erkennen, sah er ein kleines, zotteliges Tier mit vier Pfoten in der Türe sitzen, das zum Sprung ausholte. Bevor er schreien oder sich bewegen konnte, war es schon mit einem Satz von der Türe am anderen Ende des Raumes bis auf seine Brust gesprungen und drückte ihn tief ins Stroh zurück. So klein das entsetzliche Wesen auch war, so schwer war es auch. Der Knecht rang nach Luft und versuchte, um Hilfe zu schreien, aber jeder Laut wurde erstickt, weil das Vieh ihm mit wildem Geschnaufe und heftigem Gewühle die zotteligen, übelriechenden Tatzen durch das Gesicht rieb. Der Knecht keuchte und stöhnte unter der schweren Last und litt Todesängste, bis der Spuk mit einem Mal verschwand. Er fühlte sich befreit und erleichtert. Im Hintergrund vernahm er nur noch das Klappern der Stalltüre, durch deren Öffnung sich der Mahr wieder entfernte.

Man glaubte allgemein, daß man den Mahr von sich fernhalten könne, indem man beim Zubettgehen die Hände über der Brust kreuzte oder die Schlüssellöcher, durch die das Unwesen mit Vorliebe schlüpfte, zustopfte. Auch half es angeblich, wenn man nicht sofort mit einer einzigen Bewegung aus den Schuhen oder Pantoffeln ins Bett stieg und seine Fußbekleidung des Nachts stets mit den Spitzen vom Bett wegdrehte.

Ganz sicher aber half dieser Spruch, den Kinder wie Erwachsene gleichermaßen ehrfürchtig flüsterten, bevor sie das Licht ausbliesen:

Mahr, du solls regge
över all holl Wegge,
över all Vüjelche op dem Daach,
över all Kieselche en der Baach!
Ävver wenn de bei mich köß,
dann ös et Daach.

Eifellandschaft

Heinrich Ruland

Nur welkes Gras und braunes Heidekraut
Und dann ein Strich von ernsten, dunklen Föhren.
Der Wind fährt auf mit seltsam schrillem Laut,
Der gleich verstummt, und nichts ist mehr zu hören.

Da wo der Wald sich biegt zum kargen Tal
Und windzerwühlt die letzten Fichten ragen,
Steht hoch ein Kreuz, ein frommes, schlichtes Mal:
»Hier ward ein fremder Mann vom Blitz erschlagen.«

Nicht Tag, nicht Namen sind zu lesen mehr;
Den Lavastein verdecken graue Moose.
Und wie aus Mitleid neigt darüber her
Die wirren Ranken eine wilde Rose.

Führt dich im Sommer hier der Weg vorbei,
Wenn Blitze zucken und die Donner hallen,
Packt's jäh dich an, als hörtest du den Schrei
Und sähst den Fremden tot zu Boden fallen.

Die Wand

Robert Schaus

M. stand auf einem schmalen Felsvorsprung mit dem Rücken zur Wand. Vor ihm die offene Landschaft in der späten Abendsonne. Weit unten das Tal mit den Häusern und dem sich blau windenden Bach. Über ihm noch einige Meter von dieser felsigen Mauer, an deren Fuß sie vor einigen Stunden noch alle drei lachend gestanden hatten.

Als er W.s Warnruf hörte, hatte er sich gegen den Felsen gepreßt. W. kam kopfüber über ihn hinweggeflogen. Er nahm den kurzen Ruck in dessen Körper wahr, als das Seil riß, erkannte, wie L. einige Meter unter ihm nicht ausweichen konnte, hörte die Schädel der beiden Freunde gegeneinander prallen, sah L.s Kopf gegen den Stein schlagen und folgte mit Entsetzen W.s immer kleiner werdenden Silhouette, die noch einige Male von der Mauer abgestoßen wurde, unten aufklatschte und liegen blieb.

L. baumelte leblos am Seil. M. fühlte, wie seine Last an ihm zog. Er rief seinen Namen, aber nichts rührte sich. L. hing regungslos, wie ein Segel ohne Wind.

Was war geschehen? Hatte ein Haken nicht gehalten? War das Seil an einer scharfen Steinkante gerissen, oder war es gar defekt gewesen?

Mühsam hatte M. das Seil über die Schulter gezogen und trug nun das Gewicht seines Freundes auf dem Rücken. Wie lange würde er das noch können? Er mußte ihn hochziehen, solange die Kraft noch reichte, mußte irgendwie den Mauerhaken, den er über sich wußte, erreichen und sich absichern. Behutsam fing er an, sein Vorhaben zu verwirklichen. Das Nylon schnitt in seinen Handrücken. Er straffte die Muskeln. Zentimeterweise glitt die Last empor, als er plötzlich merkte, wie er sich von der Wand löste, sein Körper sich beugte und er vornüber zu stürzen drohte. Er hielt an. Dann stemmte er sich gewaltsam hoch und verharrte in seiner Ausgangsposition.

Er rief wieder. L. regte sich nicht. Ob er vielleicht tot war? Dann wäre sein ganzes Bemühen ja umsonst. Aber nein, bald würde er aufwachen, und zusammen würden sie die letzten Meter nach oben schaffen.

Seine rechte Hand, um die er das Seil geschlagen hatte, war angeschwollen. Er versuchte, die Finger zu bewegen. Sie waren steif, als wären sie erfroren.

Wiederum rief er, so laut er konnte. Der Nacken tat ihm weh. War L. vielleicht doch schon tot? ... So konnte er nicht mehr lange aushalten, dann würden sie beide in die Tiefe stürzen. Er hatte angefangen, den Knoten um seine Hüften zu lösen. Es ging nicht, das Seil war zu straff gespannt. Da wurde ihm plötzlich klar, daß selbst, wenn er es wollte, er sich nicht mehr von seinem

Freund trennen konnte. Nicht er hielt ihn, sondern L. hielt ihn gefangen, ließ ihn nicht mehr los und würde ihn mit in den Tod ziehen.

M. rief, schrie, brüllte immer wieder L.s Namen, bis seine Stimme sich überschlug und sich schließlich nur noch ein rauhes Krächzen aus seiner Kehle rang. Keuschend hielt er inne und merkte, wie ein leises Zittern durch seine Beine lief. Sollte dies das Ende sein?! Doch plötzlich durchzuckte es ihn wie ein zugleich schmerzhafter und erlösender Blitz: »Du hast ein Messer dabei!«

Fieberhaft durchsuchte seine linke Hand die Taschen. Was dann geschah, zog wie im Zeitlupentempo vorüber: Er führte das Messer an den Mund, öffnete die Klinge mit den Zähnen und begann, das Nylon zu zerschneiden. Er hörte, wie die dünnen Fäden knisternd rissen, sah, wie die einzelnen Stränge unter der Klinge barsten, und fühlte sich plötzlich von der fremden Last befreit. L. fiel mit schwenkenden Armen, als sagte er ihm ein letztes Mal Adieu.

Das Tal lag im Schatten. Die Häuser waren zusammengerückt zu einer diffusen Masse. Der Bach war noch als dunkler Strich zu erkennen. Nachdem sich seine Muskeln entspannt, seine Glieder sich gelockert hatten, setzte er sich vorsichtig hin.

Er mußte eine Lösung finden oder denselben Weg wie seine beiden Kameraden gehen, denn eine Nacht lang würde er hier oben nicht ausharren können, ohne einzuschlafen. Und er wußte, was das bedeutete. Er schaute nach oben und sah etwas höher den Mauerhaken, den W. eingeschlagen hatte, um sich abzusichern. Er war leer. Das gerissene Seil hing an seiner Hüfte hinunter.

Langsam stand er auf, drehte sich mit äußerster Vorsicht zur Wand und versuchte, den Schnappring am Haken zu erreichen. Es fehlten Zentimeter. Nach einigen mühevollen Versuchen gelang es ihm, das Ende des Nylons durch die Schlaufe zu stoßen, so daß es beim Weiterschieben wieder langsam zu ihm hinunterglitt. Schließlich konnte er einen Knoten binden und fühlte sich vorläufig in Sicherheit.

Die Sonne war untergegangen. Unten leuchteten die ersten blassen Lichter zu ihm herauf. Jetzt würde man ihre Abwesenheit im Hotel bemerken. Aber eine Rettungsaktion konnte nicht vor dem nächsten Morgen gestartet werden. Er mußte sich für die Nacht einrichten. Noch gab der Stein die in der Sonne gespeicherte Wärme wieder. Er hatte das Seil unter die Arme geschoben und hatte sich wieder hingesetzt. Die Lichter schienen heller. Kleine leuchtende Pünktchen weit unten vor ihm.

Er hatte ihn aufgegeben, dem Tod überlassen. Ihm war, als habe L. den Kopf gehoben, ihn angesehen, als der letzte Faden riß, der ihn hielt. Und da war noch diese Hand, die der Freund beim Fallen wie zum Gruß bewegte. Er hatte die Augen geschlossen und geschrien, seine ganze Angst und Scham

hatte die Augen geschlossen und geschrien, seine ganze Angst und Scham aus sich herausgebrüllt.

Die Nacht hatte sich klamm über das Tal und den Berg gelegt. Kühle Nebelschleier stiegen an der Wand zu ihm empor. Sterne flackerten am Himmel. Der Mond stand hell an der anderen Seite über der Bergkuppe ihm gegenüber. M. senkte den Blick und sah auf seinem Bauch das Ende des Seils. Erkannte den sauberen Schnitt und die unebene, borstige Stelle, wo der letzte Strang unter der Last des Körpers gerissen war. Hatte er vielleicht doch noch gelebt?

Die Kühle der Nacht glitt an seinen Beinen empor. Er fühlte, wie die Wärme den Felsen verließ und Kälte seine Haut besetzte, als er plötzlich unter den seltsamen Geräuschen der Nacht eine Stimme zu vernehmen glaubte. Er schreckte zusammen. War er schon eingenickt und hatte geträumt? Er schaute auf die Uhr: Viertel nach zwölf! Er mußte noch mindestens fünf Stunden aushalten, bis man mit der Suche beginnen würde. Da, jemand hatte seinen Namen gerufen! Eine leise, leidende Stimme, als käme sie aus einer anderen Welt. Gespannt horchte er hin, aber er konnte nur das Singen des Windes im scharfen Gestein der Wand erkennen.

Er war eingenickt! Erschreckt öffnete er die Augen. Diesmal hatte er deutlich einige Worte vernommen. Es war dieselbe weinerliche Stimme von vorher, die nun flehte: »Hilfe, so hilf mir doch!« Schauerlich lief es ihm über den Rücken. Er wußte, es war L.s Stimme. Er hatte sie erkannt! L. kam ihn holen. War da, ihn abzuholen, um mit ihm gemeinsam den Weg zu gehen, den er ihn alleine hatte gehen lassen, ohne ihm helfen zu können, zu wollen! Er rief seinen Namen, aber konnte als Antwort nur ein vom Winde verwehtes Stöhnen wahrnehmen. Dann war es still.

Die Angst, die ihn so jäh befallen hatte, wollte ihn nun nicht mehr loslassen, und plötzlich glaubte er, die kalte Hand seines Feundes an seinen Beinen zu fühlen. Er schrie auf wie ein verwundetes Tier. Als Echo hörte er nur ein Wimmern, das schwach zu ihm hinaufdrang. In seiner Bedrängnis hatte er sich aufgerichtet und versuchte nun in einem sinnlosen Bemühen, sich aus der Reichweite seines Freundes zu bringen. Dabei zerrte er verzweifelt, beide Hände über dem Kopf, an dem rettenden Nylon.

Ihm war, als fühle er, wie eine wimmernde Stimme aus tausend Fingern an ihm emporkroch und versuchte, ihn nach unten zu ziehen. Wild begann er, mit den Füßen um sich zu stoßen, bis er plötzlich von der Kante hinunterrutschte und nur noch am Seil hing. Je mehr er nun schrie, strampelte und um sich schlug, desto deutlicher glaubte er, das leise Wimmern zu hören. Es wurde laut und lauter, bis es schließlich orkanartig in seinen Ohren tobte.

Mit äußerster Anstrengung zog er sich hoch, fühlte in seiner panischen Angst, wie sich dabei eine leichte Hand um seinen Nacken legte, wie sie seine Wangen streichelte und dann sanft auf seinem Nacken liegen blieb. Soeben hatte er wieder Fuß auf der Kante gefaßt, als er unvermutet abglitt und nach unten gerissen wurde. Er nahm nur noch wahr, wie ihm mit einem Ruck die Kehle zugeschnürt wurde, dann wurde es dunkel vor seinen Augen.

Am anderen Morgen wurden die Verunglückten gefunden. W. lag zerschellt auf den Steinen. L. baumelte leblos wie ein Bündel am Seil, das sich in dem Felsen verfangen hatte. Und M. hing erdrosselt an der Wand, das Kletterseil um den Hals geschlungen.

Wenn Irrlichter flackern ...
nach Wilhelm Marichal

Gehst du des Nachts durch das Hohe Venn, solltest du nicht nur darauf achten, nicht vom Wege abzukommen, damit du dich nicht in Morast und Sumpf verlierst. Du mußt auch deine Augen offenhalten, denn sie werden dir begegnen. Die schwach leuchtenden, bläulich-gelben Lichtgestalten, die Punkte, die über dem Land leuchten, durch das Gebüsch huschen, dich locken. Nie darfst du ihnen folgen! Bekreuzige dich, und dreh deine Mütze um, denn dies ist ja bekanntermaßen Schutz gegen allerlei Verzauberung. Die Irrlichter führen dich in die Irre! Sie treiben ihren Schabernack mit dir und sind doch bedauernswerte Seelen. Längst Verstorbene, die flüsternd darum bitten, daß man ihnen eine Messe lesen möge. Solange dies keiner für sie tut, müssen sie umherirren, durch ewige Finsternis.

Sprich nicht mit ihnen! Denn, wer das Irrlicht anspricht, ist dem Tod geweiht! Nimm vielmehr dein Taschentuch, und wirf es ihnen zu. Dies ist ein Pfand, welches der Tote in der Ewigkeit vorzeigen kann, zum Zeichen dafür, daß sich ein Lebender seiner armen Seele erbarmt hat.

Im Tal der wogenden Nebel

Sophie Lange

Wenn ich heute Gruppen zu den gallo-römischen Matronentempeln in Nettersheim und Nöthen/Pesch führe und über die Göttinnen der Vergangenheit berichte, fragt mich im Laufe der Exkursion fast immer jemand: »Wie kamen Sie eigentlich zu den Matronen?« Darauf gibt es meinerseits eine ganz klare Antwort: »Ich bin nicht zu den Matronen gekommen, die Matronen kamen zu mir.« Manchmal erzähle ich dann, wie alles anfing.

Es war an einem Junitag, so nach 1970. Wir hatten Ferienkinder zu Besuch und unternahmen jeden Tag etwas: wanderten durch den Wald, radelten zu Nachbarorten, machten Picknick. Heute hatten unsere Kinder einen besonderen Wunsch: »Wir möchten eine Nachtwanderung machen.« Davon waren auch die Ferienkinder begeistert.

Kurz vor 22 Uhr brach ich mit den Kindern auf. Unsere Hündin begleitete uns. Vorsichtshalber nahmen wir eine Taschenlampe mit. Als wir aus dem Haus gingen, waren die Kinder aufgeregt und ausgelassen. Von Müdigkeit war nichts zu spüren. Sobald wir das Dorf hinter uns gelassen hatten, wurden sie ruhiger. Auch die Hündin, die bis jetzt ungeduldig an der Leine gezerrt hatte, ging nun gehorsam neben uns.

Es war ein schöner Abend, mild und friedlich. Sanft ging die Abenddämmerung in die Nachtdunkelheit über. Der Mond stand voll am Himmel, Sterne waren jedoch nicht zu sehen. Wir stiegen von der Nettersheimer Höhe hinab ins Schleifbachtal und warfen dabei einen Blick nach rechts auf den Resterberg und den Galgenstrunk. Bereits von der Höhe aus sahen wir, daß feine Nebelschwaden das Tal durchzogen. Als wir weitergingen, schien es, als ob der Abendnebel uns entgegenkroch. Schon bald hatten uns die kühl-feuchten Schleier erreicht, wallten um uns herum und hüllten uns schließlich ganz ein. Der Nebel schluckte jedes Geräusch; selbst unsere Schritte waren nicht mehr zu hören. Wir rückten näher zusammen. Die Hündin ging nah bei Fuß.

Mir wurde ganz eigentümlich zumute. Es war mir, als wenn ich auf federleichten Wolken ging, auf wolligweicher Watte. Die Erde hatte sich aufgelöst, zumindest hatte ich den Boden unter den Füßen verloren. Und auch mein Körper löste sich langsam auf; er war kaum noch vorhanden. »Laßt uns zurückgehen«, sagte ich mit belegter Stimme. Doch davon wollten die Kinder nichts wissen. So marschierten wir weiter und bogen unten nach rechts in den Talweg ein, der entlang des Schleifbachs in Richtung Marmagen zu den Quellen des Baches führt. Eingeschlossen wurden wir von den kleinen Anhöhen zu beiden Seiten.

Auch die Kinder wurden von der geheimnisvollen Atmosphäre eingefangen. »Unheimlich!« flüsterten sie, und die Kleinste meinte: »Ich sehe Feen, da unten am Bach!« Alle schauten gebannt hin, nur der Größte blieb unbeeindruckt. »Das ist der Nebel, der wallt und wogt hin und her, und das sieht dann aus wie irgendwelche nebelhafte Gestalten.«

Ich schritt noch immer wie auf Wolken. Mir war schwindlig, alles drehte sich, und ich befürchtete jeden Moment, einfach umzukippen. Ich atmete tief durch. Langsam wurde mir bewußt, daß ich zwar das Gefühl hatte, das Gleichgewicht zu verlieren, aber daß ich doch nicht umfiel, nur etwas wankte und schwankte. Irgend etwas hielt mich aufrecht. Das beruhigte mich.

Beim Weitergehen durch das kleine Tal versuchte ich herauszufinden, was die unheimliche Stimmung hervorrief. Nicht nur der immer dichter werdende Nebel am Bach jagte mir kalte Schauer über den Rücken, sondern auch der Hügel zu unserer linken Seite strahlte etwas Geheimnisvolles aus.

Es wurde dunkler und dunkler im Tal der wogenden Nebel. Der Mond war hinter dem langgestreckten Hügelrücken untergetaucht. Die Hügelkuppe wurde jedoch von einem zarten Licht erhellt, das jedoch nicht von oben kam, sondern in Form von Erdstrahlen aus dem Boden hervordrang. Ich blieb stehen und schaute fasziniert nach oben. Obwohl ich noch nie auf dieser Hügelspitze gewesen war, schien es mir, daß ich dort schon sehr oft geweilt hatte. Auch hatte ich das Gefühl, daß ich dort etwas finden könnte, was ich vor langer Zeit verloren hatte und schon seit Ewigkeiten suchte. Ein unfaßbares Sehnen, gepaart mit einer tiefen Traurigkeit, ergriff mich. Was hatte ich verloren? Konnte ich das Mysteriöse wiederfinden? Oder war es greifbar nahe und doch nicht greifbar?

Bei diesem Gedanken geschah es: Urplötzlich sprang mich von hinten etwas an, genau in den Nacken, dort, wo die Angst hockt. Ich schrie auf und schlug voll panischer Angst wild um mich. Da spürte ich, daß etwas meine linke Wange streifte wie eine eisige Geisterhand, wie ein gespenstiger Schatten. Ich stand wie erstarrt, mit offenem Mund, konnte keinen Schritt mehr weitergehen, weder vor noch zurück. »Komm, wir gehen zurück!« sagte eines der Kinder ängstlich. Aber zurück wollte ich auf keinen Fall. Von hinten hatte mich doch das Unfaßbare angesprungen.

Unser Großer nahm die Taschenlampe und beleuchtete mich von oben bis unten, von hinten und vorne. »Da ist nichts. Was hast du denn?« fragte er cool. »Irgend etwas hat mich gestreift!« erklärte ich zitternd. »Sicher ein Nachtvogel!« meinte er. »Vielleicht!« sagte ich. Die Hündin zog energisch an der Leine. Weiter, weiter!

Eigentlich wollten wir noch das Thomas-Wäldchen durchstreifen. Aber ohne Worte waren wir uns einig, daß wir nicht in den dunklen Waldweg einbiegen wollten. So strebten wir wieder der Höhe zu, von der wir gekommen waren. Als wir das Tal verließen, wurde mir besser. Das Schwindelgefühl ließ nach. Die Erde wurde wieder fest, bodenfest und sicher tragend.

Bald hatten wir den Weg auf der Höhe erreicht. Ich schaute zur gegenüberliegenden Seite. Vom Schleifbach und vom Tal war nichts zu sehen. Es war, als ob das Tal überhaupt nicht existierte. Zwischen dem geheimnisvollen Hügelzug und uns war gähnende Leere, ein graues Nichts, ein unendliches Meer von Nebeltränen – und doch waren wir durch dieses Tal geschritten.

Auf der anderen Seite sahen wir die Marmagener Straße und Scheinwerferlichter von Autos. Dort war alles ganz normal. Der Mond stand nun wieder hell und rund am Himmel. Sterne funkelten. Immer mehr wurden sichtbar. Die Kinder versuchten, sie zu zählen, gaben aber schon bald lachend auf. »Tausend Millionen!« wurden sie sich über die Anzahl einig. Fröhlich ging es nach Hause. »Das war schauerlich-schön, unheimlich, gespensterhaft«, erzählten sie noch tagelang.

Auch mich beschäftigte der Abend noch lange. So ein Gefühl der Abgehobenheit und der Auflösung hatte ich noch nie gespürt. Beim nächsten Besuch beim Arzt erzählte ich von meinem abendlichen Schwindelgefühl. »Ich verschreibe Ihnen ein paar Kreislauftabletten«, sagte der Arzt und zückte den Rezeptblock.

Ein halbes Jahr später. Wir saßen gemütlich bei einer Weihnachtsfeier zusammen. Der Nettersheimer Heimatforscher Friedrich Jakob Schruff erzählte. Ich hörte ihm fasziniert zu. Er sprach leise, flüsterte fast: »Im Felsenmeer oberhalb des Rosentals habe ich einmal vor Weihnachten, zur Wintersonnenwende, eine ganze Nacht zugebracht. Was ich da erlebt habe, glaubt mir niemand.« Erst nach zaghaftem Nachfragen berichtete er von einer wilden Schlacht zwischen Kelten und Römern, von einem chaotischen Getöse und Gedröhne, von vielen Toten auf beiden Seiten. »Ich habe es genau gesehen«, sagte er, »und ich bin fest davon überzeugt, daß zur Römerzeit eine wichtige Schlacht hier bei Nettersheim stattgefunden hat ... und daß die Seelen der gefallenen Krieger dort noch herumspuken.« Ich glaubte es ihm. »Man muß nur zum richtigen Zeitpunkt am richtigen Ort sein, dann kann man in die Vergangenheit zurückfinden«, erklärte er mir. »Viele Menschen haben ein Gespür für längst vergessene Ereignisse und für magische Plätze«, schloß er, »sie erleben etwas Geheimnisvolles, Unerklärbares, wissen aber nichts mit diesem seltsamen Empfinden anzufangen.

»Kreislauftabletten!« sagte ich. Als er mich erstaunt ansah, erzählte ich ihm von meinem Erlebnis im Schleifbachtal und daß es mir da *ganz komisch* gewesen sei. »Wann war das denn?« fragte er interessiert. »Im Juni«, antwortete ich. »Sommersonnenwende? Sommeranfang?« fragte er weiter. Ich zuckte die Achseln. So genau wußte ich es nicht. Aber es konnte die Zeit des längsten Tages und der kürzesten Nacht gewesen sein. »Die Stelle, wo das passiert ist, müssen Sie mir einmal zeigen, ganz genau zeigen«, sagte er schließlich.

Einige Tage später gingen wir ins Schleifbachtal. Jetzt, am hellichten Tag, hatte das Tal gar nichts Geheimnisvolles. Ich deutete auf den Hügelhang, der mir so verzaubert erschienen war. Auch jetzt spürte ich eine geheimnisvolle Anziehungskraft. Mein Begleiter sagte nichts, nickte nur mehrmals vielsagend.

Erst später, bei ihm zu Hause, berichtete er mir von dem Matronentempel,

den man im Jahre 1909 auf dem Hügelhang, der sogenannten *Görresburg*, freigelegt hatte, über den man dann aber im wahrsten Sinne des Wortes Gras hatte wachsen lassen. Nichts war dort von einem antiken Bauwerk zu sehen. Und er berichtete von den gütigen Göttinnen, die so inbrünstig von den Einheimischen und den römischen Legionären verehrt wurden. »Was Sie da berührt hat, ist wohl klar«, meinte er schmunzelnd. »Die Matronen. Die Göttinnen aus nebelhafter Zeit wollen wohl, daß Sie sich ein bißchen um sie kümmern.« Er kramte in seinen Unterlagen und gab mir einige Berichte über die göttliche Triade.

Mein Interesse war geweckt, und als 1976 der kleine Tempel in seinen Grundmauern wieder freigelegt und nachgebaut wurde, verfolgte ich alles mit großer Wißbegierde. Daß der Tempel der Matronae Aufaniae auf die Zeit der Sommersonnenwende ausgerichtet ist, entdeckte ich jedoch erst viele Jahre später.

»So war es«, erkläre ich meinen Exkursionsteilnehmern. »Ich bin nicht zu den Matronen gekommen, die Matronen kamen zu mir – wohl zufällig.« War ich rein zufällig zum richtigen Zeitpunkt am richtigen Ort gewesen? Zu Sommerbeginn im Tal der wogenden Nebel, dort, wo Göttinnen einst das Land beschützten. Oder war alles doch kein Zufall?

Der Spuk in der Mühle

Hans Peter Pracht

Es war ein wunderschöner, klarer Sommermorgen. Die Sonne strahlte über dem Brohltal und hatte gerade den letzten Morgendunst aufgezehrt. Die Vögel stiegen in den blauen Himmel und zwitscherten munter drauflos. Bienen und Schmetterlinge labten sich an den Blüten der zahlreichen Blumen um die Wassermühle. Alles deutete darauf hin, daß ein schöner und friedlicher Tag angebrochen war.

Wie jeden Sonntag bereitete sich der Müller der Lochmühle darauf vor, mit seiner Familie das Hochamt in Niederzissen zu besuchen.

»Es ist wirklich zu schade, daß ich heute nicht mit euch zur Kirche nach Niederzissen gehen kann«, bedauerte die Müllersfrau. »Aber solange der Knecht krank ist, muß ich mich um das Vieh kümmern«, fuhr sie fort.

Der Müller ging gerne sonntags mit seiner Frau und seinen Kindern zur Kirche. Einerseits natürlich im Hinblick auf sein Seelenheil, aber auch, weil nach der Messe ein kurzer Besuch im Wirtshaus üblich war, wo nicht nur Neuigkeiten ausgetauscht wurden, sondern auch das eine oder andere Glas Bier oder Schnaps getrunken wurde. Wenn die Frau des Müllers mitging, war es schon öfter vorgekommen, daß der Müller sie mit den Kindern schon etwas früher nach Hause schickte, weil mit den anderen noch etwas Wichtiges zu bereden war. Dann kam es schon mal vor, daß ein Schnaps mehr als üblich getrunken wurde.

»Kommt nach der Messe nicht so spät nach Hause!« mahnte die Müllerin.

»Ja, ja«, murrte der Müller und dachte wegen der Kinder nur an eine kurze Rast heute im Wirtshaus.

»Was da im Wirtshaus geredet wird, ist nicht gut für die Ohren der Kinder!« rief die Müllerin ihrem Mann noch nach.

In seiner feinsten Sonntagskleidung ging der Müller gemeinsam mit seinen Kindern in Richtung Niederzissen. Die Müllersfrau blickte ihnen noch lange nach, bis sie sie nicht mehr sehen konnte.

In der Zwischenzeit hatten aber zwei undurchsichtige Gestalten die Mühle aus sicherer Entfernung beobachtet.

»Nur die Frau bleibt zu Hause, der Knecht ist krank, habe ich gehört«, flüsterte der eine.

»Da haben wir ein leichtes Spiel!« freute sich der andere.

Während der Mühlbach mit seiner monotonen Melodie dahinplätscherte, bereitete die Müllerin alles vor, um das Vieh im Stall zu versorgen. Doch plötzlich stutzte sie, denn sie hörte draußen Schritte und flüsternde Stimmen. Ihr Mann und die Kinder konnten noch nicht zurückgekehrt sein. Das Hochamt hatte noch nicht einmal begonnen. Die Frau war vorsichtig, denn sie war hier draußen mutterseelenallein. Sie schlich sich vorsichtig zum Fenster und blickte durch die Gardine hindurch nach draußen. Dort bemerkte sie schnell, daß drei fremde Männer um die Mühle schlichen, um in das Innere zu gelangen. Schnell lief die Müllerin auf Zehenspitzen zur Eingangstür und verriegelte diese von innen. Gerade noch im rechten Moment, denn kaum hatte sie den Riegel vorgeschoben, da bewegte sich die Klinke auch schon nach unten. Der Frau stockte der Atem. Sie blieb still hinter der Tür stehen und hielt eine Weile die Luft an. Deutlich knarrten die schweren Eichenbalken in den Zargen, als von außen mehrfach versucht wurde, sich gegen das Hindernis zu stemmen.

»Verriegelt!« war von draußen eine Stimme zu vernehmen. »Weiter!« sagte eine andere.

Der Frau war bewußt, daß die Fremden nicht aufgeben, sondern jetzt einen anderen Weg suchen würden, um in das Innere der Mühle zu gelangen. Aber die kleinen Fenster, die von außen schwer zu erreichen waren, konnten den Fremden keine Einstiegsmöglichkeit bieten. Mehrfach schlichen sie nun um das Gebäude, aber ihre Suche blieb erfolglos. Schon hoffte die Frau, sie würden von ihrem Vorhaben ablassen, doch allem Anschein nach war das nicht der Fall.

Für alle Fälle hatte die Müllerin aus der Werkstattkammer eine scharfe Axt geholt und hielt diese in ihren zitternden Händen.

Als die drei Männer keinen anderen Weg fanden, um in die Mühle zu gelangen, versuchten sie es jetzt über den Wellbaum. Einer der drei war bereits so weit herübergerutscht, daß er mit einer Hand in das Innere greifen konnte. Die Frau stand wie angewurzelt neben der Öffnung, als die Hand durchlangte. Sie zitterte am ganzen Körper und fragte sich immer wieder: »Was soll ich nur machen, was ist jetzt richtig?«

Bald wurde der Unterarm und dann schon der Oberarm des Eindringlings sichtbar, und im nächsten Moment konnte schon der Kopf durch die Öffnung kommen. Der Frau blieb nichts anderes übrig, sie erhob die Axt, und in der Hoffnung, beim ersten Mal sofort richtig zu treffen, schlug sie zu. Die Hand fiel auf den hölzernen Boden, und im gleichen Moment ertönte das laute Schreien des Getroffenen. Der Arm wurde bluttriefend zurückgezogen, und das Schreien wollte nicht aufhören.

Die Müllerin hoffte, daß das eine Warnung für die anderen gewesen sei und sie jetzt das Gelände der Mühle verlassen würden. Aber sie gaben keinesfalls auf. Kaum war der blutige Arm verschwunden, steckte der zweite Eindringling leichtsinnigerweise seinen Kopf durch die Öffnung. Im gleichen Moment schlug die Frau ein zweites Mal zu und trennte mit einem heftigen Hieb den Kopf dieses Mannes vom Hals. Polternd rollte der Kopf zu Boden, während der Körper langsam vom Wellbaum in den Mühlbach rutschte.

Es war ein schauriges Bild, als zuerst noch die Arme versuchten, sich mit letzter Kraft an dem Holz festzuklammern. Doch dann war das Leben beendet, und kraftlos rutschte der tote Körper in das Wasser, das sich zusehends rot verfärbte. Laut schreiend und vom Grauen gepackt, ergriffen die beiden anderen die Flucht.

Als der Müller gutgelaunt mit den Kindern aus der Kirche zurückkehrte, ahnte er noch nicht, was sich zwischenzeitlich in seinem Hause zugetragen hatte. Seine Frau öffnete ihm die Eingangstür, die immer noch von innen verriegelt war.

»Was ist geschehen, wie siehst du aus?« fragte der Müller. »Warum ist bei diesem herrlichen Sommerwetter die Tür verschlossen?« Die Frau brachte zunächst kein Wort heraus. Leichenblaß führte sie ihren Mann zu dem Ort der grausamen Ereignisse. Sie deutete auf den Boden, wo die abgeschlagene Hand und der Kopf lagen. Der Müller blickte hinunter, und als ihn die starren Augen des abgeschlagenen Kopfes ansahen, schien ihm das Blut in den Adern zu erstarren:

»Mein Gott, was ist passiert, wer ist das?« fragte er seine Frau.

Langsam bekam jetzt die Frau wieder ihre Fassung. Sie setzte sich zu ihrem erschütterten Mann und berichtete, was sich während der letzten Stunden in der Mühle ereignet hatte.

»Was wird nun, wenn der Burgherr das erfährt? Er wird uns bestrafen. Was wird dann aus den Kindern?« fragte der Müller seine Frau.

»Schnell, wir müssen handeln, dann wird er nichts erfahren«, entgegnete seine Frau. »Wir müssen Körper, Kopf und Hand vergraben!«

Die Kinder des Müllerpaares spielten auf einer Wiese, während die Eltern den ausgebluteten Körper des Einbrechers aus dem Mühlbach zogen.

»Hoffentlich hat niemand bachabwärts das rotverfärbte Wasser bemerkt«, sagte der Müller zu seiner Frau.

»Wir haben jetzt keine Zeit, daran zu denken! Wir müssen graben, nichts als graben!« war ihre Antwort.

Beide vergruben schnell den Körper, die Hand und den Kopf und hofften, daß niemand jemals etwas bemerken oder irgendwelche Fragen stellen würde.

Beide gingen am Abend früh zu Bett, denn das Graben hatte Kraft gekostet, aber auch die Ereignisse zuvor waren nicht spurlos an ihnen vorübergegangen. Die Aufregung ließ sie beide keine klaren Gedanken finden. Vielleicht würde am nächsten Morgen alles anders aussehen, dachte sie.

Es war genau Mitternacht, die Turmuhr von Niederzissen klang deutlich durch die klare Nacht, da vernahm der Müller aus der Mahlkammer plötzlich ungewohnte Geräusche. Erst war es ein Poltern und Klopfen, dann zusätzlich ein Wimmern und Klagen und Stöhnen.

»Hörst du das?« fragte der Müller seine Frau.

»Ja, ich höre es«, flüsterte sie erschrocken. »Es klingt genauso wie heute morgen. Zuerst polterte die Hand hinunter.« Die Frau machte eine Pause, und der Schein des Mondes fiel durch das Kammerfenster jetzt genau auf ihr schneeweißes Gesicht, die Augen waren weit geöffnet. »Dann polterte der Kopf hinunter und dann, dann das Geschrei, genau wie jetzt!«

»Vielleicht sind die anderen zurückgekommen und wollen uns nur einen Schrecken einjagen«, beruhigte der Müller seine Frau. »Ich seh mal nach«, sagte er und stand auf.

»Sei bitte vorsichtig!« bat die Frau, die in der Schlafkammer blieb.

Der Müller nahm die brennende Kerze und stieg die hölzerne, unter jedem Schritt knarrende Stiege hinunter. Noch immer dröhnte und polterte es, und je näher der Müller zu der Mahlkammer kam, desto lauter wurde es. Dann öffnete er langsam die Tür und blickte vorsichtig in die Kammer. Nichts war zu sehen, nur die Geräusche waren zu hören, die ihm den kalten Schauder über den Rücken trieben. Er wartete einige Augenblicke und ging dann wieder zu seiner Frau zurück in die Schlafkammer.

Als er die Kammer wieder betrat, saß seine Frau aufrecht mit gefalteten Händen im Bett und sprach zu ihrem Mann, bevor er noch ein Wort sagen konnte: »Es ist ein Spuk! Jetzt haben wir einen Spuk im Haus, und wir können nichts daran machen!«

»Wir werden uns daran gewöhnen, es sind nur Geräusche!« wandte tröstend der Müller ein.

»Es ist ein Spuk, und an einen Spuk kann sich niemand gewöhnen. Es ist eine unerlöste Seele, die keine Ruhe findet!« entgegnete die Frau.

Die Frau sollte recht behalten. Von nun an polterte es jede Nacht in der Mühle. Immer um Mitternacht wurden alle aus dem Schlaf gerissen und an die schrecklichen Ereignisse erinnert.

Bald wurden alle krank, und sie mußten die Mühle verkaufen und verlassen.

Aber auch den neuen Eigentümern und danach zahlreichen folgenden Bewohnern erging es nicht anders. Der Spuk plagte sie, bis sie die Mühle verließen. Der Ursprung des Spukes aber blieb für immer ein Geheimnis der Müllersleute.

Die buckligen Musikanten

Joseph Müller

Es lebte hier einmal ein buckliger Musikant, der auf den benachbarten Dörfern bei Hochzeiten und bei Kirmessen zum Tanze aufspielte. Eines Tages kehrte er sehr spät am Abend von Eilendorf nach Aachen zurück. Als er eben am Münster vorbeiging, da schlug die Turmglocke in langsamen und dumpfen Schlägen zwölf Uhr. Bei dem letzten Schlag kam es ihm vor, als höre er Eulengekrächz und das Schwirren von ungewöhnlich großen Fledermäusen in der Luft, am Boden bemerkte er eine Menge schwarzer Katzen, die ihn mit feurigen Augen anglotzten. Jetzt erst erinnerte er sich mit Schrecken, daß heute gerade eine Quatembernacht war. Allein, was wollte er tun. Mit beschleunigten Schritten eilte er der Schmiedstraße zu und war eben bis ans Grashaus gekommen, als er wie versteinert stehenblieb. Er sah plötzlich das ganze Pervisch, den jetzigen Fischmarkt, mit schön gedeckten Tafeln besetzt, worauf in silbernen und goldenen Gefäßen die köstlichsten Speisen dufteten. Der Wein blinkte in kristallenen Krügen, und Tausende von Kerzen erhellten das Ganze. An allen Tischen saßen herrlich geputzte Damen und freuten sich des Mahles, und unter ihnen waren gar viele aus der Stadt, die der Spielmann wohl kannte, deren Namen aber nie bekannt wurden, weil er sie seiner Frau nicht nannte, trotz ihres Bittens und Drohens. Vor Entsetzen über alle diese Hexen kauerte sich der Musikant in einer Ecke nieder und hoffte, so unbemerkt zu bleiben. In diesem Augenblick faßte ihn aber schon eine der Damen beim Arm und redete ihn also an: »Nur nicht so furchtsam, guter Spielmann, tritt näher, und spiele uns zum Tanze auf, wir werden dir dafür dankbar sein und dich reichlich belohnen!« Indem sie so sprach, reichte sie demselben einen Pokal des kostbarsten Weines. Mit schlotterndem Gebein und klappernden Zähnen verneigte sich der Spielmann und trank den Pokal in voller Verwirrung in einem Zug aus, und hierauf schien plötzlich alle Furcht von ihm gewichen. Unterdessen waren alle Tische beiseite geschoben worden, und der Boden des ganzen Pervisches war spiegelglatt, die Damen standen zu zwei und zwei gepaart zum Tanzen bereit, da ergriff der Musikant die Geige und fiedelte drauf los nach besten Kräften. Hei, wie lustig ging das nun her! Die Damen wirbelten im Kreise immer lustiger, immer schneller und toller, der Fiedler mußte stets rascheres Tempo nehmen, und was ihm sonst schwer war, schien ihm jetzt leicht, und er meinte selbst, so rein, so voll und so kräftig wie heute habe er nie gespielt. Dabei kam es ihm vor, als höre er in der Luft ein vollständiges Orchester, was in seine Melodien und Harmonien einstimme und ihn nur als Vorgeiger betrachte. Selbst wenn er glaubte, in Dissonanzen geraten zu sein, deren Auflösung ihm unmöglich schien, entwickelten sich dieselben auf eine wunderbare Weise.

Endlich schlug es drei Viertel vor ein Uhr, die Dame, die ihn zum Spielen aufgefordert hatte, winkte ihm jetzt aufzuhören, und plötzlich standen alle Paare still. Sogleich waren Tische und Stühle in die frühere Ordnung gebracht, und die Damen ließen sich auf ihre Sitze nieder und erquickten sich am Weine. Der Fiedler stand ganz verlegen da und wußte nicht, ob er bleiben oder weggehen sollte, da trat dieselbe Dame zu ihm und sprach: »Du hast uns eine angenehme Stunde bereitet, empfange nun auch deinen Lohn!« Indem sie diese Worte redete, hatte sie ihm das Wams ausgezogen und nahm ihm dann schmerzlos den Höcker weg. Ehe sich unser Spielmann von seinem Staunen erholen konnte, schlug es ein Uhr, und mit dem Schlage war alles verschwunden, so daß er anfangs glaubte, er habe nur geträumt. Allein es war Wirklichkeit. Er tappte vorn und hinten und nach allen Seiten nach dem Höcker, denn er glaubte noch immer, derselbe habe sich durch das kräftige und angestrengte Spielen nur versetzt, doch nein, fort war er für immer, und der Spielmann stand da, schlank und wohlgebaut und fast um einen halben Fuß größer, als er vordem war, denn der Hals war zwischen den Schultern hervorgetreten, und das Rückgrat hatte sich um einen Wirbel verlängert. Er eilte nach Hause zu seiner Frau, die ihn im ersten Augenblick nicht wiedererkannte und mit Entsetzen und Verwunderung das seltsame Erlebnis ihres Mannes vernahm. Es folgte aber noch eine neue Überraschung, denn als sie ihrem Manne das Wams ausziehen half, fand sie, daß dasselbe ganz außerordentlich schwer war. Bei näherer Untersuchung der Taschen ergab sich, daß dieselben mit blanken Gold- und Silbermünzen gefüllt waren.

Dadurch war nun das Glück der armen Spielmannsfamilie begründet. Eine so auffallende Metamorphose, wie sie sich bei hellem Tage erst recht zeigte, erregte, wie natürlich, bei allen, die den Spielmann früher in seiner Verkrüppelung gekannt hatten, das größte Aufsehen. Im Wirtshaus, auf Markt und Gassen mußte er oft das ganze Erlebnis erzählen, und dies tat er denn auch unverdrossen und mit sichtbarem Wohlbehagen, und alle hörten gern zu und freuten sich seines Glückes. Nur einer von seinen vielen Bekannten war ihm deshalb neidisch und scheelsüchtig. Es war ein Fachgenosse, ein Fiedler wie er, der sich von ihm nur dadurch unterschied, daß er den Buckel vorn trug, während der andere ihn ehemals hinten hatte. Sein Neid wuchs mit jedem Tag und wurde bei ihm noch besonders dadurch genährt, daß er glaubte, auf der Geige ein viel bedeutenderer Künstler zu sein als der glückliche Buckelbefreite. Er harrte daher mit Sehnsucht auf die nächste Quatembernacht und erwartete für sein besseres Spiel auch eine größere Belohnung. Mit jedem Tag wurde ihm der Buckel drückender und schwerer, er wußte nicht, daß der Neid auch alle körperlichen Gebrechen ausdehnt und vergrößert. Endlich war die Quatembernacht gekommen, und mit dem Glockenschlag zwölf stand er mit seiner Fiedel in der Hand am Pervisch und sah nun mit seinen eigenen Augen genau dasselbe Schauspiel, wie sein Fachgenosse es ihm geschildert hatte. Alsbald forderte eine der Damen ihn zum Spielen auf, und er begann die schönsten Weisen, die er wochenlang eingeübt hatte. Die lustigsten Melodien schlugen ihm aber in Klage- und Trauertöne um, und nur langsam und trübselig bewegten sich die Tänzerinnen vom Fleck. Ein gellendes Gelächter, Zischen und Pfeifen erschallte in der Luft, allein der Spielmann hörte es nicht. Er bemerkte in seinem Dünkel auch nicht, daß er immer falschere Akkorde griff, und fiedelte daher wacker drauf los, bis der Bogen ihm vor Müdigkeit aus den Händen fiel. Da hörte der Tanz auf, und keck und dreist näherte sich der Spielmann der Dame, die am Tisch den Vorsitz führte, und erkannte mit großer Verwunderung darin die Frau Bürgermeisterin. »Ei, ei, gestrenge Frau«, redete er sie voll Übermut an, »was würde wohl der hochweise Herr Gemahl sagen, wenn er wüßte, daß auch Sie zu den Besenstielreiterinnen gehören? Doch haben Sie jetzt nur die Gewogenheit, mir den Lohn für mein Spiel zu geben, der, wie ich hoffe und erwarten darf, für mich etwas reichlicher ausfallen dürfte als für den Stümper, der den Damen neulich aufgespielt hat.« Er hatte sich inzwischen Wams und Hemd ausgezogen und stand, weil es eine kalte Herbstnacht war, schlotternd und zitternd da. Ohne ein Wort zu sagen, hob die Dame den Deckel von einer silbernen Schüssel, nahm den darin aufbewahrten Höcker seines Gesellen hervor und fügte ihm denselben schmerzlos in den Rücken. Da tönte es ein Uhr vom Münster her, und alles war im Nu verschwunden. Unser Neidhard stand noch allein da, war nun mit einem doppelten Bollwerk versehen und mußte dann, schwerer beladen, als er gekommen war, nach Hause gehen.

Noch viele Jahre zog er so durch die Straßen der Stadt als ein Warnzeichen für alle, daß Neid und Dünkel die beschämendsten Strafen verdienen.

Der Schuster und die Haut des Gerbers

Tilman Röhrig

Die Not ist ein Gast, der leise kommt. So vorsichtig wie der laue Wind, der die Schwüle vor einem Gewitter stört. Das ist heute noch genauso wie damals, vor zweihundert Jahren.

Der Schuster Mathias Hecht aus Prüm hörte die leisen Schritte der Frau Not nicht, als sie seine Werkstatt betrat. Vielleicht war das Geschrei seiner acht Kinder schuld daran, vielleicht. Erst als er die Kammer aufschloß, in der seine Ledervorräte lagerten, bemerkte er, wer bei ihm zu Gast war, denn nirgends fand er noch ein Stück Leder. In jedem Winkel saß Frau Not, schweigsam und beharrlich.

Der Hunger von Kindern ist jeden Morgen neu, so neu, als hätten sie ihn gerade erst beim Krähen des Hahns entdeckt. Und Mathias Hecht ging von einem Gerber in Prüm zum anderen, aber keiner wollte ihm Leder borgen, und ohne Leder gab es keine Schuhe, ohne Schuhe kein Geld, und übrig blieben Not und Hunger.

Zwei Gassen weiter wohnte der reiche Gerber Heinrich Jeeps. In der Nacht vom 16. auf den 17. August wälzte ihn ein Traum hin und her. Er sah sich sterben, er spürte, wie der Teufel ihn an den Zehen faßte und hinter sich her durch den heißen Hohlweg in die Hölle schleifte. Jäh wurden seine Hände gepackt, eine Stimme schrie: »Rette deine Haut! Du mußt bald sterben! Nur wenn der Teufel dein Fell nicht bekommt, wird deine Seele erlöst!«

Schweißgebadet wachte Heinrich Jeeps auf, zitternd griff er nach der Wasserkaraffe und trank in gierigen Zügen. Die Bilder des Traums blieben den ganzen Vormittag, sie trieben dem reichen Mann die Schweißperlen auf die Stirn.

Später, gegen elf Uhr, betrat der Schuster Mathias die Gerberei. »Was willst du?« fuhr Heinrich Jeeps auf, denn er haßte arme Leute.

Mit gesenktem Kopf bat der Schuster um etwas Leder, er würde alles mit Zinsen zurückzahlen.

Im ersten Moment wollte der reiche Jeeps den schmächtigen Schuster hinauswerfen, doch dann besann er sich. »Hör zu, ich helf dir, wenn du mir versprichst, das zu tun, was ich dir auftrage.«

Mathias Hecht wollte alles versprechen, wenn er nur seinen Kindern wieder Brot kaufen könnte.

»Überleg es dir gut!« ermahnte ihn der Gerber. »Es wird schwer werden.«

»Ich schaff es schon«, drängte der Schuster. »Gib mir das Leder, dann schaff ich es bestimmt.«

Heinrich Jeeps stand auf, ergriff den Schuster an der Schulter und sagte mit heiserer Stimme: »Ich muß bald sterben. Ja, ich fühle es schon in allen Gliedern. Nach meinem Tod sollst du drei Nächte an meinem Grab wachen. Hörst du, drei Nächte mußt du meine Haut bewachen. Der Satan darf sie nicht bekommen.«

Der Schuster schluckte erschrocken.

Schnell fuhr Heinrich Jeeps fort: »Gelingt dir das, dann hast du deine Schuld bezahlt.«

Mathias Hecht dachte an die hungrigen Augen seiner Kinder. »Ich mach's. Deine Haut werd ich hüten, als wär's meine eigene.«

Die beiden Männer, der dickbauchige Gerber und der kleine, hagere Schuster, besiegelten das Geschäft mit einem Händedruck.

Und Mathias Hecht lud schön weichgegerbte und glatte Felle auf seine Schultern und schleppte sie in die Werkstatt. Dreimal machte er den Weg. In seiner Vorratskammer war von nun an kein Platz mehr für Frau Not.

Schon nach einem Monat wurde der Gerber krank. Auf den Gassen erzählten die Menschen, daß es bald mit ihm zu Ende ginge. Mathias Hecht war kein mutiger Mann, und er betete für den Kranken. Vergeblich, nach drei Tagen standen die Türen im Hause des Heinrich Jeeps weit offen. Alte, schwarzvermummte Weiber gingen ins Totenzimmer und klagten an der Bahre des Verstorbenen.

Jetzt erst erzählte der Schuster seiner Frau und den Freunden von seinem Versprechen, das er dem Toten gegeben hatte. »Was soll ich nur tun?«

Sein Nachbar lachte. »Niemand weiß von der Abmachung. Bleib zu Hause, und laß dem Teufel die Seele! Er soll besser die holen als unsere!«

Ernst wehrte die Frau des Schusters ab: »Nein, Mathias. Der Gerber hat unseren Kindern das Leben gerettet. Jetzt mußt du seine Seele retten. Geh und frag den Pastor!«

Schweren Herzens zog Mathias Hecht seine Sonntagsjacke an, ging zum Pfarrhaus und erzählte alles.

Der Pastor von Prüm war ein breitschultriger Mann mit buschigen Brauen und feuerroten, gekrausten Haaren. Seine großen Hände lagen auf der Bibel. »Mathias«, sagte er, »wenn du's versprochen hast, mußt du auch in den drei Nächten zum Grab hingehen.«

Der Pastor sah, wie die Angst den schmächtigen Schuster schüttelte. Da fuhr er mit blitzenden Augen fort: »Aber ich helf dir. Das Fenster der Sakristei geht zum Kirchhof hinaus. Da werd ich wachen und dir beistehen.« Jetzt ballte der fromme Mann die Fäuste. »Und mit Gottes Hilfe werden wir dem Satan die Seele abjagen!«

Am Abend vor der ersten Nacht, so gegen zehn Uhr, ging der Schuster zum Pastor, und gemeinsam betraten sie den Kirchhof. Mathias Hecht trug die Blendlaterne, der fromme Mann hielt in der rechten Hand ein Kreuz, in der linken trug er Weihrauch und gesegnetes Wasser.

Nieselnde Nebelschwaden strichen über die behauenen Steine. Die frisch aufgeworfene Erde am Grab des Gerbers roch modrig, und der Schuster wünschte sich nach Hause zurück in die warme Stube.

Allein der Pastor sagte mit heiserer Stimme: »Mathias, stell dich ganz dicht ans Grab!«

Zögernd gehorchte der Schuster. Er sah, wie der rothaarige Pastor mit dem Schaft des Kreuzes einen Kreis um ihn und den frisch aufgeworfenen Erdhügel zog, den Kreis mit Weihwasser besprenkelte, Weihrauch verbrannte und schließlich den Bannkreis segnete.

»Gib mir die Laterne, und verlaß dich auf die Kraft der Jungfrau Maria!« Damit ließ der Pastor den Schuster in der Finsternis allein, eilte in die Sakristei, weit öffnete er das Fenster zum Kirchhof hinaus. Das Kreuz umklammerte er mit beiden Händen.

Stunden vergingen. Mathias Hecht fror. Nebelnässe kroch in seine Kleider. Kurz nach Mitternacht schreckte er auf. Zwei Krähen setzten sich kreischend auf den Stein des Nachbargrabes. Dann hörte er Pferdegetrappel. Es kam immer näher, Räder quietschten, und plötzlich sah Mathias vier Pferde, vor einen riesigen Heuwagen gespannt, über den Kirchhof galoppieren. Sie hielten direkt auf ihn zu!

»Heilige Jungfrau, hilf!« In seiner Angst warf sich der kleine Schuster auf den Grabhügel, krallte seine Hände in die modrige Erde.

Aus den Nüstern der Pferde schlugen Feuerlohen, die glühenden Hufe stampften zischend und funkensprühend über die Gräber, immer näher und näher. Jetzt konnte Mathias bereits in die weißen Augäpfel der Hengste sehen. Da bäumten sich die vier Pferde gleichzeitig auf, acht rotglühende Hufe wirbelten über ihm, stockten jäh und sanken langsam zur Erde. Genau vor dem Bannkreis stand das unheimliche Gespann.

Vom Sakristeifenster dröhnte ein Ave Maria herüber. Zitternd richtete sich der Schuster auf. Er rieb sich die Augen, ungläubig schüttelte er den Kopf: Die Stelle, an der gerade noch das teuflische Gespann gestanden hatte, war leer. Jetzt flogen auch die beiden Krähen krächzend auf und verschwanden im Nebel. Zurück blieb der beißende Geruch von versengtem Fell.

»Mathias!« rief der Pastor mit fester Stimme über den Kirchhof. »Rühr dich nicht von der Stelle! Wir werden den Satan besiegen.«

So verging die erste Nacht.

Am Abend des nächsten Tages setzte sich Mathias wieder in den gesegneten Kreis. Der Pastor bezog seinen Posten am Sakristeifenster, und schweigend warteten sie auf die erste Stunde nach Mitternacht.

Doch nichts geschah. Nur das Blut rauschte dem ängstlichen Schuster in den Ohren, sonst war kein Laut in der Grabesstille zu hören.

Plötzlich knackte ein Zweig. Mathias wagte nicht, den Kopf zu bewegen. Da! Wieder brach ein Zweig, irgendwo hinter ihm.

Unvermittelt lachte eine dunkle Stimme in seinem Rücken, regungslos blieb der schmächtige Mathias sitzen.

»Na, du kleiner, armer Schuster!«

Irgendwo hatte er diese Stimme schon einmal gehört, Mathias hielt den Atem an.

»Du Hungerleider. Dreh dich um! Wir sind doch alte Freunde. Na los!«

Diese Stimme! Ganz langsam wandte der Schuster den Kopf. Hinter ihm stand ein dickbauchiger Mann, die Blendlaterne hielt er in der linken Hand.

»Na, kennst du mich? Kennst du mich noch?« Mit einem Ruck hob der Mann die Laterne, und der Schein fiel auf sein Gesicht.

Mathias sprang auf. Vor ihm stand der reiche Gerber Heinrich Jeeps.

»Du ... du bist gar nicht tot?« stotterte er.

»Ach was!« lachte der Gerber. »Ich wollte dich nur prüfen!« Damit zog er einen Beutel aus der Tasche. »So, und nun will ich dich für deine Ehrlichkeit belohnen. Hier sind hundert Taler. Nun komm aus diesem lästigen Kreis heraus, und wir gehen nach Hause.«

Mathias schluckte. Hundert Taler, die bedeuteten neue Kleider für acht Kinder, Wolljacken und Mützen! Mehr noch. Mit hundert Talern könnte seine Familie drei Jahre sorglos leben, mit hundert Talern war er, Mathias Hecht, ein reicher Mann.

Der Gerber schaukelte den Beutel hin und her. Hell klimperten die Münzen, und der Schuster ging den ersten Schritt auf den dickbauchigen Mann zu.

Da donnerte die Stimme des Pastors über den Kirchhof: »Willst du wohl stehen bleiben! Rühr dich nicht, du einfältiger Kerl!«

»Hör nicht auf den Pfaff! Komm her!« zischte der Gerber. »Hier warten hundert Taler! Na los, beweg dich!«

Mathias starrte auf den Geldbeutel, dann wieder zur Sakristei hinüber.

Jetzt schmetterte der rothaarige Pastor ein Ave Maria, das Gebet hallte an der Kirchhofmauer wider.

Sofort verzerrte sich das Gesicht der großen Gestalt. Die Blendlaterne fiel auf die Erde. »Verdammte Pfaffenpest!« Der dickbauchige Mann hob den linken Fuß. Für einen Moment erblickte der Schuster den Teufelshuf, schon zersplitterte die Laterne, mit einem Fluch verschwand der Satan in der Nachtfinsternis.

Benommen wischte sich Mathias den Schweiß von der Stirn und bekreuzigte sich zweimal.

Am Abend vor der dritten Wache gab der rothaarige Pastor dem Schuster einen Stock, an dessen Ende ein großer Haken befestigt war. »Heute nacht gilt's«, knurrte der fromme Mann. »Heute nacht muß der Satan die Haut holen, sonst hat er die Seele verloren.« Er beschwor Mathias, nie den gesegneten Kreis zu verlassen. »Wenn du es doch tust, so war alles vergebens.«

Mathias Hecht setzte sich auf den Grabhügel, den Haken hielt er mit beiden Händen wie eine aufgestellte Lanze.

Vom Kirchturm schlug es Mitternacht. Die Sterne glitzerten hell am Himmel, kein Windhauch berührte die Blätter der Bäume und Büsche.

Kaum war der letzte Glockenschlag verklungen, als sich ein Rabe auf den Stein des Nachbargrabes setzte. Er schlug mit den Flügeln, er stieß einen schrillen Schrei aus. Mathias zuckte zusammen. Gerade wollte er mit dem Haken nach dem Vogel schlagen, da hielt er erstarrt in der Bewegung inne. Die Sterne waren nicht mehr zu sehen. Ein flügelschlagendes Heer großer schwarzer Raben stürzte auf den Kirchhof nieder. In wenigen Augenblicken umlagerten die riesigen Vögel dichtgedrängt den gesegneten Kreis und wetzten die Schnäbel.

Mathias fror vor Angst. Er war aufgestanden. Die Vögel reichten ihm bis zur Hüfte, die scharfen Schnäbel waren so groß wie eiserne Steinhacken.

Jetzt rauschte es in der Luft, und der Schuster riß den Kopf zurück. Ein mächtiger Vogel landete direkt vor dem geweihten Kreis. Er überragte das Rabenheer fast um das Doppelte. Sein Schnabel war gebogen und glänzte wie eine geschliffene Sichel. Einen Atemzug lang starrten die kalten Augen Mathias an, dann öffnete sich die scharfe Sichel: »Graabt! Graabt!«

Sofort schlugen gut hundert Eisenschnäbel in den Boden. Krallen warfen die gelockerte Erde nach hinten, immer wieder, immer tiefer.

»Graabt! Graabt!« Das Ungeheuer trieb sein Rabenheer mit krächzender Stimme an.

Der Schuster sah hilflos zu, wie der Graben um den geweihten Kreis immer tiefer wurde. Bald konnte er auf die hackenden Schnäbel hinuntersehen. Und dann, dann rissen die Vögel eine Höhle in die Erde unter dem Grab!

Laut stöhnend beobachtete Mathias, wie die Raben den Sarg des Heinrich Jeeps aus dem Loch herauszerrten. Verzweifelt schrie er: »Sie holen den Gerber! Sie holen ihn!«

Der Pastor rief vom Sakristeifenster: »Halt aus! Schuster, halt aus!« Unerschütterlich betete der fromme Mann mit lauter und fester Stimme.

Doch umsonst. Der riesige Anführer flatterte auf den Sarg, hob den Kopf, und wie ein Beil schlug er die Schnabelsichel in das Holz. Helle Späne flogen. Nach wenigen Atemzügen splitterte der Sargdeckel. Und da lag die Leiche, bleich und ungeschützt.

Mit einem Schnitt zertrennten die scharfen Krallen das Totenhemd. Die Raben hockten immer zwei aufeinander und sahen ihrem Herrn mit gierigen Augen zu. Wie ein geübtes Gerbermesser schlitzte der gebogene Schnabel die Haut des Toten auf, vom linken Ohr bis hinunter zur linken Ferse. Dann setzte er die Krallen an und häutete die Leiche.

Entsetzt schloß der kleine Schuster die Augen und wimmerte: »Jetzt hat er das Fell. Oh, Jungfrau! Jetzt hat er das Fell.«

»Nimm den Haken! Rette die Haut der armen Seele!« schrie der Pastor über den Friedhof.

Mathias riß die Augen wieder auf. Da, da unten lag der Tote, daneben die Haut mitsamt den Haaren. Fest packte der Schuster den Stock, mit aller Kraft schlug er den Haken in die Haut.

Krächzend fuhr der Kopf des Riesenvogels herum.

Mathias zog und zerrte. Im selben Moment stürzten sich gleich zwanzig Raben auf das Fell des Gerbers. Kreischend und zischend krallten sie sich in die Haut und flogen auf. Doch Mathias ließ den Stock nicht los, sammelte alle Kraft. Mit einem gewaltigen Ruck riß er die Haut in den geweihten Kreis.

Sofort fiel eine tödliche Stille über den Kirchhof. Die Raben und ihr teuflischer Anführer starrten auf den kleinen Schuster.

Da schlug es vom Kirchturm ein Uhr. Mit dem dumpfen Schlag verschwanden alle Raben, zurück blieb ein Gestank von Schwefel und Fäulnis.

Jetzt jubelte der rothaarige Pastor vom Sakristeifenster herüber. »Mathias Hecht! Heute nacht hast du mehr verdient als alles Geld auf der Welt. Du hast eine arme Seele gerettet!«

Doch das hörte der tapfere Schuster nicht mehr. Er lag in tiefer Ohnmacht, das Fell des Gerbers noch am Haken.

Und hast du Angst um deine Seele. Geh nach Prüm! Denk daran, dort wird dem Teufel mit Haken und Gottvertrauen die Seele abgejagt.

Die Hölle von Prüm

Josef Zierden

»Denn du bist Erde und sollst
wieder zu Erde werden.«

Wogende Tannennacht am Kraterrand. Auf einem zerborstenen Betonklotz versickerte Blut im Moos, tropfte herab auf düsteres Nadelgewirr am Boden. Ein lebloser Körper krümmte sich über verrostetem Eisengestänge, glitt gegen ein kahles Baumskelett. Lehmige Erdbrocken schwemmten sich auf in Blut. Bizarre Schatten flohen über modernde Holzstufen hinweg, einer ragenden Kreuzwegstation entgegen. Klumpenschwer stapfte eine behäbige Erdgestalt vor den gekreuzigten Christus, den bleiches Mondlicht entrückte. Unruhig flackerten lehmige Sehpaare zum granitenen Kraterkreuz hinauf, bröckelten armwärts und beinwärts blutige Erdklumpen zum zerrissenen Bunkerrest hinab. Schwer ächzend schob sich die Gestalt dahin, schnaufte tief, stampfte weiter.

»Das Geheimnis lüften...« – »Unglück oder Sabotage« – »Jetzt endgültig geklärt!« Ein halbes Jahrhundert dunkler Rätsel lag lastend über dem nächtlichen Berg. Über Prüms heiligem Andachtsberg. Wohinauf über die Jahrhunderte fromme Bürgerscharen gepilgert waren mit all ihrer Sündhaftigkeit und Schwäche zu Gottes ewigem Verzeihen, zur einsam entrückten Bergkapelle über dem engen Jammertal; wo steinerne Kreuzwegstationen über die Zeiten hinweg eindringlich gemahnt hatten an Christi Leiden und Sterben und ewiges Auferstehen im Triumph über Teufel und Tod; wo murmelnde Frömmigkeit sich über Äonen gereiht hatte zur ewigen Litanei von menschlicher Schwäche und Schuld und Hoffnung auf Vergebung – da hatten mörderische braune Horden in den 30er Jahren unseres Jahrhunderts todbringende Tiefen gegraben und in stählerne Betonkorsette gepreßt zum vorgeblichen Schutz gegen den Feind. Und der wiederum stopfte nach blutigem Sieg in endlosen Wagenfuhren gigantisches Vernichtungsmaterial in die tiefen Erdlabyrinthe des geschändeten Andachtsbergs. Gequälte Erde, blutig geschunden. »Gelitten, gekreuzigt, gestorben und begraben ...« – »Mein Volk, was habe ich dir getan ...« – »Vater, vergib ihnen, denn sie wissen nicht, was sie tun ...« – »Abgestiegen zu der Hölle ...«.

Heftiger Wind durchbrauste die nächtliche Kraterhöhe, peitschte bedrohlich den tiefen Kratersee auf, wirbelte umher in düsteren Kronen und Ästen. Was quälte sich doch die Erde in der Erinnerung, was grollte und bebte und zürnte sie in den erinnernden Nachwehen jenes schwarzen Freitags in Prüm vor einem halben Jahrhundert, an einem heißen Sommertag. Als plötzlich die Feuerglocken Sturm läuteten und die Menschen arglos wieder einmal Wald-

brand vermuteten. Aber dann klang es anders. »Feuer im Stollen!« – »Rauchwolken aus dem Bunker!« Wie Alarmfanfaren hallte es allerorten durch die Gassen. Mit einem Mal lauerte der Tod wieder über der ganzen Stadt. Hetzte Frauen und Kinder und Männer im kreischenden Gewimmel durcheinander, trieb alles Leben aus den Häusern, peitschte es entlegene Hänge hinauf. Mit Donnergrollen drohte er und mit gewaltigem Beben. Er jagte schwindelnde Feuersäulen in die Luft, warf zentnerschwere Schuttmassen weit über das Land. Hüllte alles Leben in rotstaubige Finsternis. Betonfetzen und Baumspeere in staubersticktер Trümmerlandschaft. Wahrhaftig: »Die Hölle von Prüm« ... Die Zeitungen schrieben es im ganzen Land, und biblische Drohklänge durchzitterten die knalldicken Lettern. Bilder der Verwüstung gingen von Hand zu Hand. »Abgestiegen zu der Hölle ...« – Hella. Totenreich. Ort der Verdammten.

Längst hatte Natur die Spuren der Vernichtung überwuchert, hatte der Mensch den Totenberg zurückerobert, hatte Bausteine getürmt, hatte Stahlteile in die Luft geschraubt und labyrinthische Spazierpfade getrampelt.

Die stampfende Erdgestalt spähte gekrümmt zum riesigen Stahlmasten auf der Hochfläche. Wie ein drohendes Skelett starrte es in die düstere Nacht, legte seine Schatten über das steinerne Wasserhaus am Waldrand. Derweil die irdene Nachtgestalt umherirrte auf der windigen Hochfläche und nachspürte den verwehten Spuren menschlicher Frömmigkeit und irdischen Frevels. Dem Erdboden gleichgemacht war längst schon die einsame Andachtskapelle. Blutgetränktes Erdreich hüllte die zerfetzten Steinbilder der Engel und Apostel, die zersplitterten Kruzifixe und Gottesbilder. In den Alltagsarchiven der Erinnerung zerbröselten die Namen der Toten und Verletzten der verheerenden Explosionskatastrophe von einst. Gerne sah der Berg sie verwesen im Grab der Geschichte. Gerade, wenn runde Jubiläen Forscherneugier wieder entfachten. Unruhig schaute die dunkel-klumpige Erdgestalt zwischen Baumspeeren hindurch auf die aufgewühlten Kraterseen, auf denen die Nachtwolken immer heftiger Sturm liefen und fetzten. Stapfte unruhig weiter im düsteren Kraterrund, im ewigen Kreislauf von Zürnen und Beten und Hoffen und Fluchen. War ja immer noch ungeklärt: die Ursache der Explosionskatastrophe vor einem halben Jahrhundert. Wie das Baumgewimmel im Kraterschlund wucherte noch immer die Spekulation. Politische Sabotage? Leichtsinn der Wachmannschaften, einer bunt zusammengewürfelten Truppe von Ungarn, Jugoslawen und Deutschen? Und den ungarischen Wachmann: was hatte den eine Stunde vor der verhängnisvollen Explosion hinunter in die Stadt getrieben, weg von der Wache vor dem Stolleneingang? Waren nicht zwei von ihnen damals spurlos verschwunden? Richtung Australien? Oder gar ins Innere der Erde? Verschüttet oder regelrecht verschlungen?

Gleichwohl die Knaben, die in späteren Jahren immer wieder die Grabesstille über dem Kratersee störten, mit ihrem Kreischen, Jauchzen, Paddeln. Auch sie, hinabgeschlürft und ausgelöscht.

So viele offene Fragen, so viele dunkle Geheimnisse immer noch. Die gequälte Erde jedenfalls hatte sich gewehrt und würde sich weiter wehren. Damit der geschundene Berg endlich seine Ruhe fand.

Und heute? Was sollen da neuerlich ausgegrabene Beweisstücke? Erdbeschmierte Tagebuchblätter und Briefe? Spurensuche bis Australien? Der reichlich ungesunde Ehrgeiz eines jungen Geschichtsforschers. Am gekreuzigten Jesus vorbei stieg die düstere Erdgestalt modernde Erdstufen hinab. Betrachtete den leblosen Körper, starrte auf das rostige Eisengestänge auf zerborstenem Beton. Sie mußte sich wehren, die geschundene Erde von Prüm. Unter die Erde wünschte sie sich die Frevler und Sünder, in ihre Hölle, die immer noch unsichtbar loderte tief im Berginnern, mochten auch wuchernde Kräuter und Sträucher und Bäume ihr grünes Kleid über Narben und Wunden gelegt haben. Düstere Klumpenschatten legten sich über die leblose Gestalt beim Baumskelett. Und schon öffnete die Erde einmal mehr ihr gefräßiges Maul ...

Der Mond aber glänzte schon bald wieder golden über die idyllische Berghöhe von Prüm.

Die Erscheinung auf dem Galgenfeld

A. J. Flecken

Hoch liegt und frei und heiter
Das Aachner Königstor
Und zehn Minuten weiter
Das Galgenfeld davor.

Hier stand in alten Zeiten
Der Galgen und das Rad,
Und manche hier bereuten
Die schwarze Sündentat.

Und manche sah man schweben,
Am Galgen aufgeknüpft.
Schwert trennte hier das Leben,
Manch Kopf hat hier gehüpft.

Manch Sünder ward zerrissen
Mit Pferden hier zur Schau,
Wann ihm die Brust zerschmissen
Zuerst der Gnadenhau.

Hier brannten hohe Flammen,
Es war der Hexen Straf,
Oft über den zusammen,
Den blindes Urteil traf.

Als ob nur Fluch erscheine
Auf diesem ganzen Feld,
So trägt's nur weiße Steine,
Sobald der Regen fällt.

Wo Rad und Galgen standen,
Da wuchs seitdem heran
Die Eiche, die vorhanden
Noch jetzt in diesem Bann.

Und aus der Eiche Zweigen
Dem Wandrer flüstert's zu
Bei nächtlich stillem Schweigen:
»Oh bet für unsre Ruh!«

Oft hört man nachts sie schreien,
Die einst hier schwer gebüßt:
»Könnt ihr denn nur verzeihen
Durch Tod und Blutgerüst?«

Es rauscht, und alle Sünder
Stehn lebend wieder da;
Man sieht auch das nicht minder,
Was einstens hier geschah.

Und betend dort erscheinet,
Der sie zum Richtplatz bringt,
Ein Priester, und es weinet
Das Volk, das sie umringt.

Und hat das Volk gebetet,
Dann schreit der Sünder Not,
Bis ihn von Qual errettet
Zuletzt der gütge Tod.

Der Priester ruft, es hallet
Weit durch die Felder nach:
»Ihr Leut, zum Seil gewallet,
Gelöscht des Hauses Schmach!«

Zu dem Erhenkten wanken
Die ihm zunächst verwandt,
Und wo die Seile schwanken,
Ziehn sie mit fester Hand.

Alsdann herrscht Todesstille,
Es schallt des Priesters Wort:
»Es trieb sie böser Wille,
Sie suchten selbst den Ort.

Wie hier versöhnt sie kehren
Zurück ins Geisterreich.
Mag Friede Gott gewähren!
Und Gott behüte euch!«

Dann weht ein hohles Brausen
Die Geister weg im Nu,
Es bleibet nur das Sausen
Im Eichbaum sonder Ruh.

Es krächzen hier die Raben,
Es schreit die Eule laut,
Bis über Berg' erhaben
Die Morgenröte schaut

Bereitschaft

Manfred Heup

Bereitschaft: Schon das Wort läßt mich schaudern. Bereit sein für irgendeinen Mist, den es zu beseitigen gilt, ständig auf dem Sprung sein und warten, daß es losgeht. Hoffentlich klingelt das Telefon nicht. Heute, an diesem schönen *heiligen* Abend.

In der Tat: Es ist Heiligabend, und ich habe Dienst. Meist habe ich mich in der Vergangenheit ja drücken können, aber dieses Jahr hat es mich voll erwischt. Ich habe Bereitschaft.

Als zuständiger Meßbeamter muß es halt auch einmal sein. Frohes Fest, es wird schon gut gehen. Heute wird es keine Störung geben, an Heiligabend doch nicht, da bin ich mir ganz sicher.

Nein, das darf doch nicht wahr sein!

Das häßliche Klingeln des alten Wandtelefons reißt mich aus meinen Gedanken.

»Wer ist da, bitte? Ach, die Zentrale. Guten Abend, nein, Sie müssen sich nicht entschuldigen: Ich habe doch schließlich Bereitschaft. Wo ist sie denn, die Störung?« höre ich mich wie automatisch daherreden.

Dann bewußter – und lauter, allerdings nach dem Auflegen: »Das darf doch nicht wahr sein, in Hellenthal!«

Ausgerechnet diese einsame Station in den Tiefen des Daubenscheider Waldes meldet über das Signalnetz einen Alarm. Bei dem Wetter wird es kein Vergnügen, da oben hinzufahren. Hier in Bleibuir/Eifel hat vor einer Stunde leichter Schneefall eingesetzt. Daubenscheid liegt noch etliche Meter höher über dem Meeresspiegel, da sind mit Sicherheit schlechtere Wetterverhältnisse.

Sollte ich vielleicht einen Kollegen da oben anrufen und um Hilfe bitten? Heiligabend wäre das zwecklos. Die lassen das Telefon klingeln, ohne dran zu gehen. Außerdem haben die keine Bereitschaft, sondern ich. Warum habe ich mich bloß nicht krank gemeldet?

Es hilft alles nichts, ich muß fahren. Der Dienstwagen steht ja nicht grundlos in der Garage.

Am Ortsausgang von Hollerath biege ich ab in einen schmalen Waldweg. Der Lichterglanz der letzten Häuser verschwindet im Rückspiegel und mit ihm auch das letzte Stück Geborgenheit an diesem unseligen Abend.

Vor mir liegt kalte, dunkle Natur. Nur ungenau ist die Fahrspur zu erkennen. Eine unberührte, dreißig Zentimeter dicke Schneedecke bedeckt die unbewohnte Landschaft. Da soll ich jetzt, mitten in der Nacht, alleine reinfahren und das noch etwa acht Kilometer bis zur Station.

Die Reifen fressen sich in den trockenen Pulverschnee, der Wagen driftet hin und her. Ein geschlossener, hoher Fichtenwald rechts und links steht mir unheimlich und drohend Spalier. Unwillkürlich fällt mir der Satz aus Schillers *Wilhelm Tell* ein: *Durch diese hohle Gasse muß er kommen* ...

Mich beschleicht ein mulmiges Gefühl. Jetzt nur nicht steckenbleiben.

Immer tiefer fahre ich in diesen verschneiten, pechschwarzen Wald hinein. Die Lichtfinger der Autoscheinwerfer ertasten gleichsam den weiteren Verlauf der Straße. Durch den aufgewirbelten Schnee ist die Sicht fast gleich Null. Ich befinde mich auf einer Art Blindflug.

Fragmente des alten Westwalls tauchen schemenhaft aus dem Gestöber auf, Reste der Höckerlinie. Die pyramidenförmigen Betonkörper blecken mich an wie die Zähne eines Ungeheuers, als ich diesen von seinen nationalsozialistischen Erbauern *Siegfriedlinie* genannten Sperriegel mit der gegenwärtig schnellstmöglichen Fahrtgeschwindigkeit passiere.

Schleifende Geräusche unter dem Wagenboden lassen auf noch mehr Schnee schließen. Das Limit für meinen Kombi scheint erreicht. Mit letztem Schwung bugsiere ich den Wagen vor die Umzäunung der Station. An Weiterfahren ist nicht zu denken.

Krachend lege ich den Rückwärtsgang ein, mit Vollgas und vollem Linkseinschlag drehe ich das Auto auf der Stelle. Die Scheinwerfer beleuchten jetzt meine Zickzack-Spur hierher. Das sieht schon verwegen aus.

Jetzt erst einmal ausatmen, so ein waghalsiger Rallye-Ritt geht schon an die Nerven.

Ich stelle den Motor ab und lausche nach draußen. Nichts ist zu hören. Die unheimliche Stille wird nur von dem rhythmischen Knacken unterbrochen, das ein heißgefahrener Diesel beim Abkühlen von sich gibt. Fahles Mondlicht beleuchtet den Eingang der Station, die Ruine des alten Forsthauses Daubenscheid ist schemenhaft zu erkennen.

Bei Tag ist es einem hier schon nicht ganz geheuer, mitten in der Nacht erst recht nicht.

»Mensch, pack deine hundert und ein paar Kilo mehr und steig aus«, sage ich zu mir selbst. Außer mir ist doch hier keine Menschenseele, denke ich. Im Schnee wären verdächtige Spuren zu erkennen, oder doch nicht bei dem Gestöber?

Ich stapfe also zum Haupteingang des Bunkers, in dem die Fernmeldestation untergebracht ist. Alles ist ruhig, oder war da ein Geräusch im Unterholz? Ich bleibe stehen und lausche. Außer meinem Atem ist absolut nichts zu hören.

Die Augen gewöhnen sich langsam an die Dunkelheit. Mein mulmiges Gefühl überspiele ich: Quatsch, ein deutscher Inspektor hat keine Angst zu haben, basta!

Neben dem Eingang ragt ein Luftschacht gut einen halben Meter über die Erdoberfläche hinaus. Das Gitter ist ja immer noch nicht angebracht, denke ich. Ein schwarzer Schlund führt schräg nach unten ins Innere der Anlage. Die schwere Eisentüre hat sich durch den Frost verzogen, mit einem krächzenden, metallischen Laut gibt sie einem kräftigen Ruck nach. Kaltes Neonlicht beleuchtet spärlich die nach unten führende Treppe. So ein bißchen Licht tut richtig gut. Ich schalte auch die Außenleuchte ein. So, jetzt kann kommen, wer will. Ich klopfe den Schnee von Schuhen und Hose, dann steige ich hinunter ...

Ein lauter, dumpfer Knall aus der Tiefe läßt mich urplötzlich zusammenzucken. Es wird augenblicklich stockfinster.

Was war das? Ein Kurzschluß vielleicht? Die gelben Leuchtstreifen an den glitzernden, kalten Betonwänden schimmern matt in der Dunkelheit.

Mir wird heiß und kalt zugleich. Irgend etwas stimmt hier nicht. Mit feuchten Händen schließe ich die Haupttür zum Betriebsraum auf. Auch hier unten ist es völlig dunkel, nur die roten Leuchtdioden der technischen Geräte flackern wie die Augen einer hundertköpfigen Bestie. Leise brummen die Netzgeräte, offensichtlich hat die Anlage auf Batteriebetrieb umgeschaltet.

Richtig, aus dem Stromversorgungsraum dringt der schwefelhaltige Geruch der kochenden Batteriesäure. Jetzt fehlt nur noch der Drache selbst, denke ich und taste mit der Hand zum Notlichtschalter – nichts geschieht. Das darf doch nicht wahr sein, die Notbeleuchtung muß doch wenigstens funktionieren. Mein Unbehagen verstärkt sich.

Warum habe ich nicht die Handlampe mit heruntergeholt? denke ich. Ich haste also die Treppe hinauf und laufe in meiner Spur zurück zum Wagen. War da nicht wieder ein Knacken im Unterholz zu hören, ja, aus den Augenwinkeln heraus eine Bewegung auszumachen?

Mensch, fang jetzt nicht an zu spinnen, versuche ich mich zu beruhigen: Man kann sich auch in eine Spannung hineinsteigern!

Trotzdem würde ich mich jetzt am liebsten ins Auto setzen und mit Vollgas nach Hause fahren, nach dem Motto *Nichts wie weg hier!* Daheim sitzen sie jetzt bestimmt unter dem Tannenbaum und feiern Weihnachten. Und ich muß mich hier auf einer spukenden Betriebsstelle herumschlagen.

Der kräftige Strahl des Handscheinwerfers weist mir unbarmherzig den Weg zurück durch den glitzernden Schnee zum Bunker. Die Notbeleuchtung hat sich immer noch nicht eingeschaltet, die Treppe liegt nach wie vor im kalten Dunkel. Bevor ich hinabsteige, schwenke ich mit der Lampe noch einmal zum Wagen hinüber. Vor Schreck bleibe ich wie angewurzelt stehen. Mein Mund wird trocken, die Kehle schnürt sich zusammen. Da, am Lüftungsschacht, ist deutlich eine frische Schleifspur im Schnee zu erkennen! Sie führt aus dem Dickicht geradewegs auf diese Lüftung zu – und endet am fehlenden Gitter. Mein Gott, es muß also jemand durch den Schacht nach unten geklettert sein. Panische Angst befällt mich: Wer treibt sich am Heiligen Abend in diesem gottverlassenen Forst herum?

Die Spur war eben noch nicht da, da bin ich mir ganz sicher. Was nutzt es: Ich treibe mich erneut selbst zum Heldentum an. Die Lampe fest umklam-

mert, steige ich die Treppe hinab. Immer wieder lasse ich den Lichtkegel dabei kreisen, leuchte jeden erdenklichen Winkel aus.

Gottlob habe ich das Ding aufgeladen. Vorsichtig nähere ich mich der Haupttür. Sie steht noch offen, die Beleuchtung ist immer noch außer Funktion.

Der Luftschacht von oben endet hier unten im Stromversorgungsraum. Dort werde ich jetzt reingehen und nachschauen, was los ist.

Das plötzliche scharrende Geräusch hinter der Tür verwandelt meine eigensuggerierte Tapferkeit mit einem Schlag in Angst. Hoffentlich habe ich mich verhört, nein, da ist es wieder, ganz deutlich sogar. Ein unbestimmbares, aber bedrohliches, fremdartiges Knurren und Schnauben. Mein Gott, was ist hier los? Soll ich abhauen? Panik legt sich wie ein schwerer Eisenring um meinen Hals. Soll ich ... ... Da: Das Geräusch wird stärker. Ich sehe, wie die Tür förmlich erzittert. Von innen schlägt jemand dagegen.

Jetzt oder nie: Ohne einen weiteren Gedanken reiße ich die Tür auf, und aus dem stockfinsteren Raum rast ein schwarzer, riesiger Schatten genau auf mich zu. Instinktiv nehme ich den Arm mit der Lampe hoch, zu spät. Ein gewaltiger Stoß schlägt mir die Beine weg und läßt mich rückwärts zu Boden fallen. Heißer, wilder Atem fährt über mich hinweg. Noch ein, zwei schnelle Schritte, und der Spuk rast die Treppe hinauf und verschwindet.

Ich hangele, noch auf dem Rücken liegend, nach meiner Lampe und richte den Scheinwerferkegel in das Innere des Traforaumes. Das kalte Grauen steigt in mir hoch.

Ein völlig verkohlter Körper hängt zwischen den großen Sicherungsträgern der Hochspannungsleitung. Tot.

Es handelt sich, soviel ist noch zu erkennen, nicht um einen Menschen. Es ist ohne jeden Zweifel – ein Wildschwein!

Die zweite Sau hat mich einfach überrannt, als ich die Tür aufriß. Vielleicht hat sie sich noch mehr erschreckt als ich. Vielleicht sind die Sauen bei der Futtersuche in den Schacht geraten, ich kann sie nicht mehr danach fragen.

Ich habe mir auf der Rückfahrt mehrere Dinge, wenn auch nicht geschworen, so doch ernstlich vorgenommen: Ich will nie mehr alleine in der Nacht nach Daubenscheid fahren, und das Wort *Bereitschaft* wird aus meinem Wort- und Erfahrungsschatz gestrichen. Vielleicht mache ich den Jagdschein oder schreibe ein Kochbuch mit Wildrezepten, frei nach dem Beispiel: *Wilde Sau à la Daubenscheid auf dem Hochspannungsgrill.*

Zwergenfüße

Paul Weitershagen

Zu der Zeit, da die Menschen in Tälern wohnten, lebten um sie her in Klüften, Höhlen und zerfallenem Gemäuer die Zwerge. Das kleine Volk war freundlich und gut zu ihnen und nahm ihnen viel Arbeit ab. Wollte einer zum Beispiel frühmorgens mit seinem Tagewerk beginnen, war das meiste und schwerste davon oft über Nacht schon getan. Machte er dann ein erstauntes Gesicht, hörte er sich von hellem Gelächter umkichert, ohne daß er die Lacher sah.

Für gewöhnlich waren die Beschenkten mit ihren heimlichen Helfern zufrieden. Nur die Bauern erbosten sich sehr, wenn zuweilen unreifes Getreide geschnitten war. Meistens ging hinterher aber ein Unwetter nieder und ließ auf den Äckern kein Hälmchen heil. Dann war der Zorn schnell verflogen, und jeder lobte die hilfreichen Geister.

Geht es den Menschen aber zu wohl, setzen sie manchmal ihr Glück aufs Spiel. So war es auch mit einem Mann, der an drei Tagen hintereinander morgens die reifen Kirschen in seinem Garten gepflückt und auf dem Speicher abgestellt fand.

»Das haben die Zwerge getan«, sagten im Dorf die Leute, denen er das erzählte. »Sie kommen nachts, tragen lange Mäntel, haben die Füße umwickelt und vergnügen sich damit, den Menschen die Arbeit zu tun. Laß sie und stör sie nicht, sie könnten es dir verübeln!«

Der Mann aber hätte gern gewußt, warum die Wichtel ihre Füße umwickelten. Um das zu erfahren, streute er im nächsten Jahr um die Erntezeit einen Sack Asche um den Baum.

Am nächsten Morgen waren die Spuren vieler Gänsefüßchen zu sehen. Darum also umwickelte das Zwergenvolk seine Füße: Niemand sollte wissen, daß sie Füße wie Gänse hatten.

Er hatte nun nichts Eiligeres zu tun, als ins Dorf zu laufen, diesen und jenen anzuschwatzen und ihm gewichtig zu erzählen, warum die Männlein ihre Füße umwickelten.

Das aber nahmen ihm die Wichtel übel: Sie verwirrten seinen Verstand und ließen ihn irre sein bis an sein Lebensende. Dann zogen sie tiefer hinein in die Höhlen und Klüfte und halfen den Menschen nicht mehr.

Der Alte vom Schafbach

Peter Kersken

Damals, als das Wasser des Schafbach noch das große Mühlrad antrieb, als sich ächzend und knirschend die schweren Mahlsteine drehten, da war die Arbeit des Müllers in der Schafbachmühle sehr beschwerlich.

Jeden Sack Getreide, den die Bauern brachten, trug er auf seinen Schultern hinein in die Mühle, jeden Sack Mehl schleppte er wieder hinaus. Zwischendurch hatte er alle Hände voll zu tun, die alte Wassermühle in Ordnung zu halten, das Mühlrad zu reparieren, das Mahlwerk zu reinigen oder den Schieber am Mühlteich zu flicken.

So glich ein Tag im Leben des Schafbachmüllers dem vorigen, es gab nichts als Mühsal vom Sonnenaufgang bis zur Abenddunkelheit.

Die einzige Abwechslung zwischen all der harten Arbeit bescherte dem Müller vom Schafbach ein alter Wandersmann, der hin und wieder des Weges kam.

Stets machte er an der Mühle Rast. Dann setzte sich der Müller für ein halbes Stündchen zu ihm, sprach mit dem Alten über das Wetter, hörte, was es Neues gab in der Welt, und klagte ein ums andere Mal darüber, wie hart sein Tagwerk sei und daß es ihm immer beschwerlicher werde, es zu bewältigen.

Eines Tages brachte der alte Mann einen jungen Burschen mit. »Er sucht Arbeit«, sagte der Alte, »und da habe ich mir gedacht, die Schafbachmühle könne für so einen kräftigen Gesellen gerade der rechte Platz sein.«

Das gefiel dem Müller. Er behielt den jungen Mann bei sich, und der arbeitete so schnell und so gut, daß nun schon manches Mal am frühen Nachmittag alles getan war, was es in der Mühle zu tun gab. Wenn der Müller sich dann die Sonne auf die Nase scheinen ließ, ging ihm hin und wieder durch den Kopf, daß er sein Glück vor allem dem Wandersmann zu verdanken habe, der ihm den Burschen ins Haus gebracht hatte.

So fragte er den Alten, als der das nächste Mal zur Schafbachmühle kam, wie er ihm seine Freundlichkeit zurückzahlen könne.

»Laß gut sein. Ich will nichts von dir«, sagte der alte Mann lächelnd.

»Aber ich bin in deiner Schuld«, erwiderte der Müller.

»Ach was, ich habe dir einen jungen Burschen ins Haus gebracht, der dir deine Arbeit wegnimmt«, lachte der Alte, »so daß du unglücklicher Mann jetzt gelangweilt herumsitzt.«

Da mußte auch der Müller lachen.

»Es ist schon was dran an dem, was du sagst«, meinte er nach einer Weile, »zuerst war es ganz schön, in der Sonne zu liegen und zu faulenzen, aber ab und zu langweilt es mich jetzt schon. Doch mehr Arbeit für den Gesellen und mich gibt es nun mal nicht.«

Ein paar Tage später kam ein Bauer aus Steinfeld mit zwei Dutzend Säcken

Roggen. »Bisher habe ich mein Getreide zum Mahlen in die Urftmühle gebracht«, sagte er, »aber ein alter Wandersmann hat mir erzählt, das Mehl aus der Schafbachmühle sei das feinste, das er je gesehen habe.«

Am nächsten Donnerstag kamen drei Bauern aus Mechernich mit ihrer gesamten Getreideernte zum Schafbach, weil sie von einem alten Mann gehört hatten, nirgendwo werde so schnell und so gut gemahlen wie hier.

In der Nacht darauf lag der Müller lange wach und grübelte darüber, warum der Alte so sehr um sein Wohlergehen besorgt war. »Irgendwas wird er schon dafür haben wollen«, dachte er bei sich.

In den folgenden Wochen brachten viele Bauern ihr Korn zur Schafbachmühle, Bauern, die der Müller nie zuvor gesehen hatte. Das Mühlrad klapperte den ganzen Tag, und die schweren Mahlsteine drehten sich unablässig, der Geselle schuftete für zwei, und der Geldbeutel des Müllers füllte sich.

So hatte er allen Grund, froh zu sein, doch statt dessen lag er des Nachts immer häufiger schlaflos in seinem Bett und dachte über den Wandersmann nach, dem er sein Wohlergehen zu verdanken hatte.

»Ich bin tief in seiner Schuld«, sagte der Müller zu sich, »und wenn er eines Tages etwas von mir haben will, dann muß ich es ihm geben, egal was es ist.« Nächtelang grübelte er darüber, was der alte Mann wohl von ihm fordern könnte.

Lange schon hatte er ihn nicht mehr gesehen, doch eines Tages stand der Alte lachend vor der Mühle. Der Müller erschrak heftig, als er ihn sah.

Ängstlich gesellte er sich zu dem Wandersmann. Der sprach vom Wetter und von mancherlei Sonderbarem, das ihm auf seiner Wanderschaft begegnet war.

Mit jeder Minute, die verstrich, wurde die Angst des Müllers größer, und plötzlich fiel sein Blick auf die dicken Wanderschuhe des Alten. Sie waren so schwer und klobig, da konnte alles Mögliche unter dem braunen Leder versteckt sein, und den Müller packte das Grauen. Als der alte Mann sah, wie sein Gegenüber aus großen Augen gebannt auf seine Schuhe starrte, war ihm zum Scherzen zumute. »Was ist mit dir, Mann?« spottete er. »Du denkst wohl, daß da ein Pferdefuß drinsteckt und daß ich der Teufel bin.«

Vor Angst schlotternd saß der Müller da, denn genau das war es, was er dachte.

Der Alte lachte: »So ist es, mein lieber Müller vom Schafbach, ich bin der Teufel, und ich bin gekommen, um mir als Lohn für meine Mühen deine Seele zu holen.«

Voller Entsetzen sprang der Müller auf und rannte davon.

»Komm zurück!« rief der alte Mann hinter ihm her. »Glaub doch nicht so einen Unsinn! Ich will gar nichts von dir, es hat mir einfach Freude gemacht, dir zu helfen.«

Der Müller aber rannte, wie nur jemand rennen kann, der glaubt, daß der leibhaftige Teufel hinter ihm her sei. Am Schafbach wurde er nie mehr gesehen.

Der Geselle arbeitete weiterhin fleißig und heiratete bald ein kluges Mädchen, das ihm half, das viele Geld zu zählen, das die Bauern ihm für seine gute Müllerarbeit bezahlten.

Eines Tages, als der Alte mal wieder an der Schafbachmühle vorbei kam, fragten die beiden ihn, ob er nicht bleiben wolle.

Er blieb gerne, denn er war des Herumwanderns müde.

Er reparierte das Mühlrad, dengelte die Sense, flickte Schuhe, spaltete Ofenholz, schreinerte eine Wiege, und abends erzählte er Geschichten, wie sie nur ein freundlicher, alter Mann erzählen kann, der in seinem Leben viel herumgekommen ist und dabei mancherlei Sonderbares erlebt hat.

Die Teufelsley

Josef B. Schiffels

Nicht weit von Altenahr erhebt sich ein hoher Fels, die Teufelslei, die auf zwei Seiten von der Ahr umrauscht wird. An ihrem steilen Rande blühen im Sommer Blümlein mancher Art. Aber sie stehen einsam in schwindelnder Höhe, denn niemand gelüstet es, sie dort oben zu suchen und zu pflücken. Und doch hat einst ein Mägdlein gewagt, jene Höhe zu betreten und dort Blumen zu einem Strauße zu pflücken. Es war am Pfingstfeste des Morgens früh, als die Jungfrau auf des Berges Spitzen wandelte. Auf einmal drang der liebliche Klang der Sonntagsglocken an ihr Ohr, der alles zur Kirche rief. Das Mägdlein war taub gegen den Ruf der Glocken und dachte bei sich: Hier oben ist's heute so schön. Die Glocken mögen noch so einladend rufen, ich gebe ihnen kein Gehör und bete heute nicht. Es stand an jähem Felsenrande und brach Blume um Blume. Niemand war zu sehen nah und fern. Plötzlich aber ertönte eine rauhe Stimme: »Die Blumen, die sind mein!« Als es bei diesen Worten erschreckt aufschaute, glitt sein Fuß aus, und taumelnd stürzte es in die schauerliche Tiefe hinab. Höhnend erscholl es über ihm: »Die Blumen, die sind mein!« Zerschmettert blieb es am Fuße des Berges liegen.

Dreiunddreißig

Ulrich Haag

Endlich verstummt das aufgeregte Geflüster hinter der Türe, wird abgelöst vom erlösenden Schrei. Atem holen. Es heißt, Zeit seines Lebens erleide der Mensch keine so ungeheure Anstrengung, wie während er sich durch das Nadelöhr preßt, das zwischen Nichtsein und Sein die Grenze bildet. Erst wenn er das Leben wieder verläßt, kostet es ihn die gleiche Kraft.

Noch ein Schrei. Wie Schwalben das Nest, so verlassen die Weißbekittelten den gekachelten Raum, geschäftig nickend, sie werden woanders dringend gebraucht. In der Eile halten sie mich für einen der ihren. Ich bin es nicht.

Ich wußte nur den Tag der Geburt. Und den Ort. Ich weiß den Namen, den sie ihr geben werden. Marie. Unauslöschlich ihre Augen in meinen Augen. Wie alt war sie damals? 28 Jahre? Dreißig? In mir beginnt es zu rechnen. Gleichzeitig befällt mich Panik. Denn für mich ist 94 gleich 61. Unauslöschlich und unausweichlich. Und 61 gleich 94. Und immer, wenn ich subtrahiere oder addiere, greift die Hand des Irrsinns in meinen Nacken. Es ist, als schnüre sie mir den Sinn ab, diese Hand. Ich gehe den Stationsflur entlang und zähle die Kacheln, das lenkt ab. Als ich den Ausgang erreiche, sind es dreiunddreißig. Dreiunddreißig Kacheln. Jetzt kann ich nicht anders. Ich muß meine Geschichte erzählen.

Das Datum vergesse ich nicht und nicht den Namen der Stadt. Es war ein heißer Sommertag, und ich hatte photographiert, solange das Licht günstig fiel: Die steinerne Architektur der Jahrhundertwende, stumme Zeugin einstigen Wohlstands, das alte Zollhaus, dessen Tor sich in schmalbrüstigem Bogen über die Zufahrt zur Brücke spannt, und immer wieder die Handvoll sonnenbeschienener Häuser, zündholzschachtelgroß, hoch über der Mosel, weiße Seiltänzer über dem Abgrund.

Um sechs Uhr verschwand die Sonne hinter der fichtengezackten Höhenlinie. Einmal pro Tag brauche ich Bewegung, einmal am Tag Weite.

Ich schlüpfe in zweckmäßige Kleidung und schwinge mich in den Sattel des Sportrades. Die Straße hinaus aus dem Städtchen steigt erst gemächlich an. Um kurz nach halb sieben lasse ich die letzten Häuser hinter mir.

Die Steigung in die Eifel hinauf ist bissig und zieht sich. Ich bin darauf eingestellt, kenne die Strecke vom Vortag in umgekehrter Richtung. Die Karte habe ich im Hotelzimmer zurückgelassen.

Verpackt in einer speziellen Rückentasche pendelt nur die Kamera leicht im Takt der Pedale. Keine Sekunde ohne mein Arbeitsgerät!

Den höchsten Punkt der Strecke erreiche ich eineinhalb Stunden später auf einer Kreuzung mitten im Dorf am Rand eines Hochplateaus. Der Sommer 1994 war der heißeste seit Beginn der Wetteraufzeichnung. Selbst hier oben war die Luft schwül, der leichte Wind warm, und die Schwalben flogen wie aufgedreht.

Ob ich zu diesem Zeitpunkt schon etwas hätte merken müssen? Der Ort, durch den ich fuhr, wirkte wie ausgestorben. Kein Fahrzeug auf der Straße, in den Gärten und auf den Bänken vor den Häusern keine Menschenseele.

An der Kreuzung halte ich mich links, stoppe nach wenigen Metern. Vor mir fällt in schimmerndem Schwarz der frisch asphaltierte Weg steil ab. Ich ziehe die langärmelige Goretex-Jacke über meinen geschwitzten Oberkörper und werfe mich in den Hang wie ein Skifahrer in die Piste. Der Fahrtwind brüllt in meinen Ohren, der Schweiß auf meiner Stirn gerinnt im Nu zu kühlen Flecken.

Nach etwa zweieinhalb Kilometern Schußfahrt kreuzt ein Bach die schmale Straße. Wieder biege ich nach links, bin einen Moment lang unentschlossen, entdecke dann das Wegzeichen am Stamm einer Buche. Der Weg ist steil und steinig und nicht ohne Gefahr. Das Rad springt, meine Füße zwingen es in die Spur. Die Felswände rücken enger zusammen. Das Wasser hat in Jahrmillionen beharrlicher Arbeit eine Schlucht ausgewaschen. Ein letzter Rest Sonne spiegelt sich am oberen Rand des Gesteins.

Dann schluckt mich der Wald.

Ich merke es zuerst an der Reglosigkeit, die selbst das Murmeln des Baches zu ersticken scheint. Dann am Licht, das hinter mir zurückbleibt, als könne es das Tempo nicht halten. Mein Rad schießt das Gefälle hinab, gedämpft jetzt auf moosigem Untergrund. Büsche und Brennesseln greifen in den Pfad, ich verringere die Geschwindigkeit. Rechts führt ein schmaler Stich ans Licht empor, aber die Steigung aus der Schlucht hinaus schreckt mich. Noch einmal gabelt sich der Weg, ich entscheide mich endgültig. So schnell kann es nicht dunkeln. In spätestens zwanzig Minuten bin ich am Ausgang des Tales, dort, wo der Bach in die Mosel mündet. Ich lasse dem Rad seinen Lauf und tauche ein in die Grotte aus modrigem Licht.

Ich erwache erst, als ich den Bach überquere. War diese Holzbrücke auf der Hinfahrt schon da? Manchmal spielt einem das Gedächtnis einen Streich. Immerhin leuchtet im Zwielicht eine weißgekalkte Markierung, der ich folgen kann. Der Weg führt nun leicht bergauf. Auch daran kann ich mich nicht erinnern, doch ist mir das Phänomen bekannt: Selbst wenn die Strecke die gleiche ist, ist es nicht egal, in welcher Richtung man sie befährt. Zumal bei unterschiedlicher Geschwindigkeit erlebt man bergab eine Landschaft, die mit der bergauf so gut wie nichts zu tun hat. Es macht zum Beispiel einen entscheidenden Unterschied, aus welcher Richtung man auf eine Weggabelung zufährt: Von der einen Seite gesehen, stößt lediglich ein weiterer Arm zum bereits gefundenen und bestärkt die Gewißheit. Von der anderen Seite gesehen, verjüngt sich der Weg und stellt den, der sich nähert, vor die Entscheidung: Wohin?

Die Karte! Zum erstenmal bereue ich meinen Übermut. Ich war der Meinung, den Weg zu kennen. Meine Augen tasten die umstehenden Bäume ab. Keine Streckenmarkierung, kein Zeichen, nichts. Ich entscheide mich für die Richtung, die dem Bachlauf folgt. Wenigstens das ist ein sicherer Anhaltspunkt: Er muß irgendwo in den Fluß münden.

Nach einigen Minuten führt mich der Weg nahe ans Wasser. Unmöglich! Der Bach kommt mir entgegen! Fließt das Wasser hier aufwärts? Ich lasse das Rad ausrollen und schaue mich um. Habe ich gewendet, ohne es zu registrieren? Eine Sekunde lang spielt mein Hirn die Möglichkeiten durch. Vor meinem inneren Auge dreht sich die Landschaft um ihre eigene Achse, erst 180, dann 360 Grad. Links wird zu rechts, Nord zu Süd und wieder zu Nord. Wo steht die Sonne? Dann habe ich die Orientierung verloren.

Ich bin nicht übermäßig ängstlich und glaube nicht an Geister. Auch mit der Vorstellung, daß alles Natürliche eine lebende Seele in sich trägt, kann ich nichts anfangen. Ich bin ein aufgeklärter Mensch, Photoreporter einer angesehenen geographischen Zeitschrift. Doch als ich nun vom Rad steige, weil meine Augen den Weg nicht mehr ausmachen, höre ich die heimliche Bewegung dessen, was ich vorher für Stille gehalten habe. Die Schwere der Luft lastet auf meinen Bronchien. Das Blattwerk der Büsche verwebt sich zu einem finsteren Worträtsel, dessen Sinn ich nicht zu entziffern weiß. Die Stämme stehen dumpf. Es ist, als warte der ganze Wald. Worauf? Auf mich? Auf meinen ersten Fehler?

Ich wende das Rad. Jetzt gibt es nur noch eins: Zurück zur Brücke und von dort aus hinaus aus dem gründüsteren Labyrinth – egal auf welchem Weg!

Ich jage das leichte Gefälle hinab, doch eine jähe Vision bringt mich zur Besinnung: Ich sehe mich stürzen, über eine unter dem Laub aufragende Wurzel, und niemand findet mich. Natürlich wird man mich vermissen – aber wann? Man wird mich suchen – aber wo? Man wird vermuten, daß ich mit dem Rad unterwegs bin. Aber kein Mensch hat eine Ahnung, welche Route ich genommen habe. Hätte ich der Dame an der Rezeption vielleicht die Streckenführung meines harmlosen Ausflugs hinterlassen sollen? Ich hätte mich lächerlich gemacht!

Noch bin ich in Gedanken bei der Rezeption, einer Dusche und einem Glas trockenem Weißen auf der dezent mit Musik berieselten Hotelterrasse, da bricht vollends Düsternis über den Wald herein wie der Schatten eines riesigen schwarzen Himmelskörpers. Jetzt bin ich sicher, sie schauen mich an. Lautlos und stumm, majestätische Riesen. Sie warten auf mich. Sie sind bereit, mich zu verschlingen.

Mit einem Mal schlägt die düstere Kulisse ins Gegenteil. Was vorher Schatten war, springt mir grell entgegen. Dicht neben mir höhnt ein riesiger Stein mit gleißender Fratze, die Bäume zeigen mir ihre silbrige Tagseite. Gleichzeitig greift eine Bö in die Wipfel, reißt die stöhnenden Bäume beim Schopf. Krachend folgt der Einschlag, irgendwo in der Nähe. Ein zweiter Windstoß fährt durchs Dickicht, zerrt an meiner Kleidung. Als ich endlich die Brücke errei-

che, ist der Wald in Aufruhr. Sturm peitscht die Äste. Die Kronen beugen sich unter der Last des Wetters. Das Unterholz wird zur schwarzen Gischt. Jenseits des Baches verzweigt sich der Weg erneut. Von wo bin ich gekommen?

Im Gewitter meide das Wasser! – ein Merksatz aus dem Lesebuch des vierten Schuljahres wird mir zum Trostvers, dem einzigen, woran ich Halt finde. So weit meine Kräfte reichen, schiebe ich das Rad bergan. Ein berstender Laut in meinem Rücken. Ich fahre herum, bin gefaßt auf ein riesiges Tier, einen sinkenden Baum. Es ist nur ein Ast, der mit Wucht auf den Waldboden schlägt. Armdick, doch schwer genug, um mich außer Gefecht zu setzen. Vorwärts jetzt. Besser, ich bringe mich in Sicherheit. Da, im bizarren Flackern einer neuerlichen Salve von Entladungen streift ihn mein Blick. Den hölzernen Wegweiser diesseits, etwa zwanzig Meter oberhalb der Brücke. Im Dämmerlicht der Hinfahrt hatte ich ihn übersehen: unverkennbar beschriftet mit dem Namen des Flusses, den ich erreichen muß.

Nach zwei Stunden Fußmarsch weitet sich endlich der Pfad. Ein weißer Streifen Schotter, immerhin so zuverlässig, daß ich das Rad wieder besteige. Das Wetter hatte sich ebenso rätselhaft schnell gelegt, wie es hereingebrochen war. Unendliche Erleichterung, als ich endlich das erste Gebäude passiere. Eine verfallene Mühle, deren Dachsparren wie das Skelett eines verendeten Tieres ins Dunkel greifen.

Kies knirscht unter meinen Reifen. Nach einer Viertelstunde sachter Abfahrt: Licht. Bei Tag hatte ich nicht bemerkt, wie schmuck man die Städtchen diesseits der Mosel hergerichtet hat. Die Häuser ducken sich still in den Hang, im Ortskern hat man wieder Gaslaternen im alten Stil installiert. Ich beschließe, den morgigen Abend hier zu verbringen und eine Serie Photos zu schießen. Die Kamera! Ich taste nach der Tasche auf meinem Rücken und weiß zugleich: Sie liegt am Stamm des Ahorns, unter dem ich vor dem niederplatzenden Regen Schutz gesucht habe. Den Gedanken an Suche verwerfe ich, verbuche den Verlust als Folgekosten meines Leichtsinns, Tribut meiner Rettung.

Dann endlich die Mosel, still, in nicht auszulotender Schwärze. Die wenigen Kilometer zur benachbarten Kreisstadt, in der ich logiere, asphaltiert, nehme ich in großer Übersetzung. Der einzige Wagen, der mir begegnet, ist ein DKW, ein selten altes Modell, dessen Zweitaktfahne mich bis zum Ortseingang verfolgt.

Der Nachtportier wirkt mehr als reserviert, als ich bleich, über und über mit Dreck bespritzt ins Foyer wanke. Ich massiere meine verhärteten Oberschenkel und verlange die Schlüssel.

»Welche Nummer bitte?«

Ich biege den Rücken durch und gebe Auskunft.

Mechanisch verfolgen meine Augen den Pendelschlag der Standuhr in der Ecke rechts neben dem Eingang. *Tempus fugit* verkündet in aus Messing getriebenen Lettern das Rund des Ziffernblattes: Die Zeit ist flüchtig. Die Uhr ist mir gestern nicht aufgefallen, auch nicht die kunstvoll verzierte Holztafel, an deren Haken fünf mal fünf Zimmerschlüssel hängen, jeweils durch ein zierliches Kettchen mit dem bauchigen, gummibewehrten Rundholz verbunden, das ihre Nummer trägt.

Mit einer Geste, die eher Skepsis als Bedauern ausdrückt, kehrt der Portier zurück.

»Ich bedaure, aber Schlüssel Nummer einunddreißig steht nicht zur Verfügung.«

»Was soll das heißen?«

»Wir haben in unserem Hause lediglich 25 Zimmer.«

Als Kind bin ich einmal in einem fremden Raum erwacht, nach dem Lichtschalter tastend, wo keiner war, stoßend an kalte Gegenstände, im eigenen Schrei die zusammenrückenden Wände spürend. Manchmal spielen einem die Sinne einen Streich.

»Ich bin doch hier im Hotel Kaiser?«

Der Portier bejaht, zieht aus dem Fach unter dem Tresen ein Gästebuch hervor. »Wie ist denn Ihr werter Name?« Er sucht die Liste ab, korrekt, wachsam, schiebt dann das schweinsledern gebundene Verzeichnis (Hat hier nicht gestern noch ein Computer gestanden?) zu mir hin. »Bedaure.«

Ich werfe einen Blick auf die mit feiner Feder beschriebene Seite, setze ein Lächeln auf: Es handelt sich offenkundig um einen Scherz. »Wenn Sie meinen Namen finden wollen, müssen Sie die Gästeliste vom heutigen Tag zur Hand nehmen und nicht ...«, ich überfliege die Kopfzeile, »nicht die vom 6. Juni 1961.«

»Wir haben heute den 6. Juni 1961.«

Die folgenden zwei Monate verbrachte ich auf der geschlossenen Station der psychiatrischen Landesklinik am Stadtrand von Trier, ob zu recht oder unrecht, ist mir bis heute nicht klar. Der behandelnde Arzt war bis zuletzt der Auffassung, man müsse mich vor mir selbst schützen, was zumindest eine Zeitlang den Tatsachen entsprochen haben dürfte. Den martialischen Behandlungsmethoden eines sogenannten Irrenhauses der sechziger Jahre entging ich nur dadurch, daß ich ohne Anzeichen des Protestes meine Geschichte wiederholte, die Geschichte jener nächtlichen Odyssee durch das kleine Seitental der Mosel, mein Dialog mit dem Portier, dann mit dem Geschäftsführer – »Bitte seien Sie doch so nett und zeigen Sie mir den Anbau, in dem sich Ihrer Meinung nach das Zimmer 31 befindet!« – das gestohlene Fahrrad und schließlich dort, wo am Tag zuvor der weißgekalkte Hotelflügel gestanden hatte, die gähnende Baulücke, die den Blick auf den Fluß freigab, dessen Fließen gleichgültig diesen Ort und alles, diese Zeit und alle Zeit, durchmaß.

Das sybillinische *Aha*, mit dem die Therapeuten meine Darstellungen quittierten, durchbrach ich erst, als ich den Bau der Berliner Mauer termingerecht vorhersagte. Die Gespräche wurden nun sachlicher, vollends, nachdem ich das Ergebnis des Fußballänderspiels zwischen Rumänien und Westdeutschland exakt voraussagte, einschließlich des Eigentors, das der Abwehrspieler Petroiou in der 74. Minute markierte. (Ich bin in Siebenbürgen aufgewachsen, und wir haben das Spiel damals mit Interesse am Radio verfolgt.)

Ich erhielt eine neue Identität und wurde Anfang November als zeitweise gestörter, aber ungefährlicher, versprengter Spätheimkehrer aus russischer Gefangenschaft entlassen.

Zwei Wochen nach meiner Entlassung, als die Wirkung der Psychopharmaka nachließ, träumte ich zum erstenmal wieder von Marie. Sie stand auf der gegenüberliegenden Seite der Schlucht, ein winziger Punkt, der sich nach mir umsah, dann in eine andere Richtung ging. Ich mietete eine Altbauwohnung in Frankfurt und hielt mich mit pressewirksamen Prognosen von politischen Ereignissen über Wasser, die ich aus den Büchern meiner Gymnasialzeit erinnerte. Vielleicht wäre ich damit im Medienrummel der 90er Jahre zum Star avanciert. Im Winter 62/63 hatte ich es immerhin soweit gebracht, daß ein namhafter Politiker mich um ein Gespräch bat, inkognito versteht sich, um den Ausgang der kommenden Landtagswahlen in Erfahrung zu bringen. Ein Vorfall, der mich bewog, meine prognostische Tätigkeit umgehend einzustellen, beziehungsweise meine auf die Zukunft gerichteten Erinnerungen in anderer Weise zweckvoll einzusetzen: Ich erstand eine Leica, das teuerste und beste Modell am Markt, und bin seither als Photoreporter zur richtigen Zeit am richtigen Ort.

Es wurde Frühjahr. Wieder Marie in meinen Träumen. In Liebesdingen hatte ich immer schon einen Hang zum Konspirativen. Dazu kam, daß Marie eine verheiratete Frau gewesen war und wahrscheinlich auf einer anderen Ebene der Zeit ist. Hat sie mein plötzliches Verschwinden registriert? Das einzige Überbleibsel aus der Zeit vor dem Zerbrechen der Zeit ist jenes zerknitterte, linierte Blatt aus der Brusttasche meiner Goretex-Jacke, auf der sie damals ihre Adresse notiert hat. Die Jacke selbst hatte aufgrund ihrer rätselhaften Gewebequalität eine Reihe von textiltechnischen Labors durchlaufen, war schließlich von der NASA einbehalten worden.

Eine Porzellanfigur fällt zu Boden, zerschellt, in alle Richtungen spritzen die Scherben. Ich träumte den Vorgang umgekehrt, als eine Sequenz schnell aufeinanderfolgender Photographien. Die Figur, die entstand, milchigweiß, durchsichtig schimmernd, war Marie, ohne jeden Zweifel. Einmal hatte mir der pure Zufall ihren Paß in die Hand gespielt. Tag und Ort ihrer Geburt hatten sich mir eingebrannt wie eine Lichtpause auf weißem Papier. Am Morgen nach der durchträumten Nacht markierte ich ihren Geburtstag im Kalender und rechnete zurück. Das ist genau ein Dreivierteljahr her.

Dreiunddreißig Kacheln vorwärts. Dreiunddreißig zurück. Noch immer Schreien aus dem Kreißsaal am Ende des Flurs. Ihre Stimme. Ihr Name. Es heißt ...

Meine Finger halten den Zettel in der Hand, streichen die mit Bleistift notierte Adresse glatt. Ob das in dreißig Jahren noch einmal geschrieben wird? Wieder von ihr? An wen dann? Unauslöschlich meine Augen in ihren Augen. Wirklich unauslöschlich?

Ich gehe den Stationsflur entlang. Dreiunddreißig Kacheln hin. Dreiunddreißig Kacheln zurück. 94 sind gleich 61. 61 sind gleich 94. Ich erreiche den Ausgang und weiß: es wird Zeit aufzubrechen. Der Flug ist gebucht und bringt mich in einen anderen Winkel der Erde. Photographieren kann ich überall. Hinter mir fällt die Tür zur Station ins Schloß. In drei Tagen wird eine Familie aus Rumänien bei Passau die deutsche Grenze passieren. Der älteste Sohn trägt meinen Namen und mein Gesicht. Ich will ihm nicht begegnen.

Wasser zu Wein

Theodor Seidenfaden

Zu Deilbach in der Eifel lebte ein Bauer, der zwar seine Saat mit einem Gebetsspruch streute, sonst aber nicht viel von geheimen Mächten hielt und vor sich hin lachte, wenn er über seltsame Zeiten des Jahres und ihre Wunder sprechen hörte. Er glaubte nur, was er sehe oder fühle, pflegte er zu sagen, halte mehr von einer guten Karre Mist als von einem Segen, und außerdem liebe er lange Bratwürste und kurze Predigten.

Da saß er einmal um Weihnachten, als der Schnee die Berge zugedeckt hatte, abends hinter einem Korn zwischen Nachbarn in der Schenke. Buchenscheite knisterten im Ofen, und das Öllicht warf gespenstige Schatten. Sie sprachen von den Heiligen Nächten und ihren Merkwürdigkeiten und meinten, in der Andreasnacht werde man leicht von unsichtbaren Händen verprügelt, gewinne hingegen in der Matthiasnacht das Glück, so man den Mut aufbringe, zwölfmal allein um den Kreuzweg zu gehen, und wer in ihr geboren werde, bringe eine Gabe mit, um die er nicht zu beneiden sei: Er müsse als Geisterseher schaffen! In der Christnacht aber falle zwischen zwölf und ein Uhr Frucht vom Himmel in den Schnee, und die gedeihe, von der das meiste falle und liegenbleibe.

Der Bauer zog an seiner Pfeife, stieß den Rauch in die abendliche Stube und lächelte so spöttisch, wie er es bei solchen Reden immer tat. Das ärgerte den alten Feldhüter, und der fuhr ihn an: Ein Bauer pflüge die Erde umsonst, wenn nicht der Herr das ›Werde‹ spreche, und einen Spötter mache auch der beste Mist kaum zum reichen Manne, das werde er noch erfahren, und es gehe ihm wie dem buckligen Lohmar.

Und dann erzählte der Feldhüter, wie dieser nicht habe glauben wollen, daß sich während der Christnacht Wasser in Wein wandle, wie er an den Bach gelaufen sei und gerufen habe: »Wasser werde Wein!«, daß der Teufel gekommen sei, ihn gepackt und gekrächzt habe: »Und du bist mein!« »Und der bucklige Lohmar«, schloß der Feldhüter, »kam heim und hatte schlohweißes Haar. Acht Tage später aber starb er, und nie gedieh auf seinem Grab eine Blume. So erzählte mein Vater selig, und der wußte es von seinem Großvater. Spötter sind Hundsfötter, und nur der Esel hat lieber Stroh als Gold.«

Der Bauer versetzte: Wer nach dem Mond greife und dabei die Erde vergesse, sei nicht klug; er wolle prüfen, was die Christnacht mit dem Wasser fertigbringe, bleibe aber in seiner Stube, und der Feldhüter könne mit ihm wachen.

Nach einigem Widerstreben willigte der Feldhüter ein, und als die Christnacht da war, saß er neben dem Bauer in der Stube und sah den Topf mit Wasser, der auf dem Tisch bei dem Öllicht stand. Es blieb totenstill, denn die Frau und die Kinder des Bauern hatten sich zeitig ins Bett gelegt, weil sie um vier

Uhr aufstehen und wie alljährlich zur Christmette gehen wollten. Außerdem hatte ihnen der Bauer von seinem sonderlichen Vorhaben nichts gesagt, und er wußte wohl, warum er es verschwieg.

Sie saßen also, bis die alte Standuhr die zwölfte Stunde schlug.

Da begann der Bauer, an dem Wasser zu schmecken. Zunächst merkte er nichts und hielt den spöttischen Zug im Gesicht. Wie er aber nach einer Weile den Finger wieder eintauchte und schmeckte, schwand der Spott, und da er zum dritten Mal versuchte, wurde er bleich wie ein Laken, sah den Feldhüter an und stammelte: »Das Wasser ist Wein!«

Der Feldhüter bekreuzigte sich, stand auf und ging wortlos heim, damit er die Christmette nicht versäume und auf dem Wege erzählen könne, was sich begeben habe.

Wie dann, gleich nach der Mette, die Nachbarn kamen, in der Stube des Bauern das Wunder zu sehen, staunten sie, daß die Bäuerin und ihre Kinder da saßen und weinten und der Bauer irr auf den Topf blickte. Sie versuchten, schmeckten jedoch nur Wasser, und als sie den Bauern fragten, konnte der nicht antworten: Er hatte die Stimme verloren und war taub geworden in dem gleichen Augenblick, in dem sich der Wein wieder wandelte.

Die Frau, die nicht wußte, was geschehen war – sie hatte ihren Mann stumm vor dem Topf gefunden, als sie zur Mette wollte –, hörte erst jetzt, wie er sich versündigte, und sie faltete die Hände und betete. Da nahmen die Nachbarn die Laternen, die ihnen den Christnachtweg erhellten, und gingen erschrocken fort.

Der Bauer verlor den spöttischen Zug seines Gesichtes, blieb aber taub und stumm sein Leben lang und kam nie wieder zu einem Korn in die Schenke.

Den Topf, berichtet die Sage, bewahrten seine Kinder und Kindeskinder lange als ein Heiligtum, und noch vor hundert Jahren lebten in Deilbach Leute, die ihn gesehen hatten.

Der Werwolf von Oberweis
nach Matthias Zender

In der Mitte des vorigen Jahrhunderts, zu einer Zeit, als es noch keine Eisenbahn gab, mußte man von Oberweis nach Trier einen langen und beschwerlichen Fußweg auf sich nehmen, wenn man in der Stadt an der Mosel etwas zu besorgen hatte. So ging man in der einen Nacht los und kehrte in der anderen Nacht zurück.

Zwei junge Burschen hatten nun diese Reise beinahe hinter sich und waren schon auf dem Weg zurück, als sie in der Nähe von Eßlingen von großer Müdigkeit überfallen wurden. Sie hatten den ganzen Tag über in Trier allerlei anstrengende Geschäfte erledigt, und der Fußmarsch des Hinwegs steckte ihnen noch in den Knochen. Also beschlossen sie kurzerhand, an Ort und Stelle ihr Nachtlager aufzuschlagen. Ein paar frische Grummethaufen nahe einer Pferdekoppel erschienen ihnen gerade recht als Nachtlager, und erschöpft sanken sie ins duftende Heu. Schon bald erfüllte ihr Schnarchen die klare Vollmondnacht.

Es mag so gegen Mitternacht gewesen sein, als der eine der beiden Burschen von einem schrecklichen Geschrei wach wurde. Es war ein wütendes Knurren und Geschnaube, ein Heulen und das schreckliche Gekrache zerberstender Knochen. Als er aus seinem Lager hochfuhr, sah er, wie sich auf der Pferdekoppel eine furchterregende schwarze Gestalt über das junge Fohlen hermachte, das sich nur noch mit schwindender Kraft gegen die wüsten Bisse und das blutgierige Fetzen wehrte. Das schwarze Tier, das seine zotteligen Klauen um den zerbrechlichen Leib des armen Tieres klammerte und seine Schnauze tief in den bluttriefenden Hals hineingrub, das konnte der junge Mann im hellen Schein des Vollmonds genau erkennen, war nichts anderes als ein Werwolf. Die übrigen Pferde waren ans andere Ende der Koppel geflohen und galoppierten panisch wiehernd umeinander her.

Der junge Mann bückte sich rasch. Die nackte Angst zerrte an seinen Nerven und ließ ihm die Haare zu Berge stehen. Vorsichtig, um den Werwolf nicht auf sich aufmerksam zu machen, kroch er auf den Knien zu dem Heuhaufen seines Freundes, um ihn vor der großen Gefahr zu warnen. Da hörte auf der Weide der fürchterliche Kampf auf, und nur das Schmatzen und ein zufriedenes Gurgeln und Röcheln der struppigen Kreatur war noch zu hören. Als er den Kopf ein wenig anhob, konnte er sehen, wie der Werwolf ein letztes Mal in den Kadaver des toten Fohlens hineinbiß und sich dann mit wildem Geheul davonmachte.

»He, Franz!« zischte der junge Mann atemlos, aber sein Freund hatte sein Nachtlager bereits verlassen. Die Stelle, an der er gelegen hatte, war noch warm, und für einen Moment hatte er fürchterliche Angst, Franz könne schon zuvor dem Monstrum zum Opfer gefallen sein.

Da näherte sich der Vermißte vom Waldrand und zog sich den Gürtel zurecht. Mit einem befreiten Seufzer schloß der Freund ihn in den Arm und berichtete aufgeregt, welches grausige Schauspiel er soeben verpaßt hatte.

Sie machten sich noch im selben Augenblick auf den Heimweg. Da, wo ein Werwolf in der Vollmondnacht umherstreifte, konnte man unmöglich weiter Rast machen.

Als sie in den frühen Morgenstunden durch den Bedhard gingen, klagte Franz plötzlich über heftige Magenschmerzen, und tatsächlich war aus seinem Bauch ein heftiges Grollen zu hören. Er krümmte sich tief ins Unterholz und bot mit einem Mal einen jämmerlichen Anblick.

Und mit einem Mal dämmerte dem Freund die schreckliche Gewißheit.

»Du hättest heute nacht nicht soviel fressen dürfen«, murmelte er mehr zu sich selbst, als er schließlich erkannte, um welchen Werwolf es sich in der Nacht gehandelt hatte.

Da fuhr Franz mit einem Aufschrei hoch und vergaß augenblicklich seine Schmerzen. Mit hartem Griff packte er den Freund am Kragen und schüttelte ihn wütend.

»Sag das nie mehr!« knurrte er voller Haß. Seine Augen waren weit aufgerissen und blutunterlaufen. Er führte sein Gesicht ganz dicht an das seines Freundes heran. »Und wenn du in Oberweis jemandem etwas davon erzählst, dann erfahre ich es. Und ich verspreche dir, dann wird es dir nicht anders ergehen als diesem Fohlen! Verstehst du, was ich meine?«

Ängstlich nickte der junge Mann und wagte kaum zu atmen. Da ließ der Franz ihn wieder los. Und wortlos und mit strammem Schritt machten sie sich an den Heimweg.

Nach Hause

Harald Bongart

I.

Die Landstraße schien sich endlos hinzuziehen. Mit konstanter Geschwindigkeit lenkte Günter Bennolt den Wagen über die Strecke, die ihm seit vielen Jahren vertraut war. Einer Schneise gleich hatte man die Straße in den Wald gebaut, in dem man nun die forstwirtschaftlichen Sünden des letzten Jahrhunderts langsam zu beheben bestrebt war. Eintönig war die Fahrt, und gerade weil er mit dem Weg so vertraut war, wußte er, warum er trotz freier Sicht und trockener Fahrbahn die Nadel des Tachometers nicht über 80 Stundenkilometer klettern ließ. Häufig schon war es auf dem Abschnitt, den er befuhr, zu Unfällen gekommen, weil junge Leute sich ein Wettrennen geliefert oder unvermutet ein Reh oder gleich eine ganze Schwarzwildrotte gewechselt hatten. Er jedenfalls zog es vor, gesund zu Hause anzukommen, wenn auch seine Müdigkeit so groß war, daß er am liebsten rechts rangefahren wäre.

»Die letzten Kilometer sind die tückischsten», ging es ihm durch den Kopf, und er mußte unwillkürlich an einen Unfall denken, bei dem ein junges Ehepaar aus einem Nachbarort weniger als 1000 Meter von der eigenen Wohnung entfernt zu Tode gekommen war.

Den letzten Kaffee hatte er vor Stunden in einer Autobahnraststätte getrunken. Anzuhalten und im Kofferraum nach seiner Thermosflasche zu kramen lohnte jetzt nicht mehr. Ohnehin würde der Kaffee darin mittlerweile kalt sein.

»In einer Viertelstunde, längstens in zwanzig Minuten werde ich zu Hause sein«, sagte er zu sich selbst, und er sprach die Worte laut aus, um so gegen die Müdigkeit anzukämpfen. Seine Ankunft würde sich nach dem gleichen Ritual vollziehen wie sonst auch: Den Wagen würde er in den Hof lenken, das Garagentor offen vorfinden, und mit einem eleganten Schwung würde er einparken. Der Bewegungsmelder würde durch den Pkw ausgelöst und das Hoflicht eingeschaltet werden, so daß er auch gleich zur Haustür finden würde. Er würde aufsperren, ins Schlafzimmer gehen, in den Schlafanzug schlüpfen und zu seiner Frau ins Bett steigen. Wie sonst auch würde sie kurz wach werden, ihn fragen, wie der Kongreß war, und nach seiner Standardantwort »Wie immer.« noch etwas murmeln, das wie »Willkommen zu Hause!« klingen könnte, um gleich wieder einzuschlafen.

Während die Szene vor seinem inneren Auge ablief, sagte ihm ein Blick auf seine Armbanduhr, daß er nur noch knappe zehn Minuten von ihr entfernt war. Eben hatte er das Heiligenhäuschen passiert, das man vor ungefähr fünfhundert Jahren mitten in den Wald gebaut hatte. Wozu wußte er nicht genau. Ja, er hatte es sich einmal von einem der Alteingesessenen erklären lassen.

Aber das war kurz nachdem sie das Haus gekauft hatten und aus der Stadt aufs Land gezogen waren. Im Grunde hatte es ihn nie wirklich interessiert. Die Einheimischen mochten zwar alle katholisch sein, doch kratzte man den dicken katholischen Lack ab, kam darunter der blanke Aberglaube zum Vorschein. Vorstellungen von Elfen, Kobolden, Werwölfen, Hexen oder dergleichen hatten mit Sicherheit einen dauerhaften Platz in ihren Köpfen.

Vielleicht sollte der Heilige, dessen Skulptur man auch einen Schutzbau errichtet hatte, vor Seuchen schützen, seinethalben der Pest. Vielleicht war er auch nur ein profaner Viehpatron aus der Zeit, als man glaubte, das Aufdrücken von Stempeln oder das Füttern mit gesegnetem Brot könne das Vieh vor Tollwut schützen. In der heutigen Zeit kamen die Autofahrer zu diesem Heiligen und stellten eine Kerze auf, wenn sie sich ein neues Auto gekauft hatten. Purer Aberglaube, wenn man ihn fragte, dick zugekleistert mit sichtbar zur Schau getragenem Katholizismus. Zugegeben, auch er hatte es zugelassen, daß ein Freund - oder war es nur ein Verwandter gewesen - eine Christopherus-Plakette in dem Wagen, mit dem er sich gerade fortbewegte, deutlich sichtbar auf dem Armaturenbrett angebracht hatte. Andererseits vermied er es jedoch auch, sich die Frage zu stellen, was unter seinem eigenen, bedeutend dünneren Lack zum Vorschein käme. Jedenfalls würde er jetzt erst recht nicht danach fragen, da er nur noch wenige Kilometer von seinem Bett entfernt war.

Die erste Kurve seit langem wies ihn darauf hin, daß es nicht mehr weit bis zu dem kleinen Dörfchen war, in dessen Geschäft er manchmal einkaufte, wenn der Weg zum Supermarkt in der Kreisstadt nicht lohnte. Daneben gab es im Ort noch die Kirche und natürlich eine Gaststätte. Beide hatte er selten betreten, meist nur zu Hochzeiten, Kindstaufen oder Beerdigungen. Sowohl seine Frau als auch er selbst hatten nie Wert auf Teilnahme am Dorfleben gelegt, und die Art, in der sie dies den Dorfbewohnern gezeigt hatten, war nicht geeignet, Freunde zu gewinnen.

Kurz vor dem Ortsschild öffnete sich der Wald. Mit Tempo 50 fuhr er durch die kleine Ortschaft, die heute merkwürdig wirkte. Das Licht der Straßenlaternen war bereits verloschen, obwohl es erst 0.15 Uhr war. Auch sonst schien im ganzen Dorf kein Licht zu brennen, was um so auffallender war, als an den meisten Häusern die Rolläden nicht herabgelassen waren. Er glaubte sich aus den dunklen Fenstern heraus beobachtet. Kleine rote Punkte meinte er in einigen Häusern zu erkennen, bei denen es sich keinesfalls um menschliche Augenpaare handeln konnte.

Solche Augen waren ihm nicht fremd, seit er während seiner Studienzeit Bekanntschaft mit dem schlecht erzogenen Cockerspaniel seiner Vermieterin gemacht hatte. Dessen Augen hatten im Dunkel ebenfalls geleuchtet. Wenn er spät am Abend die Haustür aufschloß, leuchteten ihm die beiden roten Punkte entgegen, Sekundenbruchteile bevor der Hund mit seinem Bellen die anderen Hausbewohner aus dem Schlaf riß.

Dennoch erschien es ihm nicht wahrscheinlich, daß in der Woche seiner Abwesenheit eine Invasion von Hunden über das Dorf hereingebrochen war. Für einen kurzen Moment dachte er daran, umzukehren und an einem der Häuser genauer nachzusehen. In einem Anflug von Unbehagen verwarf er den Gedanken jedoch schnell wieder.

Er hatte die weite Lichtung, in der das Dorf lag, hinter sich gelassen. Die Straße beschrieb nun eine Steigung. Hinter dem Scheitelpunkt war die Abzweigung, die er fahren mußte, um zu seinem Haus zu gelangen. Als es noch als schick galt, das Wochenende in der Eifel zu verbringen, hatte man in den fünfziger Jahren abseits des Dorfes ein paar Wochenendhäuser gebaut, die mittlerweile alle den Eigentümer gewechselt hatten und von den meisten neuen Eigentümern jetzt dauerhaft bewohnt wurden. Das letzte der fünf Häuser hatte er zusammen mit seiner Frau gekauft, als beide noch den Wunsch hatten, Kinder zu haben, die auf dem Land aufwachsen sollten. Schließlich waren sie beide dreißig geworden, ohne Kinder bekommen zu haben. Nie waren sie der Ursache nachgegangen, und als sie beide vierzig gepackt hatten, spielte es keine Rolle mehr. Sie hatten sich damit abgefunden, und seine Frau hatte daraufhin frühere sportliche Aktivitäten wieder aufgenommen, während er sein berufliches Engagement noch mehr verstärkt hatte. Immer öfter voneinander getrennt, hatte er sich einige kleinere Liebschaften gegönnt, während sie gelegentlich Zuflucht in den Armen eines jüngeren Dorfbewohners gefunden hatte. Alle im Dorf wußten davon, zuletzt auch Bennolt, dem es ein angetrunkener Kneipenbesucher vor einer gierigen, mit Spannung lauernden Meute von Dörflern ins Gesicht schrie. Bennolt war über sich selbst überrascht gewesen, als er seine Stimme »Erzähl mir mal was Neues!« sagen hörte. Die anwesenden Dörfler waren enttäuscht wieder in sich zusammengesunken, während Bennolt mit einem dumpfen Gefühl im Körper die Kneipe verlassen hatte. Ein halbes Jahr später erklärte seine Frau das Abenteuer für vorüber, so, wie man an einem trüben Herbsttag beiläufig mitteilt, daß es draußen regnet.

II.

Natürlich ging das Hoflicht nicht an, als er in den Hof einbog. Nach dem, was er wenige Minuten zuvor erlebt hatte, war das aber nicht weiter verwunderlich.

Bei dem ersten der Wochenendhäuser hatte ihn eine Gestalt durch Handzeichen zum Anhalten aufgefordert. In einer Mischung aus Verblüffung und Wut hatte er im Schein der Innenbeleuchtung den Mann erkannt, von dem die Dörfler wußten, daß er sich um Frau Bennolt kümmerte, wenn ihr Mann geschäftlich unterwegs war. Sein Rivale hatte die Beifahrertüre geöffnet, aber aus dem, was er sagte, war Bennolt nicht klug geworden. Schließlich hatte er ihm angeboten, ihn nach Hause zu fahren, aber der nächtliche Anhalter hatte nicht in den Pkw einsteigen wollen. Wenn er es nicht besser gewußt hätte, hätte er glauben mögen, daß die Christopherus-Plakette den Anhalter abgeschreckt hatte. Jedenfalls war Bennolt die Sache nicht mehr geheuer, und so hatte er die Taschenlampe aus dem Handschuhfach gegriffen. Im Licht der Lampe wirkte der angestrahlte Anhalter verwahrlost, so als habe er in den letzten Tagen seine Kleidung nicht gewechselt.

Ihm war klar, daß der nächtliche Anhalter nur betrunken sein konnte. Wahrscheinlich hatte er sich mit Saufkumpanen an der Grillhütte im Wald getroffen. Um Touristen anzulocken, hatte man vor Jahren die Grillhütte in den Wald gebaut, doch auch die Einheimischen hatten diesem Angebot positive Aspekte abgewonnen. Mehrfach war die Hütte aufgebrochen worden, um bei der nächsten turnusmäßigen Reinigung gefüllt mit zerschlagenen Schnapsflaschen und mit menschlichen Exkrementen beschmutzt vorgefunden zu werden. Dergleichen schien in führenden Hinterwälderkreisen zum Nationalsport zu avancieren.

Dennoch war Bennolt zusammengefahren, als das Licht seiner Lampe das Gesicht seines Rivalen traf. Ihm war, als würde der Lichtschein durch sein Gegenüber hindurchfallen. Nur in den Augen glaubte er einen Widerschein zu erkennen, doch das unnatürliche rötliche Licht hatte ihn erst recht zusammenzucken lassen. Panikartig hatte er den Gang eingelegt und war losgefahren; die Beifahrertüre war nicht richtig ins Schloß gefallen.

»Völlig irrational«, sagte Bennolt laut, obwohl er jetzt hellwach war. Er glaubte, sich an einen Film zu erinnern, in dem ein Schriftsteller seine Pensionswirtin um ein Kruzifix oder eine Christopherus-Medaille bat, weil ein enger Freund, der mitten in der Nacht seine Hilfe brauchte, ausdrücklich darauf hinwies. Er wollte den Gedanken aus seinem Gehirn bannen, doch es gelang ihm nicht.

Jetzt war er in den Hof eingebogen, die Lampe war nicht angegangen, und Günter Bennolt, der sich für einen aufgeklärten Mann des 20. Jahrhunderts hielt, saß bei laufendem Motor in seinem Wagen und hatte Angst. »Nur gut, daß mich jetzt niemand sieht«, dachte er, während seine rechte Hand die Christopherus-Medaille vom Armaturenbrett löste.

Erst als er sich im Schein der Taschenlampe zu seiner Haustür vorgearbeitet hatte, wechselte er die Medaille in die andere Hand, um mit der Rechten aufzusperren. Unter weitaus stärkerem Druck als sonst üblich ließ sich die Türe öffnen. Briefumschläge hatten sich beim Aufschieben unter der Tür verkeilt, und als Bennolt den Poststapel flüchtig durchsah, entging ihm nicht, daß die Post seit einer guten Woche hier liegen mußte.

»Sie ist abgehauen«, war sein erster Gedanke.

Langsam faßte er die Briefe und Karten zu einem Stapel zusammen, den er neben der Christopherus-Medaille und der Taschenlampe auf den Dielenboden legte. Wenigstens die Beleuchtung im Haus funktionierte noch einwandfrei. Er betrat die Küche und fand den Tisch wie zum Frühstück eingedeckt vor. Allerdings verriet die grünliche Schimmelschicht auf dem Toastbrot, um das einige kleine Fliegen kreisten, daß hier zuletzt vor ein paar Tagen ein Mensch gegessen hatte.

Dumpf beschlich ihn die Vorstellung, seine Frau sei einem Unfall oder einem Gewaltverbrechen zum Opfer gefallen. Läge sie in einem Krankenhaus, so hätte sich eine der Nachbarinnen um das Haus gekümmert. Aber in dem Fall hätte man ihn sofort verständigt. Die Nummer des Tagungshotels lag jedenfalls immer noch neben dem Telefon. Bennolt griff zum Hörer, doch die Leitung blieb auch nach mehrmaligem Drücken der Gabel tot.

»So tot wie das Dorf, durch das ich eben gefahren bin. So tot wie meine Frau«, schoß es ihm durch den Kopf. Er mußte sie suchen, ganz klar. Aber was hoffte er zu finden? Bestenfalls ihre schon in Verwesung übergegangene Leiche.

Im Wohnzimmer sah alles aufgeräumt aus. Nur die Blumen waren vertrocknet, was seine Vorahnung nur verstärkte. Im Schlafzimmer, in dem die Betten aufgedeckt waren, fand er nichts Ungewöhnliches. Doch! Beim zweiten Hinsehen fiel es ihm auf: Der große Spiegel war zerbrochen, die Scherben lagen bizarr gruppiert auf dem Frisiertisch. Das Badezimmer hingegen bot den Anblick eines Trümmerfeldes. Auf den Fliesen lagen die Scherben des Spiegels ebenso wie die gesamten Pflegeartikel, die er sonst immer fein säuberlich geordnet hatte auf dem Bord stehen sehen. Also doch ein Gewaltverbrechen. Aber wo war seine Frau?

Nachdem er sie auch im Gästezimmer nicht gefunden hatte, blieb nur noch der Keller. Hier glaubte er einen eigenartigen Geruch wahrzunehmen, als er die Türe öffnete. Er betätigte den Lichtschalter, doch es blieb dunkel. Nachdem er die Taschenlampe geholt hatte, erkannte er in ihrem Schein, warum das Licht nicht funktionierte. In der Fassung saß der Überrest einer Glühbirne, so, als habe man sie mit einem Hammer zerschlagen.

Den Körper seiner Frau fand Bennolt in der Kartoffelmiete. Als er den Lichtstrahl auf ihre Augen lenkte, hob sie wie zur Abwehr beide Hände vors Gesicht. Ein Schrei fuhr ihm aus der Kehle, dann hatte er seine Fassung wiedergefunden.

»Anne, ich bringe dich ins Krankenhaus«, flüsterte er über sie gebeugt, nahm sie auf, um sie ins Wohnzimmer zu tragen. Der Körper war viel leichter, als er es erwartet hatte. Auf der Couch legte er sie ab und untersuchte sie auf Verletzungen, doch sie schien unversehrt.

»Mach das Licht aus, bitte!» Ihre Stimme hatte sich verändert, sie klang metallisch.

»Was ist geschehen?«

»Seit einigen Tagen ist mir schlecht. Ich möchte nur noch schlafen, seit ich geträumt habe, mein abgelegter Lover hätte mir ... einen Besuch abgestattet. Am nächsten Morgen bin ich aufgestanden, aber ich konnte nichts mehr essen. Bin ins Bad, wollte mich übergeben. Die Sonne ... ich legte mich wieder ins Bett. Aber es war zu hell.«

»Ich hole dir ein paar Sachen, Nachthemd und was du sonst brauchst, und fahre dich sofort ins Krankenhaus.«

Hastig suchte er das Nötige zusammen, stopfte es fahrig in die große, dunkle Einkaufstasche. Ihm war jetzt klar, warum er sie nie für eine seiner Liebschaften hatte sitzenlassen. Er liebte sie noch immer, und jetzt brauchte sie ihn. Vielleicht hatte sie ihn noch nie so sehr gebraucht wie jetzt. Obwohl er außer der Blässe ihrer Haut keine wesentliche Veränderung an ihr feststellen konnte, wußte er, daß ihr Leben auf dem Spiel stand.

Die Tasche stellte Bennolt auf einem Stuhl ab, nahm dann seine Frau auf und trug sie eilig zur Haustür. Sie zuckte zusammen, als er sie in der Diele an der aufgestapelten Post vorbeitrug. Bennolt glaubte, sie habe einen Anfall. Er beschleunigte seine Schritte, bis sie den Pkw erreicht hatten. Vorsichtig stellte er sie auf die Füße.

»Stütz dich am Dach ab«, sagte Bennolt, »wir sind schnell im Krankenhaus. Alles wird gut, ich liebe dich. Du mußt nur durchhalten.«

Er half ihr auf den Sitz. Als er neben ihr Platz nahm, sank ihr Kopf an seine Schulter. Fordernd, wie eine Katze, schob sie sich an ihn heran. Während er den rechten Arm um sie legte, tastete seine linke Hand nach dem Rückspiegel. Sie schob sich noch näher an ihn heran, bis ihre Lippen seinen Hals berührten. Das Gefühl, ihre Zähne auf seiner Haut zu spüren, erregte ihn. Seine Linke hatte aufgehört, nach dem Rückspiegel zu tasten. Mit einem Mal war alles so einfach. Als sie ihre Fänge in seinen Hals grub, spürte er einen kurzen, silbernen Schmerz. Er begrüßte ihn, denn mit dem Schmerz kam das Wissen, und darauf würde das Vergessen folgen. Sie waren wieder miteinander vereint, und in Zukunft würden sie nur noch den Hunger spüren. Jede Nacht.

Die Baumfrau
Klaus-Peter Walter

»Eine Baumfrau«, sagte ich.
»Alle Bäume sind weiblich«, sagte Max.
»Warum?« fragte ich.

Rolph Ketter

Ich bin Major der Kampftruppen. Eierköpfe mag ich nicht. Kinder und kleine Hunde auch nicht. Das ist so. Das war schon so, als mein bester Freund Gerhard neben mir niedergeschossen wurde. Bevor er starb, mußte ich versprechen, seine Tochter Karin zu heiraten. Karin ist Kindergärtnerin und besitzt das nicht zu überbietende Talent, immer an die falschen Männer zu geraten. Einmal mußte Gerhard das Fräulein Tochter mit einer Gruppe Pios in einer ADiS (außerdienstliche Sonderaktion) aus einem Puff in Trier herausholen. Selbst als ihr Lude anfing, mit einer Nullacht herumzuballern, wollte sie nicht mitkommen. Noch vierzehn Tage später tobte sie im Heizungskeller (ihrem neuen Zimmer), sie liebe ihn und wolle zu ihm zurück. Die Sache endete erst, als der Knabe eines Nachts ein Nickerchen in seinem Chevi machte. Bekifft wie er war, merkte er nicht, daß er zwischen Koblenz und Bingen auf den Schienen parkte. Gegen eins kam der Oostende-Wien-Expreß voll Stoff um die Kurve. Ja, ja, das Leben kann schon grausam sein!

Nicht zuletzt für unseren Stabsarzt Dr. Feldkamp. Der mußte sich mindestens zweimal der Wunschbabys annehmen, die Karin von ihren großen Lieben (»Diesmal ist es für immer, Papa!«) empfangen hatte, bevor sich die feinen Herren auf- und davonmachten – ebenfalls für immer.

»Dein Vater», begann ich, »hat mich vor seinem Tod gebeten, dich zu heiraten. Ich habe es ihm versprochen.«

»Wie du meinst, Onkel Thomas«, antwortete sie nur. Sie pflegte einem Mann unter keinen Umständen zu widersprechen.

»Und sag gefälligst nicht mehr Onkel Thomas zu mir«, setzte ich hinzu, »klar?«

»Wie du meinst, Onkel Thomas,« gab sie zurück. Sie merkte es nicht einmal. Ihre Mutter war genauso gewesen.

Karins Vater hinterließ ein kleines Haus bei Bitburg. Drei Zimmer, Küche, Bad, Garage. Hier zogen wir ein. Am besten gefiel mir der Gemarkungsname: *Am Blutstock.* Im Garten stand, das ganze Haus überschattend, eine riesige Eiche. Uralt. Früher sollen hier einmal die alten Kelten oder Gallier oder Germanen ihren Göttern geopfert haben.

»Bitte, hau ihn um«, bat mich Karin, »ich hasse ihn seit meiner Kindheit. Er macht mir Angst. Er ist so ... so unheimlich. Bitte!«

»Der Baum bleibt!« beschied ich knapp, und dabei blieb es vorerst. Natürlich blieb es auch bei meiner Freundin Annadora. Ich hatte nichts gegen Annadoras griechischen Mann, den wir aus naheliegenden Gründen Impotentis nannten, und Annadora hatte nichts gegen Karin. Karin wußte nichts von Annadora, und Impotentis nichts von mir. So war allen gedient.

Karin brachte einen Pudel mit in die Ehe, ein nichtsnutziges graues Mistvieh namens Dickie, das immer hinter dem Gartentor lauerte, um die Vorübergehenden anzukläffen. Von hinten, weil der feige Hund nicht wagte, jemandem von Angesicht zu Angesicht gegenüberzutreten. Und weil ich jetzt dort schlief, wo er immer geschlafen hatte, nämlich bei Frauchen im Bett, haßten wir uns von Herzen. Als Karin einmal einkaufen war, warf ich ein Stückchen kalten Braten vor meine Füße und pfiff. Wie ein Blitz kam Dickie angesaust und machte sich, prinzipienlos wie er war, sofort darüber her. Ich schlug ihm den Spaten hinter die Ohren und vergrub ihn unter dem Baum.

»Glaubst du wirklich, mich interessiert, wo dein Dickie steckt?« knurrte ich, als Karin nach Hause kam und sie ihn vergeblich suchte. Sie glaubte es nicht, aber Dickie blieb verschwunden. Eines Samstags im Sommer lagen wir unter dem Baum im Gras. Unser Garten ist ganz zugewachsen, wir glaubten uns unbeobachtet, wir hatten fast nichts an, und so gingen wir bald dem nach, was trotz allem unsere Lieblingsbeschäftigung war. Karin hatte ohnehin kaum geistige Interessen. Diesmal kicherte sie in einem fort dabei. Ich wußte warum: Sie hatte die Pille abgesetzt und glaubte, ich hätte das nicht gemerkt. Ich will aber keine Kinder, weil Kindern darf man leider keins überbraten und sie unterm Baum vergraben, selbst wenn sie so blöde sind wie Dickie. Deshalb machte ich es so, wie man es machen soll, wenn es am schönsten ist: Ich zog mich vornehm zurück. Zu Ehren von Coitus Interruptus, dem weisen Römer. Den Samen ließ ich einfach ins Gras tropfen, zu Dickie, der sich unter der Grasnarbe derweil von seiner Blödheit ausruhte. Nur Karin war sauer, weil ihre Strategie bei mir nicht griff. *Net mat mer*, wie man hier sagt!

Zwei oder drei Tage später, Karin war noch im Kindergarten, führte mir unsere Nachbarin einen selbstgedrehten Porno vor. In den Hauptrollen: Karin und ich unterm Baum, aufgenommen vom Speicherfenster des Nachbarhauses. Der Rückzug der Salven feuernden Artillerie war herangezoomt.

»Stasi, was?« fragte ich. »Kleine Erpressung zum Vaterlandsverrat?«

»Aber wo?« antwortete sie. »Ich möchte gewissermaßen ein Remake drehen. Und den weiblichen Hauptpart übernehmen. Sollten Sie sich unwillig zeigen ...«, sie machte eine Kunstpause, »zeige ich den Film allen meinen Freundinnen.«

Im Grunde hätte ich das Filmchen den Freundinnen von Herzen gegönnt, aber eine war die Schwägerin unseres Kommandeurs. Karin hatte noch zwei Stunden Dienst, und die Nachbarin war eine attraktive, nahtlos gebräunte Frau und roch vorzüglich. Nicht nach Karins billigem Nuttendiesel. Mehr Chablis Nummer fünf oder wie das Zeug heißt. »Gleiche Stelle, gleiche Welle«, sagte ich, »gelle?«

Vorsichtshalber rief ich Karin an und gab ihr eine dringende Einkaufsliste von mindestens anderthalb Meter Länge durch.

Unterm Baum machten wir erst eine Generalprobe, dann hieß es wieder *action*, und schließlich machten wir noch eine Schnittreserve für alle Fälle. Danach lagen wir ein Weilchen schweigend im Gras und schauten dem Sonnenlicht zu, das träge durch das Blätterdach unseres Baumes rieselte. Die Nachbarin rauchte eine Zigarette. »'tschuldigung,« rief sie plötzlich, »zwei Tage zu früh!« Als sie ihr leichtes Sommerkleid überwarf, sah ich das Blut zwischen ihren Schenkeln; das Gras, wo sie gelegen hatte, war ganz rot. Während ich das Malheur mit dem Gartenschlauch beseitigte, winkte sie mir von drüben aus dem Dachfenster noch einmal zu. Ich holte mir eine Gartenliege und fiel sofort in einen tiefen Schlaf. Im Traum erschien mir eine geisterhafte Frau, die sich aus dem Baum löste. Ihre Haut hatte dieselbe narbige, rissige Oberfläche wie die Rinde, die Brüste waren flach, hängend und holzig, und das wirre Haar hatte das satte Grün von reifem Laub. Sie deutete mit ihrem dünnen Zeigefingerast auf mein Nahkampfrohr, wobei sie etwas murmelte, was ich nicht verstand. Dann verschmolz sie wieder mit dem Baum. Ich erinnere mich an ein abstoßendes, uraltes Gesicht voller Runzeln, an das Lächeln eines zahnlosen, eingefallenen Mundes und an einen verdammt sinistren Blick, auf den Vampyrella sicher stolz gewesen wäre.

Nun, es ging noch den ganzen Sommer über weiter mit meiner Freundin, der Nachbarin und meiner Frau. Als der Herbst begann, eröffneten mir die drei der Reihe nach, sie seien schwanger. Trotz konsequenten Einsatzes von Mündungsfeuerdämpfern, trotz gewissenhaft durchgeführter taktischer Rückzüge, trotz Bevorzugung mündlicher Erotik! Dr. Feldkamp würde sich freuen!

In unserer Kompanie machte gerade Oberfähnrich Maximiliani aus Trier seine jährliche Wehrübung. Im wirklichen Leben ist er Dozent oder Professor an der Uni. Literaturgeschichtler. Ein gewaltiger Interpretator, der immer ganz genau weiß, was sich ein Schriftsteller beim Schreiben gedacht hat. Maximiliani wußte sogar von der Gemarkung *Am Blutstock*. »Bis ins achtzehnte Jahrhundert hinein wurden hier allerlei gruselichte unchristliche Riten zelebriert (er sagte wirklich *gruselichte*), und unser Galgen stand hier auch. Wahrscheinlich wollte Sie eine von diesen alten Naturgöttinnen belohnen, weil sie ihren Baum nicht fällen wollten. Der tote Hund, Ihr Ejakulat, das Menstruationsblut – drei Dinge, die sie für Opfergaben gehalten hat. Und wie anders belohnt eine archaische Gottheit als durch die Verleihung von Fruchtbarkeit? Aber ich wette, das glauben Sie alles nicht!«

»Nee, glaub' ich wirklich nicht!« antwortete ich und wünschte Maximiliani ein frohes Wehrschaffen. Der hatte ja Gehirnerweichung! Eierköpfe!

Als sich wenig später die Kette meiner kanadischen 12-PS-Motorsäge butterweich durch den Stamm fraß, glaubte ich einen furchtbaren Schrei zu hören. Wie wenn man jemand mitten durchschneidet. Es war aber bestimmt nur ein rostiger Nagel, den die Kettenzähne abrasiert hatten.

Gerade fiel der Stamm, als Karin aus dem Kindergarten kam. Schmutzig von Baumharz und Maschinenöl, mit nacktem, verschrammtem Oberkörper, stellte ich den Fuß auf den Stamm wie auf einen erlegten Büffel, reckte die Säge freihändig in die Luft und gab noch einmal Vollgas. Ein Mann, der Bäume fällt, braucht nicht in die Folterkammer wie dieser Schwachmatikus Maximiliani. Bis zum Abend hatte ich einen fast zwei Meter hohen, vier Meter langen Stapel schweren Schnittholzes aufgeschichtet und provisorisch abgestützt. Karin fiel mir um den Hals.

In der Nacht wachte ich von einem Geräusch auf (Karin schläft nach der Liebe wie ein Stein). Es klang, als hätte jemand einen Sack Zement in den Garten geschmissen. Durchs Fenster sah ich nichts, und ich ging hinunter nachschauen. Neben meinem Holzstoß lag etwas. Lag wer. Ein Jüngling. Nackt und kahlköpfig. Geflügelt. Ein Engel. Eine männliche Fee. Glatte Bruchlandung hingelegt. Lag da, die Flügel weggestreckt, und rührte sich nicht. Ich drehte ihn auf den Rücken. Verdammt hübscher Kerl, sehr zarte Haut, überschlank. Wog kaum etwas. Richtiggehende Leichtbauweise. Nichts an, wie gesagt, nur ein goldenes Kreuz am Kettchen um den Hals. Vielleicht das Tätigkeitsabzeichen. Himmlische Heerscharen oder so was. Als ich ihm das Dings unter die Nase hielt, beschlug es sofort. Wenigstens lebte er noch! Plötzlich schlug der Engelino die Augen auf. Sie waren völlig farblos. Weiß! Als er mich sah, ging ein Lächeln über sein Gesicht, und er stand auf. Sah mich strahlend an. Seine Flügel entfalteten sich. Mindestens drei Meter Spannweite! Ich staunte noch, da legte er mir zärtlich die Hand auf die Stirn. Ich reagierte vielleicht ein bißchen zu heftig: das eine Knie in den Unterleib und ein trockener Kinnhaken hinterher, das war eins. Meine Flugschwuchtel hob rückwärts ab, stolperte ein paar Schritte und riß die schräge Stütze von meinem schönen Holzstapel weg. Der kam ins Rollen, und ehe ich mich rühren konnte, hatten ihn fünf Zentner feinstes Eichenholz unter sich begraben. Für den Luftikus die Katastrophe: Ich fand ihn mit eingedrücktem Gesicht. Blut, Augen und Hirn sickerten neben dem Wurzelstock ins Erdreich. Kein schöner Anblick! Ich wickelte die Leiche erst mal in eine alte Plastikfolie vom Weißen der Garage und dann hinten in meinen Landcruiser, um sie nachher unauffällig auf dem Truppenübungsplatz zu verbuddeln.

Dann hörte ich Karin schreien. Als ich oben ankam, lag sie von Krämpfen geschüttelt in einer Blutlache. Wenig später hatte sie ihr Kind verloren. Noch ein häßlicher Anblick! Der Notarzt fuhr sie gar nicht erst nach Bitburg, sondern gleich nach Trier ins Mutterhaus. Ohne mich, klar, denn ich mußte ja schließlich den toten FKK-Flieger verschwinden lassen. Zu meiner Überraschung fand ich den Landcruiser leer vor, als ich in die Garage kam. Ich gebe zu, ich war etwas verwirrt. Wollte mich da etwa wer reinlegen?

Meine Verwirrung wuchs, als ich am nächsten Morgen in der Gynäkologischen außer Karin auch Annadora und die Nachbarin antraf. Der Grieche hatte seine Frau wegen des Nachwuchses, der nicht von ihm war, die Treppe hinuntergestoßen. Spontaner Abort. Der Nachbarin hatte man ein Myom herausgenommen, die Ursache ihrer Menstruationsstörungen. Die Gebärmutter und das Baby gleich mit. Tja, Gynäkologen sind fix!

»Ganz klar«, sagte mein oberschlauer Oberfähnrich, nachdem ich ihm alles berichtet hatte. »Die heidnische Gottheit hat die Kinder getötet, aus Rache, weil Sie Rabiatling ihren Baum abgesäbelt haben. Und der Engel von der christlichen Abteilung wollte Sie gerade dafür belohnen.«

»Und wie hätte er das gemacht? Mir die Rosette versilbert, oder was? Und wo ist er überhaupt abgeblieben?« Maximiliani zuckte die Schultern. Ich zahlte seinen Wein und mein Bier und verließ kopfschüttelnd die Kantine. So ein Blödsinn! Allerdings ... Draußen äugte ich vorsichtig zum Himmel hinauf, ob nicht ein Blitz auf mich niederfahren wollte. Wegen des fliegenden Nacktarsches, der auf mein Konto ging. Zwar schien die Sonne hell und klar, aber man kann ja nie wissen ...

Das Eisenmännchen

Paul Weitershagen

Die Schützengret zu Mürlenbach an der Kyll war schon lange tot. Aber ihr Häuschen in der Nähe des Waldes stand noch immer leer. Alt und baufällig, wie es war, wollte es keiner bewohnen.

Eines Morgens jedoch stieg Rauch aus dem Schornstein, und gegen Mittag trat ein Mann aus der Tür, der nicht viel größer war als ein Zwerg und einen gehörigen Buckel hatte. Schwarzes Haar hing ihm bis auf die Schultern, und unter einer krumm gebogenen Nase wuchs ihm ein spitzer Bart. So einen hatten die Leute im Dorf noch nie gesehen. Sie hielten sich zurück, wenn er mit ihnen schwatzen wollte.

Nur der Eigelhofbauer, der als Geizhalz verrufen war, ließ sich gern mit ihm ein; wußte der Bucklige doch in Geldsachen, erlaubten und verbotenen, bestens Bescheid. Da der Wicht auch das Aushorchen gut verstand, hatte er bald heraus, wieviel Taler auf dem Eigelhof in der Truhe lagen.

Einige Zeit später brachte eine Seuche im Stall den Bauer in große Not. Er hatte nicht genug Geld, das verendete Vieh durch neues zu ersetzen, und im Dorf war keiner, der dem verhaßten Geizhals beispringen wollte. Da bot ihm der Bucklige Geld für einen Wucherzinz an. Es mußte zu Johanni zurückgezahlt werden, oder das Vieh sollte unter den Hammer kommen. Der Eigelhofer setzte statt seines Namens drei Kreuze unter den Schuldschein und hoffte, das Glück würde ihm endlich gewogen sein.

Statt dessen schritt immer wieder das Unglück durch Haus und Hof. Die Seuche machte den Stall zum zweiten Mal leer. Der Klee kam schlecht, die Saat setzte nur spärlich an, und so mußte der Bauer am Johannistag den Buckligen bitten, er möge sich mit dem Geld bis zum Herbst gedulden; er wolle dafür das Doppelte an Zins bezahlen.

Der Bucklige wiegte den Kopf und machte ein brummiges Gesicht. Als aber dem Bauer der Angstschweiß auf die Stirn trat, lächelte der Höckrige boshaft und stieß hervor: »Gib mir das Kreuz dort an der Wand, dann tu ich, was du willst!«

Da fuhr der Bauer auf, als hätte ihn eine Schlange gebissen. »Nein«, schrie er, »solange der Hof steht, hängt das Kreuz dort an der Wand!«

Der Bucklige stierte ihm frech ins Gesicht. »Das Kreuz oder die beste Kuh! Du hast die Wahl!«

Der Bauer wankte zur Wand und hob das Kreuz vom Nagel. Mitdem stürzte die Bäuerin zur Tür herein, riß es ihm aus der Hand, barg es unter der Schürze und keuchte: »Gott strafe den, der es um Geld verschachert!«

Da war der Bucklige teufelsschnell aus der Stube und zerrte das beste Stück Vieh aus dem Stall.

Das Jahr ging mit Seuche und Mißwuchs zu Ende und machte den Eigelhofer bettelarm. Er mußte vom Hof, er zog in eine andere Gegend und arbeitete für Hungerlohn. Nur noch das Kreuz an der Wand erinnerte an bessere Tage. Den Eigelhof verkaufte der Bucklige für teures Geld und war jetzt darauf aus, andere ins Elend zu bringen.

So ging das an die drei Jahre hin. Da stieg nach einem Gewitter ein Mann aus dem Ort die Schlucht zum Jakobsknopp hinauf. Fand er da mitten auf dem Weg den Buckligen liegen, die Finger in die Erde verkrallt und das Wams wie vom Feuer versengt. Der Blitz hatte ihn erschlagen.

Der Mann lief sogleich ins Dorf zurück und holte einige Beherzte. Als sie an die Wegstelle kamen, fanden sie den Buckligen nicht mehr. Nur ein Irrlicht geisterte in der dämmrigen Schlucht herum, und ein Geklapper vernahmen sie, als würden Eisenstücke gerüttelt. Da wußten sie: Der Teufel hatte den höckrigen Wucherer in ein Eisenmännchen verwandelt und ließ seine Seele als Irrlicht tanzen. Seitdem war es auf dem Jakobsknopp nicht mehr geheuer.

Die Neunhollen

H. M. Steinmetz

Die Neunhollen waren Zwerge. Sie wohnten im Hochpochtener Walde. Aber nur im Frühjahr und Sommer. Im Spätherbst, wenn das Laub fiel und der Nordwind in alle Waldwinkel blies, zogen sie in warme Winterquartiere nach Georgweiler. Dort war ein altes heimeliges Bauernhaus, wo sie jedes Jahr bei der treuen Kathrin und ihrem Mann frohbegrüßte Gäste waren. Sie reisten nicht zu Fuß hin. Das wäre bei ihren kleinen Beinchen eine lange, mühselige Reise geworden. Kutschen und Pferde hatten sie auch nicht. Vielmehr, wenn ein stürmischer Tag war, hüpften sie vor dem Wald auf freiem Feld so lang in die Höhe, bis der Sturmwind sie zu packen bekam. Und dann flatterten die leichten Gesellen über Berg und Tal bis auf das weiche Strohdach ihrer Winterwohnung zu Georgweiler. Im fetten, molligen Dachmoos ruhten sie zunächst ein bißchen von ihrer Luftreise aus, und darauf kletterten sie durch den Schornstein hinab in die weite Küche. Um den breiten Steinherd mit dem lustigen offenen Feuer ließen sie sich nieder.

Die Neunhollen wollten keine lästigen Gäste sein. Bei Tag, wenn ihre Gastgeber Küche und Herd für sich und ihr Vieh benötigten, schliefen sie daher in der dunklen warmen Ecke über dem Backofen. Erst am Abend, wenn die Hausleute bereits gegessen hatten, stiegen sie hernieder, und sofort suchten sie sich gefällig zu erweisen. Während die Mutter noch in der Küche spülte, putzten sie ihr heimlich in der Stube die Brillengläser, schüttelten das Kissen im Lehnstuhl auf und legten ihr das alte dicke Buch vom Leben der Heiligen zurecht. Manchmal gelang es ihnen auch, dem Vater ungesehen einen Dienst zu tun: Aus dem Walde hatten sie Maikräuter oder Waldmeister mitgebracht; wenn nun der Hausherr nach dem Essen ein wenig mit der Katze Schnurri spielte und gerade nicht hinsah, dann stopften ihm die lieben Zwerge ein paar Blättchen in die Pfeife, damit es besser schmecke und dufte. Und wenn dann nachher der nichtsahnende Mann seine Frau frug: »Kathrin, wo hast du den feinen Tabak gekauft?«, dann lachten die Schelme heimlich und waren seelenvergnügt.

Sobald die guten Alten zu Bett waren, hielten die Neunhollen ihr Mahl. Sie hatten dünne Bäuchlein und schmale Mäulchen, und darum brauchten sie nicht viel. Sie aßen nur Buchecker und Haselnüsse, mit denen sie vor ihrer Luftreise im Wald die Taschen gefüllt hatten. Das war ein heimliches Knacken und Knicken in dem alten Haus, als knistere ein trauliches Feuer im Stubenofen, wenn die Zwerge ihre Ecker und Nüsse aufkrachten. Und wenn sie genug geknuspert hatten, hüpften sie zum Trinkeimer und schöpften sich mit den leeren Nußschalen, bis auch ihr Durst gestillt war.

Nach dem Mahl hüteten die Neunhollen das Feuer auf dem breiten Steinherd. Sie sorgten, daß keine Fünkchen leichtsinnig davonsprangen. Die

Aschen hielten sie behutsam um das große Holzscheit zusammen, das die Mutter Kathrin jeden Abend hineinsteckte, denn es mußte morgens ringsum angeglußt sein, damit die Frau sofort eine Flamme bekam und nicht erst eine Ewigkeit damit hin und her zu fuchteln brauchte.

Aber das war nicht alles, was die Neunhollen Gutes taten. Die ganze Nacht suchten und horchten sie, wie sie ihren Hausleuten gefällig sein konnten. Wenn im Stall ein Ochs sich losgerissen hatte, dann sprangen sofort ihrer zwei hin, stellten sich aufeinander, damit sie das Tier beim Horn bekamen, und ketteten es wieder an. Besonders gern führten sie während der Nacht Arbeiten zu Ende, die Kathrin und ihr Mann abends unvollendet gelassen. Niemand kann die Spulen zählen, die sie der treuen Hausfrau ungesehen voll Garn und Zwirn spannen. Und hatten sie nachts ein tüchtiges Stück Arbeit getan, gesponnen, genäht, gehobelt, gebacken, dann schauten die Schelme morgens vorwitzig aus ihrem warmen Winkel, ob die guten Leute auch ihre Freude dran hätten, und wie waren sie jedesmal so selig, wenn ihre treue Freundin Kathrin sang:

Das ist ein Leben, das mir behagt,
Wir brauchen nicht Knecht und brauchen nicht Magd,
Wir brauchen nicht Katz und brauchen nicht Hund,
Die Neunhollen wachen und schaffen für uns.

Um Ostern herum, wenn draußen die ersten Veilchen die Augen aufschlugen, rüsteten die Neunhollen zur Abreise. Sie benetzten ihre Zeigefingerchen mit Speichel und hielten sie vorsichtig zum Schornstein heraus, um zu fühlen, woher der Wind wehe. Und wenn er aus der richtigen Gegend pfiff, daß er sie in den Hochpochtener Forst tragen konnte, dann setzten sie sich frei obenhin, atmeten tief ein, damit sie recht luftig und leicht würden, und husch! hatte der Sturm sie gefaßt und entführt.

So waren die Neunhollen manches Jahr nach Georgweiler gekommen und hatten den rauhen Winter am warmem Herd der alten Kathrin verlebt. Aber eines Herbstes, als sie wieder anflogen, vermißten sie die gute alte Frau. Sie hatte beim Kornschnitt zu viel schwitzen müssen und war gestorben. Statt ihrer herrschte im Haus ein junges Weib, das sich der Sohn der alten Kathrin ausgesucht hatte. Aber Gott weiß, wo der arme Junge seine Augen hatte. Er hatte sehr schlecht gewählt. Schon am ersten Abend merkten es die Neunhollen. Das dicke heilige Buch der Kathrin lag verstoßen in einer staubigen Ecke. Und als der alte Vater von den Zwergen erzählen wollte, da fiel ihm das freche Weib in die Rede und schnatterte: »Das ist dummes altes Zeug. Wir machen jetzt Feuer mit Zündholz und brauchen niemand mehr, der nachts das Holzscheit in den Aschen hütet.« Dabei trank sie ein Glas Wein und schleuderte hinterlistig und verächtlich den Rest in die Neunhollenecke, daß es den armen Zwergen in die Augen spritzte. Da beschlossen sie tiefgekränkt, das junge freche Frauchen deutlich zu warnen.

An demselben Abend hatte das Weib den Brotteig für den nächsten Morgen angerührt. Da buken die Zwerge heimlich während der Nacht vierzehn große runde Brote und stellten sie paarweise zum Ausdunsten die Treppe hinauf. Als nun morgens die junge Frau in der Dunkelheit ahnungslos hinunter wollte, stolperte und fiel sie. Und o weh! Und o jeh! Sie sauste auf vierzehn Broträdern, hupla hupp! mit Höllengepolter die finstere Treppe hinab. Die Brote bumsten unten wider Türen und Tische, Stühle und Ständer; alles fiel um, und Töpfe und Tiegel, Teller und Tassen liefen wie besessen kreuz und quer in der Küche umher. Und mitten in dem Wirrwarr wütete die böse junge Frau, tüchtig geknuppt und gründlich geknauft. Fürs erste Mal hat sie genug, dachten die Neunhollen und lachten sich in die kleinen Fäustchen.

Aber trotz der Mißachtung, die sie so oft erfuhren, wären die Neunhollen bis zum Frühjahr geblieben, hätten sie den Dreikönigstag nicht erleben müssen. Am Abend dieses heiligen Festes, an dem sich alle Christen freuen, daß der Herr sie aus Liebe in sein Glaubensreich aufgenommen, kam nämlich eine arme Witwe an das Neunhollenhaus betteln. Sie führte an der Hand ihren kleinen kranken Knaben. Er zählte vielleicht vier Jahre. Um seine Pelzmütze trug er eine Dreikönigskrone aus Papier und in seiner Hand hielt er einen Stecken, an dem oben ein Stern aus blinkendem Blech saß. Der Hunger guckte dem mageren Knaben und der bleichen Mutter aus den grellen Augen. Sie beteten vor der Türe ein lautes Vaterunser und traten dann zaghaft in die Küche. Als sie nun dort im Schornstein bis tief unten hin Schinken, Speck und Würste hängen sahen, daß kaum mehr das Himmelsblau herabschimmern konnte, da sagte die Mutter voll Vertrauen einen schönen alten Reim:

Stellt die Leiter an die Wand,
Nehmt das Messer in die Hand,
Laßt das Messer klinken,
Schneid´t mir´n Stück vom Schinken!

Und das Knäblein schwang seinen Stab, hustete und plapperte:

Ich bin ein kleiner Tönig,
Debt mir nicht zu wenig!

Die junge Hausfrau war nicht erbaut von dem Besuch. Sie schnitt eine finstere Fratze, riß die Tür weit auf und zeigte, ohne ein Wort zu reden, mit langem Arm und spitzem Finger auf die kalte, beschneite Gasse. Dicht hinter den Armen klatschte sie die Türe zu und knurrte und brummte ärgerlich vor sich hin. »Knurren und Brummen«, sagten sich die Neunhollen, »das können auch wir.«

Und sie fingen an zu schelten und zu schimpfen, zu brausen und zu brummen, zu knottern und zu knurren, so fürchterlich, als sause ein Sturm heran, der die ganze Welt fortblasen wolle. Die hartherzige Frau lief vor Angst in die Kammer und steckte den Kopf ins Federbett, damit ihr von dem Lärm die Ohren nicht zersprängen. Das hatten die Neunhollen gewollt. Nun schmissen sie rasch ungesehen allen Speck, alle Wurst, alle Schinken aus dem Schornstein auf den Herd. Dort flammte gerade ein lustiges Feuer, das sich einen Spaß machte, all die feinen Sachen zu verschlingen. So das ganze Dorf lief zusammen, aber was half's? Die Würste, die Schinken, das Speck waren fort.

Seit jenem Tag wohnten die Neunhollen nicht mehr im Haus der Kathrin zu Georgweiler. Nur dann und wann, wenn die junge Frau abends bedauerte, am nächsten Tag kein Fleisch kochen zu können, dann kam von draußen manchmal ein leises Gekicher. Als sie aber eines Tages in ihrer Wut ein Scheit Holz ins Fenster warf, war in Zukunft nicht mal mehr das Kichern zu vernehmen. Wo die Neunhollen jetzt weilen, weiß ich leider nicht. Ich hätte nichts dagegen, wenn sie in meinem eigenen Hause zu Gaste wären.

Die Fratze im Lehmklumpen

Raphaela Kehren

Nagelneue schwarze Lackschuhe. Ihre Absätze versanken im aufgeweichten Lehmboden. Das Lackleder sah aus, als sei eine Kuhherde darübergetrampelt. Olga zischte vor Wut. Ungeschickt versuchte sie den dicken Lehmklumpen von ihrem linken Schuh zu schütteln. Den Freßkorb für ihren Mann hielt sie krampfhaft mit beiden Händen fest. Während dieser Hopserei tropfte braune Kaffeebrühe aus dem Korb auf ihre Hose. Es begann zu regnen.

Olga trat gegen die Türe des Holzschuppens. Joseph blickte auf. Er lümmelte sich an einem einfachen Holztisch und schlug das Pornoheftchen rasch zu. »Du kommst spät«, brummte er.

»Hier!« Krachend landete der Picknickkorb auf dem Tisch. Ein brauner dampfender See ergoß sich über die Tischplatte. »Verflucht!« Joseph schlug mit der Faust auf den Tisch. »Ah!« schrie er auf.

»Dieser elende Steinbruch! Meine neuen Lackschuhe sind versaut!» wetterte Olga und polierte verzweifelt mit ihrem Jackenärmel ihre Fußspitzen. »Dieser eklige Lehmklumpen will einfach nicht abgehen. Bei deinem nächsten Wochenenddienst kannst du dir deinen Fraß gefälligst morgens mitnehmen!« Sie flog herum und starrte Joseph haßerfüllt an. Er krümmte sich. Ein dünnes Blutrinnsal mischte sich in die dunkle Kaffeebrühe.

Olga lächelte spöttisch und griff nach Josephs Hand. »Laß sehen«, sagte sie barsch, »wie ein Pfeil steckt der Splitter in deiner Faust.« Mit einem Ruck riß sie das Holzstück heraus.

Olga stolperte den steinigen Weg nach Hause. Der Regen klatschte ihr ins Gesicht. Wie Spiralnudeln hing ihr graues nasses Haar herunter. Sie schloß die Wohnungstüre auf. Abscheulicher Eintopfgeruch schlug ihr entgegen. Dieser Mief! Sie riß sich die nassen Kleider vom Leib und stellte die Dusche an. Dann nahm sie ihre Schuhe und ging zum Spülbecken.

Zuerst versuchte sie mit einem Lappen den Lehmklumpen abzuwischen. Dann griff sie zur Spülbürste, zuletzt zum Küchenmesser. Sie fluchte. Plötzlich hielt sie in ihrer Schrubberei inne. Der Lehmklumpen verformte sich. Eine teuflische Fratze wölbte sich heraus und grinste sie an.

Olga verlor die Fassung. »Dann freß ich dich eben auf«, kreischte sie wild. Sie steckte sich den Schuh in den Mund und biß kräftig in den Klumpen hinein. Ein fürchterlich glühender Schmerz fuhr durch ihre Lippen. Sie schleuderte den Schuh ins Becken und taumelte aus der Küche. Ihr Gebrüll erinnerte an den Todeskampf eines Schweins, als sie ins Badezimmer stürzte. Unter der eiskalten Dusche hoben sich langsam die unerträglichen Schmerznebel. Vorsichtig tastete sie mit ihrer Zunge nach ihren Lippen. Wie von glühenden Nadeln schienen sie durchstochen. Es dauerte lange, bis sie sich endlich vor den Spiegel stellte. Aus ihren Lippen quollen milchige Blasen. Ihr Mund glich einem überdimensionalen Fischmaul.

Olga erstarrte. »So sahen seine Füße aus nach seinem ersten Wettkampflauf«, flüsterte sie tränenerstickt. »Du mußt weitermachen«, hatte Joseph geschrien und alle Blasen mit einer Nadel aufgestochen. »Was tust du? Was machst du mit dem Kind?«

Olga durchwühlte ihren Nähkorb. Sie setzte sich an den Küchentisch und legte den kleinen Handspiegel vor sich hin. Sie war naß und nackt und stach zielsicher in jede Blase auf ihren Lippen. Keinen Ton brachte sie heraus. Nur ab und zu stöhnte sie zufrieden.

Erst jetzt fiel ihr der teuflische Lehmklumpen wieder ein. Im Becken lag ihr Schuh. Sauber! Sie hetzte durch die Zimmer. Schließlich sah sie das scheußlich grinsende Lehmgesicht. Es glotzte sie an, aus der Vitrine, direkt neben Saschas Bild.

Sie hockte noch immer vor der Vitrine, nackt, aber inzwischen trocken, als Joseph nach Hause kam. »Wie siehst du aus? Gehört Selbstverstümmelung zu deinem neuen Psychokurs?« Joseph zog sich langsam aus. »Komm her! Ich habe Lust.« Olga drehte sich um und lachte heiser. »Ich auch.« Sie nahm seine verwundete Hand und zog sie zu sich heran. Sie leckte seine Fingerspitzen und rammte blitzschnell ihre Zähne in seinen Handrücken. Joseph jaulte und versetzte seiner Frau einen brutalen Schlag ins Gesicht. Olga lachte höhnisch auf.

Die nächsten beiden Tage blieb Olga zu Hause. Mit ihrem blauen Auge und den blutig verbrannten Lippen glich sie einem Monster. Obwohl sie jeden Tag die Fenster aufriß, wurde der säuerliche Eintopfgeruch jeden Tag unerträglicher für sie.

Wenn sie schlief, träumte sie von Sascha. Sie sah seinen ersten Zahn, und wenig später fielen ihr seine Zähne in die Hand. Er machte einen Kopfstand und winkte ihr zu. »Schau, was ich kann!« Die Blasen an seinen Füßen blähten sich zu riesigen Luftballons auf und hoben ihn in die Luft. Eine Fratze drückte sich durch die dünne Ballonhaut – es war das teuflische Lehmgesicht. Sascha lachte. Irgendwann oben in den Wolken platzten die Ballonblasen. Blut regnete auf die Erde. Sekunden später ein dumpfer Aufschlag. Sascha lag vor ihr, sein Haar durchtränkt von blutigem Eiter. Abscheulicher Gestank! »Ich kann nicht mehr«, keuchte Sascha, »ich will nicht mehr laufen.« »Du mußt aufstehen! Lauf weiter!« hörte sie Josephs peitschende Stimme.

Olga rührte in der Erbsensuppe auf dem Herd. Vier Teller stopfte sie sich rein und ließ einen für Joseph übrig. Sie stierte auf den grünen Brei. Genau die gleiche Farbe hatten Saschas Tabletten gehabt. Joseph hatte sie eines Tages mitgebracht. »Gesundes Grünfutter. Die mußt du schlucken, dann läufst du allen davon«, hatte er Sascha eingeredet.

Olga würgte. Wie eine Katze schlich sie ins Wohnzimmer und setzte sich

vor die Vitrine. Das häßliche Lehmgesicht glotzte sie an und grinste heute noch eine Spur breiter. Die Türe fiel ins Schloß. Joseph schlurfte in die Küche.

»Schon wieder dieser ekelhafte Eintopffraß! Morgen will ich was Anständiges essen. Olga?! Hast du kapiert?« »Friß! Das schmeckt gut. Sascha mußte auch die leckeren grünen Pillen reinwürgen«, zischte Olga. »Fang nicht schon wieder an!« brüllte Joseph.

»Alles nur deine Schuld!« kreischte sie, und ihre blutverschmierten Lippen bebten. »Sei still!« Joseph trat mit seinen Lehmstiefeln gegen die Türe. »Hoch hinaus wolltest du, du Ratte!« Olga heftete ihre Augen auf Josephs massiges Gesicht. »Aus dem Jungen soll was werden! Nicht so ein plumper Steineklopper wie ich, hast du getönt.« Olga spuckte auf seine schmierigen Stiefel.

»Halt die Klappe!« brüllte Joseph und sprang wie ein fleischiger Klotz auf Olga zu. Da fiel sein Blick auf die Glasvitrine. Er rang nach Luft. »Bist du völlig übergeschnappt? Was soll der Drecksklumpen da in der Vitrine? Du bist wohl total durchgeknallt! Schaff das Ding weg! Oder ist das eine neue Masche deines Psychoonkels?« Er fuchtelte wild mit seiner schwieligen Hand.

Olga blitzte ihn gefährlich an und lächelte kalt. Sie hatte keine Angst mehr vor ihm, als sie sagte: »Wenn dir die Fratze nicht gefällt, dann räum sie doch weg.« Wutentbrannt grapschte Joseph nach dem Lehmklumpen. Ein glühendes Eisen schien durch seine Hand zu zucken. Joseph schrie und ließ den Klumpen fallen. Seine Haut klebte auf der grinsenden Fratze.

Joseph stöhnte und starrte auf das rohe Fleisch seiner Handfläche. »Du verfluchtes Miststück!« Olga brach in ein höllisches Gelächter aus. Sie stand auf und griff nach ihrem Mantel. »Ich fahre zu Sascha.« Ihre Pupillen erstarrten zu schwarzen, kalten Glaskugeln.

Die Flure waren endlos lang und weiß getüncht. Olga passierte unzählige Sicherheitssperren. Sie trug wie der Pfleger einen weißen Kittel. Sie drückte auf den Auslöser ihrer inneren Kamera. Das tat sie immer, wenn sie hierherkam.

Sie sah Sascha – hochgewachsen, schlank, ein hübscher, junger Teenager – am Start. Großes Läuferfeld, Sascha trägt die Nummer 44. Es regnet. Sascha rennt. Er kämpft. Kalter Schweiß läuft in seinen Nacken. Aschfahl ist sein Gesicht. Wie ein Roboter bewegen sich seine Beine. Er strauchelt, kippt einfach um. Blaulicht. »Ich will nicht mehr.« Grüner Schleim tropft aus seinem Mund. Stille. Sauerstoffmangel im Gehirn, 20 Minuten lang.

»Wie geht es Sascha?« Olga schielte. »Gut. Ich bringe Sie zu ihm. Er hat seit einer Woche eine neue Beschäftigung!« Der Pfleger führte Olga in einen Arbeitsraum. Hinten am Fenster saß Sascha. Er knetete mit beiden Händen einen rötlichen Tonklumpen. Olga erstarrte.

»Als wir vergangene Woche im Park waren, hob er plötzlich einen Lehmklumpen von der Erde auf«, plapperte der Pfleger vor sich hin. »Er nahm ihn mit und formte ein Gesicht. Seitdem modelliert er jeden Tag. Wollen Sie seine Arbeiten sehen?« Olga nickte. »Wann war das genau?«

»Vergangenen Sonntag!« Der Pfleger öffnete den Schrank. Da war sie wieder, die entsetzliche Lehmfratze, und glotzte sie an. Olga biß sich auf ihre verkrusteten Lippen. »Sie bluten ja!« Der Pfleger sah sie besorgt an. Sie schüttelte abwesend den Kopf und taumelte zu Sascha hinüber. Sie legte ihre Hände auf sein Gesicht. Sascha lächelte die fremde Frau an. »Leb wohl, mein Junge!«

Hastig verließ Olga die Anstalt. Sie trug noch immer den weißen Kittel und sprach in wirren Sätzen. Blut tropfte von ihren Lippen und durchtränkte den Kittel.

»Meine Schuld! Ich habe den Mund nicht aufgemacht. Kein Nein! Lauf, mein Junge, habe ich ihn angefeuert. Augen zu, Mund zu, aber die Ohren! Sie haben dich doch gehört! Mama, ich will nicht mehr laufen! Neiiiiiin!«

In der Wohnung war es dunkel. Joseph war nicht da. Olga machte kein Licht. Wie eine Blinde wankte sie zur Vitrine. Vorsichtig tastete sie nach Saschas Bild. Gleich daneben. Ja, da. Dann packte sie zu. Sie fühlte den stechenden Schmerz kaum. Sie schrie nicht. Die Fratze in ihrer Hand brannte wie das Höllenfeuer. Ein dunkles, wahnsinniges Kichern drang aus Olgas Kehle. Sie öffnete die Lippen und quetschte die Lehmfratze mit beiden Händen in ihren Mund. Sie würgte, röchelte – Stille.

Joseph fand Olga einen Tag später. Sie war tot. In der Glasvitrine stand die schaurige Lehmfratze, direkt neben Saschas Bild. Sie weinte.

Auf eigenem Grunde

Carola von Eynatten

Der Thomas Köppen war der habgierigste Mann in ganz Niederehe. Soviel er auch schon besaß und noch dazu erwarb, er hatte doch nimmer genug, und nichts konnte seinen Gelddurst stillen, nichts ihn abschrecken, wo es seine Befriedigung galt. Mit seiner Gewissenhaftigkeit war es darum nicht gut bestellt, und diejenigen, deren Felder und Wiesen an die seinigen grenzten, hatten arg darunter zu leiden, da er es bei dem Umpflügen stets so einzurichten wußte, daß sein Land um ein Stückchen größer, das des Nachbarn aber um ein oder zwei Schritte kleiner wurde. Machten die Bestohlenen ihm Vorwürfe über sein Treiben, so ernteten sie bloß Grobheiten und Drohungen, und da Köppen auch der Reichste im Orte war, so wagte sich niemand so recht an ihn, wie es auch noch heute zuweilen vorzukommen pflegt.

Ein armer Häusler jedoch erwies sich weniger nachsichtig, und als er einst seinen kleinen Acker ebenfalls beschnitten fand, verklagte er den scham- und ehrlosen Nachbar bei dem Gericht.

»So wenig sich der reiche Köppen von mir bestehlen ließe, so wenig lasse ich mich von ihm bestehlen. Was dem einen recht ist, ist dem andern billig. Ich bin ein armer Teufel, habe ein Weib und zehn Kinder zu ernähren, brauche also das bißchen Korn, welches der Acker trägt.« So erwiderte er auf alle Fragen.

Eines Tages nun kamen die gelehrten Herrn, die Richter und Schreiber, zur Aufnahme des Tatbestandes, und Köppen fand sich auch zur Stelle, hatte aber Vorsorge getragen, seine Schuhe zuvörderst so dick wie möglich mit Erde von seinen eigenen Feldern anzufüllen. Nachdem nun viel verhandelt und beinahe ebensoviel geschrieben worden war, ohne daß dabei das geringste herauskam, verhörten die Herren den Eigner des geschmälerten Grundstückes, worauf Köppen zum Schwur gefordert wurde.

Dieser trat mit frecher Stirne und einem Hohnlächeln auf den Lippen vor, reckte sich zuversichtlich in die Höhe und schwur bei seiner Seele Seligkeit, er stehe auf eigenem Grunde.

Da zuckten die Herren die Achseln, klappten ihre Schreibehefte zu, brummten etwas von der Prozeßkrämerei der armen Schlucker, und der Häusler hatte sein gutes Recht und seinen Streifen Land verloren, ja, mußte obendrein noch die Kosten tragen. Der Dieb hingegen lachte sich ins Fäustchen und dachte: Nun hat er es. Jetzt wird ihn sicherlich nimmer die Lust anwandeln, mit dem reichen Köppen anzubinden. Ich habe ihm einen tüchtigen Denkzettel gegeben, und mir kann es keinen Schaden tun, denn ich leistete keinen Meineid. Ich habe wirklich auf eigenem Grund gestanden, dank meinem glücklichen Einfall!

Darüber gingen Monate hin, und wenn Köppen den Betrogenen antraf, fragte er spöttisch: »Na, Marten, geht Ihr etwa wieder mit einer Klage gegen mich um?« Eines Tages aber verbreitete sich die Kunde, daß er über einen Hang herabgestürzt sei und so schwere Beschädigungen davongetragen habe, daß an eine Rettung nicht zu denken sei.

Am anderen Morgen aber war der reiche Köppen eine Leiche. Gestanden hatte er indessen selbst im Angesicht des gewissen Todes nichts, so sehr ihm der Pfarrer auch ins Gewissen redete.

Man hatte seiner schon so ziemlich vergessen, als ein Mann aus Niederehe voller Entsetzen erzählte, er wäre nachts zuvor über die Felder hingewandert, und als er an den Acker des Marten gekommen wäre, hätte er auf demselben, gerade an jener Stelle, wo sich die Grenze befand, den Köppen gesehen, der glühende Schuhe an den Füßen getragen und unter entsetzlichem Wehklagen einen Pflug hin und her gelenkt hätte.

Erst wollte niemand recht daran glauben. Diese Strafe dünkte den Leuten zu hart. Bald aber beobachteten noch viele andere den seltsamen Pflüger mit den weithin leuchtenden Glutschuhen, und selbst in unsrer Zeit können ihn Frohsonntagskinder in mancher Mitternacht noch den geraubten Streifen von Marten wacker bearbeiten sehen.

Der entdeckte Spuk in der Mustardgasse

A. J. Flecken

In der Mustardgasse liegt ein Haus, welches vielen nicht so sehr durch sein Äußeres oder durch seine Größe, als vielmehr dadurch bekannt ist, weil man von demselben eine artige Gespenstergeschichte erzählt, die hier folgen soll.

Es wohnten in dem Hause, das wir hier nicht näher bezeichnen wollen, als nur, daß man dort vorbeikommt, wenn man durch die Mustardgasse geht, zwei alte, fromme Nonnen, welche, da sie sehr vermögend waren, nichts taten als Messe hören, beichten, kommunizieren, Rosenkranz beten, Kirchen besuchen und Kaffee trinken, sonst aber auch nicht einmal eine Fliege an der Wand beleidigten. Nun geschah es, daß sie eines Abends, als sie gerade den Rosenkranz beteten, plötzlich durch ein fatales Geräusch auf dem Söller gestört wurden. Ihre Angst stieg immer höher und höher, der liebe Herr Jesus, Maria und Joseph und alle Heiligen wurden angerufen, und es ward auch nicht einer oder eine vergessen. Als keiner mehr anzurufen war, sanken beide Nonnen in Ohnmacht, wovon sie sich nur nach einer Stunde erholten. Währenddessen kollerte der nächtliche Spuk von oben mehrere Dutzend Ziegelsteine zur Treppe hinab, rasselte mit Ketten, wie der lebendige Gott behüt uns, brüllte wie ein Vieh und ließ sich bald unten, bald oben im Hause hören, wo er das Unterste nach oben kehrte. Das Gespenst ließ sich von nun an regelmäßig jede Nacht mit dem Schlage elf hören und wollte trotz allem Beten nicht weichen.

Man ließ nun mehrere Messen lesen, dann kamen fromme Patres, und zuletzt überlasen ganze Scharen derselben das Haus nebst Zubehör vom Speicher bis in den Keller. Doch auch dies half nichts. Endlich klagte eine Nonne ihrem Vetter, einem Fleischer, das Leid, und dieser teilte dies Wunder einigen Kameraden und Freunden mit. Und so geschah es, daß diese sich entschlossen, das Gespenst auf ihre Weise zu überlisten. Etwa ein halbes Dutzend dieser Geisterbeschwörer versammelten sich abends im besagten Hause, ganz geräuschlos. Sie hatten ihre Hunde mitgebracht, die, gehorsam den Winken ihrer Herrn, stumm wie Fische neben ihnen lagen. So erwarteten sie, die furchtverscheuchenden Weinflaschen leerend, das Gespenst.

Es war zehn Uhr vorbei, es hatte halb elf geschlagen, und schon stand der Zeiger auf 1/4 vor zwölf, und noch nichts regte sich, so daß fast alle Hoffnung auf das Gespenst verschwand. Aber die Nonnen bestanden darauf, der Geist müsse kommen. Und siehe, richtig! Kaum schrie der alte Nachtwächter: »Zwölf! Zwölf hat es geschlagen, lobet Gott, den Herrn!«, da lärmte es auch auf dem Speicher, als ob der lebendige Satan losgeworden, und es begannen die früher beschriebenen Spektakel, um diesmal mit einem anderen zu enden.

Die Metzger warteten einen Augenblick, bis der Spuk recht im Gange war, dann rissen sie die Zimmertüre auf und ließen ihre Hunde mit den Worten »Faß an!« in Freiheit, dem Geist nachzuspüren, der den Patres nicht gehorchen wollte. Heulend stürzten die Bestien hinaus, und es währte nicht lange, so hörte man oben ein »Jesus, Maria, Joseph! Hülfe!« schreien. Und als die Gesellen jetzt kühn vor die Türe traten, fanden sie den Geist als ein menschliches Wesen unten vor der Treppe liegen, wohin ihn die Hunde gezerrt, nachdem sie ihm die Ketten und eine Decke abgerissen. Die Fleischer waren barmherzig und zogen ihre Bullenbeißer vom blutenden Geist zurück, den sie als den Nachbar Schneider erkannten, der mit wenigem Gelde das Haus ankaufen wollte und, um es in Verruf zu bringen, den Spuk trieb. Seine von den Hunden zerrissenen Kleider konnte er sich ausbessern, doch für das Heilen seiner Haut mußte er den Wundarzt bezahlen.

Der goldene Pflug

Theodor Seidenfaden

Ein Bauer, der den Pflug trotz dampfender Ochsen manchmal mitten in der Furche stehen ließ, die Leine über den Pflugsterz warf und wie ein verliebter Narr, obschon er seit zwanzig Jahren verheiratet, allerdings kinderlos geblieben war, dem Tanz der Mücken oder blauem Gewölk nachschaute, ging in einer Frühlingsnacht von seinem Hofe fort, dem Neuenahrer Burgberge zu. Der Acker, den er am nächsten Morgen zu pflügen hatte, lag ihm gleich einem Alp auf der Seele. Und so schritt er trüben Sinnes, wiewohl er sonst ein Kerl war, dem oft genug ein derber Schalk das freche Gesicht aus seinen Träumen streckte. Wie er eben laut in die Stille sprach, nur den Reichen blühe das Glück, trat aus dem Fels, der längs des Weges lief, ein Zwerg. Er wollte zur Seite springen: Da fühlte er, daß ihn der Zwerg, dessen Flachsbart zur Erde hing, beim Arme faßte und neben ihm schritt.

Wenn er ihm folge, meinte der, solle er schon reich werden. Dann brauche er keine Ochsen zu treiben, sondern könne gleich den Rittern auf Rappen reiten! Und die Worte fielen dem Bauer wie Gesang in die Sinne.

Da sie an den Burgberg kamen, führte ihn der Zwerg zu einem Haselstrauche, der uralt ins sternige Dunkel wuchs. An seiner Wurzel, sagte er, münde der Brunnen, der den goldenen Pflug berge. Johannisnacht solle er hier graben, den Stein heben und eine Angel senken, dann finde er ihn. Allerdings dürfe er nicht einen Laut von sich geben, was sich auch ereigne!

Wie der Bauer fragen wollte, um welche Stunde er beginnen müsse, war der Zwerg verschwunden, und ein Gekicher lag in der Luft, als feierten die Geister der schwarzen Berge Kirmes. Da ging er wie im Rausche heim und blieb die nächsten Wochen so vergrübelt, daß die Bäuerin den Kopf schüttelte und wiederholt vor sich hin murmelte: Ein Bauer allein genüge, einer Frau das Leben sauer zu machen; sitze ihm aber ein Narr im Nacken, so werde es zur Hölle!

Als er schließlich die Ochsen hinter den Wagen schirrte und einmal der Katze den ganzen Mittagsspeck hinwarf, fuhr sie zwar los in mächtigem Gepolter und schimpfte auf das verrückte Mannspack, lief aber nachher, weil sie um seinen Verstand fürchtete, zum Pfarrer und bestellte eine Messe, die ihn wieder ins rechte Fahrwasser bringen sollte. Da sie nichts nützte, hoffte sie auf die Zeit und überließ ihn seiner Narrheit.

Johannisnacht machte er sich jedoch frühzeitig fort und kam an den Haselstrauch, als eben der Mond sein Licht voll in die Eifelberge strömen ließ. Kaum hatte er den Strauch abgehauen und zu graben begonnen, so geriet er auf einen Stein, der groß war wie ein Mühlrad. Den schaufelte er, indes sein Atem heißer ging, leer, hob ihn hoch und stieß ihn den Abhang hinab, daß er donnernd ins Dunkel rollte.

Wie er sich dann über den Brunnenrand beugte, sah er unten das Geleucht eines goldenen Pfluges, darin Mondstrahlen spielten. Fiebernden Blutes senkte er an einem neuen Strick die Angel in die Tiefe, so lange, bis sie aufstieß und den Pflug wie fernes Schellengeläut klingen ließ. Bald hatte sie ihn gefaßt, und langsam zog er die kostbare Last herauf und blieb ruhig, obgleich sein Blut rauschte. Schon stand er selbst im Strahlenschein des Goldpfluges, der immer heller aus dem Brunnen stieg: Da jagte ein feuerumlohter Ritter vom Berge, schwang sein Schwert wie riesige Blitze durch die Luft und setzte gerade auf ihn zu.

Mit einem Schrei, der schaurig widerhallte, sprang er auf, hielt zwar den Strick noch, hörte aber, daß der Pflug hinschlug, wie wenn Glasglocken zerschellten, und raste gesträubten Haares heim. Seinem Weibe erzählte er so wirr und entsetzt von dem goldenen Pfluge, dem Feuerritter und einem Zwerge, daß sie den Doppelriegel vor das Hoftor schlug und schließlich auch gespenstisches Gestampfe zu hören meinte.

Der Bauer, da er ausgeschlafen hatte, blieb zwar ein närrischer Kauz sein Leben lang, gab jedoch die Träumereien dran, weshalb es bald dahin kam, daß ihm, auch ohne den goldenen Pflug, ein derber Gaul neben seinem Ochsen die Furchen zog. Und der war ihm dienlicher als der ritterliche Rappe, den ihm der Zwerg versprochen hatte.

Vom Ritter Heinrich, der nicht glaubte, daß es böse Geister gebe, aber durch einen Meister der Schwarzen Kunst solche gesehen hat.

Caesarius von Heisterbach

Der Mönch und Lehrmeister erzählt eine Geschichte.
Sein Schüler, der Novize, hört zu.

Ein Ritter, ein gewisser Heinrich, gebürtig von Burg Falkenstein, war Mundschenk des Caesarius, der damals Abt in Prüm war, eines Mönchs unseres Ordens [also der Zisterzienser]. Und was jetzt folgt, habe ich diesen Caesarius selbst erzählen hören:

Eben dieser Ritter Heinrich zweifelte daran, daß es überhaupt böse Geister gebe, und wies alles als dummes Zeug zurück, was er von ihnen hörte oder gehört hatte. Deswegen ließ er einen Geistlichen kommen, einen gewissen Philipp, der in der Schwarzen Kunst außerordentlich bewandert war, und bat ihn inständig, er möge ihm doch böse Geister zeigen. Dieser antwortete ihm: ›Die Schau böser Geister ist grauenhaft, sie ist gefährlich, und nicht allen ist es förderlich, sie zu sehen.‹ Weil aber der Ritter allzu rabiat darauf bestand, fügte er hinzu: ›Wenn du mir Sicherheit gibst, daß mir weder von deinen Verwandten noch von deinen Freunden irgend etwas Schlechtes aus diesem Unternehmen entsteht, falls du übermäßig von den bösen Geistern getäuscht oder erschreckt oder verletzt wirst, dann will ich deinen Wunsch erfüllen.‹ Ritter Heinrich gab dem Priester Philipp Sicherheit.

Und an einem bestimmten Tage zur Mittagszeit, weil dann wohl der böse Mittagsgeist besonders große Kräfte hat, führte Philipp den Ritter an einen bestimmten Kreuzweg, beschrieb mit dem Schwert einen Kreis um ihn und erläuterte ihm, der innerhalb stand,

das Gesetz dieses Kreises. Er sagte: ›Wenn du irgendeines deiner Glieder aus diesem Kreis streckst, bevor ich zurückkehre, wirst du sterben. Du wirst umkommen, weil dich die bösen Geister sofort herausziehen.‹ Er ermahnte ihn auch, daß er ihnen nichts gebe, wenn sie um etwas bäten, nichts verspreche und sich nicht bekreuzige. Und er fügte hinzu: ›Auf viele Art und Weise werden dich die bösen Geister versuchen und erschrecken, aber dennoch können sie dir nicht schaden, wenn du meine Gebote befolgst.‹ Dann schied er von ihm. Der Ritter saß im Kreis auf dem Boden, und sieh da: er sah gegen sich Überschwemmungen auflaufen, dann hörte er Schweinegrunzen, das Stürmen von Winden und viele andere ähnliche Trugbilder, mit denen die Dämonen sich abmühten, ihn zu erschrecken.

Aber wie ja auch Speere, die man zuvor schon erblickt, weniger treffen, so war er seinerseits gegen diese Erscheinungen gefeit. Zuletzt aber sah er im benachbarten Wald etwas wie einen abscheulichen menschlichen Schatten, der die Höhe der Bäume überstieg und der genau zu ihm hinlief. Er dachte sofort, daß das der Teufel sei. Und so war es auch. Der blieb stehen, als er den Kreis erreicht hatte, und fragte den Ritter, was er von ihm wolle. Er war wie ein großer Mann, in der Tat sehr groß und völlig schwarz, in eine schwärzliche Kleidung gehüllt und von einer derartigen Häßlichkeit, daß der Ritter ihn nicht ansehen konnte. Zu ihm sagte der Ritter: ›Das ist gut von dir, daß du gekommen bist. Ich wünschte dich nämlich zu sehen.‹ ›Zu welchem Zweck?‹ fragte der Teufel. Der Ritter antwortete: ›Ich habe viel von dir gehört.‹ Und als der Teufel antwortete: ›Was hast du von mir gehört?‹ da entgegnete der Ritter: ›Wenig Gutes und viel Übles.‹ Darauf der Teufel: ›Oft richten die Leute über mich und verdammen mich ohne Grund. Ich habe niemandem geschadet, ich verletze keinen, wenn ich nicht dazu gereizt werde. Philipp, dein Lehrer, ist mein guter Freund, und ich bin seiner. Frag ihn, ob ich ihn jemals verletzt habe. Ich mache, was ihm gefällt, und er gehorcht mir in allem. Von ihm gerufen, bin ich eben jetzt hierher zu dir gekommen.‹ Darauf der Ritter: ›Wo bist du gewesen, als er dich gerufen hat?‹ Darauf antwortete der Dämon: ›Ich bin so weit weg in jenem Teil des Meeres gewesen, wie dieser Ort hier vom Meer entfernt ist. Und es ist daher recht und billig, daß du meine Anstrengungen mit irgendeinem Geschenk erwiderst.‹ Der Ritter zu ihm: ›Was willst du?‹ Jener antwortete: ›Ich will und bitte, daß du mir deinen kleinen Mantel gibst.‹ Als der Ritter sagte: ›Ich werde ihn dir nicht geben‹, forderte der Teufel seinen Gürtel, schließlich ein Schaf aus seiner Herde. Als der Ritter das alles abschlug, verlangte er zuletzt dessen Haushahn. Als der Ritter zu ihm sagte: ›Was willst du mit meinem Hahn?‹, antwortete der Dämon: ›Er soll für mich singen.‹ Der Ritter: ›Wie willst du ihn fangen?‹ Da antwortete wiederum der Dämon: ›Rege dich darüber nicht auf; gib du ihn mir nur.‹ Darauf der Ritter: ›Ich werde dir nichts geben.‹ Und er fügte hinzu: ›Sage mir, woher hast du dein großes Wissen?‹ Da sagte der Dämon: ›Nichts Böses geschieht in der Welt, das mir verborgen bliebe. Und damit du erkennst, daß das wahr ist, paß auf! In diesem Dorf und in diesem Haus hast du deine Unschuld verloren, und dort hast du diese und jene Sünde begangen.‹ Und der Ritter konnte nicht umhin zuzugeben, daß der Teufel die Wahrheit spräche.«

Novize: »Ich bin doch davon fest überzeugt, daß der Ritter irgendwann einmal diese Sünden gebeichtet hat. Wie konnte der Teufel daher von dem, was er gebeichtet hat, Kenntnis behalten?«

Mönch: »Weil der Ritter gebeichtet hat mit dem Willen, wiederum zu sündigen, minderte er die Kenntnis des Teufels um nichts.«

Novize: »Das ist schön, was du da sagst, denn mir fällt gerade ein, daß du genau das in der dritten Abteilung im sechsten Kapitel ausgeführt hast.«

Mönch: »Als nun der Teufel wiederum, ich weiß nicht was, verlangte und der Ritter ablehnte, etwas zu geben, da erhob der Teufel gegen ihn die Hand, als wenn er ihn fortschleppen und aus dem Kreis ziehen wolle. Der Ritter erschrak so sehr, daß er auf den Rücken fiel und laut schrie. Philippus eilte schnell herbei, als er das Geschrei des Ritters hörte. Als er ankam, verschwand das Trugbild sofort.

Von dieser Stunde an war Ritter Heinrich immer bleich. Er erlangte seine natürliche Farbe niemals wieder, lebte als besserer Mensch und glaubte, daß es böse Geister gebe. Es ist nicht lange her, daß er gestorben ist.«

Der Tanzberg

Paul Weitershagen

Vor Jahrhunderten war der Reichtum an Bleierzen im Tanzberg zwischen Dottel und Keldenich im Urfttal so groß: es hieß, der Bergmann könne schneller ein Malter Korn verdienen als der Müller es mahlen. Wohlergehen verführt aber oft zu Leichtsinn und Übermut.

So gingen die Knappen dort eines Tages hin und legten in einigen Stollen Kegelbahnen und in einer geräumigen Höhle einen Tanzsaal an. Tag für Tag wurde nun unten getanzt, gekegelt, sogar mit den roten Kugeln des Edamer Käses. Und ein Gejohle und Gestampfe, ein Gelärme und Getöse herrschte im Berg, daß dieses wüste Wesen eines Tages den Berggeistern auf die Nerven ging.

Zuerst warnten sie die Übermütigen durch ein dumpfes Grollen, wie wenn ein Beben durch die Erde ging. Die Bergleute aber beachteten das drohende Zeichen nicht. Dann brach plötzlich das Unheil herein.

Wie gewöhnlich rollten nach der Arbeit die Käsekugeln, die Tanzpaare drehten sich, und Schnaps und Bier flossen in Strömen. Da hob plötzlich im Berg ein Pfeifen und Schwanken an, als ob auch er sich im Tanze drehen wollte. Mitdem stürzten auch schon die Wölbungen und Stollen ein und verschütteten die Übermütigen mit allem Erz, das schuld an der Strafe war. Nur eine Frau entging dem Verderben. Sie hatte ihren Mann von dem wüsten Gelage wegholen wollen und wurde beim Einsturz der Grube von unsichtbarer Hand zutage gehoben.

Seitdem stand das reiche Bergwerk verlassen. Allemal aber, wenn das Unglück sich jährte, sollen drinnen Geigen zu hören und der Glanz von vielen Lichtern zu sehen gewesen sein.

Geburt

Michael Siefener

Clemens war froh, als er nach einer langen Fahrt durch schwarze Wälder endlich in der Ferne zwischen den kahlen Ästen vereinzelte niedrige Lichtpunkte sah. Er wußte nicht mehr, wo er sich befand, und es interessierte ihn auch nicht. In jedem Eifeldorf, durch das er heute nachmittag gefahren war, hatte er nach einem Zimmer gefragt, in Hotels, Gaststätten und Privatpensionen, doch alle waren belegt. An einem Abend wie diesem gab es viele Leute, die nicht zu Hause bleiben wollten, weil sie die heile Welt, die aus den Fernsehern und Radios troff, nicht ertragen konnten. So suchten sie ihr Heil in der Flucht. Was anderes blieb einem schließlich am Heiligen Abend übrig, als auf die Wanderschaft zu gehen und vor sich selbst Reißaus zu nehmen?

Den Rest des Jahres konnte Clemens es ertragen, allein zu sein, doch die Weihnachtstage waren zu verzuckert und ihre Süße zu bitter, um sie in der Abgeschiedenheit seiner kleinen Wohnung aushalten zu können. Er hatte es in den vergangenen Jahren immer wieder versucht, und stets war es in einer sentimentalen Katastrophe geendet. Daher wollte er es diesmal besser machen und sich in die Abgeschiedenheit der Eifel zurückziehen. Offensichtlich aber hatten viele den gleichen Gedanken gehabt. Er verfluchte sich für seine Dummheit, nicht irgendwo ein Zimmer reserviert zu haben. Es war dunkel geworden, und noch immer hatte er kein Dach über dem Kopf gefunden. Wie in der Weihnachtslegende, dachte er grimmig, aber Josef hatte wenigstens eine Frau und – bald – ein Kind. Die Lichter vor ihm schenkten ihm indes neuen Mut.

Die Baumgespenster gaben ihn frei. Vor sich in einer kleinen Senke sah er ein Dorf liegen. *Malberg* las er auf dem Ortsschild. Langsam fuhr er hinunter und gelangte an die ersten Häuser. Alle waren freundlich erleuchtet. Clemens hielt Ausschau nach einem Hotelschild, fand aber keines in dem winzigen Ort. Als er ihn schon beinahe durchquert hatte, fiel ihm an einem breiten, freistehenden Haus eine Tafel auf, die es als Pension auswies. Er hielt davor und stieg aus. Kälte hüllte ihn ein, und im Schein einer Neonlaterne trieb sein Atem als dünner, weißer Nebel vor ihm her.

Durch die Fenster im Erdgeschoß fiel gelbes Licht, doch das erste Stockwerk brütete in stummer Dunkelheit. Clemens klingelte. Er hörte, wie im Innern eine Tür geöffnet und wieder geschlossen wurde, und gedämpfte Schritte kamen näher. Die Tür schwang auf, und hinter ihr stand eine nicht mehr ganz junge Frau in einem blütenweißen Kittel. Sie lächelte, und ihre Augen, tief wie Bergseen, schienen Clemens über die Schwelle ziehen zu wollen. Er folgte willig dieser Faszination, trat näher, stand im Flur, bevor er sich dessen bewußt wurde, und obwohl er sicher war, daß er kein Wort gesprochen hatte, sagte die Frau: »Wir vermieten nur noch selten. Doch Sie haben

Glück. Ich kann Ihnen ein schönes Zimmer anbieten. Ich werde es Ihnen zeigen.« Sie ging eine breite Treppe hinauf, und Clemens folgte ihr. Im ersten Stock öffnete sie eine Tür, schaltete das Licht ein und sagte: »Es ist einfach, aber nicht unkomfortabel. Ich hoffe, daß es Ihnen gefällt.« Clemens nickte. »Das habe ich mir gedacht«, sagte die Frau und gab ihm den Zimmerschlüssel. »Sie gehen doch heute abend mit uns zur Kirche, nicht wahr?« fragte sie, als habe Clemens es schon versprochen. »Ja, ja«, antwortete er, obwohl er nicht die geringste Lust hatte, einem salbadernden Geistlichen zuzuhören und sich seiner eigenen unglücklichen Situation wieder einmal überdeutlich bewußt zu werden. Er wollte im Zimmer bleiben, und er hoffte, daß die Wirtin ihn vergäße. Warum hatte er überhaupt zugesagt? Als er hinunterging, um seinen Koffer zu holen, schalt er sich einen überrumpelten Narren.

Er packte die wenigen Kleidungsstücke aus, nahm ein Buch und setzte sich in einen der beiden ausladenden Sessel, die das Bett flankierten. So ließ es sich aushalten, dachte er. Wie hoch mochte der Preis für das Zimmer sein? Nicht einmal danach hatte er gefragt.

Clemens mußte eingeschlafen sein, denn er schreckte entsetzt hoch, als jemand fordernd an seine Tür pochte. Draußen schlugen laute, tiefe Glocken. Es war ein großes Geläut, wie ein Aufruhr der Engel. »Ja, bitte«, sagte er und rieb sich benommen die Augen. Die Wirtin trat ein und sagte: »Sie hatten doch versprochen, uns zu begleiten. Ziehen Sie sich an, beeilen Sie sich, sonst kommen wir zu spät.« Clemens war über ihren befehlenden Ton zu verdutzt, um eine passende Entgegnung geben zu können, und so gehorchte er. Schon nach wenigen Minuten traten sie hinaus in den eisigen Winterabend. Neben der Wirtin ging ihr Mann, eine gebeugte, mürrische Gestalt, tief in einen altmodischen Mantel gehüllt, und Clemens trottete hinter den beiden her.

Das ganze Dorf schien auf den Beinen zu sein. Knäuel von Menschen schoben sich durch die Gassen und vermischten sich vor dem Eingang der neugotischen Kirche, aus deren Fenstern das gelbe Licht wie gebundene Seelen auf den Vorplatz fiel. Clemens war es, als werde der Schimmer in seiner intensiven Färbung noch durch den Klang der Glocken verstärkt.

Im Innern des Gotteshauses ergoß sich der Strom aus Mänteln und Hüten zunächst kanalisiert durch den Mittelgang, um schließlich in viele Seitenarme zu münden und in der Nähe des Altares erheblich auszudünnen. Die Glocken waren verstummt, und Clemens hörte das Schaben, Rascheln und Scharren all jener, die einen Platz suchten oder behaupteten. Seine Wirtin und ihr Mann hingegen gingen bis zur ersten Bank und setzten sich gegenüber der großen Krippe, die links neben dem Altar stand. Sie ließen zwischen sich einen Platz frei, und als Clemens einige Schritte vorgetreten war und interessiert die Krippenfiguren betrachtete, spürte er plötzlich eine harte Hand an seinem Arm. Er drehte sich um und blickte in das Gesicht der Wirtin, der er eine solche Kraft nicht zugetraut hätte. »Setzen Sie sich«, zischte sie. In ihren Augen flackerte eine unbestimmte Drohung. Sie zog Clemens mit sich zur Bank.

In der Zeit, die bis zum Beginn der Christmette verblieb, starrte Clemens auf die Krippe vor ihm. Sie war ein wenig zu weit von ihm entfernt, um alle Einzelheiten erkennen zu lassen. Clemens ging nicht oft zur Kirche, ja, seinen letzten Gottesdienst hatte er mit seinen Eltern erlebt, aber er war nicht unwissend genug, um nicht zu bemerken, daß mit der Krippe etwas nicht stimmte. Sie war aus den üblichen Figuren zusammengesetzt: einem Verkündigungsengel, Maria und Josef, Bauern, dem Ochsen und dem Esel, doch die Ausführung der lebensgroßen Figuren wirkte verzerrt. Ihre Gliedmaßen schienen verkrüppelt, und Clemens widerte der Ausdruck ihrer Gesichter an. Oder war das nur eine Folge der Entfernung und des gleißenden, doch zugleich diffusen Lichtes? Beinahe hatte er den Eindruck, als schielten die Figuren zu ihm herüber. Doch der Umstand, der ihn am heftigsten verwunderte, war das Fehlen des Christuskindes. Die Holzkrippe, mit Stroh ausgelegt, war eindeutig leer. Hatte dies denn noch niemand bemerkt? Vielleicht war die Christfigur gestohlen worden. Blieb etwa auch dieses weltvergessene Eifeldorf nicht von den rohen Zeiten verschont?

Ein dünnes Glöckchen schrie auf. Rumpelnd erhob sich die Gemeinde. Der Priester zog hinter vier Meßdienern den Mittelgang hinauf zum Altar. Als er sich vor den Stufen verbeugte, glaubte Clemens, einen säuerlichen Geruch, wie von Schweiß, Erbrochenem und Bier wahrzunehmen. Der Geruch verflüchtigte sich, als der Geistliche die Stufen des Altars erklommen hatte und vor dem Ambo stand, die Arme weit ausgebreitet, als wolle er die Gläubigen umarmen und zu Tode drücken oder sich aus dieser Welt erheben. Er begann mit einer kraftvollen, aber falschen, süßen Stimme: »Meine liebe Gemeinde, wir sind wie jedes Jahr heute abend zusammengekommen, um die Geburt und Ankunft unseres Herrschers und Erlösers zu feiern. Darum lasset uns zunächst zu ihm beten, der die Welt im Gleichgewicht hält ...« Clemens hörte nicht mehr zu. Er ärgerte sich, der Wirtin und ihrem Mann gefolgt zu sein. Er kannte niemanden hier, niemand kannte ihn, und wie immer, wenn er sich inmitten einer großen Menschenansammlung befand, wurde er sich seiner Einsamkeit schmerzlich bewußt.

Der Priester schloß wieder die Arme und verlas einen Text, den Clemens nicht verstand. Er glaubte, die Worte aus dem Mund des Zelebranten herausperlen zu sehen, sie fielen zu Boden und bildeten dort eine glitzernde Lache. Doch manche flogen zu der Krippe hin und drangen in die Figuren ein. Clemens schüttelte den Kopf. Dabei bemerkte er, wie ihn die Wirtin und ihr Mann anschauten. Er begriff ihren Blick nicht. War es Sorge, Angst oder Ärger?

Die Holzfiguren bewegten sich. Natürlich bewegten sie sich nicht, es war der Geruch des Weihrauchs, seine Schwaden, seine betörenden Duftstoffe, die einen Rausch über Clemens zu stülpen begannen. Und alles war nur Einbildung, auch die feurigen Augen Marias, die nun offen zu Clemens hinüberblickten. Vorhin hatte sie den Kopf abgewandt gehalten. Clemens zwang sich,

nicht länger zu ihr hinzuschauen. Es fiel ihm schwer, denn er hatte bemerkt, wie begehrenswert sie aussah. Sie sog die meisten der Worte ein, die der Priester ausstieß. Die Schwaden umschmeichelten ihre Gestalt. Doch sie war nicht mehr schlank. Ihr Bauch war gewölbt.

Die Gemeinde stimmte ein Lied an. Jemand schob Clemens ein Gesangbuch zu, und er blätterte verständnislos darin. Er fand zwar Noten, aber keine Texte. Clemens begriff nicht, was die Gläubigen sangen, es war nicht mehr als ein klebriger Tonbrei.

Der Gottesdienst nahm seinen Lauf, ohne daß Clemens ihm hätte folgen können. Er verstand nicht den Sinn der Handlungen, die ihn wie ein Spinnennetz umgaben. Es waren kryptische Zeichen, deren Bedeutung sich unter dem Sog der vielen hohl klingenden Worte verlor. Und immer noch hatte es den Anschein, als flögen die Worte zu Maria, zu Josef, und der Engel breitete seine Flügel aus. Clemens spürte den Zug, der faulige Luft heranfächelte. Die Bewegungen der Figuren waren nicht menschlich. Keine Gliedmaßen wären dazu in der Lage gewesen, sich so fließend zu verhalten, fließend, langer Fluß, schwarzer Fluß, lichtlos und stinkend, fett glänzend und ölig, und etwas steigt aus ihm auf, ein schwarzer Dampf, der sich verfestigt und in eine andere Form eindringt, nur ein Wirt, eine Zwischenstation, ein Nadelöhr, und die letzte Reifung nährte sich aus den Worten ...

Was war bloß mit ihm los? Der Priester stand hinter dem Altar, hatte wieder die Arme ausgebreitet, und eine schreckliche Stille lag wie Watte in der Kirche. Alles war wie in Erwartung erstarrt, keine Bewegung erzeugte ein Rascheln. Es war, als sei das Gotteshaus leer, als walte das Nichts in ihm. Dann sprach der Priester, und die Worte wallten nicht länger zu den schreckenerregenden Gestalten, sondern fuhren wie Pfeile durch das Schweigen: »Dies ist die Heilige Nacht, die Nacht, in der sich erneut das Wunder vollzieht. Der Retter wird uns geboren, zu unserem Schutz und zu unserem Glück. Er wird von hier in die Welt hinausgehen und Schrecken und Verzweiflung bringen. Er wird wieder Kriege entfachen, Seuchen aussäen und Hungersnöte bereiten. Er wird den Menschen Zwietracht, Mord und Raub eingeben. Und wir, die wir ihm das Leben schenken, wird er verschonen mit seinen Gaben.« Die Stimme des Priesters war zu einem hechelnden, schrillen Rufen geworden.

Aus dem Leib der Maria strömte etwas heraus. Es war nicht mehr als eine vage, glitzernde Schwärze, die zur Decke der Kirche stieg. Mehr und mehr quoll nach. Oben am Deckengewölbe bildete sich langsam eine tropfende, spinnenartige Gestalt heraus. Endlich wurde sie nicht mehr genährt, und die Figur der Maria sank in sich zusammen wie ein entleerter Ballon. Auch die übrigen Gestalten begannen zu schrumpfen. Und das Ding dort oben öffnete sich. Ein Riß lief quer durch seinen halbstofflichen Körper, ein Riß von gleißender Helligkeit. Und Formen wimmelten dahinter, deren Anblick Clemens langsam das Gehirn ausbrannten.

Die Gemeinde hatte sich erhoben, und aus den Kehlen drang ein Summen wie von einem Wespenschwarm. Alle hielten nun die Arme emporgestreckt. Clemens saß da und konnte sich nicht rühren. Dann wurde er von dem mürrischen Mann hochgerissen. Die Gemeinde kroch aus den Bänken hervor und kam nach vorn. Sie umzingelte Clemens. Der Priester sprach weiter, nein, er schrie: »Heiligster Herr der Welt! Nimm dies, dein jährliches Opfer, an, und lasse uns zum Dank, wie du es immer getan hast, im Auge des Sturmes leben! Gehe hinaus in die Welt, und verberge uns für einen weiteren Zyklus vor ihr! Schließe die Tore, die uns schützen, hinter dir, und mache die Welt zu deinem Spiel! Sieh, das Opfer, das du uns in deiner grenzenlosen Güte und Weisheit geschickt hast, steht vor dir und ist bereit, sich mit dir zu vereinigen!«

Das schwarze Ding schwebte langsam von der Decke herab. Es stieß einen Laut aus, der zutiefst menschlich und doch unendlich fremd war. Clemens hielt sich die Ohren zu, aber der Laut fand seinen Weg trotzdem und bohrte sich in den Gedanken des Opfers fest. Die Gemeinde hatte es zwischen sich genommen, und durch kurze, brutale Stöße und Püffe trieb sie es vor sich her bis unter das Ding. Dann zog sie sich zurück. Wieder begann sie zu summen, und der Priester stimmte laut mit ein.

Clemens schaute müde nach oben.

Der Riß war größer geworden, und die unbeschreiblichen Formen, die sich dort oben gebildet hatten, lähmten ihn.

Er konnte nur dastehen und zusehen, wie sich das Ding mit schrecklicher Geduld auf ihn niederließ.

Von der Teufelskirche

Theodor Seidenfaden

Die Trierer wollten das schwarze Tor, das noch aus der Römerzeit stammt, zu einer Kirche umbauen, die ihresgleichen nirgendwo haben sollte, konnten aber keinen Baumeister finden, der es ihnen recht machte, und scheuten wohl auch die blanken Taler, deren sie zum Bau bedurften. Als nun die Ratsherren wieder einmal steif und still in den Eichensesseln über dem Plane eines fränkischen Meisters saßen und ihnen hierbei die Hitze zu Kopf stieg, obgleich es noch früh im Lenz war und die Sonne schon unterging, pochte es plötzlich dreimal leise und eindringlich an die Tür des weitläufigen Saales, so daß die ehrwürdigen Herren mit den Köpfen herumfuhren, erst recht aber erschraken, da sich die schwere Tür geräuschlos öffnete und herein ein merkwürdiger Gesell in der Bauherrentracht trat, der einen Fuß leicht nachzog, um die Schulter ein feuerrotes Mäntelchen und auf dem Kopfe ein Barett mit einer Hahnenfeder trug. Voll seines Anstandes verneigte er sich vor den Ratsherren, sah sie stechend an und begann gleich, ohne auf eine Frage zu warten: Er wisse, daß der hochweise Rat eine Kirche bauen wolle, aber den rechten Plan und die notwendigen Taler nicht finden könne. Er sei ein weit gewanderter Meister und gekommen, ihnen zu helfen. Christnacht schon, Glock zwölf, zur Mettenzeit, wolle er die Kirche fertig haben, falls sie seinem Plane beipflichteten. Dabei schlug er, indessen die Ratsherren fast erstarrten, in die Hände: Und aus dem weiten Ärmel sprang eine Pergamentrolle, die er auf dem Tische des Schreibers, der wie der leibhaftige Tod dahinterhockte, ausbreitete, so daß die Ratsherren vor sich den Plan einer Kirche sahen. Als des Burschen grüne Augen darauf fielen und es hell wurde, wie wenn hundert Kerzen brannten, meinten alle trotz ihrer Angst, das wäre das Schönste, was sie gesehen hätten, so müsse die Kirche werden. Worauf der Unheimliche den Plan wieder verschwinden ließ mit den Worten: Diese wolle er durch seine Leute mit den Torflügeln des Kapitols und ohne einen Taler bauen lassen, wenn sie ihm die Seele des ersten, der in ihr bete, zubilligten. Wäre die Kirche zur Christnacht Glock zwölf nicht fertig, so verzichte er auf sie. Die Ratsherren willigten ein. Obschon sie ahnten, wer der Meister sei, unterschrieben sie den Pakt und schritten, nachdem er, leise und wiegend wie er gekommen, weggegangen war, stolz ihren Häusern zu. Am nächsten Morgen schon rollten mürrische Bauleute, die kein Wort sprachen, auf Karren Quadern heran und legten sie leicht wie Kinderbälle bei dem Tore nieder. Nachts begannen andere den Bau, der bei jedem Sonnenaufgang ein Stück gewachsen war, so daß die Trierer sich sehr wunderten, auf Geheiß des Rats aber nicht wagten, hineinzugehen. Als der erste Schnee auf die Berge fiel und die Christnacht nicht mehr weit war, sah der Rat, erschreckt und froh zugleich, daß nur noch die Torflügel der gewaltigen Kirche fehlten, und ging zum Bischofe, der sich dann auch trotz abratender Stimmen entschloß, sie in der Christnacht zu weihen und so vom Spuk des Höllischen, den er schon lange als Baumeister vermutete, zu befreien. Christabend stieg dieser vom Grüneberg aus unter solchem Sturm, daß die Trierer glaubten, die Jagd des Wilden Heeres rase heran, in die Luft und flog den Rhein hinauf über die Alpen nach Rom, ließ sich auf dem Kapitol nieder, nahm die bronzenen Torflügel, erhob sich wieder und steuerte mit ihnen unter den Sternen her nordwärts bis an den Montblanc, auf dessen Gletscherkrone er hielt, eine Weile zu verschnaufen. Wie er in der urweltlichen Sternenstille saß, öffnete sich plötzlich der Himmel, aus dem Lichtströme brachen, so voll und schön, daß die Gletscher reiner glühten als beim Morgenrot. Worauf Lieder zu goldenen Harfen begannen und eine blonde Jungfrau in blauem Seidenmantel, gefolgt von singenden Engeln, durch das Licht schwebte. Der Meister aber schlug die Hände geblendet vors Gesicht, sank nieder, kauerte sich hinter eine Eiskrone und vergaß den Trierer Pakt. Die Jungfrau verschwand erst mit den Engeln und dem Licht, als die Erdenglocken tief und melodisch Mitternacht schlugen. Da sprang der Meister auf, packte die Torflügel und stieg mit einem Fluche so heftig in die dunkle Luft, daß eine Lawine zu Tal donnerte. Dennoch kam er zu spät nach Trier: Denn Glock zwölf war der Bischof in die Kirche eingezogen und hatte sie geweiht. Als er schon beim heiligen Opfer war und die Gläubigen voll Andacht knieten, langte der Teufel erst an, fuhr ein paarmal wütend um das Gewölbe, aus dem Chorgesang schallte, schwang die Torflügel mit seiner ganzen Kraft und schleuderte sie auf das Dach, daß es auseinanderbarst und die Glocken in den Türmen auf und nieder tanzten. In der Kirche erloschen wohl die Kerzen, auch erschraken die Trierer, vor allem die Ratsherren, wie nie in ihrem Leben, aber niemand kam zu Schaden. Als das Getöse verhallt war und sie hinaustraten, lag die Stadt ruhig im Sternfrieden der Heiligen Nacht, und sie sahen weder von dem Höllischen noch von den Torflügeln des Kapitols etwas. Im nächsten Jahre aber, wie die Trümmer des Gewölbes fortgeräumt und ein neues errichtet war, weihte der Bischof die Kirche noch einmal, und noch manches Jahrhundert hindurch stand sie, bewundert ob ihrer Schönheit und Größe.

Der Gang nach Harperscheid

Fritz Koenn

Bliev hee, Angnes«, mahnte Karl, als er draußen die ersten zarten Flocken tanzen sah.

Aber Agnes knotete schon das große, gestrickte Kopftuch fest unter dem Kinn zusammen, band die groben Arbeitsschuhe zu und scherzte: »Ich senn doch net us Zucker!« Dann zog sie den groben Mantel aus schwerem Wollstoff über, der ihre Gestalt vollkommen verhüllte und sie rund machte wie eine Tonne.

Karl betrachtete sie amüsiert und grinste: »Su deck hät ich dich dumols bestemmb net jehieroot, Niesje ...«

Der Wind pfiff eisig, als Agnes, zwei leere Kartoffelsäcke unter dem Arm, den steilen Kohlseifen hochstapfte.

Bevor der Weg auf die offene Hochfläche der *Breet* hinausführte, verschnaufte sie kurz und warf einen letzten Blick zurück auf die Häuser von Hellenthal, die sich, geschützt und geborgen unten im schmalen Tal, unter ihrer Schneelast duckten.

Für einen Augenblick wünschte sie sich, jetzt dort unten mit Karl und dem Kleinen um ihren warmen Herd herum zusammenzusitzen, anstatt wegen etwas Mehl und Milch mutterseelenallein durch Kälte und Wind nach Harperscheid ziehen zu müssen.

Aber der Gedanke an den leeren Brotkorb daheim und das hungernde Söhnchen verscheuchte rasch ihre Wünsche.

Entschlossen zog sie das dicke Kopftuch fester und trat nach der obersten Wegebiegung hinaus auf die Hochfläche, wo sie unversehens ein plötzlicher Schneewirbel packte und fast umgerissen hätte.

Agnes stemmte sich mit aller Kraft gegen die brausende Sturmgewalt.

Über die grauweißen Felder und Wiesen trieb der Wind lange

Schneefahnen vor sich her, und die scharfen Eiskristalle stachen unbarmherzig in Agnes' gerötetes Gesicht.

Verbissen kämpfte sie sich weiter durch die schnell wachsenden Schneewehen. Bald erkannte sie schräg vor sich den Tannenwald, der sich aus den Tiefen des Oleftals hoch auftürmte. Der dunkle, dichte Forst wirkte heute auf sie ungewöhnlich drohend und unheimlich. Sonst eine beherzte und unerschrockene Frau, hätte sie jetzt um keinen Preis einen Schritt in den Wald gewagt. Bei seinem Anblick begann ein unerklärliches Angstgefühl in ihr hochzusteigen.

Vielleicht war es aber nur die ungewohnte Anstrengung und der heulende Sturm, die hier oben auf der eisigen *Breet* ihre Gedanken verwirrten, versuchte Agnes sich ihre ungekannte Furcht zu erklären. Immer öfter mußte sie stehenbleiben, um den schnellen und keuchenden Atem zu beruhigen. Agnes

spürte, wie die magere, ungesunde Kost dieses fürchterlichen Hungerjahres 1816 ihre Körperkräfte geschwächt hatte.

Sie drehte dem tosenden Sturm den Rücken und spähte durch das undurchdringliche, trübe Grau in die Richtung, wo Harperscheid liegen mußte. Aber kein Haus war zu sehen. Dann wanderte ihr Blick wie magisch angezogen noch einmal hin zum starren Schwarz des Oleftalwaldes.

Da! Was war das?

Auf der schneebleichen Wiese erkannte sie plötzlich einen dunklen Fleck. Vielleicht ein knorriger Baumstamm, den sie bisher nicht bemerkt hatte. Oder war dieser unförmige Klumpen nichts anderes als ein verlassener, fauliger kleiner Heuhaufen, den der frühe Schnee dieses Herbstes überrascht hatte? Aber warum war er jetzt nicht auch mit Schnee bedeckt?

Agnes wischte sich die Schneeflocken aus den Augen und starrte wie gebannt auf den unheimlichen Punkt.

Da! Jetzt bewegte er sich.

»Mein Jesus Barmherzigkeit, wenn et ene Wollef wär!« Sie schauderte.

Im Höfener Wald, nicht weit von hier, soll kürzlich ein ganzes Rudel gesehen worden sein, hatte Palms Mättes erzählt.

Jetzt bewegte es sich wieder, vollführte irre Sprünge, wurde größer und kleiner.

Es flimmerte ihr vor den brennenden Augen. Plötzlich überfiel sie panisches Entsetzen. Einen Schrei ausstoßend, raffte Agnes ihren langen Mantel zusammen und hastete quer über die schneebedeckten Felder in die Richtung, wo sie ihr Ziel vermutete.

Nicht lange, und sie mußte erneut einhalten. Jeder ihrer schnellen Atemzüge schmerzte stechend in der Brust. Die zitternden, eiskalten Hände gegen das rasend klopfende Herz gepreßt, blickte sie abermals zurück. Sie erkannte ihre Fußspuren vom Weg herab. Die Vorstellung, daß dort oben plötzlich die Gestalt des Wolfes auftauchen könnte, verlieh ihr Riesenkräfte. Sie warf die hinderlichen Säcke fort und streifte im Laufen den schweren Mantel ab. Jetzt kam sie leichter vorwärts.

Immer wieder wandte sie, während sie über Furchen und Schneehügel stolperte, den Kopf und schaute angsterfüllt zurück. Aber hinter sich sah sie nichts als den Wind, der sein tolles Spiel mit den sausenden Schneefahnen trieb. Auch der drohende Wald war in sichere Entfernung zurückgewichen, und kein Verfolger nahte. Und endlich: Jenseits einer Mulde tauchte der Hof des Bruders aus dem Flockenwirbel auf.

Gott sei Lob und Dank!

Völlig entkräftet schleppte sich Agnes über die Schwelle des Wohnhauses und fiel halb ohnmächtig in die Arme der Schwägerin. Ein heißer Trank Fleischbrühe brachte sie bald wieder zu sich. Bruder Jüpp und seine Frau Greta waren nicht wenig überrascht über den unerwarteten Besuch. Derart abgehetzt, durchnäßt und sogar ohne Mantel bei diesem Wetter, so war die Hellenthaler Angnes aber noch nie bei ihnen erschienen.

Agnes stand der überstandene Schrecken noch ins Gesicht geschrieben. »Ich senn baal jestorve van Angs«, bekannte sie zitternd.

Für ihre Beteuerung, sie habe einen leibhaftigen Wolf gesehen, hatte Jüpp allerdings nur ein ungläubiges Kopfschütteln. Zwar seien vor einigen Wochen einmal einige Tiere im Höfener Wald gesehen worden, und ein Monschauer Jagdherr hatte erst vor kurzem einem stattlichen und wohlgenährten Exemplar den Garaus gemacht, aber Menschen anzugreifen, hätten sie trotz der üblen Wetterverhältnisse der vergangenen Monate keinen Grund. Es liege genug verendetes Wild im Wald herum.

Ob es vielleicht nicht doch nur ein fauliger Heuhaufen war, der Agnes so erschreckt habe, scherzte Jüpp beruhigend. Und um ihren zurückgelassenen Mantel sollte sie sich nicht grämen. Den würde sie sicher morgen auf dem Heimweg wiederfinden.

Inzwischen hatte Greta ihre durchfrorene und erschöpfte Schwägerin in warme Decken gepackt. Sie rückte Agnes vor den prasselnden Herd, damit sie die steifen Füße im Backöfchen aufwärmen konnte. Am Abend wickelte sie einen heißen Ziegelstein in einen bibernen Lappen und legte ihn in das Flockenbett, in dem Agnes bald in einen unruhigen Schlaf fiel.

Im Traum erschien ihr ein riesiges, schwarzes Untier, das mit glühenden Augen und gefletschten Zähnen aus dem dunklen Wald hervorbrach und ihr mit wütendem Geheul den Mantel vom Leibe reißen wollte.

Mit einem Schrei fuhr sie hoch. Drang da nicht ein greuliches Hundejaulen durch die brausende Nacht? Atemlos horchte sie in die Finsternis. Aber kein Laut war mehr zu hören.

In dieser Sturmnacht schlich mit dickverschneitem Pelz und gespitzten Ohren ein ausgewachsener Wolf witternd um den Hof des Bauern Josef Heinen. Als Karo, der Hofhund, wie toll anschlug und wild an der Kette riß, trottete er zurück in Richtung Oleftalwald.

Am nächsten Morgen tauchte eine gleißende Sonne die weiße Landschaft zwischen Harperscheid und Hellenthal in ein blendendes Licht. Agnes trat, gestärkt nach deftigem Frühstück und reich beschenkt mit Kartoffeln, Brot und Milch, den Heimweg an. Unterwegs hielt sie vergeblich Ausschau nach ihrem weggeworfenen Mantel.

Die breiten Wolfsspuren zwischen dem Oleftalwald und dem Heinenhof hatte der Wind über Nacht mit einem Tuch aus feinem Schnee zugedeckt.

Afrikanische Erinnerungen

Frank Festa

Der Tag schleppte sich dahin: Er war krank von zu viel Mensch und Industrie. Die Zeiger der Uhren kämpften gegen die Klebrigkeit der Minuten an und rangen mit dem Fieber, das die Stadt umschlang. Endlich schlich die Dunkelheit heran mit Schatten, in denen das Nachtleben erwachte.

Wolfgang ging ins *Green Day*, eine der größten Diskotheken der Eifel. Hier war es laut und grell. Tänzer stampften im Techno-Beat durch die glitzernde Neonlichtwelt, warfen sich hin und her, hüpften durch die unruhige Masse. *Jump, Baby, jump. Jump, Baby, jump. Jump, Baby* ... Haare flogen durch die Luft, die nach Parfüm und Schweiß roch. Die Tänzer erinnerten Wolfgang an fanatische Veitstänzer. Das Geschubse und Gedränge ähnelte dem Trubel, der im Mittelalter bei öffentlichen Hinrichtungen stattgefunden haben mußte. Die Kellner brachten Cocktails, Bier, Mineralwasser.

Die tausend Augen der Masse beunruhigten Wolfgang. Er mochte es nicht, beobachtet zu werden. Er kämpfte sich bis zur belagerten Theke vor, schob sich in eine winzige Lücke. Eine warme Hand berührte zufällig seine, die er erschrocken zurückzog. Gierig wartete er, bis die Bedienung sein Winken bemerkte. »Ein Bier und einen Wodka pur«, brüllte er dem Mädchen entgegen. Sie nickte. Er wartete. Wenn er sich in die Öffentlichkeit wagte, trank er gerne Alkohol. Er fühlte sich dann lockerer und dachte nicht zuviel nach. Die Getränke kamen. Er zahlte. Den Wodka goß er sich mit einem Ruck in die Kehle und erschauerte. Das Bier benutzte er zum Nachspülen. Dann bestellte er das gleiche noch mal.

Jump, Baby, jump. Jump, Baby, jump ...

Als er die Wärme des Alkohols im Blut spürte, fühlte er sich lebendig. Jetzt erst musterte er die Leute: viele Mädchen trugen Ringe in Augenbrauen oder Nasenflügeln. Hatten sie das von den Afrikanern übernommen? Oder von den Indern? Einige hatten Muster in ihr kurzes Haar rasiert, bei anderen war die eine Seite des Schädels mit langem Haar bedeckt, während die andere Seite kahl geschoren war. Etliche hatten sich die Gesichter mit weißer Farbe beschmiert, ihre Augenbrauen und Lippen schwarz bemalt, andere bevorzugten eine grellere Maskerade. War das afrikanischen Ursprungs? Und das flippige Tanzen ebenfalls? Wolfgang fand die Idee interessant. *Jump, Baby, jump. Jump, Baby* ... Afrikanischer Rhythmus? Das Lied fand kein Ende, begann immer neu, wie eine akustische Möbiusschleife, deren Monotonie in Trance versetzt. »Ein Bier, einen Wodka pur.«

Es war viele Jahre her, da hatte er selbst Afrika besucht. Damals war er ein Junge gewesen, vier oder fünf Jahre alt, und seine Mutter hatte noch gelebt. Seine Eltern hatten Dokumentarfilme über den Alltag der Menschen in einem Dorf nahe der westlichen Küste gedreht. Er konnte sich kaum an diese Zeit erinnern. Drei Monate, die das Hirn einfach gelöscht und mit anderen Erinnerungen aufgefüllt hatten. Wenn er sich konzentrierte, sah er weite Felder vor sich, dazwischen breitwuchernd Bäume ohne Laub, ein kleines afrikanisches Mädchen, dessen verrücktes Lachen er nie vergessen konnte. Wer sie gewesen war, wußte er nicht mehr. *Jump, Baby, jump ...* »Ein Bier.« Den Wodka ließ er nun weg, weil er dessen Wirkung bereits spürte. Ein ruhiger Strom von Zufriedenheit und Wohlbehagen trieb durch seinen Körper. Er sah den Tänzern zu. Vielleicht war es der Alkoholpegel oder die Musik, vielleicht der Anblick der Tänzer oder die Kombination aus allem: jedenfalls sah er, wie sich ein verschwommenes Bild über die Tänzer schob. Es war eine Szene aus seiner Kindheit, er hatte sie längst vergessen. Jetzt kehrte sie zurück, Bild für Bild, und legte sich über die Realität wie eine hauchdünne Folie. Das Bild der jungen europäischen Tänzer verblaßte hinter der nebulösen Wiedergabe seiner Erinnerung. Er sah zuerst die Phantome halbnackter Menschen, die zum Rhythmus der Discomusik herumsprangen. Schemen, mehr waren sie erst nicht, bis sie die Wirklichkeit übermalten und für Wolfgang deutlich zu erkennen waren. Die Eingeborenen aus der Vergangenheit tanzten hier vor seinen Augen durch das *Green Day*.

Verstört kniff er die Augen zusammen und öffnete sie wieder, weil er dieser kopierten Vergangenheit mißtraute. Aber sie waren da, bis auf ein Tuch um die Hüften nackt, den Leib mit Lehm beschmiert, so hüpften sie einen rituellen Tanz. Sie schwitzten. Das Weiße in ihren dunklen Gesichtern leuchtete. *Jump, Baby, jump. Jump, Baby ...* Ihre Köpfe und Schultern zuckten rhythmisch, die Speere, die sie in den Händen hielten, wurden auf den festgestampften Boden gehauen.

Er fühlte sich unwohl. Wieso war da plötzlich diese Erinnerung und belästigte ihn? Er versuchte, sich genauer zu erinnern: War er damals aufgewacht vom wilden Geschrei? Er war aus der Hütte gekrochen, hatte den Stamm feiern sehen. Flammen leckten und erhitzten die Nacht ...

Er versteifte sich. Er wehrte sich gegen diese Gedanken. Warum er das tat, wußte er selbst nicht. Vielleicht befahl ihm das die Angst, die er deutlich spürte. Da war der Medizinmann, Ketten aus Tierknochen auf der Brust. Auf seiner schwarzen Haut spiegelten sich die zuckenden Flammen. Über eine Kluft von 25 Jahren hinweg sah er Wolfgang an, keifte zischende Laute und deutete auf Wolfgang, der im Hütteneingang kniete. Mit einem Tierbein, das er in der Hand hielt, malte er unsichtbare Zeichen in die Luft, brabbelte unverständlich. Das Kind spürte das Böse, das dieser wilde Mann verströmte, und unter seinem flammenden Blick senkte es verschüchtert den Kopf. Wo waren seine Eltern? Filmten sie? Sahen sie nicht, was geschah?

Wolfgang versank völlig in der Vergangenheit. Die Stimme des Medizinmannes war in seinem Kopf. Er konnte keine Laute hören, spürte aber diesen Willen, der sein unreifes Ich umschlang und dahin schob, wo er es haben wollte. Er stand auf. Er fühlte eine ...

»Paß doch auf!« Der Mann sah ihn böse an: »Wenn du nichts verträgst, dann sauf nicht.« Wolfgang entschuldigte sich, begriff, daß er den Halt verloren hatte und gegen den Mann gefallen war. Das hatte ihn aus diesem hypnotischen Bann befreit. Laut stampfte die Musik, ein neuer Song: *Hey, good lookin', hey good lookin' ...*

Benommen trank Wolfgang sein Bier aus. Was war dann geschehen? Während er versuchte, wieder zurück in seine Kindheit zu finden, bemerkte er einen starren Blick auf sich gerichtet. Er sah auf, hinüber zur anderen Seite der Rundtheke, in das schwarze Gesicht eines Mannes. Die bösen Augen starrten ihn an. Der Medizinmann war hier, hier in der Disco! Er trug einen Pullover. Er war nicht gealtert, nicht eine Sekunde älter geworden. Seine Augen fraßen sich in die von Wolfgang, sein Wille schlängelte sich heiß begehrend in dessen Kopf. Wolfgang drehte sich um, drängelte durch die Menge, hinaus in die Nacht ...

Er war mit seinem Wagen durch die Straßen Dürens gerast und hatte sich vor jedem Schatten erschreckt. Als er sein Apartment erreichte, die Tür zuknallte, abschloß, dann eine Dose Bier aus dem Eisschrank holte und gierig soff, überlegte er, ob er sich das alles nur einbildete. War der Schwarze wirklich in der Diskothek gewesen? Oder war er verrückt, litt an Halluzinationen? Im Barfach des Wohnzimmerschrankes stand eine Flasche Wodka, halbvoll noch. Die trank er leer. Anschließend kroch er ins Bett, verfolgt von dem Gesicht des Medizinmannes. Dessen Blick fraß sich wie das Blatt einer Kreissäge in seinen Kopf hinein. Angst legte sich über Wolfgangs Träume und erdrückte ihn. Mehrmals wachte er auf.

Zehn Uhr morgens. Langsam kam er zu sich. Das Denken fiel ihm schwer. Er drehte sich um, wühlte sich in die Wärme seiner Bettdecken. Er öffnete ein müdes Auge und sah zum Fenster: Es regnete! Er seufzte ... Mit einem Tierbein, das er in der Hand hielt, malte er unsichtbare Zeichen in die Luft, brabbelte unverständlich. Das Kind spürte das Böse, das dieser wilde Mann verströmte ... Er setzte sich ruckartig auf. Schmerzen pulsierten in seinem Kopf Er konnte keine Laute hören, nahm aber diesen Willen wahr, der sein unreifes Ich umschlang und dahin schob, wo er es haben wollte. Wolfgang stand von der kalten Erde auf. Er fühlte eine seltsame Kraft in seine Muskeln kriechen, unter seiner Haut vibrieren und ihn vorwärts ziehen. Sein Blick suchte Hilfe, suchte seine Eltern. Er sah ringsherum die abgemagerten Eingeborenen, die sich im drängenden Takt der Trommeln wiegten. Die leergesaugten Brüste der Frauen schaukelten. Die Männer klatschten im Takt, stampften mit Füßen und Speeren. Das Kind setzte einen Fuß vor den anderen, ging einen Schritt, ohne es zu wollen, und noch einen, wollte nicht näher kommen, lieber weglaufen, und ging auf den Medizinmann zu. Dessen Augen gierten nach ihm, zogen ihn zu sich, und Wolfgang verstand nicht, was da vor sich ging ...

Und auch jetzt verstand er nicht, spürte nur ... diese Angst, die das Hirn lähmte und sich dem fremden Willen ergab. Schritt für Schritt trat das Kind vor, ging an dem Medizinmann vorbei, ins Feuer, das nach ihm lechzte ...

Wolfgang rieb sich die Schläfen. Kopfschmerzen vertrieben die Erinnerungen. Wenig später stand er auf und ging ins Bad. Sein Spiegelbild sah fürchterlich aus. Schläfrig putzte er sich die Zähne, stieg in die Dusche und ließ das heiße Wasser auf sich niederprasseln. Danach zog er sich an. Zuletzt streifte er seine Lederjacke über und öffnete die Wohnungstür.

Auf der Schwelle lag eine Figur – eine Puppe. Er bückte sich, hob sie auf, lauschte in den Flur des Mehrfamilienhauses, aber es war still. Die Puppe war männlich, sah ihm vielleicht sogar etwas ähnlich. Es war eine Puppe der Firma Barbie, die kannte er aus der Werbung. Hieß die männliche Puppe nicht Ken? Barbie und Ken? Ob die ein Kind verloren hatte?

Als er sah, daß die Puppe Jeans trug, genau wie er, und ein rotweiß kariertes Baumwollhemd, wie er auch, dachte er an etwas völlig anderes. Seine Hand begann zu zittern, und das Atmen fiel ihm schwer. Das Plastikgesicht grinste ihn verschlagen an. Er schloß die Tür, trug die Spielzeugpuppe vorsichtig ins Schlafzimmer, wo er sie sehr behutsam auf die Bettdecke legte. Dann wischte er sich den tropfenden Schweiß von der Stirn und lief zum Fenster. Von dort beobachtete er die Straße. Keine Menschen. Was wäre geschehen, wenn er die Puppe nicht früh genug bemerkt hätte und drauf getreten wäre?

Als er eine halbe Stunde später das Haus verließ, sah er sich nervös um. Er schaute in die parkenden Autos, aber die waren leer. Dann sah er auf die Fenster der gegenüberliegenden Bauten, die wie enorm große Augen auf den Fassaden klebten: der Regen hatte sie schmutzige Tränen weinen lassen. Hinter dem Fensterglas ließ sich nichts erkennen, gerade jetzt, da ein trüber Sonnenschein darauf lag. Einige Passanten gingen vorbei, die meisten hatten es eilig, und ihre Schuhe platschten in die Pfützen. Wolfgang überkam das peinigende Gefühl, als schauten sie ihn versteckt an, aber das war natürlich Unsinn. Ich werde paranoid, dachte er.

Er stieg in sein Auto und pendelte sich in den Verkehr ein. Als er an einer roten Ampel stehenbleiben mußte, schaltete er die Musik an. Bobby Vee, das beruhigte. Er spürte sehr deutlich, daß man ihn beobachtete. Verstohlen sah er über den Bürgersteig. Auf einem Fahrrad saß ein Mann, ein Schwarzer, der wartete. Mit einer Hand stützte er sich am Ampelpfahl ab. Es konnte doch kein Zufall sein, daß der Kerl herüberglotzte, oder? Und wie der guckte! Die Ampel schaltete auf Grün. Er gab Gas.

Er wollte seinen Vater besuchen, wollte mit ihm über diese Zeit in Afrika reden, über diese Nacht. Er mußte den Mund aufmachen!

Sein Vater lebte in einer kleinen Villa außerhalb der Stadt, oben auf den ersten hügeligen Ausläufern der Eifellandschaft. Das Haus war vollkommen mit Filmmaterial gefüllt, überall lagen flache Blechdosen, Dias, Negative, Tüten mit Fotografien. Es gab eine Dunkelkammer, einen Vorführraum. An den

Wänden hingen Bilder von Landschaften und Tieren. Wolfgangs Vater, mittlerweile neunundfünfzig Jahre alt, war bis zum heutigen Tag ein besessener Dokumentarfilmer. Er war nie groß rausgekommen wie einige seiner Kollegen, die auch fürs Fernsehen arbeiteten, hatte es aber durch Fleiß und Ausdauer zu einem bescheidenen Vermögen gebracht.

»Wolfgang, gut, daß du kommst. Du kannst mal mit anpacken!« Sein Vater trug einen dicken weißen Stein zum Teich. »Habe ich aus dem Fluß, die anderen sind noch im Wagen. Paßt doch optisch sehr gut zum Teich.«

Hier an diesem Teich filmte er Frösche und Insekten. Monate oder Jahre später, irgendwann zur Vorabendzeit, würden sie für kurze Momente über den Bildschirm huschen.

»Ich kann dem Publikum doch nicht immer dieselben Steine anbieten», lachte er und warf den Stein ans Ufer.

»Warum nicht?«

»Da hast du auch wieder recht, haha.«

Eine knappe Stunde später saßen sie im Wohnzimmer. Sie tranken Bier. Aus ihren Mundwinkeln war das Lächeln gewichen. »Warum willst du das wissen? Wie kommst du darauf? Ich dachte, du hättest es vergessen.«

»Das hatte ich auch. Nur ... Seltsam ... Irgendwie sind die Erinnerungen zurückgekommen. Bitte, sag mir die Wahrheit, ich muß wissen, was geschehen ist!«

Sein Vater nickte, trank an seinem Bier, überlegte, sah seinem Sohn nicht ins Gesicht. Schließlich stand er auf und ballte die Hände zu Fäusten: »Ich zeige sie dir nicht gern, aber gut. Du ... du ... Ich zeige es dir. Wir haben damals das Ritual gedreht. Natürlich wußten wir nicht, was geschehen wird. Warte, ich suche die Filmrolle. Eine Ewigkeit habe ich sie nicht mehr in den Händen gehabt. Das letzte Mal kurz nach dem Tod deiner Mutter – ich mußte mich vergewissern.«

Als der Film hinter der kleinen Wandöffnung lossurrt und der Projektor wildzuckendes Licht auf die Leinwand strahlt, fühlt Wolfgang, wie er sich versteift, in Erwartung dessen, was geschehen war, als er noch ein Kind war.

Eine erbärmlich kleine Siedlung in einer vertrockneten Steppe, alles schwarzweiß im Tageslicht, Strohdächer, Lehmwände, Tücher vor den Türöffnungen. Ein kleines Mädchen läuft auf die Kamera zu, klatscht in die Hände und spricht tonlos, nur der Projektor rattert laut sein Lied. Das Mädchen lacht. Wolfgang erinnert sich an die kleine Andelia, ja, das war ihr Name. Das Bild wechselt, es ist Nacht, die Siedlung voller Leben und Schatten. Dutzende tanzender Eingeborener und ein Feuer aus einer Grube, ein riesiges Feuer, mannshohe Flammen lecken aus dem Loch und durchzucken die Nacht. Und da steht der Medizinmann. Mit einem Tierbein, das er in der Hand hält, malt er unsichtbare Zeichen in die Luft, brabbelt unhörbar. Ein Weißer, der gar nicht in diese Welt gehört und nicht in diese magische Nacht, krabbelt aus einer Hütte, ein Junge, ein Kind noch, steht auf, setzt einen Fuß vor den anderen, geht einen Schritt, ohne es zu wollen, und noch einen, will nicht, will lieber weglaufen, und geht doch auf den Medizinmann zu. Dessen Augen gieren nach ihm, ziehen ihn zu sich, und der Junge versteht nicht, was da vor sich geht, tritt Schritt für Schritt vor, vorbei an dem Medizinmann, ins Feuer, das nach ihm lechzt.

Er tritt in tiefer Trance in die hüfthohe Grube, und die Flammen umschlingen ihn wie liebende Arme. Und doch geschieht dem Kind nichts: es durchquert das Feuerloch mit sechs, sieben Schritten und tritt gesund wieder heraus.

Wolfgang hält den Atem an, als er sich selbst erkennt, vor so vielen Jahren. Und der Medizinmann sieht in die Kamera, ein unterdrücktes Lächeln spielt in seinen Mundwinkeln, stolz, selbstsicher. Er ist sich des Schocks bewußt, den er den Eltern des Kindes bereitet hat. Seine Nasenflügel beben nervös, und er dreht sich um, schaut auf die kleine Andelia, die augenblicklich losschreitet, gleichmäßig und abgehackt, ihr Blick leer, so springt sie ins fauchende Feuer. Der Medizinmann läßt sie vor der Kamera einen Handstand machen, inmitten des Feuers. Die Hände verschwinden in der Glut, kommen unversehrt wieder hervor, jetzt ein Spagat. Sie nimmt glühende Holzstücke in die Hände, hält sie einfach so, bietet den Europäern eine Show, ohne es zu ahnen, denn sie selbst ist es nicht, die jene Kunststücke veranstaltet.

Andelia sieht plötzlich auf, sieht zu dem weißen Kind, dessen offener Mund scheinbar nach Andelia ruft, sie warnt, sie weckt, und Andelia ist jetzt wach. Sie ist erstaunt, das Feuer ist jetzt wirklich um sie herum, und das Haar brennt, die Haut schmilzt, ja, so sieht es aus, sie fällt, schreit, ihre Arme greifen nach etwas, das nicht da ist, ihre Muskeln ziehen sich spasmisch zusammen, ihr kleiner Kopf ist jetzt ohne Haare, die Augen zerlaufen und fallen wie in Zeitlupe aus ihren Höhlen. Und dann brennt der kleine Leib, verkohlt, schwarzer Rauch umgibt ihn ...

Der weiße Junge schreit, und der Medizinmann schreit, und alles schreit, und einige fallen auf die Knie, und es ist ein absoluter Augenblick. Die Zeit steht still.

Wolfgang schaut in die Vergangenheit da vorne auf der Leinwand und sieht, daß der Medizinmann als erster reagiert, sich umdreht, seine Augen versprechen den Tod. Er geht zu dem wimmernden Kind aus Germany, alles in der absoluten Stille eines Super-8-Films, packt es an den Haaren. Jetzt stürzt eine Gestalt aus dem toten Winkel der Kamera in das Geschehen, rennt los, und Wolfgang erkennt seine Mutter. Das ist sie, die den Magier anspringt. Der fällt, läßt das Kind los, das von der Mutter umarmt wird.

Wolfgang sieht den Medizinmann aufstehen, scheinbar die Mutter beschimpfen – und da ist der Wahnsinn zu Ende, die Bilder machen grellem Licht Platz.

»Er hat sie verflucht. Sie begann bald darauf, langsam zu verfaulen. Ja, sieh

mich nicht so an, so war es. Sie ist elend in einem Krankenhaus in Hamburg gestorben, fünfzehn Wochen nach der Flucht. Es war entsetzlicher als alles, was du dir vorstellen kannst. Zuletzt war sie so dünn wie ein leerer Wassersack.«

Der Vater erhebt sich von seinem Platz. Tränen fließen aus seinen Augen. Er schaut Wolfgang an, voller Leid wendet er sich ab, rennt verstört in den Garten.

Als Wolfgang durch Düren fährt, ist die Angst so stark, daß seine Hände zittern, sogar sein Kopf. Er blickt in die Ecken der Häuserlabyrinthe, wo das Laternenlicht nicht hinreicht. Überall kann der Kerl auf ihn lauern, falls er tatsächlich in der Stadt ist.

Die Neonreklamen flackern unruhig in der Nacht, und das macht ihn noch nervöser. Da kommen zwei Schwarze aus einem Haus. Sie tragen dunkle Anzüge und reden miteinander, gehen neben dem Wagen her. Sie sehen nicht herüber, doch Wolfgang ist sicher, sie tun nur so unbeteiligt. In Wirklichkeit sind sie nur seinetwegen unterwegs. Wolfgang setzt den Blinker, flüchtet in eine Seitenstraße, die hinein in ein schäbiges Wohngebiet führt, vorbei an von Eisenstäben versperrten Durchgängen und Abfallhaufen, die lange Schatten werfen, bis er schließlich in einer Sackgasse festhängt. Mühsam, denn die Gasse ist sehr schmal, wendet er und fährt auf Umwegen nach Hause.

Als er vor seiner Wohnung einen Parkplatz findet, denkt er, daß es nicht klug ist, hierher zu kommen. Hier wird er zuerst nach ihm suchen! Trotzdem steigt er aus und geht ins Haus: vielleicht ist es die Trägheit, vielleicht will er eine Konfrontation. Möglicherweise ist es aber auch sein Unterbewußtsein, das ihn ins Verderben treibt.

Er betritt seine Wohnung, schaltet das Licht ein, sieht sich um. Niemand war hier. Zumindest kann er keine Spuren finden.

Um sich zu beruhigen, trinkt er ein Bier. Später, als er das Licht gelöscht hat und am Fenster sitzt, greift er nach Wodka, das betäubt stärker. Er beobachtet draußen die Eingangstür, die vom Neonlicht erhellt wird. Nichts geschieht. Niemand kommt, niemand geht. Es ist bereits drei Uhr, und die Welt ist düster und schläft. Auch Wolfgang ist müde. Sehr müde. Schon die gestrige Nacht war kurz und voller Alpträume. Jetzt, als der Alkohol sein Gehirn durchtränkt, verliert sich die Wirklichkeit. Nein, er durfte sich nichts vormachen. Seine Mutter hatte ein afrikanisches Virus erwischt! Und der Film? Der war gefälscht!

Er schleppt sich ins Schlafzimmer, läßt sich mit Jeans und Baumwollhemd ins Bett fallen. Sein Kopf ist jetzt ganz dumm geworden, er versteht wenig. Erst als er die kleine Puppe unter seiner Hand spürt, zuckt er zurück und kommt zu sich.

Nebenan leuchtet die Werbung der Papierfabrik: Das gelbe Licht fällt in einem sargförmigen Ausschnitt auf den Teppich des Schlafzimmers. Wolfgang legt die Puppe in dieses Licht, setzt sich auf den Bettrand und starrt auf die

Figur aus Gummi. Das Gesicht lächelt. Wolfgang kommt es gemein und böse vor, aber das ist Einbildung. Auch als er denkt, die kleine Puppe bewege die Arme, ist es nur Einbildung, erzeugt durch das Dämmerlicht und den Alkohol. Ist es eine Voodoopuppe? Was geschieht, wenn sie zerstört wird? Er kann nicht weiterdenken, weil sein Kopf schmerzt: er ist krank von zu viel Alkohol und Angst.

Ist es so eine verhexte Voodoopuppe? Er wird es nie wissen, wenn er es nicht ausprobiert. Ist es eine, kann er diesem Alptraum ein Ende machen. Sein Leben ist ohnehin sinnlos geworden, was hat er zu verlieren? Ist es keine, weiß er, daß er keine Angst um sich haben muß.

Er erhebt sich, geht auf die Puppe zu. Seine Kopfschmerzen sind so stark, daß er denkt, sein Schädel wird platzen.

Als er vor der Puppe steht, nach unten, zwischen seine Füße, guckt, zögert er nicht länger. Ein wütender, wilder Tritt, und der blöde grinsende Schädel zerplatzt ...

Katzen und Hexen gehören zusammen

Ulrich Mehler

Ich will dir mal was sagen«, sagte die Katze, »du hast überhaupt keine Ahnung davon, was hier in der Eifel früher so alles gelaufen ist.«

»Da kannst du recht haben«, antwortete ich.

»Was heißt hier ›Kannst du recht haben‹?« meinte die Katze, »natürlich habe ich recht. Da beißt die Maus keinen Faden ab.«

Ich weiß nicht, ob Sie unsere Katze kennen. Es könnte vielleicht sein, aber eigentlich ist es auch ziemlich egal, ob oder ob nicht. Jedenfalls hat unsere Katze immer recht. Sie hat sozusagen die eingebaute Vorfahrt, wie man sie bestimmten Autos nachsagt, und sie hat ein freches Mundwerk, na, sagen wir mal: Maulwerk. Aber das kommt hier auf das gleiche heraus.

»Und außerdem geht's hier gar nicht um recht oder nicht recht«, hakte die Katze nach. »Ich habe gesagt: ›was in der Eifel früher alles so gelaufen ist‹. Und davon hast du keine Ahnung.«

»Ist ja schon gut«, versuchte ich, unsere Katze zu besänftigen, »also was war früher hier los?«

»Ich merk das schon. Du willst überhaupt nicht wissen, was ich weiß.«

»Du bist eine gelehrte Katze«, sagte ich. »Ich kann von dir nur lernen.«

»Erstens«, antwortete sie, »das stimmt. Aber quatsch hier nicht rum. Und zweitens: Katzen sind nicht gelehrt, Katzen sind weise. Das unterscheidet sie von den Menschen. Wie man ja an dir sehen kann. Du bist weder gelehrt noch weise. Du bist einfach nur ein doofer Kölner.« Sie brach ab. Das war ja nun wieder eine ausgemachte Frechheit.

»Na ja«, fing sie wieder an, »ich weiß ja, daß du nicht aus Köln kommst. Egal. Drittens: Wenn etwas in deine blöde Menschenbirne nicht reingeht, dann ist es noch lange nicht so bescheuert, wie du glaubst. Verstehst du?«

Ich sagte gar nichts mehr. Mit dieser Katze war nicht zu diskutieren. Sie guckte mich ein bißchen länger an als sonst, grinste leicht und meinte: »Und das gilt auch für die Geschichte, die ich dir erzählen wollte. Willst du sie nun eigentlich hören oder nicht?«

Ich wollte. Was blieb mir anderes übrig?

»Also mein Ur-Ur-Ur-Großvater, oder noch mehr ›Ur-‹, das weiß ich jetzt auch nicht mehr so genau, war ein gewisser Burr von Bleybach. Bleybach, das wurde damals noch mit ›y‹ geschrieben. Und dessen Ur-Ur-Ur-Urgroßmutter, oder noch weiter zurück, eine Mausa oder Mausi von Schleyden, auch mit ›y‹!, war aus bestimmten Gründen ins Bleybachtal ausgewandert. Und über die Geschichte dieser Gründe wollte ich dir was erzählen.«

»Und woher weißt du das alles?« fragte ich.

»Von meiner Großmutter Ratzenfang. Die hast du nicht mehr gekannt. Das war vor eurer Zeit auf dem Hof hier.«

»Und woher wußte die das?«

»Wieder von ihrer Großmutter. Das ist bei uns so. Wir Katzen bewahren unsere Geschichte im Kopf auf. Das ist anders als bei euch Menschen. Ihr schreibt alles auf, und dann wißt ihr gar nichts mehr.«

»Und die ganze Zeit ist die Geschichte in eurer Familie weitererzählt worden?«

»Genau!« sagte die Katze. »Manchmal bist du doch nicht so doof, wie du aussiehst.«

Ich glaube, ich sagte es schon mal. Unsere Katze kann sehr charmant sein.

»Also die Geschichte kommt von dieser besagten Mausa oder Mausi von Schleyden. Und ob sie sie selbst erlebt hat, das kann ich dir auch nicht sagen. Jedenfalls hängt sie mit ihr zusammen oder mit ihrer Mutter. Was ja nun aber auch ziemlich egal ist. Würde ich mal so sagen«, meinte die Katze.

Womit sie wieder einmal und ganz zweifellos recht hatte.

»Wie du vielleicht weißt, wurden in der Eifel noch ziemlich lange Frauen als Hexen verbrannt. Das konnten auch Männer sein. Aber meistens waren es Frauen. Wenn es nach manchem ginge, dann würden sie es heute noch tun, aber soweit ich weiß, ist es verboten.«

»Da hast du nicht ganz unrecht«, sagte ich, »außerdem gibt es heute keine Hexen mehr.«

»Das würde ich so nicht sagen«, meinte die Katze, »geben tut's die auch heute noch. Nur: sie dürfen sie nicht mehr verbrennen.«

»Es hat überhaupt nie Hexen oder Hexer gegeben«, sagte ich, »das haben die sich damals alles nur eingebildet.«

»So«, meinte die Katze, »und du glaubst, daß es so was heute nicht mehr gibt?« Ich schwieg.

»Siehst du«, sagte die Katze, »ich hab's dir ja gesagt. Warum erzähl ich dir das wohl alles? Weil meine Ur- und so weiter -Großmutter 'ne Meise hatte?«

»Katzen können keine Meise haben«, warf ich ein, »höchstens Mäuse!«

»Sehr witzig!« sagte die Katze. »Sogar Meisen können eine Meise haben. Ich kenne da ein paar auf eurem Hof hier ...«

»Du schweifst ab«, wagte ich zu bemerken. »Es geht hier nicht um Meisen, die eine Meise haben. Du wolltest mir eine Hexengeschichte erzählen. Und außerdem ist das ja auch dein Hof.«

»In Ordnung. Laß man gut sein - auf unserem Hof«, lenkte die Katze ein. »Aber ´ne Meise haben sie doch!«

Wenn diese Katze es drauf hatte, dann kam sie nie zu Potte, wie man im Westfälischen sagt. Aber ich kannte sie. Sie verlor das Thema nie aus den Augen. Ganz unvermittelt ging es dann meistens wieder los. So auch jetzt.

»Also diese Hexen damals. Das waren natürlich keine Hexen. Es gibt keine, soviel steht fest. Aber darum geht es ja gar nicht. Es geht darum, was die Leute glauben. Und wenn die glauben, es gibt Teufel und Hexen, dann gibt es Teufel und Hexen. Egal, ob es sie wirklich gibt oder nicht, verstehst du?«

»Nun erzähl mir bloß nicht, daß es keine Wirklichkeit gibt«, sagte ich.

»Es gibt sie schon. Nur: sie spielt keine Rolle. Und deswegen gibt es in den Köpfen der Leute Hexen - damals wie heute. Und davon wollte ich erzählen.«

Aha. Es ging also endlich wieder los.

»Weil auch die Katzen dabei eine Rolle spielen. Hexen und Katzen gehören nämlich zusammen. Und in diesem Falle war es ein Hexer, und meine Ur- ...«

»Ja, ich weiß schon: ... und deine Und-so-weiter-Großmutter.«

»Exakt«, sagte die Katze. »Du hast es erfaßt.«

»Und wieso gehören Katzen und Hexen zusammen?«

»Das kann ich dir sagen«, antwortete die Katze. »Die haben die Katzen genauso verfolgt wie die Hexen. Das reichte damals schon, wenn du überhaupt eine Katze hattest. In den Katzen steckte der Teufel. Die Hexen konnten sich in Katzen verwandeln und die Katzen sich in Hexen, und so ein Schwachsinn.«

»Und wenn die Katze dann noch schwarz ist, dann ist es ganz aus. Besonders, wenn sie von links nach rechts läuft.« Das hätte ich besser nicht gesagt.

»Eben. Und woher kennst du das?« kam es höhnisch von unserer Katze zurück. »Die armen Leute konnten überhaupt nichts dafür, wenn sie wegen Hexerei angeklagt wurden. Viele von ihnen waren ..., wie soll ich sagen?, solche ... solche bescheuerten Bio-Freaks wie ihr. Also, sie kannten sich gut mit Kräutern aus. Und wenn jemand krank war, dann wurden sie gerufen, diese Frauen.«

»Und Männer«, sagte ich.

»Ja, auch«, meinte die Katze, »aber die eigentlich weniger. Meistens waren es doch Frauen. Wenn das Kind oder das Tier aber nicht gesund wurde, dann hieß es einfach: ›Die und die ist schuld. Sie hat das Kind verhext.‹ Was wirklich los war, wollte keiner wissen.«

»Finsterstes Mittelalter«, sagte ich.

»Da hast du wieder mal nicht recht«, meinte die Katze. »Das war nicht mehr im Mittelalter, das ist schon ganz modern. Manche sagen, damals wären allein in der Eifel über hunderttausend Menschen umgebracht worden.«

»Ziemlich unwahrscheinlich«, sagte ich.

»Es waren jedenfalls sehr, sehr viele. Und alle unschuldig«, meinte die Katze. »Da spielt die genaue Zahl ja wohl keine Rolle, oder?«

Ich schwieg - wieder einmal.

»Weißt du«, sagte die Katze nach einer Weile, »diese ganzen Hexenverfolgungen. Ich will dir nur mal erzählen, was allein hier in der Gegend damals los war.«

Ich wunderte mich einmal mehr darüber, woher diese Katze das alles wußte. Von ihrer Großmutter?

»Du brauchtest bloß mal um die Ecke im Freien pinkeln zu gehen. Wenn dich dabei einer gesehen hatte, dann warst du reif. Gleich wurde was getratscht.

Und dann kam eins zum andern. Dann hattest du ein Tier angefaßt, und drei Tage später war es gestorben.

Oder du hattest jemand mal was länger angeguckt. Dann war der mit dem bösen Blick verhext. Oder dich hatten sie auf dem Hexentanzplatz gesehen, wie du dem Teufel den Hintern geküßt hast. Wie du dich in eine Katze verwandelt hast. Alles solche Sachen. Hexenjagen war damals der große Spaß. Gab ja noch kein Fernsehen, verstehst du?«

»Na ja«, sagte ich, »da steckten ja wohl auch welche dahinter.«

»Klar«, sagte die Katze, »bestimmte Leute hatten da die Fingerchen im Spiel. Die haben geschrieben, was das Zeug hielt. Erst auf Latein und dann noch mal auf Deutsch, damit auch alle es kapierten. Na, jedenfalls, soweit sie lesen konnten. Die armen Hexen konnten das meistens nicht. Obwohl auch Geistliche und gelehrte Leute drunter waren. Aber meistens waren es doch die einfachen Leute, die dran glauben mußten.«

»Wie das immer so geht«, sagte ich. »Auch heute noch. Da hat sich nichts geändert.«

»Es ändert sich nie was«, sagte die Katze. »Die Menschen bleiben immer gleich. Und immer gleich dumm. Wie man ja an dir sehen kann.«

Ich weiß nicht, ob ich es schon mal gesagt habe: unsere Katze ist manchmal wirklich unmöglich.

Aber jetzt kam sie in Fahrt. Sie ließ sich durch nichts mehr stören.

»Also, wo war ich stehengeblieben? Ach ja, im Erzstift Trier. Peter Binsfeld hieß der Typ. Ein Geistlicher übrigens. Der mußte damals unbedingt auch eine solche Gebrauchsanweisung zur Hexenjagd verfassen.«

»Und wann war das?« fragte ich.

»Blöde Frage«, sagte die Katze. »So kann nur ein Mensch fragen. Die Jahreszahl spielt doch gar keine Rolle. Viel wichtiger ist, was jetzt passierte!«

Gehorsam, wie ich nun mal bin, schob ich nach: »Und was passierte?«

»Die Hölle brach aus, was denkst du denn?! Überall suchte man Hexen und Zauberer. Den ganzen Driß und Dreck, Dürre und Hitze, Mißernten, Hagel, Gewitter, Stürme und Krankheiten: alles schob man ihnen in die Schuhe. Und alle, oder doch fast alle, endeten auf dem Scheiterhaufen. Es war schlimmer als die Pest.«

»Und was hat das mit deiner Geschichte zu tun?« versuchte ich, vorsichtig wieder aufs Thema zu kommen.

»Nun sei doch nicht so ungeduldig. Ich bin ja schon mitten drin. Meine Geschichte paßt genau da rein. Das war ein paar Jahre später. Ich will dir mal jetzt alle weiteren Einzelheiten ersparen.«

»Das ist auch besser«, sagte ich. »Du wolltest mir eine Geschichte erzählen, nicht Nachhilfestunden in Geschichte geben.«

»Das hättest du aber mal nötig«, meinte die Katze. »Du hast von der Zeit doch überhaupt keine Ahnung. Wenn ich das schon höre: Mittelalter! Du bist und bleibst eben ...«

»... ein doofer Kölner. Ich weiß schon.«

»Eben«, sagte die Katze. »Egal. Jetzt weiter in der Geschichte«, wobei sie offenließ, was sie mit ›Geschichte‹ meinte.

»Also: Meine Und-so-weiter-Großmutter lebte damals in Kronenburg bei einem Mann, der hieß Johann Zimmer. Und diesen Johann hatte man der Hexerei angeklagt. Das war so um 1630, damit du zufrieden bist mit deiner blöden Zeit. Und jetzt geht's los.«

»Na endlich!« sagte ich.

»Nu werd man nicht frech«, meinte die Katze, »sonst höre ich gleich wieder auf!«

»Du hast ja noch gar nicht angefangen«, rutschte es mir heraus.

»Dann eben gar nicht.« Unsere Katze war beleidigt.

»Nu mach schon«, versuchte ich, sie zu besänftigen, »jetzt will ich die Geschichte von diesem Johann auch hören.«

»Dann halt gefälligst deinen Mund, und quatsch hier nicht so unqualifiziert rum«, war die böse Antwort. Aber sie machte dann doch weiter.

»Also, dieser Johann Zimmer und meine Und-so-weiter-Großmutter. Ich sag jetzt mal immer Großmutter oder Mausa, klar? Dann weißt du ja Bescheid.«

Ich nickte.

»Also, den armen Johann hatten sie gesehen, wie er mit meiner Großmutter durch die Felder ging. Wie Katzen eben so mitgehen. Ich meine: nicht alle, aber manche gehen ja mit.«

»So wie du«, sagte ich, »wenn ich zum Musikverein will.«

»Ja, so ungefähr«, meinte unsere Katze. »Das steckt in der Familie. Das kriegst du nicht raus. Wir gehen eben mit, spazieren und so was alles.«

»Du mußt ja wohl zugeben, daß das nicht normal ist«, wagte ich einzuwenden.

»Was heißt denn hier normal?« kam es prompt zurück. »Bist du etwa normal? Wer ist denn schon normal?«

»Ja, eigentlich keiner. Wenn du es so siehst, ist jeder was Besonderes.«

»Na eben«, sagte die Katze, »und das gilt auch für Katzen, oder etwa nicht?«

»Doch, doch. Auch für Katzen«, sagte ich.

»Da hast du's. Und was ist dann normal? Du bist so unnormal, daß es zum Himmel schreit. Dich hätten sie längst ...«

»Ist ja schon gut. Reg dich nicht auf. Also weiter. Du bist also immer neben dem Johann Zimmer hergelaufen.«

»Nicht ich«, sagte die Katze, »meine Ur-und-so-weiter-Großmutter. Die Mausa. Hast du das denn immer noch nicht kapiert?«

Bei mir ging langsam alles durcheinander. Aber ich sagte: »Ja, ja, alles klar.«

»Na also«, sagte die Katze, »die Mausa lief also immer neben dem Johann her. Und dabei hatten sie sie gesehen.«

»Wer hatte sie gesehen? Wer ist ›sie‹?« fragte ich.

»Na, die Leute. Alle. Das wirst du gleich noch hören. Jedenfalls ging das

Getratsche gleich los. So in dem Stil: ›Dä Johann hät jet met ene schwatze Katz‹ und so was.«

»Also, daß deine Und-so-weiter-Großmutter schwarz war, das höre ich hier zum ersten Mal.«

»Na ja, vielleicht war sie ja nicht schwarz. Obwohl ich das schon glaube. Guck mich mal an.«

»Du bist ja nicht ganz schwarz.«

»Aber bei Nacht?«

»Da sind alle Katzen grau, nicht schwarz«, sagte ich.

»Also, willst du die Geschichte nun erzählen, oder soll ich sie erzählen? Wo du doch alles besser weißt!«

»Ich weiß gar nichts besser. Wir haben nur mal eben über das Fell deiner Und-so-weiter-Großmutter Mausi oder auch Mausa geredet. Und das soll nun schwarz gewesen sein.«

»Das ist doch wohl ganz egal«, sagte die Katze. »Du hast ja selbst gesagt: ›Bei Nacht sind alle Katzen schwarz‹.«

»Ich hab gesagt: ›Da sind alle Katzen grau‹. Und außerdem war bisher von Nacht noch nicht die Rede. Dieser Johann muß ja auch eine ziemliche Knalltüte gewesen sein. Wer läuft denn schon nachts mit einer schwarzen Katze herum, wenn Hexenverfolgung angesagt ist? Das muß ja ein ausgemachter Idiot gewesen sein. Das ist ja, wie wenn du heute nachts ...«

»Eben, eben«, sagte die Katze. »Also, die beiden waren gesehen worden.«

»Wieso?«, fragte ich, »wo sie doch bei Nacht herumgeschlichen sind?«

»Jetzt reicht's mir aber«, moserte die Katze, »was sollen denn diese Fragen? Das Ganze ist über 350 Jahre her. Woher soll ich das denn wissen? Oder glaubst du mir etwa nicht?«

»Ich glaub dir ja schon«, sagte ich, »es ist nur alles so unwahrscheinlich, was du da sagst.«

»Ich kann es auch lassen. Ich muß dir ja nichts erzählen. Ihr Menschen seid sowieso blöd. Ihr habt Knöpfe auf den Augen und den Ohren. Und auf eurer Seele.«

»Nu mach schon!« besänftigte ich sie. »Ich bin ja still. Erzähl doch weiter!«

»Jedenfalls hatten sie sie gesehen. Und dann konnten sie sich nicht mehr retten. Das heißt: die Mausa schon, aber der Johann nicht mehr. Oder jedenfalls nicht sofort.«

»Wieso?« fragte ich.

»Weil sie den Johann gleich eingesperrt haben. Im Turm in Kronenburg. Da haben sie ihn dann auch gefoltert.«

»Was haben sie gemacht?« fragte ich.

»Sie haben ihn gefoltert«, sagte die Katze. »Das gab's damals noch, verstehst du?«

»Ach so«, sagte ich, »das meinst du. Und was war mit der Mausa?«

»Die wollten sie auch gleich mit fangen. Aber sie ist ihnen entwischt. Du glaubst doch wohl nicht, daß eine Katze sich von denen fangen läßt!«

Mir war zwar nicht ganz klar, was unsere Katze mit ›von denen‹ meinte, aber daß sie sich nicht fangen lassen würde, das war mir schon klar.

»Nein, nein«, sagte ich.

»Siehst du«, sagte die Katze, »und da saß der arme Johann Zimmer im Turm von Kronenburg, und die Mausa war draußen. Aber sie besuchte ihn jeden Tag. Durch das Gitterfenster. Da war nämlich so ein Ast von einem Baum, der ragte an das Loch mit dem Gitter. Und für die Mausa war es kein Problem, da ranzukommen. Und von dem Ast durch das Fenster war auch nicht schwer. Sie mußte nur aufpassen, daß die Wachen sie nicht sahen.«

»Und was sollte das? Ich meine, der Besuch?« fragte ich.

»Du kannst Fragen stellen«, antwortete die Katze, »sie hat ihn getröstet. Ihm Mut zugesprochen. Daß er durchhalten soll. So was alles. Was man so sagt in solchen Situationen.«

Ich wußte zwar nicht, was man ›in solchen Situationen‹ sagt, aber irgendwas mußte ich ja nun antworten. »Die Mausa«, sagte ich, »sie hat mit ihm gesprochen.«

»Und was ist daran so ungewöhnlich?« fragte die Katze. »Spreche ich etwa nicht mit dir?«

»Du ja«, sagte ich, »aber die Mausa?«

»Das liegt eben in der Familie«, stellte unsere Katze trocken fest. »Wir können mit den Menschen sprechen. Das heißt: nicht mit allen, nur mit bestimmten.«

»Und die Mausa mit dem Johann, so wie du mit mir«, sagte ich.

»Genau«, kam es zurück. »Du hast es erfaßt. Ausnahmsweise.«

»Danke.« Jetzt war ich ein bißchen sauer, aber ich durfte mir nichts anmerken lassen. Ich wollte doch wirklich wissen, wie es weiterging.

»Mach mal weiter.«

»Ja, also das Ganze ging über drei Monate. Sonst machten sie ja eher kurzen Prozeß mit den Angeklagten. Aber den Johann bekamen sie nicht weich. Drei Monate. Das mußt du dir mal vorstellen!«

»Grauenvoll«, sagte ich. »Und warum hat das so lange gedauert?«

»Weil die Mausa ihn besucht hat, verstehst du? Sie hat ihm auch immer erzählt, was sie so alles aufgeschnappt hat. Das war bestimmt eine große Hilfe für den Johann.«

»Ja schon«, sagte ich, »aber warum so lange?«

»Weil er nichts zugegeben hat, trotz der Folter. Allein neun sogenannte Zeugen hatten ihn belastet, und sechs davon waren in der Zwischenzeit selbst als Hexen angeklagt und verbrannt worden.«

»Und was haben die gesagt?«

»Das weiß ich nicht so genau. Sie hätten ihn gesehen, wie er auf dem Haydenkopf Zaubertänze gemacht hätte. Oder auch auf dem Lämmerpesch und dem Fronpesch. Das konnte die Mausa ja auch nicht alles herausbekommen. Stell dir vor: eine schwarze Katze beim Prozeß mit dem Johann!«

»Das wäre ja der Teufel persönlich gewesen, der den Johann auch noch auf dem Gericht besucht.«

»Genau«, sagte die Katze. »Jedenfalls haben sie dann den Pfarrer geholt, und der sollte den Teufel aus dem Johann austreiben.«

»Und auch das hat nichts genutzt.«

»Natürlich nicht. Sie haben ihn eben nicht weichbekommen. Schließlich haben sie ihn noch einmal dreieinhalb Stunden lang auf den Folterstuhl gesetzt. Da saß die Mausa oben im Fenster, und der Johann hat sie immer angesehen. Jedenfalls solange sie selbst nicht gesehen wurde. Und dann hat er was gesagt, und alle dachten: Jetzt gibt er endlich zu, daß er mit dem Teufel im Bunde steht.«

»Und was hat er gesagt?«

Unsere Katze guckte mich an: »Langsam, langsam. Eins nach dem anderen.«

»Nun mach schon!« sagte ich.

»Er hat gesagt: ›Laßt mich bitte auf diesem Folterstuhl sitzen und darauf sterben, damit dieses Leid endlich einmal ein Ende hat.‹ Das hat er gesagt, und die Mausa hat es gehört.«

»Das war aber ein mutiger Mann«, sagte ich, »und standhaft.«

»Das kannst du wohl sagen«, meinte die Katze, »und die Richter und die Schöffen waren dann auch mit ihrer Weisheit am Ende. Sie wußten nicht mehr weiter.«

»Und haben ihn verbrannt?« fragte ich.

»Eben nicht«, antwortete die Katze. »Du wirst es nicht glauben. Sie haben ihn laufenlassen. Am 21. März 1631 kam der Johann Zimmer frei, schnappte sich meine Und-so-weiter Großmutter Mausa, und die beiden verschwanden aus der Kronenburger Ecke.«

»Und das ging so einfach?« fragte ich.

»Nein, so einfach war das natürlich nicht. Johann mußte das ganze Gerichtsverfahren bezahlen. Er selbst, verstehst du? Und obendrein auch noch schwören, daß er dem Gericht und seinen Folterknechten nichts nachtragen würde.«

»Also das war doch der Gipfel der Frechheit. Erst quälen sie den armen Mann drei Monate lang fast zu Tode, und dann sagen sie noch, er darf ihnen nichts nachtragen. Das ist doch wie ...«

»Reg dich nicht auf«, sagte die Katze, die immer recht hat, »es geht ja noch weiter. Und dann mußte er jedem seine rechte Hand geben.«

»Ich kann mir gut vorstellen, daß der Johann genug von denen hatte.«

»Eben, und die Mausa auch. Da sind sie über das Schleydener Tal zum Bleybach ausgewandert. Und da ging's ihnen besser, wie du ja an mir sehen kannst.«

Die Katze sah mich an und grinste.

»Weißt du«, sagte ich schließlich zu ihr, »wenn ich mir das alles so richtig überlege, also ich meine, wenn ich deine Geschichte höre, dann ...«

»Ich weiß schon, was du denkst«, unterbrach mich die Katze. »Du meinst, ihr mit eurem Bio-Fimmel und mit den anderen Katzen und mit mir hier und mit den Kräutern und allem - ihr hättet auch ein schönes Hexenpaar abgegeben. Nicht wahr, das denkst du doch?« flötete sie.

Ich nickte.

»Erstens«, sagte die Katze, »das stimmt. Zweitens kannst du ganz beruhigt sein. Ich bin ja bei euch. Euch passiert schon nix. Das liegt bei uns eben in der Familie.«

Der Münsterbau zu Aachen und der Lousberg

Alfred Reumont

Ein jeder hat sicherlich von Kaiser Karl und von seinem Münster in Aachen erzählen gehört. Die geschicktesten Meister und Werkleute wurden aus allen Gegenden des weiten Reichs herbeigeholt, um den Wunderbau aufzuführen, den der fromme Herrscher an dem Ort, den er vor allen liebte, der Mutter des Heilands zu widmen gedachte; die Paläste Welschlands mußten ihre Zierde hergeben, um das neue Gotteshaus, von waldbedeckten Hügeln umringt, würdig zu schmücken. Schon erhob sich die Kirche weit über benachbarten Wohnungen, und schon berechnete man die Zeit, wo sie vollendet dastehen würde, da bemerkte man plötzlich mit großem Schrecken, daß das Geld zur Neige ging. Langwierige Kriege hatten den Schatz erschöpft, niemand wußte Rat. Schon waren eine Menge Arbeiter entlassen worden, und trauernd sahen die Bürger, wie immer weniger Hände sich regten, wie die Kalkgruben leer blieben, die großen Stämme und die schönen, mit so vielen Kosten hergeführten antiken Säulen unbenutzt dalagen, wie Kelle und Winkelmaß mit Staub bedeckt waren. Da erschien eines Morgens ein unbekannter Mann und verlangte, zum Magistrat geführt zu werden. Nachdem man seinem Begehren gewillfahrt, erbot er sich, das zum Bau nötige Geld herbeizuschaffen. Die frommen Aachener hätten seine Füße geküßt, wenn er es gestattet. Mit tausend Danksagungen nahmen sie sein Anerbieten an und frugen, welche Sicherheit er verlange und welche Bedingungen er in betreff der Rückzahlung mache.

»Rückzahlung verlange ich gar nicht«, war die Antwort, und die Ratsherren schlugen beinahe rücklings, denn eine solche Uneigennützigkeit war selbst in jenen, im Prozentrechnen weniger geübten Zeiten etwas Unerhörtes. Aber ihr Erstaunen wurde ganz anderer Art, als der rätselhafte Gast fortfuhr: »Zur einzigen Bedingung mache ich, daß die erste Seele, die in die fertig gewordene Kirche eingeht, mein wird.« Da merkten die Herren, mit wem sie es zu tun hatten; sie waren im Begriff, ein Kreuz zu schlagen, und ein »Apage Sat ...!« schwebte dem Gelehrtesten auf der Zunge, als die vernünftige Betrachtung, daß eine so schöne Gelegenheit, die Kirche ohne Schwierigkeit und ohne daß man auf das Geld zu sehen brauche zu vollenden, sich nicht leicht zum zweiten Male darbieten würde, ihren frommen Abscheu noch zur rechten Zeit im Zaume hielt. Der Fremde, ohne eine Miene zu verändern, sah sie scharf an, und nachdem die Bestürzten die Antwort hervorgestottert, daß sie sich die Sache überlegen wollten, entfernte er sich mit der Bemerkung, er werde am folgenden Tag zurückkehren, um ihren Entschluß zu vernehmen.

Die Baulust scheint vor elf Jahrhunderten den Aachenern im hohen Grade eigen gewesen zu sein, denn sie trug es über alle Gewissensskrupel davon. Der Pakt mit dem Ungenannten, aber nicht mehr Unbekannten, wurde also eingegangen, und noch an demselben Tag strotzten alle Kassen von Gold. Da es mit dem üblichen Reichsgepräge versehen war, so scheute sich niemand, davon anzunehmen; da es auf so leichte Weise erworben ward, so scheute sich auch keiner, es ungehindert auszugeben, indem weder Kaiser noch Volk darunter litten. Rasch wurde die Arbeit gefördert, und bald wölbte sich die hohe Kuppel, und das Münster war so weit fortgerückt, daß man an die Einweihung dachte. Nun war aber wiederum guter Rat teuer, denn keiner hatte Lust, der erste zu sein, der die verhängnisvolle Schwelle betrat. Man zweifelte nicht daran, daß er sich seinen Lohn zur rechten Zeit holen werde. Da wurde denn von den geistlichen und weltlichen Machthabern von neuem beraten, und endlich schien man ein Auskunftsmittel gefunden zu haben, denn es wurde angesagt, daß am Dreikönigsfeste, man schrieb damals das Jahr des Herrn 804, die große Zeremonie stattfinden sollte, zu der Papst Leo selbst von Rom nach Aachen gekommen war.

Am Morgen des Festes Epiphanie waren die Höfe und Säle der kaiserlichen Pfalz mit Tausenden gefüllt. Die hohe Geistlichkeit in prachtvollem Ornat und die Reichsfürsten in glänzendem Anzug begaben sich hin, auch Karl hatte seine gewöhnlich einfache Kleidung abgelegt und erschien im Kaiserornat. Auf dem Münsterplatz wogte das Gedränge des Volks, aber jeder blieb dem großen Tor fern. Nur ängstliche, scheue Blicke wurden dahin gesandt, obgleich man nichts Fremdartiges dort bemerkte. Da nahte sich mit raschen Schritten ein Haufen bewaffneter Trabanten der Kirche, und als sie sich nur noch in geringer Entfernung vom Tor befanden, jagten sie einen großen, kurz vorher gefangenen Wolf in die Kirche hinein. Ein schreckliches Getöse erhob sich: Wütend und flammenspeiend schoß eine Teufelsgestalt auf das Tier zu und erwürgte es im Nu mit ihren scharfen Krallen.

Da entstand ein gewaltiger Jubel in der zahlreich versammelten Menge, und im Augenblick, wo der Erzfeind sich mit der Seele des unglücklichen Wolfs, den man ihm statt der erhofften Menschenseele in den Rachen gejagt, unter fürchterlichem Geheul und Zähnefletschen empfahl, begannen die Glocken des Gotteshauses freudig zu läuten. Vom Papst und dreihundertfünfundsechzig Bischöfen und Prälaten begleitet, zog Kaiser Karl feierlich und unter Absingung der kirchlichen Hymnen in den prachtvollen Tempel ein.

In seinem furchtbaren Grimme aber war Herr Urian fortgeflogen auf des Sturmwinds Flügeln und kam heran ans Meeresgestade, wo die Brandung tief unter ihm wild emporbrauste. Nichts als Rachegedanken für den ihm vom frommen Kaiser gespielten Betrug erfüllten seine schwarze Seele: Er wollte Karl und mit ihm die neugegründete Kaiserstadt nebst dem schönen Münster, das er in der Hoffnung auf den reichen bedungenen Lohn selber mit hatte erbauen helfen, schmählich verderben. Über seinen Plänen brütend, erblickte er plötzlich die weiten Sanddünen des Meeresgestades, und der hämische Gedanke durchzuckte seine Seele, unter einem solchen Sandberg die Stadt samt allen ihren Bewohnern zu begraben. Gedacht, getan! Mit Blitzesschnelle stürzte er von seiner luftigen Höhe auf das Ufer hinab, unsichtbare Hände halfen ihm, und so wurde bald eine lange Düne losgerissen von dem Boden, wo die Flut sie seit Jahrhunderten angeschwemmt. Wie einen Mehlsack lud der Böse sie rasch auf seine Schulter, und so ging's huckepack nach dem nichts ahnenden Aachen hin.

Die Reise mochte dem schwarzen Verderber doch am Ende etwas unbequem vorkommen; die Länge des Sandhügels bewirkte, daß derselbe sich nach beiden Seiten sackförmig überbog, so daß der vorn herabhängende Teil dem Träger die Aussicht benahm und er sich fast auf seinem Wege verirrt hätte. Doch fand er sich wieder zurecht, als er leichtfüßig über die Maas schritt und sich nun aufs Aachener Tal zutrollte. Da erhob sich plötzlich ein gewaltiger Wind und streute ihm so viel Sand in die Augen, daß er kaum noch vor sich hin sehen konnte. Dadurch wurde ihm das Sehen immer beschwerlicher, und nur mit Mühe gelangte er an das Sörstal. Da begegnete ihm ein altes Weib, das des Weges von Aachen her kam und erschrocken über den wandelnden Sandberg und seinen schwarzen Träger stehenblieb. »Wie weit habe ich noch bis Aachen?« fragte Herr Urian die Alte, seine Stimme zu möglichster Lieblichkeit versüßend. Die Alte merkte das Plänchen; sie hatte bei dem Bau des Münsters den Bösen oft genug ins Auge gefaßt, und seine Gesichtszüge waren ihrem Andenken noch nicht entschwunden. »Ach«, erwiderte sie schlau, »da seid Ihr ganz vom Weg abgekommen, lieber Herr. Schaut nur gefälligst auf mein Fußzeug: Ich habe die Schuhe in Aachen neu angezogen, und jetzt sind die Sohlen von dem langen Gehen bereits ganz zerrissen.«

Da stieß der Schwarze einen Fluch aus, daß das ganze Tal davon erdröhnte und die erschrockene Alte mehrere Schritte weit zurücksprang. »Ich bin der Schlepperei müde!« rief er wütend aus. »Für jetzt mag das betrügerische Nest meinem Grimme entgehen, ich werde doch schon in Zukunft Zeit und Gelegenheit finden, mich zu rächen.« Und mit diesen Worten schleuderte er seine sandige Last von den Schultern auf die Erde und erhob sich flammensprühend in die Luft. Dies war das letzte Mal, daß man den Schwarzen in propria persona in Aachen und seiner Umgegend umherwandern sah. Die Aufklärung hat ihn bald in seine schwefeligen Schlupfwinkel hinabgejagt. Doch will man noch dann und wann seine geheime Anwesenheit verspürt haben, nur ist man noch nicht einig über das Kostüm, worin er in späterer Zeit erschienen.

So war Aachen durch die List des alten Weibes vor dem Untergang gerettet. Der Berg ist noch vor den Toren der Stadt zu sehen, und oft wandern die Aachener Bürger zu seiner freundlichen, sonnigen Höhe hin, nicht daran denkend, wie unheilvoll er einst für die liebe Vaterstadt hätte werden können. Und die tiefe Gasse, die noch jetzt den Lousberg von St. Salvator scheidet, ist durch das heftige Niederwerfen durch Meister Urian entstanden, indem diese von dem Stoß in der Mitte platzte und so die beiden Berge bildete.

Während nun an dem Haupttor der Kirche, das dem Baptisterium zugewandt ist und den Namen ›Wolfstüre‹ führt, das in Stein gehauene Bild des armen Opfers zu sehen ist, ruft noch heutigentags der Name Lousberg dem Wanderer ins Andenken zurück, daß ein Weib selbst dem Teufel zu lose war und ihn durch ihre Kniffe anführte. Die Aachnerinnen haben ein Recht, noch jetzt darauf stolz zu sein, wenn sie an das dadurch abgewandte Unheil denken.

Das Totenmaar

Josef Faßbinder

Um dunkle Wasser ziehen sich die Hügel,
Verdorrt und öde dehnt sich das Gefild.
Kein scheuer Vogel wagt mit schnellem Flügel
Im stillen See zu schau'n sein Spiegelbild.

Aus breiten Wunden quellen Felsgesteine,
Die in dem fahlen Licht so seltsam stehn.
Und um ein Kirchlein harren die Gebeine
Von längst Gestorbenen auf ein Wiedersehn.

Hier schläft am Tage jegliche Bewegung,
Und selbst der Wind hält seinen Atem an.
Die Wasser gähnen starr und ohne Regung,
Und an den Ufern schaukelt sich kein Kahn.

Doch wenn die matten Farben sich verdüstern
Und Abendschatten steigen riesengroß,
Dann fängt es in den Tiefen an zu flüstern
Von der versunkenen Burg in ihrem Schoß.

Aus dem Polizeibericht

Manfred Lang

Schleiden/Eifel – Mit Hilfe von Fingerabdrücken hofft die Kripo Schleiden einem besonders schweren Verbrechen auf die Spur zu kommen. »Ob es sich um einen versuchten Raub, vielleicht sogar Raubmord, oder aber möglicherweise um eine mißglückte Vergewaltigung handelt«, so Kriminalhauptkommissar Herbert Laschet, »steht allerdings noch nicht fest.« Das potentielle Opfer, Christiane M. (19) aus Schleiden, liegt mit einem schweren Schock auf der Intensivstation des Schleidener Antoniushospitals.

Laut Polizeibericht war die junge Frau mit ihrem Pkw, einem Renault R 4, auf der Bundesstraße 258 von Monschau auf der Rückreise nach Schleiden unterwegs. Gegen 23.45 Uhr bemerkte sie in Höhe der deutsch-belgischen Grenze, etwa einen Kilometer hinter dem Abzweig zur Zollstation Wahlerscheid, einen dunklen Gegenstand auf der Fahrbahn. Christiane M. verlangsamte ihre Fahrtgeschwindigkeit zwar, konnte den vermeintlichen Gegenstand aber erst im letzten Augenblick als einen ausgestreckten, offensichtlich leblosen menschlichen Körper identifizieren.

Die 19jährige konnte noch reflexartig nach rechts ausweichen, brachte ihren R 4 aber erst nach etwa 200 Metern zum Stillstand. Die junge Frau stieg aus und ging am Straßenrand zurück zu dem, wie sie vermutete, angefahrenen Fußgänger. Die Lichtverhältnisse in dem dunklen Waldstück waren schlecht, so daß sich die Frau, als sie das mutmaßliche Unfallopfer erreicht hatte, zu diesem herunterbeugen mußte, um es näher zu untersuchen.

»Ein unsagbarer Schrecken«, so Kripo-Sprecher Herbert Laschet gestern in einer Pressekonferenz, »durchfuhr die 19jährige, als sie dabei feststellte, daß es sich gar nicht um einen Menschen handelte.« Der leblose Körper war eine mit einem Arbeitsanzug, einem sogenannten Overall, bekleidete Strohpuppe.

»Genau so eine, wie sie in den Eifeldörfern als Paies, also als Kirmespitter, verwendet wird«, berichtete die Kripo. »Sie trug eine fratzenhafte Karnevalsmaske.«

Christiane M., so die Kripo weiter, wandte sich unverzüglich von der ausgestreckt auf der Fahrbahn liegenden, menschengroßen Strohpuppe ab, um zu ihrem Pkw zurückzukehren. Plötzlich, so die Polizei nach einer ersten Vernehmung der jungen Frau, hörte Christiane M. hinter sich Schritte auf der Straße.

Die 19jährige blickte sich um, konnte aber in der Dunkelheit nichts erkennen und beschleunigte ihr Gehtempo. Daraufhin hörte sie, wie sich auch der Takt der Schritte hinter ihr steigerte. Sie wurde ihrerseits erneut schneller, schließlich rannte die Frau in Richtung ihres mit laufendem Motor und eingeschalteten Scheinwerfern abgestellten Autos.

Kurz bevor Christiane M. den Pkw erreichte, so berichtete sie der Polizei,

»... konnte ich das deutliche Keuchen einer Person wahrnehmen, die sich dicht hinter mir befand.« Kommissar Laschet: »Bevor der Täter – es muß sich nach ersten Untersuchungen der Fingerabdrücke um einen Mann gehandelt haben – Christiane M. packen konnte, schwang sich die Frau im letzten Augenblick durch die geöffnete Fahrertür in ihr Auto, schlug diese mit großer Wucht zu und fuhr an.« Das letzte, was Christiane M. vom potentiellen Tatort noch bewußt wahrgenommen habe, so Laschet, »... war ein markdurchdringender, gräßlicher Schrei.«

Die junge Frau konnte ihr Elternhaus in Schleiden noch erreichen. Sie stellte ihren R 4 in der Garage ab, ehe sie mit einem schweren Schock neben dem Pkw zusammengebrochen sein muß. Der Vater des Opfers, Franz M., fand die Tochter wenig später und alarmierte Notarzt und Rettungswagen. Christiane M. wurde auf die Intensivstation des Antoniushospitals eingeliefert.

»Beim Bergen des Opfers aus der Garage des elterlichen Hauses«, so Kriminalhauptkommissar Laschet gestern vor der Presse, »fand der Notarzt unmittelbar neben der Fahrertür des R 4 auf der Erde die ganz offensichtlich abgequetschten Glieder eines Mittel-, eines Ring- und eines kleinen Fingers.«

»Da die Gliedmaßen ganz eindeutig nicht der jungen Patientin zuzuordnen waren«, so Kreismedizinalrat Bruno Pescher gestern in der Pressekonferenz, »verständigte der Notarzt unverzüglich die Kriminalpolizei.«

Hauptkommissar Laschet geht davon aus, daß der oder die Täter den Kirmespitter als Köder ausgelegt hatten, um nächtliche Autofahrer zu stoppen. Welche Form von Verbrechen sie an diesen begehen wollten, sei allerdings völlig unklar.

Rätsel geben der Polizei bis auf weiteres auch die drei Fingerglieder auf. Erste Vergleichstests ergaben, daß die Person, der die Gliedmaßen abgetrennt wurden, nicht polizeilich registriert ist. Weitere Untersuchungen sollen aber noch folgen.

Als sicher gilt, so Kommissar Laschet, daß dem Täter die ersten Glieder der Finger abgequetscht wurden, als Christiane M. die Fahrertür zuschlug.

Untersuchungen am Tatort brachten laut Polizeiangaben keine weiteren Erkenntnisse. Es wurden weder verwertbare Blutspuren noch Indizien für den Verbleib der Strohpuppe gefunden.

Inzwischen hat die Schleidener Kripo die Kollegen der belgischen Gendarmerie eingeschaltet. Doch die konnte dem Amtshilfeersuchen bislang noch nicht nachkommen. Die Beamten in den deutschsprachigen Ostkantonen werden derzeit von einer Serie ungewöhnlicher Anschläge auf Weidetiere in Atem gehalten. Zwei Nächte vor dem versuchten Verbrechen an Christiane M., so berichtete die Kripo Schleiden, seien bei Rocherath drei Jungrinder aus einer Herde gerissen worden. Am Vormittag vor dem Überfall bei Wahlerscheid seien im belgischen Mürringen sieben Weideschafe getötet und auf gräßliche Art und Weise zerfleischt worden.

Sachdienliche Hinweise bitte an die Kripo Schleiden oder jede andere Polizeidienststelle.

Die böse Jutta

Carola von Eynatten

Da wo sich heute die stillen, blauen Gewässer des Weinfelder Maars ausbreiten, stand vor Zeiten eine stolze Burg, deren Besitzer weithin über alles Land gebot und dem niemand in der ganzen Gegend gleichkam an Pracht und Reichtum, aber auch an Herzensgüte und Milde nicht. Kein Armer und Unglücklicher ging ungetröstet von ihm, und wo sich die Gelegenheit bot, Gutes zu tun, ergriff er sie voll Freude und Eifer, so daß seine Untertanen ihn nicht ihren Herrn, sondern ihren Vater nannten. Der Charakter der Gräfin stand aber unglücklicherweise in einem argen Gegensatz zu dem ihres Eheherrn, nicht nur, daß in ihrem Herzen kein Fünkchen von Liebe, Güte und Großmut wohnte, nein, sie fand sogar ihre höchste Wonne darein, andere zu kränken, ihnen wehe zu tun, sie leiden zu sehen, mit einem Worte, sie besaß ein teuflisches Gemüt, und der Graf war nicht derjenige, der am wenigsten darunter litt. Er, der jedermann wohl wollte, konnte nicht ohne tiefen Schmerz die grausame Härte und die Bosheit des Weibes sehen, welches durch untrennbare Bande mit ihm vereinigt war. Er, der stets sanft und freundlich war, vermochte sich auch an ihr herrisches Auftreten, an ihre Launen, ihre spitzen oder unfreundlichen Reden nicht zu gewöhnen. Aber es half alles nichts: sie hörte weder auf Vorstellungen noch auf Bitten, noch auf Drohungen, sondern beharrte auf den Wegen, die sie bisher gewandelt, so daß dem Grafen nichts übrigblieb, als sein Geschick geduldig zu tragen und in der Liebe zu seinem kleinen Söhnchen Ersatz für alle Leiden zu suchen, die sein böses Weib ihm bereitete.

Da geschah es, daß er eines Tages eine Reise antreten mußte, und ehe er sein Pferd, den treuen Falchert, bestieg, das ihn schon in manche Schlacht getragen hatte, empfahl er der Gräfin, treu hauszuhalten und namentlich getreulich die Gaben zu verteilen, die eine Anzahl armer Leute täglich aus seiner Hand empfing.

»Vergeßt das ja nicht, Jutta«, sagte er mahnend, »denn wo die Liebe mangelt, kann nimmer Gottes Segen weilen!«

Die Gräfin hörte schweigend und mit der ihr eigenen mürrischen Miene die Worte des Gemahls an, jetzt schon fest entschlossen, ihnen nicht Folge zu leisten und seinen Armen ein für allemal das Wiederkommen zu verbitten. Sie wußte wohl, wie sehr sie gefürchtet ward, und zweifelte daher nicht, daß es ihr gelingen werde, die Leute einzuschüchtern.

In das Schloß zurückgekehrt, gab sie denn gleich den Dienern Befehl, die Bettler mit Peitschen von der Schwelle zu jagen und, wo dies nicht genügen sollte, sie mit den Hunden zu hetzen.

»Sagt auch den Leuten, ich wollte nie wieder einen von ihnen an meiner

Türe sehen und würde wohl die Mittel finden, sie zu vernichten, sollten sie es wagen, jemals meinem Gebote zu trotzen!«

Wie unwillig die Diener diesen Auftrag immer vollzogen, sie mußten dennoch der Herrin gehorchen, welche die geringste Übertretung so hart zu ahnden verstand, und als die Armen, vor Erstaunen und Schrecken über diesen ungewohnten Empfang beinahe erstarrt, zögernd stehen blieben, schwangen die Männer ihre Peitschen, was sie aber nicht abhielt, ihnen zuzuflüstern: »So geht doch, geht, damit wir euch nicht noch schlagen müssen! Der Teufel ist jetzt Herr im Hause, wir können euch nicht helfen!«

Als die Leute dies vernahmen, stoben sie eilig auseinander, und die Gräfin, welche ihrer Vertreibung von einem Fenster aus zugesehen hatte, freute sich herzlich über ihren *guten* Gedanken. Indessen dachte sie nicht daran, sich mit diesem einen Erfolge zu begnügen. Es galt, noch viele Mißbräuche zu beseitigen, und da der Graf nicht gesagt hatte, wie lange er fortzubleiben gedenke, hieß es, die Zeit gut auszunützen. Sie entsandte daher unverzüglich mehrere Boten in die umliegenden Ortschaften, die Gulten und Abgaben einzutreiben, die ihr Gemahl seinen Untertanen teilweise gestundet, teilweise aber ganz erlassen hatte.

»Wenn wir aber kein Geld finden, hohe Frau?« wagte einer der Männer zu bemerken.

»Dann nehmt so viel Getreide, als zur Deckung der Schuld nötig ist. Die Ernte ist eben beendet, die Scheuern müssen voll sein. Mit leeren Händen kommt mir nicht zurück!« setzte sie drohend hinzu.

Die Diener mußten natürlich auch diesen Befehl ausführen, und als sie bei der Heimkehr die sauer erworbenen Summen der Gebieterin einhändigten und sie den hochgeladenen Wagen voll Getreide sehen ließen, den sie heimgebracht hatten, da lächelte sie stolz und fühlte sich zufrieden. Eine solche Herrin tat der Grafschaft not, und ohne Scheu flehte sie zu Gott, er möge den Gemahl recht lange fernhalten, damit sie Zeit fände, ihre sämtlichen Pläne durchzuführen.

So ging es drei Tage lang fort, und das Burggesinde, welches sie auf noch schmälere Kost setzte, hatte alle Hände voll zu tun, um ihren Anforderungen gerecht zu werden, und vermochte daher nicht, die gewohnte Wachsamkeit zu üben. So kam es, daß am vierten Tage ein siecher Greis unaufgehalten bis zu den Gemächern der Gräfin dringen konnte, der er zu Füßen sank.

»Sehet mich an, edle Frau! Ich bin altersschwach und elend, Hunger und Krankheit schauen mir aus den Augen heraus, Wunden bedecken meine Füße, und doch haben Eure Leute, gewiß gegen Euren Willen, mich erbarmungslos fortgewiesen, als ich um ein Strohlager und ein Stück trocken Brot bat. Strafet die harten Menschen!«

»Ja, strafen werde ich sie, weil sie Euch nicht gleich hinausgejagt, weil sie geduldet haben, daß eines Bettlers Füße den Boden meines Schlosses verunreinigen!« fuhr die Gräfin brausend auf.

Bleich und zitternd sah der Alte zu der hartherzigen Herrin empor, und angstvoll glitt es über seine Lippen: »Habt Erbarmen mit meiner gräßlichen Not! Wenige Tage vielleicht habe ich nur noch zu leben. Weiset einen dem Tode Verfallenen nicht von Eurer Schwelle. Was ich von Euch erflehe, kostet Euch nichts. Bedenket des Erlösers Worte: *Was ihr dem ärmsten meiner Brüder tut, das tut ihr mir!*«

»Was geht mich das an?« lachte das Weib höhnisch auf. »Hinaus, Elender, aus meinen Augen!«

Wankend verließ der Greis das Gemach der Burgfrau, wankend schritt er in den Schloßhof hinaus, verfolgt von den höhnischen Blicken der Gräfin, die ihren Hunden pfiff und sie durch wilde Zurufe auf den Unglücklichen hetzte. Ein abschreckendes Beispiel tat not. Sollte das verkommene Bettelvolk dem Schlosse fernbleiben!

»Packt ihn, huß, huß!« feuerte sie die Bluthunde an, die, gehorsam dem Rufe der Herrin, auf den Alten lossprangen, ihn zu Boden rissen, ihre furchtbaren Zähne tief eingrabend in sein Fleisch, so daß bald nur noch eine unförmige, blutende Masse regungs- und bewegungslos am Boden lag.

Kaum aber hatte der alte Bettler seinen letzten Seufzer ausgehaucht, so verfinsterte sich plötzlich die Luft. Blitze zuckten über den Himmel hin, der Donner rollte, und unter betäubendem Getöse borst die Erde entzwei, Ungeheure Wassersäulen stiegen aus ihrem Schoße empor, die, über dem Schlosse zusammenschlagend, es unter ihrer Wucht erdrückten.

Das Burggesinde, dem es noch rechtzeitig gelungen war, sich aus dem wankenden Gemäuer ins Freie hinauszuflüchten, sah, von unbeschreiblichem Entsetzen erfüllt, aus der Ferne dem furchtbaren Vernichtungsschauspiele zu, und als nach Stunden ein beherzter Mann sich in die Höhe wagte, fand er an jener Stelle, wo vorhin noch der mächtige Bau emporgeragt hatte, ein tiefes Becken, in dem ein dunkles Gewässer zornig schäumte. Von dem Schlosse war keine Spur mehr vorhanden, kein Stein verriet, daß hier jemals eine menschliche Wohnung gestanden hatte.

Als die Leute diese Kunde vernommen und sich von ihrem Schrecken einigermaßen erholt hatten, beschlossen sie, dem Grafen einen Boten entgegenzuschicken, damit er sofort herbeieilen möchte.

Der Mann war jedoch noch nicht weit gekommen, als er des Grafen ansichtig wurde, der langsamen Schrittes heimwärts ritt.

»Herr Graf, oh, Herr Graf! Faßt Euch, die Unglückskunde zu vernehmen«, rief er ihm schon von weitem entgegen, »verschwunden ist Euer Schloß, und da, wo es einst gestanden, flutet ein wilder Bergsee!«

Der Graf wankte im Sattel, doch bald kehrten Überlegung und Kraft wieder, und heiser rief er: »Mann, du lügst oder du träumst! Ebensogut wäre es möglich, daß mein braver Falchert hier eine Quelle aus dem Boden scharrte.«

Diese Worte waren noch nicht verhallt, als das edle Tier auch schon kräftig den Boden zu scharren begann und eine kristallklare Quelle in lustigem Bogen zu Tage sprang.

»Gott stehe mir bei!« schrie der Graf auf, und, dem Falchert die Sporen gebend, sprengte er den Berg hinan.

Bleich, verzweifelnd starrte der Unglückliche in die Flut, die sein Kind, sein Weib, sein Haus verschlungen hatte, und keine Träne trat in sein Auge, den Krampf zu lindern, der seine Brust zusammenschnürte.

Doch was kam dort langsam herangeschwommen, gerade auf das Ufer, auf die Stelle zu, wo er stand? ... Eine Wiege? ... Ja, und darin lag sein Kind!

Mit einem Satze stand der Graf am Boden, bereit, in das Wasser zu springen, um sein Söhnchen dem tückischen Elemente zu entreißen. Da aber landete die Wiege sanft am Ufer, und der Säugling, den Vater erkennend, streckte ihm mit freundlichem Lächeln die Händchen entgegen.

»Mein Kind, mein liebes, teures Kind, ich will um nichts, was ich verloren habe, mehr klagen, nur weil du mir erhalten bist!« jauchzte er und drückte den Knaben an seine Brust.

Obschon der Graf nicht daran zweifelte, daß er in dem Zusammensturz seines Schlosses nichts anderes zu sehen habe als die Strafe des Himmels für Juttas Freveltaten, ließ er doch die ganze Gegend nach ihr absuchen. Die Nachforschungen führten indessen nicht zum Ziele und konnten es auch nicht, denn das böse Weib hatte ebenso wie der von ihr mißhandelte Greis am Grunde des Weinfelder Maars ihr Grab gefunden.

Der Graf aber lebte noch lange still und zurückgezogen, doch glücklich, nur mit der Erziehung seines Sohnes und mit Werken der Liebe und Frömmigkeit beschäftigt. Auch das Kapellchen am Mäuseberg soll er gegründet haben.

Flockenhölle

Ralf Kramp

Es fällt mir schwer zu schreiben. Meine rechte Hand hat immer noch Mühe, sich auf der Tastatur des Computers ihren Weg über das Mosaik von Buchstaben und Zahlen zu ertasten. Es wird besser gehen, vielleicht schon in ein paar Monaten, sagt der Arzt. Vielleicht. Vielleicht wird es aber auch länger dauern. Vielleicht werde ich nie mehr richtig schreiben können. Sicher aber werde ich nie vergessen können. Manchmal ist Schnee um mich. Satter, weißer Schnee, der in tosenden Wirbeln fetter, bauschiger Flocken um mich wirbelt. So wie damals.

Eigentlich sahen die Flocken gelblichgrau aus, als sie auf die Scheinwerfer meines alten Sierra zuwirbelten, millionenfach zerstoben und als dunkelgraue Schattenflecke auf meiner Windschutzscheibe zerflossen. Die Scheibenwischer kämpften einen aussichtslosen Kampf gegen das ungestüme Toben des Schnees. Die Scheinwerfer hatten Mühe, bis zur dichtverschneiten Fahrbahn vor mir durchzudringen. Die düsteren Baumreihen des Münstereifeler Forsts waren beiderseits der Straße im Flockeninferno nur zu erahnen. Mit fest aufeinandergepreßten Zähnen saß ich, den Körper bis aufs äußerste angespannt, hinter dem Lenkrad und fluchte stumm vor mich hin. Ich verfluchte den Schnee, ich verfluchte die Heizung meines Autos, die es nicht zustande brachte, die Windschutzscheibe daran zu hindern, fortwährend mattmilchig zu beschlagen, und gleichermaßen meine vor Kälte schmerzenden Füße zu wärmen. Und ich verfluchte Lydia und ihre Launen. Immer schlimmer war es geworden in den letzten Tagen. Der Streit hatte irgendwann am vorigen Morgen begonnen, und heute, am Weihnachtsabend, hatte er geendet. Mit einem Feuerwerk der Boshaftigkeiten und Gemeinheiten. Nicht, daß Sie denken, ich wolle alle Schuld meiner Lebensgefährtin zuschieben, nein, auch ich hatte meinen Teil dazu beigetragen. Aber das möchte ich jetzt nicht näher erläutern. Vor einer Viertelstunde schließlich hatte ich die Haustüre hinter mir zugeworfen und war in die stürmische Winternacht hinausgestapft. Mit Mühe hatte ich es geschafft, meinen Sierra Diesel soweit aufzumuntern, daß ich ihm die Fahrt durch den entfesselten Winter ins nicht weit entfernte Maulbach zumuten konnte. Eine Strecke, die ich übrigens bei besseren Witterungsverhältnissen mühelos in einer knappen Viertelstunde hinter mich bringe.

In Maulbach würde mich meine alte Junggesellenwohnung erwarten, von der ich mit einem Mal gar nicht mehr so recht glaubte, daß ich sie zum Jahreswechsel, wie geplant, aufgeben würde, um endgültig mit Lydia in Bad Münstereifel zusammenzuziehen. Es würde lausig kalt sein, wenn ich dort ankam. Als ich vor drei Tagen zuletzt dagewesen war, hatte ich zum ersten Mal in meinem Leben echte Eisblumen auf meinen Fensterscheiben bestaunen können und fasziniert eine halbvolle Sprudelwasserflasche auf dem Fensterbrett entdeckt, in der das Wasser zu Eis erstarrt war.

Da war irgend etwas! Meine Grübeleien endeten jäh, und ein panischer Schrecken griff mir wie eine kalte Hand in den Nacken.

Ein Schatten erschien vor mir auf der Fahrbahn. Irgend etwas, das nicht weiterlief, sondern im sich nähernden Licht der Scheinwerfer verharrte. Vielleicht ein Reh, das geblendet und verwirrt stehen geblieben war. Ich trat unwillkürlich auf die Bremse, was sich trotz der quälend langsamen Fahrweise als fataler Fehler erwies. Der Wagen glitt auf den blockierten Rädern nach vorne und beschrieb ein paar Schlangenlinien. Ich versuchte verzweifelt gegenzulenken, schlug das Lenkrad zu weit ein, riß das Steuer wieder herum und brachte das Auto dazu, sich einmal um die eigene Achse zu drehen. Alles spielte sich in Sekundenschnelle ab. Um mich herum tanzte der Schnee einen diabolischen Höllentanz und schien mich höhnisch zu umkreisen, wie eine aufgebrachte Klasse Schulkinder den armen Kerl umtänzelt, der in der Mitte gefangen ist. Als das Auto zum Stehen kam, glaubte ich zunächst, ich hätte mich in die Richtung gedreht, aus der ich gekommen war, jedoch bemerkte ich schon bald, daß der Schatten, der mich in dieses waghalsige Bremsmanöver getrieben hatte, wieder weiter entfernt vor mir aus der Schneewand auftauchte. Es war ein Mensch.

Ein paar harsche Flüche halfen mir dabei, dem unglaublichen Schrecken der vergangenen Minuten Luft zu machen.

Undeutlich konnte ich die näherkommende Gestalt erkennen. Es war eine zierliche junge Frau. Jetzt, da mit der Zündung auch die Heizung ausgegangen war, beschlugen die Scheiben in Sekundenschnelle. Ich sah ein dunkles Kostüm, sah einen um den Kopf gewickelten dunklen Schal und das davon umrahmte, beinahe weiße Gesicht. Ich sah nackte Beine, die irgendwo ohne Anzeichen von Schuhen im Weiß der schneebedeckten Straße endeten. Die Frau stolperte kraftlos auf mich zu, torkelte und hielt von Zeit zu Zeit inne.

Eilig stieß ich die Fahrertüre auf, der Wind riß sie mir aus der Hand, und im selben Moment schwirrte ein eisiger Wirbel naßkalter Schneeflocken in das Innere meines Autos. Ich hatte Mühe, die Türe wieder zu schließen, so sehr griff der Wind nach ihr, und so ließ ich sie offen. Die Frau war näher gekommen und schwankte beängstigend. Mit ein paar raschen Schritten durch den tiefer werdenden Schnee war ich bei ihr und bekam sie genau in dem Moment zu fassen, in dem sie endgültig zusammenzubrechen drohte. Ich griff ihr beherzt um die Hüfte und spürte, wie ihre Beine wegsackten. Das Gesicht inmitten des dunkel gemusterten Wollschals war zierlich, blaß, mit einer feinen, geraden Nase und dunklen Augenbrauen. Zwei dunkle Augen musterten mich fragend, bittend, wanderten durch mein Gesicht.

»Bißchen locker gekleidet für eine Nacht wie diese«, sagte ich mit einem

gezwungenen Lachen und wies auf ihren dunklen Rock, unter dem beinahe ebenso weiß wie der Schnee die Beine zu sehen waren.

Ich versuchte vorsichtig, sie zu meinem Auto zu führen, aber ihr Körper erstarrte. »Nein!« Sie versuchte, mich von sich zu stoßen. »Noch nicht! Mein Kind! Helfen Sie mir ... bitte, bitte, um alles in der Welt, helfen Sie mir!«

Ich folgte ihrem ausgestreckten Finger und versuchte, weiter die Straße hinauf etwas zu erkennen. Aber der Schnee und die Nacht verwoben sich zu filzigem Grau. Nichts war zu sehen, und ich versuchte erneut, sie zum Auto zu zerren, als plötzlich an der nächsten Wegbiegung, die ich schemenhaft ausmachen konnte, etwas für einen Augenblick grellorange im Scheinwerferlicht meines Autos aufblitzte. Ohne es richtig zu erkennen, wußte ich im selben Augenblick, daß es sich um das Rücklicht eines anderen Autos handelte, das zwischen den im frostigen Wind zitternden Tannenzweigen hindurch dann und wann das Licht meines Sierra reflektierte. Jetzt war es wieder zu sehen, und an der Position konnte ich erkennen, daß dort anscheinend ein Auto von der Straße abgekommen und in den tiefverschneiten Straßengraben gerutscht war.

»Ihr Kind?« rief ich und merkte, daß es mühsamer wurde, mit der Stimme gegen den stärker werdenden Wind anzukommen. »Ist Ihr Kind etwa noch da drin?« Wortlos nahm sie meine Hand. Ihr Griff war eiskalt und fordernd. »Schnell, kommen Sie. Bitte!« Sie machte ein paar unbeholfene Schritte vorwärts, und ich merkte, daß es ihr nur unter Mühe gelang, sich auf den Beinen zu halten. Während ich dieselbe Richtung einschlug, überlegte ich für einen Moment, ob es vielleicht ratsam war, sie zu meinem Auto zu schicken und alleine nach ihrem zurückgelassenen Kind zu sehen, aber in Anbetracht ihrer wilden Entschlossenheit glaubte ich kaum, damit Erfolg zu haben.

Wir stapften vorwärts, und der Wind trieb uns zuerst in den Rücken. Dann drehte er sich in wilden Wirbeln und schleuderte uns die kleiner und eisiger werdenden Schneeflocken mit ungnädiger Härte ins Gesicht, so daß wir kaum noch sahen, wohin unsere Schritte uns führten. Die Frau vor mir begann zu wimmern. Es war ein leiser, zarter Klagelaut, der auf unwirkliche Art und Weise durch das Tosen des Schneesturms zu mir hinüberdrang. Es war ein schmerzvolles, gepeinigtes Jammern, so, wie ein Tier es ausstößt, wenn es sich seine Wunden leckt.

Ich hatte mit einem Mal Angst vor dem, was ich in dem Unfallfahrzeug vorfinden würde. War ihr Kind vielleicht schon nicht mehr am Leben? Ich war mir sicher, daß es besser gewesen wäre, wenn sie in meinem Auto gewartet hätte. Aber jetzt war es zu spät. Nur noch wenige Schritte, und wir hatten das Auto erreicht.

Ich erkannte ein Hinterrad, das eine Handbreit über dem Boden in der schwarzen Nachtluft hing. Von der Karosserie war kaum etwas zu sehen, da sich das Auto tief in eine Schneeverwehung hineingebohrt hatte. Dach und Heck waren mittlerweile gänzlich zugeschneit, und der Anblick der offenen

Seitentüre verursachte ein unbequemes Gefühl in meiner Magengegend. Es mußte hineingeschneit haben. Das konnte ich schon jetzt erkennen. Mit raschen Schritten ging ich um den Wagen herum und versank plötzlich beinahe bis zur Hüfte im Schnee. Hilflos ruderte ich mit den Armen. Die Frau ergriff meine Hand, und ich erschrak wieder darüber, wie kalt sie war. Sie zerrte an meinem Arm und wimmerte klagend, und als ich mit der anderen Hand die Stoßstange des Wagens zu fassen bekam, gelang es mir, mich mit einem Ruck aus meiner mißlichen Lage zu befreien. »Kommen Sie, kommen Sie!« kreischte sie wie von Sinnen. »Helfen Sie meinem Kind!« Und verwundert stellte ich fest, daß es ihr gelang, jeden ihrer zierlichen Schritte so vorsichtig zu setzen, daß sie nicht im Schnee versank.

Endlich bekam ich den Türgriff zu fassen. Ein wenig Schnee rieselte vom Wagendach und legte für einen Moment einen körnigen Schleier über die Schwärze der Türöffnung.

»Es ist stockdunkel hier drin!« schrie ich. »Wischen Sie etwas Schnee vom Fenster! Haben Sie mich gehört?« Ich erhielt keine Antwort, während ich mich mit dem Oberkörper in das Wageninnere beugte. Es war finster. Der Wind hatte den Schnee wie erwartet hineingetrieben, und soweit ich das in der Dunkelheit ausmachen konnte, hatte er sich wie ein feiner Film von Puderzucker auf den Polstern und dem Armaturenbrett verteilt. Ich entdeckte ein dunkles Stoffbündel auf dem Beifahrersitz. Auch hier lag bereits fingerdick der sanfte Flaum des Schnees. Hektisch tastete ich nach der Deckenlampe. Irgendwie mußte ich Licht bekommen. Aber als ich das kleine Lämpchen fand, hielt ich verwundert inne. Ich fühlte einen kleinen metallenen Schieberegler, und obwohl ich kein Autonarr bin, stutzte ich. So etwas gab es schon seit Jahrzehnten nicht mehr. Mein Blick gewöhnte sich langsam an das Dunkel, und ich erkannte nun deutlicher das Armaturenbrett. Runde, zweckmäßige Anzeigegläser, keine Spur moderner Stromlinien, eine Lenkradschaltung ... dies war zweifellos ein Oldtimer.

In diesem Moment drang plötzlich das Licht meiner Scheinwerfer ungehindert in das Wageninnere. Mit einer kräftigen Armbewegung hatte die Frau draußen einen Teil der Windschutzscheibe vom Schnee befreit. Das gelbliche Licht fiel auf das dunkle Bündel unter meinen Händen. Ich sah eine Babyflasche. Der Sauger an der Spitze war merkwürdig geformt ... altmodisch ... wie eine Karikatur einer Babyflasche sah sie aus. Gläsern, halbvoll mit Milch.

Während meine Hände das Stoffbündel vom Schnee befreiten, fiel mein Blick nach draußen. Der Wind hatte den Schal der jungen Frau gelöst. Er flatterte ihr um die Schulter. Sie hatte schwarzes Haar, das unter einem Hut hervorwirbelte, wie er vor sechzig Jahren modern gewesen sein mochte.

Wie in Trance hob ich mit zitternden Händen einen Zipfel des wollenen Knäuels an und legte seinen Inhalt frei. Leuchtend gelb waren die Knochen, vom Scheinwerferlicht unwirklich beleuchtet. Schnee wirbelte erneut herein. Er rieselte auf den kleinen Schädel. Eigentlich nur eine kleine Handvoll Knochen.

Klein und rund, mit großen, leeren Augenhöhlen. Die winzigen Knochen des Brustkorbs rasselten auseinander, als ich voller Panik die Hände zurückriß und mit meiner Armbanduhr an dem groben, wollenen Stoff hängenblieb. Ich warf einen entsetzten Blick durch die Scheibe nach außen, wo die Frau, über den Kühler gebeugt, hineinstarrte. Unsere Blicke begegneten sich. Ihr Wimmern, das mir vorhin noch durch Mark und Bein gegangen war, erstarb. Gebannt beobachtete sie, wie ich langsam zurückwich und versuchte, nicht rücklinks im Schnee zu versinken. Ihre Ohrringe glitzerten im Scheinwerferlicht. Jetzt erkannte ich auch, daß das Lodenkostüm, das sie trug, natürlich ebenso alt war wie ihr Hut, wie das Auto ... wie ihr Kind. Ich taumelte zurück.

»Halt!« rief sie. Ihre Stimme wurde schrill. »Warten Sie!«

Ich brachte keinen Ton hervor. Das einzige, was mir im Kopf herumging, war der Gedanke, daß ich von hier weg mußte, daß mir keine Zeit blieb.

»Helfen Sie mir! Helfen Sie meinem Kind!« Ihr Schreien wurde dunkler, kehliger, und sie hatte mich mit raschen Schritten erreicht, noch bevor ich reagieren konnte. »Sie wollen mir nicht helfen!« Sie packte meine Hand. Es war, als würde mein Handgelenk von kaltem Stahl umschlossen. Der Griff war hart und unerbittlich. »Sie verdammtes Schwein! Sie helfen meinem Kind nicht!« Ich verlor den Halt und sackte nach hinten weg. Ich fing mich zwar rasch wieder, aber schon war sie über mir, hielt meine Hand eisern umklammert und röhrte mit tiefer, rauher Stimme: »Sie wollen mir nicht helfen, Sie verdammtes, elendes Schwein! Mein Kind muß sterben. So helfen Sie mir doch!« Sie riß sich mit einem einzigen Griff ihrer Linken das Oberteil ihres Kostüms auf, zerrte an ihrem Unterkleid,und im nächsten Augenblick preßte sie meine Hand fest auf ihre entblößte, schneeweiße blaudurchäderte Brust. Ich fühlte pures Eis. »Hier, willst du das, du Schwein? Nimm es dir, ihr wollt es ja doch alle nur! Aber hilf meinem Kind!« Es war, als habe man ein Stück tiefgefrorenes Fleisch in der Hand.

Ich schrie. Ich schlug nach ihr. Ich versuchte verzweifelt, meine Rechte aus ihrer Umklammerung zu befreien, aber mit beinahe übermenschlicher Kraft ballte sie ihre magere Faust so fest darum, daß es schmerzte. »Du gemeines, widerliches Schwein!« Aus ihrem weitgeöffneten Mund schoß Dampf hervor, ihre Stimme ging wie ein dumpfes Dröhnen durch jede Faser meines Körpers. Ich zerrte und schrie und merkte, wie meine Kräfte schwanden.

Schweißnaß und schneegetränkt rutschte mein Handgelenk schließlich zwischen ihren Klauen durch, und sie hielt nur noch meinen Mittelfinger. Es schmerzte höllisch, es kochte und glühte durch meine ganze Hand, es gab ein gräßlich knackendes und fetzendes Geräusch, und ich war frei. Ich erinnere mich schwach an rote Schneeflocken, die durch die Luft stoben, an einen Schwall dampfenden Blutes, das in den Schnee klatschte, an ihren Körper, der nach hinten in den tiefverschneiten Straßengraben rutschte, an ihr tosendes Brüllen, als ich davonstolperte, auf meinen Ausweg aus diesem Inferno, auf meine einzige Rettung zu: mein Auto, die lichtspendenden Scheinwerfer.

Bis heute kann ich mich nicht daran erinnern, wie ich nach Bad Münstereifel zurückgekommen bin. Es muß eine wilde, blutige Fahrt durch das schlimmste Schneechaos des letzten Winters gewesen sein.

Der Arzt, der kurz später die blutige Stelle meiner Hand untersuchte, an der einmal mein rechter Mittelfinger gesessen hat, stellte rasch fest, daß es wenig Zweck hatte, meiner Erzählung in irgendeiner Form Glauben zu schenken.

Sein Vater aber, der neugierig geworden war, welcher unerwartete Besucher es gewagt hatte, zu so später Stunde den Weihnachtsfrieden zu stören, hatte die alte Stirne in Falten gelegt, mir tief in die Augen geschaut und gemurmelt: »Es ist vierundfünfzig Jahre her.« Und als sein Sohn und ich ihn gleichermaßen verwirrt ansahen, erzählte er uns, was er noch wußte von damals. Von der jungen Frau aus Rheinbach, der Geliebten eines Soldaten im Führerbunker bei Rodert. Die Namen wollten ihm nicht mehr einfallen. Annegret oder Annemarie hatte sie geheißen. Und er war ein älterer Hauptmann mit irgendeinem süddeutschen Namen gewesen. Er hatte sie ausgehalten, sie immer bestens ausstaffiert und ihr ein Auto geschenkt. Und er hatte ihr ein Kind gemacht, von dem er nichts wissen wollte. Als sie ihn am Weihnachtsabend aufsuchte, da ließ er sie kurzerhand abweisen, und sie mußte mit dem Säugling den Rückweg durch ein nahezu infernalisches Schneegestöber antreten.

Ich habe mehr geschrieben, als ich sollte, und es strengt an. rgendwie habe ich den schrec lichen Verdacht, daß ich n e wieder richtig werde schreiben können. Meine Rechte ist unbeholfen. Ich würde gerne Wörter mit den Buchstaben I und K vermeiden, aber versuchen Sie das mal.

Der Geist in der Kapelle

Paul Spülbeck

Vor Jahren wurde in Lornmersdorf wieder einmal ein neuer Pastor eingeführt. Das ganze Dorf nahm freudig daran Anteil. Am nächsten Morgen erschienen einige Männer aus dem Kapellendorf Freilingen im Pfarrhaus und wünschten, den neuen Herrn zu sprechen. Der Pfarrer kam. Man begrüßte sich, und nun baten die Freilinger, der Herr Pastor möge doch in den ersten Tagen zu ihnen ins Dorf kommen und die alte Martinskapelle noch einmal einsegnen, denn darin spuke es.

Der neue Pfarrer fragte erstaunt: »Wie? Es spukt in der Kapelle?«

»Ja, Herr Pastor«, antwortete einer der Männer, »an manchen Abenden, besonders an Sonntagen, wird es gegen Mitternacht auf einmal in der Kapelle hell. Gleich darauf hört man drinnen Seufzen und Stöhnen. Einige Beherzte von uns haben es schon mal gewagt, die Kirchtüre ein wenig zu öffnen und hineinzuschauen. Da steht am Altare ein uralter Priester mit langen weißen Haaren. Die Kerzen brennen. Das Meßbuch ist aufgeschlagen. Alles ist zur heiligen Messe bereitet. Aber der geheimnisvolle Priester steht da und schaut vom Altare hinein in die Kirche, stöhnt, seufzt, daß keiner es anhören kann. Noch niemand hat es fertiggebracht dazubleiben. Nach wenigen Minuten erlöschen ebenso plötzlich die Lichter, und es ist still und dunkel in der Kapelle wie zuvor.«

Der neue Pastor schüttelte bei dieser merkwürdigen Erzählung ungläubig den Kopf und meinte, es gebe keine Geister und Gespenster mehr. Aber die Freilinger ließen sich nicht irre machen: Zu viele hätten den Spuk gesehen und das Gestöhne in der Kapelle um Mitternacht gehört; sie täuschten sich gewiß nicht. So es in seinen Kräften stehe, möge er den unheimlichen Geist bannen.

Der Pfarrer war ein besonnener Mann. Um die Leute von ihrem Aberglauben zu befreien und von der Haltlosigkeit ihrer Sorge zu überzeugen, bestimmte er den nächsten Sonntagabend zur Untersuchung der ganzen Angelegenheit. »Aber versprecht mir, dazusein und auch standzuhalten, komme, was wolle!« Die Freilinger sagten zu und dankten dem mutigen Herrn im voraus für seine Hilfe.

Am nächsten Sonntag, gut vor Mitternacht, geht der Pastor hinunter nach Freilingen. Er hat keinen Gedanken an Angst, denn er ist ein nüchterner Mensch, der nicht leicht Märchen für Wahrheit nimmt. Vor der Kapelle stehen fast alle Männer von Freilingen. Der Schauer des Geheimnisvollen wie auch die Neugierde haben sie herbeigeführt. Sie wollen dabeisein, wenn nötig helfen, wenn der Geist in der Kapelle tätlich werden sollte. Die Männer von der Dorffeuerwehr haben einige Hacken und Stangen mitgebracht, der Schmied einen schweren Hammer, andere Knüppel und Laternen.

Der Pfarrer fragt, wer denn mit hineingehen wolle. Den meisten ist es nun schon zu gruselig. Sie möchten lieber draußen im Freien sein, wenn der unheimliche Geist erscheinen sollte. Schließlich erklären sich doch sieben Männer bereit und gehen mit dem Priester in das kleine Gotteshaus. Gespannt warten die anderen draußen auf dem weiten Platz.

Der Pfarrer untersucht zunächst sorgfältig die ganze Kapelle. Sie leuchten in alle Ecken, schauen hinter den Altar, oben und unten: Nichts Verdächtiges und Besonderes ist zu sehen.

»Gut«, sagt der Pastor schließlich, »so warten wir denn bis Mitternacht. Ihr werdet sehen, daß sich nichts regt. Kommt, kniet euch in eine Bank, und laßt uns beten zum Trost der armen Seelen!«

Die Männer folgen der Aufforderung, wählen aber vorsichtshalber die letzte Bank, der Tür am nächsten. Sie beginnen den Rosenkranz. Der Pastor betet vor. Die Antworten der Männer kommen sichtlich zaghaft. Ihnen wäre lieber, wenn nicht gesprochen würde. Wie leicht kann man ein warnendes Zeichen übersehen, ein Geräusch überhören, und nachher ist es zu spät.

Draußen fliegt eine aufgescheuchte Eule aus dem Kapellentürmchen in die Nacht und läßt ihr häßliches Gekrächz durch das Dunkel erklingen. Den Männern beginnt es, kalt über den Rücken zu laufen.

Da – auf einmal – flammen am Altar die Kerzen auf, von unsichtbarer Hand angezündet. Geheimnisvoll flackert ihr Licht durch den kleinen Chor. Den Männern sträuben sich die Haare. Ein kalter Schauer rieselt über ihren Leib. Der Atem stockt. Auch dem Pfarrer ist es unheimlich geworden. Unwillkürlich segnen er und alle sich wieder und wieder mit dem heiligen Kreuzeszeichen, um sich zu schützen vor Teufel und Spuk. Nun vernehmen sie ein Geräusch hinter dem Altar. Leise bewegt sich der Vorhang zwischen Altar und Wand, und hervor tritt eine eigenartige Gestalt, ein Greis, in alte barocke Meßgewänder gekleidet, mit bleichem Gesicht, tiefen, traurig dreinschauenden Augen, langen weißen Haaren und einem ebensolchen Bart, der fast bis zu den Knien reicht. In seinen durchsichtig feinen Händen trägt er den Kelch, und ohne aufzuschauen, schreitet – oder schwebt? – er die Stufen hinauf zum Altar, stellt den Kelch nieder, schlägt das große Meßbuch auf, kehrt zur Mitte zurück, wendet sich dort um, schaut mit einem unendlich leidvollen Blick in die kleine Kirche und stößt einen tiefen Seufzer aus.

Das war zuviel! Entsetzt springen die Männer zur Tür. Einer drängt und drückt den anderen. Es geht ums Leben! Auch der Pfarrer ist aufgesprungen und hastet nach dem Ausgang. Ehe er aber die Türe erreicht, vernimmt er vom Altare eine unsagbar klagende Stimme: »Ist denn keiner da, der mir die heilige Messe dienen könnte?« Dem Pfarrer graust. Er ist nicht mächtig, ein Glied zu rühren. Und wieder vernimmt er die wehmütige Frage: »Ist denn keiner da, der mir helfen kann?«

Ein eisiges Frösteln durchzittert den Pfarrer. Seine Zähne klappern; er kann es nicht hindern. Er umklammert den Griff der Türe, und doch vermag er die kalte Klinke nicht niederzudrücken. Er ist starr und gelähmt. Er kann seine

Augen nicht von dem leidvollen, traurigen Antlitz des greisen Priesters abwenden. Er hört sein klagendes Seufzen, sieht, wie Tränen aus seinen Augen perlen, und wieder vernimmt er die flehende Bitte: »Ist denn keiner da, der mir die heilige Messe dienen kann?«

Dem Pfarrer wird eigenartig ums Herz. Noch selten ist ihm ein so tiefes Mitleid gekommen wie mit dem Priestergreis dort oben am Altar. Wenn es auch ein Geist ist, ein Phantom, es ist doch offenbar eine arme Seele, die aus Abgründen der Not um Hilfe fleht. Ist der da oben nicht ein Bruder im Priesteramt, wie er geweiht zum heiligen Dienst? Wer könnte solch eindringlicher Klage widerstehen?

So rafft sich denn der Pfarrer zusammen, geht, so gut er vermag, einen Schritt näher, und, fast der Stimme nicht mächtig, antwortet zitternd: »Ich kann es.«

Da huscht ein freudiges Lächeln über das tiefgefurchte Gesicht des weißhaarigen Priesters, und voll Erwartung und Verlangen ruft er: »O, so komm!« Vorsichtig schreitet der Pfarrer zum Altar. Das Herz klopft ihm bis zum Halse. Die Knie drohen zu versagen. Noch einmal macht er das Zeichen des heiligen Kreuzes. Dann wird er ruhiger. Er kniet sich in einigem Abstand neben dem greisen Priester auf die Erde nieder, und sie beginnen die heilige Messe, Wort für Wort, langsam und feierlich.

Immer mehr vergißt der Pfarrer, wem er da dient. Der da am Altar ist doch ein richtiger Priester, der würdig die heilige Handlung vollzieht und feierlich das erhabene Opfer darbringt. Wer fragt jetzt noch nach Name und Herkunft? Jetzt geht es nur noch um Gott. So dient denn der Pfarrer, antwortet und schellt, reicht die Kännchen und hält das Gewand, ganz wie die heilige Ordnung es vorschreibt.

Als der letzte Segen gespendet und die heilige Messe vollbracht ist, da ist dem Pfarrer alle Angst vergangen. Ja, es kommt ihm ein Gefühl der Freundschaft und Zuneigung zu dem ehrwürdigen Herrn in den altertümlichen Gewändern vor ihm.

Statt den Altar zu verlassen, wendet sich dieser nun um und schaut den jungen Pfarrer dankbar und freudig an. Sieh da: Aller Gram ist aus dem verhärmten Gesicht verschwunden, ein wunderbares Leuchten und Strahlen verklärt sein Antlitz.

Mit leiser Stimme, die vor Ergriffenheit zittert, spricht dann der Greis: »Du guter, bester Freund! Wie danke ich dir! Nun bin ich endlich erlöst. Wisse, ich bin einer deiner Vorgänger und war hier Pastor vor Hunderten von Jahren. An einem Sonntag sollte ich in dieser Kapelle die heilige Messe lesen und war auf dem Wege dazu. Aber da kam der Herr Herzog vom Arenberger Schloß mit lustiger Jagdgesellschaft geritten. Sie hielten mich an und luden mich ein, mit ihnen zur Jagd zu reiten und mit durch Wald und Flur zu streifen. Mich packte die Lust. Ich war noch jung. Ich sagte zu. Man reichte mir die Hand, gab mir ein lediges Roß, ich sprang auf, ritt mit durch Heide und Dickicht und vergaß meine Pflicht, vergaß Sonntag und Dienst, vergaß Gott und die heilige Messe. Die Leute haben in der Kapelle gewartet und gewartet, aber ich, ihr Pfarrherr, bin nicht gekommen, und keiner von ihnen hat an jenem Sonntag eine heilige Messe gehabt, wie es doch strenge Christenpflicht ist. Kurz danach bin ich jäh und unversehends gestorben, habe aber im Grabe keine Ruhe gefunden. Immer wieder ward ich gezwungen und gesandt, hier in der Kapelle die versäumte Messe nachzuholen. Wohl tausendmal bin ich gekommen, habe die Feier beginnen wollen, aber nie war einer da, der mir helfen und dienen konnte. Du hast es getan, und nun bin ich erlöst. Gott lohne es dir ewig!«

Während der Greis so redete, wurde seine Gestalt immer lichter und verklärter, sein Antlitz immer reiner und heller, seine Augen immer strahlender und freudiger. Stärker wurde das Leuchten um ihn und durchdrang den ganzen Körper, so daß er zuletzt nur mehr Licht zu sein schien. Und dann begann die Gestalt zu zerfließen wie ein Nebel in der Sonne, und bald war nichts mehr zu sehen. Nur der rote Schein der ewigen Lampe flackerte an den dunklen Wänden der Kapelle und hüpfte hin und her wie ein Kind, das sich freut.

Über die Seele des Pfarrers strömte eine unsagbare Seligkeit und Freude, eine Wärme und Innigkeit wie noch nie im Leben, eine Genugtuung, wie sie einen befällt, wenn man ein gutes Werk recht von Herzen getan hat. Hatte er doch eine Seele erlösen helfen, aus den Tiefen des Leidens emporgezogen zum Licht der Ewigkeit! Nun war seine eigene Seele von einer unbeschreiblichen Freude erfüllt, einer Freude nicht von dieser Welt.

Nach einem innigen Dankgebet verläßt er die Kapelle. Draußen umringen ihn allsobald die Männer. In tiefer Ergriffenheit vernehmen sie den Bericht ihres neuen Pfarrers. Als er geendet, stimmt einer ein Loblied auf Gott an. Die Mützen fliegen vom Kopf, und in dunkler Nacht steigt das Danklied auf zu den schweigenden Sternen.

Von jener Zeit an ist der Geist nicht mehr in der Freilinger Kapelle erschienen, und keiner braucht sich zu fürchten, der zum Gebet das alte, liebe Gotteshaus allein im Dunkeln betritt.

Der Gang zur Mette

Peter Kremer

Als noch die Martenthaler Mühle den Bewohnern von Leienkaul und Müllenbach und auch den zahlreichen Höfen und Weilern der Umgegend das Korn mahlte, hatten die Müllersleute einen beschwerlichen Kirchweg. Sie gehörten zur Pfarrei Masburg, und bis dahin ist der Gang recht weit und mühsam. Nur einmal im Jahr hatten sie es leichter: am Ostermontag, wenn von Masburg die Pfarrprozession ins Martenthaler Wallfahrtskirchlein kam zum feierlichen Hochamt. Aber trotz des mühevollen Weges fehlten sie in keiner sonntäglichen Messe, und auch an jedem Feiertag knieten sie fromm unter den Masburger Leuten. Selbst in der Heiligen Nacht konnte kein Wetter sie abhalten, im Pfarrdorf die Mette zu besuchen.

Auf einem solchen Gang hatten sie einmal ein seltsames Erlebnis. Den ganzen Tag hatte es gestürmt und geregnet. Lange hatten sie hin und her gesprochen, ob bei diesem Unwetter der nächtliche Gang nicht besser unterbliebe. Doch noch nie hatten sie die Mette versäumt, und so brachen sie um Mitternacht auf. Es war stockdunkel, man sah keine Hand vor den Augen. Mächtig rauschte der Bach, der Sturm fauchte durch die Wälder. Überall hörten sie neue Quellen sprudeln, ihre Schritte patschten, in allen Weggleisen und Rinnen stand fußhohes Wasser. Der Knecht schritt mit der Laterne voran, hinter ihm stapften die vermummten Müllersleute.

Als sie auf der Breitenbacher Höhe waren, sahen sie plötzlich vor sich ein Licht. Es schien über einen Acker zu gehen, es schwankte dicht über dem Boden. Sie konnten nicht sehen, ob es jemand in der Hand hielt. Jetzt war es nur noch ein glimmendes Fünkchen. Aber nun kam es denselben Weg zurück; das Fünkchen wurde größer, es näherte sich. Es schien etwas zu suchen. Da blieben sie stehen und lauschten. Der Knecht hob seine Laterne, aber das seltsame Licht schritt ruhig weiter. Sie hörten keine Tritte, doch jetzt konnten sie eine Laternenhülle erkennen. Und wie sie nun hinsprangen, sahen sie in der breiten Grenzfurche zweier Äcker einen alten, gebeugten Mann stehen; der hielt das Licht in der linken Hand, und mit der rechten preßte er einen schweren Stein an die Brust. Er keuchte und stöhnte, seine Augen irrten durch die Furche, als läge darin seine ewige Seligkeit. Er jammerte und murmelte immerfort vor sich hin: »Wo setz ich meinen Stein? Wo setz ich meinen Stein?« Da wußte der Müller, daß er einen Furchengänger vor sich hatte, der einen Grenzstein schleppen mußte, denselben Stein, den er zu Lebzeiten voll Habgier dem Nachbarn heimlich versetzt hatte.

Er erschrak zwar, aber der Arme dauerte ihn auch, weil er wegen dieser einen Sünde keine Ruhe im Grabe finden konnte. Und weil jetzt doch die Heilige Nacht war, die der Erde den Frieden gebracht, wollte er auch dem Toten dieser Nacht den Frieden schenken. Er wußte, daß man Furchengänger nicht stören darf und daß sie erlöst sind, wenn sie auf ihre eigene Frage die richtige Antwort erhalten, und die hatte ihm einst sein Vater berichtet. Darum rief er zu dem Männlein, als es ganz nahe vor ihm stand und seine dunkle Frage murmelte: »Setz ihn, wo du ihn nahmst!« Da ließ der Alte plötzlich seinen Stein in die Furche fallen und schrie voll unbeschreiblicher Seligkeit: »Hab Dank, du hast mich erlöst!« Das Licht erlosch, und es war nichts mehr zu sehen.

So hat der Martenthaler Müller auf diesem erschwerten Gang zur Masburger Mette einer armen Seele den Frieden gebracht.

Das Licht im Totenmond

Theodor Seidenfaden

Vor Zeiten lebte in einem Dorfe der Eifel ein Bauer, dem sieben Jahre hintereinander die Ernte verhagelte und das Jungvieh starb, wenn er es zwei, drei Monate gefüttert hatte. Da ließ er schließlich, als er im letzten der sieben unfruchtbaren Jahre sah, daß auch sein Kartoffelacker nur geringen Ertrag brachte, den Kopf hängen, obwohl er sonst ein Kerl war, dem die Arbeit der beste Schlaftrunk und das Jahr ein Wunder Gottes blieb. Er ging am Allerseelenabend, weil er nicht aus noch ein wußte und mit keinem Menschen sprechen mochte, von einer seltenen Unruhe getrieben aus dem Hofe, ohne seiner Frau und den Kindern ein Wort des Abschiedes zu sagen.

Der Totenmond hatte die grauen Wolken vorgezogen, und kein Stern schien, derweil er hinter den Lohhecken des Dorfes bergan stieg und vor sich hin sann: Nun brenne im Kirchhof das Licht auf den Gräbern der Ahnen, und sie schliefen in ewigem Frieden; er aber, der Enkel, könne sich, seitdem ihn jedes Jahr das gleiche Mißgeschick treffe, auf dem Hofe nicht halten; er wolle zum Hochwald, vielleicht finde er da Hilfe, und wenn er nicht heimkehre, sei es auch gut; schlechter als jetzt könne es seiner Frau und den Kindern nicht gehen.

Er rechnete, während sein Fuß durch das welke Laub strich und er nicht wußte, wohin ihn der dunkle Weg führte, hinauf und hinab, denn der Martinstag war nicht mehr weit, und mit ihm mußte er Zinsen zahlen und die erste ›Stäg‹ des geliehenen Geldes, und woher sollte er es bei so schlechter Ernte nehmen?

Er merkte kaum, wie stark er stieg, daß er bald die Haselbüsche und die dünnen Birken verließ und schon durch die Fichten schritt, die ihre Zweige düster über den Weg streckten und mit ihnen seine Mütze streiften.

»Nein«, sagte er in das Dunkel, »es geht nicht!« Die Bläß lahme, und die beiden Ochsen glotzten müde und hungrig; es fehle noch, daß ihm der Fuchs oder das Wiesel in den Hühnerstall breche; dann krähe ihm nicht einmal mehr ein Hahn auf dem Mist, und wer vorübergehe, lache.

Als er eine Stunde und mehr unterwegs war, kam er an die Lichtung, von der sieben Waldpfade ausgingen, und er faßte den Stecken, auf den er sich stützte, fester, weil es im Dorfe hieß, an den sieben Wegen lungere der Teufel.

»Mag kommen, was will«, murmelte der Bauer, »wenn ich auch arm bin, schnappen soll mich keiner, sicher der Schwarze nicht, der hier lauert.«

Da stand plötzlich ein Wanderer vor ihm, ein hoher Mann, der einen Sturmmantel trug, einen breiten Schlapphut und einen Stab, und der Wind spielte in seinem Bart, indes sein Blick leuchtete, als hinge eine Lampe im Dunkel des Fichtenwaldes.

»Erschrick nicht«, sagte der Wanderer. »Ich kenne deinen Kummer und will dir helfen, wenn du dem folgst, was ich dir sage.«

Der Bauer wunderte sich zwar, blieb aber an dem Eichenstecken stehen und fragte den Wanderer nach seinem Begehr, woraufhin der, sich zu ihm niederbeugend - er war zwei Ellen höher als der Bauer, erwiderte: »Jeder Tag deines Lebens ist ein Blatt deiner Geschichte, das Testament der Verstorbenen, Spiegel der Lebenden. Auf die Wurzel kommt es an, nicht auf die Blüte, und der Pflug in der Erde nützt wenig, wenn nicht ein anderer das ›Werde‹ spricht. Auch nach der schlechtesten Ernte muß man wieder säen.«

Da fuhr der Bauer auf: mit Sprüchen sei ihm nicht gedient; die habe er selbst zur Hand; wenn er nichts anderes wisse, möge er ihn ziehen lassen und sich nicht um ungelegte Eier kümmern.

Das sprach er laut und hart, und die Worte hallten durch das Dunkel und weckten in den Bergen ein hohles Echo. Doch der Wanderer blieb ruhig und fuhr fort: »Der schmale von den sieben Wegen führt über drei Berge und durch drei Täler zu einer Höhle, darin man dir sagt, was zu tun ist. Gehe hin, drei Nächte hinauf, drei Tage hinab, und kehre nach diesen Tagen und Nächten über deinen Pfad zurück. Aber sei still, und wandere, was auch geschehen mag. Der Pfad ist schmal, und die Toten helfen dir leben. Hier hast du Brot für den Weg. In den Tälern darfst du ruhen, auf dem Hinwege über Tag, wenn du heimkommst, nachts.«

Im gleichen Augenblick verschwand der Wanderer, und der Bauer stand allein auf der Lichtung zwischen den Fichten, dem verhangenen Himmel und der Bergstille, durch die, wie er erst jetzt merkte, hin und wieder ein herber Windstoß fuhr. Er hielt ein Stück Brot, das ihm der Wanderer gegeben hatte, in der Linken und bedachte die Worte von Wurzel und Blüte und das nächtliche Gebot, nach dem man selbst nach der schlechtesten Ernte wieder säen müsse. »Wunderlich«, sagte er, »als ob ich das nicht wüßte! Und doch war in dem Worte des Alten ein Klang, der mich zwingt, seinem Auftrage zu folgen.«

Also tastete er mit dem Stecken die Wege so lange ab, bis er den schmalsten Pfad gefunden hatte, barg das Brot in der Tasche und ging, immer noch bergan, und die Fichten zu beiden Seiten wurden höher und höher.

Es mochte gegen Mitternacht sein: Da kam er auf dem höchsten Punkt des ersten Berges an, einer kahlen Felsplatte, über die der Wind fegte. Der Mond war blaß durch die Schleier der Wolken getreten, so daß der Bauer die Fläche übersehen konnte und eine Gruppe von Krüppelkiefern entdeckte, an denen er vorbei mußte.

Als er in ihre Höhe kam, erhob sich über ihm ein tolles Gepfeife, so daß er zusammenschrak, aber weiterging. Im gleichen Augenblick saßen zwischen den Kiefern zwei Männer, die auf einem breiten Stein Karten spielten. Sie trugen Eifeler Kappen und Kittel und hatten lange Bärte, warfen die Karten in ziemlichem Eifer und brummten unverständliche Worte.

Der Bauer erkannte, näher zusehend, zwei Nachbarn, die schon lange tot waren und ihr Hab und Gut verkartet hatten. Er wollte sie ansprechen. Da fiel ihm die Mahnung des Wanderers ein, nach der er still sein und wandern sollte, was ihm auch begegne, und er schritt zu, vorbei an den Kiefern. Indem sprangen die Kartenbrüder auf, schmissen ihr Spiel hin und schossen auf ihn zu, dergestalt, daß dem Bauer das Herz lauter schlug, denn sie blickten ihn mit glühenden Augen an.

Wer den Schritt an ihr Spiel wage, riefen sie hohl, der müßte zahlen oder sterben.

Da der Bauer jedoch stumm blieb und sich nicht aufhalten ließ, johlten sie, und das Gepfeife in den Lüften klang bedrohlich genug. Sie tanzten um den Schreitenden, zupften ihn hier und zupften ihn dort, schlugen auf seine Mütze und griffen nach seinem Stecken. Er aber ging seinen Weg, und da sie merkten, wie wenig sie über ihn vermochten, brachen sie vor ihm ins Knie, reckten die Arme gespenstisch und stöhnten: »Gehe nicht weiter, hilf uns, dann sind wir erlöst! Der Pfad, den du schreitest, führt in den Abgrund. Unten zerschellst du.«

Doch der Bauer verhielt auch jetzt nicht und kam auf dem Pfade endlich an den jenseitigen Wald, der bergab fiel. Während er hineinbog, fegten die Kerle vorüber, wandten sich plötzlich zurück, prallten vor ihn und umklammerten seinen Hals. Aber er blieb keinen Schritt stehen, schüttelte sie von sich und stieg bergab. Da verstummte das Gepfeife, und der Spuk war verschwunden.

Der Bauer wischte sich den Schweiß von der Stirn. Trotz dem nächtlichen Winde war es ihm warm geworden. »Den ersten Berg habe ich hinter mir«, sagte er zu sich selbst, »und die Kartenbrüder konnten mir nichts anhaben. Sie werden weiterspielen müssen. Ich merke: Der Totenmond ist da, und die Verstorbenen gehen um, die keine Ruhe finden können. Wer weiß, wen ich noch sehe. Ich will auf der Hut sein.«

Gegen Morgen kam er, ohne wieder belästigt zu werden, in ein Tal, das er nicht kannte, fand eine Viehhütte, schritt hinein und legte sich, als er von dem Brot des Wanderers gegessen hatte, hin und schlief, da er todmüde war, bald ein.

Erst am Abend wachte er auf. Er rieb die Augen und merkte allmählich, wo er war, erhob sich und fand den schmalen Pfad wieder. Langsam griff er nach dem Brot in der Tasche, wunderte sich, daß es nicht abgenommen hatte, biß zu und ging, als er gesättigt war, an seinem Stecken dem Pfade nach in den Abend, der bald stichdunkel stand. Er wanderte ruhig, allmählich wieder bergan, durch einen Buchenschlag, dann zwischen Eichen her und zuletzt abermals durch Fichten, die wie Fürsten der Nacht aufragten und den Berg bewachten. Kein Windzug wehte, und kein Laut störte die Stille. Da auch der Mond ausblieb, packte den Bauern doch eine gewisse Furcht, und er begann zu wünschen, es möge irgend etwas geschehen: Diese Stille auf ansteigendem Waldwege sei unerträglich.

Aber erst nach Stunden erfüllte sich sein Wunsch. Als er nämlich gegen Mitternacht die Höhe des Berges erreichte und der Wald aufhörte, kam über die Kuppe eine schrecklich lange Prozession auf ihn zu. Es waren Kinder, Frauen und Männer in Totenmänteln, und alle trugen Kerzen in der Hand und beteten dumpf und schwer. Fast wäre er stehengeblieben, so erschreckte ihn der Lichterzug. Da erinnerte er sich an das Wort des Wanderers, faßte den Stecken fester und ging seinen Pfad entlang. Je näher der Zug kam, um so deutlicher wurde sein Gemurmel, das im Gleichtakt der Schritte zum schwarzen Himmel schwebte und also lautete:

»Das Leben ist Irrlicht,
ein Windstoß der Tod.
Oh, lebten wir wieder:
Wir litten nicht Not!«

Es wiederholte sich unzählige Male, und als der Bauer mit der Spitze der Prozession zusammentraf, schlug sie einen Bogen und kreiste ihn langsam ein. Die Kerzen schwelten, und die Worte hingen als dumpfer Chor über der Kuppe. Doch er ging ruhig und stumm, ob ihm auch das Herz klopfte, spähte und versuchte, in dem flackernden Lichte ein Gesicht zu erkennen, was ihm jedoch nicht gelang, wiewohl er scharf zublickte.

Die Prozession der Abgeschiedenen geleitete ihn über die Kuppe des Berges, fast eine Stunde lang, und als er in die Nähe des jenseitigen Waldes kam, bewegte sich einer der Toten mit seinem Lichte auf ihn zu und sang, ohne ihn anzuschauen:

»Dies sah ich inmitten der Nacht:
Ein Zeisig pickte den Zapfen der Tanne,
da fiel ein Sämlein zur Erden.
Oh Wunder: Das Körnchen wird sprießen und wachsen,
wird Bäumchen, dann Baum.
Ich sehe ihn ragen, düster und hoch:
Oh Wunder und Traum,
du heiliges Werden
im Walde!
Dann kommen die Fäller
mit blitzblanker Axt und schlagen ihn nieder.
Ein Schreiner zimmert aus Brettern
ein Särglein, drei Schuh in die Länge,
ganz schmal für ein unschuldig Kind.
Oh Wunder und Traum,
du heiliges Werden
im Walde!

Der Tod nimmt das Kindlein
und legt es ins Särglein.
Und wenn es geschieht,
singen die Vögel das selige Lied:
Dann bin ich erlöst
und finde Ruhe im Grabe.
Nun stehe und sinne am Stabe.
Ich sah es inmitten der Nacht:
Der Tod ist des Lebens gewaltigste Macht!«

Aber der Bauer blieb nicht stehen, sondern ging schweigend weiter, indes der Chor noch einmal sang:

»Das Leben ist Irrlicht,
ein Windstoß der Tod.
Oh, lebten wir wieder:
Wir litten nicht Not!«

Dann verschwand er, und der Bauer stand zwischen den ersten Bäumen des Waldes, der zu Tal stieg, verschnaufte und dachte: ›So wäre auch die zweite Kuppe überstanden, und ich will hinab, zu sehen, ob ich wieder eine Hütte für den Tag finde. Wenn es nicht schlimmer kommt, läßt sich der Auftrag des Wanderers wohl erfüllen.‹

Morgens kam er ins Tal und fand auch, nicht weit von dem Bach, der hindurchlief, eine Viehhütte, tat wie am ersten Morgen und schlief ruhig bis zum Abend.

Da sein Brot nicht abnahm, konnte er den Weg neugestärkt fortsetzen. Doch diesmal trieb ein wirrer Wind Regen auf, und während er auf dem schmalen Pfade bergan stieg, zischte das Wetter bald so toll durch die Kronen der Bäume, daß er Mühe hatte, sich an seinem Stecken zu halten. Äste brachen und knackten, und es war, als stürzte das wilde Heer durch die Gipfel ihm entgegen. Er keuchte bergan, kam auch glücklich auf die Höhe und stand mit einem Mal vor einem alten Galgen, der sich am Waldrande erhob. Indem hörte das Unwetter auf, und aus gespenstisch jagenden Wolken trat der Mond und warf sein Licht über die Hochfläche, die ein paar einsame Bäume, Birken und Kiefern, eine hohe Eiche und verstreute Ginsterbüsche wies.

Während er rüstig schritt und in die Runde blickte, stieg aus dem Hügel unter dem Galgen ein Totengerippe auf, das zu tanzen begann und ihm den Weg verlegen wollte. Es sprang immerzu vor ihm her, drei Schritte rückwärts, zwei vorwärts, über den schmalen Pfad, und dem Bauer war es, als hörte er es rufen: »Meng orm Sil, meng orm Sil!«

Da fiel ihm ein, daß sich in einem Dorfe der Nachbarschaft ein Bursche an einem Galgen erhängt hatte, ein Pflänzchen, das ganze Nächte außer dem Hause geblieben und seinen Eltern der Nagel zum Sarge geworden war, und von ihm hieß es, er jage im Totenmond als Gespenst über die Eifelhöhen.

Da das Gerippe merkte, daß der Bauer sich nicht fürchtete, wurde es zudringlicher und begann, wie ein Stier zu brüllen. Im gleichen Augenblick fegten von verschiedenen Seiten drei Wölfe an, und als sie näher kamen, wurden sie so groß wie Pferde. Das Gerippe tanzte wie wahnsinnig, drei Schritte vorwärts und zwei zurück, und die Wölfe wuchsen noch stärker und waren schließlich so groß wie Heuwagen.

Dem Bauer tropfte nun doch das Wasser von der Stirn, und er wäre gern zurückgelaufen, aber das Wort des Wanderers schenkte ihm die Kraft, stumm und straff durch das Grausen zu schreiten. Als das Gerippe dicht bei ihm war und wie es jammerte: »Meng orm Sil, meng orm Sil!«, erreichte er das Ende der Hochfläche und mit ihm den jenseitigen Wald, der talwärts führte.

Da hatte er auch die dritte Probe bestanden, und das Gerippe verschwand mit den Wölfen, so daß er nun ruhig schreiten konnte. Der schmale Pfad bog nach einer Weile seitlich ab und führte zu einer Höhle, die im Hang des Berges lag und ihn düster anblickte. Während er, dem Pfade folgend, hineinschritt, schimmerte in der Ferne ein Licht auf, und da er näher kam, weitete sich die Höhle zu einem Saal, in dem eine Ampel hing und das Geäder der Wände ausstrahlte. Auf dem schwarzen Marmorsessel aber, der da stand, saß ein Ritter, ein freier und edler Mann, gelassen in der Haltung, leidenschaftlich im Blick, und um die Schultern hing ihm ein Purpurmantel, dessen rechte Hälfte fehlte. Auf den Knien lag ein Schwert, und unter dem Mantel schimmerte eine silberne Rüstung.

Als der Bauer vor ihm stand, erhob er sich und sprach: »Du bist es, auf den ich warte. Der Wanderer schickt dich her; stehe also und höre, was ich dir sage. Alle hundert Jahre weile ich einmal um diese Zeit im Berge der Nacht, den Bauern zu helfen, wenn sie das Dunkel der Zeit drückt.«

Seine Worte klangen ruhig, und der Bauer blieb stehen, zu hören, was der Ritter verlangte.

»Viel ist, was Gott den Menschen gönnt«, fuhr er fort. »Sonne dient ihnen, Mond, Stern und Engel, Luft und Regen, Schnee, Hitze und Kälte, Wind, Wasser, Berg und Tal und Licht und Finsternis. Gutes tun ist das Wichtigste auf Erden, und nur eine Sünde gibt es, die man durch Reue nicht loswerden kann: Das ist der Zweifel, das mangelnde Vertrauen auf Gott und die Kraft des Ackers. Du leidest am Zweifel, aber weil du den Weg über die drei Kuppen des Totenmondes gläubig zurücklegtest, will ich dir helfen. Warum brennt ihr am Vorabend meines Festes das alte Feuer nicht mehr? Ordne du die Abendstunde neu, und sammle die Asche des Feuers! Sie streue auf deine Äcker, und du wirst sehen, wie gut die Ernte gedeiht. Nur Boden, den der Väter Sitte weiht, trägt reine Frucht, und hoher Mut bewahrt das Ahnenwerk vor dem Frevel der Zeit.«

Indem erlosch das Licht, und der Ritter war verschwunden, so daß der Bauer zunächst wie geblendet stand und nicht wußte, wohin er sich wenden sollte. Als er sich drehte, sah er am Ende des langen Ganges, durch den er gekommen war, das Dämmerlicht des Morgens, und er machte sich auf, wie wenn ihn neue Kraft erfüllte: So hatte ihn das zuversichtliche Wort des Ritters getroffen, in dem er Martinus erkannte, der mit seinem Schwerte dem Bettler die Hälfte des Mantels geschenkt hatte und deshalb unsterblich blieb.

Er ging zurück, tastete sich mit dem Stecken durch den Gang und schritt, als er draußen war, frischen Mutes dem Pfade nach auf die Höhe des Berges, an dem Galgen vorbei und jenseits wieder hinab zu Tal. Das Brot des Wanderers nahm nicht ab, und er erreichte am Abend dieses Tages die Viehhütte des zweiten Tales, schlief in ihr, wanderte am nächsten Morgen bergan, kam über die Kuppe der Prozession, ruhte nachts in der Hütte des ersten Tales und kam am sechsten Tage der Wanderung über die Höhe der Kartenspieler. Die Wolken hingen grau, und Nebel stiegen und fielen, aber niemand begegnete ihm, und was sich in den Nächten erhoben hatte, ihn zu bedrängen, schlief über Tag.

Am Abend des sechsten Tages seiner Wanderung kam er heim und klopfte ans Tor des Hofes, und da der Hund seinen Schritt erkannte, winselte er froh auf und bellte Frau und Kinder aus dem Hause. Die Frau öffnete, und als sie ihren Mann sah, war sie über die Maßen froh und fragte, wo er geblieben sei, sie habe Tag und Nacht mit den Kindern gesucht und geweint.

Er sagte, Martinus sei ihm begegnet: er wisse nun, was zu geschehen habe, den Ernten aufzuhelfen. Nächstes Jahr stehe es besser, und nichts schade dem Bauer mehr, als der Zweifel an seinem Acker. Die Kinder nahmen ihn an den Händen und führten ihn in die Stube, und der Hund sprang mit und lärmte derart, daß auch die Nachbarn kamen, zu hören, was geschehen.

Der Bauer erzählte, was ihm begegnet war und verschwieg nur, daß er den Auftrag habe, die Asche des Feuers über den Acker zu streuen. Auch von dem Brot des Wanderers sprach er nicht, und alle, die saßen und lauschten, wunderten sich und meinten, man müsse tun, was er sage. Es sei wenig schön, daß am Vorabend zu Martin nur noch Kinder mit Rübenfackeln umgingen und Gaben heischten: Das große Feuer vergesse man seit Jahren.

Der Bauer ging am nächsten Morgen von Haus zu Haus und besprach die Feier, und da ihn die Kraft des Wortes erfüllte, das er von dem Ritter gehört hatte, dem gleichen, der seit Jahrhunderten in Stein gemeißelt von der Kirchenmauer auf die Gemeinde herabschaute, gelang es ihm, alle Bauern zu gewinnen.

So aber vollzog sich die Feier am Vorabend des bitteren Zahltages: Dunkel lag der Dorfplatz, und im Halbkreise standen die Glieder des Dorfes, vorne die Kinder, auch die Kleinen, hinter ihnen die Burschen und großen Mädchen, dahinter die Frauen und zuletzt die Männer, die jungen zuerst, dann die alten, und alle trugen auf langen Stöcken ausgehöhlte Rüben mit Gesichtern als Fackeln, aber keine brannte. Da klagten die Kinder, es sei dunkel, Frost drohe und der Nordwind komme über die Berge, und als die Burschen und Mädchen, auch Frauen und Männer einsetzten, klang das Lied der Klage, das der Bauer aufgesetzt hatte, wie ein düsterer Chor vom Dorfe bergan. Indem blitzte weithin eine Fackel auf, und da sie näher kam, sahen sie auf hohem Schimmel den Ritter Martinus, der das Licht trug, und mit ihm in den klagenden Ring ritt. Er grüßte und mahnte, wieder in wohlgesetzten Strophen, und sagte, dem, der ans Leben glaube, vermöge das Dunkel nichts, ihm lösche auch der schärfste Wind das Licht nicht, und des Bauern gewaltigste Kraft sei der Glaube! Die Alten erkannten die Stimme des Bauern, indes das junge Volk nur den Ritter Martinus in dem Reiter sah, den gleichen, der an der Kirchenmauer stand, der kam, dem Dorfe das neue Licht zu schenken. Er brannte dem ersten Fackelträger die Kerze an, und der gab das Feuer weiter, so daß es von einem zum andern lief und erst ruhte, als auch der letzte Fackelträger leuchtete.

Da wandelte sich - so hatte der Bauer es vorher angeordnet - die Klage zu frohem Sang, und der Lichterzug begann zu wandern. Vorne an ritt Martinus. Ihm folgten die Kinder, die Burschen, Mädchen, Frauen und Männer in schöner Ordnung und zogen singend durch die Dorfstraße, dann um die Felder und schließlich zu der Berghöhe, auf der ein mächtiger Holzstoß wartete. So aber lautete das Lied, das sie sangen:

»Martin, Martin,
Martin, bist ein Flammenheld,
du besiegst die Nacht der Welt.
Feuer, das vom Himmel fällt,
trägst du froh durch Wald und Welt ...«

Oben ritt Martinus in weitem Bogen um das Holz und führte den Lichterzug wieder zu einem Ring. Dann wandte er sich und sprach zu allen von dem neuen Jahr, der Saat und dem Glauben an die künftige Ernte, von den Sternen im Dunkel und dem ewigen Lichte, und die Jungen und Alten, Männer und Frauen antworteten, wenn er fragte. Schließlich zündete er mit seiner Fackel den Holzstoß an, und der Brand loderte auf, spritzte Funken und schlug seine Flammen zum Nachthimmel. Indem aber sprachen alle gemeinsam den Schwur, zu hoffen und zu glauben und sich zu helfen, wenn Not komme: Es gebe keine Nacht ohne Morgen, keinen Winter ohne Frühling. Als das Feuer niedergebrannt war, führte Martinus den Zug zum Dorfplatz zurück und bescherte jedem Kinde einen weißen Weck. Sie sangen ihm das Danklied, woraufhin er seine Fackel noch einmal zum Himmel reckte und in die Nacht ritt, aus der er gekommen war.

Alle Frauen und Männer und Burschen und Mädchen freuten sich mit den Kindern und gingen heim, wie wenn sie im Dunkel des Totenmondes bereits

das Licht des Frühlings ahnten, das Lied der Finken, den Duft der Veilchen und den frischen Saft der Bäume.

Der Bauer hingegen, der sich den Schimmel im Nachbardorfe geliehen hatte, ging, als er aus der Nacht, in die er als Ritter Martinus geritten war, zurückkehrte, auf die Höhe und sammelte die Asche des Feuers in einen kupfernen Kessel. Den trug er heim, barg ihn in der Scheune und trat in die Stube, wo auch seine Kinder mit dem weißen Weck saßen.

Da fiel ihm erst wieder das Brot des Wanderers ein, an das er seit der Heimkehr von der Wanderung durch den Totenmond nicht mehr gedacht hatte, griff in die Tasche seines Rockes und zog es hinaus, es den Kindern zu zeigen. Im gleichen Augenblick verwandelte es sich, und er hielt statt des Brotes zwanzig Goldstücke in der Hand. Die Frau und die Kinder wunderten sich, sprangen um den Tisch und freuten sich, denn nun konnte er die Zinsen und die erste ›Stäg‹ bezahlen.

Am nächsten Morgen stand er früh auf, nahm den kupfernen Kessel aus der Scheune und ging ins Feld, er ganz allein. Er streute die Asche über seine Äcker, sprach ein frohes Wort dazu und schaute zuversichtlich die Berge hinauf.

Und es geschah, daß die nächste Ernte über die Maßen gut war, und da der Bauer nicht aufhörte zu arbeiten, blieb es so, Jahr und Jahr. Seitdem aber feierte sein Dorf den Vorabend vom Martinstage gemeinsam, brannte das große Bergfeuer ab und schenkte den Kindern weiße Wecken. Man merkte auch bald, daß er die Asche des Feuers sammelte, tat es ihm nach und streute sie am frühen Morgen über die Äcker, und ein großer Segen ging von diesem Brauche aus, so daß sich erfüllte, was der hohe Wanderer in der Allerseelennacht versprochen hatte, und wer es nicht glauben will, der mag gehen und das Dorf suchen.

Weiß

Elisabeth Minetti

1965. Spätsommer. Abend. Ein Besuch in der Eifel. Einer von vielen. Im Restaurant zu acht saßen wir, aßen wir, die Stimmung grandios, ein exzellenter Wein. Eine Partie trank Weißen, die andere Roten. Vielleicht ein bißchen lauter, ein bißchen fröhlicher als die anderen. Gedämpftes Besteckgeklapper um uns herum, indignierte Blicke, immer nervöser werdende Kellner. Fragen Sie nicht nach unseren Themen! Weiß es heute nicht, wußte es damals ebensowenig.

Einer hatte die Idee: Auf, an die Ahr! Bei Kreuzberg, da kenne ich was ... Bin mal eben zum Telefon, uns ankündigen. Ein rascher Entschluß, ein rascher Aufbruch. Je zu viert im Auto, Gelächter ohne Ende. Ich lenkte den Wagen. Kein Alkohol, keine Probleme, durch den aufkommenden Nebel von Blankenheim nach Kreuzberg zu finden. Die Eifel? Ha! Wie meine Westentasche!

Dann in das Lokal. Großes Hallo! Man kannte ihn hier. Volles Haus, voller Stimmen und Getöse, acht mehr, kein Problem. Und noch mal: Fragen Sie nicht nach unseren Themen! Weiß es heute nicht, wußte es damals ebensowenig.

Der Jupp, der hat ... Und dann erst ... Das glaubst du doch wohl selber nicht ... Und? ... Welcher Fritz ... Habt ihr schon ... Sag bloß ... Aber gestern ... Eng, dröhnend, blaßblauer Rauch in Schlieren durch die Luft. Ich allein, nüchtern, stumm. Um mich herum ein Wald von Menschen. Arme rudern, gestikulieren, malen das Bild zum Witz in die bleiche Luft. Lachen, Rülpsen, Bier, Lachen, Rülpsen, Bier.

Schwindel. Ich brauche Luft. Vielleicht ein paar Schritte vor dem Haus. Hindurch zwischen den Bäumen, weg, Nebel, Verzeihung ... Darf ich mal ... Danke schön ... Könnte ich wohl ... Die Antwort: Und als ich vor zwei Jahren ... Die Else hat ... Wo warst du, als ... Kennt ihr schon ...

Vorbei an der Garderobe zu den Toiletten. Braucht nicht jeder mitzukriegen. Der Gang ziemlich eng. Pendeltür links, gebratene Zwiebeln. Halboffene Tür rechts, Urin und Toilettensteine. Geradeaus! Hoftür auf, raus, atmen, endlich!

Ein kleiner Hof. Aus dem Hintergrund noch: Wenn ich den noch mal ... Die konnte so gut ... Ernst hat gesagt ... Ach, ja? Soso ... Ansonsten Stille. Ruhiger, schweigsamer Nebel. Großer, weißer Lichtkranz um die Hoflampe. Bewachsene Pergola. Friedlich das alles. Einladend kühle Hände streicheln übers Gesicht.

Ein paar Schritte vielleicht, eine kleine Weile Ruhe. Hinaus, auf dem Weg durch die Wiesen. Dahinten die Straße, im Rücken den Gasthof. Stille, weiße Watte, Prickeln auf der Haut, sattes, feuchtes Gras schluckt den Tritt. Noch ein paar Schritte, hinein in das Weiß, die Ruhe einatmen, Lunge füllen. Nur ein paar Schritte.

Komm her, hier ist sanftes weißes Nichts, laß dich kühlen, dich umhüllen, verlier dich in mir! Nur noch ein paar Schritte lang.

Verlieren?

Hinter mir der Gasthof, die Lampe, weg. Die Straße? Kein Auto, kein Geräusch, tote Luft. Schritte, zaghaft auf der Stelle. Irgendwo doch der Weg, parallel zur Straße. Eben noch, aber jetzt? Zurück. Durch das Nichts, aus dem Weiß heraus zum Licht, zur Hoflampe. Energische Schritte, Schluß damit, zurück, bloß wieder zurück.

Eine Steigung?

Wieso? Aber eben, da ... Also dann doch besser hierher. Oder? Ja, nur zu, hierher, zurück!

Eine Senke?

Nein, nein, wieso? Weiß, in allen Schattierungen.

Zigarettenqualm! Glühwürmchen? Nein, glimmende Zigarettenspitzen! Und plötzlich, da! Ich fühle! Hand auf der Schulter! Herum, ein unterdrückter Schrei! Ein Baum? Ein Mann! Stolpern, straucheln, rückwärts ins Weiß, und wieder: Kalter Griff um die Hüfte! Sprung zur Seite, Finger fahren durch das Haar! Hierher, komm doch! Blätter, Zweige, nein! Gesichter! Weißer Zigarettenqualm wie Milch durch die Luft. Stimmen, Brummen, Knurren, Lachen. Aber, wie konntest du nur ... Ach, den meinst du ... Die Marianne, du, ich sag' dir ...

Ich taumele vorwärts, hindurch. Entschuldigung ... Ich würde gerne ... dürfte ich mal ...

Äste, Zweige, rudernde Arme und wilde Gesten. Und dann habe ich dem vielleicht ... Die Männer immer größer, die Gebärden immer drohender, Griffe nach den Kleidern, Schläge mit der flachen Hand ins Gesicht, lüsterne Finger am Busen. Ach, Mädchen ... Aber, aber ... Hier, komm zu mir ... He, wohin so eilig, wir wollen doch mal sehen, ob ...

Straucheln, Sturz. Laub, Kälte, Nässe, kriechen, heulen, zittern. Über mir, neben mir, Gelächter, Gegröle, Finger zeigen, Augen rollen. Lachen, Rülpsen, Bier, Lachen, Rülpsen, Bier. Schreie, Rauschen, Zischen, ohrenbetäubender Lärm. Und plötzlich Stille.

Laub knistert flüsternd unter der Hand, Stille raunt, Nacht und Nebel atmen ruhig. Erschöpfung, der Körper zusammengerollt und dann der Schlaf, über mich wie ein Leichentuch.

Am nächsten Morgen Nebelschwaden, hauchzart und durchscheinend, schmeichelnd und federleicht über dem Boden. Morgenrot, in der Ferne ein Gasthof an einer Straße. Ein scheuer Blick umher. Rundherum Bäume, rauhe, krustige Gesichter, höhnische Blicke aus toten Augen, verächtliche Mundwinkel in brüchiger Rinde, starre Arme, stummes, sich bald schon verfärbendes Laub.

Der Schlangenschlüssel
nach J. H. Schmitz

Zwischen Oberkail und Niederkail erhebt sich eine Anhöhe, auf der nach alter Sage vor vielen Hundert Jahren eine prächtige Burg gestanden haben soll. Doch all die Zeit war nicht spurlos an dem alten Gemäuer vorübergegangen, und im vorigen Jahrhundert blieb nur ein dichtbewuchertes Stück Mauer aus grobgehauenen Steinen, die *Büscheider Mauer,* davon übrig.

Nach ihrem harten Tagewerk in der Gewehrfabrik auf der Brantenmühle zogen allabendlich die Arbeiter aus Landscheid und Niederkail an eben dieser Mauer vorbei heimwärts.

Als einer der Männer eines Abends mit seinen müden Knochen für einen Moment an der Stelle verschnaufte, an der ehedem das Schloßtor gestanden hatte, vernahm er ein leises Zischeln, ein Flüstern, und er fuhr herum, um zu sehen, welches Tier sich ihm da näherte.

Aber da war kein Tier. Ein wenig erhöht, so, als schwebe sie eine Handbreit über dem Boden, stand dort eine junge Frau. Der Arbeiter staunte mit offenem Mund über die überirdische Schönheit, die dort zwischen dem Dornengestrüpp bei der alten Mauer stand. Das Mädchen hatte eine Haut so weiß wie frisch gefallener Schnee, lang wallendes, fast golden glänzendes Haar, und ihr bezaubernd schlanker Leib steckte in einem zarten weißen Tuch, das sich eng an ihren Körper schmiegte und jede ihrer jugendlichen Rundungen in unschuldigem Weiß erstrahlen ließ. Der Mann traute sich nicht, sich zu bewegen. Dies war das Schönste, das er jemals in seinem Leben gesehen hatte.

Die junge Frau streckte eine Hand nach ihm aus, und es war fast so, als würden sich Efeu und Gestrüpp vor ihrem Wink zu Boden beugen.

Sie krümmte die schlanken Finger in bittender Gebärde. »Erlöse mich«, bat eine Stimme gläsern und zerbrechlich.

»Ich?« stammelte der Arbeiter, löste sich aus der Erstarrung und trat verlegen von einem Fuß auf den anderen. »Ausgerechnet ich? Ja, wie um alles in der Welt soll ich dich denn erlösen?«

»Du bist ein starker Mann, der anzupacken versteht. Du mußt nur Mut beweisen und mir helfen, dann bin ich frei. Dein Lohn ist großer Reichtum.«

»Aber wie? Ich kann wohl anpacken, aber was tu ich, wenn´s nichts zu packen gibt?« Und so griff er nach ihr, und seine kraftvolle Hand fuhr durch ihren milchweißen Leib hindurch ins Leere.

»Ich werde mich verwandeln, und du wirst mich an deinem Körper spüren«, versprach die Schöne. »An deinem ganzen Körper und um deinen Körper herum. Und ich werde einen Schlüssel im Mund halten, den du mit deinem Mund von meinen Lippen empfangen mußt. Findest du dann die Kellertür der alten Burg, so öffne sie, und unten im Loch wirst du drei Fässer finden. Eines mit Gold, das nimmst du. Eines mit Silber, das nimmst du auch.

Und in dem dritten, da findest du kleine Münzen, die verteilst du an die Armen.« Sie sah ihn mit ihren großen, traurigen Augen an und fragte: »Willst du das für mich tun?«

»Ja!« rief der Mann. »Ja ja! Das will ich. Ich will dich fühlen, dich erlösen und den Keller finden. Verwandle dich jetzt!«

Und als er es ausgesprochen hatte, da zerstob die wunderschöne Gestalt in milchigen Dunst, und es erklang erneut das Zischeln und Flüstern. Und aus dem Gestrüpp an der Mauer, wo eben noch die Schönheit in Person gestanden hatte, kroch jetzt ein fettes, feucht glänzendes, altes Schlangentier hervor.

Voller Entsetzen wich der Arbeiter ein paar Schritte zurück, aber da sah er, daß das gräßliche Tier einen goldenen Schlüssel im Maul hielt, und so hielt er zitternd inne, bis das Vieh seine Stiefelspitzen erreicht hatte. Sein Entsetzen wuchs, als er spürte, wie der schuppige, nasse Schlangenkörper sich zwischen seinen Knien hindurch nach oben schlängelte, sich träge um seinen Bauch schlang und an seiner Brust in die Höhe wand. Sein Herz schlug ihm bis zum Hals, und er atmete mit flachen, hektischen Stößen, als plötzlich das grausige Maul der Schlange vor seinem Gesicht auftauchte und ihm den Schlüssel darbot, um den zischelnd und züngelnd die spitze Schlangenzunge hin und her zuckte.

Da konnte er nicht länger, und in seiner Not stieß er einen verzweifelten Hilfeschrei aus: »Jesus, Maria und Josef, steht mir bei!« gellte sein Schrei in die Nacht, als er den Kopf zurück in den Nacken warf.

Im selben Augenblick spürte er die Windungen der Schlange nicht mehr an seinem Körper, und um ihn herum kreiste ein lauer Wind, der klagend mit der zarten Stimme des jungen Mädchens flüsterte: »Nun bin ich 700 Jahre gegangen, ohne erlöst worden zu sein, und muß nun wieder 700 Jahre gehen, bis nochmals die Stunde schlägt, in der ich erlöst werden kann!«

Der Arbeiter nahm fortan einen anderen Weg zur Fabrik und zurück, und es dauerte bald eine Woche, bis er sich getraute, zwischen den alten Mauerresten nach dem Eingang zum alten Keller der Burg zu suchen. Gefunden hat er ihn allerdings nie.

Die Totenmette

Jakob Kneip

Am Altar der Kirche zu Biesendahl
hängt in morschem Rahmen ein fahles Blatt:
ein frommes Legat, das vorzeiten einmal
der Schreiner Krimkorn gestiftet hat.
Und allso heißt es:
»Im Namen der Heiligen Dreifaltigkeit
verschreibe ich hiermit auf alle Zeit
und geb der Gemeinde darüber Gewalt:
von meinem Acker am Rollneckerwald
sei der Pachtzins verwandt für ein Totengedächtnis,
zu lesen um Mitternacht auf Johannes-Evangelist,
so in der Oktav nach Christnacht ist.
Da sollen die Toten durch mein Vermächtnis
alljährlich ihre Weihnacht begehen
und mit Kinden und Enkeln um die Krippe stehn.
Allso sei es gehalten in Christi Namen allfürderhin.
   Peter Krimkorn
   und sein Eheweib
   Annekathrin.«
So war das im Dorf ein uralter Brauch,
da hinderte nicht Eis noch Schnee.
Der kleinste Bub, der älteste Greis
knieten auf Johannisnacht
zur Totenmette in Biesendahl.
Da war die Krippe noch mit den Hirten,
da standen die Tannen und tauten die Kerzen.
Auf allen Schnörkeln der Altäre,
auf allen Gesimsen, in allen Nischen,
in allen Fenstern flimmerten Lichter.
Doch mitten im Chor, schwarz wie ein Sarg:
der Katafalk!
Priester und Messner in schwarzen Gewanden,
schwarz umflort Standarten und Fahnen -
und aus den Tiefen der Orgel klang:
das Dies irae,
das Miserere,
dann an der Tumba
das Libera me;
und aus dem De profundis rang

der Schrei der abgeschiednen Seelen,
die tief aus Kältequalen stöhnten
und sich nach Gottes warmen Himmeln sehnten.

Nun aber begab es sich einmal,
daß die Pfarrei von Biesendahl
nach dem Tode des guten Pastors Leist
auf Monde und Monde stand verwaist.
Da blieb gar auf Pfingsten die Kirche leer,
da stieg auf Kirchweih kein Weihrauch mehr,
da war auch kein Priester, die Mette zu halten.
Die Kirche fror in den kahlen, kalten
Winterpappeln und ächzte im Schnee.
Die Glocken zum Ave klangen voll Weh,
nur die ewige Ampel flackte noch immer
und warf ins Gestühl ihren trübroten Schimmer.

Da, in der Nacht von Johannes-Evangelist,
als Christian, der alte Organist,
eben will zu Bette gehn,
ist ein lautes Pochen an seiner Tür ...
Vadder Christian streckt den Kopf herfür:
Da steht im Schnee eine dunkle Gestalt!
Und eine Stimme, hohl und alt,
oft gehört und wohlbekannt,
spricht:
»Christian, vergeßt die Mette nicht!«
»Die Mette? Wer soll sie denn zelebrieren?«
»Der Priester, die Gemeinde wartet auf Euch!
Kommt allsogleich!
Ihr müßt das Requiem intonieren.«

Wohl packte den Alten geheimes Graun;
er kann's nicht fassen ... er will nicht traun.
Plötzlich sieht er die Kirche in strahlendem Licht!
Da zaudert er nicht.
Rasch hüllt er sich in Mantel und Schal,
stapft hinab durch den Schnee. Das hohe Portal
der Kirche sieht er weit offen gähnen.
Vermummte dunkle Gestalten lehnen
im Gang.
Er achtet's nicht, er findet entlang.
Schon steigt er die Orgeltreppe hinan.

Da: wer wird ihm die Bälge drücken?
Doch schon fangen die Bälge zu fauchen an,
und nun fliegt er hinauf. Mit gespannten Blicken
späht er ins Chor!
Da steht an den Stufen der Pastor,
da sind Reih um Reih alle Stühle gefüllt,
doch Mann und Weib und Kind: verhüllt!
Und ob die Kirche erhellt vom Licht:
er erkennt kein Gesicht,
er hört keinen Laut. Nur ein Seufzen quillt
und fernes Geflüster.
Schaudernd zieht er seine Register,
läßt das Requiem klagen,
das Dies irae drohn,
läßt das De profundis zum Himmel lohn,
das Miserere schluchzen.
Doch wie der Priester zur Tumba geht
und aus der Orgel das Libera weht,
da steht
mit einem Mal der ›Dunkle‹ ihm zur Seiten.
Ihm stocken die Hände: »Nachbar Veiten!«
Der, der vor Tag und Jahr
beim Fischen ertrunken im Pulvermaar!
Der längst Verstorbene blickt ihn an
und spricht:
»Vadder Christian,
habt Dank, doch zaudert nicht,
geht, geht schnell hinab,
eh es zu spät.
Die Geister der Toten sind fürchterlich:
daß sie Euch nicht reißen mit ins Grab,
geht schnell, schnell, schnell hinab.«
Da dringt schon herauf zur Orgelbank
aus dem Chor erstickender Modergestank.
Schon hebt sich ein Murmeln, schon schiebt sich ein Drängen.
Sieh! Schon wogen sie in den Gängen!
Da jagt ihn Entsetzen, schon hört er ihr Rufen;
er tastet zur Treppe, nun fliegt er die Stufen,
mit bebenden Knien langt er hinaus,
gewinnt mit letzten Kräften das Haus
und sinkt in der Kammer am Tisch zusammen.

Drunten heult der Sturm aus der Schlucht,
Schatten treiben in wirbelnder Flucht,
ferne Türen hörst du gehn und schlagen,
ferne Stimmen im Nachtbraus stöhnen und klagen ...

Die Autoren und ihre Texte

Eddie M. Angerhuber
Eigentl. Monika Angerhuber *1965 in München, seit 1981 in Berlin. Zahlreiche Veröffentlichungen von Kurzgeschichten aus den Bereichen Science Fiction und Phantastik in diversen Literaturmagazinen. Seit 1997 ehrenamtliche Mitarbeit bei der Edition Metzengerstein (Übersetzungen aus dem Englischen, Textlektorat). 1993 bis 1998 Herausgabe eines eigenen Literaturmagazins »Fleurie«. 1998 Veröffentlichung einer Kurzgeschichte in einer Phantastik-Anthologie (1998 Privatverlag Maldoror), Kurzgeschichtenband »In Asmodis Haus« (1997 Goblin Press), Storysammlung »Die verborgene Kammer und andere seltsame Visionen« (1998 Edition Metzengerstein).
Sphinx Ligustri, © Eddie M. Angerhuber

Bernardo
Pseudonym des 1957 in Schleiden geborenen und in Keldenich lebenden Autors und Cartoonisten Bernd Kehren. Lehramtsstudium in Kunst und Deutsch, seit 1984 freier Journalist. Seit Ende der achtziger Jahre vertreibt er über seine Presseagentur »LOGO-Press« Kindergeschichten, Cartoons und Kinderrätsel, seit sieben Jahren zusammen mit seiner Frau, der Autorin Raphaela Kehren.
Der Marmorkopf, Erstveröffentlichung © Bernd Kehren

Jacques Berndorf
Eigentl. Michael Preute, *1936 in Duisburg. Nach journalistischer Ausbildung Arbeit als Zeitungs- und Magazinredakteur, zuletzt Reportagen über vorwiegend sozialpolitische Themen im »Spiegel«. Schöpfer der Detektivfigur Siggi Baumeister, mit der er den Grundstein für das Genre »Eifelkrimi« legte. Seit »Eifel-Blues« (1989) insgesamt sieben »Eifelkrimis« bei Grafit. Erhielt 1996 den Eifel-Literaturpreis.
Glibber, Erstveröffentlichung © Michael Preute

Gisela Blümmert
*1957 in Köln, lebt mit Mann und Sohn in einem alten Fachwerkbauernhof des Voreifeldorfes Ginnick. Sie studierte in Köln Diplom-Pädagogik. Arbeitet als freiberufliche Kommunikationstrainerin. Kriminalroman »Eine Woche Mallorca« (KBV 1998).
Lieschen kehrt zurück, Erstveröffentlichung © Gisela Blümmert

Harald Bongart
*1964, Museumsleiter in Bad Münstereifel. Zahlreiche Veröffentlichungen zur lokalen Alltags- und Rechtsgeschichte, zuletzt »Die Reglementierung des Alltags. Rechtsverhältnisse nach Weistümern aus dem mittleren Erftgebiet« in: »Landbevölkerung im 18. Jahrhundert« (Geschichte im Kreis Euskirchen, Bd.12).
Nach Hause, Erstveröffentlichung © Harald Bongart

Johann. B. Collen

Die drei Nonnen,
aus »Rheinlands Wunderhorn - Sagen Geschichten und Legenden, auch Ränke und Schwänke aus den alten Ritterburgen, Klöstern und Städten...«, 13. Band , Aachen und Umgebung, Verlag von Gustav Quiel, Wiesbaden

Carola von Eynatten

Eigentl. Marie Carola Freiin von Eynatten, *1857 in Wien, verstorben 1917 in Heidelberg, Schriftstellerin (Erzählungen, Romane, Sagensammlungen, hauswirtschaftliche Bücher). Verbrachte ihre Jugendjahre in Verona und Wien, unterrichtet von Privatlehrern, lebte in Freiburg/Br. und in Heidelberg. Zahlreiche Veröffentlichungen, u.a. »Eifelsagen-Sagen und Geschichten« (1890), »Schwarzwaldsagen« (1889), »Die Armins-Brüder« (1896), »'s Dorli« (1895), »Das Glück der Braunsberg« (1918).

Die böse Jutta
Die Nebelfrau von der Schneeifel
Die Hexe von Uelmen
Auf eigenem Grunde, alle aus »Eifelsagen«, Verlag Heinr. Stephanus, Trier 1890

Dr. Josef Faßbinder

Angehöriger einer literarischen Vereinigung Bonner Studenten, die in einem Musenalmanach »ihre poetischen Kräfte übt und erprobt«. (Eifelvereinsblatt 1911).

Das Totenmaar, aus »Die Blumen der Frühe«, Gedichte,
Verlag von Fredebeul & Koenen, 1911

Frank Festa

*1966 in Düsseldorf, lebt heute mit Frau und zwei Kindern in Kerpen bei Köln. Gründete 1996 den Verlag »Edition Metzengerstein«, der sich auf unheimliche Literatur spezialisiert hat. Veröffentlichungen: Zahlreiche Beiträge in Anthologien, »Wucherungen - Dunkelgraue Erzählungen« (1997 Edition Metzengerstein), Herausgebertätigkeit: »Schatten über Deutschland - 100 Jahre deutschsprachige Phantastik« (mit Marcel Feige, 1999 Blitz-Verlag/Windeck), sowie die Reihe »H. P. Lovecrafts Bibliothek des Schreckens« (seit 1999, zwei Bände pro Jahr, Blitz-Verlag/Windeck) und »Dead Ends - Angloamerikanische Horrorgeschichten« (mit Jens Schumacher, 1999, Dreieck-Verlag/Mainz).

Stromabwärts
Afrikanische Erinnerungen, beides Erstveröffentlichungen © Frank Festa

A. J. Flecken

Der entdeckte Spuk in der Mustardgasse
Ein nächtliches Gespenst
Die Erscheinung auf dem Galgenfeld , alle aus »Rheinlands Wunderhorn - Sagen , Geschichten und Legenden, auch Ränke und Schwänke aus den alten Ritterburgen,

Klöstern und Städten ...«, 13. Band, Aachen und Umgebung, Verlag von Gustav Quiel, Wiesbaden

Gebrüder Grimm
Jacob (1785-1863) und Wilhelm Grimm (1786-1859) erforschten systematisch deutsche Sprache, Literatur, Altertumskunde und vor allem volkstümliche Märchen und Sagen. Begründung des »Deutschen Wörterbuchs« (1852). Gemeinsame Werke, u. a. »Kinder- und Hausmärchen« (1812/15), »Deutsche Sagen« (1816/18).
Der Teufel von Ach, aus »Rheinlands Wunderhorn«

Ulrich Haag
*1961 in Düsseldorf, Studium der Theologie in Berlin, Bonn, Heidelberg und Jerusalem, verheiratet, drei Kinder, ist seit 1991 evangelischer Pfarrer in Aachen. Kriminalroman »Tod einer Politesse« (KBV 1996).
Dreiunddreißig, Erstveröffentlichung © Ulrich Haag

Caesarius von Heisterbach
*um 1180 in Köln, +Kloster Heisterbach nach 1240. Zisterziensermönch und Theologe, bedeutender Zeitzeuge, Geschichtensammler und Autor des hohen Mittelalters. Zahlreiche Veröffentlichungen, u.a.: »Dialogus miraculorum« (1219/23), »Libri miraculorum« (1225/27), »Vita beati Engelberti« (1226/37)
Vom Ritter Heinrich, der nicht glaubte, daß es böse Geister gebe, aber durch einen Meister der Schwarzen Kunst solche gesehen hat. Übersetzt, nacherzählt von Prof. Dr. Ulrich Mehler
© Ulrich Mehler

Gottfried Henßen
DerMahr, bearbeitet von Ralf Kramp
Die Wilde Jagd, bearbeitet von Ralf Kramp
Aus »Sagen und Schwänke des Jülicher Landes - Aus dem Nachlaß Heinrich Hoffmanns, herausgegeben und durch eigene Aufzeichnungen vermehrt von Gottfried Henßen«, Ludwig Röhrscheid Verlag, Bonn 1955

Manfred Heup
*1948 in Mechernich, lebt als autodidaktischer Maler, Musiker und Autor in Bleibuir/Eifel. Lehre als Elektroinstallateur, später Fernmeldetechniker, Beamter bei Post und Telekom, heute technischer Fernmeldebetriebsinspektor im Vorruhestand. Verheiratet, zwei Kinder, dreifacher Weltmeister und Weltrekordinhaber im Pflaumenkernweitspucken.
Bereitschaft, Erstveröffentlichung © Manfred Heup

Dr. Montague Rhodes James
*1862 in Goodnestone (Kent), +1936 in Eton, Studium in Cambridge, Abschluß mit dem Doktorgrad der Literaturwissenschaft. Ab 1894 Direktor des King's College, ab 1918 Provost des Eton College. Ehrendoktor der Universitäten Ox-

ford, Dublin und St. Andrew. Berühmter Autor von Horrorgeschichten, der unter den Anhängern dieser Literaturgattung den gleichen Ruf genießt wie A. Conan Doyle unter den Liebhabern der Detektivgeschichten.

Der Schatz des Abtes Thomas, aus: Der Schatz des Abtes Thomas. Zehn Geistergeschichten. Ü: Friedrich Polakovies. © Insel Verlag, Frankfurt am Main 1970

Jakob Kneip

*1881 in Morshausen/Hunsrück, lebte seit 1941 in Pesch/Eifel, +1958 nach einem Eisenbahnunfall in Mechernich. Studierter Germanist und Neuphilologe, Schriftsteller. Romane, Gedichte, Essays, Erzählungen. Werke u. a. »Hampit, der Jäger« (Roman 1927), »Porta Nigra« (Roman 1932), »Feuer vom Himmel« (Roman 1936), »Das Licht der Finsternis« (Erzählungen 1949), »Der Apostel« (Roman 1955), »Die Eifel« (Gedichte 1955).

Die Totenmette, aus »Rheinisches Lesebuch«, herausgegeben vom Katholischen Lehrerverband, Verlag von W. Crüwell in Dortmund

Raphaela Kehren

*1957, lebt in Keldenich/Eifel, Autorin, Mutter von drei Kindern, studierte Germanistik, Geschichte und Politik in Köln. Seit sieben Jahren schreibt sie Kinderkurzgeschichten für zahlreiche Zeitschriften und Zeitungen im In- und Ausland.

Die Fratze im Lehmklumpen, Erstveröffentlichung © Raphaela Kehren

Peter Kersken

*1952 in Oberhausen/Ruhrgeb., lebt und arbeitet als freiberuflicher Autor und Journalist in Schleiden. Studierte Philosophie und Germanistik in Freiburg und Köln, vierzehn Jahre lang Redakteur einer Tageszeitung.

Der Alte vom Schafbach, Erstveröffentlichung © Peter Kersken

Angelika Koch

*1959 in Rheda-Wiedenbrück, studierte Allgemeine Sprachwissenschaft, Soziologie und Philosophie in Münster, zehn Jahre lang freie Redakteurin im Lexikon-Verlag der Bertelsmann AG, lebt seit 1988 in der Eifel, zunächst in einer Landkommune und dort zuständig für Seminarplanung und Öffentlichkeitsarbeit des angeschlossenen Tagungshauses, später Werbetexterin in Sachen Tourismus, freie Journalistin und Krimiautorin. Neben diversen Kurzgeschichten erschienen die Kriminalromane »Der Retter« (KBV 1996), »Jemand wie Ginsterblum« (KBV 1997) und »Das Wasser« (KBV 1998).

Wind über Lava, Erstveröffentlichung © Angelika Koch

Fritz Koenn

*1927 in Hellenthal/Eifel, lebt in Königswinter. Ministerialbeamter im Ruhestand. Schriftsteller und Mundartautor, unter anderem unter Pseudonymen (»Dorps Schäng«, »Ferkes Wellem«, »Tant Dresje«). Zahllose Veröffentlichungen: Erzählungen, Gedichte, Romane. Zuletzt: »Von Abelong bos Zau dich Jong«

(Helios-Verlag, Aachen 1995) und »Eifeler Schimpfwörter« (gemeinsam mit Liesel Kalka, Helios-Verlag, Aachen 1995).

Der Gang nach Harperscheid, Erstveröffentlichung, © Fritz Koenn

Peter Kremer

*1901 in Kaisersesch/Eifel als 9. von 13 Kindern. Dort gestorben 1989. Pädagoge, Erzähler, Herausgeber. Unterrichtete seit 1922 an Wittlichs höheren Schulen, ab 1947 am Gymnasium Bernkastel. Zahllose Veröffentlichungen, u.a. »Fahrt ins Blaue« (mit Bildern des Eifelmalers Fritz von Wille), »An Mosel und Saar«, »Das lachende Eifeldorf« (wieder aufgelegt bei Helios-Verlag, Aachen), »Gang zur Mette«. Erster Träger eines Eifeler Literaturpreises (1965).

Weissagung
Der Gang zur Mette, beide aus »Der Gang zur Mette«,
Georg-Fischer-Verlag, Wittlich 1936

Nanny Lambrecht

*1868 in Kirchberg/Hunsrück, +1942 in Schöneberg/Sieg. Lehrerin und Schriftstellerin in Malmedy/Eifel (heute Belgien), Aachen und Bad Honnef. Erzählungen, Novellen, Geschichten und Romane, teilweise unter ihrem Pseudonym Alca Ruth. Zahlreiche Veröffentlichungen, u.a. »Was im Venn geschah« (1904), »Das Haus im Moor« (1906), »Allsünderdorf« (1908), »Die Statuendame« (1908) und »Anne-Brigitte« (1935).

Das Haus im Moor, Eifel-Heimatbuch 1924/25, Verlag des Eifelvereins

Sophie Lange

*1936 in Aachen, lebt in Nettersheim/Eifel. Autorin. Zahlreiche (Buch)- Veröffentlichungen, unter anderem zu regionalen feministischen Themen. Buchtitel: »Küche, Kinder, Kirche - Aus dem Leben der Frauen in der Eifel«, »Alt-Eifler Küche« (zwei Bände) und »Als feines Fräulein hinterm Pflug – Das außergewöhnliche Leben der Else Pfefferkorn in der Eifel«, »Steht die Sonne auf Stippen - Eifeler Bauernregeln und volkskundlicher Wetterglauben«, »Die Jahreszeiten - eine literarische Reise durch die Eifel« (letzteres als Herausgeberin, alle erschienen im Helios-Verlag, Aachen 1992–1998), außerdem »Wo Göttinnen das Land beschützen – Matronen und ihre Kultplätze zwischen Eifel und Rhein« (Verlag edition nebenan, Bad Münstereifel 1994).

Im Tal der wogenden Nebel, Erstveröffentlichung © Sophie Lange

Achim von Langwege

*1972, lebt im Bergischen Land und in der Voreifel als Freischütz und Lyriker. Bislang vier Gedichtbände, zuletzt erschien »Zickzack Eigelstein« (Horlemann Verlag, Bad Honnef 1994).

Hannes auf ernstem Grund, © Jochen Arlt

Bruni Mahlberg-Gräper M. A.

*1954 in Euskirchen, lebt dort als Journalistin und Autorin. Studierte Germanistik, Soziologie, Theater-, Film- und Fernsehwissenschaften, Abschluß M.A., Redakteurin. Zahlreiche (Buch-) Veröffentlichungen, zuletzt »Die Eifel« in der Reihe »Reisen in Deutschland« (Verlag C.J. Bucher, 1995), »Starke Typen - 100 Jahre Simplicissimus« (Grenz-Echo-Verlag, Eupen 1996), »Unterwegs in Aachen und Umgebung« (Grenz-Echo-Verlag, Eupen 1999).

Ondra, Erstveröffentlichung © Bruni Mahlberg-Gräper

Dr. Wilhelm Marichal

Wenn Irrlichter flackern ..., bearbeitet von Ralf Kramp,
aus »Volkserzählgut und Volksglaube in der Gegend von Malmedy und Altsalm«,
Konrad Triltsch Verlag, Würzburg 1942

Prof. Ulrich Mehler

*1941, lebt seit 20 Jahren in Bleibuir/Eifel. Studierte Germanistik, Musikwissenschaft, Mittellateinische Philologie und Theaterwissenschaft. Promotion, Habilitation. Lehrt zur Zeit an der Universität Köln (Altgermanistik). Autor. Neben seinen wissenschaftlichen Veröffentlichungen arbeitete er für Theater- und Fernsehproduktionen, Beiträge auch in Anthologien.

Die Zeiten ändern sich. Oder: Fahren Sie nicht allein durch die Schnee-Eifel
Katzen und Hexen gehören zusammen (nach einem Motiv bei H. P. Pracht:
»täntze, todt und teuffel«), beides Erstveröffentlichungen © Ulrich Mehler

Elisabeth Minetti

*1917 in Barmen. Bestandene Schauspielprüfung, danach Ausbildung als Textilkauffrau, Zentraleinkäuferin bei einer Textilfirma, jahrelanger Auslandsaufenthalt in Ägypten, zahlreiche Reisen in die ganze Welt. Seit 1960 seßhaft in der Eifel, zwischenzeitlich Hauptwohnsitz in Berlin als Ehefrau des Schauspielers Bernhard Minetti. Eng befreundet mit Samuel Beckett. Zeit ihres Lebens aktive Sozialdemokratin. Kreisdelegierte in Berlin-Zehlendorf. Initiatorin der Wiedereröffnung der Burg Blankenheim.

Veröffentlichungen von Theaterkritiken, Gedichten und Kurzgeschichten im »Solinger Tageblatt« und politische Journalistentätigkeit, u.a. im »Tagesspiegel Berlin«.

Weiß, bearbeitet von Ralf Kramp © Elisabeth Minetti

Joseph Müller

*1802 in Aachen, dort verstorben 1872. Autor, Philologe, Naturwissenschaftler. Werke, u.a. »Gedichte in Aachener Mundart« (1840), »Gedichte und Prosa in der Aachener Mundart« (1853), »Aachens Sagen und Legenden« (1858).

Die buckligen Musikanten, aus »Rheinisches Hausbuch«, herausgegeben
von Diethard H. Klein, Rombach + Co. GmbH, Freiburg im Breisgau 1982

Hans-Peter Pracht

*1949, vornehmlich Publikationen zu den Themen Denkmalpflege und Denkmalschutz, Burgenkunde, Naturschutz und Brauchtum der Eifel. Veröffentlichungen, u.a. »Sagen und Legenden der Eifel« (Bachem Verlag 1983), »Ich hab'die weiße Frau geseh'n« (Bachem Verlag 1996).

Der Spuk in der Mühle, © Hans Peter Pracht

Alfred von Reumont

*1808 in Aachen, starb dort 1887. Diplomat und Dichter. Zunächst Sekretär des preußischen Gesandten in Florenz (1829), dann im Auswärtigen Amt in Berlin (1835). Mitglied im Königlichen Kabinett, 1848-61 Legationsrat in Italien. Werke (u.a.): »Aachens Liederkranz und Sagenwelt« (1829), »Italienische Sonette« (1880), »Aus Friedrich Wilhelms IV gesunden und kranken Tagen« (1884).

Der Münsterbau zu Aachen und der Lousberg
Der Teufel und die Abtei Steinfeld, beides aus »Rheinisches Hausbuch«, herausgegeben von Diethard H. Klein, Rombach + Co. GmbH, Freiburg im Breisgau 1982

Tilman Röhrig

*1945 in Hennweiler/Hunsrück, lebt in Hürth/Rheinland und Schuld/Eifel, besuchte die Staatliche Schauspielschule in Frankfurt und hatte Engagements in Frankfurt, Bonn, Hannover, außerdem war er sieben Jahre bei den Städtischen Bühnen Köln. Seit 1973 freischaffender Schriftsteller, außerdem als Referent in Schulen, Volkshochschulen, Universitäten und anderen Bildungseinrichtungen tätig. Zahlreiche Buchveröffentlichungen, zuletzt »Robin Hood. Solang es Unrecht gibt« (Dressler-Verlag, 1994), »Es begab sich aber zu der Zeit« (Wienand, 1995), »Leichenhemd und Zähneklappern« (Dürr und Kessler, 1996), »Wie ein Lamm unter Löwen« (Lübbe-Verlag, 1998), »Funke der Freiheit - Am Vorabend der Revolution 1848/49« (Arena-Taschenbuch, 1998). Zahlreiche Hör- und Fernsehspiele, u.a. Verfilmung seines Romans »Mathias Weber, genannt der Fetzer« (ARD 1977), 13teilige Fernsehserie »Der Sklave Calvisius« (ZDF, 1979), Kinofilm »Entführt - Kidnapping« (1982). Zahlreiche Auszeichnungen, u.a. Buxtehuder Bulle und Auswahlliste zum deutschen Jugendbuchpreis (1973) für »Thoms Bericht«, Ravensburger; Deutscher Jugendliteraturpreis (1984) und Katholischer Kinderbuchpreis (Auswahlliste, 1985) für »In dreihundert Jahren vielleicht« (Arena-Verlag, 1983), KölnLiteraturPreis (1990) und Großer Kulturpreis NRW der rheinischen Sparkassen (1998).

Das Leichenhemd
Der Schuster und die Haut des Gerbers, © Tilman Röhrig

Heinrich Ruland

*1882 in Andernach, verstorben 1943 in Bonn. Postbeamter, Dichter und Erzähler. Zahlreiche Veröffentlichungen in Anthologien. Posthum 1950 veröffentlichter Lyrik- und Prosaband »Land der Maare«.

Eifellandschaft, Eifel-Heimatbuch 1924/25, Verlag des Eifelvereins

Robert Schaus

*1939 in Nieder-Emmels bei St. Vith, lebt in Malmedy, Lyriker und Künstler. Gedichte in französischer und deutscher Sprache, u.a. »Tu fouilleras le ventre du temps« (ARAM, Paris 1983), »Wir werden einander an den Narben erkennen« (in »Zeitkörner«, Grenz-Echo-Verlag, Eupen 1992). Zahlreiche Veröffentlichungen in Zweitschriften und Anthologien im In- und Ausland, Übersetzungen.

Die Wand, Erstveröffentlichung © Robert Schaus

Josef B. Schiffels

Veröffentlichungen: »Vom frischen Quell« (2 Bde. Georg-Fischer-Verlag, Wittlich 1912), »Erzählungen aus der Geschichte des Trierischen Landes und Volkes. Ein Lehr- und Lesebuch für Schule und Haus« (1895), »Heimatkunde des Regierungsbezirks Trier für die Mittelklasse der Volksschule.« (5. verbesserte Auflage 1908)

Die Teufelsley
Vom zugeworfenen Brunnen
Die geöffneten Gräber zu Himmerod, alle aus »Vom frischen Quell«

Johann Hubert Schmitz

Dr. theol., *1807 Manderscheid, +1882 Zell/Mosel. Katholischer Pfarrer und Heimatforscher, von 1834 bis 1837 Kaplan in Wittlich, 1838 bis 1857 Pfarrer in Gillenfeld, dann in Zell/Mosel. Herausgeber »Rathgeber für die, welche nach Nordamerika auswandern wollen« (Trier 1843), »Sagen des Eifellandes« (Trier 1847), »Sitten und Sagen, Lieder, Sprüchwörter und Räthsel des Eifler Volkes nebst einem Idiotikon« (2 Bde., Trier 1856 u. 1858) und »Sagen und Legenden des Eifler Volkes« (Trier 1858).

Der Kartstein
Der Schlangenschlüssel, bearbeitet von Ralf Kramp,
aus »Sitten und Sagen/Sitten und Gebräuche - Lieder, Sprüchwörter und
Räthsel des Eifler Volkes nebst einem Idiotikon«,
Verlag der Lintz´schen Buchhandlung, Trier 1856

Rainer Maria Schröder

*1951, Operngesangsausbildung, ehem. Lokalreporter, Jurastudium sowie Studium der Film- und Fernsehwissenschaften, später Bühnenautor und Verlagslektor. Seit 1977 freischaffender Schriftsteller und Verfasser von Jugendbüchern und historischen Romanen. Erhielt 1998 den dritten Eifel-Literaturpreis für sein in der Eifel angesiedeltes historisches Jugendbuch »Das Geheimnis der weißen Mönche«.

Das Geheimnis der weißen Mönche, aus dem gleichnamigen Roman
© Arena Verlag

Theodor Seidenfaden

*1886 in Köln, +1979 in Hattingen. Lehrer und Musiker v.a. in Zülpich. Lyrik und Volksspiele, später auch Prosa. Durchbruch und dichterischer Aufstieg 1924 mit dem »Rheinischen Narrenschiff« (Sammlung rheinischer Volksschwänke). Zahllose Veröffentlichungen, insbesondere in Kurzgeschichten verwandelte Sagen und Legenden.

Das Licht im Totenmond, aus »Vaters Land und Mutters Erde«,
Rhein-Eifel-Mosel-Verlag, 1989
Von der Teufelskirche, aus »Rheinisches Lesebuch«,
herausgegeben vom Katholischen Lehrerverband, Verlag von W. Crüwell
in Dortmund.
Der goldene Pflug, aus »Rheinisches Narrenschiff – Alte und neue
Schwänke von Theodor Seidenfaden«, Eugen-Kuner-Verlag,
Köln, Leipzig 1924
Die Nacht auf dem Galgen, aus »Rheinisches Narrenschiff – Alte und neue
Schwänke von Theodor Seidenfaden«, Eugen-Kuner-Verlag,
Köln, Leipzig 1924
Wasser zu Wein, aus »Der Gang zur Mette«, Georg-Fischer-Verlag, Wittlich 1936.

Malte S. Sembten

*1965 in Marburg/Lahn, arbeitet in der Werbung als Designer. Seine unheimlichen Kurzgeschichten erschienen in Magazinen und Anthologien sowie zwei Kollektionen. »Hippokratische Gesichter« (1996) und »Variationen in Nachtgrau und Fleischrot« (1997). Gemeinsam mit Michael Marrak gab er 1998 eine Anthologie mit phantastischen Kurzgeschichten, »Der Agnostische Saal«, heraus.

Der Tag des Anthrax, Erstveröffentlichung © Malte S. Sembten

Michael Siefener

*1961 in Köln. Von 1981 bis 1988 Studium der Rechtswissenschaften an der Universität Köln. Promotion mit der Arbeit »Hexerei im Spiegel der Rechtstheorie«. Seit 1992 freier Schriftsteller und Übersetzer. Verheiratet und lebt in Haan. Veröffentlichungen: »Bildwelten« (Bonn 1993), »Das Reliquiar/Der Wächter« (Kerpen 1997), »Nonnen« (Koblenz 1998, wird 1999 vom Heyne Verlag neu aufgelegt). Daneben zahlreiche Veröffentlichungen von Erzählungen und Essays in Anthologien und Erzählungen.

Geburt, Erstveröffentlichung © Michael Siefener

Karl Simrock

*1802 in Bonn, +18.7.1876 in Bonn. 1830 Entlassung aus dem Staatsdienst wegen unerwünschter Gedichtpublikationen. Herausgabe von Volksbüchern, Märchen und Puppenspielen, Übertragung verschiedener Werke der deutschen »Nationalliteratur«, wie z.B. »Nibelungenlied« (1820), »Gedichte Walters von der Vogelweide« (1833) und »Wolframs von Eschenbach Parzival und Titurel« (1842). Ab 1850 Professor für Geschichte und deutsche Literatur in Bonn, 1852 Professor für deutsche Sprache und Literatur. Veröffentlichungen: »Rheinsagen aus dem Munde des Volks und deutscher Dichter. Für Schule, Haus und Wanderschaft«. (Bonn 1837), »Das malerische und romantische Rheinland« (Leipzig 1838), »Deutsche Volksbücher« (58 Bde., 1839-1851), »Die geschichtlichen deutschen Sagen« (1850), »Deutsche Märchen« (1864).

Das versunkene Schloß, aus »Rheinsagen«

Paul Spülbeck

Pfarrer, Autor, Überlieferer zumindest dieser Schauergeschichte, die sich auch in den Sagenschätzen anderer Heimatforscher findet.

Der Geist in der Kapelle, aus dem »Schleidener Heimatkalender«

Bernhard Michael Steinmetz

*1881 in Niederleuken/Saar, Todesdatum unbekannt (1945?), Pfarrer, Schriftleiter, Erzähler, unter anderem 33 Jahre lang in Büchel/Eifel. Steinmetz gehörte zu den Vorkämpfern eines welt- und zeitoffenen Katholizismus. Nachfolger Ernst Thrasolts als Schriftleiter der Zeitschrift »Das Heilige Feuer«. Zahlreiche (Buch-)Veröffentlichungen, u. a. »Aus der Goldgrube« (1917), »Altgold und Neusilber - Zwanzig Stücklein« (1921), »Lieb und Leid der Marianne Mertes« (1919), »Calderon de la Barca« (1921).

Die Neunhollen, aus »Altgold und Neusilber«,
Verlag der Junfermannschen Buchhandlung, Paderborn 1921

Clara Viebig

*1860 in Trier, +1952 in Berlin. Gehörte zu den erfolgreichsten Schriftstellerinnen in der ersten Hälfte des 20. Jahrhunderts. Durchbruch 1908 mit dem Roman »Das Weiberdorf«. Zahlreiche Erzählungen, Novellen, Romane, u.a. »Kinder der Eifel« (1897), »Vom Müller Hannes« (1903), »Naturgewalten« (1905), »Das Kreuz im Venn« (1908), »Prinzen, Prälaten und Sansculotten« (1931).

Am Totenmaar, aus »Rheinisches Lesebuch«, herausgegeben vom
Katholischen Lehrerverband,Verlag von W. Crüwell in Dortmund

Dr. Klaus-Peter Walter

*1955 in Michelstadt/Odenwald, lebt in Bitburg. Verheiratet, ein Sohn. Studium der Slawistik, Osteuropäischen Geschichte und Philosophie in Mainz; Magister 1980, Promotion 1983. Freier Fachautor und Literaturkritiker.
Veröffentlichungen u.a.: »Studien zur russischsprachig jüdischen Dramatik des 20. Jahrhunderts« (Dissertation, 1983), »General und Leutnant Faust« (Aufsatz, 1985), »Das Bild des Juden im russischen Roman des 20. Jahrhunderts. Ein Überblick« (1985), »Lyssenko und Lyssenkoismus in der sowjetischen Ge-

genwartsliteratur« (Aufsatz, 1989), Buchers »Reisebegleiter Rußland« (1992), »Das James Bond Buch« (Ullstein Verlag, 1995), »Begegnung mit dem Horizont: Die Grosse Taiga« (Bucher Verlag 1996). Als Autor und Herausgeber: Lexikon der Kriminalliteratur, Loseblattsammlung, Corian Verlag Heinrich Wimmer, Meitingen (seit 1993). Ferner zahlreiche Rezensionen in Frankfurter Allgemeine Zeitung, Der Tagesspiegel, Die Welt, Mare, Watch International etc., Beiträge zu Literaturlexika (KNLL, KNLL-Supplement, KLfG, Bertelsmann Literaturlexikon, Romanführer), Werkführer durch die utopisch-phantastische Literatur (Enzyklopädie des phantastischen Films u.a.).

Die Baumfrau, Erstveröffentlichung © Dr. Klaus-Peter Walter

Paul Weitershagen

*1899 in Köln, dort gestorben 1981. Neben zahlreichen pädagogischen Schriften und Reiseberichten hat er in erster Linie über seine Heimat und für seine Heimat geschrieben. Zahlreiche Buchveröffentlichungen, u.a. »Pitter träumt von seiner Vaterstadt» (1953), »Die bergische Truhe» (1955), »Zwischen Dom und Münster» (1959), »Das große Sagenbuch vom Rhein» (1963), »Eifel und Mosel erzählen» (1968) und »Rheinische Märchen» (1970, alle Greven-Verlag Köln).

Zwergenfüße
Der Tanzberg
Eisenmännchen, alle aus »Eifel und Mosel erzählen», Greven-Verlag Köln, 1968
© Dr. Elisabeth Humburg

Matthias Zender

*1866 Daleiden, +1932 in Bonn-Beuel, ab 1903 Rektor in Bonn, ab 1909 Schriftleiter des Eifelvereinsblattes, veröffentlichte für den Eifelverein Jubiläumsbände zur Vereinsgeschichte (25jähriges Jubiläum 1913, 40jähriges Jubiläum 1928), ein Eifelheimatbuch (1924/25) sowie die ersten Eifelkalender (1927/28). Darüber hinaus »Die Eifel in Sage und Dichtung« (Trier 1900).

Der Huckauf, bearbeitet von Ralf Kramp
Der Werwolf von Oberweis, bearbeitet von Ralf Kramp,
aus »Sagen und Geschichten aus der Westeifel«,
Ludwig Rörscheid Verlag, Bonn 1980

Dr. Josef Zierden

*1954 in Prüm. Ehemals Studienrat am Regino-Gymnasium, heute Leiter der VHS Trier, Dr. phil., Prosa, Essays, Reportagen, Rezensionen, literaturkritische Beiträge in Zeitungen, Jahrbüchern, Anthologien, u.a. im »Kritischen Lexikon der Gegenwartsliteratur«. Mitbegründer »Geschichtsverein Prümer Land«, Initiator des Eifel-Literatur-Festivals, Buchveröffentlichungen: »Das Zeitproblem im Erzählwerk Clemens Brentanos« (Frankfurt, Bern, New York, Nancy 1985), »Die Eifel in der Literatur« (Prüm 1994), »Literaturlexikon Rheinland-Pfalz« (Trier 1998).

Die Hölle von Prüm, Erstveröffentlichung © Dr. Josef Zierden

Die Herausgeber

Ralf Kramp
*29.11.1963 in Euskirchen, lebt mit Frau und Söhnen in Glehn, seit 1986 tätig als freischaffender Künstler mit Schwerpunkt Karikatur (regelmäßige Veröffentlichungen im »Kölner Stadt Anzeiger«). Seit 1996 auch Verfasser von Kriminalromanen und Organisator von Krimi - Erlebniswochenenden in der Eifel. Für sein Debüt »Tief unterm Laub« (KBV 1996) erhielt er den Eifel-Literatur-Förderpreis. Weiter Veröffentlichungen: »Spinner« (KBV 1997), »Rabenschwarz« (KBV 1998), »Der neunte Tod« (KBV 1999), der Jugendkrimi «Wenn Goldfinger rauskommt« (Ritschel 1999) und zahlreiche Kurzgeschichten in Zeitungen und Anthologien.

Puckel
Flockenhölle, beides Erstveröffentlichungen © Ralf Kramp

Manfred Lang
*1959 in Bleibuir, lebt auf einem Bauernhof in Lückerath/Eifel. Arbeitet als Redakteur für den »Kölner Stadt-Anzeiger«. Autor, Rezitator alter Eifeler Mundartdichter, Herausgebertätigkeiten. Zahlreiche Buchveröffentlichungen, u.a. mit Jochen Arlt Hg. der Eifeler Literaturanthologien »Vaters Land und Mutters Erde« und »Leben -alle Tage« (Rhein-Eifel-Mosel-Verlag, Pulheim, 1989, 1994), Textautor des Manfred-Hilgers-Bildbandes »Die Eifel - Augenblicke« (Verlag Meyer & Meyer, Aachen 1994), Herausgeber des Weihnachts-Lesebuchs »Und er hat sein helles Licht bei der Nacht . . .« (Helios-Verlag, Aachen 1996).

Aus dem Polizeibericht
Elf Morgen, beides Erstveröffentlichungen © Manfred Lang

Der Photograph

Theo Broere
*1962 in Prüm, verheiratet, lebt in Bad Münstereifel-Eicherscheid. Ausbildung als Portrait- und Werbephotograph, arbeitet heute als freier Photograph mit Schwerpunkt Schwarzweißphotographie. Mitwirkung an diversen Projekten in Richtung künstlerische Photographie. U.a. als Mitglied der Künstlergruppe ARCON III diverse Ausstellungen im Rheinland.

Blutspur
DAS KRIMI-WOCHENENDE
IN DER EIFEL